Als Krimi-Aficionada und als Verlegerin liebe und bewundere ich die große Meisterin Paretsky für ihr gewaltiges Lebenswerk – das nicht weniger als die feministische Erschließung eines populären Genres umfasst –, aber vor allem für die phänomenale Eleganz, mit der sie vielschichtige, hochrelevante Plots zu entfalten versteht. Klassische kriminalliterarische Handwerkskunst gießt komplexe Zusammenhänge in mitreißende Spannungserzählung – und es ist alles so wahr.

Warshawski fährt nach Kansas, ins Herkunftsland ihrer Schöpferin, um dort einem aggressiven Klüngel aus mächtigen Interessen gegenüberzustehen. Die fremde Detektivin eckt an, stört das eingefahrene Alltagsgetriebe. Mit ihrem klaren moralischen Kompass agiert sie als wandelndes Misstrauensvotum gegen Hierarchien, gegen die heiligen Kühe des amerikanischen Imperiums: Wirtschaft, Wissenschaft, Militär … Eine sehr gefährliche Rolle.

Sara Paretsky blickt tief in soziale Zusammenhänge hinein und erzählt mit coolem Realismus und Respekt vor den Menschen, sie packt Widersprüche an und schickt ihre Ermittlerin auf eine verzweigte Spurensuche in den verschwiegenen Winkeln lokaler Geschichte. *Altlasten* entstand kurz vor Trumps Amtsantritt. Er sondiert den Ballast, den unaufgearbeitete und verdrängte politische Geschichte einem Ort, einer Gegend auferlegt: die Altlasten.

Diese Autorin schreibt aus einer liebevollen und doch antiillusionären Haltung heraus, sie zelebriert nicht nur das packende Geschichtenerzählen und schenkt uns eine handfeste Heldin, sie huldigt dem selbständigen kritischen Denken und feiert jeden Versuch, die Welt ein bisschen besser zu machen. Das ist Nahrung für meine Seele, während sich mein Verstand an der cleveren Grazie dieses packenden Schmökers erfreut. Es kann gar nicht genug solche Bücher geben.

Else Laudan

Sara Paretsky

ALTLASTEN

Deutsch von Laudan & Szelinski

Ariadne 1272
Argument Verlag

Für Sue Bowker
mit Dank für vieles,
auch die Unterstützung bei diesem Buch

Inhalt

1
Hanswurst

»Die Polizei spricht von einem Drogendelikt, Ma'am. Die denken, August hat gedealt.« Angela Creedy sprach so leise, dass ich mich vorbeugen musste, um sie zu verstehen.

»Das ist so eine *bêtise,* eine … Dummheit, Blödsinn.« Bernadine Fouchard stampfte empört mit dem Fuß auf.

»Bernie, du kleiner Vulkan, das mag ja sein, aber ich hab keine Ahnung, worüber und von wem ihr redet. Könnt ihr mal mit dem Anfang anfangen?«

Angela starrte auf ihre verkrampften Hände, das Gesicht hölzern vor Sorge, aber dies entlockte ihr ein kurzes Lächeln. »Du *bist* ein kleiner Vulkan, Bernie. Die Sache ist die, Ma'am, August ist verschwunden, und als dann eingebrochen wurde –«

»Mussten sie es wem anhängen«, unterbrach Bernie. »Und da er schwarz ist –«

Angela legte Bernie eine Hand über den Mund. »August ist mein Cousin, Ma'am. Ich kenn ihn nicht besonders gut – ich bin aus Shreveport, und er ist in Chicago aufgewachsen. Unsere Familie hat's nicht so mit Jahrestreffen. Ich hatte ihn nicht mehr gesehen, seit er acht oder neun war und mit seiner Mutter zu Besuch kam. Aber ich hab Kontakt aufgenommen, als ich hierherzog, und da stellt sich raus, dass er sich als Filmemacher versucht, aber sein Brotjob ist Trainer. Er macht auch Partyvideos – Hochzeiten, Kindergeburtstage, solche Sachen. Also genau die ideale Mischung.«

Der Singsang des Südens in ihrer leisen Stimme machte es mir nicht ganz leicht, sie zu verstehen. »Ideal wofür?«, fragte ich.

Bernie warf die Hände in die Luft. »Na, um uns beim Training zu helfen und uns dabei zu filmen, *naturellement*, damit wir sehen, was wir verbessern müssen!«

Bernadine Fouchard, Eishockey-Nachwuchstalent: Ihr Vater war der beste Freund meines Cousins Boom-Boom gewesen. Er hatte Boom-Boom gebeten, Bernies Pate zu sein. Und da sie jetzt an der Northwestern in Chicago studierte, hatte ich sie gewissermaßen geerbt. »Angela ist also auch Sportlerin?«, fragte ich.

»Siehst du das denn nicht? Sie ist doch … wie eine Giraffe. Sie spielt Basketball, und zwar sehr gut.«

Angela warf ihr einen genervten Blick zu. »Also Bernie und ich, wir sind beide Erstsemester, wir müssen uns schwer ins Zeug legen, bevor wir fest ins Team kommen, darum haben wir uns beim Six-Points-Studio angemeldet, denn da arbeitet mein Cousin, und es ist nicht weit vom Campus.«

»Und vorgestern Nacht wurde im Studio eingebrochen«, warf Bernie ein, »da hat die Polizei erst an einen Halloween-Streich gedacht, aber dann heute sagten sie auf einmal, es muss August gewesen sein, das ist so ein *scandale.* Also hab ich Angela von dir erzählt und wir haben überlegt, dass du genau die Richtige bist, um zu beweisen, dass er das niemals getan hat.« Bernie schenkte mir ein strahlendes Lächeln, als wäre sie die Queen, die mir einen wichtigen Orden verlieh.

Ich fühlte mich eher, als ob mir das Pferd der Queen in den Bauch trat. »Was sagt denn August selbst dazu?«

»Der ist verschwunden«, sagte Bernie. »Er ist bestimmt untergetaucht –«

»Bernie, du springst hin und her wie ein Känguruvulkan!« Angela hob angespannt die Stimme. »Die Managerin meint,

August hat ihr Bescheid gesagt, dass er eine Woche weg ist, aber nicht wohin, nur dass es um ein privates Projekt geht. Er ist Honorarkraft und nicht angestellt, also hat er keinen Urlaubsanspruch – er nimmt sich unbezahlt frei, wenn er mal wegwill.«

»Er hat euch nichts erzählt?«, fragte ich.

Angela schüttelte den Kopf. »Wir stehen uns nicht so nah, Ma'am. Ich meine, ich mag ihn, aber Sie wissen doch, wie es ist, wenn man am College spielt – Bernie hat erzählt, Sie waren im Basketballteam der University of Chicago –, du trainierst, du lernst, du quetschst deine Kurse dazwischen. Für Mädchen ist ein Sportstipendium was anderes als bei den Jungs, wir *brauchen* den Abschluss, wir müssen unsere Kurse ernst nehmen. Nicht, dass mich das stört – ich liebe jedes meiner Fächer –, aber für Familie bleibt da keine Zeit. Und August ist sowieso zurückhaltend. Er hat mich noch nie zu sich eingeladen.«

»Haben Sie seine Telefonnummer?«

Angela nickte. »Er geht nicht ran, reagiert nicht auf SMS. Keine aktuellen Posts bei Facebook oder Twitter.«

»Die Polizei muss doch mehr als das haben«, wandte ich ein. »Nicht nur, dass niemand weiß, wo dein Cousin steckt.«

Angela pulte an einem Nagelhäutchen. »Also, es war wohl kein richtiger Einbruch. Jemand hat alle Türen aufgeschlossen, und August ist die einzige Person mit Schlüssel, die sie nicht finden können.«

»Wie lange ist er schon unerreichbar?«, kam ich der nächsten Tirade von Bernie zuvor.

Angela zog eine Schulter hoch. »Nicht mal das kann ich Ihnen sagen, Ma'am. Ich weiß ja erst seit heute, dass er vermisst wird, und auch nur, weil die Polizei bei mir war, um zu fragen, ob ich weiß, wo er sein kann.«

Ich stand auf, um mehr Licht zu machen. Die einzigen Fenster in dem Lagerhaus, das ich als Büro nutze, sind breite Schlitze direkt unter der viereinhalb Meter hohen Decke. Ich habe den Raum mit Steh- und Wandlampen gespickt, und an einem Novembertag um fünf brauche ich sie alle, um die Düsternis zu brechen.

Keine der beiden schaffte es, mir die Geschichte geradlinig zu erzählen, aber es lief darauf hinaus, dass bei dem Einbruch im Sportstudio Six-Points der Arzneischrank geplündert worden war. Das Studio wurde von sehr vielen Fitnessversessenen frequentiert, von Wochenendkriegern bis zu professionellen Teams, dazu jede Menge Studierende. Es gab dort offenbar einen Bereitschaftsarzt, der Medikamente verschreiben konnte. Weder Angela noch Bernie wusste, was in dem geplünderten Schrank gewesen war.

»Wir nehmen so was nicht«, fauchte Bernie, als ich danach fragte. »Woher sollen wir das wissen?«

Ich seufzte. »Du hättest die Polizei danach fragen können. Oder sie dich. Six-Points muss rezeptpflichtige Mittel dagehabt haben, sonst würden sich die Cops kaum darum scheren.«

»Davon haben sie nichts gesagt.« Angela sprach wieder zu ihren Händen. »Sie haben mich gefragt, wie gut ich August kenne und ob ich weiß, ob er Drogen nimmt, Drogen verkauft – all solche Sachen. Ich hab natürlich nein gesagt.«

»Obwohl du ihn gar nicht gut kennst?«, hakte ich nach.

Da sah sie auf, ihre Augen blitzten. »Ich weiß, wenn jemand auf Drogen ist. *Ma'am*. Es stimmt, dass ich ihn nicht gut kenne – ich war noch klein, als er zu Besuch war –, aber er hatte eine Spielzeugfarm dabei, die ich ständig verwüstet habe. Abends brachte er seine Tiere ins Bett, erst alle Lämmchen, dann die Kühe, und der Hund durfte beim Farmer im Bett schlafen. So ein Junge stiehlt doch keine Drogen.«

Ich verkniff mir die Anmerkung, dass jeder Dealer mal ein Kleinkind war, das Spielzeug mochte.

Bernie nickte energisch. »Darum musst du August für uns finden. Und schnell, vor der Polizei, sonst sperren die ihn weg und ignorieren die Wahrheit.«

»Die da lautet?«

»Na, dass jemand anders diesen Einbruch gemacht hat, diese Sabotage.« Aufgebracht von meiner Begriffsstutzigkeit warf sie die Arme hoch.

»Das kann sich zu einer großen Ermittlung auswachsen, Bernie. Man muss überall Fingerabdrücke nehmen, mit allen reden, die da arbeiten, und mit der Kundschaft auch. Die Polizei hat Personal und technische Mittel für so was. Ich dagegen hab weder die Ausrüstung noch die Leute, um einen Tatort auszuwerten, selbst wenn die Cops von Evanston mich machen ließen.«

»Aber, Vic! Du kannst doch wenigstens ein paar Gespräche führen. Wenn du erst anfängst, Fragen zu stellen, dann winden sie sich und sagen lauter Sachen, die sie erst verheimlichen wollten. Ich weiß, dass du das kannst – ich hab's schon erlebt. Vielleicht steckt sogar die Studio-Managerin dahinter und will es August anhängen.«

Ich öffnete ein paarmal den Mund und schloss ihn wieder. Ob es die Schmeichelei war oder das Flehen in beiden Gesichtern, ich schrieb mir die Adresse von Six-Points auf, den Namen der Managerin, Augusts Adresse. Als ich Angela nach Augusts Mutter fragte, sagte sie, »Tantchen Jacquelyn« sei vor sechs Jahren gestorben. »Ich glaub ehrlich gesagt nicht, dass er Familie in Chicago hat. Nicht von meiner Seite jedenfalls. Sein Daddy ist vor Jahren im Irak gefallen. Wenn er sonst noch Verwandte hier hat, weiß ich nichts von ihnen.«

Natürlich wusste sie auch nichts über Freunde oder Geliebte oder ob er Schulden hatte. Wenigstens konnte sie seinen Nachnamen beisteuern – Veriden. Obwohl klar war, dass keine der beiden sich mein Honorar leisten konnte, hörte ich mich sagen, ich würde morgen im Studio anrufen und ein paar Fragen stellen.

Bernie sprang auf und fiel mir um den Hals. »Vic, ich wusste, du sagst ja! Ich wusste, wir können auf dich zählen.«

Ich dachte an Sam Spade, wie er zu Brigid O'Shaughnessy sagt, er werde sich für sie nicht zum Hanswurst machen. Warum war ich nicht so hart wie Sam?

2

Fit fürs Leben

Am nächsten Tag hatte ich im Loop einen Termin mit einem Klienten meiner Lieblingssorte, die Rechnungen pünktlich bezahlt und klare überschaubare Fragen hat, daher schaffte ich es erst am späten Nachmittag zum Six-Points-Studio. Entsprechend hatte ich schon ein Dutzend SMS von Bernie, die Ergebnisse forderte, noch ehe ich überhaupt nach Norden aufbrach.

Ich hatte mich telefonisch mit der Managerin Denise LaPorte verabredet und auch die Polizei von Evanston informiert, dass ich an dem Fall dran war. Der zuständige Detective klang nicht, als stünde der Einbruch auf seiner Prioritätenliste. Niemand getötet oder verletzt, der Sachschaden begrenzt.

»Wenn Sie diesen Kerl suchen wollen – wie heißt er noch? August Veriden? – bitte, tun Sie sich keinen Zwang an. Sagen Sie einfach Bescheid, falls Sie ihn finden.«

»Sie sehen ihn als den Einbrecher?«

»Wir würden jedenfalls gern mit ihm reden. Er ist der einzige Angestellte mit Schlüssel, den wir nicht lokalisieren können, also haben wir ihn zur Fahndung ausgeschrieben.«

Ich fragte, was für Drogen fehlten. Und pfiff lautlos durch die Zähne, der Arzneischrank des Studios bot einen ansehnlichen Cocktail – Oxy, Toradol, Vicodin sowie allerlei Zeug, von dem ich noch nie gehört hatte. »Waren das Mengen, für die sich ein Einbruch lohnt?«

Der Detective schnaubte höhnisch. »Haben Sie je einen Junkie erlebt, PI? Der Straßenwert ist denen doch schnurz. Wie leicht da ranzukommen ist – na, das sehen Sie ja, wenn Sie hinkommen. Ist nicht gerade Fort Knox.«

Angemessen gedämpft versprach ich mich zu melden, falls ich was Hilfreiches aufspürte. Wir hegten da beide keine großen Erwartungen.

Als ich zum *Six-Points-Studio: Fit fürs Leben* kam, war es kurz nach fünf. Das Gebäude war ein gigantisches Lagerhaus. Ein Schild am Eingang warb mit einem Schwimmbecken im Olympiaformat, einem Dutzend Basketballfelder, Yogaräumen, Krafträumen, fünf Restaurants sowie einem separaten Spa-Flügel. Das Schild drängte mich, Mitglied und fit fürs Leben zu werden. Sonderpreise für Studierende. Daneben ein Zettel: 30 % Nachlass für jeden, der heute noch beitrat. Es musste nach dem Einbruch einen Haufen Kündigungen gegeben haben.

Das Schild erklärte auch die ›six points‹: Benutz deinen Kopf und dein Herz, um deine vier Gliedmaßen zur Fitness zu treiben.

Eine Kamera überwachte den Haupteingang, aber das Auge war mit einem Stück Kaugummi zugeklebt. Drinnen diskutierte ein Sicherheitsmann vom Format eines Footballspielers mit einer Frau, die Zutritt zum Spindraum verlangte, und zwar sofort! Er sah mich humorlos an und verlangte meine Mitgliedskarte und einen Ausweis mit Lichtbild.

»Waren Sie zur Zeit des Einbruchs hier?«, fragte ich, während die Frau schimpfte, ich könnte mich hier nicht einfach vordrängeln, als ob der Laden mir gehörte.

»Und Sie stellen hier solche Fragen, weil …?«, fragte der Wachmann.

»Weil ich Ermittlerin bin und den Auftrag habe, bei der Untersuchung zu helfen. Denise LaPorte erwartet mich.«

Der Wachmann sah drein, als würde er mich gern packen und in zwei Teile brechen, nur um seinen Frust abzureagieren, aber dann packte er stattdessen das Telefon und holte sich die

Genehmigung, mich reinzulassen. »Den Flur lang bis zur hinteren Treppe und rauf in den zweiten Stock. Leicht zu finden – gehen Sie einfach dem Krach nach.«

»Und *waren* Sie nun zur Zeit des Einbruchs hier?«

»Was für eine Arschlochfrage ist das denn? Natürlich nicht. Wir haben von Mitternacht bis fünf Uhr morgens zu – da ist es passiert.«

Als ich ging, hatten sich zu der wütenden Frau ein paar Männer gesellt, die ebenfalls Forderungen stellten.

Ich kam an Umkleideräumen vorbei. Polizeiliches Absperrband hatte kreuzweise vor den Türen geklebt, aber jemand hatte es runtergerissen.

Kennen Sie die Aufnahmen, die das Fernsehen so gern nach Tornados oder Erdbeben zeigt, wenn Häuser und Möbel über die Landschaft verteilt sind? Genau das sah ich, als ich über die zerrissenen Bänder trat: In der Frauenumkleide war jeder einzelne Spind aufgebrochen. Sporttaschen und Rucksäcke ausgekippt. BHs, Tampons, Wasserflaschen, Badeanzüge, Bonbonpapier, Make-up – alles über Bänke und Boden verstreut. Fingerabdruckpulver hatte sich auf den Kleidungsstücken niedergelassen, sodass sie aussahen wie müde Überbleibsel eines Staubsturms.

Ich trat den Rückzug an und spähte in die Männerumkleide. Die Verwüstung war genauso fürchterlich, nur ohne Make-up. Niemand, der nach Drogen suchte, hätte die Spindräume geplündert. Wobei, ernsthaft Süchtige mochten vielleicht auf Wertsachen oder elektronisches Gerät aus gewesen sein. Konnte eine Person das alles ohne Hilfe in fünf Stunden geschafft haben? Die Verwüstung vielleicht, aber hier waren hunderte von Spinden geknackt worden. Das sah nach Teamarbeit aus.

Ich machte ein paar Fotos und strebte weiter zur Hintertreppe. Auf dem Weg nach oben verstand ich, was der Wachmann mit

›dem Krach nachgehen‹ gemeint hatte. Das Büro der Managerin war ein kleiner Raum, und er barst vor schreienden Leuten. Ein Mann in einem lila Wildcat-Sweatshirt hämmerte mit der Faust auf den Schreibtisch und verlangte eine Rückerstattung, zwei Frauen schrien etwas von gestohlen, eine dritte wedelte heulend vor Wut mit einer silbernen Sporttasche, aus der das zerrissene Futter heraushing. »Zweihundertfünfundzwanzig Dollar! Das ist ein Stella McCartney-Original. Werden Sie mich entschädigen oder nicht?«

»Ziehen Sie eine Nummer«, fauchte LaPorte mich an, als ich mich zu ihrem Schreibtisch durchquetschte. »Ich kann mich nur mit einer Person zur Zeit befassen.«

»Ich bin V.I. Warshawski, die Ermittlerin – wir haben vorhin telefoniert. Sagen Sie mir, wann ich wiederkommen soll.«

LaPorte presste die Handflächen auf ihre Augen. »Es gibt keinen guten Zeitpunkt. Ich wüsste nicht wann. Das kann den ganzen Abend so weitergehen.«

»Verdammt richtig«, sagte der Mann. »Es geht so lange weiter, bis Sie uns sagen, wie Sie für den Schaden aufkommen.«

Ich stieg auf den Schreibtisch, und es wurde still im Raum. Ich starrte auf die Menge runter. »Hat die Polizei das Absperrband entfernt oder wart das ihr Helden?«

Es gab Gegrummel und dann einen neuen Ausbruch von der Stella McCartney-Tasche, dass ich nicht drum herumkäme, ihr Eigentum zu ersetzen.

Ich versuchte meinen Gesichtsausdruck zu einer Mischung aus Besorgnis und Mitleid anstelle von Verärgerung und Ungeduld zu glätten. »Also wenn Sie das Band abgerissen haben, gibt es keine Möglichkeit mehr zu beweisen, dass Ihr Eigentum von den Vandalen beschädigt wurde, die in die Umkleide eingebrochen sind. Six-Points schätzt Sie als Mitglieder und wünscht keine Rechtsstreitigkeiten, aber die Versicherung wird sich stur stellen, da sich nicht feststellen lässt, ob Sie nicht kaputte Sachen von draußen reingebracht haben, um aus dem Desaster hier Vorteil zu ziehen. Sie können keinen Polizeibericht vorlegen – was Sie müssen, wenn Sie klagen wollen –, weil Sie am Tatort herumgepfuscht haben. Frische Abdrücke über dem Puder sind ja leicht zuzuordnen.«

Die Leute im Raum schienen ein wenig zu schrumpfen, als wehte ein frostiger Wind hindurch, bis auf die Stella McCartney-Frau. Sie war zu aufgeregt für Logik, aber ein Mann, den ich nicht bemerkt hatte – denn er war still gewesen –, nahm ihren Arm und steuerte sie sanft zur Tür hinaus. Der Rest der unglücklichen Sportskanonen folgte ihnen.

Denise LaPorte sackte schwer auf ihren Bürostuhl. Sie war jung, wahrscheinlich Anfang dreißig, und an einem normalen Tag vermutlich eine Pracht – ihre lederbraunen Arme gute Werbung für die Fitnesstrainer des Studios, dazu honigfarbenes Haar, das von Hand zu färben und schimmernd zu halten sicher Stunden dauerte. Heute hatte ihre Haut die Farbe von Kleister und sie graue Ringe unter den Augen. »Das ist das erste Mal, dass es in diesem Raum still ist, seit ich heute Mittag gekommen bin. Ist das wahr, was Sie über die Versicherung gesagt haben?«

Ich sprang vom Tisch und schloss die Tür. »Ich weiß nicht, wie kulant Ihr Management und Ihre Versicherung mit der Klientel umspringen wollen. Aber Versicherungsgesellschaften sind sogar bei Eisenbahnunglücken Trittbrettfahrer gewöhnt.«

Sie sah mich verständnislos an.

»Wenn ein Zug entgleist, kommen mehr Unfallanzeigen rein, als Passagiere im Zug waren. Ihr Versicherungsträger wird wohl nicht für die kaputten Sachen zahlen, mit denen die Leute hier wedeln, aber vielleicht möchte das Studio das übernehmen, als Geste guten Willens. Die Klagen können leicht zum Albtraum werden, also delegieren Sie das Problem zu Ihrem eigenen Schutz direkt an die Rechtsabteilung.«

LaPorte rang sich ein wackliges Lächeln ab. »Danke. Das ist der erste gute Ratschlag, den ich seit drei Tagen bekommen habe.

»Sie sind schwer gebeutelt«, sagte ich, »aber ich muss Sie trotzdem zu August Veriden befragen.«

LaPorte schüttelte den Kopf. »Ich kann Ihnen nicht viel erzählen. Er ist ein ruhiger Typ, ein qualifizierter Trainer – er hat einen Abschluss von der Loyola, die sehr gute Trainerlizenzen vergibt, und er hat unsere Standards immer erfüllt oder übertroffen.«

Ich blinzelte. »Das klingt jetzt irgendwie nach Online-Bewerbungszeugnis.«

Sie errötete. »Ich habe mir seine Personalakte eingeprägt, als ich heute Morgen mit der Polizei und mit der Firmenleitung sprach. Manche Trainer plaudern gern, sodass ich weiß, mit wem sie ausgehen, oder ihre Zahnarztsorgen kenne oder was auch immer, aber August redet wenig. Alle – ich wollte gerade sagen, mögen ihn, aber vielleicht passt respektieren besser. Wir wissen alle, sein Traum ist, Filmemacher zu werden, und er übernimmt private Aufträge für die Leute hier – Hochzeiten, Abschlussfeiern, so was. Ich selbst habe nie mit ihm zusammengearbeitet, ich kann nicht mal sagen, wie gut seine Videos sind.«

»Gibt es in seiner Personalakte persönliche Angaben? Lebenspartner? Nächste Verwandte?«

LaPorte schüttelte wieder den Kopf. »Als die Cops mit ihm reden wollten und er nicht ans Telefon ging, habe ich danach gesucht, aber er hat nur eine Cousine eingetragen, eine Erstsemester-Studentin an der Northwestern.«

Ich zog eine Grimasse. »Sie hat mich beauftragt, ihn zu finden. Sie kennt sonst keine Verwandten.«

LaPorte verschränkte ihre Hände auf der Schreibtischplatte und sah mich ernst an. »Ich weiß, seine Cousine und ihre Freundin, die kleine Eishockeyspielerin –«

»Bernadine Fouchard«, ergänzte ich.

»Die beiden denken, ich hätte der Polizei seinen Namen genannt, weil er schwarz ist, aber mal im Ernst, allein drei der anderen Trainer sind schwarz, einer von ihnen aus Kenia. Hier arbeiten achtundsiebzig Leute, von Pförtnern über Gruppentrainer bis zu Personal Trainern und therapeutischen Masseuren, mit mir sind wir sieben Leute im Management. August ist der Einzige, den wir nicht ausfindig machen können. Ich will ihn nicht anschwärzen, aber das wirkt einfach verdächtig.«

»Wie lange ist es her, dass Sie ihn zuletzt gesehen haben?«, fragte ich.

Sie verzog das Gesicht. »Heut Morgen musste ich noch in meinem Computer nachsehen, aber inzwischen weiß ich es auswendig. Er hat sich vor zehn Tagen abgemeldet, meinte, er bräuchte etwas Auszeit für ein privates Projekt. Das ist alles, was wir hier wissen.«

Ich verdaute das. Wenn er vorgehabt hatte, einzubrechen und die Pharmaka zu klauen, hatte er sich ganz schön Zeit gelassen. »Sie beschäftigen auch einen Arzt, richtig?«

»Oh – Sie denken an den Arzneimittelschrank. Wir haben zwei Ärzte, die die von unseren PTs und Fitnesstrainern begleiteten Rehas und Therapien überwachen, aber sie sind nicht hier angestellt.«

Ich fragte, ob ich den Medizinschrank sehen könnte. Sie stand bereitwillig auf – ich hatte sie vor der Meute gerettet, sie wollte behilflich sein. Als sie die Tür aufmachte, scherzte sie sogar, sie hätte jetzt gern eine Verkleidung.

Im Flur versuchten ein paar Leute sie abzufangen, aber sie verkündete, ich sei Ermittlerin, und sie müsse mir einen Teil des Tatorts zeigen.

Die Tür zum Behandlungszimmer stand offen, war aber ebenfalls mit Absperrbandkreuzen blockiert, diesmal intakt. Ich duckte mich darunter hindurch, um mir den Arzneischrank anzusehen.

»Sollten Sie das wirklich tun?« LaPorte spähte nervös den Flur entlang.

»Ich fasse nichts an«, versicherte ich ihr.

Das Zimmer enthielt einen Schreibtisch und zwei Untersuchungspritschen. Alle Schubladen – im Schreibtisch, unter den Liegen und in den Schränken an der Wand – standen offen. Manche waren von grober Hand auf den Boden entleert, Gummihandschuhe, Tupfer, Reagenzgläser lagen überall im Raum verstreut. Ich pirschte auf Zehenspitzen durch das Gerümpel zum Medikamentenschrank an der Rückwand, der ebenfalls offen stand, und ging in die Hocke, um mit meiner Taschenlampe das Schloss zu beleuchten. Es war nicht aufgebrochen, aber ob jemand einen Schlüssel gehabt oder geschickt mit Picks hantiert hatte, konnte ich nicht sagen.

Die deckenhohen Borde hatten alles von Stützbändern bis zu Plastikboxen mit sortierten Arzneien enthalten. Ich beleuchtete die Etiketten – rezeptfreie Schmerzmittel und eine aufsehenerregende Kollektion verschreibungspflichtiger Substanzen. Rollen elastischer Binden waren abgewickelt und quollen in dehnbaren Spiralen über die Kanten der Borde wie Nester fleischfarbener Vipern.

Ich gesellte mich wieder zu LaPorte in den Flur. »Haben die Trainer Zugang zu den pharmazeutischen Beständen?«

»Nur die Ärzte und der Pfleger, der Bereitschaft hat. Was glauben Sie, was hier vorgeht?« LaPorte zog nervös an ihren glatten Haaren.

»Ich glaube, dass Ihre Ärzte die Kunden ernstlich übermedikamentieren.«

Ihr stand der Mund offen. »Was hat das mit dem Einbruch zu tun?«

»Kann ich nicht sagen. Das müsste sich die Polizei näher ansehen – die haben Leute und können alle befragen, die die Ärzte behandelt haben, oder nachtragende Exmitglieder, oder

Eltern, die finden, ihre Kinder sind geschädigt worden. Vielleicht haben die Ärzte auch gar nichts damit zu tun – vielleicht waren es Junkies, die sich an einem Vorrat bedient haben, wo man leicht rankommt. Sie haben achtundsiebzig Angestellte mit Schlüsseln, das bedeutet –«

»Nein, nur achtzehn Leute haben Schlüssel. August hat einen, weil er einmal pro Woche aufmacht – wie alle Trainer, weil sie turnusmäßig die Fünfuhrschicht übernehmen. Und dann noch ich und die anderen –«

»Achtzehn sind eine Menge Schlüssel«, unterbrach ich. »Leicht weiterzugeben, selbst wenn sie sich nicht einfach nachmachen lassen. Aber solange der Schlüssel zur Eingangstür nicht auch zum Arzneischrank passt, votiere ich gegen die Junkievariante. Wer voll drauf ist oder am Runterkommen und nach einem Schuss jiepert, stemmt Schlösser eher auf, als sie raffiniert zu knacken.«

»Was soll ich tun?« LaPortes Stimme kippte vor Überforderung.

»Holen Sie sich von der Polizei eine Freigabe für die Umkleiden. Fotografieren Sie alles, damit Sie Beweise für Ihre Versicherung haben, dann bestellen Sie ein Putzteam. Die Polizei wirkt nicht besonders eifrig, da niemand verletzt wurde, selbst die Verwüstung ist kein dramatisches Eigentumsdelikt. Ich glaube kaum, dass die sich querstellen. Schade, dass Sie nicht wissen, wo August ist – er könnte das alles prima auf Video aufnehmen.«

3

Dekonstruktion eines Filmemachers

Als ich mit Denise LaPorte im Six-Points durch war, war ich zu müde für alles außer nach Hause fahren und in der Badewanne kollabieren. Ich hörte die Pings, die eingehende Textnachrichten anzeigten, aber für eine halbe Stunde lag ich komatös im Bad und rührte mich nur, um heißes Wasser nachzulassen, wenn die Wanne abkühlte.

Schließlich brachten mich die Hunde, die ich mir mit meinem Nachbarn von unten teile, wieder auf die Beine. Sie kratzten winselnd an der Badezimmertür. Mr. Contreras ist über neunzig, und auch wenn er nie zugeben würde, dass er nicht mehr die Kraft hat, mit Mitch und Peppy lange Runden zu drehen, musste er sie in meine Wohnung gelassen haben, als kleinen Hinweis, dass sie Auslauf brauchten.

»Okay, Kinder, schon gut«, murmelte ich beim Abtrocknen. Ich zog Jeans und ein dickes Sweatshirt über, Laufschuhe, leinte die Hunde an und nahm sie mit zu einer schnellen Joggingrunde im nahen Park.

Die Tennisplätze waren leer, aber strahlend beleuchtet, falls irgendein Enthusiast an einem kalten Herbstabend Lust auf ein Spiel bekam. Während die Hunde Bälle um den Platz jagten und Dampf abließen, checkte ich meine Textnachrichten. Fünf waren von Bernie, die unbedingt Neues über August erfahren wollte. Sie war in etwa so taktvoll wie Mitch und genauso beharrlich, kratzte und winselte an meiner In-Box.

Ich probierte Augusts Telefonnummer – ich hatte sie in meine Kurzwahlliste eingegeben und es über den Tag immer mal wieder versucht. Wie zuvor bekam ich auch diesmal eine blecherne Stimme, die erklärte, dass er nicht erreichbar und seine Mailbox voll war.

Die Polizei ist nicht besonders interessiert, textete ich an Bernie und Angela. *Sieht aus, als hätte der Einbruch nichts mit August zu tun, aber es wäre trotzdem gut, wenn er auftaucht.*

Natürlich rief Bernie sofort an und Angela eine halbe Stunde später. Ich vertröstete beide auf den nächsten Tag, wenn ich bei seiner Wohnung gewesen war. »Ich versuche Freunde oder Nachbarn zu finden, mit denen er geredet hat.«

Ich zog mich um, Seidenhemd und Wollcape, und ging ins Golden Glow, die Bar, in der ich in letzter Zeit viel zu oft herumsaß. Ich brauchte die Wärme von Sal Bartheles Tiffanylampen und die Weichheit ihres Whiskys, aber mehr noch ihre bissige Freundschaft.

Am nächsten Morgen kam ich zu spät zu Augusts Wohnung. Mein einziger Trost war, dass ich sogar dann zu spät gekommen wäre, wenn ich mich gestern Abend noch aufgemacht hätte.

August bewohnte ein Einzimmerapartment an der Buckingham in einem Gebäude mit Innenhof, sechs Eingänge, drei Stockwerke, kein Portier. Ich klingelte, wartete eine Minute, drückte gut dreißig Sekunden auf die Klingel, wartete wieder, aber auch auf ein drittes Klingeln kam keine Reaktion.

Es gab einen semi-ansässigen Hausmeister – er wohnte im Erdgeschoss des Flügels gegenüber, aber er betreute auch noch ein anderes Haus um die Ecke. Ich wusste das, weil ich dank meines überragenden Spürsinns die Notiz am Außentor bemerkt hatte, die verriet, wo Jorge Baros zu finden war, wenn er sich nicht im Gebäude aufhielt.

Ich rief die Handynummer auf dem Zettel an und erklärte, ich sei Ermittlerin und hätte Fragen zu August Veriden. Baros steckte mitten in einer Klempnerkrise.

»Ich bin sehr besorgt wegen Mr. Veriden«, sagte er, »aber hier läuft Wasser durch zwei Stockwerke. Warten Sie auf mich, ich komme so schnell, wie ich eben kann.«

Ich setzte mich auf die Betonstufe vor dem Eingang. Ich beantwortete E-Mails und Textnachrichten, stand aber schnell auf, als in Augusts Treppenhaus ein junger Mann erschien. Er war Mitte zwanzig, dunkles Haar hing glatt über seine Stirn und ein loser Schlips am Kragen eines königsblauen Hemdes. Mit einer Hand aß er einen Bagel, hielt in der anderen einen Campingbecher, hatte eine Aktentasche unter den Kaffeearm geklemmt und versuchte mit der Bagelhand die Tür zu öffnen.

Ich hielt sie ihm auf. »Ich bin Ermittlerin und suche August Veriden. Kennen Sie ihn?«

Er schluckte, versuchte zu sprechen, musste etwas Kaffee nachschütten und sagte dann mit belegter Stimme: »Nicht direkt.«

»Wann haben Sie ihn zuletzt gesehen?«

»Kann das warten? Ich komm zu spät zur Arbeit.«

»Tja, genau wie August. Er war seit über einer Woche nicht da. Wir versuchen ihn zu finden.«

»Sie und an die zwanzig andere.«

»Wie das?«

Er verputzte vollends seinen Bagel, leckte sich Frischkäse von den Fingern und nahm die Aktentasche in die Bagelhand. »Er wohnt über mir, ich kann es hören, wenn jemand da ist. Er ist ein netter Typ, aber ein Einzelgänger. In den letzten paar Tagen hatte er mehr Besuch als das ganze Haus zusammen. Jetzt muss ich aber los.«

Er eilte die Straße runter, der Schlips flatterte über seine Schulter.

Ich rannte hinterher. »Ich bring Sie bis zu Ihrer Bahn oder zum Auto oder was immer. Es ist wichtig. Von welchen Tagen reden wir hier? Gestern Abend? Vorgestern?«

An der Ecke Broadway blieb er stehen und hob den Arm nach einem Taxi. Wie von Zauberhand tauchte prompt eins auf, was ihn so weit beruhigte, dass er einen Augenblick innehielt, die Hand an der offenen Wagentür. »Ich dachte mir schon, das könnte was Ernstes sein. Ich hab zu – ähm, zu der anderen Person in meiner Wohnung gesagt, wir hätten die Polizei rufen sollen, bloß kann man sich ja nicht über die Partys anderer Leute beschweren, sonst drehen sie nächstes Mal den Spieß um, und August ist normalerweise der leiseste Mensch auf Erden.«

»Aber wann war das?« Ich versuchte nicht zu kreischen. »Gestern Abend? Am Abend davor?«

Er dachte kurz nach. »Drei Tage her. Gestern war ich arbeiten, aber ein Typ bei uns im Haus meinte, die Cops wären da gewesen.«

Er stieg ins Taxi und zog auf meine Frage nach dem Namen des Typs, der ihm von der Polizei erzählt hatte, die Tür zu.

Ich rannte zurück zur Buckingham. Jorge Baros war noch nicht eingetroffen. Als ich wieder anrief, sagte er, er sei immer noch landunter, würde aber so schnell wie möglich kommen.

Nach dem Prinzip, mehr mitschleppen als nötig ist besser als fluchen, weil das entscheidende Werkzeug fehlt, hatte ich meine Picks dabei. Mit der Haustür brauchte ich mich nicht abzumühen – ich hatte sie am Einschnappen gehindert, als sie hinter dem Bagelesser zufiel –, und Augusts Wohnungstür erwies sich als erschreckend durchlässig, weil sie gar nicht verschlossen war.

Bis vor drei Tagen war seine Wohnung wahrscheinlich hübsch gewesen, spärlich möbliert mit wenigen guten Stücken, soweit ich das noch ausmachen konnte unter umgestürzten Pflanzen, CDs und DVDs und aus dem Holzschrank gefegtem Geschirr.

Die Verwüstung fühlte sich an wie eine Schockwelle. Angelas Beschreibung ihres Cousins: der kleine Junge, der sorgsam seine Farmtiere zur Nacht bettet. Nicht schön, gar nicht schön.

Ich stieg auf Zehenspitzen durch das Chaos, um in die Kochnische zu spähen. Die gewalttätigen Hände hatten Reis und Pasta auf der Arbeitsplatte ausgekippt. Ameisen durchsuchten auf dem Boden gelandete Lebensmittel.

In der kleinen Schlafkammer war die Matratze zerschlitzt, das Bettzeug lag zusammengeknüllt im Türrahmen. Terrassentüren führten vom Bett auf einen schmalen Balkon, wo umgestülpte Töpfe mit noch ganz kleinen Sonnenblumen und Tomaten lagen. Die Blumen lebten noch, zehrten von der Erde, die rings um sie gelandet war, aber die Tomaten schwächelten.

Ich suchte nach jeder Art von Hinweis, wohin oder wann August aufgebrochen war. Ich knipste mit meinem Telefon Nahaufnahmen von einzelnen Segmenten der Zerstörung sowie das Gesamtchaos. Ich fing im Schlafzimmer an, dann kam der Balkon dran, dann das Wohnzimmer.

Als ich ein paar hundert Aufnahmen hatte, kehrte ich ins Schlafzimmer zurück und entfaltete das Bettzeug über der aufgeschlitzten Matratze. Keine Blutflecken, auch nicht auf dem Boden oder an Möbeln. Nicht, dass ich immer Luminol und eine UV-Lampe bei mir hätte, aber hier war niemand Subtiles am Werk gewesen, so wenig wie in Evanston.

Laut Bernie und Angela wollte August Filme machen. Ich sah keine Kameras oder Laptops, aber das musste nichts heißen, die Einbrecher konnten sie entwendet haben, August konnte damit unterwegs sein, sogar die Cops konnten sie eingesackt haben, der Bagelesser meinte ja, sie seien gestern vorbeigekommen.

Ich sah mich um. War die Polizei wirklich hier gewesen? Kein Absperrband, nichts vom verräterischen silbrigen Staub einer Fingerabdrucksuche.

Ich ging in die Hocke. Es musste hier doch irgendwas geben, womit ich etwas anfangen konnte. August besaß neben CDs und DVDs auch Bücher. Es schien unangebracht, mich ums

Verfälschen von Spuren zu sorgen, aber ich wollte ungern selbst Fingerabdrücke hinterlassen. Mit dem Ärmel über der Hand hob ich Bücher an und schüttelte sie, um zu sehen, ob nützliche Notizen herausrutschten, dann schloss ich sie und stellte sie zurück ins Regal. Er hatte eine solide Sammlung schwarzer Schriftsteller/innen: James Baldwin, Lorraine Hansberry, Malcolm X, Ta-Nehisi Coates, Angela Davis ...

Mein Handy klingelte. Ich sprang auf, hoffte auf den Hausmeister, aber es war nur Bernie. Ich schickte sie auf die Voicemail, aber ihr Anruf erinnerte mich daran, nachzusehen, ob August altmodisch genug für einen Festnetzanschluss und einen Anrufbeantworter war.

Ich fand keine Anschlüsse oder rausgerissenen Kabel: Wie in seiner Generation üblich, erledigte er wohl alles via Sendemast. Dann entdeckte ich ein Skizzenbuch. Ich berührte es nicht mit den Händen, hob aber einige Seiten mit einem Küchenmesser an. Es schien eine Art Künstlertagebuch zu sein, in dem August Ideen für Geschichten notiert und Entwürfe für Sets gezeichnet hatte.

In einer der offenen Küchenschubladen stieß ich auf eine Mülltüte und schob das Skizzenbuch hinein. Ich nahm auch ein paar unbeschriftete DVDs mit in der Hoffnung, sie könnten Augusts eigene Videos enthalten. Vielleicht hatte er etwas Gefährliches gefilmt, und die Täter waren deshalb hinter ihm her, erst im Studio, dann in seiner Wohnung. Vielleicht waren es auch aufregende Mitschnitte von Hochzeiten und Bar-Mizwas. Die konnte ich auf Bernie und Angela abwälzen – dann hatten sie was zu tun, statt mich zu nerven.

Als ich einen letzten Rundgang machte, hielt ich inne und sah mir die gerahmten überdimensionalen Filmposter an den Wänden genauer an. Oscar Micheaux nahm mit einem Plakat von *Within Our Gates* den Ehrenplatz überm Bett ein. Ihm gegenüber hing Ousmane Sembènes *Black Girl*. Ich kniff die

Augen zusammen, um durch die spiegelnde Glasoberfläche das Papier zu betrachten – die Plakate sahen nach Originalen aus, aber neben Luminol fehlte mir auch die Ausrüstung zur Papieranalyse. Und die Kompetenz.

Kasi Lemmons und Gordon Parks hingen im Wohnzimmer. Gegenüber der Wohnungstür prangte Emerald Ferring in *Pride of Place*. Ihr Porträt mit reservierter Miene nahm fast das ganze Poster ein, dazu gab es seitlich ein kleines Bild von ihr in Gefängniskleidung, wohl aus einer Szene des Films. Das Plakat unterschied sich von den anderen: Es war signiert. *August, ich glaube an dich. Glaub an dich selbst!* hatte sie in kleinen Schönschrift-Buchstaben geschrieben und dann ihren Namen mit einem Abschwung, der den ganzen unteren Bildrand füllte. Ich hatte noch nie von Emerald Ferring oder *Pride of Place* gehört, aber das hieß gar nichts, ich bin keine Expertin für populäre Kultur wie Alan Banks oder John Rebus.

Die verwüstete Wohnung untergrub mein Selbstvertrauen: kein Luminol, keine Papieranalyse, keine Ahnung von populärer Kultur. Es musste doch was geben, worin ich gut war.

Jorge Baros, der Hausmeister, kam, als ich aus dem Gebäude trat. Er war ein großer magerer Mann mit dem edlen Gesicht eines afghanischen Windhunds. Unpassenderweise folgte ihm ein kleiner weißer Terrier, der an meinen Hosenbeinen schnüffelte, sich aber auf ein Handzeichen von Baros hinsetzte.

Der Hausmeister wusste von der Verwüstung in Augusts Wohnung – er war es, der die Polizei angerufen hatte. »Und zwar gestern. Warum kommt erst heute eine Ermittlerin?«

»Ich bin Privatermittlerin, nicht von der Polizei.«

»Ah, privat. Jemand hat Sie beauftragt, dieses Verbrechen aufzuklären?«

»Jemand hat mich gebeten, August Veriden zu suchen. Von dem Einbruch wusste ich nichts, bis ich herkam. Es sieht nicht so aus, als hätte die Polizei gestern viel unternommen.«

Baros spuckte aus. »Die Polizei hat gar nichts unternommen. Die wollten nur wissen, ob Mr. Veriden oft Streit mit seinen Liebschaften hat. Ich habe gesagt, er ist immer sehr leise, überhaupt kein Typ, der laut wird. Und immer sehr ordentlich. Wenn ich in seine Wohnung komme – das tue ich nur, wenn es ein Problem gibt, ich spioniere nicht, glauben Sie mir, aber manchmal muss ich einen Heizkörper entlüften oder einen Kühlschrank reparieren –, ist immer alles picobello aufgeräumt. Die Blumen – da bricht mir das Herz. Er liebt seine Blumen, sie bringen Freude in seine Wohnung. Er weiß, dass es meiner Frau nicht gut geht, und hat mir schon oft Blumen für sie gebracht. Was ist mit ihm passiert? Man hat ihm doch nichts angetan, oder?«

Ich breitete die Arme aus, die internationale Geste für keine Ahnung. »Am Abend vor Halloween gab es einen Einbruch mit Vandalismus in dem großen Sportstudio in Evanston, wo er arbeitet. Die Polizei verdächtigt ihn des Arzneimitteldiebstahls, aber seine Wohnung sieht aus, als hätte jemand was gesucht.«

»Er würde keine Drogen stehlen. Er ist *h*undert Prozent redlich.« Baros sprach das *h* betont hart, wie meine Mutter es getan hatte – die leichte Unsicherheit romanischsprachiger Menschen, wann es im Englischen weggelassen und wann gehaucht wird.

»Er ist vor etwa zehn Tagen verschwunden, und niemand weiß wohin«, sagte ich. »Hat er eine Beziehung oder Freunde im Haus oder in der Nachbarschaft, mit denen er reden würde?«

Baros schüttelte den Kopf. »Ich weiß nicht alles über die Mieter – es sind sechsunddreißig Wohnungen hier. Aber wir, meine Frau und ich, wohnen gegenüber, also sehen wir seinen Eingang häufiger als andere, und meine Frau, sie sorgt sich um August, dass er zu einsam ist. Er ist so höflich, so gutherzig, einer der wenigen, die wissen, dass sie Strahlentherapie bekommt. Er hat sich ein paarmal für uns um Rosquilla gekümmert.« Er zeigte auf den kleinen Terrier, der beim Klang seines Namens einmal bellte.

»Kann ich mit Ihrer Frau reden? Vielleicht hat August ihr etwas anvertraut.«

Baros' Frau war bei der Arbeit, trotz ihrer Krebstherapie, aber er versprach, sie zu fragen und mich anzurufen.

»Sie haben nicht gesehen, wer da eingebrochen ist, oder?«, fragte ich.

»Wir sind um zehn im Bett, also ist es später passiert. Als ich die Zerstörung in Mr. Veridens Wohnung gesehen habe, habe ich den Eigentümern gemeldet, dass sie bessere Schlösser einbauen müssen, Kameras, eine Alarmanlage, aber das kommt zu spät, um Mr. Veriden zu schützen.«

Ich schüttelte ihm die Hand und überließ ihn dieser melancholischen Betrachtung. Sein Handy klingelte, als ich ging, und er rief mir nach, ich solle warten – es war seine Frau, sie hatte Mittagspause.

Er sprach Spanisch, erklärte, dass *una detective* nach Señor Veriden fragte. Danach verlor ich den Faden, verstand nur noch das »*Sí, sí, sí*«, das er ab und an einwarf.

Als er auflegte, schüttelte Baros traurig den Kopf. »Sie wusste nichts davon, dass er wegwollte. Er ist so ein netter junger Mann. Wir möchten uns nicht vorstellen, dass ihm etwas zugestoßen ist.«

4

Schuss ins Blaue

Obwohl ich August nicht kannte, wollte ich auch nicht, dass ihm etwas zugestoßen war. In seine Wohnung war ich teils gegangen, um Bernie zu beruhigen, und teils, weil mich das, was ich im Sportstudio vorgefunden hatte, verblüffte.

Jetzt allerdings war ich nicht bloß verblüfft, sondern ernstlich besorgt. In Romanen gibt es dieses Klischee vom unauffälligen Serienmörder oder Drogenhändler, der sich still abseits hält: *So ein netter Junge, so aufmerksam gegenüber meiner Frau, man würde nie darauf kommen, dass er ein Dutzend Leute zersägt und verbuddelt hat. Wir hätten nie gedacht, dass er der Kopf eines Kartells ist.* Im Roman wäre August genau so jemand – ruhig, achtsam, nach außen ordentlich, innerlich ein rasender Psychopath. Da dies das wirkliche Leben war oder zumindest so nah dran, wie ich dem kommen konnte, fand ich diese Version extrem abwegig. Sagen wir ruhig weltfremd.

Ein kalter Nieselregen setzte ein und zwang mich, die letzte Viertelmeile nach Hause zu rennen – Parkplätze waren in Augusts Viertel dermaßen rar, dass ich die zwei Meilen von meiner Wohnung lieber gelaufen war. Nichts klärt den Kopf so gründlich wie körperliches Unbehagen. Als ich trockene Sachen am Leib und mir einen Espresso gemacht hatte, rief ich einen Detective an, den ich im Sechsten Bezirk kannte.

Terry Finchley und ich haben eine lange Vorgeschichte. Wir respektieren einander sehr und trauen einander nicht ganz. Bei ihm ist das der generelle Cop-Vorbehalt gegen Privatermittlerinnen, noch verschärft durch seine enge Freundschaft mit einem Cop, mit dem ich mal was hatte: Terry findet, ich habe mich Conrad Rawlings gegenüber schlecht benommen, denn Conrad wurde angeschossen, als er bei einem meiner Fälle mitmischte. Trotzdem war Terry einer der wenigen ranghohen Polizisten, denen ich vertraute. Er war außerdem Afroamerikaner und hatte vielleicht etwas Einfühlungsvermögen für Augusts Situation.

Ich hinterließ eine Kurzfassung der Sachlage auf seiner Mailbox. »Momentan behandeln deine Kollegen in Evanston das ohne Priorität, aber ich möchte August nicht im Fadenkreuz sehen, wenn sie plötzlich finden, dass es doch wichtig ist. Ich fänd's gut, wenn die Spurensicherung die Trümmer in Augusts Bude pudern und die Ergebnisse mit denen vom Sportstudio-Einbruch in Evanston abgleichen würde.«

Inzwischen waren die Hunde die Treppe raufgekommen, hocherfreut, mich mitten am Tag zurückzuhaben. Ich tätschelte sie abwesend. Ich brauchte jemanden, der August besser kannte als Bernie und Angela. Ich hatte ihn durch meine Spezialsuchmaschinen laufen lassen – die verschafften mir Zugriff auf Justiz- und Finanzdaten, den Leute wie ich eigentlich nicht haben sollten. Aber weder LifeStory noch DataMonitor lieferten wesentlich mehr, als Angela berichtet hatte. August hatte an der Jesuiten-Uni Loyola Sport und Film studiert, er arbeitete auf Stundenbasis für Six-Points, er war Waise, sein Vater im Golfkrieg gefallen, und seine einzige Verwandtschaft war Angelas Familie unten in Louisiana. Sein Bankkonto war bescheiden. Aber hier: Vor zwölf Tagen hatte er einen Barscheck über viertausend Dollar eingelöst.

Ich pfiff leise. Auch wenn man damit nicht mehr so weit kam wie früher, war das ein hübsches Bündel Bargeld. Keinerlei Hinweis, wo es herkam. Vielleicht war ihm eine spektakuläre Videoaufnahme von einer heiklen Trapezmuskelstellung gelungen.

Beide Suchmaschinen erwähnten Augusts Filmarbeiten und seine Webseite ›SpectralVision‹ mit dem Slogan: *Filmen heißt Ideen drehen, bis ihr Geist sich erweist.* Ich klickte auf den Link und fand Clips von einigen seiner Arbeiten – Hochzeiten, oft von schwulen oder lesbischen Paaren, Erstkommunionen und Bar-Mizwas, dazu Ausflüge in den künstlerischen Kurzfilm, wie er heute beliebt ist, mit ominösen Erscheinungen und Leuten auf der Flucht vor gesichtslosen Schrecken, zu grauenhaft, um sie ins Bild zu setzen. Nichts dabei, was nach einem Viertausend-Dollar-Scheck aussah.

Sein Publicity-Foto war eine arrangierte Aufnahme, auf der er sich in einer Reihe von Spiegeln anstarrte. Sie zeigte ihn im klassischen Jungfilmer-Outfit: schwarzer Rollkragen, schwarze Lederjacke, Bluejeans. Sein Gesicht war rund, mit vollen Wangen und tiefliegenden ernsten Augen. Ich kopierte das Foto in meine Bildergalerie.

»*August, ich glaube an dich*«, hatte Emerald Ferring ihm auf sein Poster geschrieben. Ich befragte mein Smartphone, was es über Ferring oder *Pride of Place* wusste. Der Spielfilm war von 1967, von Jarvis Nilsson, einem schwarzen Regisseur, von dem ich auch noch nie gehört hatte. *Pride of Place* war nur in einer Handvoll Programmkinos in Harlem, Bronzeville und anderen schwarzen Vierteln gelaufen, bevor er in der Versenkung verschwand.

Ich scrollte mich durch die Zusammenfassung des Plots. Ferring spielte eine junge Frau, aufgewachsen in einer wohlhabenden schwarzen Enklave in Cape Cod. Es ist 1964, der Sommer der Freiheit, und sie ist eine Erstsemesterstudentin in Vassar, die gegen den Willen ihrer Eltern als Aktivistin nach Mississippi geht. Bei einem Bürgerrechtsprotest wird sie verhaftet. Ihre Eltern stellen die Kaution und versuchen sie nach Hause zu holen, aber sie besteht darauf, mit den anderen Gefangenen in Haft zu bleiben. Nach der Entlassung lernt sie einen armen Farmpächter kennen und wird Zeugin seiner Ermordung durch den Klan. Am Ende des Films verlässt sie Vassar nach einer hitzigen Auseinandersetzung mit ihren Eltern und dem Collegepräsidenten und geht wieder nach Mississippi, um eine Freedom School mit aufzubauen.

Wikipedia hatte über Ferring nicht viel zu bieten. Auch meine gebührenpflichtigen Suchmaschinen nicht, aber sie verrieten mir, dass sie 1944 in Fort Riley in Kansas geboren war. Wie sie Nilsson kennengelernt hatte, blieb lückenhaft, aber sie hatte nach *Pride of Place* noch zwei Filme mit ihm gedreht, die ebenfalls nach wenigen Aufführungen von der Bildfläche verschwanden.

Ihr heutiger Wohnsitz war Chicago, wo sie sich im Zuge der Dreharbeiten an *Lakeview* niedergelassen hatte, einer Serie, die nach einem kaum verhohlenen Abklatsch von *The Jeffersons* klang. Der Titelsong hieß »Moving On Up to the North Side«. Ich fragte mich, wie viele Rechtsstreitigkeiten das wohl nach sich gezogen hatte.

Ferring hatte August mit einer persönlichen Widmung bedacht, vielleicht hatte er ihr auch seine Träume und Pläne anvertrauen dürfen. Vielleicht hatte er ihr sogar erzählt, wo er hinwollte. Es war ein Schuss ins Blaue, aber ich hatte gerade keine besseren Ziele zur Hand.

Ferring wohnte in der Ninety-sixth Street im Stadtteil Washington Heights, ein paar Blocks entfernt von der Kirche, in die Barack ging, als er noch State Senator war.

Mein Terminplan war bis zum Nachmittag leer, dann musste ich vor Gericht, um in einem Betrugsfall auszusagen, es ging um eine Lagerhausmasche, die ich hatte aufdecken helfen. Ich konnte runter zur Ninety-sixth Street fahren und es dann noch zum Gerichtstermin schaffen, wenn ich zuerst ins Büro raste und mir die Fallakten holte. Schnell schlüpfte ich in meine Gerichtssaal-Kluft, einen streng geschnittenen Anzug aus ultrafeiner Wolle, aber als ich Schlüssel und Laptop in der

Aktentasche verstaute, musste ich an das reservierte, erhabene Gesicht auf Augusts Plakat denken. Das Bild mochte fast fünfzig Jahre alt sein, aber Ms. Ferring sah mir nicht aus wie eine Person, bei der eine x-beliebige Detektivin unangemeldet hereinschneien konnte.

Meine Datenbanken hatten Ferrings ungelistete Rufnummer ausgegraben. Ein Mann mit einer tiefen, sanften Stimme meldete sich nach dem fünften Klingeln. Als ich mich vorstellte und fragte, ob ich Ms. Ferring sprechen könnte, wurde die tiefe Stimme kalt. »Was verkaufen Sie?«

»Nichts«, sagte ich. »Ich bin Privatermittlerin –«

Er legte auf. Ein Sohn? Ein Butler, dessen Job es war, Ferrings Privatsphäre zu schützen?

Ich versuchte es noch mal. Diesmal landete ich direkt auf dem Anrufbeantworter. Nur Ansage, keine Möglichkeit, eine Nachricht zu hinterlassen.

Ich knirschte mit den Zähnen. Wenn die Götter des Verkehrs auch nur das kleinste bisschen Anstand hatten, konnte ich eine Stunde mit Ms. Ferring oder ihrem Wachhund verbringen und immer noch pünktlich vor Gericht erscheinen. Ich vergewisserte mich, dass das Schminkzeug in der Aktentasche war, fuhr schnell die Akte holen und schaffte die fünfzehn Meilen bis zu Ferrings Wohnort in atemberaubenden siebenundvierzig Minuten. Geschwindigkeitsrekord für diese Tageszeit.

Ferring wohnte in einer Straße mit kleinen Häusern und ordentlichen Gärten. Die Bäume warfen ihre Blätter ab, doch die meisten Leute hier hatten ihre Rasen geharkt. Halloween-Dekoration ließ hier und da Geisterfinger von den Büschen tropfen, Ferrings Eingang war wie der ihrer Nachbarn mit Chrysanthemen in Töpfen gesäumt. Ihr Haus war ein bisschen größer als die anderen in der Siedlung, aber nicht protzig.

Niemand kam an die Tür, überhaupt fühlte sich das Haus hinter den blickdichten Gardinen leer an. Leere Häuser wirken irgendwie abgewandt, als ob sie sich von der Welt zurückziehen, wenn keine Leute drin sind.

Auf der anderen Straßenseite näherte sich eine ältere Frau mit einem Dackel. Der Hund verbellte ein Eichhörnchen, das ihn von einem Baum herab verspottete, aber die Frau starrte mich mit offener Neugier an. Weiße Frau in schwarzem Viertel, was hatte ich hier zu suchen?

Ich ging rüber und stellte mich vor. »Ich hoffte, mit Ms. Ferring sprechen zu können. Sie wissen nicht zufällig, ob sie bald zurück ist, oder?«

Die Frau kräuselte die Lippen. »Wollen Sie ihr was verkaufen, vielleicht sandigen Zement für ihre Auffahrt?«

»Sind hier so viele Trickbetrüger unterwegs?«, fragte ich. Ein nervtötender Teil des modernen Lebens: falsche Klinkenputzer, die sich an ältere Leute heranmachen. Das erklärte womöglich auch die Kälte des jungen Mannes, der sich an Ferrings Telefon gemeldet hatte.

»Und Sie gehören wohl nicht dazu.« Ihr Mund verzog sich noch spöttischer.

»Ich bin Privatermittlerin.« Ich gab ihr eine meiner Karten. »Ein junger Mann, ein Möchtegern-Filmemacher, ist verschwunden. Er ist ein Einzelgänger ohne Familie, und ich kann niemanden auftreiben, der weiß, wo er ist. Ich weiß, dass er einen guten Eindruck auf Ms. Ferring gemacht hat, und ich hoffe, er hat ihr erzählt, wo er hinwollte.«

»Hat dieser junge Filmemacher auch einen Namen?«

Ich zog mein Handy und zeigte ihr Augusts Bild. »August Veriden.«

»Und was, glauben Sie, will er von Ms. Ferring? Sie ausnehmen?« Der geringschätzige Flunsch ihrer Lippen verstärkte sich.

Erst legte der Kerl mit der tiefen Stimme einfach auf, und jetzt das. So langsam fragte ich mich, ob August sich in Ferrings

Haus versteckte und die Nachbarschaft ihn vor Amtsträgern beschirmte, oder auch nur vor einer aufdringlichen Weißen. Aber dazu müsste er wohl in etwas verwickelt sein, was vor den Einbrüchen im Studio und in seiner Wohnung lag.

Der Hund knurrte und winselte, zerrte an der Leine, während das Eichhörnchen *tschack-tschack-tschack*-Geräusche von sich gab: Ich bin hier oben, und du kannst mir gar nichts. Meine Sympathien waren auf Seiten des Hundes.

Ich schüttelte den Kopf. »Ich kann Ihnen nicht mehr sagen als das: Ich bin beauftragt, ihn zu suchen, und ich finde niemanden, der ihn kennt. Mit Ms. Ferring zu reden ist meine letzte Hoffnung. Ist sie krank oder nicht in der Stadt, dass sie nicht ans Telefon geht?«

»Haben wir nicht ein Recht auf Privatsphäre, wo niemand zudringliche Fragen stellt?«, rief die Frau indigniert.

»Ach, so klingt das für Sie? Ich habe kein Interesse an Ms. Ferrings Tun und Lassen, aber dem jungen August Veriden könnte ein Verbrechen angehängt werden, das er meiner Meinung nach nicht begangen hat. Die Polizei hat ihn zur Fahndung ausgeschrieben, jeder kann ihn anschwärzen. Ich würde ihn gern zuerst finden. Wenn Sie mir nicht helfen können, drücke ich jede Klingel in der ganzen Straße. Irgendwer wird mir schon was erzählen.«

Die Frau sah auf ihren Hund hinab, zog an seiner Leine, blaffte »Poppy« an, still zu sein. Poppy grinste zu ihr hoch und kläffte weiter.

»Sie reden am besten mit Troy«, sagte sie zu mir, die Lippen grimmig zusammengepresst, weil sie sich hatte weichklopfen lassen. »Troy Hempel.« Sie zeigte auf das Haus neben Ferrings. »Er ist schon als Kind für Ms. Ferring einkaufen gegangen, er ist ihre Vertrauensperson, mit Vollmacht und allem. Er ist jetzt bei der Arbeit – nur seine Mutter ist zu Hause. Er ist Computerspezialist bei einer Bank in der Innenstadt.«

5

Designerbier

Troy Hempel kam eine halbe Stunde zu spät ins Golden Glow, aber das störte mich gar nicht. Es war ein langer Tag gewesen. Ich war froh über die Chance, mal abzuschalten, einen kleinen Whisky zu schlürfen und mit Sal zu plaudern. Sie stupste mich an, als Hempel hereinkam – als gute Barfrau hatte sie auch mitten in einer Anekdote über den 103. Geburtstag ihrer Großmutter den ganzen Raum im Blick.

Gesicht und Körper meines eigenen Computerspezialisten sind rund und weich wie bei einer Putte, jedenfalls wirkt er wie jemand, dessen einziges Training der Gang vom Schreibtisch zur Kaffeemaschine und zurück ist. Troy Hempel sah aus, als könnte er ukrainische Hacker in seine Suppe bröseln wie Cracker. Sein dünner marineblauer Pullover spannte sich über Schultermuskeln, die Sal veranlassten, mir einen boshaft-schlüpfrigen Blick zuzuwerfen.

»Wird das Jakes Konkurrent? Die Muskeln hat er aber nicht vom Bassspielen.«

Jake Thibaut, mein Gefährte. Glaube ich. Auf jeden Fall Bassist und derzeit mit seinem Alte-Musik-Ensemble in der Schweiz.

Ich verpasste Sal einen Schattenboxhieb und stand auf, um Hempel zu begrüßen. Aufgespürt hatte ich ihn beim Warten im Flur des Gerichts, bevor man mich als Zeugin in den Saal rief. Gerichtstermine laufen nie verlässlich nach Stundenplan. Das ist kein Problem für Anwälte und Richter, die fürs Dortsein bezahlt werden, aber für Zeuginnen wie mich ist es weniger lustig.

Immerhin hatte ich es während einer Stunde Füßeschaukeln geschafft, Hempels Telefonnummern auszumachen, sowohl die seines Handys als auch die seines Büros im Fort Dearborn Trust. Statt mich stotternd am Telefon zu erklären, simste ich ihm einen Text. Ich formulierte sorgfältig, schrieb von Hand vor: Ich wollte sachlich knapp Infos liefern, die ihn überzeugten, sich mit mir zu treffen, ohne Unterstellungen dazu, warum Ferrings Nachbarin dermaßen zugeknöpft tat – oder warum Hempel einfach aufgelegt hatte, falls das heute Morgen an Ferrings Apparat er gewesen war. Mein förmlich gespreizter Ton erwies sich als zielführend: Hempels Antwort klang nicht begeistert, aber er war einverstanden, mich um sechs im Glow zu treffen.

Nachdem das geregelt war, rangelte das Gericht immer noch um die Zulässigkeit meiner Aussage. Außerdem hatte ich drei neue Nachrichten von Bernie. *Nichts Neues*, schrieb ich zurück. *Ich melde mich, wenn ich was hab, also hör bitte auf, nach meinen Hacken zu schnappen.*

Auf Netflix fand ich alle drei Spielfilme, die Jarvis Nilsson mit Emerald Ferring gedreht hatte. Ich streamte *Pride of Place*. Ferring gab eine inbrünstige Aktivistin, aber die Dialoge waren plump.

Der Gerichtsdiener rief mich schließlich um vier Uhr auf, gerade als Ferring mit ihrem Säugling am Grab des Farmpächters saß. Sie hielt ihren Eltern einen bewegenden Vortrag, dass eines Tages ein Junge wie er Präsident sein würde, aber bis dahin »bleibt noch viel zu tun, Mutter. Ich kann im Tod so wenig von Eltons Seite weichen, wie ich es im Leben getan hätte.«

Ja! Einsatz der Nationalhymne.

Eine halbe Stunde später vertagte sich das Gericht, meine Aussage war immer noch unvollständig. Ich nahm die L nach Norden, tauschte die Gerichtsklamotten gegen Laufzeug, um den Hunden einen schnellen Ausflug zu verschaffen, dann stieg ich in saubere Jeans, warf ein bronzefarbenes Wolljackett über und marschierte wieder mal zum Golden Glow. So langsam kam ich mir vor wie Peter Sellers, der in einem Film sechs Rollen spielt und von einem Kostüm ins andere springt. Ich war etwas spät dran, hatte aber immer noch gut zwanzig Minuten Vorsprung vor Hempel.

Als ich Sal erzählte, mit wem ich verabredet war und warum, packte sie meine Schulter mit eiserner Hand und drückte mich auf einen Barhocker. »Emerald Ferring?«, sagte sie. »Du kommst an Emerald Ferring ran?«

»Du kennst sie?« Ich löste ihre Finger aus meiner Schulter.

»Ich hab mir schon immer alles angesehen, wo sie dabei war, sogar diesen lausigen Abklatsch von *The Jeffersons.* Sie war solch ein Vorbild für mich – wenn du dich mit ihr triffst, dann tu das gefälligst hier.«

»Das hängt alles von ihrem Beschützer ab«, sagte ich. »Vorausgesetzt, er taucht auf. Es freut dich sicher zu hören, dass ihre Nachbarn ihre Privatsphäre hüten, als wär sie die heimliche Chefin der CIA.«

Sal bombardierte mich mit Fragen – über die Nachbarn, Ferrings Haus, wie August Veriden sich Ferrings Vertrauen erschlichen hatte.

»Du klingst ja wie ein verknalltes Schulmädchen«, knurrte ich.

Sal nickte. »Wenn es um Emerald Ferring geht, *bin* ich ein verknalltes Schulmädchen.«

Ich erwähnte nicht, dass ich bis heute noch nie von Ferring gehört hatte: Das könnte eine schwer zu überbrückende Kluft erzeugen. Stattdessen zeigte ich ihr Troy Hempels Eintrag auf LinkedIn, und wir wetteten darum, was er trinken würde. »Bourbon«, tippte ich. »Er ist jung, er ist hip, er will zeigen, wie geschmeidig er ist.«

»Ach Schätzchen, du kannst genauso gut gleich blechen. Jung, hip – Bier, und zwar ein hiesiges.«

Etwa zehn Minuten später kam Hempel herein. Er hatte den stoischen Gesichtsausdruck eines diskreten Butlers, aber seine Augen weiteten sich leicht, als er Sals berühmten Tresen sah, ein Hufeisen aus Mahagoni, und die Tiffanylampen, die Sals Versicherungskosten in Höhen treiben, die ich kaum ermessen kann, selbst wenn ich Finger und Zehen zu Hilfe nehme.

»Ich arbeite nur fünf Blocks entfernt und hatte keine Ahnung, dass dieser Laden existiert. Wie lange gibt es ihn schon?«, fragte er.

»Seit Sie Ihre ersten Zähne bekamen.« Sal ließ ihr Tausendwattlächeln aufblitzen, um den Worten den Stachel zu nehmen. »Was kann ich Ihnen Gutes tun?«

Er wollte Bier, und Sal grinste dreckig. Hempel fragte nach etwas namens Hophazardly. Ich nahm an, er wollte Sal herausfordern, weil sie sich über seine Jugend lustig gemacht hatte, aber sie rief ihrer Chefbarkeeperin Erica etwas zu, und die stieg gemächlich in den Keller und kam mit einem Kasten zurück, den sie unter den Tresen schob.

Sal hatte mir einen Tisch in der hintersten Ecke reserviert, weit weg von den Fernsehern, die auf einem Bildschirm Nachrichten und auf dem anderen das Spiel der Bulls zeigten.

»Okay«, sagte Hempel. »Jetzt erklären Sie mal, was Sie von Ms. Emerald wollen.«

»August Veriden.« Ich holte mein Smartphone raus und zeigte ihm ein paar der Fotos, die ich morgens in Augusts Wohnung gemacht hatte. »Ich hab keine Ahnung, was hier läuft, aber das Sportstudio, wo er arbeitet, sieht ähnlich verwüstet aus.« Ich rasselte meine Geschichte runter: wie Augusts Cousine mich bat, ihn vor der Polizei zu finden, meine haltlosen Thesen, was zu solcher Zerstörungswut führen mochte, und die offene Frage, wie gut August Emerald Ferring kannte. »Kann er sie eingeweiht haben?«

Hempel hatte sein Hophazardly in zwei Schlucken ausgetrunken und rollte die Flasche zwischen seinen Handflächen. Erica, die den Raum fast genauso sachverständig im Blick hat wie Sal, erschien mit einer frischen Flasche und einer hochgezogenen Braue. Hempel nickte, fragte aber, ob er Sal kurz sprechen könnte. Unter vier Augen.

Ich zog eine Grimasse, als Erica ihn zur Bar geleitete und Sals Geplauder mit einem Stammgast unterbrach, einem Wertpapierhändler, der jeden Abend an der Bar sitzt und vier doppelte Bourbon trinkt, egal ob die Kurse steigen oder abstürzen. Sal ist Afroamerikanerin, und Hempel brauchte wohl ihre Einschätzung, ob einer Weißen wie mir zu trauen war.

Nach ein paar Minuten kam er an den Tisch zurück, hinter seinem Rücken lachte Sal mich aus. »Ms. Emerald hat vor zehn Tagen mit August die Stadt verlassen«, sagte er ohne Einleitung. »Sie hätte mir vielleicht erzählt, was sie vorhaben, wenn ich da gewesen wäre, aber ich war auf einer Fortbildung in Tel Aviv. Ich bin erst fünf Tage nach ihrer Abreise zurückgekommen. Sie hat meiner Mutter gesagt, dass sie ihr Telefon auf meins umleitet und erwartet, dass ich mich um ihre Angelegenheiten kümmere, solange sie weg ist.« Er lächelte halb. »Ich mache Besorgungen für sie, seit sie vor fünfundzwanzig Jahren in unsere Straße gezogen ist. Manchmal glaube ich, sie hält mich immer noch für den Siebenjährigen: ›Troy, mein Rasen muss heute gemäht werden‹, oder ›Troy, jemand muss mich zum Friseur begleiten‹, so in der Art.«

»Sie hat Ihrer Mutter nicht erzählt, wo sie hin ist?«

»Oh doch. Sie hat gesagt, August sei ein begnadeter junger Filmemacher, der eine Doku über ihr Leben plant. Sie wollten mit dem Auto nach Kansas, damit er ihre Wurzeln filmen kann.«

Ich verdaute das. »Aber was ist daran so ein großes Geheimnis? Ich verstehe nicht, warum August nicht ans Telefon geht.«

Hempel schüttelte den Kopf. »Das macht mir auch Sorgen. Meine Mutter fragt sich, ob August Ms. Emerald ausnutzt. Sie war nie ein Superstar, aber sie bekommt bis heute Tantiemen für ein paar Fernsehserien, in denen sie mitgespielt hat. Sie steht besser da als die meisten alten schwarzen Frauen, und wir alle – alle in unserer Straße – versuchen ein bisschen achtzugeben, dass sie keinem Abzocker in die Hände fällt.«

»Kann sie ihre Angelegenheiten noch selbst regeln?«, fragte ich.

»Ach, ihrem Verstand fehlt gar nichts, nur hatte sie nie viel Geschäftssinn, auch nicht, als sie jung war. Sie hat mir Vollmacht gegeben, damit ich ihre Interessen für sie wahrnehme. Aber meine Mutter sagt, sie hat ein langes Gespräch mit Veriden geführt, bevor sie losgefahren sind, und sie denkt, was er sagt, hat Hand und Fuß.«

»Kurz bevor er verschwand, hat Veriden einen großen Barscheck eingelöst. Ich frage mich, ob Ferring ihm den gegeben hat, und wenn ja – hat er ihn ihr abgeluchst, oder hat sie es von sich aus getan?«

»Ach, da ist das Geld geblieben?«, sagte Hempel. »Ich habe Kontovollmacht. Ich habe schon gesehen, dass sie viertausend runtergeholt hat, aber sie hat einen Barscheck verwendet. Verdammt.« Er schlug mit breiter Handfläche auf den Tisch. »Das Ganze ist gelaufen, als ich außer Landes war. Aber meine Mutter meint, es war wirklich Ms. Emeralds Idee, sie hat August überredet, mit ihr hinzufahren und sie zu filmen, für so eine Hintergrundgeschichte, Origin Story heißt das wohl. Sie hat sich schon länger gewünscht, ihre Karriere wiederzubeleben oder wenigstens neues Interesse für diese Spielfilme von Nilsson zu wecken, darum glaube ich sofort, dass Ms. Emerald sozusagen die treibende Kraft war.«

»Oder vielleicht hat August es ihr in den Kopf gesetzt, aber so geschickt, dass sie dachte, es wäre ihre Idee«, überlegte ich.

»Ja, genau das halte ich für denkbar, besonders da sie beide nicht ans Telefon gehen. Wir – meine Mutter und ich – haben schon überlegt, was zu tun ist. Ich habe schwere Bedenken, die Cops einzuschalten, zumal ich gar nicht weiß, wo Ms. Emerald ist. Sie könnten irgendwo in einem von vier Bundesstaaten unterwegs sein oder in einem Kaff in Kansas hocken.«

»Sie sind mit dem Auto gefahren?«

»Ja, mit Veridens Wagen, einem Prius. Ms. Emerald fährt kaum noch, also muss er das übernehmen. Ich mach mir Sorgen, seit ich aus Israel zurück bin, aber jetzt bin ich ernstlich beunruhigt. Hören Sie, ich muss das Ganze mit meiner Mutter und ein, zwei anderen Leuten besprechen – aber wenn die auch dafür sind, könnten Sie dann versuchen, sie für uns aufzuspüren?«

6

Über den Fluss

»Eines schönen Tages ist mein Großvater zu Fuß über den Kansas River gegangen, als eine Dürre den Fluss bis auf Knietiefe ausgetrocknet hatte«, sinnierte Gertrude Perec. »Zurückgelassen hat er eine Ehefrau, elf Kinder und seine gesamten Rezepte zur Heilung von allem und jedem, von Warzen bis zu Krebs.«

»Das hast du ja noch nie erzählt, Gram. Ich meine, das mit den Krebsrezepten«, sagte Cady Perec. »Hast du mal eins davon ausprobiert? Oder sie Dr. Kiel gezeigt?«

Gertrude lachte kurz. »Ich erinnere mich nur noch an eins, gegen Magenkrebs: Man legt Rosenblüten zweiundsiebzig Stunden in Portwein ein. Vermutlich fühlten sich die braven Kirchenfrauen, die fürs Alkoholverbot unterschrieben hatten, dadurch besser, auch wenn es nicht half. Nein, ich habe diese Rezepte gegenüber Dr. Kiel nie erwähnt, aber vielleicht wollte ich deshalb so gern für einen Naturwissenschaftler arbeiten. Um meinen Großvater als den Scharlatan vorzuführen, der er war.«

»Wer ist Dr. Kiel?«, fragte ich.

»Er ist eine Autorität in Sachen Krankheitserreger – oder vielmehr war«, sagte Cady. »Inzwischen ist er im Ruhestand, aber man konsultiert ihn gelegentlich noch, so wie letztes Jahr, da gab es in Eudora – das ist ein Städtchen östlich von hier – einen Salmonellenausbruch. Er verfolgte das zurück bis zu jemandem, der in einem Imbiss jobbte. Gram war früher seine Sekretärin.« Sie wandte sich an Gertrude. »Ich weiß, dass dein Großvater nie zurückkam, das wissen alle, aber hat er deiner Großmutter nie geschrieben, oder deiner Mutter oder sonst wem?«

»Wenn, dann hat sie es niemals erwähnt«, sagte Gertrude. »Ich habe mich oft gefragt, ob er auf der anderen Seite des Flusses noch eine Familie hatte oder ob er einfach nordwärts gepilgert ist bis nach Kanada. Meine Großmutter war eine furchterregende Frau – das einzige Mal, als ich sie nach Großvater fragte, hat sie mich geschlagen, bis meine Beine bluteten, mit einer Gerte, die sie aus dem Busch da gerissen hat.« Gertrude deutete in Richtung Verandatreppe, wo ein üppiger Strauch, von den Herbststürmen weitgehend entblättert, das Geländer überragte. Seine langen Zweige waren gut fingerdick. Damit geschlagen zu werden musste aasig wehtun.

Cady Perec wandte sich wieder mir zu. »Verschwundene Großväter sind bei uns ein Familienthema. Wenn ich mal Kinder kriege, werden sie auch nichts über ihren Großvater wissen, weil ich keine Ahnung habe, was aus ihm geworden ist – meinem Vater, meine ich. Gram hat mich nie mit irgendwas geschlagen, aber sie mag nicht über ihn reden.«

Gertrude streckte die Hand aus, um Cadys Schulter zu drücken. »Ich habe dir erzählt, was ich weiß, Rübchen.«

»Nämlich nichts«, sagte Cady.

»Selbst wenn ich mehr über ihn wüsste, ist das nichts, was eine Fremde hören möchte.« Das war eine Ermahnung, so taktvoll wie ein Gertenhieb auf nackte Beine, aber ich ignorierte den Wink.

»Ich will alles hören«, sagte ich. »Dann kann ich selbst die Spreu vom Weizen trennen und sehen, was mich weiterbringt. Und ich gehe auch mit der Spreu nicht leichtfertig um.«

»Hör sich das einer an«, spottete Gertrude Perec. »Die Spreu vom Weizen trennen. Niemand würde drauf kommen, dass Sie in der Stadt aufgewachsen sind und nicht auf einer Farm.«

Meine Wangen brannten, aber ich sagte im Ton unschuldiger Neugier: »Ich dachte, dies ist eine Universitätsstadt, mir war nicht klar, dass die Leute sich hier noch als Landvolk sehen.

Hat die Stadt sich um Häuser wie Ihres herum ausgebreitet?« Gertrude Perecs Backsteinvilla hätte im South Chicago meiner Kindheit als Herrenhaus gegolten.

Ich war nicht hineingebeten worden – wir saßen auf einer windgeschützten Veranda in Richtung Nordosten, zum Fluss hin, den Gertrudes Großvater durchwatet hatte. Es war ein großer viktorianischer Altbau mit vielleicht einem Dutzend Räumen auf zwei Etagen. Die Sonne war untergegangen, und die Straßenlaternen beschienen ein paar tote Sonnenblumen, keine Weizenfelder.

Cady lachte leise. »Gram ist in diesem Haus aufgewachsen, aber wir wissen alle ein bisschen was über Weizen und Mais, das ist uns so nah. Jeder hier kennt wen, der bei den Getreidesilos oder in der Düngerfabrik arbeitet. Und Großväterchen Perecs Familie hatte südlich der Stadt eine Farm.«

Fünf Tage waren seit meinem ersten Treffen mit Troy Hempel vergangen, und seit zwei Tagen war ich in Kansas. Hempel, seine Mutter und sechs Nachbarn hatten länger gebraucht, um sich zu einigen. Nach hitziger Diskussion über meine Eignung, ob man mir zutrauen durfte, dass ich Ms. Ferrings Verschwinden ernst genug nahm, und ob mein Honorar nicht völlig überzogen war, wurde ich einbestellt. Troy und seine Mutter zitierten mich zur Nachbarschaftskonferenz. Troy bat Sal als Leumundszeugin dazu.

Ich brachte Bernie und Angela mit, die striktes Sprechverbot hatten. Beide jungen Frauen gingen durch die Decke, als ich mich auf die Seite der Skeptiker schlug: »Diese Privatdetektivin hat zu wenig Ahnung von und Interesse an Emerald Ferring, um unser Geld an sie zu verschwenden.«

Ich stellte die zwei ruhig und führte aus, dass mein angestammtes Terrain Chicago war. »Hier weiß ich genau, wie man was erreicht, wer die Strippen zieht und bei welchen Spielchen getrickst wird. Hier hab ich meine Leute, und wenn ich auf die

Nase falle, was uns allen mal passiert, gibt es hier Menschen, die mich zusammenflicken. Kansas? Genauso gut könnte ich versuchen, ein Verbrechen in Mailand aufzuklären. Vermutlich würde ich mich in Mailand noch heimischer fühlen – das ist immerhin ein Industriezentrum mit klar auszumachender Kriminellenszene. Es gibt doch Detekteien in Kansas, wo man die ansässigen Mitspieler kennt. Besser, Sie beauftragen jemanden von dort.«

»Niemand von uns kann da runterfahren und Detekteien begutachten, höchstens Troy, und selbst dann wüssten wir nicht, ob wir darauf vertrauen können, dass sie das Richtige tun«, sagte Troys Mutter. »Glauben Sie mir, Ms. Warshawski, wir haben das durchgesprochen, wir haben auch diskutiert, ob wir die Kansas State Police benachrichtigen. Und die Polizei in Missouri und Iowa, je nachdem, welche Strecke August und Emerald genommen haben. Es ist immer schwer, fremde Ermittler in private Angelegenheiten einzuweihen, aber Sie haben wir immerhin kennengelernt, und es gibt Leute, die große Stücke auf Sie halten. Sal Barthele hier sagt, Sie sind ehrlich und vertrauenswürdig. Wir können Ihnen eine Woche Arbeit da unten bezahlen.«

Bernie platzte mit Applaus dazwischen. Angela sagte: »Es sind schon wieder drei Tage vergangen, und wir haben keine Ahnung, wo August ist. Sie müssen das wirklich tun, Vic.«

Ich kämpfte mit meiner eingefleischten Zweijährigen-Protestreaktion: Ich mag es nicht, wenn Leute mir sagen, was ich wirklich tun muss. Dann stieg auch noch Sal darauf ein und verkündete, sie würde selbst fahren, wenn ich es nicht tat. »Ferring könnte in irgendeinem Maisfeld in Iowa umherirren. Dieser junge Filmemacher kann in den Knast geworfen oder von einem schießwütigen Kleinstadtcop niedergemäht worden sein. Hast du nicht gesagt, die Cops haben ihn wegen des Einbruchs landesweit gemeldet?«

»Zur Fahndung ausgeschrieben«, sagte ich. »Ja, schon. Aber ich hab die Festnahmen in allen vier Staaten auf dem Weg überprüft, und es gibt keinen Hinweis, dass er verhaftet wurde.«

»Aber kriegst du von jedem Provinzkaff zwischen hier und Kansas City alle Meldungen zu sehen?«, forschte Sal.

Das machte mir auch Kopfzerbrechen, aber selbst wenn Veriden irgendwo entlang der Route aufgegriffen worden war, konnte ich unmöglich jedes kleine Nest an den Interstates zwischen Chicago und Kansas abklappern.

Es war nicht Sals Drängen, das den Ausschlag gab, mich in den Südwesten aufzumachen. Ich bin gar nicht sicher, was der eigentliche Grund war. Es stimmte schon, dass mich von meinen finanzkräftigen Klienten momentan niemand brauchte und die meisten Aufträge, die ich noch laufen hatte, online bewältigbar waren. Jede dringliche Überwachung in Chicago konnte ich den Streeter-Brüdern aufhalsen, einem Trio, dessen Kerngeschäft mir nie ganz klar ist – sie übernehmen Holzarbeiten, Klaviertransporte, Personenschutz und Überwachung, alles mit der gleichen geduldigen, peniblen Sorgfalt.

Mr. Contreras wollte just für drei Wochen in die Karibik, um seine Nichte zu besuchen, die ein Winterquartier in St. Croix hatte. Obwohl er gut für sich selbst sorgen kann, lasse ich ihn nicht gern über längere Zeit allein, jetzt wo er über neunzig ist. Aber wenn er sowieso weg war, entfiel ein weiterer Grund für mich, in Chicago zu bleiben.

Und dann war da noch Jake Thibaut, mein Bassist. Ein Bassist. Wir sind liiert – oder was immer Leute in unserem Alter sind – seit dem denkwürdigen Abend, als er mich in einem Kontrabasskoffer an einer Schlägertruppe vorbeischmuggelte. Jake spielt sowohl moderne als auch Alte Musik. Sein Ensemble, High Plainsong, hatte einen wichtigen Wettbewerb gewonnen, und der Preis war ein Jahr Künstlerresidenz in der Schweiz. Jake war im September losgeflogen, nach sechs Wochen manischer

Hektik: seine Eigentumswohnung vermieten, Ersatzlösungen für bereits zugesagte Auftritte anleiern, seinen Schülern andere Lehrer suchen.

Lange bevor Jake aufbrach, war sein Kopf schon in den Alpen, träumte von Musik und Musikern. Er versuchte mich zum Mitkommen zu überreden, was zu bösem Streit führte. »Du hängst in deinem Laufrad fest, Vic. Du machst immer nur dasselbe. Warum lässt du dich nicht mit mir auf einen Kopfsprung ein und guckst, was die Zukunft zu bieten hat, wenn man alles riskiert?«

»Du riskierst doch überhaupt nichts«, antwortete ich wütend. »Du hast ein schickes Stipendium. Was soll ich denn da? Mal eben schnell Deutsch lernen, damit ich anfangen kann, gegen Schweizer Banken wegen Betrugs an Holocaust-Überlebenden zu ermitteln?«

»Genau das meine ich«, gab er zurück, nun seinerseits wütend. »Du bist klug, du bist kreativ, warum zielt dein Verstand automatisch in Richtung Banken und Betrug statt auf was Größeres, was dich mehr herausfordert?«

»Ich kann mir kaum eine größere Herausforderung vorstellen, als eine Schweizer Bank zu Fall zu bringen«, konnte ich mir nicht verkneifen.

»Du riskierst die ganze Zeit Leib und Leben für deine Arbeit, aber um das wahre Risiko drückst du dich: bloß keine Veränderung«, argumentierte er. »Flieg mit mir nach Basel und guck einfach, was passiert. Es gibt so viel Musik da! Es wird dich auf Arten inspirieren, die du gar nicht vorhersehen kannst.«

»Musik hören und lieben oder dich dafür lieben, wie du spielst, ist nicht dasselbe wie Musik machen«, wandte ich ein. »In meinem Leben in Chicago kann ich mich sehen. Ich liebe meine Arbeit, und ich weiß nicht, was für Arbeit ich in Basel finden könnte, die mich vergleichbar befriedigt.«

»Geh das Wagnis ein, schau einfach, was sich ergibt«, drängte er. »Wenn du den Rest deines Lebens damit verbringst, Trickbetrüger und durchgeknallte Wirtschaftsverbrecher zu jagen, zerstört das doch irgendwann deine Seele.« Er wurde rot, sobald die Worte heraus waren.

»So siehst du meine Arbeit?«, sagte ich nach einem entgeisterten Schweigen. »Als seelenzerstörend? Ich dachte immer, ich helfe Menschen, denen sonst keine Möglichkeit bleibt, ein gewisses Maß ihrer Würde zu wahren.«

Wir hatten uns dann geküsst und wieder versöhnt, so halbwegs, aber in den zwei Monaten, seit er weg war, waren unsere Skype-Sitzungen immer seltener geworden, immer kürzer und weniger vertraut, und ein paar Tage bevor Bernie und Angela mich aufsuchten, hatte Jake mich per E-Mail informiert, dass er doch nicht wie geplant zu Thanksgiving rüberkommen würde. »Das ist die einzige Woche vor unserem Weihnachtskonzert, in der Galina Yakovna nach Basel kommen kann, es ist also zwingend, dass ich hierbleibe. Warum fliegst du nicht her und stößt zu mir?«

Yakovna war eine weißrussische Cellistin, deren Name zunehmend regelmäßig in Jakes zunehmend unregelmäßigen Nachrichten auftauchte. Vielleicht war das der Grund dafür, dass meine Rückmeldung nur aus einem kurzen Halbsatz bestand: *Damit ich mir mal 'ne Seele zulege?*

Mal aus der Stadt rauszukommen, und sei es nach Kansas, schien allmählich eine gute Idee, um mich von meinem Groll abzulenken.

Gleich nach dem Treffen mit Troy Hempel und Emerald Ferrings anderen Nachbarn fuhr ich zu Max Loewenthal. Er wohnt in einer der ruhigen Straßen direkt am Lake Michigan, und ich wusste, dass Lotty Herschel da sein würde.

Als Ärztin behandelt Lotty die Brüche und Versehrungen, die mein Körper bei meinen Ermittlungen abkriegt; ich meinerseits habe ihr bei der schmerzhaften Reise in die Vergangenheit ihrer ermordeten Familie navigieren geholfen. Das ist kein Wettbewerb, keine von uns führt Buch, es ist einfach so, dass wir einander einsatzfähig halten, ungeachtet aller Gegensätze in Alter und Hintergrund.

»Du hast die Wahl zwischen Kansas und der Schweiz, und du wählst Kansas?« Lottys Mundwinkel zuckten vor liebevollem Spott.

»Berge gegen Prärien, handgeschöpfte Schokolade gegen Weizen, Kuckucksuhren gegen Wolkenkuckucksheimpolitik – wer würde sich da anders entscheiden?«, sagte ich. »Nebenbei, auch wenn Jake mir fehlt, mag ich nicht das fünfte Rad am Wagen mit seiner weißrussischen Cellistin sein. Oder das neunte Rad, da High Plainsong schon sieben Mitglieder hat.« Ich konnte mir gut vorstellen, wie ich mich zu amüsieren versuchte, während Jake und seine Kohorte täglich zehn Stunden übten.

»Victoria, dir ist doch klar, dass Emerald Ferring und August Veriden vielleicht schon etwas Ernstes zugestoßen ist«, sagte Max leise. »Ich will dir nicht sagen, was du zu tun hast, denn du bist die pflichtbewussteste Person, die ich kenne, aber es scheint mir eine Mizwa, selbst hinzufahren und sich nicht auf unbekannte Außenstehende zu verlassen.«

Als ich aufbrach, stellte er sich auf die Zehenspitzen, um mich auf die Stirn zu küssen. »Weißt du, was, du hast eine wunderbare Seele. Ich würde nicht daran herumpfuschen.«

Ich nehme an, der Kuss und das Kompliment gaben den Ausschlag dafür, dass ich mich durchrang. Am nächsten Tag aktivierte ich den Bereitschaftsdienst durch die Streeter-Brüder, suchte mir eine Strecke nach Fort Riley raus und prüfte nochmals die Datenbanken der Vollstreckungsbehörden auf namenlose Tote oder Verletzte, auf die Augusts oder Ferrings Beschreibung passte.

Peppy würde ich mitnehmen. Ein Hund konnte in der Fremde eine Behinderung sein, aber ich fühlte mich, als ginge es auf eine Reise zum Mars, fernab aller Orte und Menschen, die ich liebte: Ich brauchte eine Reisegefährtin. Mitch, ihren halbschwarzen Labradorsohn, brachte ich zu Dr. Dan's Hundefarm in Wisconsin – mehr als einen Vierbeiner konnte ich unterwegs nicht im Griff behalten.

Ich packte eine Tasche mit meinem wichtigsten Werkzeug: Picks, Reservemunition für meine Smith & Wesson, Nachtsichtfernglas, Beweismitteltüten. Eine Flasche Johnnie Walker Black Label. Mein Laptop, iPad, Ladekabel. Peppys Bett, ein Sack Hundefutter. Für mich Wanderschuhe und ein Koffer mit drei Paar Jeans, T-Shirts, Pullovern, einem Poncho für den angekündigten Regen, Unterwäsche, guten Stiefeln, dazu noch meine roten Magli-Pumps – schließlich fuhr ich nach Kansas – und ein seriöses Outfit, man weiß ja nie.

Am Nachmittag fuhr ich Mr. Contreras zum O'Hare, wo er seinen Flug nach St. Croix erwischte. Dann nach Hause, um mit Jake zu skypen. Es war 17 Uhr in Chicago, Mitternacht in Basel. Er war gerade vom Abendessen nach einem Konzert zurück. Früher hatte er mir, wenn er auf Tour war, oft durchs Telefon etwas vorgespielt. In letzter Zeit waren wir zu unglücklich miteinander, um gemeinsam Behagen in seiner Musik zu finden, aber heute Abend bat ich ihn um »Non più andrai« aus *Hochzeit des Figaro* – ein bisschen was Martialisches, um mich gestählt in die Schlacht zu schicken.

Jake holte seine Alte-Musik-Bassgeige heraus und spielte die Melodie, dann improvisierte er ein paar Minuten darüber und endete in einer Molltonart. Als der letzte Ton verklungen war, legten wir wortlos auf, und ich fuhr die erste Etappe der Reise, verbrachte die Nacht an der Grenze nach Iowa dicht am Mississippi.

7

Ein denkwürdiges Städtchen

Chicago liegt auf flachem Land, aber Wolkenkratzer und der Lake Michigan machen uns glauben, wir lebten zwischen Bergen und Ozeanen. Südlich und westlich der Stadt erstrecken sich die Prärien. Jede Menge davon.

Als ich durch Iowa fuhr, verstand ich zum ersten Mal, wie die Pioniere aus dem Osten in dieser endlosen Landschaft wahnsinnig geworden waren. Feld folgte auf identisches Feld: braune Maisstängel, schlaff und verrottend im Regen; Strohstoppeln in grob gepflügter Erde; Farmhaus, Scheune, Baumgruppe; Maisstängel, Stoppeln, Farmhaus. Gelegentlich ein Pferd, eine Kuh oder ein Traktor.

Allmählich beschlich mich der Eindruck, dass ich im Kreis fuhr. Die Gleichartigkeit, der unveränderliche Abstand zu einem weit entfernten Rand, der am Horizont klebende niedrige graue Himmel gaben mir das Gefühl, ein winziger Fisch auf einer riesigen Servierplatte zu sein, nach Luft japsend, voller Sehnsucht nach der Hand, die den Deckel hebt. Es war schwer, wachsam zu bleiben, mehr als einmal erwischte ich mich jenseits der weißen Linie, unsanft zurückgeholt vom Tröten eines vorbeibrausenden Sattelschleppers.

Ich hielt regelmäßig an, um mit Peppy durch die Felder um die Rastplätze zu stapfen. Ein dünner, kalter Regen fiel, schon seit wir die Quad Cities hinter uns gelassen hatten, und verwandelte den Boden in Matsch. Nach dem ersten Halt wechselte ich Socken und Jeans und musste es dann bei der nächsten

Pause wieder tun. Ich hätte mehr Sachen einpacken sollen, ein weiteres Paar Stiefel, Zeitungen, um sie auszustopfen, meine Espressomaschine, einen Kamin, das Klavier meiner Mutter, eine Kiste Barolo, ein Ticket nach Basel.

Ich fuhr durchs östliche Nebraska und nahm die alte US 77 nach Süden. Am späten Nachmittag erreichten wir die Flint Hills in der Mitte von Kansas. Obwohl der Nieselregen anhielt, machten die welligen Hügel den Horizont weniger erdrückend. Ich fand ein hundefreundliches Motel in den Randbezirken von Fort Riley. Es hatte weder Espressomaschine noch Kamin, aber Waschmaschine und Trockner, und nach dem Abendessen konnte ich alle Sachen waschen, die ich über den Tag verdreckt hatte.

Als ich am frühen Dienstagmorgen erwachte, hatte der Himmel aufgeklart. Ich fuhr mit Peppy zu einem nahe gelegenen Nationalpark. Auf einem Felsplateau über einem Flüsschen sah ich zu, wie die Sonne über den Hügeln aufging, während der Hund im Wasser planschte. Es war seltsam für eine Stadtbewohnerin wie mich, das einzige Menschenwesen in einer Landschaft zu sein. Die Vögel waren schwer zugange, Falken kreisten am weiten Himmel, die Hündin scheuchte einen Hasen auf und stürzte in wilder Jagd davon, aber ich war die einzige Person. Ich stand still und ließ das Schweigen in mich eindringen. Anfangs fühlte es sich beruhigend an, aber nach einiger Zeit wurde es unheimlich. Ich sprang hinunter, rief den Hund und rannte den Pfad entlang.

Um zehn präsentierte ich mich in sauberen Jeans und meinem guten Jackett dem Kommandanten des Stützpunkts Fort Riley. Er erwies sich als überraschend hilfreich, jedenfalls tat das seine Sekretärin, eine energische Frau in Uniform, deren Rangabzeichen zu deuten ich zu unwissend war. Sie war verblüfft, von meiner Mission zu hören.

»Emerald Ferring? Wie lustig – ich hab nie von ihr gehört, bis sie letzten Monat hier auftauchte, und jetzt sind Sie hier und suchen nach ihr.«

Es war schwer zu glauben, dass die Spur so leicht aufzunehmen war: Das hätte ich auch per Telefon von Chicago aus erledigen können, was mir eine lange Fahrt erspart hätte und meinen Klienten einige hundert Dollar. »Wann genau war sie hier?«

Die Sekretärin zog ihren Computer zu Rate. »Vor dreizehn Tagen.«

»War ein junger Mann bei ihr?« Ich zog mein Handy und zeigte ihr Augusts Webseitenfoto.

»Ja, das ist der Mann. Ms. Ferring fand, er sollte die Stätte ihrer Kindheit filmen, aber all diese Blocks wurden schon vor Jahrzehnten abgerissen. Das ganze Fort ist jetzt anders aufgebaut. Der General bat Colonel Baggetto, Ms. Ferring alles zu zeigen. Er hat die beiden herumgeführt und ihnen einen Pass für die Bibliothek der Basis gegeben, damit Ms. Ferring in den Archiven stöbern und sich Karten vom Fort aus der Zeit ansehen konnte, als ihr Vater hier gedient hat.«

»Wie lange sind sie hiergeblieben? Haben sie Ihnen einen Hinweis gegeben, wohin sie als Nächstes zu fahren planten?«

Die Sekretärin wusste es nicht, aber sie rief diesen Colonel Baggetto an. »Ich hab sie nicht wiedergesehen, aber ihm könnten sie erzählt haben, wo sie von hier aus hinwollten.«

Baggetto war in einer Sitzung, hatte aber in einer Stunde Zeit für mich. Da ich warten wollte, druckte die Sekretärin mir Karten der Basis aus, eine aktuelle und eine von 1943, als Ferrings Vater hier stationiert war, bevor er nach Europa verschifft wurde.

»Die habe ich schon für Ms. Ferring herausgesucht, als sie hier war. Wir haben keine so weit zurückreichenden Aufzeichnungen darüber, wer genau welche Häuser bewohnt hat, aber

Private Ferring muss in diesem Bereich untergebracht gewesen sein.« Die Sekretärin errötete, als sie auf der Karte auf eine Stelle zeigte, die als ›Negerbaracken‹ bezeichnet war. »Wir sind ja seitdem ein gutes Stück weitergekommen, Gott sei Dank, aber es war wirklich beschämend, Ms. Ferring das zeigen zu müssen. Immerhin haben wir einen Eintrag über ihre Geburt im Lazarett der Basis entdeckt, das war hilfreich.«

Während ich auf Baggetto wartete, nahm ich die Karten und wanderte im Fort umher. Sackgassen gesäumt von Häuschen mit makellosen Gärten, Sackgassen mit Baracken auf makellosen Vierecken, Schaukelgerüste, Schulen, Läden. Und Soldaten, jede Menge Soldaten, die sich in so wachsamer Haltung von A nach B bewegten, dass sie bestimmt in wichtiger Angelegenheit unterwegs waren, obwohl einige stehen blieben, um Peppy zu streicheln (»Ma'am, darf ich Ihren Hund begrüßen?«). Vielleicht würde ich gern hierherziehen – lange Laufstrecken in den Flint Hills, dann heim zu Straßen ohne Müll, wo frohgesichtige junge Männer und Frauen höflich mit mir sprachen.

Die ›Negerbaracken‹ waren einem kleinen Naturreservat gewichen. Ich durchwanderte es mit Peppy, die geheimnisvollen Fährten im Unterholz folgte, während ich verrottetes Laub beiseite trat und ein Zeichen von den Soldaten suchte, die hier einquartiert gewesen waren. Nicht mal ein Fundamentstein war geblieben.

Auf dem Rückweg zum Büro des Kommandanten kamen wir an einer Cafeteria vorbei, wo ich einen Espresso riskierte: dünn, wässrig, im Grunde untrinkbar, hätte ich nicht die Kopfschmerzen eines beginnenden Koffeinentzugs verspürt. Wäre ich nach Basel geflogen, dann würde ich jetzt duftenden europäischen Kaffee trinken, mit handgeschöpfter Schokolade dazu, und die Ufer des Rheins entlangflanieren. Und zwar allein, nicht in Gesellschaft meines Hundes.

Colonel Baggetto erreichte sein Büro im gleichen Moment wie ich. Wie seine Sekretärin war er in Uniform mit Medaillen und Rangabzeichen. Anders als sie hatte er die Art von starkem Bartwuchs, der zweimal am Tag eine Rasur erforderte.

»Captain Arrieta sagt, dass Emerald Ferring verschwunden ist und Sie nach ihr suchen?«

Also bedeuteten die zwei Balken am Kragen der Sekretärin, dass sie Captain war. Tja, so ein General konnte ja seine Dinner-Reservierungen schlecht von dahergelaufenen Rekrut/innen machen lassen. Colonel Baggetto trug silberne Eichenblätter und etwas, das aussah wie Blitzstrahlen aus einem Wonder Woman-Comic.

Ich wiederholte meinen Vortrag. »Dies ist die erste Spur, die ich von Ferring oder Veriden aufgetan habe, und jetzt hoffe ich, Sie können mir sagen, was genau sie hier gemacht haben und wo sie als Nächstes hinwollten.«

Baggettos Handy klingelte. Er sah auf den Screen, nahm den Anruf an, machte ein paar kryptische Bemerkungen und wandte sich wieder mir zu. »Ich hatte noch nie von Ms. Ferring gehört, aber wir haben Kopien ihrer Filme angefordert. Wir wollen sie nächsten Monat im Stützpunktkino zeigen. Während sie hier war, habe ich in der Bibliothek die Dienstakte ihres Vaters heraussuchen lassen. Er ist bei der Ardennenoffensive gefallen.« Er hüstelte befangen. »Er hätte mit einem Bronze Star ausgezeichnet werden müssen, aber die Zeiten waren nun mal, wie sie waren … Na jedenfalls, wir haben hier eine kleine Privatzeremonie für Ms. Ferring abgehalten und Private Ferring den Star posthum verliehen.«

Während er redete, klingelte sein Telefon zwei weitere Male. Beide Male nahm er das Gespräch an und fuhr danach zu mir gewandt mitten im Satz fort, wo er sich unterbrochen hatte. Geländemanöver mussten das Gehirn irgendwie auf besondere Weise fokussieren.

»Ich vermute mal, August Veriden hat die Zeremonie gefilmt«, sagte ich. »Und dann? Hat sie gesagt: ›Danke, und jetzt fahr ich zurück nach Chicago oder nach Hollywood‹?«

Baggetto sah Arrieta an. »Jackie, ruf mal in der Bibliothek an, ja? Frag, ob Ferring oder ihr Begleiter irgendwas über ihr nächstes Ziel gesagt haben.«

Captain Arrieta drückte eine Kurzwahltaste und fragte nach jemandem. Wir konnten nur ihre Seite des Gesprächs hören, aber offenbar musste sie mit jemand anderem reden und dann mit noch jemand anderem.

Ich sagte zu Baggetto: »Die Polizeidienststellen von Chicago und Evanston haben für August Veriden eine Fahndungsmeldung ausgegeben. Sie haben ihn nicht zufällig hier im Kerker oder in Arrest oder wie immer das heißt, oder?«

Baggettos Augen wurden groß. »Himmel, ich glaube eigentlich nicht, aber –« Er tippte eine Nummer in sein Telefon. »Pluto? ... Ja, Baggetto hier. Habt ihr in den letzten zwei Wochen einen männlichen Zivilisten festgenommen, Afroamerikaner, fünfundzwanzig? ... Eine Fahndungsmeldung gesehen? ... Wisst ihr irgendwas?«

»Wir haben ihn nicht«, berichtete Baggetto nach einer Pause, in der Pluto seinen Computer oder vielleicht eine Kristallkugel zu Rate zog. »Und unsere Militärpolizisten haben nichts über ihn vorliegen.«

Arrieta, die jetzt mit der Bibliothek durch war, wandte sich an mich. »Einer der Lebensgefährten, die da ehrenamtlich arbeiten, hat Ms. Ferring und ihren Begleiter zum Abendessen mit in die Kantine genommen. Er sagt, Ms. Ferring hat ihm erzählt, sie würden die Nacht in einem Motel in Manhattan verbringen und dann weiter nach Lawrence fahren. Sie sagte, sie sei dort aufgewachsen und zur Universität gegangen. Lawrence liegt etwa fünfundachtzig Meilen östlich«, fügte sie hilfreich hinzu. »Nur ein oder zwei Stunden auf der I-70, aber ich kann Ihnen

Motels in Manhattan empfehlen, wenn Sie möchten – die Flint Hills sind wunderschön zu dieser Jahreszeit. Ihr Hund wird es lieben.«

Meine Augenbrauen hoben sich unwillkürlich: Ich hatte Peppy beide Male im Auto gelassen, als ich in ihrem Büro war.

Arrieta und Baggetto lachten. »Der Flurfunk der Basis ist um Klassen besser als alle Nachrichtennetze, die je erfunden wurden«, sagte Arrieta. »Noch ehe Sie hier reinkamen, wusste ich, dass eine Zivilistin mit einem Golden Retriever im Fort ist.«

Eintrag für die Zukunft: In einer Kleinstadt kannst du nie unsichtbar sein. Ich dankte den Offizieren, gab ihnen meine Karte und versprach Arrieta, es sie wissen zu lassen, wenn ich Emerald und August fand.

Ich hielt zum Mittagessen bei einem Diner in der Randbesiedlung ums Fort, gönnte meiner Hündin noch einen letzten Lauf in den Hügeln und brach dann auf. Der Verkehr war dichter als gestern – wir bewegten uns auf die großen Städte im östlichen Teil des Staates zu, Topeka, Lawrence, Eudora.

Wir kamen an einem *Wizard of Oz*-Museum vorbei, jedermanns Klischeevorstellung von Kansas: Tornados und »There's no place like home«. Selbst nachdem wir die Flint Hills hinter uns hatten, war die Gegend hügeliger, als ich erwartet hatte. Ich hatte wohl angenommen, Kansas sei ein langes flaches Land wie die Gegend, durch die ich gestern gefahren war.

»Haben sie mir die Wahrheit gesagt?«, fragte ich Peppy. Sie hatte ihren Kopf aus dem Fenster gesteckt, studierte die Riechlandschaft und schien an dieser Frage nicht interessiert.

»Irgendwie merkwürdig, dass der Colonel gar nicht wissen wollte, wieso August zur Fahndung ausgeschrieben ist«, sagte ich zu ihr. »Ich hätte das wissen wollen. Ich würde mir Sorgen machen, dass ich einen Axtmörder in mein Fort gelassen habe. Das führt mich zu der Frage, ob sie August in Wahrheit doch eingesperrt haben und es mir nicht sagen wollten. Obwohl, wenn dem so wäre, was hätten sie dann mit Ms. Ferring angestellt?«

Peppy zog ihren Kopf lange genug herein, um mich kurz hinterm Ohr zu lecken. Ich nahm das als Zeichen, dass sie zuhörte und ich fortfahren sollte, aber wahrscheinlicher war, dass es sie nach Futter verlangte.

Trotz des dichteren Verkehrs erreichten wir Lawrence vor Sonnenuntergang. Nachdem ich eine Pension gefunden hatte, die Apartments vermietete und Hunde akzeptierte, spazierten wir durch die Stadt, um ein Gefühl für den Lageplan zu entwickeln. Hier war es wärmer als in Chicago, ich brauchte nur meine leichte Windjacke.

Die University of Kansas schien das Zentrum des hiesigen Universums zu sein. Überall gab es Figuren ihres Maskottchens Jayhawk – in Schaufenstern, Restaurants, auf Grünflächen. Die Universität selbst überragte alles vom Gipfel eines mächtigen Hügels aus. Ich würde am Morgen hingehen, um herauszufinden, was für Aufzeichnungen sie über Emerald Ferrings Studienjahre hatten.

Meine große Entdeckung des Nachmittags war, dass die Innenstadt von Lawrence nur so wimmelte von Coffeeshops und Cafés. Ich probierte vier davon aus, verglich den Espresso und entschied, dass ich einen Laden namens Decadent Hippo am besten fand. Die Baristas waren zugleich Barkeeperinnen und machten meinen Cortado zwischen Bestellungen von Moscow Mules und Bruised Elbows.

»Hier könnten wir uns wohlfühlen«, sagte ich zu Peppy. Sie stimmte zu: Alle wollten sie streicheln und boten ihr Muffinkrümel an.

Meine andere Entdeckung war die Anzahl der Obdachlosen in den Straßen. Ich bin den Anblick aus Chicago gewöhnt – abgehärtet, was nicht gut ist –, aber in einer Universitätsstadt, die so reich wirkte, zumindest an der Oberfläche, war das erschreckend. Die Tramps waren jung im Vergleich zu Chicagos Obdachlosen, und die meisten waren weiß, mit den harten mürrischen Gesichtern von Leuten, die zu viel trinken und zu wenig schlafen.

Am Morgen, beim ersten Cortado des Tages, schlug ich Emerald Ferring in Lawrence nach. Sie hatte keine Familie hier, zumindest keine Verwandten namens Ferring. Ich stieß auf keinerlei Eintrag mit diesem Namen in der Vergangenheit, natürlich sind die meisten Einwohnerdaten von vor 1995 nicht im Netz zu finden. Ich rief bei der Stadtbibliothek an, aber sie hatten keine alten Telefonbücher aufbewahrt.

Bevor ich irgendetwas anderes unternahm, ging ich aufs städtische Revier, das hier zusammen mit dem Büro des County Sheriffs sowie der Zivil- und Strafgerichtsbarkeit in einem Polizei- und Justizcenter untergebracht war. Theoretisch ist jede Privatermittlerin verpflichtet, sich bei den lokalen Behörden zu melden, bevor sie jemanden sucht oder beschattet. In der Praxis sehe ich in Chicago davon ab, die überarbeitete Polizei zu behelligen, aber hier, wo ich eine Fremde war, schien es klüger, sie aufzusuchen, bevor sie zu mir kamen.

Schrägerweise war das Revier der erste Ort, an dem ich mich wie zu Hause fühlte, seit ich Chicago verlassen hatte. Es mochte ein anderer Gerichtsbezirk sein, aber der Sergeant am Tresen, die ausgehängten Steckbriefe, die besorgte Mutter auf der Suche nach ihrem Jungen – genau so kannte ich es, seit ich meinen Dad, dreißig Jahre lang Streifenpolizist in Chicago, das erste Mal zur Arbeit begleitet hatte. Ich weiß noch genau, wie er mich als Vierjährige auf den großen Tresen hob und der alte Sergeant Reardon mir einen Stern an die Jacke steckte. So bedeutend habe ich mich nie wieder gefühlt.

Ich zeigte dem diensthabenden Sergeant von Lawrence meine Papiere. Ich wiederholte meine Geschichte, die mit jedem Aufsagen dünner klang. Der Sergeant sah sich Augusts und Emeralds Bilder an und lächelte mitleidig.

»Das hier ist eine Universitätsstadt, Miss. Gucken Sie aus dem Fenster oder gehen Sie rüber zur Ninth Ecke Massachusetts, da sehen Sie Dutzende solcher Kids wie ihn hier. Wir beachten sie nicht weiter, solange sie nicht betrunken sind und die Ruhe stören oder sich prügeln, und selbst dann, sofern kein Krankenwagen gebraucht wird, schicken wir sie einfach nach Hause, ihren Rausch ausschlafen.«

Ich hatte so meine Zweifel am Wahrheitsgehalt dieser Aussage, vor allem, wenn es um schwarze Jugendliche ging, aber jedes Nachhaken würde mir nur eine Fuhre Unmut einbringen. Keine gute Art, sich einzuführen. »Ms. Ferring, die mitreisende ältere Frau, hat ihn wohl damit betraut, einen Dokumentarfilm über ihr Leben und Werk zu drehen. Sie ist damals in den Sechzigern hier aufs College gegangen, und nun wüsste ich gern, wo sie damals gewohnt hat, um zu überprüfen, ob sie in ihrem alten Wohnheim oder Pensionszimmer waren, wo man filmen könnte. In der Bibliothek haben sie keine alten Telefonbücher – wo kann ich sonst noch suchen?«

Der Sergeant zuckte die Achseln, aber ein älterer Officer, der stehen geblieben war, um zuzuhören, sagte: »Es gibt hier einen Geschichtsverein, nur ein paar Blocks von hier. Vielleicht versuchen Sie es da mal.«

Kleinstädte haben doch was für sich: Die Bibliothek, das Polizeirevier, der Geschichtsverein sowie Bars und Restaurants, alles lag innerhalb von sechs Blocks entlang der Massachusetts Avenue, der Hauptachse von Nord nach Süd. Der Geschichtsverein befand sich in einem massiven viktorianischen Gebäude an der Tenth Ecke Massachusetts. Es war augenscheinlich als Bank erbaut worden, mit all den prachtvollen Applikationen, die Finanzmagnaten des neunzehnten Jahrhunderts an ihren Tempeln des Mammons schätzten. Komisch, dass die heutigen

Moguln, deren Nettovermögen etwa das Fünfundsiebzigfache von dem der Morgans oder Carnegies beträgt, hinter minimalistischen Glas-und-Stahl-Fassaden sitzen.

Die Frau an der Rezeption erklärte, es stünde mir frei, mich auf den drei Etagen des Museums umzusehen, aber um das Archiv zu nutzen, müsste ich einen Termin machen. Sie gab mir ein Antragsformular zum Ausfüllen, aber ich überredete sie, mich mit der Archivarin sprechen zu lassen. Ich folgte ihr in ein Hinterzimmer, wo wir uns unter einem historischen Hochzeitskleid duckten, das direkt an der Tür hing.

Die Archivarin war eine elfenhafte Frau, kaum groß genug, um über die Dokumentenstapel auf ihrem Tresen hinweg sichtbar zu sein. Sie nickte knapp, als ich ihr erklärte, was ich wissen wollte, und sagte, ich solle meine Formulare ausfüllen und sie würde dafür sorgen, dass sich jemand von den wissenschaftlichen Mitarbeitern so bald wie möglich bei mir meldete. Ich konnte sie nicht überreden, mir gleich die alten Telefonbücher zu zeigen, wo ich doch schon mal da war.

»Wenn ich jeden ohne Termin hier reinlasse, werde ich nie mit meiner Arbeit fertig. Melvin oder Cady melden sich bei Ihnen, versprochen.«

Außer mich auf den staubigen Boden zu werfen und die Luft anzuhalten, bis ich blau im Gesicht war, fiel mir absolut nichts ein, was sie umstimmen könnte. Ich verzog mich so würdevoll wie möglich – wenn ich jeden Kleinkram mit allen diskutierte, die mich behinderten, würde ich auch nie mit meiner Arbeit fertig. Beim Souvenirstand am Empfang kaufte ich einen Stadtplan und Karten der Umgebung: Ich komme an fremden Orten besser klar, wenn ich statt der kleinen Ausschnitte von Computer-Apps das ganze Gelände vor mir ausbreiten kann.

Ich nahm auch ein Büchlein über die Geschichte von Lawrence mit. Es handelte hauptsächlich vom Kampf gegen die Sklaverei in den 1850ern und einem Ereignis im Bürgerkrieg, bei dem viele Männer der Stadt bei einem Überfall schwer bewaffneter Pro-Sklaverei-Banden niedergemetzelt wurden, aber es deckte auch ein Sammelsurium anderer Themen ab – Hauptanbausorten (Sorghumhirse, Alfalfa, Weizen, Mais) sowie bemerkenswerte Highlights der Stadtgeschichte wie die Erfindung des Basketballs und die zwei Jahre in den Fünfzigern, als Wilt Chamberlain hier studierte und für Kansas spielte. Wirklich ein denkwürdiges Städtchen.

8

Auf dem Berg

Frustriert von meinem mangelnden Fortschritt in der Innenstadt, fuhr ich zur Universität. Die Cops und die Leute, die ich in den Cafés hatte reden hören, sagten »den Berg rauf« oder »oben auf dem Berg«, wenn sie vom Campus sprachen. Das hatte mich zu der Annahme verleitet, wenn ich den Hügel hochfuhr, wäre es ganz leicht, die gesuchten Büros und Dienststellen zu finden. Stattdessen landete ich in einer Stadt in der Stadt. Ein Wächter am Eingang erklärte mir, ich dürfte nicht mit dem Auto auf den Campus, aber er gab mir einen Lageplan und zeigte, wo sich das Verwaltungsgebäude befand, von dort könnten sie mich bei Bedarf zu anderen Abteilungen leiten. Er nannte mir auch umliegende Straßen mit Studentenwohnungen, wo ich meinen Wagen lassen konnte.

Wie Fort Riley war die Innenstadt von Lawrence sehr sauber und gut in Schuss, doch hier oben sahen die Seitenstraßen weniger nach Bilderbuch aus und mehr wie die heruntergekommenen Straßen meiner Kindheit – kleine Häuschen, deren Fundament in verwegenen Winkeln abgesackt war, unter minimaler Beachtung von Bauvorschriften hochgezogene Mietskasernen, auf den Seitenstreifen ein Mix aus Müll und Unkraut.

Nur ungern ließ ich Peppy in dieser schäbigen Gegend im Auto, zumal der Tag für November ungewöhnlich warm war, sodass die Fenster offen bleiben mussten. »Beiß jeden, der dich klauen will«, schärfte ich ihr ein.

Als ich an der Wachstation vorbei auf den Campus schritt, sah ich überall Jayhawkfiguren aus dem Boden sprießen, aber es war ein schöner Campus, mit weichen Anhöhen und offenen Plätzen, an einem der höchsten Punkte ragte über einem kleinen Weiher ein Glockenturm auf. Studierende umflossen mich in dichtem Strom, smartphonevertieft, stirnrunzelnd, lachend. Ich selbst war auf eine Großstadtuni gegangen, wo alle, sogar die Reichsten – oder vielleicht gerade die Reichsten – fanden, ein gepflegtes Äußeres sei was für kleine Leute. Die Kansas-Studierenden hingegen sahen so blitzeblank geschrubbt aus, so durch und durch gesund, dass ich mir vorkam, als wäre ich mitten in ein eugenisches Experiment gestolpert.

Im Verwaltungsbüro zeigte sich das Personal zugewandt und höflich. Sie wurden regelrecht enthusiastisch, als sie hörten, dass hier vor fünfzig Jahren ein Filmstar Studentin gewesen war. Ferring hatte außerhalb der afroamerikanischen Filmszene nie groß im Fokus der Öffentlichkeit gestanden, die jungen Angestellten im Hauptbüro hatten nie von ihr gehört. Sobald ich erklärt hatte, was ich über ihre Geschichte wusste, waren sie eifrig bei der Sache, kamen aber auch nicht weiter. Sie fanden einen Vermerk über ihre Zeit auf dem Campus auf einem vergrabenen Mikrofilm, aber keine Adressenliste reichte so weit zurück. Sie fragten bei allen Büros im Gebäude nach, während ich wartete, doch niemand hatte sie in den letzten Wochen gesehen oder mit ihr gesprochen.

Das Theatergebäude lag rund eine halbe Meile von der Verwaltung entfernt. Vielleicht wirkten die Kids hier deswegen so proper – täglich viele Meilen an der frischen Luft, immer die Campushügel rauf und runter. Ich lief hinüber, halb abgelenkt von der Sorge um meine Hündin – es war selbstsüchtig gewesen, sie mitzunehmen. Ich hätte sie mit Mitch in die Hundepension schicken sollen.

Die Theaterleute waren wie die im Verwaltungsbüro: eifrig bemüht, aber außerstande zu helfen. Die Sekretärin der Fakultät rief verschiedene Fachbereiche und Leute an und bestätigte, dass niemand August oder Emerald gesehen hatte. Die Fachbereichsleiterin kam aus ihrem Büro, um selbst mit mir zu sprechen.

»Wir würden sehr gern wieder mit Ms. Ferring Verbindung aufnehmen. Sie hat uns ohne Abschluss verlassen, als sie nach Hollywood ging, um *Pride of Place* zu drehen. Wir haben versucht sie anzuschreiben – wir würden ihr gern ihren Abschluss bescheinigen, und wir möchten mit ihr darüber sprechen, ob sie uns möglicherweise ein paar Unterlagen als Spende überlässt.« Sie reichte mir ihre Visitenkarte. »Wenn Sie sie finden, könnten Sie sie für mich um ein Treffen bitten?«

Zurück in der Innenstadt, eilte ich wieder zum Geschichtsverein, aber die wissenschaftliche Mitarbeiterin war noch nicht da gewesen. Die Frau am Empfang entschuldigte sich. »Sie unterrichtet Sozialkunde an der Central Middle School, und es gibt hier so wenig Bedarf für sie, dass sie nicht jeden Tag herkommt. Wenn Sie ihr eine E-Mail senden möchten, ihre Adresse ist Cady_Perec@LawrenceHistoricalSociety.org.«

Ich dankte der Frau so zivilisiert, wie ich konnte – warum hatten sie mir das nicht gleich heute Morgen gesagt? –, und schickte eine Mail an Cady Perec.

Peppy, der im Wagen nichts Böses zugestoßen war, wurde langsam rastlos. Ich fuhr sie rüber zum Kansas River, der am nördlichen Rand der Stadt dahinfloss. Wir verbrachten eine vergnügte Stunde damit, einen Flusspfad entlangzuschlendern, Peppy jagte Möwen und Enten, rein ins schlammige Wasser und wieder raus, indes ich Mails meiner Klienten in Chicago beantwortete. An einer davon hing eine Zwanzig-Megabyte-Datei, das Beweisaufnahmedokument in einem Betrugsfall, bei dem ich die Hauptzeugin der Anklage sein würde.

Ich war so auf das Dokument konzentriert, dass ich nicht bemerkte, wie wir offenes Land erreichten. Schließlich rief ich Peppy aus einem frisch gepflügten Feld zurück, wo sie ein paar

Ziesel aufgescheucht hatte, und ging wieder in Richtung Stadt. Es war verwirrend, mit dem Kopf in Chicago zu sein und mit dem Körper auf einem Feld, als ob ich gleichzeitig zwei nicht verbundene Universen bewohnte.

Yelp! dirigierte mich zu einem Internetcafé in einer Seitenstraße unweit des besten Coffeeshops, den ich bisher ausprobiert hatte. Ich fand einen kostenlosen Parkplatz. Chicagos Bürgermeister und Stadtrat würden in die Tischkante beißen, wenn sie erführen, dass es in Amerika Städte gab, die im Herzen ihrer City kostenlose Parkplätze duldeten. Wie konnte man nur so eine ideale Gelegenheit übersehen, die Einwohner auszunehmen?

Im Internetcafé photoshoppte ich das Bild von August mit dem von Emerald Ferring zusammen, tippte meine Handynummer und Mailadresse darunter sowie einen Aufruf, wer immer August oder Emerald gesehen hatte, möge sich bitte mit mir in Verbindung setzen. Ich machte ein paar Dutzend Ausdrucke, sowohl von August allein als auch von ihm mit Ferring.

Während ich durch die Straßen der Innenstadt pilgerte und in den zahllosen Bierkneipen und kleinen Restaurants um Erlaubnis bat, die Fotos ins Fenster zu hängen, zeigte ich die Bilder auch den Obdachlosen, die auf den Gehwegen lagerten. Das Leben auf der Straße macht die meisten Menschen introvertiert und teilnahmslos: Es ist nicht nur körperlich auszehrend, sondern auch ausgesprochen öde, so treibt der Geist von dannen. Aber wer immer die Innenstadt durchquert, kommt an den Leuten auf der Straße vorbei – es war einen Versuch wert.

»Kriegen Sie was dafür, wenn Sie sie finden?«, fragte ein älterer Mann.

»Sie meinen, so was wie eine Belohnung? Na klar. Wenn sich der Tipp bezahlt macht, zahl ich zwanzig Mäuse.«

»Fünfundzwanzig«, sagte er.

»Haben Sie einen von beiden gesehen?«

Er kratzte sich am Kopf. »Könnte sein. Sie geben mir das Geld, und ich sag's Ihnen.« Seine blauen Augen waren so tief in die Höhlen gesunken, dass ich seinen Gesichtsausdruck schwer deuten konnte, aber ich nahm an, das Bedürfnis nach einem Drink überwog alles andere.

»Wenn Sie sie gesehen hätten, wann wäre das etwa gewesen?«

»Mein Erinnerungsvermögen ist besser, wenn es angefeuchtet wird.«

Ich wusste, dass ich verarscht wurde, aber ich gab ihm einen Fünfer. »Wann glauben Sie, sie gesehen zu haben?«

»Er ist doch Footballspieler, hab ich recht? Und der Trainer will, dass Sie ihn und seine Ma finden.«

»Sie verschwenden Ihr Talent hier auf der Straße«, sagte ich ihm. »Gehen Sie rauf zur Theatergruppe der Uni – die suchen noch gute Stückeschreiber.«

Als ich wegging, hörte ich ihn glucksen: »Hab sie doch rumgekriegt.«

Sollte er seinen Triumph haben, das Leben gönnte ihm vermutlich nicht viele. In einem der Coffeeshops, wo ich meine Flyer anbrachte, sagte man mir, ich sollte es auch beim County Sheriff probieren – dessen Truppe hatte ein eigenes Gefängnis östlich der Stadt.

Das Büro des Sheriffs befand sich im selben Gebäude, wo ich bei der Polizei vorgesprochen hatte, in einem Park am Südrand des Geschäftsviertels der Innenstadt. Ich marschierte hin und sprach mit einer der Deputys. Auch sie war höflich und hilfsbereit. Sie ging ihre Liste von Inhaftierten durch, sah nach, wer im letzten Monat im County tot oder verletzt aufgefunden worden war, rief sogar die Krankenhäuser der Region an, förderte aber nichts zutage.

Cady Perec, die äußerst teilzeitliche wissenschaftliche Mitarbeiterin, rief an, als ich wieder bei meinem Wagen ankam. Sie war außer Atem und beschämt: Wenn sie gewusst hätte, dass jemand ins Archiv wollte, wäre sie sofort rübergekommen.

»Kein Grund zur Sorge«, versicherte ich ihr. »Falls es jetzt passt, ich bin gerade in der Nähe.«

Jetzt war geradezu perfekt, sie würde gleich da sein, die Schule war bloß vier Blocks entfernt, sie brauchte bloß noch einen kleinen Moment, um ihre Unterlagen zu ordnen.

»Nur die Ruhe«, setzte ich an, aber sie hatte schon aufgelegt.

Trotz ihrer Beteuerungen wartete ich nochmals zehn Minuten in der Lobby des Museums, bevor Cady Perec eintraf. Sie kam die Treppe hochgerannt, ließ Papiere fallen, die sie in ihren Rucksack zu stopfen versuchte, und entschuldigte sich erneut für ihre Verspätung. »Einer meiner Schüler, Dougie Mackelson – ich mochte ihn nicht wegschicken, weil er bisher noch nie um Hilfe gebeten hat, obwohl er sie dringender braucht als die meisten, sonst hätte ich Sie natürlich nicht warten lassen. Haben Sie jetzt Zeit, oder müssen Sie noch mal wiederkommen?«

Cady Perec war eine kleine Frau in Jeans und Cordjacke, die nicht alt genug aussah, um selbst mit der Highschool fertig zu sein, geschweige denn dort zu lehren. Ihr kupferfarbenes Haar fiel ihr ständig über die Brille, während sie sprach, und sie ließ noch mehr Papiere fallen, als sie versuchte, sich die Strähnen aus dem Gesicht zu streichen.

Ich kniete nieder, um ihr beim Einsammeln zu helfen – schriftliche Prüfungen, bei denen es offenbar um Kansas in den 1850ern ging. *»Ich glaube John Brown war Terorist«*, hatte jemand in großen Buchstaben geschrieben, *»denn er wollte Leute in die Luft sprengen. Er wollte nicht verhanndeln. Er hatte extreme Anschawungen genau wie ISIS.«*

»Können wir uns setzen, damit Sie zu Atem kommen, während ich erkläre, wonach ich suche?«

»Entschuldigung!« Perec klemmte sich wieder Haare hinter die Ohren. »Können Sie mir Ihren Namen sagen? Ich fürchte, ich hab ihn mir nicht aufgeschrieben, als ich Ihre E-Mail las.«

»V. I. Warshawski.« Ich erklärte, wer ich war, was ich wollte.

Perec schüttelte langsam den Kopf, als ich meine Litanei vortrug. »Ferrings Name sagt mir was. Wir haben alte VHS-Kassetten von den Filmen, die sie mit Jarvis Nilsson gemacht hat, aber ich glaub nicht, dass wir persönliche Papiere oder amtliche Dokumente haben.«

»Alte Telefonbücher?«, fragte ich. »Damit lässt sich rauskriegen, wo sie gewohnt hat.«

Perecs Miene hellte sich auf: Die konnte sie liefern. »Und Lawrence hat zwei Zeitungen, die *Lawrence Journal-World* und den *Douglas County Herald*. Ich kann die alten Register durchgehen, während Sie sich die Telefonbücher vornehmen, wenn Sie möchten – die haben nichts von vor 1990 digitalisiert, aber wir haben alles auf Mikrofiche.«

Sie setzte mich an einen Tisch mit mehreren Kartons, die die Zeit von 1945, dem Jahr, als Ferrings Mutter Fort Riley verließ, bis 1968 abdeckten, als Ferring mit Nilsson nach Hollywood gegangen war. Ich fand eine Mrs. Steven Ferring in der Sixth Street von 1945 bis 1951, aber danach gar keine Ferrings mehr. Frustrierend und rätselhaft.

Cady Perec war noch mit den Zeitungen auf Mikrofiche zugange, aber sie verließ das Lesegerät und rief auf ihrem Computermonitor eine Karte auf. Sie zeigte mir, wo die Ferrings gewohnt hatten, als Emerald ein kleines Mädchen war.

Da lag ein dünner Streifen Stadt an der Nordseite des Flusses, gleich hinter der Gegend, wo Peppy und ich heute umhergestreift waren. Ich hatte vom Flusspfad aus ein paar Häuser erspäht, aber das dichte Unterholz versperrte weitgehend die

Sicht. Ich würde am nächsten Morgen noch mal hingehen, auch wenn ich allmählich zweifelte, ob Ferring und August es je bis nach Lawrence geschafft hatten.

Ich brütete darüber, ob es noch irgendwen gab, mit dem ich reden könnte, als Cady Perec ein euphorisches Quieken ausstieß.

»Ich hab sie! Jedenfalls hab ich sie 1983 gefunden. Sie war bei diesen Protesten beteiligt, hier, sehen Sie mal. Vielleicht hat sie meine Mutter getroffen!«

Ich stand auf, um über ihre Schulter in das Lesegerät zu spähen, aber Cady druckte den Artikel aus und gab ihn mir.

Douglas County Herald
5. Juli 1983

Wir alle glauben an die Redefreiheit: Sie ist der Grundstein im Fundament unserer Demokratie. Wenn Amerika sich jedoch im Krieg befindet, müssen wir nachdenken, bevor wir sprechen. Die Demonstrationen gestern beim Kanwaka-Raketensilo schmecken mehr nach Verrat als nach Patriotismus. Diese Raketen sind aus gutem Grund hier: um Amerika vor einem Atomschlag seiner tödlichsten Feinde zu schützen. Unser Präsident versucht den Russen zu zeigen, dass wir uns vor nichts fürchten, was Onkel Iwan auffahren möchte. Nach unserer bescheidenen Meinung grenzt das Garnieren eines Raketensilos mit Friedenszeichen aus Butterblumen gefährlich an Landesverrat, und das obendrein am Jahrestag der Geburt unserer Nation.

Es schmerzt uns, jemanden, der in Kansas geboren und aufgezogen wurde, als Agitator fremder Mächte zu brandmarken, aber Emerald Ferring kuschelt mit dem Fahnen verbrennenden linken Establishment, welches

Hollywood regiert. In England haben Frauen, die mit dem Kommunismus sympathisieren, aus der Air Base Greenham Common eine peinliche Kollaboration mit den Russen gemacht. Das ist genau das, was rote Socken wie Emerald Ferring Lawrence antun wollen. Es ist schon schlimm genug, dass ABC hier einen Anti-Atom-Film drehen will. Onkel Iwan wird glauben, dass Amerika es mit dem Atomkrieg nicht so ernst meint. Ferrings Anwesenheit beim Raketensilo erwies sich als Magnet für randalierende Horden aus weit entfernten Städten wie St. Louis und Omaha. Der Krawall, der ausbrach, weil sie und ihre Freunde den Pöbel aufgehetzt haben, war ein Schandfleck für unser County und unsere Stadt. Sie sollte besser in Hollywood bleiben, zusammen mit all den anderen roten Ratten, die Amerika hassen.

9

Rote Gefahr

»Wow. Starker Tobak.« Ich faltete die Seite und steckte sie in meine Aktentasche. »Wurde Ferring verhaftet? Was ist passiert?«

Cady Perec scrollte durch das Mikrofilmarchiv. Sie tippte mit dem Finger auf den Schirm, um mir einen Artikel zu zeigen, der am folgenden Tag erschienen war, aber sie fasste den Inhalt für mich zusammen, ohne hinzusehen – sie war diese Geschichte schon mehr als einmal durchgegangen.

»Der Silo war Hoheitsgebiet der US-Air Force, von daher hätten sie nach Militärrecht oder so was beliebig Leute festnehmen können, aber haben sie nicht – sie haben sie unter Zwangsanwendung entfernt. Ich schätze mal, sie wollten nicht noch mehr negative Publicity, als sie eh schon hatten.«

> Die Air Force eskortierte die Demonstranten zu Bussen, die sie nach Lawrence brachten, wo es ihnen freistand, ihren Angelegenheiten nachzugehen. Auf Ersuchen von US-Air Force Colonel Malcolm Pavant halten wir Fotos der Demonstranten zurück. Wir möchten nicht, dass Leute sich mit der Verschandelung einer militärischen Einrichtung auch noch öffentlich brüsten können.

Der Artikel schloss mit einem Kommentar von Colonel Pavant, der sagte, die Air Force wisse die Unterstützung der lokalen Sicherheitskräfte sehr zu schätzen, »und auch den Rückhalt der vielen Bürger von Kansas, die verstehen, dass man im Angesicht eines Feindes wie den Russen manchmal bereit sein muss,

Opfer zu bringen«. Auf die Art der zu bringenden Opfer ging Pavant nicht näher ein, aber ich nahm an, dass Eingeäschertwerden im nuklearen Inferno dazugehörte.

Cady Perec rückte zur Seite, und ich überflog die Zeitungen der nächsten paar Tage, aber sie hatte recht, es gab keine weitere namentliche Erwähnung von Emerald, so wenig wie von anderen Protestierenden. Der *Douglas County Herald* tat seine Pflicht als gewissenhafter Verfechter des ersten Zusatzartikels, indem er Menschen, die sich friedlich versammelten, aus der Berichterstattung heraushielt.

»Existiert der Raketensilo noch?«, fragte ich. »Wo liegt er?«

»Ungefähr fünf Meilen östlich vor der Stadt. Nach dem Kalten Krieg haben sie die Marschflugkörper da rausgeholt. Wir hatten hier im Mittleren Westen tausende davon. Es gab Gespräche, dann Verträge zwischen uns und den Russen, und dann fing die Air Force an, die Raketen abzubauen. Jedenfalls, den Kanwaka-Silo will jetzt ein Projektentwickler der Air Force abkaufen und in Eigentumswohnungen für Prepper umwandeln.«

»Das ist doch ein Scherz, oder?«

Cady Perec schnitt eine Grimasse. »Möchte man meinen, aber nein, das passiert überall im Land. Manche Leute kaufen die Dinger, um sofort darin zu wohnen, weil sie billig sind und weil sie es cool finden, aber ein paar von den ganz großen Silos werden umgebaut, Projektentwickler verwandeln sie in irre teure Schutzräume, in denen man das Schlimmste überleben kann.«

Sie wandte sich vom Lesegerät zu einem Computer, rief eine Suchmaschine auf und gab ›Raketensilo Eigenheim‹ ein. Ein Mann in Texas hatte sich weit draußen in der leeren, kahlen Ödnis die ultimative Junggesellenbude eingerichtet, aber am verblüffendsten war ein Immobilienangebot in Montana, betitelt mit *The Great Escape: fünfzehn unterirdische Etagen geistigen Friedens.* Ein Untertitel, umzuckt von flackernden Blitzen, jubelte: *Das Glück lacht nur dem gut vorbereiteten Geist.*

Ich beugte mich über Cady Perecs Schulter. Die Webseite zeigte einen Längsschnitt des unterirdischen Teils des Raketensilos, fünfzehn Stockwerke mit Eigentumswohnungen und, noch tiefer unter der Erde, fünf Stockwerke mit Gebäudetechnik, Swimmingpools, Wasseraufbereitung, Luftfiltern und so weiter. Der Preis pro Wohneinheit begann bei anderthalb Millionen Dollar und beinhaltete auch einen Fünfjahresvorrat an gefriergetrockneter Nahrung. Der Silo verfügte über gewaltige Generatoren, massiv aufgerüstet seit der Zeit, in der sie bloß Interkontinentalraketen speisen mussten, die über den Pol nach Russland flogen. Es gab auch hochleistungsfähiges WLAN in der zuversichtlichen Annahme, das Internet würde nach Armageddon noch funktionieren. Plus freie Auswahl beim Blick aus dem Fenster – ein Computer lieferte Meerespanoramen oder Berglandschaften oder bernsteinfarbene Weizenfelder, damit man nicht auf Betonwände starren musste.

Ich fühlte mich, als krabbelten mir Spinnen an den Armen hoch: eingeschlossen unter der Erde, keinerlei Fluchtluke, mit ein paar Dutzend anderen aufs Ende der Welt warten, in Luxuswohneinheiten mit Granitarbeitsflächen, deutschen Spülmaschinen und Einbaukühlschränken sowie Surround-Sound, den alle Topkunden für ihr Zweitheim unverzichtbar finden. The Great Escape hatte bereits fünf Einheiten verkauft, dreizehn weitere waren noch verfügbar, aber nicht mehr lange: Machen Sie noch heute einen Termin.

Die Slideshow auf dem Bildschirm zeigte eines Künstlers Vision des oberirdischen Äußeren mit Bäumen und einem Hubschrauberlandeplatz inmitten von Rosenbüschen. Ich fragte mich, ob das Geschäft auch Bunker für Scharfschützen vorsah, um die 99 Prozent der Bevölkerung abzuschießen, die dem nuklearen Winter zu entfliehen versuchten.

»Soll das mit eurem Silo auch passieren, dem – wie hieß er noch?«

»Kanwaka. Indianischer Name«, sagte Cady Perec. »Es ist wie bei allem anderen in Kansas. Es war indianisches Land, und wir haben es uns genommen und daraus was Größeres und Besseres gemacht – zum Beispiel riesige Raketenabschussrampen. Ich hab mich nicht groß darum gekümmert, was heute in Kanwaka los ist, aber irgendwann hieß es mal, dass es Unklarheiten um das Land gibt. Ein Freund meiner Großmutter hat wohl versucht, Kanwaka für den Umbau in Eigentumswohnungen zu vermakeln, aber das Geschäft ist geplatzt.«

»Damals, als Emerald und die anderen da draußen protestiert haben, muss es doch verstärkte Sicherheitsmaßnahmen gegeben haben«, sagte ich. »Haben sie einfach irgendwo am Zaun campiert, oder gab es Hütten oder Wohnwagen?«

»Zelte auf dem Acker, so hat man es mir erzählt«, sagte Cady. »Es ist unheimlich schwer, jemanden zu finden, der sich konkret erinnert – also an Einzelheiten, meine ich. Sie können mit Leuten in der Stadt reden, und alle erinnern sich an die Proteste. Je nach politischer Haltung waren sie entweder ein wundervolles Beispiel für Graswurzelaktivismus oder ein grausiger Beleg für die Krawallbereitschaft des dummen Pöbels. Natürlich war das lange vor dem Smartphone, also hat niemand Fotos auf Instagram gepostet oder so. Und dann brannte zwei Monate nach dem Protest die Kommune vollends nieder, also ist da draußen auch nichts mehr geblieben, was man sich ansehen könnte.«

»Brannte nieder?«, echote ich. »Wie das?«

Cady Perec zuckte mit einer Schulter. »Es heißt, einer der Hippies hätte wohl geraucht – damit meinen sie gekifft – und ein Lagerfeuer nicht im Blick behalten.«

Sie drehte sich zum Mikrofilm-Lesegerät und fand den Artikel im *Douglas County Herald.*

> Nachdem wir und der Rest der Vierten Gewalt das Rampenlicht von den Demonstranten am Kanwaka-Silo abgezogen haben, haben sich die Hippies verflüchtigt und damit bewiesen, was Air Force Colonel Malcolm Pavant von Anfang an vermutet hat: Das waren nichts als gelangweilte Tagediebe auf der Jagd nach Publicity. Offenbar haben sie nicht mal ihre Lagerfeuer gelöscht, bevor sie aufbrachen. Wie Douglas County Sheriff Milt Julkis berichtet, hat vor zehn Tagen ein Feuer den Großteil der von den Protestlern zurückgelassenen Zelte und Baracken vernichtet. Die Nachricht wurde zurückgehalten, bis Colonel Pavant uns nachweislich versichern konnte, dass infolge des Feuers keinerlei Schäden am Silo entstanden sind und keine Radioaktivität austritt. Er bekräftigte zudem, dass keine Verluste an Menschenleben zu beklagen sind.

»Es ist wirklich hoffnungslos«, sagte Cady Perec. »Die einzige Person, die ich kenne, die sich deutlich an die Raketen erinnert, ist die eine Mathelehrerin bei uns an der Schule. Sie ist vielleicht zehn Jahre älter als ich und da draußen bei Kanwaka aufgewachsen. Sie ist auf diese Zweiraumschule nah beim Silo gegangen, und sie sagt, sie und ihre Freundinnen haben sich furchtbar gegruselt, wenn sie täglich im Schulbus dran vorbeigefahren sind, immer in dem Wissen, dass die Regierung uns entbehrlich fand. So nach dem Motto, wir konnten ruhig Ziel eines Erstschlags sein, denn wir zählten nicht.«

Ich nickte abwesend, wollte mehr über Ferrings Verwicklung erfahren. »Was war das für ein Film, dieser Anti-Atom-Film, den sie hier gedreht haben? Hat Ferring da mitgespielt?«

»Ach je, nein, ich glaub nicht, dass sie damit was zu tun hatte, aber ich müsste mir die Credits ansehen. Er heißt *The Day After*. Es war eine Fernseh-Doku, darin ging es um die Arten von Strahlenkrankheit, die nach einem Atomkrieg zu erwarten sind, sofern man nicht gleich tot ist, und dass es nichts mehr zu essen gibt, solche Sachen. Er war hier in der Stadt heiß umstritten, manche fanden, der Bürgermeister müsste abgesetzt werden, weil er den Russen das Bild vermittelte, dass Lawrence sich vor Nuklearwaffen fürchtete. Natürlich gab es hier auch heftige Verfechter der Abrüstung, aber Reagan – der war damals Präsident – hat versucht, den Sender ABC unter Druck zu setzen, damit sie den Film nicht bringen.

Der Film wurde gezeigt, kurz nachdem ich geboren wurde, also hab ich natürlich keine persönliche Kenntnis von all den Kontroversen, aber ich rede ja dauernd mit allen, die damals hier gelebt haben, und frage sie aus, woran sie sich erinnern.« Sie lachte unsicher auf. »Ich selbst hab den Film vielleicht fünfzigmal gesehen. Ich hoffe immer noch, meine Mutter zu entdecken.«

»War sie Statistin?«

»Nein. Aber sie war bei den Protesten am Raketensilo, und dann … ist sie gestorben.«

Sie biss sich auf die Lippen, unterdrückte Gefühle, Tränen. Ich saß still da und wartete ab, bis ihr nach Weitersprechen zumute war.

»Niemand weiß, was passiert ist, ich meine, wie es damals passiert ist. Sie kam im Auto von der Straße ab und ertrank im Wakarusa – das ist ein kleiner Fluss in der Nähe des Silos. Ich war sechs Wochen alt, und sie ist ohne mich losgefahren. Sie hatte mich vergessen – das schmerzt am meisten. Eine Farmerin fand mich und brachte mich zu Gram. Es heißt, sie hatte vielleicht gekifft, was wohl stimmen könnte, oder getrunken – was weiß ich schon?«

Ich hatte meine Mutter als Teenager verloren und vermisste sie immer noch. Ich ahnte, was für ein Loch ich mitten im Herzen hätte, wenn ich sie gar nicht erst gekannt hätte.

»Deswegen hab ich Geschichte studiert – das ist mein Hauptfach, wissen Sie, obwohl ich auch Soziologie und Politik unterrichte, all solche Fächer –, und deswegen arbeite ich auch hier. Ich hoffe immer noch, einen Hauch von irgendwas zu fassen zu kriegen, was mir meine Mutter näherbringt. Gram ist so verbittert wegen allem, was in Kanwaka passiert ist, sie spricht nie darüber. Erst als ich auf die Highschool kam, erfuhr ich überhaupt von den Protesten beim Silo – sie hatte mir bloß gesagt, dass meine Mom starb, als ihr Wagen von der Straße abkam. Zuerst ist mein Großpapa – ihr Mann – bei einem Autounfall gestorben, dann Jenny, meine Mom. Gram hätte mich fast keinen Führerschein machen lassen, sie ist überzeugt, dass es da irgendeinen Fluch gibt. Aber man kommt in einer Stadt dieser Größe ohne Auto nun mal nicht zurande.«

»Das klingt nach einer ziemlichen Bürde für Sie beide.«

Cady Perec lachte befangen. »Schon. Sie hätten mich bei den Fahrstunden sehen sollen – es hat einen Monat gedauert, bevor ich es hinbekam, den Wagen einfach geradeaus zu fahren.«

Aus Respekt wartete ich einen Moment, bevor ich das Thema wechselte. »Gab es einen Zusammenhang zwischen den Protesten beim Silo und dem Anti-Atom-Film?«

»Ich glaube nicht. Der Protest war Teil dieser Zeit, wissen Sie, als im ganzen Land Leute die Nase voll hatten vom Wettrüsten und es endlich beenden wollten. *The Day After* war mehr wie eine Reflexion über die öffentliche Stimmung. Meine Mutter, also nach allem, was ich so ausgraben konnte, gehörte sie zu dieser Kommune, die dasselbe machen wollte wie die Frauen in England, die gegen atomare Sprengköpfe mitten im Land protestierten. Auf dem Höhepunkt der Aktion campierten da fast hunderttausend Frauen um den Luftwaffenstützpunkt. Hier in Lawrence waren es ungefähr zwanzig. Tja, so ist Kansas!«

Sie fummelte grimmig an den Einstellungen des Lesegeräts und ließ dabei den Text schwindelerregend auf und ab springen.

»Ich hab ein paar Dutzend Mal sämtliche Artikel der Lokalpresse gelesen – einschließlich der Zeitungen in Kansas City und Topeka –, aber ich wusste nicht, wer Emerald Ferring ist. Ich meine, dass sie ein Filmstar war oder Afroamerikanerin oder sonst was. Ich hab einfach nie auf ihren Namen geachtet. Ich suchte nur nach einer Erwähnung meiner Mutter. Jenny, so hieß sie. Jennifer Perec.« Cady flüsterte ihren Namen, sprach mehr mit sich selbst als mit mir.

»Was hat Ihre Großmutter über die Kommune und die Proteste erzählt?«

»Ich hab sie nie dazu bringen können, darüber zu reden, bis auf den einen Spruch: Das einzig Gute, was dabei herauskam, war ich.« Sie wurde rot und blickte auf. »Das ist echt lieb und alles, aber es hat sich für mich immer angefühlt, als ob Gram wahnsinnig wütend auf Mom ist und ich sie nicht dazu kriege, über sie zu sprechen. Ich hab auch keine Ahnung, wer mein Vater gewesen sein könnte. Er war nicht mit meiner Mom im Wagen. Gram weiß nicht, wer er war, oder sie sagt jedenfalls, dass sie es nicht weiß.«

Auch das konnte ich mir gut vorstellen: Eine Teenagerromanze, der Junge wollte nicht mit dem Baby sitzenbleiben, als seine Freundin starb. Als Kerl hatte er die Möglichkeit gehabt, sich in Luft aufzulösen. »Ist sie – Jennifer – hier aufgewachsen? Sie muss doch als Kind Freundinnen gehabt haben, mit denen Sie reden können.«

Cady Perec nickte. »Das hab ich, glauben Sie mir. Und ich hab auch ihr Highschooljahrbuch. Darin wird sie schon als neue Marie Curie gefeiert, bloß weil sie sich für Naturwissenschaften interessiert hat, aber Gram sagt mir ja nicht mal, ob die Physikkurse dazu beitrugen, sie zur Abrüstungsbefürworterin zu machen. Meine Mutter war erst zwanzig, als ich zur Welt kam, auch deshalb ist es schwer, Leute zu finden, die mir mehr über sie sagen können. Sie war ein Mathe-Ass, sie mochte Biologie, sie war eine super Fußballspielerin.«

»Ihre Großmutter hat keine anderen Kinder?«

»Meine Mutter war drei, als mein Großvater starb. Gram finanzierte ihm sein Jurastudium, also haben sie mit weiteren Kindern wohl gewartet, nehm ich an, und dann hat sie nie wieder geheiratet.«

Also keine Tanten oder Onkel, die vom Kanwaka-Sit-in erzählen konnten. Ich bat Cady Perec, mich die Mikrofilme vom *Douglas County Herald* und der *Lawrence Journal-World* selbst durchsehen zu lassen. Sie hatte sich auf die Suche nach ihrer Mutter konzentriert, ich wollte Material über Emerald Ferrings Rolle bei den Protesten. Ich fand ein paar Fotos, die starke Militärpräsenz rund um den Raketensilo zeigten. Auf jedem Bild waren die Anti-Atom-Demonstrierenden weitgehend verdeckt von einem riesigen Transparent mit der Aufschrift: ›Gott schütze die Air Force der Vereinigten Staaten von Amerika‹, hochgehalten von Leuten, die der Bildtext als *Douglas County Freedom Lovers* auswies. Fotos von Kampfflugzeugen und die US-Flagge schmückten das Transparent.

Ein anderer Artikel zeigte Leute, die sich neben der halbmondförmigen Kuppel des Silos mit Softballspiel und Barbecue vergnügten.

> Amerikaner wissen, dass die Sicherheit unserer Nation und ihrer Bürger bei der US-Air Force oberste Priorität hat. Die Bürger von Douglas County können in völliger Sicherheit ihr Picknick genießen, denn die Air Force misst regelmäßig die Strahlungswerte des umliegenden Landes und der nahen Gewässer. Und sie wissen, diese Rakete steht hier, um uns alle vor der russischen Gefahr zu schützen.

Ich fragte mich, wie viel Radioaktivität um diese alten Interkontinentalraketen herum wohl wirklich ausgetreten war, und ob es tatsächlich sicher war, in so einem Silo zu wohnen – sofern man nicht gleich wegen Klaustrophobie einer mentalen Kernschmelze zum Opfer fiel.

Ich beschleunigte den Durchlauf, da sprang mir Emeralds Name ins Auge. Ich scrollte langsam zurück, bis ich den Artikel fand. Er hatte gar nichts mit Raketen oder Möchtegern-Greenhams zu tun. Lucinda Ferring, Emeralds Mutter, war mit vierundsechzig an einer Lungenentzündung gestorben, ungefähr sechs Wochen nach den Protesten. Emerald war zur Beerdigung gekommen, die Trauerfeier fand in der African Methodist Episcopal Church St. Silas statt. Es gab auch ein Foto: 1983 galt eine afroamerikanische Schauspielerin per se als Prominente. Emerald trug einen Hut mit Schleier, der die obere Hälfte ihres Gesichts verdeckte, so konnte ich nicht erkennen, wie sie ohne Bühnen-Make-up ausgesehen hatte.

Ein Hüsteln an der Tür schreckte uns beide auf. Die Frau vom Empfangstresen lachte entschuldigend. »Ich wollte Sie nicht erschrecken, aber es ist sechs, Cady, und ich muss los. Schließt du ab?«

»Meine Güte, wir haben uns hier völlig verquatscht, Melanie. Ich hab dich nicht mal reinkommen hören. Entschuldigung! Geh ruhig schon los, aber wir gehen jetzt auch.«

Sie beugte sich über mich, um den Mikrofilm aus dem Lesegerät zu ziehen. Dann hantierte sie mit der Plastikhülle herum, wartete, bis wir Melanies Schritte den Flur hinunter verschwinden hörten, und sagte dann schüchtern: »Vielleicht kommen Sie einfach mit zu mir und reden mal mit Gram. Womöglich erzählt sie Ihnen ja mehr als mir. Vielleicht hat sie Emerald Ferring gekannt, aber nie über sie gesprochen.«

10

Was für große Zähne du hast

Und so landete ich auf Gertrude Perecs Veranda und sah das Mondlicht auf dem Stückchen Fluss schimmern, das wir von ihrem Haus aus sehen konnten. Ich wusste nicht, wie Cady Perec meinen Besuch angekündigt oder wie ihre Großmutter reagiert hatte, da ich in meinem eigenen Wagen hinfuhr, aber die ältere Perec behandelte mich nicht gerade wie königlichen Besuch.

»Gram, es ist schon dunkel und wird kühl. Wollen wir nicht reingehen?«, hatte Cady gefragt, als ihre Großmutter mich auf der Verandatreppe begrüßte.

Gertrude Perec sagte mit verkniffenem Lächeln, es sei doch ein angenehmer Abend. »Es wird früh genug Winter, dann sehnen wir uns nach einem Abend wie diesem, wo man ohne drei Pullover und Daunenmantel draußen sitzen kann.«

Sie war nicht unverblümt garstig – sie forderte mich auf, es mir in einem der Korbstühle bequem zu machen –, aber sie bot nichts zu trinken an: Ich sollte nicht lange bleiben. Und Peppy musste im Auto warten, eine Anordnung, die ihre Enkelin bestürzte.

»Gram! Du lässt Melanie ihren Terrier mitbringen, dabei pisst der in die Ecken.«

Das war das erste Mal, dass Gertrude ihre Enkelin während unseres Gesprächs warnend in die Schulter kniff.

Es war Cady, die Peppy eine Schüssel Wasser brachte, und sie brachte mir auch ein Glas Weißwein, damit ich ihr bei ihrem Gesellschaft leisten konnte.

Als Cady drinnen mit Peppys und meiner Erfrischung befasst war, sagte Gertrude: »Cady meint, Sie wollen über die verdammte Kommune draußen beim Kanwaka-Silo reden.«

»Nein, Ma'am«, sagte ich in neutralem Ton. »Ich versuche Emerald Ferring zu finden. Wir sind über eine Pressemeldung gestolpert, dass Emerald an einem Protest da draußen beteiligt war, und ich habe gehofft, Sie könnten sie oder ihre Mutter gekannt haben, da sie hier ziemlich lange gelebt haben. So wie Sie.«

»Durch diese Kommune hab ich meine Tochter verloren. Cady ist besessen davon herauszufinden, warum Jenny dabei war oder mit wem sie damals ausging, aber ich mag diese alten Wunden nicht aufreißen.«

»Ich suche nicht nach dem Freund Ihrer Tochter«, sagte ich, obwohl ich mich fragte, ob es Cady Perec in den Sinn gekommen war, mich dafür zu engagieren, und was ich ihr sagen sollte, falls sie es versuchte. »Emerald Ferring hat sich vor zwei Wochen auf eine Reise begeben. Sie ist nach Fort Riley gefahren, wo ihr Vater im Krieg stationiert war, und hat dort Leuten erzählt, dass sie nach Lawrence will. Bis jetzt konnte ich niemanden finden, der sie hier gesehen hat, wobei ich noch zu der Kirche fahren will, wo ihre Mutter beerdigt wurde. Dann, heute Nachmittag, als Cady mit mir im historischen Museum die Archive durchging, habe ich erfahren, dass Ferring am selben Protest beteiligt war wie Ihre Tochter, daher meine Frage, ob Sie sie oder ihre Mutter gekannt haben.«

Im schummrigen Licht der schwachen Glühbirne über der Veranda konnte ich Gertrude Perecs Gesichtsausdruck nicht lesen, aber ich sah, dass sie sich anspannte. »Als Ferring '83 herkam, war sie berühmt, jedenfalls für Lawrence, Kansas, also hab ich sie natürlich gesehen. Außerdem ist sie schwarz, und das ist ein so kleiner Teil unserer Stadt, dass sie auffiel. Aber ich habe sie nicht als Kind gekannt.«

»Sie hat gar nicht weit von hier gewohnt, nur über diesen Fluss, wenn ich die Karten richtig deute.«

»Ah, dieser Fluss.« Hier erzählte mir Perec vom Verschwinden ihres Großvaters. Ich wartete geduldig das Ende der Anekdote und das Ende der Diskussion über verschwindende Väter ab.

»Der Telefonbucheintrag von Ferrings Mutter endet 1951, da war Emerald ungefähr sieben, also sind sie wohl weggezogen, aber …«

»1951?«, unterbrach mich Gertrude Perec. »Da mussten sie höchstwahrscheinlich umziehen, wenn sie in North Lawrence gelebt haben.«

»Ach ja, die Flut«, sagte Cady. »Die Leute reden immer noch davon. Wir hatten einmal schlimmes Hochwasser hier, als ich acht war, aber alle haben gesagt, das war gar nichts im Vergleich zu der Flut von '51.«

»Und da haben sie ganz recht, Fräulein«, sagte Gertrude. »Ich war damals zwölf, und ich weiß noch heute, wie das Wasser in der Kurve da über die Straße trat.« Sie zeigte zur Straße, aber es war zu dunkel, um irgendwas zu erkennen. »Ich hatte noch monatelang Albträume, in denen das Wasser in mein Schlafzimmer drang und mich davonspülte, bevor mein Vater mich retten konnte. Am Tage wateten mein Bruder Clarence und ich durch die Straßen, was meine Mutter ganz verrückt machte – sie war sicher, dass wir mit Cholera nach Hause kommen.«

»North Lawrence«, hakte ich ein. »Die Ferrings haben in der Sixth Street gewohnt.«

»Ich kenne die Straßen auf der anderen Seite des Flusses nicht – jedenfalls nicht näher –, aber viele dieser Häuser standen vollständig unter Wasser. Das Land liegt auf der Nordseite tiefer, und die Häuser sind ein gutes Stück näher am Fluss als wir hier. Und dann sind viele davon auch noch ebenerdig gebaut. Wenn Sie bei Tageslicht mal rüberfahren, sehen Sie, was ich meine.«

»Also hat vielleicht der Fluss Emerald und ihre Mutter aus der Stadt vertrieben. Fällt Ihnen jemand ein, der sich an sie erinnern könnte, weiß, wo sie hin sind?«

Sie dachte darüber nach. »Die Congregational Church Riverside – jetzt ist es die United Church –, die haben in North Lawrence Sozialdienst gemacht. Ich weiß, dass ich meiner Mutter nach der Sonntagsschule Hilfspakete packen half – Kleidung, Lebensmitteldosen, solche Sachen. Sprechen Sie dort mit der Kirchensekretärin. Sie kann vielleicht jemanden auftreiben, der damals schon dabei war.«

Cady sagte: »Was ist denn mit Dr. –«

»Auf keinen Fall.« Gertrude Perecs Stimme war eine Bandsäge, die den Satz ihrer Enkelin zerschnitt. »Diese Episode war in seinem Leben so schmerzlich wie in meinem. Du schleppst diese Ermittlerin hier an und lässt sie in meinen Wunden bohren. Ich dulde nicht, dass sie das auch ihm antut.« Sie wandte sich an mich: »Ich habe Ihnen gesagt, dass ich nichts über Emerald Ferring weiß, und ich bin Ihnen so weit entgegengekommen, Ihnen eine Kirche zu nennen, wo man Ihnen weiterhelfen kann. Es wird Zeit, dass Sie sich auf den Weg machen.«

»Gram!«, protestierte Cady entgeistert. »Ich weiß ja, dass du nicht gern über meine Mutter sprichst, aber ehrlich, das ist jetzt –«

»Sie hat in meinem Privatleben nichts zu suchen, egal, wie sehr du sie in deinem haben willst, Fräulein Cady. Ich hab Abendessen im Ofen, und das dürfte inzwischen ein ziemlich verschrumpelter Auflauf sein.«

»Ist schon gut, Cady«, sagte ich, als sie ihre Großmutter offenen Mundes anstarrte. »Ihre Großmutter hat das Recht, ihre Privatsphäre zu schützen. Ich versuch's bei den Leuten von der

Riverside Church, dann fahr ich nach North Lawrence zu der Kirche, wo Lucinda Ferrings Beerdigung stattfand. Wenn das alles zu nichts führt, klappere ich die Interstate Richtung Fort Riley ab, mal sehen, was ich da rauskriege.«

Eine Ankündigung, die prompt die alte Binsenweisheit von den bestdurchdachten Plänen bestätigen würde.

11

Entfesselte Fans

Es begann wieder zu nieseln, als ich zum Wagen zurückkam. Ich warf meinen Poncho über und ging mit Peppy in Richtung Fluss. Er war nicht so nah, wie ich gedacht hatte, als ich auf Gertrude Perecs Veranda saß, und es stellte sich heraus, dass zwischen Fluss und Straße eine tiefe Schlucht verlief. Von drüben erklang die Dampfpfeife eines Zuges, ein klagendes Heulen in der nassen Dunkelheit.

Ich fuhr zurück zu den Parks, die das Stadtzentrum umgaben, und ließ Peppy im Laternenschein herumschnüffeln. Sie schmollte, weil sie den Nachmittag über zu lange im Auto eingesperrt gewesen war, und zeigte mir das, indem sie ausbrach, um andere Hunde zu begrüßen, und sich weigerte zu kommen, wenn ich sie rief.

Ich hatte selbst zu viel herumgesessen. Ich griff mir ihre Leine und rannte fünf- oder sechsmal die ganze Länge des Parks ab, bis Peppy hörbar japste. Der Regen fiel immer noch, nicht heftig, aber als ich Peppy wieder in den Mustang packte, waren wir beide durchnässt.

Obwohl ich ein paar interessante Restaurants sah, war mir nicht danach, trockene Sachen anzuziehen oder den Hund erneut im Wagen zu lassen. Ich fuhr zu einem Co-op-Lebensmittelladen im westlichen Teil der Stadt, der Biofertiggerichte verkaufte, und nahm ein Lachsabendessen mit zurück in die Pension. Dort gab es einen Gemeinschaftsraum, eigentlich mehr eine Kochnische, mit Mikrowelle und einem kleinen Kühlschrank.

»Also dieser Doktor, den Gertrude Perec vor meiner Wundenbohrerei beschützt«, sagte ich zu Peppy, als wir in unserem Zimmer und abgetrocknet waren, »denkst du, das ist ihr ehemaliger Boss, der Erreger-Spezialist?«

Peppy sah nicht von dem Erdnussbutterknochen auf, den ich ihr gekauft hatte. Aber als ich Cady Perec anrief und danach fragte, wich sie mir aus, sie sei damals noch gar nicht auf der Welt gewesen, sie habe keine Ahnung, was ihre Großmutter meinte.

Ihr musste klar sein, dass ich merkte, dass sie log, aber ich konnte sie ja nicht zwingen, mir zu sagen, was Dr. Kiel mit Ferring verband. Im Grunde war es auch nebensächlich – ich griff nach Strohhalmen, suchte nach Hinweisen auf Emerald Ferring in einem Protestcamp, das seit fast fünfunddreißig Jahren nicht mehr da war.

Gertrude Perec hatte es nicht zu einem Wikipedia-Eintrag gebracht. Meine Datenbanken verrieten mir, dass sie achtundsiebzig war, im Ruhestand, dass ihr Haus ihr gehörte, dass sie eine moderate Rente sowie Sozialversicherungsleistungen bezog und zwei Mietshäuser in der Louisiana Street besaß. Cady hatte gesagt, ihre Großmutter habe ihren Mann durch einen Autounfall verloren; das war lange vor dem digitalen Zeitalter, also war sein Tod nicht erwähnt. Gertrudes Bruder Clarence, der die großväterliche Farm übernommen hatte, war vor zehn Jahren gestorben, er hatte nie geheiratet und die Farm war verkauft worden, als er starb.

Ich fand auch keinerlei Eintrag zu Gertrudes einziger Tochter, Cadys Mutter. Nichts über Gertrude und einen Doktor, Gertrudes Chef? Ihr Liebhaber?

Zeit, sich mit meinen Textnachrichten zu befassen. Vorhersehbarerweise hatte ich mehrere drängelnde von Bernie, die wissen wollte, warum ich mich nicht meldete, und wo war August??? Da sie mir schon wieder vier SMS geschickt hatte, schrieb ich eine geharnischte Antwort und löschte sie dann wieder: kein Grund, meinen Frust über mangelnde Fortschritte an Bernie auszulassen. Ich schrieb an sie und Angela zusammen: *»Es braucht seine Zeit, und ich hab Mühe, in einer fremden Stadt den Faden zu finden, also geduldet euch noch ein paar Tage, ja?«*

Eines gab es, was jemand in Chicago für mich übernehmen konnte, nämlich abends Augusts Nachbarn abzuklappern, wenn die Leute nach der Arbeit zu Hause waren, aber das war ein Job für die Streeter-Brüder, nicht für zwei ungestüme junge Sportlerinnen. Ich schickte Tim Streeter eine lange Mail mit meinen genauen Wünschen und wandte mich dann der unangenehmsten Pflicht zu, dem Keinerlei-Fortschritt-Bericht an den Auftraggeber.

Als kleine Unterstützung schenkte ich mir einen großzügigen Schluck Johnnie Walker ein, während ich Troy Hempel darlegte, was ich getan hatte und mit wem ich morgen noch sprechen würde.

»Wenn die Kirchen und das Haus ihrer Kindheit sich als Sackgasse erweisen, kann ich die Strecke zurückverfolgen, die von Fort Riley hierherführt, um herauszufinden, ob Ferring und August auf dem Weg etwas zugestoßen ist. Das sind achtzig Meilen mit vielen kleinen Ortschaften dazwischen, die abzuklappern mehrere Tage dauern kann. Meine Meinung: Das ist wie die Nadel im Heuhaufen, aber wenn Sie wollen, dass ich es mache, bin ich bereit dazu. Lassen Sie es mich wissen.«

Damit fertig, fing ich an, mich durch meine Mails zu arbeiten – dreiundsiebzig neue Nachrichten seit heute früh, natürlich inklusive dem hartnäckigen Geblök von allerlei Politikern und nigerianischen Prinzen, die verzweifelt zweihundert Dollar brauchten oder auch nur fünf Dollar, was immer ich entbehren konnte, die Lage war heikel.

Zwei Klienten hatten Probleme, die ich aus der Ferne lösen konnte. Mr. Contreras schrieb mir im Plauderton eine Nachricht aus St. Croix, voll gutem Willen und liebenswerten Tippfehlern Marke Adler-Suchsystem. Ich schrieb zurück, ein paar Höhepunkte meines Besuchs in Fort Riley, die einen Anzio-Veteranen interessieren könnten, und hängte ein Foto an, das Dr. Dan mir aus Wisconsin geschickt hatte, von Mitch, wie er sich an ein Eichhörnchen heranpirscht.

Jake hatte ich heute Morgen gemailt, bevor ich das Polizeirevier von Lawrence aufsuchte, als es in Basel drei Uhr nachmittags war. Jetzt war es dort drei Uhr morgens, und er hatte keine Zeit für eine Antwort gefunden.

No estés lejos de mí un solo día. Das Neruda-Sonett, das Peter Lieberson für seine Frau in Musik umgesetzt hatte, kam mir in den Sinn. *Sei nicht fern von mir einen einzigen Tag.* Jake spielte die Melodie früher über Skype für mich, wenn er auf Tournee war, und ich hatte hart an dem Lied gearbeitet, sodass ich es letztes Jahr für ihn singen konnte, als er sechs Wochen in Australien war. Und jetzt – nicht mal eine E-Mail.

Ich stand auf und starrte in dem kleinen Spiegel über dem Schreibtisch stirnrunzelnd mein Spiegelbild an. Noch mehr drahtige weiße Strähnen in meinem dunklen Haar, noch tiefere Krähenfüße um die Augen. *Silvered is the raven hair … Mottled the complexion fair.* Vielleicht passte Gilbert & Sullivans Lady Jane besser zu mir als Nerudas Liebessonette.

Glücklicherweise hatte ich meine Hündin und meinen Beruf: Was braucht eine Frau mehr? Ich machte mich an die Anfragen der Klienten, und nach einer Weile, versunken in Tabellen und einen Rattenschwanz verdächtig schwankender Aktienkurse, vergaß ich mein wundes Herz und meine fruchtlosen Versuche, August Veriden und Emerald Ferring zu finden.

Ich dehnte meine Oberschenkelmuskeln, machte eine halbe Rückbeuge am Türrahmen und nahm Peppy mit in den kleinen Innenhof vor meinem Zimmer.

Der Regen war vergangen, hatte kältere Luft mitgebracht, kalte Luft aus dem Norden, von daheim. Wir standen einen Moment nur da, betrachteten den Nachthimmel, den Nordstern. Ich spürte Sehnsucht nach zu Hause, tiefer als die Sehnsucht nach Jake.

»Riech mal«, sagte ich zu Peppy. »Vielleicht erschnupperst du Mitch. Ich rieche das Golden Glow und Lotty. Mit ein bisschen Glück sind wir bald zurück.«

Die Glocken vom Kampanile der Universität schlugen in der Ferne Mitternacht. Ich stieg ins Bett, ließ Peppy sich an meiner Seite zusammenrollen und fiel in tiefen Schlaf. Als nur zwei Stunden später mein Handy klingelte, erwachte ich desorientiert, glaubte, ich wäre in meinem Schlafzimmer in Chicago, torkelte durch den unbekannten Raum und stieß gegen die Couch, auf der mein Telefon seine LEDs aufblitzen ließ.

»Ja?«, knurrte ich und rieb mir mein schmerzendes Schienbein.

»Haben Sie diese Poster aufgehängt?« Es war die Stimme einer Frau, heiser von Alkohol oder Zigaretten, oder vielleicht vom mitten in der Nacht ins Telefon Schreien – die Hintergrundgeräusche klangen nach einem ausgewachsenen Bürgerkrieg.

»Was für Pos– ach so, wegen August Veriden und Emerald Ferring? Ja.« Ich holte tief Luft.

»Ich hab sie gesehn. Draußen, wo meine große Liebe begraben ist, da hab ich sie gesehn. Sie sind auf seinem Grab rumgestapft.«

Na toll. Noch eine heimatlose Säuferseele auf der Jagd nach milden Gaben. »Was genau haben Sie gesehen?«, fragte ich streng.

»Ein schwarzer Jungspund hat das Grab gefilmt, und diese schwarze Dame hat ihn auch noch angefeuert! Der Boden ist heilig, und die knipsen da wie beim Footballspiel.«

»Wo?«, rief ich.

»Hab ich doch gesagt. Wo er begraben liegt.«

»Und wo liegt er begraben?«

»Ich wollte, dass er damit aufhört, aber hat er nicht.«

Ich stieg in meine Jeans, während sie noch sprach. »Wo sind Sie jetzt? Ich will Ihnen sofort die Belohnung bringen.«

»Im Lion's Pride.«

Ich fragte nach ihrem Namen, aber sie hatte aufgelegt. Ich zerrte Stiefel über meine nackten Füße, scheuchte Peppy ins Auto, befahl meinem Smartphone, das Lion's Pride zu finden. Eighth Street Ecke Rhode Island, zwei Blocks östlich der Massachusetts, der Hauptstraße in der Innenstadt. So weit war ich mit meinen Postern doch gar nicht gekommen.

Halb drei morgens, die meisten Lokale waren geschlossen, aber aus der Handvoll Kneipen, die noch offen waren, ergossen sich Scharen von Jugendlichen auf die Straßen. Musik dröhnte auf die Gehwege, röhrendes Gelächter, Autos hupten die Massachusetts auf und ab. Ich fand einen Parkplatz in einer Straße mit rachitischen Bungalows und schiefen Backsteingehwegen. Ich dachte immer, in der Nähe von Wrigley Field zu wohnen sei an Spielabenden eine Qual, aber für die armen Leute, die hier bei den Bars wohnten, könnte täglich Spielabend sein.

Das Lion's Pride befand sich im Keller eines Eckhauses. Als ich ankam, hing eine junge Frau kotzend über dem Geländer. Drei junge Männer, die bei ihr standen, lachten, und einer zog an den Trägern ihres Leibchens.

Ich legte einen Arm um die Frau, sah aber die Kerle an. »Jungs, ihr müsst nach Hause. Der Kindergarten fängt morgen früh an, und für was anderes seht ihr nicht reif genug aus.«

Einer der Kerle fing an mich zu beschimpfen, aber als ich ihre Ausweise verlangte, wichen sie zurück – ich konnte ja von der Campuspolizei sein. Die Frau starrte mich mit glasigen, nichts sehenden Augen an. Ich wusste nicht, was ich mit ihr machen sollte, also ließ ich den Arm um sie und drängelte mich die Treppe runter zum Eingang durch.

Sobald ich drin war, erkannte ich, was für ein hoffnungsloses Unterfangen es war, in dieser Meute eine einzelne Person zu finden. Ich machte kehrt, setzte die junge Frau draußen auf der Treppe ab und rief die Nummer zurück, die mich angerufen hatte.

Es klingelte etwa zehn Mal, bevor jemand ranging: ein Barmann vom Lion's Pride. Na toll. Meine anonyme Anruferin hatte das Bartelefon benutzt.

Die junge Frau war ohnmächtig geworden. Ich lehnte sie ans Geländer einer Eisentreppe, die zu den oberen Stockwerken des Hauses führte. Eine Handtasche baumelte an ihrer Schulter. Ich nahm sie an mich, damit sie nicht gestohlen wurde, solange ich drinnen war. »Ich hoffe, du kommst klar hier draußen. Ich weiß nicht, wie lange das dauern wird.«

Die Ellbogen, die ich mir zugelegt hatte, als ich in Chicagos South Side aufwuchs, brachten mich durch das Gewühl am Eingang und bis zum Tresen, aber der Lärm war so fürchterlich, dass er schwerer auszuhalten war als das Gedränge. Ein kahler Mann mit stattlichem Wanst füllte Bierhumpen ohne hinzusehen und stellte sie ans Tresenende, wo Kellner sie abholten und durch die Massen trugen. Ich winkte, versuchte seine Aufmerksamkeit zu erringen, brüllte und arbeitete mich schließlich zu seiner Seite der Bar durch.

»Fünf Moscow Mules!«, schrie einer der Kellner.

Der kahle Mann nickte, füllte drei weitere Steingutkrüge ab und drehte sich dann seitwärts, um fünf kupferne Becher auf den Tresen zu stellen. Ich legte meinen Arm über sie.

»Bevor Sie die nächsten minderjährigen Säufer abfüllen, muss ich wissen, wer vor einer halben Stunde Ihr Telefon benutzt hat.«

Er sah mich sauer an. »Nehmen Sie den Arm von den Bechern. Die muss man noch mal spülen, wenn Sie sie dreckig machen.«

»Ihr Telefon. Eine Frau hat mich von hier aus angerufen. Ich bin Ermittlerin, sie hat Informationen, die ich brauche, und ich will wissen, wer sie war.«

Er starrte mich finster an. »Irgendeine blöde Obdachlose, die ich rausgeworfen hab, weil sie um Schnaps bettelt und die Gäste belästigt. Sie hat sich das Telefon einfach geschnappt, so wie Sie sich meine Mule-Becher. So, und jetzt raus aus meiner Bar, bevor ich Sie hinter ihr herwerfe.«

»Keine leeren Drohungen«, sagte ich. »Wenn sie Stammgast ist, müssen Sie doch ihren Namen kennen oder wissen, wo sie wohnt –«

»Ich sag doch, sie ist obdachlos, das heißt, sie wohnt nirgends.«

Der Krach und meine Übermüdung machten mich mutwillig. Ich sah eine Reihe Schalter an der Wand hinter ihm. Ich drückte die ersten drei in meiner Reichweite nach unten, und die Kneipe wurde stockdunkel. Leute keuchten auf und kreischten, aber der Pegel nahm ein paar Dezibel ab. Ich zählte bis fünf und schaltete das Licht wieder an.

Bevor das Gebrüll erneut anschwellen konnte, schrie ich: »Moscow Mule umsonst für die Person, die die Obdachlose kennt, die hier vorhin telefoniert hat!«

Der Barmann rief einem der Kellner zu, Fred zu holen, Zeit mich rauszuwerfen und die Cops zu rufen.

»Ich bin Ermittlerin«, sagte ich laut. »Ich muss die Frau finden, die Ihr Telefon benutzt hat. Wenn ich das schaffe, bevor die Cops hier sind, zeige ich Sie nicht dafür an, dass Sie Alkohol an Minderjährige ausschenken, die schon besoffen sind und denen außerdem in Ihrer Bar, ziemlich sicher vor Ihren Augen, Roofies verabreicht wurden. Sind wir im Geschäft?«

Er knallte einen leeren Steinkrug so heftig auf den Tresen, dass er zersprang. »Sonia. Sie kommt vorbei, wenn sie genug Kleingeld für einen Drink zusammenhat. Sie ist eine echte Plage, aber nicht so schlimm wie Sie. Und jetzt raus hier.«

Ein muskulöser Mann im allgegenwärtigen Jayhawk-T-Shirt wartete am Ende des Tresens auf mich. Er packte meinen Arm härter als unbedingt nötig und stieß mich vor sich her bis zur Tür, wo ich dumm über die Schwelle stolperte und ihm dabei zufällig gegen das Schienbein trat. Kindisch, aber sehr befriedigend.

Die junge Frau hing immer noch zusammengesackt am Fuß der Treppe. Das Trio der Jungmänner war auch noch da, jetzt mit frisch gefüllten Bechern, sie sprachen in abgehackten Sätzen, unterbrochen von johlendem Gelächter, bei dem sie sich gegenseitig auf die Schultern hieben.

Ich leuchtete mit meinem Handy in die Handtasche der jungen Frau und fand einen Studierendenausweis. Er verriet mir, dass sie Naomi Wissenhurst war, offenbarte aber nicht ihre Adresse. Ich verpasste ihr ein paar sanfte Klapse, versuchte sie zu wecken. »Naomi! Wo wohnst du!«

Das Trio verzog sich auf den Bürgersteig, mochte wohl nicht Teil des Naomi-Dramas werden. Und in diesem Moment sah ich das Kleiderbündel unter der Eisentreppe. Ich leuchtete es an und fühlte einen Stoß im Magen: Das Bündel hatte eine gewisse Gestalt, und im Licht erkannte ich einen Fuß, der in merkwürdigem Winkel herausragte.

12

Hässliches Entlein

Sie war nicht tot, aber ihr Puls war so schwach, dass ich ihn kaum tasten konnte. Ich rief 911: zwei Überdosen vor dem Lion's Pride. Ich legte meinen Mantel über die Frau, um sie warm zu halten. Dann fotografierte ich sie und Naomi Wissenhurst *in situ*. Ich wollte keine Beschwerden, dass ich sie bewegt, verletzt oder beraubt hätte.

Nur weil die drei Typen gafften und nicht halfen, machte ich auch ein Foto von ihnen. Sie zogen finstere Mienen und entfernten sich ein Stück.

Die Cops kamen zuerst an, blau-rotes Lichtgeflacker. Mein kurzer Moment amüsanter Unterhaltung in dieser Nacht: Das Herrentrio schmolz wie Schnee, als die Streifenwagen vorfuhren, und kleine Tütchen mit Pillen und Pulvern tropften in den Rinnstein, als sie flohen.

Ich stand auf, als zwei Officers die Treppe erreichten. »Ich hab versucht, diese junge Frau aufzuwecken, als ich die andere unter der Treppe sah.«

Sie ließen ihre Stablampen scheinen, deutlich heller als meine Handyleuchte, und ich sah das Gesicht der Frau. Mittleres Alter, Hängebacken, dicke Augenbrauen, ein Rinnsal Kotze im Mundwinkel.

Die Polizistin machte Meldung und verlangte zwei Krankenwagen, sofort. Ein dritter Streifenwagen fuhr vor. Der Fahrer blieb sitzen, er chauffierte einen ranghöheren Polizisten, der sich zu uns an die Treppe gesellte.

Inzwischen war das blau-rote Stroboskoplicht in die Bar eingedrungen. Gäste versuchten eifrig zu verschwinden oder wollten wenigstens die Action begaffen. Der Ranghöhere schickte einen der Uniformierten runter, um alle vor Ort festzuhalten.

»Was haben wir hier, Suze?«

Suze schwenkte ihre Lampe in meine Richtung. »Diese Person hat es gemeldet, aber das ist Sonia Kiel, Sie wissen schon –«

»Oh ja, wir alle kennen Sonia.« Der Ranghöhere ging in die Hocke und fühlte ihren Puls. »Sonia, was hast du diesmal genommen, hm? Wir werden dir wieder mal das Leben retten, oder bist du so wild darauf, es loszuwerden?« Er stand auf. »Und die andere?«

Ich zögerte, wollte nicht noch mehr ins Zentrum der Aufmerksamkeit, als ich schon war, aber als Suze nichts sagte, erklärte ich, die andere sei anscheinend eine Studentin, die zu viel getrunken oder Roofies geschluckt hatte oder beides. »Ich hab versucht, sie so weit wach zu kriegen, dass sie mir sagt, wo sie wohnt, und dabei sah ich die andere Frau da liegen.« Ich zögerte wieder, aber es gab keinen Grund, meine Verbindung zu Sonia zu verschweigen, die in der Kneipe würden eh von meinem dramatischen Auftritt berichten. »Ich hab Sonia vorher noch nie gesehen, aber sie hat mich vor rund einer Dreiviertelstunde angerufen und hierherbestellt.«

Die Krankenwagen kamen. Die Officers machten Platz, als die Rettungsleute mit ihrer Ausrüstung herantrabten.

»Dann schaffen wir unsere Ladys mal ins Krankenhaus, und Sie« – der Sergeant nickte mir zu – »kommen rüber aufs Revier und erzählen mir alles. Sie wissen, wo wir sind?«

Ich versicherte ihm, dass ich es wusste. Als ich mich von ihm abwandte und auf mein Auto zusteuerte, sagte er: »Die andere Richtung.«

»Ich weiß, Sergeant. Meine Hündin ist in meinem Wagen. Ich muss sicherstellen, dass es ihr gut geht.«

»Officer Peabody wird Sie begleiten. Suze, ich fahre Ihren Streifenwagen zum Revier zurück.«

Als wir zu meinem Auto gingen, fragte ich: »Ihr Sergeant meinte, Sie alle kennen Sonia Kiel. Passiert es öfter, dass sie vor einer Kneipe zusammenbricht?«

»Sergeant Everard kann Ihnen mehr über sie erzählen als ich«, sagte Suze steif.

Ich ignorierte die Abfuhr. »Ich stell mir vor, wenn sie so oft ins Krankenhaus muss, steht ihre Gesundheit kurz vor dem Kollaps.«

»Sie ist in keinem guten Zustand«, gab Suze zu, »aber normalerweise bringen wir sie einfach zurück ins Wohnheim. Die wollen sie nicht –« Sie brach ab, als ihr einfiel, dass sie solche Einzelheiten ja dem Sergeant überlassen sollte.

Wir kamen zum Mustang. Peppy schob eifrig den Kopf nach vorn, um Suze zu inspizieren, die sie im Gegenzug freundlich klopfte – ein gutes Zeichen –, bevor sie sich anschnallte.

Als wir zum Revier kamen, ließ ich Peppy raus, damit sie sich kurz die Beine vertrat. Suze meinte, der Sergeant hätte bestimmt nichts dagegen, wenn ich Peppy mit nach drinnen nahm. »Wenn doch, hol ich sie und geh mit ihr spazieren, solange er mit Ihnen spricht.«

Everard hob die Augenbrauen, als wir hereinkamen. »Ist das Ihr Anwalt?«

»Mehr meine Therapeutin«, sagte ich. »Ich hab keine Geheimnisse vor ihr.«

»Vor mir hoffentlich auch nicht. Wollen wir damit anfangen, dass Sie mir erzählen, wer Sie sind?«

Als ich ihm meinen Namen sagte und meine Lizenz rausholen wollte, sagte er: »Oh, stimmt. Uns liegt Meldung vor, dass Sie in der Stadt sind, um nach zwei vermissten Afroamerikanern zu suchen. Was hat Sie denn mitten in der Nacht ins Lion's Pride geführt, oder ist das normaler Alltag für eine Großstadtdetektivin? Man sagt mir, Sie haben einen ziemlichen Aufstand gemacht.«

»Hmm. Eigentlich hab ich eher für Ruhe gesorgt.« Ich erzählte ihm von Sonias Anruf. »War mühsam, die Bestätigung zu kriegen, dass Sonia da war und das Bartelefon benutzt hat. In dem Schuppen geht es heiß her, auch nach Großstadtmaßstäben.«

»Die Hawks haben gewonnen, Sarge«, bemerkte Suze.

Ich guckte verdutzt, dachte an die Chicago Blackhawks und fragte mich, wen zum Teufel das in Lawrence, Kansas interessierte.

»Basketball«, sagte Sergeant Everard sardonisch. »Falls Sie vorhaben, mehr als zwölf Stunden hier zu verbringen, sollten Sie sich den Spielplan der Hawks – der Jayhawks – einprägen, Herrenmannschaft, damit Sie wissen, wann Sie Leute zum Zuhören kriegen und wann nicht.«

Er fragte mich nach Strich und Faden aus, warum ich in Lawrence nach August und Emerald suchte. Ich sagte es ihm. Er wollte einen Beweis, dass Sonia mich aus der Bar angerufen hatte. Ich zeigte ihm meine Anrufliste. Er fragte, was Sonia gesagt hatte. Ich gab ihm eine Kurzfassung.

»Sie glauben tatsächlich, dass sie sie gesehen hat?«, fragte Everard. »Ihr Glühfaden ist oft zu kurz für eine Kühlschrankbirne.«

»Sie sagte, ein junger Mann hat gefilmt und eine ältere schwarze Frau hat ihn angefeuert. Ich hab in meinem Aushang nichts davon erwähnt, dass er Filmemacher ist.«

Everhard ließ das sacken. »Vielleicht hat Sonia sie wirklich gesehen. Nur seltsam, dass sonst niemand in der Stadt von ihnen weiß.«

»Wo ist der Friedhof, von dem Sonia sprach, wo ihre große Liebe beerdigt ist?«, fragte ich. »Vielleicht finde ich da jemanden, der Ms. Ferring oder August Veriden gesehen hat.«

Everard schüttelte den Kopf. »Das ist alles nur in Sonias Kopf, diese große Liebe und sein Grab.«

»Wer ist sie denn? Officer Peabody meinte, Sie könnten mir das mit dem Wohnheim erklären und wer Sonia – wie ist ihr Nachname? Kiel, oder?«

Everard machte ein säuerliches Gesicht. »Sonia Kiel. Sie ist hier aufgewachsen. Mein älterer Bruder war mit ihr auf der Highschool, und schon da war sie ein schräger Vogel. Sie ist mit der Zeit nur noch schräger geworden.«

Ich hätte Everard so um die vierzig geschätzt: Die Haut in seinem Gesicht war noch straff, nichts von der Schlaffheit unterm Kinn, mit der das Altern beginnt. Selbst wenn sein Bruder deutlich älter war – Sonia hatte ausgesehen wie eine müde Endfünfzigerin. Das Leben auf der Straße treibt übel Schindluder mit dem menschlichen Körper, und eine Kur aus Alkohol und Drogen ist auch nicht gerade heilsam.

»Inwiefern schräger Vogel?«, fragte ich.

»Ach, das ist alles ewig her. Ihr alter Herr war eine große Nummer oben auf dem Berg, ein Forscher, er wusste absolut alles darüber, was für Bazillen wen wie krank machen. Nun ja, Sonia ist sein jüngstes Kind. Ihre zwei älteren Brüder wurden akademische Überflieger, Sie kennen die Sorte. Einer war ein Mathegenie, der andere lernte jede Sprache, die man ihm vorlegte.«

Sein Handy klingelte. Als er auflegte, erklärte er Suze, drüben im Cave sei eine Schlägerei ausgebrochen. »Polanco ist da. Bisher keine Schüsse, aber gehen Sie lieber hin und helfen ihm das klären. Rufen Sie mich an, falls Sie einen größeren Knüppel brauchen.«

Kaum war Suze weg, wurde er vom Anruf einer Streife unterbrochen, die ein paar Kids auf dem Parkplatz eines Einkaufscenters in der West Side beim Reifenaufschlitzen erwischt hatte, und dann folgte noch ein Raubüberfall in einem Park am Südrand der Stadt. Als er sich mir wieder zuwandte, hatte er den Faden verloren.

»Sonia«, sagte ich hilfsbereit. »Zwei Überfliegerbrüder.«

»Ach ja. Sonia war das hässliche Entlein, bloß hat sie sich nie in einen Schwan verwandelt. Als sie und Tyrone – mein Bruder – zusammen in der Schule waren, hat sie die Kids oft beim Stelldichein bespitzelt. Sie war einsam, sie war hässlich, wer weiß schon, was sie umgetrieben hat? Sie fing an, sich Märchen auszudenken, von wegen sie hätte eine Romanze mit einem mysteriösen Mann aus der Fakultät ihres Vaters. Schon ihr zuzuhören war peinlich.

Ich kenne nicht alle Einzelheiten, aber es gab etliche Zwangseinweisungen. Als sie noch jünger war, hat sie versucht, es irgendwo im Osten zu was zu bringen – hielt sich wohl für eine Sängerin oder Schauspielerin, ich hab vergessen was –, aber das zerschlug sich alles, und sie kam wieder zu Hause angekrochen. Kiel und seine Frau hatten irgendwann die Nase voll und zogen andere Saiten auf. Sie soll eigentlich fest im St. Rafe wohnen, nur schleicht sie sich immer weg und lässt sich volllaufen. Die müssten sie längst rausschmeißen, aber ich schätze, Dr. Kiel hat in der Stadt immer noch reichlich Vitamin B.«

»Ach, Kiel ist Mediziner? Ich dachte, Forscher an der Uni.«

»Na ja, er ist halt Professor da oben, mit Titeln und allem Drum und Dran.« Everard starrte mich an, verdutzt über meinen Nachdruck.

Cady hatte nach einem Doktor gefragt, als Gertrude Perec ihr das Wort abschnitt. Ich war spontan von einem Arzt ausgegangen, denn an der Uni von Chicago, wo ich studiert habe, gibt es eine Art umgekehrten Dünkel beim Titel »Doktor«: Als Anrede geht er nur für Mediziner/innen, alle anderen sind einfach Herr und Frau, und es gibt harsche Zurechtweisungen, wenn man diesen Code verletzt. Offenbar galten hier andere Regeln.

»Kennen Sie Gertrude Perec?«, fragte ich.

»Ich weiß, wer sie ist«, sagte er vorsichtig.

»Wissen Sie, ob sie mit diesem Kiel in Verbindung steht?«

Er schüttelte den Kopf. »Das ist hier zwar eine Kleinstadt, aber immer noch um die achtzigtausend Leute, und wir sind nicht der KGB mit Akten über jedermanns Liebesleben und sonst was. Oder meinetwegen die NSA. Was hat denn Ms. Perec mit alldem zu tun?«

Ich warf die Hände hoch. »Was weiß ich denn. Ich weiß gerade überhaupt nichts mehr, außer dass ich zu hundemüde bin, um zu denken. Kann ich gehen? Brauchen Sie noch irgendwas von mir?«

»Nur die Adresse, wo Sie hier wohnen. Und bis wir klar sehen, was mit Sonia los ist, wüsste ich es sehr zu schätzen, wenn Sie noch ein, zwei Tage in der Stadt blieben. Eine gute Gelegenheit, sich die Friedhöfe anzuschauen. Wir haben zwei.«

»Fünf.«

Ich fuhr herum: Ein afroamerikanischer Polizist hatte so still in der Ecke gesessen, dass ich ihn nicht bemerkt hatte.

»Es gibt noch den kleinen jüdischen Friedhof draußen bei Eudora und den katholischen drüben an der Sixth. Und vergessen Sie Maple Grove nicht, Sarge.«

Everard nickte langsam. »Stimmt, Leonard. Der wird für Bestattungen heute kaum noch benutzt«, fügte er für mich hinzu, »aber er liegt im alten Teil der Stadt, nördlich des Flusses. Da sind viele Abolitionisten und entflohene Sklaven aus der Gründungszeit der Stadt begraben. Wenn Sonia sich einbildet, dass sie einen Liebsten hatte, der begraben wurde, dann könnte ich wetten, dass er da liegen würde.«

13

Eine nüchterne Minute

Ich schlief bis kurz vor zehn, aber ich hatte unruhige Träume voller bekümmerter romantischer Mädchen, die über alte Friedhöfe wanderten. Als ich schließlich aufstand, war ich so steif und müde, als hätte ich mich gar nicht hingelegt.

Ich ließ Peppy raus in den kleinen Hof hinter meinem Zimmer. Zu Hause könnte ich mir Espresso machen und turnen, bis ich mich menschlich genug fühlte, um dem Tag ins Gesicht zu sehen. Hier in der Fremde behalf ich mir mit einer heißen Dusche und ein paar Dehnübungen, bevor ich zum Decadent Hippo fuhr. Es war mein dritter Morgen, und die Barkeeperin/Barista hob eine Braue und fragte, ob ich das Übliche wolle. Kleinstädte haben doch ihre Vorzüge.

Der Tag war bewölkt und knackig kühl. Ich gesellte mich draußen an einem der Gehwegtische zu Peppy und machte noch ein paar energischere Dehnübungen und Kniebeugen. Beim zweiten Cortado fühlte ich mich gewappnet, eine To-do-Liste aufzustellen.

Schwer zu entscheiden, womit ich anfangen sollte. Versuchen, mit Dr. Kiel zu sprechen, die Friedhöfe abklappern, das Wohnheim St. Raphael's finden, die Riverside Church auf der Südseite und die AME St. Silas auf der Nordseite des Flusses aufsuchen, zu dem alten Raketensilo rausfahren, falls Emerald Ferring beschlossen hatte, da noch mal hinzugehen.

Zumindest konnte ich ein paar erste Recherchen über Leute und Orte durchführen, während ich meinen Kaffee austrank. Nathan Kiel, Doktor der Wissenschaften, aber nicht der

Medizin, hatte jede Menge Treffer, von der Society of American Microbiologists bis zu Wikipedia und noch einen ganzen Haufen dazwischen. Er hatte über Jahrzehnte an der University of Kansas gelehrt und galt als Experte für Infektionskrankheiten. Ich fand 113 Artikel, die er mitverfasst hatte, aber die Titel hätten auch auf Farsi sein können, so wenig konnte ich damit anfangen. Phosphorylierung-Dephosphorylierung, gefolgt von chemischen Symbolen und am Ende *Y. enterocolitica*.

Der *Douglas County Herald* hatte mehrmals über ihn berichtet, in jüngster Vergangenheit über den Fall der Lebensmittelvergiftungen, die Cady Perec gestern Abend erwähnt hatte.

> Achtzehn Personen wurden angesteckt, bevor die Gesundheitsbehörde von Kansas schließlich Dr. Kiel hinzuzog. Er ist achtzig Jahre alt und hält offiziell keine Vorlesungen mehr, aber er kann jüngeren Leuten immer noch zeigen, wie der Hase läuft.

Das Internet förderte hundert oder mehr Bilder von ihm zutage, dunkelhaarig als junger Mann, jetzt weißhaarig, mit einem eckigen, ernsten Gesicht. Nur wenige Aufnahmen zeigten ihn lachend, eine davon war ein Gruppenbild von 1980 mit folgendem Begleittext:

> *Der Keimexperte der Kansas University Dr. Nathan Kiel und sein Laborteam feiern ihren verdienten Sieg beim Wohltätigkeits-Softballturnier der Universität.*

Er musste damals fünfzig gewesen sein, sah aber jünger aus. Ich vergrößerte das Bild. Das ganze Team trug T-Shirts mit der Karikatur eines Jayhawk und dem Slogan DR. K'S KAMPF-KEIME. Es gab vier Frauen in der Truppe, nur leider hatte der *Douglas County Herald* keine weiteren Namen abgedruckt.

Kiels zwei Söhne Stuart und Larry waren jetzt um die fünfzig. Larry, der Linguist, arbeitete bei einem Thinktank in Oregon. Stuart, das Mathegenie, lehrte Highschool-Mathematik an einer Privatschule in der Nähe von Bangor in Maine. Larry war mit einer Frau verheiratet und hatte zwei gemeinsame Kinder. Stuart war mit einem Mann verheiratet und hatte keine Kinder. Sagte es etwas über Kiel, dass seine beiden Söhne so weit wie möglich von Kansas weggezogen waren, oder hatte sie einfach bloß ihr Beruf dorthin geführt?

Ich fand keinerlei biografische Angaben zu Sonia außer ihrem Geburtsdatum: Sie war kürzlich fünfundvierzig geworden. Nichts von einem Abstecher nach Osten, um als Künstlerin Karriere zu machen. Nichts von einer großen Liebe, sei sie real oder eingebildet.

Kiels Frau Shirley war zwei Jahre jünger als der Wissenschaftler. Sie hatte relativ spät, mit über fünfzig, eine Berufstätigkeit aufgenommen, bei einer Bank in der Innenstadt, und war vor drei Jahren in den Ruhestand gegangen. Etwa im gleichen Alter wie Gertrude Perec, allerdings fand Letztere in Kiels Dossiers keinerlei Erwähnung, ob als Freundin, Geliebte oder Verwandte.

Ich klopfte mit dem Stift an meine Schneidezähne und simste schließlich an Cady: *Kennt Ihre Großmutter Dr. Kiel gut? Ich hab seine Tochter gestern Abend halbtot vor dem Lion's Pride gefunden.*

Bevor ich loszog, rief ich noch im Krankenhaus an, um mich nach Sonia zu erkundigen. Sie lag auf der Intensivstation. Als die Telefonzentrale mich zur zuständigen Stationsschwester durchstellte, stellte ich mich als Ermittlerin vor.

Die Stationsschwester sagte, Sonia sei noch nicht ansprechbar, habe aber angefangen, für längere Perioden selbständig zu atmen.

»Haben Sie Drogen in ihren Taschen gefunden, als sie eingeliefert wurde? Ich wüsste gern, was sie genommen hat –

Heroin, Rohypnol oder etwas, worauf ich noch nicht gekommen bin.«

Die Schwester legte mich in die Warteschleife, und nach einer Minute meldete sich eine Ärztin in der Leitung. »Ermittlerin, sagen Sie? Wie ist denn Ihr Name?«

Ich nannte und buchstabierte ihn und hoffte, Frau Doktor hatte kein Verzeichnis der Polizeitruppe von Lawrence vor sich liegen. »Und Sie sind Dr. ...?«

»Cordley. Wir machen einen Drogenscreen, Detective, aber haben Sie einen besonderen Grund, auf Roofies oder Heroin zu schließen?«

»Ich denke immer an Roofies, wenn ich komatöse Frauen vor einer Bar finde«, sagte ich trocken. »Da war auch noch eine Collegestudentin, die sich anscheinend im selben Zustand befand. Sie könnte unter Umständen auch auf Ihrer Station liegen – Naomi Wissenhurst? Und hatte Ms. Kiel irgendwelche Drogen bei sich, als man sie reinbrachte?«

Ich hörte Cordley auf einer Tastatur tippen. »Ich denke nicht. Hier ist nichts vermerkt, aber wir überprüfen noch mal die Sachen, die sie angehabt hat.«

»Das Department wird jemanden rüberschicken, wenn sie aussagefähig ist«, versprach ich, fragte mich, ob sie das wirklich tun würden, und hoffte, dass Cordley meinen Namen nicht erwähnte, wenn sie es taten.

Bevor ich auflegte, fragte ich nochmals nach der Collegestudentin. Ja, auch Wissenhurst war auf der Intensivstation, aber sie war jung und gesund, sie erholte sich schnell.

Peppy bellte mich scharf an, sie ist keine Befürworterin der Spurensuche im Sitzen. »Du hast so recht, Mädchen.« Wir waren nur ein paar Blocks entfernt von den Parks der Innenstadt. Ich joggte hin, und Peppy jagte für eine halbe Stunde den Tennisball, mit ein paar Unterbrechungen, um Eichhörnchen auf Bäume zu scheuchen oder mit anderen Hunden herumzutollen.

St. Raphael's, das Wohnheim, wo Sonia Kiel lebte, lag auf der Westseite der Stadt. Der Webseite zufolge war das St. Rafe für Menschen gedacht, die von ihrer Alkohol- oder Drogensucht genasen, sowie für Personen im Übergang von der Obdachlosigkeit zu einem festen Wohnsitz. Die Einrichtung verfügte über zwanzig kleine Studio-Apartments, dazu noch sechzig Einzelzimmer mit Gemeinschaftsküche und Gemeinschaftsbad. Die Bilder zeigten ein weitläufiges dreistöckiges Gebäude aus einheimischem Kalkstein. Es gab Präriegrasbüschel und ein paar Rehe im Hintergrund, während Heimbewohner/innen in heiter-ernsten Grüppchen um einen kleinen Teich saßen und sich unterhielten.

Es war nicht leicht, St. Rafe zu finden, nicht wegen der Endlosigkeit der Prärie ringsum, sondern weil sich ein Einkaufszentrum in der Landschaft breit gemacht hatte. Ich entdeckte den Zugang schließlich hinter der Rückwand eines riesigen Buy-Smart. Ein kleines Schild mit den Insignien der Episcopal Church teilte mir mit, dass es hier zum Haus St. Raphael's ging und alle lauten Geräuschquellen bitte abgeschaltet gehörten. Ein weiteres Schild bat Kund/innen des Einkaufszentrums, nicht die Zufahrt zu versperren.

Als ich hineinfuhr, bemerkte ich Bulldozer, die sich westlich des Wohnheims durchs Land fraßen. Auf einem Parkplatz stand eine Handvoll Autos auf fürs Personal reservierten Plätzen. Meiner war der einzige Wagen im Besucherbereich. Eine Frau mit einem Kind, dessen Haar kunstvoll geflochten und mit Plastikschmetterlingen dekoriert war, saß an einem Picknicktisch und trank aus einem Styroporbecher, während das Mädchen sich mit fast verzweifelter Konzentration stirnrunzelnd über eine Handheld-Videospielkonsole beugte.

Eine Rezeptionistin hinter einem Tresen direkt am Eingang fragte mit höflichem Lächeln, das nicht bis zu ihren Augen vordrang, nach meinem Anliegen. Ich nahm ihr das nicht krumm – ich würde jede Arbeit hassen, bei der ich ganztägig alle anlächeln musste.

Als ich angab, ich sei Ermittlerin aus Chicago, und erklärte, was mich nach Lawrence führte, schien ihre Miene zu sagen, dass Chicagoer Schnüfflerinnen auf der Jagd nach Vermissten hier aus dem Boden sprossen wie Unkraut im Sommer.

»Ich habe gestern Nacht Sonia Kiel gefunden – also eigentlich heute früh –, sie hat mich angerufen, weil sie Informationen über die Leute hat, die ich suche. Sie liegt jetzt auf der Intensivstation, und nun hoffe ich, es gibt hier jemanden, der mit mir über sie sprechen kann.«

Die Plastikmaske der Frau brach auf und offenbarte echtes Gefühl: Ärger. Ja, die von der Polizei waren schon da gewesen, sie hatten mit Randy Marx gesprochen, dem Leiter der Einrichtung. Das Ganze war doch nur wieder ein neuer Beweis, dass Sonia Kiel in St. Raphael's absolut nichts zu suchen hatte.

»Wie lange wohnt sie denn schon hier?«, fragte ich.

»Zu lange!«, schnaubte die Rezeptionistin. »Seit inzwischen drei Jahren mal ja, mal nein. Jeder hier hat so seine Geschichte, jeder hier ist auf die eine oder andere Art eine Diva, aber die meisten verstehen, dass unsere Regeln zum Wohl der ganzen Gemeinschaft sind. Und die meisten Leute, die gegen die Regeln verstoßen, bekommen nicht zehnmal Gelegenheit, sich freizukaufen.«

»Das ist bestimmt frustrierend«, ich heuchelte Mitgefühl. »Gibt's eine Person aus der Therapie oder Sozialarbeit, mit der ich über sie reden kann? Ich hoffe, jemanden zu finden, der mir zu dem, was sie am Telefon gesagt hat, ein bisschen Kontext verschafft.«

»Ich hole Ihnen Randy. Er macht Sozialarbeit und hat die Tagesaufsicht. Entschuldigen Sie, dass ich die Fassung verloren habe.« Sie zwang sich erneut zum Lächeln. »Ich schätze, ich muss auch mal bei der Aggressionsbewältigung mitmachen.«

Die Frau zeigte auf ein Whiteboard an der gegenüberliegenden Wand, und ich sah den in Blau geschriebenen Tagesplan. R. Marx leitete gerade eine Aggressionsbewältigungsgruppe im Raum Büffelgras. L. McCabe würde um 13:20 Uhr eine Kunsttherapiegruppe im Raum Pfeilfeder anbieten.

Die Rezeptionistin rief Marx an. Sie würden in zehn Minuten fertig sein. Ich war herzlich eingeladen, im Raum Kallargras zu warten. Sie zeigte auf einen Gang. Kallargras lag am Ende, auf dem Weg dorthin konnte ich mir gern in der Kochnische einen Kaffee nehmen. Ich füllte mir aus dem riesigen Spender einen Becher ab, obwohl ich wusste, dass er überkocht, dünn und bitter sein würde. Vorhersage bestätigt und übertroffen.

Slogans klebten an den Wänden, ermahnten und erinnerten: ENTZUG IST EIN MARATHON, KEIN SPRINT. TAG FÜR TAG, MINUTE FÜR MINUTE. JEDER ENTZUG BEGINNT MIT EINER NÜCHTERNEN MINUTE. Zwischen den Slogans hingen Fotos von Gruppen oder Familien, alle lächelten, sogar die Rezeptionistin. Eine Kollektion trug die Überschrift »Laborday-Picknick am Lake Clinton«. Ich starrte auf die Volleyballer und Grillenden, suchte die Schnappschüsse nach Sonia ab.

»Sind Sie die Ermittlerin?« Hinter mir war Randy Marx in die Kochnische getreten, seine Birkenstocks geräuschlos auf dem Linoleum. Ich fuhr leicht zusammen, und dünner Kaffee schwappte auf den Boden.

Marx war ein großer Mann Ende dreißig oder Anfang vierzig und trug ein blaues T-Shirt mit dem allgegenwärtigen schreitenden Jayhawk auf der Brust. Er war blass, so blass, dass er geisterhaft aussah, die dicken Lippen kaum dunkler als die Wangen. Er gab mir die Hand und lächelte flüchtig, aber sein Blick war wachsam.

Er füllte seinen Kaffeebecher nach, auf dem WIRF DEIN KREUZ AB: WIR BRAUCHEN DAS HOLZ! stand, und geleitete mich den Flur entlang zum Raum Kallargras. Dessen Fenster zeigten auf einer Seite die Bulldozer, aber auf der anderen einen kleinen Park. Der Park umfasste weitere Spielgerüste, ein Baseballfeld und einen Garten, in dem Vögel zwischen die Präriegräser hinabstießen oder an frostverbrannten Überresten von Sonnenblumen herumpickten.

»Das ist alles, was von dem Land übrig ist, auf dem St. Rafe früher stand.« Marx nickte zum Park hin. »Wir ziehen hier zehn verschiedene Sorten einheimischer Gräser. Die Sitzungsräume sind danach benannt. Das da ist Kallargras.«

Er zeigt auf einen Fleck im Garten. Ich nickte respektvoll, als wüsste ich, welches spezielle Gewächs er im Auge hatte.

»Eigentlich hat St. Rafe vor rund fünfzig Jahren als Altersheim angefangen – da war ich natürlich noch nicht dabei –, aber wir haben unsere Bestimmung neu durchdacht, als im Douglas County Sucht und Obdachlosigkeit um sich griffen. Vor etwa zehn Jahren beschloss der Vorstand, das Haus umzubauen. Sie haben mehr Einzelzimmer und Behandlungsräume eingefügt und acht Hektar Land verkauft, um alles zu finanzieren. Das hat St. Rafe zwar ein anständiges Budget verschafft, aber der Kompromiss hat uns in die Mitte großer Kästen und Wohnsiedlungen versetzt. So läuft das eben. Das Leben besteht aus Kompromissen, wie wir unseren Bewohnern ständig sagen.«

»Sonia Kiel«, sagte ich. »Der Sergeant, der auf meinen Notruf hin zum Lion's Pride kam, sagt, sie hat das schon öfter gemacht.«

Marx fuhr mit einem Finger über den Rand seines Bechers, er sah mich nicht an. »Sie weiß, dass sie hier nicht sein darf, wenn sie trinkt, aber manchmal wird der Drang zu stark für sie. Dann geht sie weg, lebt auf der Straße, übernachtet im Kirchenkeller, wenn das Wetter schlecht ist – mehrere Kirchen in der Innenstadt engagieren sich im Sozialdienst. Irgendwann ist sie wieder bereit für das nächste Pensum Nüchternheit und kommt zurück. Ja, sie ist schon mal eingeliefert worden, aber wegen Unterkühlung, nicht wegen Überdosis.«

»Sie glauben also noch an ihre Heilung, da Sie sie immer wieder zurückkommen lassen«, sagte ich.

Er blickte kurz auf. »Bei Sonia weiß ich nicht, was ich glaube. Ich … Sie sind nicht von hier, oder?«

Ich schüttelte den Kopf. »Aus Chicago. Und da sitze ich im Vorstand eines Asyls für Fälle häuslicher Gewalt. Ich gestehe, ich habe Großstadt-Vorurteile zu der Frage, wie viel Edelmut sich Einrichtungen mit begrenzten Ressourcen leisten können.«

Seine breiten Lippen verzogen sich zu einem bitteren Lächeln. »Auch wir haben begrenzte Ressourcen. Kennen Sie die Kiels?«

»Ich kenne hier bisher nur sehr wenige Leute.« Ich erklärte wieder einmal meine Mission. »Ich möchte mit Sonia reden, wenn sie sich erholt, weil sie mich heute früh angerufen und behauptet hat, meine Vermissten gesehen zu haben. Ich habe bisher weder Dr. noch Ms. Kiel kennengelernt, aber ich will sie aufsuchen, sobald ich hier fertig bin.«

Er setzte an, etwas zu sagen, zog eine Grimasse, stand auf und schloss die Tür des Sitzungsraums. »Selbst wenn man denkt, der Gang ist leer, schafft es jemand, vertrauliche Gespräche zu belauschen. Sonia Kiel ist in jeder Hinsicht ein Sonderfall. Sie sollte nicht hier sein, sollte nicht hier wohnen, meine ich, weil sie oft betrunken ist, was gegen unsere Regeln verstößt. Ich schicke sie weg, wenn sie betrunken ist, aber ich muss sie wieder reinlassen.« Er spielte wieder mit seinem Kaffeebecher, rang sich dazu durch, Geheimnisse preiszugeben. »Der für unsere Bewohner zuständige Psychiater ist ein Dr. Chesnitz, Ernst Chesnitz. Er behandelt Sonia seit vielen Jahren, er sitzt hier im Vorstand, und er ist eng befreundet mit Nathan Kiel. Die Kiels haben St. Rafe eine beträchtliche Spende zukommen lassen, als wir Sonia aufgenommen haben. Das war Bedingung für ihre Aufnahme. Liebe durch Härte, vielleicht die einzige

Art, die sie hinkriegen.« Seine Miene wurde noch freudloser, was ich nicht für möglich gehalten hatte.

»Sie wollen sie hier nicht haben, stimmt's?«, fragte ich.

»Sie gehört hier nicht her. Sicher, sie hat ein Suchtproblem, aber wir sind darauf eingestellt, Süchtige und Obdachlose zu betreuen, die nüchtern zu bleiben versuchen. Sonia braucht Hilfe, die wir ihr nicht geben können. Die Hilfe, die sie braucht, ist in ganz Lawrence nicht verfügbar, zumindest sehe ich das so.«

»Was stimmt denn mit ihr nicht?«

»Als Teenager hatte Sonia, was Chesnitz einen psychotischen Zusammenbruch nannte. Die Kiels zogen ihn hinzu, und er verschrieb ihr Lithium. Er diagnostizierte eine bipolare affektive Störung mit paranoiden Tendenzen, und jedes Mal, wenn er sie untersucht, was einmal im Jahr ist oder wann immer Kiel sie zwingen kann, zu Chesnitz zu gehen, jedes Mal sagt er, es gäbe keinen Anlass, die Diagnose zu ändern.«

»Sie ist jetzt über vierzig«, sagte ich. »Chesnitz war die ganze Zeit ihr Arzt?«

Marx hob eine Schulter. »Ich schätze, er ist siebzig. Es mag merkwürdig sein, aber nicht unwahrscheinlich.«

»Nimmt sie immer noch Lithium?«

»Lithium erfordert wesentlich mehr Mitarbeit seitens der Patientin, als Sonia aufbringt. Man darf nichts trinken, man muss regelmäßig ein Blutbild machen, und es ist für den gesamten Organismus gefährlich, wenn man es einfach absetzt. Überhaupt wird es heutzutage kaum noch angewendet. Wir haben sie auf eins dieser neuen atypischen Neuroleptika gesetzt – Valproat, wenn Sie es genau wissen wollen. Man sollte auch mit Valproat nicht trinken, aber es bleibt nicht so lange im Stoffwechsel wie Lithium, und man fällt nicht in einen Schock, wie das leicht passieren kann, wenn man Lithium abrupt absetzt.«

Ich beschrieb ihm, wie ich Sonia gefunden hatte, kaum atmend unter der Eisentreppe, die zum oberen Stockwerk über dem Lion's Pride führte. »Könnte so das Zusammenwirken von Valproat und Alkohol aussehen?«

Er zuckte wieder die Achseln. »Schon möglich. Sie ist nicht gerade fit, dazu dreißig Jahre Psychopharmaka, selbst wenn sie fünf Jahre ausgesetzt hat, als sie im Osten war ... also das macht sie auch anfälliger für Nebenwirkungen. Und ihre Trinkerei natürlich auch. Als der Polizist mir heute Morgen sagte, dass Sonia im Krankenhaus ist, habe ich die Stationsschwester und die zuständige Ärztin angerufen, aber bis sie den Drogen-Screen haben, können sie nicht viel für sie tun, nur sicherstellen, dass sie hydriert ist und atmet.«

»Sie nehmen sie nur wegen Chesnitz und Kiel immer wieder auf?«, wagte ich mich vor.

Er nickte. »Es ist den anderen gegenüber nicht fair. Es gibt Beschwerden bei den Gruppengesprächen, und ich versuche ehrlich zu sein, ich beschönige nichts. Ich finde es gar nicht verkehrt, wenn sie mitkriegen, dass jeder mit einem Job auch unangenehme Entscheidungen treffen muss. Zumindest rede ich mir das ein.«

Wir saßen für eine Minute still da. Ich betrachtete die Vögel und die Gräser, aber Marx starrte auf die Bulldozer. Sein Kiefer arbeitete im Rhythmus ihrer Greifer, als würde er gerne etwas oder jemanden so zerbeißen, wie sie die Erde fraßen.

Schließlich streckte er sich ausgiebig. »Ich hab in fünf Minuten die nächste Gruppentherapie. Haben Sie alles, weswegen Sie gekommen sind?«

»Sonia hat mir am Telefon gesagt, sie hätte meine beiden Vermissten auf dem Friedhof gesehen, wo ihre große Liebe begraben liegt. Ich muss rauskriegen, wo dieser Friedhof ist. Die Cops sagten mir, es gibt fünf in der Stadt.«

Marx leerte seinen Kaffeebecher und knallte ihn auf den Tisch. »Vergessen Sie's, das ist eine ihrer ständigen Tiraden. Ein Hirngespinst. Der Lover, der von ihrem Vater ermordet wurde, oder von einem seiner Kollegen, oder vom Militär, oder vom FBI. Sie schreibt Tagebuch über ihn, sie redet über ihn – führt alles zu nichts. Sie sind für sie neues Publikum, darum hat sie wohl versucht, Sie einzuwickeln, damit Sie ihr zuhören, indem sie Ihnen gab, was Sie wollten – eine Sichtung Ihrer Ausreißer. Ich bin sicher, sie hat sich das ausgedacht.«

Er wollte aufstehen, aber ich war noch nicht fertig. »Der Barmann hat ihr das Telefon abgenommen, bevor sie viel sagen konnte, aber sie hat mir ein Detail genannt, weshalb ich glaube, dass sie Ferring und Veriden wirklich gesehen hat. Ist sie hier mit irgendwelchen Therapeuten oder Mitbewohnern vertraut genug, um sie einzuweihen? Ich muss diesen Friedhof unbedingt finden.«

Marx runzelte die Stirn. »Also zunächst mal, ich kann und werde die Privatsphäre der anderen Bewohner nicht verletzen, indem ich Sie zu ihnen lasse. Außerdem dachte ich, ich hätte gerade klargestellt, dass Sonia nie einen Lover hatte, schon gar nicht mit vierzehn.«

Ich sah ihn fest an. »Ich will trotzdem den Friedhof finden, wo sie Emerald Ferring gesehen hat. Selbst wenn ihr Liebster ein Phantom ist, glaube ich, der Friedhof ist real.«

14

It's a mad, mad, mad, mad scientist

Das Haus der Kiels lag von der Straße nicht sichtbar hinter einem Dickicht aus wuchernden Sträuchern. Als ich mich zur Haustür durchkämpfte, sah ich Risse in den Redwoodschindeln der Fassade, auch der Weg hätte eine Sanierung vertragen. Ein dreckverkrusteter VW Passat stand in der Einfahrt. Weiter hinten im Haus brannte Licht, aber als ich an der Tür klingelte, kam niemand.

Die Kiels hatten ein erkleckliches Renteneinkommen, wenn ich LifeStory glauben durfte. Vielleicht gingen die Bestechungsgelder ans St. Rafe auf Kosten der Instandhaltung ihres Hauses.

Sie wohnten an der Quivira Road, etwa drei Meilen entfernt vom Wohnheim, in einem Gewirr von kurzen gewundenen Sträßchen und Sackgassen nahe dem nördlichen Campus. Ich verfuhr mich heillos – beschämend für eine Chicagoerin voller Hochmut für die Kleinstadt – und landete mehrfach bei einem Brunnen in der Mitte eines Kreisverkehrs am Rand des Campusgeländes. Erst bei der dritten Runde um den Brunnen fand ich die richtige Zufahrt ins Labyrinth.

»Falls die Kiels etwas Hilfreiches beisteuern, lassen Sie es mich wissen«, hatte Marx gesagt, als er mich verließ. »Wäre zwar das erste Mal, aber unser Motto bei St. Rafe ist ja ›Hoffnung‹.« Näher war er Humor in der ganzen Stunde nicht gekommen, und es war nicht gerade ein entspannter Witz.

Ich rief meine Textnachrichten auf, während ich vor der Haustür der Kiels wartete. Nichts Neues von Cady Perec, aber

Lehrerinnen gaben auch ein schlechtes Beispiel, wenn sie mitten im Unterricht zu simsen anfingen.

Ich zwickte mich in die Nase, versuchte mich am Dösen zu hindern. Ja, vielleicht hatte Sonia mir in der Hoffnung auf neues Publikum was vorgemacht, wie Randy Marx dachte. Vielleicht jagte ich eine Fata Morgana. Ich klingelte erneut und sah Bewegung hinter einem Fenster neben der Tür. Jemand ließ die Gardine fallen, kurz darauf ging die innere Tür auf.

»Wir sprechen nicht mit Zeugen Jehovas.«

Die Frau, die mich so anblaffte, hatte ein knochiges Gesicht, das sie auf ihrem Hals nach vorn reckte wie ein Truthahn. Blassblaue Augen unter hängenden Lidern schnellten zwischen mir und dem Weg hinter mir hin und her: Sie wirkte bereit, bei meiner ersten Bewegung zurück auf ihren Baum zu flattern.

»Haben Sie noch nie Zeugen Jehovas gesehen?«, fragte ich. »Die kommen in Gruppen. Außerdem tragen die Frauen immer Strümpfe und lange Kleider.« Ich hatte Jeans an, einen hellbraunen Pulli, ein grünes Wolljackett. Keine Missionarskluft.

»Was wollen Sie dann?«

»Mit Shirley oder Nathan Kiel reden. Um ihnen zu sagen, dass ich heute früh ihre Tochter gefunden und ihr wahrscheinlich das Leben gerettet habe.«

Die Falten um den Mund der Frau wurden tiefer. Sie murmelte etwas, das ich durch die Fliegentür nicht verstand, wobei es nicht nach unsterblicher Dankbarkeit klang. Nachdem sie mich noch ein paar Sekunden argwöhnisch angestarrt hatte, stieß sie so abrupt die Fliegentür auf, dass ich kaum Zeit hatte, beiseite zu treten. »Schön, kommen Sie rein und bringen Sie es hinter sich. Es gibt keine Belohnung, falls Sie darauf gehofft haben.«

Ich folgte ihr in ein Zimmer, dessen Möblierung unter Stapeln von Zeitungen und Zeitschriften fast unsichtbar war. Der

Staub lag so dick, dass ich niesen musste. »Sind Sie Shirley Kiel?« Vielleicht war sie ja nur eine Leichenbestatterin, mit der ich gar nicht reden musste.

»Ja. *Sonias Mutter.*« Ich hätte nie gedacht, dass man so viel Giftigkeit in zwei Worte packen konnte. Schwer zu sagen, was sie mehr verabscheute – Sonia oder den Umstand, ihre Mutter zu sein.

Shirley Kiel führte mich nach hinten durch zu einer Art Sonnenterrasse neben der Küche. Ich stolperte über einen Standmixer mitten auf dem Küchenfußboden und musste mich, um nicht zu fallen, kurz am Rand des Küchentresens festhalten. Danach hatte ich pelzigen orangen Matsch an der Hand.

Mir drehte sich der Magen um. Man hat mich schon oft für schlampige Haushaltsführung kritisiert, aber im Vergleich hierzu hätte ich beim Wettbewerb ›Amerikas bestes Heimchen‹ mitmachen können und den ersten Preis gewonnen. Ich trat an die Spüle und hielt die Finger zwischen den Wasserhahn und einen krustigen Topf, während Shirley Kiel mich mit wachsender Ungeduld anstarrte.

Ich wischte mir eilig die Finger an meinen Jeans trocken und folgte ihr in Richtung Sonnenterrasse. Ein heller Bariton rief von irgendwo über uns, verlangte zu wissen, wer da war.

»Sonia Bernhardt hatte einen großen Auftritt!«, rief Shirley zurück. »Ihre Fanclubvorsitzende ist hier und will unseren Applaus einfordern.«

Sie wartete nicht auf Antwort, sondern stampfte auf die Terrasse. Die ging nach Süden und war vollverglast, sodass es selbst an einem kühlen Tag fast zu warm war. Pflanzen auf einem Bord an der Südwand krochen auf den letzten Stängeln, obwohl einige noch ein bisschen Grün zeigten.

Shirley Kiel ließ sich in einen Sessel fallen, auf dessen Armstützen offene Kreuzworträtselbücher lagen. Sie ergriff eins davon und füllte ein Wort aus. Ich zuckte die Achseln, hob sämtliche Bücher und Zeitschriften von einem Korbstuhl, stapelte sie auf einem vollen Beistelltisch und rückte den Stuhl so heran, dass ich ihr direkt gegenübersaß.

»Man hat mir gesagt, Sie hätten wenig Interesse an Ihrer Tochter, und wie ich sehe, ist das wahr, also werde ich Sie nicht lange aufhalten.«

Shirley Kiel lehnte sich im Sessel zurück und ließ das Kinn hängen, als hätte ich sie geohrfeigt. Das Rätselbuch fiel zu Boden. »Sie verstehen das nicht«, sagte sie mit schwacher Stimme.

Sie hatte recht: Ich wusste nicht, wie es war, ein Kind zu haben, ganz zu schweigen von einem, das erwachsen war und jenseits meiner Möglichkeiten, zu helfen oder zu heilen. Vielleicht machte der Schmerz es nötig, sich mit Kreuzworträtseln zu betäuben. Machte apathisch gegenüber Dreck und Müll ringsum. Und vielleicht verführte er auch dazu, den Schmerz der Tochter zum Melodrama kleinzureden: Sonia Bernhardt.

»Was hat sie denn diesmal angestellt, um mich zu blamieren?« Der helle Bariton erfüllte den Raum. Ich drehte mich, um ihn zu betrachten. Nathan Kiel war ein kleiner Mann mit einem untersetzten Körper, aber das Kraftfeld des Zorns um ihn herum war so mächtig, dass es mich schier gegen die Stuhllehne drückte. Seiner Biografie zufolge war er achtzig, aber die braunen Augen in dem kantigen Gesicht waren lebhaft, vital, auch wenn diese Vitalität von Wut gespeist war.

»Ich glaube kaum, dass sie an Sie denkt«, sagte ich trocken. »Wissen Sie, dass sie im Krankenhaus im Koma liegt?«

Er grunzte, ich fasste es als Bestätigung auf. »Und Sie sind?«

»V.I. Warshawski. Ich bin Ermittlerin. Ich komme aus Chicago und suche –«

»Du *wusstest* das? Du hast gewusst, dass Sonia im Krankenhaus ist, und hast es mir nicht gesagt?« Shirleys blasse Augen wurden dunkel.

»Was hättest *du* denn schon getan? Eins deiner Dramen für

mich aufgeführt?« Er schnaubte. »Celia Cordley hat mich heute früh angerufen –«

»Ach, *Cee-Cee.*« Shirleys Stimme troff vor Sarkasmus. »Noch so eins von Nates Groupies, erpicht auf Anerkennung vom großen Doktor. Sie hat noch nicht kapiert, dass es diese Anerkennung nur gibt, wenn sie ihm den Rest ihres Lebens nachläuft wie ein eifriges Hündchen. Du solltest Celia unbedingt mal erzählen, was seinerzeit mit Ma–«

»Wirst du wohl still sein?«, bellte Kiel. »Ich will wissen, was diese Ermittlerin hier in Lawrence anzuzetteln versucht. Meine Tochter ist ernstlich krank und emotional wie moralisch schwach. Wenn Sie ihr nachstellen, können Sie sich auf einen gepfefferten Rechtsstreit gefasst machen.«

»Dr. Kiel, Sie sollen ja ein beeindruckender Wissenschaftler sein, aber von der Logik haben Sie sich wohl schon vor geraumer Zeit verabschiedet. Weit entfernt davon, Ihrer Tochter nachzustellen, habe ich ihr das Leben gerettet.«

»Du wusstest, dass eine Ermittlerin in der Stadt ist, die sich für Sonia interessiert, und hast es mir nicht erzählt?«, empörte sich Shirley erneut.

Kiel blickte finster. »Gertrude hat mich heute Morgen angerufen. Offenbar hat diese Ermittlerin gestern mit Cady gesprochen, hat sie wieder mal völlig aus dem Tritt gebracht, und Gertrude hatte Angst, dass sie herkommt, um mich zu belästigen. Was sie gerade tut!«

»Gertrude Perec«, hakte ich ein. »Ist sie eine Freundin der Familie oder eine Forschungsgenossin –«

»Sie war Nates Sekretärin«, fauchte Shirley mich an. »Sie war dieser Spiegel, von dem man immer hört, der das Bild eines Mannes in doppelter Größe reflektiert. Auch eins von Nates weiblichen Groupies, das glaubt, er wandelt auf dem Wasser. Männer neigen eher dazu, ihn zu durchschauen. Wenn Gertrude je mit ihm hätte leben müssen –«

»Niemand kann in einem Haus mit dir bei Verstand bleiben! Kein Wunder, dass deine Tochter –«

Ich konnte nie auf zwei Fingern pfeifen, aber wenn es nötig ist, treffe ich mit den Stimmbändern das A über dem hohen C. Ich stand auf und ließ es fliegen. Kiel und Shirley hörten beide auf zu schreien und starrten mich an.

»Sie haben mit diesem widerlichen Schauspiel eine meiner Fragen beantwortet. Ich weiß nicht, ob Sie sich damit gegenseitig unterhalten oder jeder nur sich selbst, aber *mir* wird definitiv schlecht davon.«

Kiel setzte zu sprechen an, aber ich hieß ihn schweigen.

»Jetzt bin ich dran, dann sind Sie dran. Das nennt sich Gespräch. Ich bin Ermittlerin, aus Chicago, auf der Suche nach einer Vermissten, die in den Fünfzigern in Lawrence aufgewachsen ist und auf die University of Kansas ging. Sie ist mit einem jungen Mann, der Filmemacher ist, hierher zurückgekommen, um ihre Lebensgeschichte zu verfilmen. Beim Versuch herauszufinden, wo Ms. Ferring als Kind und junge Erwachsene gelebt hat, habe ich im Geschichtsverein Cady Perec getroffen. Sie hat mich zu ihrer Großmutter mitgenommen. Ich habe auch Flugblätter aufgehängt, ob irgendwer Ms. Ferring und ihren Begleiter gesehen hat.

Sonia hat mich heute Nacht um zwei angerufen und gesagt, sie hat sie auf dem Grab ihres toten Liebsten Fotos machen sehen. Als ich dort ankam, von wo aus sie mich angerufen hat, war Ihre Tochter bewusstlos und beinahe tot. Ich habe den Notruf gewählt.

Alles, was ich von Ihnen will, sind die Antworten auf zwei Fragen. Nein, drei. Wer war Sonia Kiels große Liebe? Wo ist er begraben? Und waren Sie im Krankenhaus, um nach Ihrer Tochter zu sehen?«

Shirley hatte angesetzt, etwas über Sonias große Liebe zu knurren, aber meine letzte Frage ließ sie verstummen.

»Sie sind eine Fremde und nicht von hier«, blaffte Kiel. »Sie kennen mich nicht, oder meine Frau, oder unsere Tochter, also sitzen Sie gefälligst nicht über uns zu Gericht.« Über seinem rechten Auge pochte eine Vene. Hoffentlich bekam er keinen Schlaganfall, während ich mit ihm sprach.

»Wenn Sie mir sagen, wo der Liebste Ihrer Tochter begraben ist, gehe ich und … bleibe Ihnen vom Leib, versprochen.« Ich wollte erst *und lasse Ihnen Ihren Frieden* sagen, aber mitten im Satz merkte ich, dass das auf diese zwei einfach nicht passte.

Shirley schoss einen Seitenblick auf ihren Mann ab. Der starrte noch wilder und drohender zurück als vorher.

»Mit Sonias Hirngespinst, sie hätte einen Liebsten, fingen all unsere Probleme an. Sie hat sich mit vierzehn in einen meiner Studenten verknallt. Sie bildete sich ein, dass es auf Gegenseitigkeit beruhte, was natürlich nicht der Fall war. Die ganze Episode war maßlos erniedrigend.«

»Sonia hat ihn gestalkt«, sagte Shirley. »Natürlich konnte er sich nicht bei Nate beschweren – Nate führt sein Labor wie ein mittelalterlicher Lehnsherr. Seine Studenten sind seine Leibeigenen, und wehe ihnen, wenn sie ihre Loyalität noch auf eine Geliebte oder einen Sport ausdehnen. Außerdem hatte Matt – dieser Student, Matt Chastain – Angst, wenn er sich über eins seiner Kinder beklagte, würde Nate es an ihm auslassen. Nate mag es nämlich gar nicht, wenn man ihn gegen den Strich bürstet.« Die letzten Worte kamen in kindischem, höhnischem Ton.

Kiel machte wieder seine Schweigen gebietende Geste. »Wenn ich zu Hause nur ein Zehntel des Respekts bekäme, den man mir –«

»Sonia ist also Matt Chastain nachgelaufen«, unterbrach ich. »War er es, von dem Ms. Kiel vorhin meinte, Sie sollten Dr. Cordley von ihm erzählen?«

Shirley krächzte heiser auf. »Alle wissen Bescheid über Matt.«

»Hat Ihre Tochter ihn umgebracht?«

Die Stille im Raum wurde so total, dass ich das Tropfen eines Wasserhahns durch den Flur hörte.

»Mit wem haben Sie geredet?«, fragte Kiel schließlich, seine Stimme kaum lauter als ein Flüstern.

»Mit niemandem, jedenfalls nicht darüber, ob sie Matt Chastain umgebracht hat. Hat sie?«

Eine weitere Stille dehnte sich aus. Endlich sagte Kiel: »Nein. Sie hat ihn nicht umgebracht. Er … hat eine katastrophale Fehlentscheidung getroffen, es ging um ein Experiment, das ich geleitet habe. Oder durchführen half. Er konnte den Folgen nicht ins Auge sehen, da ist er weggelaufen. Keiner hat je wieder von ihm gehört.«

»Sonia weigerte sich zu glauben, dass er abgehauen ist«, fügte Shirley hinzu. »Sie hat ein Fantasiegebilde um ihn gewoben, dass er sie geliebt hat, aber dass Nate – oder die Regierung, oder die Russen – ihn ermordet hat, um ihn von ihr zu trennen.«

»Und wessen Schuld war das?«, schnarrte Kiel. »Wer hat sie dauernd mit diesen Schrottromanzen abgefüllt, die du immer verschlingst –«

»Heben Sie sich das auf, bis ich weg bin«, blaffte ich ihn an. »Ich kann Ihnen gar nicht sagen, wie abstoßend Sie klingen oder wie ekelhaft es ist, Ihnen zuzuhören. Wenn Ihre Tochter also dachte, Matt Chastain wurde umgebracht, wo glaubte sie, wäre das geschehen?«

»Wo immer sie ihm da gerade nachspioniert hat. Armer Chastain. Er war einer der lausigsten Studenten, die ich je hatte, sowohl wissenschaftlich als auch moralisch, aber Sonia hatte er nicht verdient.«

15

Und übrigens, der Mensch ist tot

Kiel verschwand mit seiner Pointe. Ich hörte ihn die Treppe hochstampfen und dann laut eine Tür zuschlagen. Wohl die zu seiner Männerhöhle, wo er an rohem Alligator nagte und darüber brütete, wie wenig Anerkennung ihm seine Frau und seine bipolare Tochter zollten.

Shirley folgte ihm mit ihrem Blick und boshafter Miene. Nachdem seine Tür zugeflogen war, hievte sie sich auf die Beine und führte mich wortlos nach vorn.

Ich gab ihr eine meiner Karten, drängte sie, mich anzurufen, wenn sie mir noch etwas sagen konnte, zum Beispiel wo Sonia Matt Chastain zuletzt gesehen haben mochte. Der Friedhof, von dem Sonia so besessen war, könnte eine Metapher für ihre begrabenen Hoffnungen sein. Vielleicht hatte Matt dort mit ihr gesprochen, sie geküsst, irgendwas getan, das bei ihr das Gefühl hinterließ, der Ort wäre heilig.

»Das ist über dreißig Jahre her, da erinnere ich mich nicht mehr.« Shirley stieß die Außentür auf. »Außerdem waren alle durcheinander. Was war real, was war eingebildet, woher sollte ich das wissen? Ich war ja nicht dabei.«

»Was ist denn überhaupt vorgefallen?«, fragte ich. »Was ist bei dem Experiment so falsch gelaufen, dass Matt Chastain fand, er müsste weg?«

»Nate vertraut mir nichts an.« Ich hätte ihr bereitwilliger geglaubt, wenn sie nicht kurz ein verschlagenes Lächeln verschluckt hätte, bevor sie das sagte.

»Ich weiß gar nichts über diese Art Arbeit, aber wenn bei

einem Experiment etwas schiefgeht – gab es eine Explosion? Wurde jemand verletzt? Oder hat etwas, woran Ihr Mann gearbeitet hat, Menschen krank gemacht?«

Sie sah kurz erschrocken aus, geradezu alarmiert. »Ich weiß es nicht, und überhaupt, ich sagte Ihnen ja gerade, dass es zu lange her ist.«

»Aber Ihre Tochter muss etwas gesehen haben, was sie so erschreckt hat, dass sie den Schock unter der Schutzbehauptung begrub, Chastain sei dabei gestorben oder ermordet worden.«

»*Meine Tochter*«, und wieder legte sie eine erschreckende Giftigkeit in die paar Silben, »hat sich heimlich aus dem Haus geschlichen und dem armen Matt nachgestellt. Dr. Chesnitz sagt, das wahrscheinlichste Szenario ist, dass sie sich ihm an den Hals geworfen und er sie abgewiesen hat. Sie war vierzehn und übergewichtig, kein Mädchen, auf das irgendjemand anspringt, erst recht kein junger Mann Anfang zwanzig. Dr. Chesnitz sagt, in Sonias Kopf musste Matt mit dem Tod bestraft werden. Zu glauben, er sei ermordet worden, hilft ihr, die Erinnerung an die Zurückweisung auszublenden und ihn in eine idealisierte Heldengestalt zu verwandeln, die sie natürlich geliebt hat.«

»Klingt mir nach einer zweckdienlichen Theorie«, sagte ich.

»Was soll das heißen?« Sie ruckte ihren Kopf nach vorn, wieder so eine typische Truthahnbewegung.

»Damit kann man prima alle Fragen abschmettern, was wirklich passiert ist, oder wo, oder wie.«

Sie wollte zornig auffahren, aber ich unterbrach mit der Frage, ob ihre Söhne noch Kontakt zu Sonia hielten.

Ihre Miene verdüsterte sich. »Darüber weiß ich gar nichts. Sie konnten Nate nicht mehr ertragen, seine Schikanen und tyrannischen Launen. Stuart ging an eine Schule in Bowdoin, oben in Maine, und kam ab dem zweiten Jahr nicht mehr nach Hause, und Larry, der ging aufs College nach Oregon und blieb gleich ganz an der Westküste. Ob sie noch mit Sonia sprechen, müssen Sie sie schon selbst fragen.«

»Es muss schwer für Sie sein, dass sie so weit weg sind«, sagte ich und versuchte etwas Mitgefühl in meine Stimme zu legen.

»Das ist meine Sache«, sagte sie pampig. »Haben Sie nicht woanders zu tun?«

Doch, hatte ich. Ich trat nach draußen, blieb aber noch mal stehen und fragte: »Wenn es vorhin nicht um Matt Chastain ging, von dem Sie dachten, Dr. Cordley sollte von ihm erfahren, um wen dann?«

Shirley lächelte wölfisch, wobei sie alle Zähne zeigte, fleckig von Kaffee oder Zigaretten oder vielleicht von dem klebrigen Orangenzeug auf ihrer Küchenarbeitsplatte. Sogar ein Phantomliebster dürfte für eine Tochter tröstlicher sein als dieses Lächeln. Ohne ein weiteres Wort schloss sie die Tür.

»Ich hoffe, deine Mutter hat dich nie so angeschaut«, sagte ich zu Peppy, als ich wieder ins Auto stieg.

Sie leckte mir mitfühlend übers Ohr. Eine Stunde bei den Kiels hatte in mir das Gefühl hinterlassen, ich bräuchte ein Bad in einer Desinfektionskammer, wo sie den Körper mit Dampfstrahlern traktieren. Als Ersatzmaßnahme beschloss ich, mit meiner Hündin ein Stündchen an der frischen Luft zu verbringen.

Wir stellten den Wagen einen Block von Gertrude Perecs Haus entfernt ab und liefen zu einem Park in der Nähe. Hier gab es gewundene Trampelpfade, die in Serpentinen hinab bis ans Südufer des Flusses führten. Peppy scheuchte einen Hasen auf und sprang ins und aus dem Wasser. Ich rannte am Ufer entlang und ließ kühle Luft und Bewegung meinen Geist leeren. Als wir wieder beim Wagen ankamen, fühlte ich mich leichter, fast als hätte ich fünf Stunden geschlafen statt vier, fast als hätte ich mit meiner Mutter gesprochen statt mit der von Sonia Kiel.

»Du stinkst«, sagte ich zu Peppy, die mich glücklich angrinste, »aber wenigstens ist es ein guter, ehrlicher Gestank.« Ich ließ mich auf dem Beifahrersitz nieder und forschte im Internet nach Matt Chastain, Kiels auf Abwege geratenem Doktoranden, wobei ich die Tür offen ließ, um nicht ganz so viel fauligen Hund einzuatmen. Wenn Sonia vierzehn gewesen war, als Chastain verschwand, dann war er seit den frühen Achtzigern verschollen, lange bevor jedermanns Vorgeschichte digitalisiert wurde.

Ich durchsuchte Nachrichten- und Justizdatenbanken, fand aber keine Meldung über irgendeine Katastrophe im Gesundheitswesen, bei der von Kiel oder Chastain die Rede war. Was immer da vorgefallen war, hatte wohl hauptsächlich Kiels ach so sensibles Ego gebeutelt.

Ich fand auch nicht die kleinste Spur von einem Zellbiologen namens Matt oder Mathias oder Matthew Chastain, obwohl es übers Land verstreut Dutzende von Männern mit diesen Namen gab. Es wäre eine reine Vergeudung meiner Zeit und des Geldes meiner Klienten, wenn ich anfing, die alle durchzutelefonieren, einzig in der Hoffnung, eine Person zu finden, die mir verraten konnte, wo Sonia möglicherweise vor einer Woche Emerald Ferring erblickt hatte: *Waren Sie in den Achtzigern Doktorand in Kansas? Wissen Sie zufällig noch, wo Sonia Kiel Sie am letzten Abend Ihres Aufenthalts in der Stadt gesehen haben könnte?*

Ich hatte mein Kaschmirjackett auf dem Sitz gelassen, als Peppy und ich Laufen gingen. Jetzt zog ich es wieder über, fuhr mir mit einem Kamm durch die Haare und ging die Straße hoch zu Gertrude Perecs Haus. Sie hätte auf dem Markt sein können oder beim Friseur, oder bei der Essensausgabe in der Suppenküche der Riverside Church, aber heute war mein Glückstag: Hinten im Haus brannten Lichter, und als ich klingelte, war sie binnen einer Minute an der Tür.

»Hallo«, sagte ich, bevor sie etwas von sich geben konnte. »Ich komme gerade von Dr. Kiel. Ich weiß, dass Sie wissen, dass Sonia im Krankenhaus ist, da Sie ihn ja angerufen und es ihm berichtet haben. Vielleicht wissen Sie sogar schon, dass ich sie heute Nacht gerade noch rechtzeitig gefunden habe, um einen Krankenwagen zu rufen.«

»Ja –« Das kam als unsicheres Flüstern heraus, und sie räusperte sich rasch und versuchte fester zu sprechen. »Dr. Kiel hat es mir gesagt.«

»Sie haben ihn angerufen und informiert – vorgewarnt –, dass ich bei Ihnen war, Sie mir aber nichts von ihm gesagt haben. Den Gefallen hat er erwidert, indem er Ihnen erzählt hat, dass ich ihn auch so gefunden habe?«

Sie nickte. »Durch Sonias Schuld.«

»Sonia ist ja so ein idealer Prügelknabe, oder -mädchen, nicht?«

»Was soll das denn heißen?« Perecs Tonfall wurde kampflustig.

»Alles, was schlecht läuft, Matt Chastains Tod oder Verschwinden oder was auch immer, die groteske Beziehung von Shirley und Nathan Kiel, alles lässt sich auf Sonia schieben, die dagegen nicht aufbegehren kann.«

»Aufbegehren? Das ist doch das Einzige, was sie ihr Leben lang tut. Wenn sie sich nur halbwegs benehmen könnte –«

»Als sie vierzehn war, hat man sie nicht nur für geisteskrank erklärt, sondern auch so schwer unter Medikamente gesetzt, dass ich bezweifle, ob sie in einem beleuchteten Raum an einem sonnigen Tag noch auf ihren Namen kam. Jetzt, dreißig Jahre später, kann ich nur spekulieren, wie viel oder wie wenig sie aus der Zeit noch weiß. Und deshalb brauche ich Ihre Hilfe.«

Ich hatte gar nicht vorgehabt, so auf Konfrontationskurs zu gehen. Natürlich wollte Gertrude Perec mir nicht helfen – sie wollte Dr. Kiel beschützen. Ich war eine Feindin. Ich hatte der bösen Sonia das Leben gerettet.

Gertrude machte Anstalten, die Tür zu schließen, also sagte ich rasch: »Sonia hat mir erzählt, sie hat Emerald Ferring und August Veriden gesehen – Sie wissen schon, die Leute, die ich suche –, wie sie auf Matt Chastains Grab herumliefen.«

»Sie haben mit ihr gesprochen?« Gertrude hielt die Tür fest, irgendwo zwischen auf und zu.

»Nur ganz kurz. Ich muss unbedingt wissen, wo Matt Chastain begraben ist. Oder wo Sonia glaubt, dass er begraben ist.«

»Was … was hat Nate – Dr. Kiel dazu gesagt?«

»Erzählen Sie mir doch von dem Experiment, das so danebenging, dass Chastain abgehauen ist. Wissen Sie, wo er hinwollte?«

»Ich … ich war Dr. Kiels Sekretärin, kein Mitglied seines Laborteams.«

»Ja, natürlich. Aber er hat sich offensichtlich auf Sie verlassen. Ich bin sicher, Sie wussten zumindest grob, was da lief.« Ich sabberte fast vor Anstrengung, höflich, warm und flauschig zu wirken. All meine Mühen hielten zwar die Tür offen, machten aber Gertrude nicht mitteilsamer.

»Es ist lange her, über dreißig Jahre. Ich habe die Einzelheiten vergessen.«

Das war so nahe an dem, was Shirley Kiel gesagt hatte, dass mir schon ein sarkastischer Kommentar auf den Lippen lag, als das Kaleidoskop in meinem Kopf sich drehte und zwei Scherben übereinanderfielen: 1983, als so viel passiert war – die Proteste am Raketensilo, der Tod von Jennifer Perec, die Geburt von Cady Perec und das Verschwinden von Matt Chastain.

»Ihre Tochter, Jennifer. Ist Matt Chastain Cadys Vater? Wenn er das ist, warum wollen Sie dann nicht, dass Cady es weiß? Doch bestimmt nicht wegen eines längst vergessenen wissenschaftlichen –«

»Sie wissen gar nichts.« Ihr Gesicht wurde welk und weiß, fast durchsichtig, wie das Blütenblatt einer sterbenden Narzisse.

»Sie kommen von da oben im Norden und halten sich für klüger als uns Kleinstadtvolk, aber Sie wissen *nichts.*«

Sie machte mir die Tür vor der Nase zu. Ich blieb unschlüssig auf der Treppe stehen und fragte mich, ob ich reingehen sollte, um sicherzustellen, dass sie nicht zusammengebrochen war. Doch gleich darauf ging im Raum neben der Veranda, auf der ich gestern gesessen hatte, das Licht an. Das Haus war zu stabil gebaut, als dass ich etwas gehört hätte – etwa den Anruf bei Nathan Kiel, den ich vermutete –, aber immerhin schien sie wohlauf.

Ich ging langsam zurück zum Wagen und versuchte mir einen Reim auf die Sache zu machen. Shirley Kiel sagte, Sonia habe Matt nachgestellt. Angenommen, Sonia hätte ihn mit Jennifer Perec gesehen, was ihre romantischen Tagträume zerfetzte. Was hätte sie getan? Ihren psychotischen Schub bekommen? Und dann, hatte sie Matt angegriffen? Nein, wenn, dann doch wohl eher Jennifer. Ich fühlte etwas Kaltes im Bauch, groß wie ein Gletscher – hatte sie Jennifer umgebracht? War das Auto im Wakarusa eine Vertuschungsaktion?

Und wo war Chastain gewesen, als Jennifer starb? War er froh, nicht auf einem Baby sitzen zu bleiben? Wenn niemand wusste, dass er Cadys Vater war, konnte er sich davonmachen, weg von Nathan Kiels Zorn, weg von der Vaterschaft. Vielleicht hatte er seinen Namen geändert und war jetzt Direktor eines Pharmakonzerns. Oder er war durchs Netz gefallen und lebte unter einer Brücke mit einer Flasche Likörwein, um sich warm zu halten.

Nichts, was ich mir vorstellen konnte, hatte Hand und Fuß. Und das war ja auch gar nicht meine Aufgabe. Meine Aufgabe war, Emerald Ferring und August Veriden zu finden. Ich betete mir das noch rund ein Dutzend Mal vor, während ich auf einen weiteren stärkenden Cortado zum Hippo fuhr.

16

Down by the Riverside

Ich war beim Laufen mit Peppy schon an der Riverside United Church of Christ vorbeigekommen, die sich in die Nordostecke des Parks drückte. Man konnte sie von der Straße aus nicht sehen, deshalb hatten sie an der Sixth Street ein Schild aufgestellt: nach 700 m rechts, alle sind willkommen. Ein größeres, bunteres stand am Beginn ihrer Auffahrt, wo man das Gebäude sehen konnte, aus hiesigem Kalkstein, der zu einem goldenen Grau gealtert war. Ein halbes Dutzend Autos stand auf einem Parkplatz, der mit Leichtigkeit Platz für hundert bot: Es musste eine große Gemeinde sein.

Ich blieb stehen, um eine historische Tafel auf dem Rasen davor zu lesen. Errichtet 1855 von aus der Gegend um Boston emigrierten Sklavereigegnern, zerstört von der großen Flut 1893, dann 1896 in größerem Abstand zum Fluss wieder aufgebaut. Bis zum Ende des Bürgerkriegs hatte Riverside in einem Keller unter dem Altar entflohenen Sklav/innen Zuflucht gewährt. Heute waren sie kernwaffenfreie Zone und »eine inklusive Gemeinde des neuen Lichts, die euch alle willkommen heißt, wo immer ihr euch auf der Reise eures Lebens befindet«.

Ich folgte Hinweisschildern an der Kirchentür zum Büro. Gelächter und Gespräch lockten mich in einen großen Versammlungsraum, wo um die zehn Frauen, die meisten zwischen sechzig und achtzig, mit schwarzen Laubsäcken voller Kleidung hantierten.

Eine von ihnen sah mich in der Tür stehen und eilte mit ausgestreckter Hand auf mich zu. »Sind Sie zum Helfen gekommen? Das ist ganz wunderbar. Ich bin Joy Helmsley.«

Ich schüttelte automatisch ihre Hand. »V.I. Warshawski, aber ich fürchte, ich komme mit eigenen Anliegen, statt um zu helfen.«

»Ach?« Sie neigte vogelartig den Kopf zur Seite. »Wenn Sie Pastor Weld sprechen wollen, er ist gerade weg, aber Lisa Carmody ist da. Sie ist die Hilfsgeistliche.«

Als ihr Name fiel, kam eine zweite Frau herüber. Sie war jünger als die anderen und trug Jeans und einen vom vielen Waschen formlosen Pullover. »Lisa Carmody. Gehen wir doch ins Büro, da können wir vertraulich sprechen.«

Ich wurde etwas verlegen. »Nicht diese Art Anliegen – ich bin auf der Suche nach Informationen. Vielleicht weiß eine von Ihnen etwas oder kennt zumindest jemanden, der was weiß.«

Die Gruppe ließ vom Kleidersortieren ab und wandte sich dem zu, was entschieden interessanter zu werden versprach.

»Alte Geschichte«, sagte ich. »Vielleicht haben Sie schon gehört, dass ich eine Ermittlerin aus Chicago bin, die Emerald Ferring sucht.«

»Ach, ja.« Lisa Carmody nickte. »Ich habe in der Innenstadt Ihre Aushänge gesehen. Ferring und einen jungen Mann, richtig? Ferring ist eine unserer lokalen Berühmtheiten, auch wenn wir sie nicht so behandelt haben, als sie noch hier lebte, aber alle wissen, wer sie ist.«

Im Rest der Gruppe entstand Gemurmel, schwer zu verstehen, aber es klang, als wären nicht alle derselben Meinung wie Carmody.

»Ich habe nicht mal eine Spur von ihnen gefunden. Ich wollte heute schon nach Chicago zurückfahren, aber in aller Frühe bekam ich einen Anruf von einer, die sagte, sie hat sie gesehen, am selben Ort, wo vor über dreißig Jahren eine andere Person verschwunden ist.«

»Sonia Kiel.« Das kam von einer Frau in einem maßgeschneiderten marineblauen Blazer. »Sie wurde vor dem Lion's Pride aufgegriffen – diese Bar an der Eighth Ecke Rode Island. Wir versuchen schon länger, sie schließen zu lassen oder wenigstens durchzusetzen, dass sie um elf zumachen müssen, damit auch Menschen, die das Pech haben, in der Nähe zu wohnen, ein bisschen Nachtruhe bekommen.«

»Ja«, sagte ich. »Sie hat mich aus der Bar angerufen, aber als ich hinkam, lag sie im Koma. Jemand hat ihr Roofies verabreicht.«

»Arme Shirley«, sagte Maßblazer. »Sie hat nichts als Sorgen mit Sonia. Wenn sie nur in Boston Erfolg gehabt hätte, statt nach Lawrence zurückzukommen.«

»Heute Vormittag wirkte Shirley eher verbittert als sorgenvoll«, sagte ich.

»Sie sind eine Fremde, bei Fremden ist Shirley gehemmt«, sagte Blazer. »Ich habe bei Emigrant Bank and Savings zwanzig Jahre mit ihr zusammengearbeitet. Sie war unermüdlich engagiert für das Wohl unserer Kunden und immer für ihre Kolleginnen da.«

Joy Helmsley nickte energisch. »Es ist nicht leicht, ein Kind mit solchen Problemen wie Sonia zu haben. Ihnen kommt es vielleicht herzlos vor, sie in ein Heim zu stecken, aber sie ist über vierzig. Shirley und Nate sind achtzig oder so. Wie sollen sie sich da um ein erwachsenes Kind kümmern!«

Ich hob die Hände: Stoppsignal. »Bestimmt haben Sie recht. Ms. Kiel hat mir nur ein Gesicht gezeigt, Zorn, aber Sie alle kennen sie, und ich nicht. Ich hatte heute Nacht um zwei etwa dreißig Sekunden mit Sonia, bevor der Barmann ihr das Telefon wegnahm. Sonia sagte, sie hat Ferring und August Veriden da gesehen, wo Matt Chastain begraben wurde. Vielleicht ein Friedhof?«

»Ach, das hat sie sich ausgedacht!«, rief Helmsley. »Wir alle kennen diesen Tagtraum über –«

»Sonia wusste etwas, das ich auf meinem Flyer nicht erwähnt habe«, sagte ich. »Deshalb glaube ich ihr, egal was für emotionale Störungen sie haben mag.«

»Was genau wollen Sie wissen?«, lenkte Lisa Carmody das Gespräch zurück aufs Gleis.

»Wissen Sie alle, wer Matt Chastain ist?«

Die meisten Frauen schüttelten den Kopf, also lieferte ich eine Miniatur von dem, was ich wusste oder vielmehr erzählt bekommen hatte, aber ohne meine Mutmaßung, dass Chastain Cady Perecs Vater war.

»Ach, genau. Das war zur Zeit der großen Proteste draußen beim Raketensilo«, steuerte eine Frau bei, die bisher nichts gesagt hatte. »Jenny Perec marschierte mit den Atomgegnerinnen. Ich weiß, dass Gertrude im Grunde ihrer Meinung war, aber sie wurde sauer, als Jenny anfing, mit am Raketensilo zu campieren.«

»Ja, stimmt, Barbara«, sagte Joy. »Soweit ich weiß, fand Gertrude, du hättest sie zur Teilnahme an den Protesten ermutigt.«

»Ich hab nie da draußen campiert«, sagte Barbara. »Zu feige, schätze ich. Aber wahr ist, dass sie zu mir kam, als Gertrude ihr wegen der Kommune Stress gemacht hat.«

»Hatte Dr. Kiels Experiment denn was mit der Rakete zu tun?«, fragte ich.

»Nein, nein«, sagte Barbara. »Das war bloß das letzte Gespräch mit Jenny, an das ich mich erinnern kann. Bevor sie starb, war ich … ziemlich eng befreundet … mit ihrer Mutter. Danach wurde es … na ja, wir trinken manchmal Kaffee zusammen.«

»Es kam heraus, dass Jenny ein Baby hatte, die kleine Cady«, sagte Joy. »Irgendwer hat Cady buchstäblich auf Gertrudes Türschwelle gelegt, wie im Kino, mit einem Zettel, auf dem stand: ›Das ist Jennys kleines Mädchen. Bitte gut um sie kümmern.‹«

»So war das nicht«, sagte Barbara. »Jenny ist ohne das Baby losgefahren. Eine Farmerin hat es gefunden und zu Gertrude gebracht.«

Der Raum war still, als wir alle uns die Szene vorstellten. Was konnte jung Jenny veranlasst haben, so dramatisch davonzubrausen und ihr Baby allein zu lassen? Sie war neunzehn gewesen. War sie dem Vater ihres Babys nachgejagt? Wenn ich auf der Suche nach Matt Chastain wäre statt nach Emerald Ferring, hätte ich diese Fragen gestellt.

»Es hört sich an, als müsste ich raus zum Raketensilo, mir mal die Überreste der Kommune ansehen«, sagte ich.

»Da draußen ist nichts mehr«, sagte die Frau im Blazer. »Wirklich gar nichts. Es ist inmitten von Farmland. Die Air Force hat die Farmer zum Verkauf gezwungen, nicht nur in Kanwaka, überall im Mittleren Westen. Dann, als die Kommune abbrannte, fand die Air Force heraus, dass das Land kontaminiert war, und beschlagnahmte noch mal sechs Hektar, damit die Farmer kein Land mit Strahlungsrisiko bestellen. Für die Farmer war das hart. Ich weiß nicht mehr, wem sie damals Land weggenommen haben –«

»Doris McKinnon«, steuerte Barbara bei.

»Jedenfalls hat die Air Force nach den Abrüstungsvereinbarungen die Missiles weggebracht«, fuhr Blazer fort. »Jemand war vor einiger Zeit bei uns in der Bank und wollte einen Kredit, um den Silo in Eigentumswohnungen umzuwandeln, aber es gab zu viele Unklarheiten wegen des Geländes. Es wurde dann nichts daraus.«

»Schade«, sagte Barbara. »Meine Nichte arbeitet in Topeka am Bundesgericht. Sie sagt, viele von diesen verlassenen Silos werden als Methküchen benutzt, und Gott weiß, dass wir schon genug Meth hier im Landkreis haben.«

»Meinen Sie, das Land um den Silo ist durch Meth kontaminiert?«, fragte ich.

»Barbara nimmt immer gleich das Schlimmste an«, verkündete Blazer.

»Vielleicht, weil das Schlimmste so oft passiert«, erwiderte Barbara.

Lisa Carmody versuchte das Thema zu wechseln, bevor es zum Streit kam. Ich half ihr, indem ich nach Emerald Ferring fragte.

»Ihr Vater war in der Army«, sagte ich, »er fiel bei der Ardennenoffensive, da ist ihre Mutter mit Emerald hierhergezogen. Sie haben auf der anderen Seite des Flusses gewohnt, bis die große Flut sie vertrieben hat, wobei ich glaube, dass sie in der Gegend geblieben sind: Emerald ist hier zur Uni gegangen, hat aber nicht auf dem Campus gewohnt, und es gibt keinen Eintrag in den alten Telefonbüchern. Wer könnte wissen, wo sie hingezogen sind?«

Lisa Carmody sagte: »Sie gehörten ja nicht zu unserer Kirche, von daher glaube ich nicht, dass Ihnen hier jemand weiterhelfen kann.«

Ich sah sie erstaunt an. »Woher wissen Sie das?«

Sie wurde rot. »Aufgeschnappt. Jemand hat es erwähnt, ich glaube, weil man Ihre Flyer gesehen hat. Irgendwer hat Pastor Weld gefragt. Unser Sekretariat hat es nachgeprüft.«

Sie war wie eine unerfahrene Spielerin, die einen Fehler zu verdecken sucht, indem sie hastig Karte um Karte über die erste schlechte stapelt.

»Wir waren hier nicht gerade zuvorkommend zu Leuten von der anderen Seite des Flusses«, bemerkte Barbara trocken, »jedenfalls nicht damals.«

»Mach dich nicht dafür verantwortlich, wie deine Großeltern sich in der Vergangenheit aufgeführt haben«, sagte Joy Helmsley aufmunternd. »Du warst noch ein Kind.«

»Ich war zehn. Ich erinnere mich gut an die Ausdrücke«, sagte Barbara. »Ich weiß nicht, wo Ferrings Familie nach der

Flut gewohnt hat, aber es gibt eine alte Frau, die noch da drüben lebt. Ich habe sie kennengelernt, als wir vor ein paar Jahren gemeinsame Gottesdienste mit St. Silas abgehalten haben – das ist ihre Kirche, African Methodist Episcopal Church St. Silas.«

Ich hatte St. Silas vergessen, wo Lucinda Ferrings Beerdigung stattgefunden hatte. Ich sagte Barbara, dass ich gleich hinfahren würde.

»Das ist eine kleine Gemeinde. Kann sein, dass wochentags gar niemand im Büro ist«, sagte Barbara. »Aber die Frau, die ich kenne, heißt Nell Albritten. Sie ist selbst Afroamerikanerin, und sie kennt die meisten schwarzen Familien, die früher in North Lawrence oder am alten Ostufer gewohnt haben. Damals, als wir noch fanden, Innentoiletten seien ein Luxus, den schwarze Lehrer nicht brauchen. Ich glaube, Emigrant Savings war die Hypothekenbank, die so argumentierte.«

»Ach, Barbara, es gibt viele Wege, Gott zu dienen, und nicht alle erfordern, dass wir uns wegen der Rassenfrage geißeln«, verkündete Blazer. »Ich bin nur ein paar Jahre jünger als du, und meine Erinnerungen an diese Kirche und ihren Wirkungskreis sind ganz anders.«

»Das ist wohl naheliegend, oder?«, sagte Barbara. Die Worte klangen harmlos, aber ihr Ton grenzte gefährlich an Verachtung.

»Der Dienst an Gott ist immer ein Balanceakt«, suchte die Hilfspastorin eilig zu schlichten. »Wir müssen alle aufpassen, dass wir nicht glauben, wir hätten die einzig richtige Antwort oder das einzig richtige Verständnis von Gottes Gebot.«

Barbara verzog den Mund zu einem ironischen Lächeln. »Wohl wahr, Lisa. Die Jugendlesegruppe kommt in ein paar Minuten. Mein Gebot ist jetzt gerade, die Bücher dafür bereitzulegen.«

Die Hilfspastorin legte mir die Hand auf den Ärmel, als wollte sie mich daran hindern, Barbara zu folgen. »Ich halte es für keine gute Idee, wenn Sie Nell Albritten aufsuchen. Sie sind

Ermittlerin, das ist oft furchteinflößend, besonders für Afroamerikaner. Mrs. Albritten ist alt, sie ist gebrechlich. Es wäre gnädiger, sie in Ruhe zu lassen.«

»Stimmt genau«, sagte Blazer. »Barbara hat ein weiches Herz, und sie meint es gut, aber sie hat eine ziemlich verzerrte Vorstellung vom Verhältnis der Rassen. Sie hat für eine Menge Spannungen gesorgt, sowohl hier als auch in St. Silas, als wir das mit den gemeinsamen Gottesdiensten versucht haben.«

»Das ist unfair!«, rief eine Frau, die bisher gar nichts gesagt hatte. »Barbara hat viel dafür getan, den Groll und Hader von Jahrzehnten, wenn nicht *Jahrhunderten* zwischen Riverside und der afroamerikanischen Gemeinde auszubügeln.«

Blazers Miene versteinerte. »Wir sind hier nicht seit *Jahrhunderten*, Alison. Um für mich selbst zu sprechen, ich muss in einer halben Stunde wieder bei der Arbeit sein, also tue ich jetzt das, wofür ich hergekommen bin.« Sie marschierte zurück zu den Tischreihen und leerte einen weiteren Laubsack aus.

Ich strebte zum Ausgang, aber an der Tür hielt Carmody mich erneut auf. »Sie merken schon, es gibt hier viele verschiedene Ansichten zur Geschichte von Lawrence und zur Rassenfrage. Sie sollten sich von Nell Albritten fernhalten. Sie sind eine Fremde, Sie könnten Jahre des Brückenschlagens zunichtemachen, wenn Sie mit ihr reden.«

»Ich werde das im Hinterkopf behalten«, sagte ich höflich.

Ein Summen wie von ausschwärmenden Bienen schwoll hinter mir an, als ich ging. War Barbara scheinheilig, hielt sie sich für rechtschaffener als die Welt um sie herum? War Riverside teilweise mitschuldig an der Gewalt in den Siebzigern? Eine herausfordernde Diskussion, an der ich mich leider mangels Geschichts- und Religionskenntnis nicht beteiligen konnte. Konflikt interessiert mich eigentlich immer, und ich hätte gern mehr gehört.

17

Schrottplatzhunde

St. Silas war eine kleine Kirche an der Third Ecke Lincoln, aus Holz und genauso verwittert wie die Riverside Church, aber längst nicht so gediegen. Die Farbe blätterte ab, und zwei der hohen schmalen Fenster hatten Sprünge. Wie die Frau vorhergesagt hatte, war das Gebäude verschlossen.

Ein verblichenes Schild gab die Zeiten für Sonntagsschule und Gottesdienste an. Eine Tafel an der Vorderseite wies das Gebäude als historisches Nationaldenkmal aus und erwähnte seine Rolle als Zuflucht für freie Schwarze im Bürgerkrieg. Vielleicht versteckten sich Emerald und August hier in einem Geheimkeller, aber das Bauwerk fühlte sich vernachlässigt und ungenutzt an.

Die Kirche besaß keinen Parkplatz, nur Reifenfurchen im breiten Grasstreifen an der Lincoln zeigten, wo die Leute parkten. Ich ließ den Wagen da, um die paar Blocks zur Sixth Street zu Fuß zu gehen. Dort wohnte Nell Albritten, zwei Türen entfernt von der Adresse, wo Emerald Ferring einen Teil ihrer Kindheit verbracht hatte.

Ich nahm Peppy mit. Der kühle Tag dunkelte langsam ein, in solchen Stunden nehmen Melancholie und Einsamkeit leicht überhand. Jedes Mal, wenn ich mich einloggte, schaute ich nach einem Zeichen von Jake: E-Mail, Skype, Facebook. Schweigen aus der Schweiz. Ich hatte aufgehört, selbst Nachrichten zu senden – dadurch fühlte ich mich zu sehr wie die einsame Figur in einer Romanze aus den Fünfzigern, die neben dem Telefon hockt und wartet.

Wir kamen am Bahnhof vorbei, ein schnuckeliger kleiner Kalksteinbau. Eine Plakette in Hüfthöhe erinnerte an den Höchststand der Flut von 1951. Als ich stehen blieb, um das Begleitschild zu lesen, tauchte ein dunkler SUV hinter uns auf und bremste kaum ab, bevor er mit wild aufröhrendem Motor weiterraste. Ich riss an Peppys Leine, zog sie dicht an mich. Ich wollte sie nicht an einen Möchtegern-Rennfahrer verlieren.

Gigantische Getreideförderbänder versperrten mir den Blick die Schienen entlang. Als wir sie überquerten, kam ein Güterzug um die Kurve gerattert und ließ ein schwermütiges Pfeifen ertönen. Wir sprangen rechtzeitig aus dem Weg, aber mein Herz schlug unangenehm heftig. Rasende Rennfahrer, ungestüme Züge, solche Aufregungen erlebte ich in Chicago nie.

Wir waren hier etwa eine halbe Meile vom Flussufer entfernt. Ich stellte mir vor, wie die Schlammfluten hereinbrachen, Häuser und Autos mitrissen, das Korn in den Silos faulte. Ich zitterte, und es lag nicht an der Kälte.

Wir umrundeten eine Schutthalde und einen Schrottplatz: *Lou & Ed: Wir hauchen altem Metall neues Leben ein*. Es war, als blickte ich auf einen Mikrokosmos meiner Kindheit in South Chicago. Statt der Stahlwerke und der riesigen Mülldeponie hatte North Lawrence Getreidesilos und Schrottplätze.

Als wir den bewohnten Abschnitt der Sixth Street erreichten, wirkten die Häuser alt und wacklig, nicht stabil genug, um einen starken Wind zu überstehen, ganz zu schweigen von einer Flutwelle, höher als ihre Dächer. Industrie, Schrott, Müll und die Wohnviertel der Armen – das geht immer Hand in Hand.

Wir stapften die Sixth Street entlang und ich sah, was Gertrude Perec mit ebenerdig gebaut meinte. Hier gab es keine Fundamente, die Türen lagen auf einer Höhe mit dem Gehweg. Ich hätte angenommen, dass wegen der Tornados kein Haus in Kansas ohne einen Schutzkeller auskam, aber diese kleinen Bungalows hier sahen nicht danach aus.

Das Haus der Ferrings stand noch, oder jedenfalls stand ein Haus an dieser Adresse. Mit den durchhängenden Dachtraufen sah es aus, als könnte es noch aus dem Bürgerkrieg stammen. Die Zufahrt war voller Abfall: Geräteteile, Styroporbrocken, alte Plastiktüten. Als ich stehen blieb und mir vorzustellen versuchte, wie es vor fünfundsechzig Jahren ausgesehen haben mochte, kam von der Rückseite ein Hund angerannt, bellte kehlig und riss an einer langen schweren Kette. Peppy knurrte leise, ihr Rückenfell richtete sich auf. Sie war bereit, in den Krieg zu ziehen, sehr ungewöhnlich.

Eine junge Frau kam an die Eingangstür, um nach dem Grund der Aufregung zu sehen. Ich winkte ihr zu und wollte schon weitergehen, aber dann dachte ich, ich könnte sie fragen, ob sie irgendwas über Ferring wusste oder gehört hatte. Vielleicht hatten ja ein paar alte Schulzeugnisse oder eine »Wir ziehen um«-Karte die Flutkatastrophe überlebt.

Ich leinte Peppy an einem Laternenpfahl an, woraufhin sie und der Haushund Bellsalven absetzten. Ein dunkelblauer Buick Enclave fuhr langsamer, wie um mich zu beobachten. Ich runzelte die Stirn. War das der SUV, der am Bahnhof hinter mir aufgetaucht war? Als der Fahrer mich spähen sah, trat er das Gaspedal durch und verschwand. Auf jeden Fall derselbe Fahrstil. Ich beruhigte Peppy, bis ihre Drohungen nur noch tief in der Kehle rasselten, bevor ich zum Haus ging.

Die junge Frau stand im Eingang und musterte mich ausgesprochen feindselig. »Versuchen Sie einen Fuß über die Schwelle zu setzen, und Peeta reißt ihnen die Kehle raus und frisst sie.«

Ich hörte ein Wimmern und merkte, dass sie ein Baby auf der Hüfte hatte. Sie selbst sah höchstens nach Teenager aus, das schmutzig blonde Haar von federverzierten Clips aus dem schmalen Gesicht gehalten.

»Ich bin von keinem Inkassounternehmen, und ich werde Ihren Hund nicht provozieren«, sagte ich. »Ich hab nur ein etwas komisches Anliegen. Sie sind wohl zu jung, um mir zu helfen, ich suche jemanden, der sich vielleicht noch an die Leute erinnern kann, die hier vor sechzig Jahren gewohnt haben.«

Die kleine Rosenknospe ihres Mundes öffnete sich erstaunt. »Sie meinen diese schwarze Lady?«

Ich hielt den Atem an. »Ja, die schwarze Lady. War sie hier?«

»Sie war hier mit einem Mann, der Fotos gemacht hat. Ich bin mit Peeta raus, um sie zu verscheuchen – ich dachte, die hätten irgendein faules Geschäft mit dem Haus im Sinn. Peeta hat sie zurück ins Auto gejagt, und der Mann hat noch rausgerufen, sie wär eine berühmte Schauspielerin, die hier aufgewachsen ist. Als ich meinem Freund davon erzählt hab, meinte er, das waren bestimmt entflohene Sträflinge.«

Der Obdachlose von gestern hatte spekuliert, dass August ein entlaufener Footballspieler sei. Lawrence schien bei seinen Einwohnern eine hochaktive Phantasie zu beflügeln. Ich zeigte der jungen Frau die Fotos von Emerald und August. »Sie ist wirklich eine berühmte Schauspielerin«, sagte ich. »Emerald Ferring. Sie können auf Wikipedia nachgucken.«

»Und sie hat echt *hier* gelebt?« Die junge Frau blickte ungläubig auf die müllgefüllte Einfahrt und die abblätternde Farbe, dann fuhr sie ihrem Baby mit dem Finger über die Nase. »Hast du gehört, Katniss? Du kannst berühmt werden, wenn du groß bist, bloß weil du die schimmlige Luft hier atmest.«

Das Baby drehte den Kopf und zeigte denselben Rosenknospenmund und dieselben runden blauen Augen wie ihre Mutter. Ein kleiner Sabberfaden hing ihr am Mundwinkel.

»Wann waren sie hier?«, fragte ich.

»Ich weiß nicht mehr genau. Vielleicht letzte Woche, oder die Woche davor?«

»Hat sie irgendwas gesagt, vielleicht wo sie als Nächstes hinwill?«

Die junge Frau schüttelte traurig den Kopf. »Ich dachte, das wären Gangster, also wollte ich nicht mit ihnen reden. Aber wenn sie wiederkommt, hol ich mir ein Autogramm und sag ihr, sie soll Sie anrufen.«

Ich schob ihr eine meiner Karten durch ein Loch in der Fliegentür. »Was ist mit Nell Albritten? Kennen Sie die?«

Sie nickte zurückhaltend.

»Ist Emerald Ferring zu ihr gegangen, nachdem sie hier war?«

Die junge Frau zuckte mit einer Schulter. »Ich kann das Haus von hier nicht sehen. Kyle will eh nicht, dass ich mit ihr rede. Er sagt, die Nachbarn sollen sich um ihren eigenen Scheiß kümmern.«

Das Baby begann zu schreien, und Peeta erneuerte seine Schmähtirade. Es schien ein guter Zeitpunkt aufzubrechen, doch auf halbem Weg drehte ich mich noch mal um und fragte, ob ihr Freund in dem Buick gesessen hatte, der vorhin vorbeigefahren war, als ich Peppy anleinte: Vielleicht war er Drogenhändler und wollte sich vergewissern, wer seine Höhle betrat.

»In einem Buick?« Sie verzog spöttisch den Mund. »Kyle kann kaum seinen ollen Dodge Pick-up am Laufen halten.«

Ich stieg vorsichtig über die Risse im Betongehweg und kniete mich hin, um Peppy abzuleinen. Ich musste sie dabei fest am Halsband fassen – sie hätte Peeta gern gezeigt, dass sie vielleicht aussah wie das Bild auf einer Schokoladenpackung, ihn aber locker fertigmachen konnte, selbst wenn man ihr drei Pfoten auf den Rücken band.

»Weißt du, dass wir tatsächlich eine Spur haben, Mädchen? Erst Sonia, jetzt die Kleine mit den Federn im Haar, beide haben unsere Flüchtlinge gesehen. Ich weiß, du bist aufgebracht, aber versuch bitte, bei Ms. Albritten nicht so wild zu sein.«

Als wir an dem Schuttberg in Peetas Vorgarten vorbei waren und das Albritten-Haus sehen konnten, war die Überraschung groß. Es gehörte zu einem anderen Universum, zu dem Teil meiner Kindheit, als meine Mutter und die Nachbarn versuchten, den Auswurf der Stahlwerke in Schach zu halten. Gabriella und ich schrubbten jeden Morgen Ruß und Schwefel von der Vordertreppe und riefen dabei Louisa Djiak und anderen Frauen, die dasselbe taten, Grüße zu. Einmal im Monat wuschen wir die Vorhänge und putzten die Fenster, und meine Mutter zog in unserem taschentuchgroßen Garten ein Olivenbäumchen, um das Heimweh nach ihrer Kindheit in Umbrien zu mindern.

Ms. Albrittens Vorgarten war ähnlich liebevoll gepflegt. Büsche, deren Namen ich nicht kannte, hielten mit roten Blättern gegen das Novembergrau. Das kleine Haus war malvenfarben gestrichen mit violetter Blende um die Fenster. Eine alte Pferdestange stand am Kantstein, ich band Peppys Leine daran fest.

Als ich auf die Klingel drückte, hörte ich einen Fernseher, der laut die Vorzüge eines Medikaments gegen Blasenschwäche pries. Ich wartete auf die Nanosekunde Pause zwischen dem Ende der Werbung und der Fortsetzung des Programms, bevor ich wieder klingelte.

Nach einer weiteren kleinen Ewigkeit wurde der Ton gedrosselt, und ich vernahm Ms. Albrittens langsamen Schritt. Sie war um die neunzig, nur leicht vom Alter gebeugt, und trug einen dicken Pullover über einem marineblau gemusterten Kleid. Sie sah mich mit gerunzelter Stirn an, sagte aber nichts.

»Mein Name ist V.I. Warshawski«, sagte ich. »Ich bin aus Chicago, und ich bin auf der Suche nach Emerald Ferring. Eine Frau namens Barbara in der Riverside Church meinte, Sie könnten sie kennen.«

Eine ganze Weile spähte Ms. Albritten mich durch dicke Brillengläser an, als wollte sie mein Gesicht mit einem Fahndungsfoto abgleichen. »Ich denke nicht, dass ich Ihnen helfen kann, Miss V.I. Sowieso aus Chicago. Ich habe nie von einer Emerald Ferring gehört.«

Ich setzte an, sie zu erinnern, wer Ferring war, dass sie fast sicher vor einer Woche oder so mit August Veriden hier gewesen war, aber ich sah ihren zu einer sturen Linie verkanteten Kiefer: Sie wusste das alles, und sie würde nicht mit mir reden.

Ich starrte auf einen kaputten Fernseher in der benachbarten Auffahrt und überlegte. Ob Lisa Carmody, die Riverside-Geistliche, sie angerufen und vorgewarnt und gedrängt hatte, nicht mit mir zu sprechen? Wussten Carmody und Albritten, wo Emerald und August waren, oder ging es hier um Grundsätzliches – eine weiße Fremde, die ihre Nase in Dinge steckt, wo sie nicht hingehört?

»Ma'am, würden Sie kurz mit Ms. Ferrings Freunden in Chicago sprechen, den Leuten, die mich hergeschickt haben, um sie zu suchen?«

Bevor sie nein sagen konnte, hatte ich Troy Hempels Nummer aufgerufen und ihn auf FaceTime angewählt, sodass Albritten sehen konnte, dass er auch Afroamerikaner war. Zum Glück ging er sofort ran.

»V.I. Warshawski! Was gibt's? Haben Sie Ms. Emerald gefunden?«

Ich schaltete auf Lautsprecher und hielt das Telefon so, dass Ms. Albritten durch den Spalt in der Tür das Display sehen konnte – und gesehen wurde. »Ich bin in der Straße, in der Emerald Ferring gewohnt hat, bis sie sieben war. Sie war vor zehn Tagen mit August Veriden hier und hat sich das Haus ihrer Kindheit angesehen, und jetzt stehe ich hier mit einer Nachbarin und brauche einen Bürgen, damit sie mit mir redet. Hier ist Ms. Nell Albritten.«

Albritten nahm das Telefon entgegen, trat aber zum Sprechen

zurück in ihr Haus. »Wer sind Sie, junger Mann, und warum sollte ich Ihnen vertrauen?«

Sie schloss die Tür, als er anfing zu erklären, woher er Ferring kannte. Ich hörte noch das leise Grummeln seiner Stimme und Albrittens langsamen Tonfall beim Antworten, aber ich verstand keine Worte mehr. Sie sprachen fast fünf Minuten, dann hörte ich ihren unsteten Schritt tiefer ins Haus verschwinden, ihre Stimme am Telefon, wieder nichts zu verstehen. Schließlich kehrte sie zur Haustür zurück.

»Ich hoffe, ich mache keinen Fehler«, seufzte sie und gab mir mein Handy zurück, »aber Sie können dann wohl reinkommen.« Sie spähte den Gehweg entlang zu Peppy. »Ist das Ihr Hund da draußen? Sie können ihn auch mit reinbringen. Es gibt ein paar schlimme Jungs, die drüben in der Ninth Street Hundekämpfe veranstalten. Ich würde ihn nicht irgendwo anbinden, wo die an ihn rankommen.«

Ich hatte mich gefragt, ob der Buick zu einem Dealer gehörte, der Fremde in der Nachbarschaft abcheckte, aber vielleicht war es ja ein Hundekampfring, der ausbaldowerte, wie leicht Peppy zu stehlen war.

»Sie ist dreckig«, sagte ich zweifelnd. »Vielleicht könnten wir hier draußen reden, wo ich sie im Auge behalten kann?«

»Ich muss sitzen. Sie bringen sie mit rein und lassen sie auf einem Handtuch abliegen.«

18

Die guten alten Zeiten

Das Zimmer, in dem Ms. Albritten mit mir sprach, war so akribisch gepflegt wie ihr Garten. Die blumengemusterte Couch und der Lehnsessel sahen frisch gestaubsaugt aus, und sie benutzte gestärkte weiße Schonbezüge für die Kopfteile. Das Handtuch, das sie für Peppy ausbreitete, war so strahlend gelb, als käme es frisch aus dem Laden. Ich wand mich innerlich bei dem Gedanken, wie es aussehen würde, wenn wir gingen, aber Peppy nahm gehorsam darauf Platz, ungeachtet ihres offensichtlichen Verlangens, den Raum zu erforschen. Sie hob eine Pfote und streckte sie in Richtung Ms. Albritten, deren Mundwinkel leicht zuckten.

»Hmmpf. Ich hab noch Kekse, die ich diesem Peeta gebe. Er ist ein kleiner Maulheld – bellt wie sonst was, aber das arme Mädchen macht sich was vor, wenn sie denkt, er kann sie und ihr Baby beschützen. Das Beste wär, er würd ihren nichtsnutzigen Freund in den Arsch beißen und ihn in die Wüste schicken, aber mit jungen Mädchen kann man nicht über die Liebe reden. Die denken, Frauen wie ich hätten das nie gekannt.«

Sie dirigierte mich zur Couch, bevor sie im hinteren Teil des Hauses verschwand, vorsichtigen Schrittes: Ihre Knöchel waren unter ihren Stützstrümpfen bedenklich geschwollen. Ich hörte Eis gegen Glas klirren, das Eingießen einer Flüssigkeit, das Hantieren mit einer Blechdose, wobei Peppy hellwach aufblickte. Über den Fernseher flimmerten Bilder ohne Ton – vielleicht *Judge Judy*.

Albritten hatte eine Galerie gerahmter Fotos an den Wänden, ein Mann mit ernstem Gesicht in verschiedenen Stadien seines Lebens: auf der Highschool und in der Robe zum Collegeabschluss, in der Uniform der Army, dann älter, mit Frau und zwei Kindern. Die Kinder hatten ihre eigene Abteilung von pausbäckigen Babys bis zum Pfadfinderalter. Ein neueres Bild auf dem Fernseher zeigte Albritten in einer Gruppe anderer Frauen vor St. Silas. Albritten war mit Abstand die älteste, die jüngste mochte in den Vierzigern sein. Sie lächelten allesamt froh unter einem Banner des 150. Jubiläums der African Methodist Episcopal Church St. Silas: 1864–2014.

Albritten kam mit einem Silbertablett zurück, darauf standen zwei Gläser, ein Teller mit Keksen und eine Handvoll Hundekuchen. Ich entschied, dass sie es anmaßend finden könnte, wenn ich zu helfen versuchte, also sah ich zu, wie sie das Tablett auf einem polierten Kaffeetisch absetzte. Sie reichte mir ein Glas. Eistee, der schmeckt mir schon im Juli nicht und erst recht nicht im November, aber ich habe der Pflicht zuliebe schon Schlimmeres durchgestanden.

»Ihr Hund ist gut erzogen«, sagte Albritten. Peppy beäugte die Hundekuchen, stand aber nicht auf und gab auch keine Bettellaute von sich. »Hier hast du, braves Mädchen.«

Sie reichte Peppy die Hundekuchen einen nach dem anderen, bevor sie sich schwer in ihren Sessel fallen ließ. »Emerald Ferring. Ja.« Sie arrangierte ihren Rock über den Knien. »Ihre Mutter Lucinda, die kam her, nachdem ihr Mann im Krieg getötet wurde. Es gab hier eine große Munitionsfabrik, wissen Sie, die Sunflower Plant, und die suchten Arbeiter. Lucinda hat das Haus gemietet, wo Sie eben waren, wo jetzt Peeta und Tiffany und das Baby wohnen. Es war jeden Tag eine lange Busfahrt raus zu Sunflower. Mein Mann war selbst im Krieg, und ich hatte einen kleinen Jungen. Er war damals drei, Jordan.« Sie nickte in Richtung der Fotos an der Wand. »Ich hab weißen

Familien auf der anderen Seite des Flusses das Haus geputzt, und meine Mutter kam her und hat auf Jordan aufgepasst. Es war fein für ihn, dass er die kleine Emerald zum Spielen hatte.« Sie lachte überrascht auf. »Ihr Name war gar nicht Emerald, sie hieß Esmeralda, aber Jordan konnte das nicht aussprechen. Er sagte ›Emerald‹ zu ihr, und wir – Lucinda und ich und meine Mutter – haben das übernommen: Sie war ja ein kleiner Smaragd, ein Juwel von Kind. Ich hatte das ganz vergessen. Sie war so ein kluges kleines Mädchen, konnte mit drei schon alle Buchstaben und stellte immer so tiefsinnige Fragen, über Gott und das Leben und wo ihr Daddy war, und ob sie Ballerina oder Pilotin werden konnte, wenn sie groß war.«

Albritten nippte an ihrem Eistee, das Lächeln schwand und wich einem bitteren Blick in die Ferne. »Sie müssen verstehen, dies war eine harte Stadt, wenn man schwarz war. Sie bildeten sich sonst was ein, die Weißen, bildeten sich was drauf ein, von den Leuten abzustammen, die Kansas 1861 zum freien Staat gemacht haben, aber sie sind keine Nachkommen von John Brown, oh nein, Ma'am. Sie wollten eine weiße Stadt, also blieben Schwarze gefälligst hier drüben im Flusstal. Schwarze Kinder ertranken jeden Sommer im Fluss – in die Schwimmbäder in der Stadt durften sie nicht rein.

Oder Restaurants, nur fünf Restaurants in der Stadt servierten einer schwarzen Person Essen. Im Kino saßen wir in einer Ecke des Balkons. Sie hatten eine Ku Klux Klan-Sektion oben an der Universität, und der Basketballtrainer – er gilt in der Stadt als Heiliger oder Held –, der rührte die Trommel für den Klan. Als Wilt Chamberlain herkam, hat er einiges verändert, aber es ging noch lange, lange so weiter. Ferguson, all die schwarzen Jungs, die heutzutage umgebracht werden, das ist einfach nur ein weiteres Kapitel in einer langen Geschichte.«

Sie sah mich wieder an, derselbe abschätzende Blick, den sie mir schon an der Tür verpasst hatte. »Ich hatte Sorgen wegen

Jordan, drüben an der Highschool. Sie wollten ihn nicht in die Vorbereitungsklasse fürs College lassen, wissen Sie. Eine der Frauen, für die ich geputzt hab, war im Schulvorstand, und ich hab versucht, mit ihr darüber zu reden: Mein Jordan war doch so klug wie jeder andere Junge auf dieser Schule. Sie hat mich auf der Stelle gefeuert. Anmaßend fand sie mich. Als er unter den schwarzen Schülern einen Protest organisiert hat, hatte ich Angst, was ihm zustoßen könnte. Gleich nach der Highschool ist er ab nach Vietnam, es gab keinen Collegeplatz für ihn. Aber den Abschluss an der Howard University hat er geschafft, als er endlich heil nach Hause kam.«

Ein Gefühl der Scham ließ mich absolut stillhalten, das Glas Eistee machte meine Finger kalt. Peppy blickte besorgt von mir zu Ms. Albritten, rührte sich glücklicherweise aber nicht.

Sie seufzte schwer. »Hier im Flussbett, hier sollten wir leben und zusehen, wie wir rüberkommen in die eigentliche Stadt, um da die Dreckjobs zu machen, die Schwerstarbeit. Das Haus, in dem Emerald und Lucinda wohnten, wo jetzt die kleine Katniss aufwächst, das war wie die meisten Häuser hier – kein richtiger Fußboden, bloß Sperrholzplatten auf der Erde. Als die Flut kam, war das Sperrholz so nützlich wie ein Regenschirm im Schneesturm. Das Wasser drückte von unten hoch – so schnell, dass wir froh sein konnten, mit dem Leben davonzukommen. Wir verloren alles. Lucindas Hochzeitsbilder, ihr Mann in Uniform auf dem Weg an die Front, alles weg wie Spülwasser im Abfluss. Ich hab's geschafft, die Silberlöffel meiner Großmutter und die Familienbibel zu retten, das war alles.

Und als das Wasser zurückging, da hatten wir Schlamm und Schimmel und Krankheit, aber haben diese weißen Vermieter auch nur einen Finger gerührt? Wir mussten alles allein aufräumen und ausschwefeln. Diese miesen Sperrholzplatten, die kamen sie wieder einsetzen, aber den Dreck vorher weggemacht haben sie nicht.«

Sie schilderte den Ablauf in seinen lähmenden Einzelheiten: die sinnlosen Mühen, irreparable Vorhänge und Teppiche zu retten, die schrecklichen Bronchialkrankheiten, an denen Kinder im folgenden Winter litten, die milden Gaben der weißen Kirchen. »Dosenfutter, das vom letzten Thanksgiving übrig war, und Kleidung voller Mottenlöcher.«

Sie verstummte. Ich saß eine Weile still da, wusste nicht, wo sie mit ihren Gedanken war, unsicher, was ich fragen konnte, aber schließlich sagte ich leise: »Was wurde aus Lucinda Ferring?«

Albritten sah mich nicht an. Ich war nicht mal sicher, ob sie mich gehört hatte. Die Stille streckte sich, als wäre sie ein Lebewesen, bedrängte mich, verwehrte mir, mich zu rühren oder zu sprechen. Die einzige Bewegung im Raum kam von den stummen Bildern, die über den Bildschirm flackerten.

Das Telefon klingelte, und Albritten fuhr hoch. Ein Mann war am anderen Ende, tiefe Stimme, aber weich. Albritten sagte nur ein paarmal »ja« und dann: »Gottes Wille. Nicht immer leicht zu akzeptieren.«

Als sie aufgelegt hatte, legte sie die Hände auf die Knie und atmete tief ein, stärkte sich. Der Anrufer hatte gesagt, sie solle all ihr Geld auf Stewball setzen, und sie war nicht sicher, ob das ein guter Rat war. Ich versuchte ein Kansasgesicht aufzusetzen: ehrlich und mitfühlend.

»Das Sperrholz war für Lucinda der Tropfen, der das Fass zum Überlaufen brachte. Sie forderte einen richtigen Fußboden, Beton auf der Erde – und der Vermieter warf sie raus! Also nahm Lucinda die kleine Emerald und zog mit ihr aufs Land, östlich der Stadt. Da gab es diese Frau, die eine Farm hatte, Witwe wie Lucinda. Obwohl sie weiß war, vermietete sie Zimmer an schwarze Studentinnen, weil die Universität die nicht in die Wohnheime ließ. Lucinda war auf einer Farm irgendwo im Norden groß geworden – Minnesota vielleicht, oder South Dakota.

Als sie von Ms. McKinnon hörte, ist Lucinda hin und hat gefragt, ob sie gegen Unterkunft und Verpflegung auf der Farm mitarbeiten kann. Die Adresse gehört nicht zu Lawrence, sondern zur kleinen Nachbarstadt Eudora, sodass Emerald dort zur Schule gehen konnte. Das war weiß Gott nicht perfekt, aber in Eudora waren sie nicht ganz so scharf auf Rassentrennung wie in Lawrence.«

Das erklärte, warum der Name Ferring aus dem Telefonbuch verschwunden war. Eintrag ins Zeugnis der Ermittlerin – nächstes Mal dran denken, auch kleine Städte in der Umgebung einzubeziehen.

»McKinnon?«, unterbrach ich. »Von ihr war drüben in Riverside auch die Rede, von einer Doris McKinnon, deren Farmland die Regierung für den Raketensilo beschlagnahmt hat. Ist das dieselbe?«

Albrittens Unterkiefer bewegte sich, wie das bei alten Leuten vorkommt, aber in der folgenden Pause sah es aus, als würde sie an ihren Worten kauen, um zu entscheiden, welche sie behalten und welche sie ausspucken sollte.

»Ja, die McKinnon-Farm ist da draußen in der Nähe des Silos. Ich hab kein Auto, also war ich nicht oft dort, nicht mal bevor Lucinda starb.«

»Emerald ging auf die University of Kansas, richtig?«, sagte ich. »Aber sie hat weiter auf der Farm gelebt?«

»Im Studentenwohnheim war immer noch Rassentrennung, als Emerald am College anfing«, sagte Albritten. »Also blieb sie auf der Farm, bis zu der Woche, als Jarvis Nilsson auftauchte und sie entdeckte. Lucinda hat als Technikerin in einem der wissenschaftlichen Labore an der Universität gearbeitet. Klingt schick, war aber vor allem Dreckarbeit. Immerhin war's besser bezahlt als Häuser putzen, mit geregelten Arbeitszeiten und Zulagen, Krankenversicherung und so.«

»Nathan Kiels Labor«, sagte ich langsam.

»Kann sein. Ich hab nicht auf den Namen geachtet. Auch als Emerald nach Hollywood ging, hat Lucinda weiter gearbeitet. Emerald hatte ein gutes Einkommen, aber nichts im Vergleich zu dem, was weiße Stars verdienten. Lucinda war nicht so dumm zu glauben, ihre Tochter würde je ans große Geld kommen.«

Ihr Kiefer arbeitete wieder, während sie die Vergangenheit begrübelte. »Zwei Frauen zusammen, eine schwarz, eine weiß, das hat damals viel Gerede gegeben. Sogar ich – na ja, mein alter Pfarrer war mächtig alte Schule … Egal, wegen der Geschichte sind Sie ja nicht hier. Und als Lucinda starb, hat er sich nicht gesträubt, ihr Begräbnis in St. Silas abzuhalten. Klar, Emerald hat ihm Geld für ein neues Dach gegeben, das hat wohl seine Theologie ein bisschen gelockert. Unser neuer Pastor, der ist eine andere Generation, ganz andere Sichtweisen.«

»Wo ist Lucinda begraben?« Ich dachte wieder an Sonia und das Grab ihres Liebsten. Wenn Lucinda für Dr. Kiel gearbeitet hatte … Wobei Kiel und seine Frau abgestritten hatten, Ferrings Namen je gehört zu haben – aber dafür konnte es viele Gründe geben, zum Beispiel, dass sie einfach nicht an ihre Tochter und die alte Anti-Atom-Kommune denken wollten.

»Hier auf dieser Seite, in Maple Grove«, sagte die alte Frau, was hieß, dass ich mir vielleicht morgen, wenn es hell war, den Friedhof ansehen konnte. Nur, was sollte mir das bringen? Ich konnte ja schlecht den Erdboden nach Sonias DNA absuchen.

»Lebt Ms. McKinnon noch auf der Farm?«, fragte ich.

»Sie musste mit dem Ackerbau aufhören, zu alt, hat das Land verpachtet …« Albritten versuchte etwas Eistee zu trinken, aber ihre Hand zitterte jetzt heftig, und sie verschüttete, was noch im Glas war, über ihren Pullover.

Ich wollte zu ihr hin, aber sie knurrte mich an, sitzen zu bleiben. »Ich mach das, wenn Sie weg sind. Soweit ich weiß, ist Ms. McKinnon immer noch da draußen. Jemand hätt's mir erzählt, wenn … wenn …«

Albrittens Gesicht wurde ganz grau, und das Glas fiel ihr aus der Hand. Ich zückte mein Handy und tippte 911.

»Nein«, flüsterte sie. »Kein Krankenwagen, kein Krankenhaus.« Sie versuchte mich wegzustoßen, aber die Geste war schwächlich.

Ich fand den seitlichen Reißverschluss ihres Kleides, schob meine Hände hinein, hakte ihren BH auf, drückte auf ihre Brust, das Handy ans Ohr geklemmt. Als die Diensthabende dranging, gab ich ihr Albrittens Adresse und die Anweisung, sofort zu kommen.

19

Totale Sackgasse

Es war lange nach Sonnenuntergang, als Peppy und ich ostwärts aus der Stadt fuhren, um Doris McKinnons Farm zu suchen. Ich hatte angespannte zwei Stunden im Krankenhaus verbracht, aber schließlich beruhigende Nachricht über Ms. Albritten erhalten.

Ich war ihr zuerst in den Behandlungsraum der Notaufnahme gefolgt, um sicher zu sein, dass ihr die nötige Priorität zuteilwurde, dann erst begab ich mich zum Aufnahmeschalter. Der Krankenwagenfahrer stand noch da. Wie sich herausstellte, war es derselbe, der vor zwölf Stunden wegen Sonia Kiel gekommen war – er machte diese Woche Doppelschichten.

»Sind Sie von einer Art Schutzengeltruppe?«, spottete er mit derbem Humor. »Sie ziehen wohl durch die Straßen von Lawrence und suchen nach Ladys, die aus den Latschen gekippt sind.«

»Tja, was würden Sie nur ohne mich machen«, versuchte ich mich auf das Geplänkel einzulassen.

In Wahrheit hatte ich gemischte Gefühle. Genauer gesagt Angst. Ich war in einer fremden Stadt bei einer Frau, die eine bittere Geschichte mit dem Ort verband. Wenn sie oder ihr Sohn angaben, ich hätte sie durch mein Verhalten in Gefahr gebracht, stand ich auf verlorenem Posten.

Albritten war nicht ganz bewusstlos geworden. Sie hatte mir ihre Handtasche und ihr Telefon in die Hand gedrückt, als sie aus dem Haus gebracht wurde, und hieß die Sanis stehen bleiben, um mit eigenen Augen zu sehen, wie ich ihre Tür abschloss, bevor sie sich in den Krankenwagen verfrachten ließ. »Besser Sie als die. Immerhin weiß ich dann, wer mein Geld gestohlen hat, wenn es weg ist«, sagte sie zu mir.

Im Krankenhaus, beim Ausfüllen von Aufnahmeformularen, nahm ich mir Albrittens Handy vor. Die Nummer ihres Sohnes war zum Glück eine von sieben im Kurzwahlmenü. Ich geriet leicht aus der Fassung, als er sich mit »Ja, Mutter?« meldete, aber natürlich war ihr Name auf seinem Display erschienen.

Er wohnte in einer Stadt namens Warrensburg etwa neunzig Meilen östlich von Lawrence, wie er sagte, nachdem geklärt war, wie ich hieß und warum ich anrief.

»Wer genau sind Sie und was haben Sie mit Mutter zu tun?«, forschte er.

»Erinnern Sie sich an Emerald Ferring?« Ich erwähnte nicht, dass ich Detektivin war, nur dass ich aus Chicago kam und nach ihr suchte und eine Nachbarin mich zu Ms. Albritten geschickt habe. »Sie war gerade dabei, mir von Doris McKinnon zu erzählen, der Besitzerin der Farm, wo die Ferrings 1951 hingezogen sind, als sie plötzlich zusammenbrach.«

»Mutter hatte noch nie Herzprobleme«, sagte er. »Mit ihrer Gesundheit ist alles in Ordnung. Was war sonst noch los? War sie aufgeregt? Haben Sie versucht, sie zu etwas zu bringen, was sie nicht wollte, wie zum Beispiel Ihnen das Haus überschreiben? Es läuft auf meinen Namen, Sie hätten also kein Glück.«

»Nein, Mr. Albritten.« Meine Lippen waren steif, genau diese Art von Unterstellungen hatte ich befürchtet. »Wenn Sie mit den Ärzten sprechen, lassen die Sie vielleicht mit ihr reden.«

Nachdem er seiner Besorgnis mit Vorwürfen Luft gemacht hatte, gab ich ihn an die Ärzte weiter. Während ich abwartete, ob das Rettungsteam mich noch für irgendetwas brauchte, rief ich Lotty Herschel in ihrer Klinik in Chicago an. Obwohl es später Nachmittag war und sie um diese Zeit normalerweise am meisten zu tun hat, ließ sie mich durchstellen. Ich hatte ihr von unterwegs ein paar SMS geschickt, aber gesprochen hatten wir nicht mehr miteinander, seit ich Chicago verlassen hatte.

»Du hast alles richtig gemacht, Victoria«, sagte sie. »Lass dir den Namen des Arztes geben. Ich rufe ihn heute Abend an. Versuch dir keine Sorgen zu machen. Mehr als du getan hast, konntest du nicht tun.«

Ich saß also im Wartebereich und versuchte mir keine Sorgen zu machen. Ich unternahm einen Anlauf, ausstehende Berichte für andere Klienten zu schreiben, aber Chicago und mein Leben dort kamen mir vor wie ein Spielfilm, den ich vor Jahren gesehen hatte, ohne mich an Einzelheiten zu erinnern oder was mich das Ganze eigentlich anging.

Ich hatte Textnachrichten von Troy Hempel.

Haben Sie Ms. Emerald gefunden?

Was hat die Frau, mit der Sie sprechen wollten, Ihnen erzählt?

Antwort: *Sie ist während des Gesprächs kollabiert. Wir sind im Krankenhaus. Ich melde mich, wenn sie reden kann. Hat sie etwas Aufschlussreiches gesagt, als Sie vorhin mit ihr sprachen?*

Antwort: *Sie sagte, sie hat Ms. Emerald in Lawrence gesehen, weiß aber nicht, wo sie hin ist, und macht sich Sorgen um ihre Sicherheit. Und um die des jungen Veriden.*

Ich lehnte mich auf dem unbequemen Stuhl zurück und versuchte mich auf meine Atmung zu konzentrieren statt auf das Greinen des Fernsehers. Eine der Foltern des modernen Gesundheitswesens neben unfassbaren Rechnungen, endlosen Stunden am Telefon oder in Wartezimmern und horrenden Arzneipreisen ist das ständige Geplärr eines Fernsehgeräts in jedem Raum.

Nach gefühlt sehr langer Zeit kam jemand vom medizinischen Personal und brachte mir gute Neuigkeiten von Ms. Albritten: Alle kardiologischen Werte waren stabil. Sie würden sie zur Überwachung vierundzwanzig Stunden dabehalten, aber sie sollte außer Gefahr sein. Ja, ich könnte für fünf Minuten zu ihr und ihr persönlich Telefon und Handtasche zurückgeben.

Albritten döste. Selbst die kräftigste alte Frau wäre wohl erschöpft nach einer Fahrt mit dem Krankenwagen und einer Stunde Rumstochern und Röntgen. Sie hatten ihr zudem ein leichtes Sedativ gegeben, und als ich sie sacht am Arm berührte, starrte sie mich mit erstaunten Augen an.

Ich rief ihr in Erinnerung, dass wir über Emerald Ferring gesprochen hatten, dass ich aus Chicago kam und Ferring suchte.

Albritten versuchte sich aufzusetzen. Ich drückte die Stellknöpfe am Bett, aber die Pflegerin, die draußen vor dem abgeteilten Kabinett wachte, kam sofort herein. »Keine Aufregung für Sie, Ms. Albritten.«

»Nur eins«, murmelte Albritten mit halbbetäubten Lippen. »Was hab ich über Em'rald gesagt?«

»Dass sie und Lucinda auf Doris McKinnons Farm östlich der Stadt gezogen sind.«

»Und über McKi … Kinn?«

»Es reicht jetzt«, sagte die Pflegerin und packte mich am Arm.

»Muss sein«, beharrte Albritten.

»Sie sagten, sie ist eine Weiße, die an schwarze Studentinnen vermietet hat. Sie sagten, Sie hätten sie seit Jahren nicht gesehen. Und dann sind Sie zusammengeklappt.«

Albritten entspannte sich im Bett und schloss die Augen. »'s wahr. Nicht gesehen. Lange.«

Die Schwester deutete unmissverständlich zum Ausgang. Ich bückte mich kurz und versprach Albritten, dass ihr Sohn bald kommen würde, und ein Winkel ihres Mundes verzog sich zu einem Lächeln.

Bevor ich das Krankenhaus verließ, ging ich noch zur Intensivstation. Ich stellte mich der zuständigen Oberschwester als die Ermittlerin vor, die für Sonia Kiels und Naomi Wissenhursts Einlieferung in die Notaufnahme verantwortlich war. War das wirklich erst heute früh gewesen? Ich fühlte mich, als wäre ich seit Monaten in Kansas, als gehörte die Entdeckung von Sonia in ein anderes Zeitalter, als ich noch mit meinen Freundinnen Gummitwist hüpfte, statt für meine Klienten durch brennende Reifen zu springen.

»Ach ja, Detective. Naomi konnten wir schon entlassen. Sie braucht noch ärztliche Betreuung, aber das geht auch zu Hause. Sie nimmt für den Rest des Semesters eine Auszeit aus gesundheitlichen Gründen. Sonia ist immer noch nicht ansprechbar, aber natürlich war sie in wesentlich schlechterem Zustand, bevor sie die Drogen nahm, und immerhin ist sie in der Lage, aus eigener Kraft zu atmen. Die nächsten vierundzwanzig Stunden sind entscheidend.«

»Sind Sonias Eltern hier gewesen?«, fragte ich neugierig. »Oder jemand vom St. Rafe?«

»Ein Mann hat um die Mittagszeit angerufen. Ich glaube, es war einer ihrer Brüder, aber Sie sind die Erste, die tatsächlich herkommt. Möchten Sie sie sehen?«

Sie führte mich in den hinteren Bereich, wo Sonia wie ein Anhängsel der sie umgebenden Computer wirkte. Ihre Atmung ging langsam und zitterig. Am Ende jedes Ausatmens entstand eine furchteinflößende Pause, als ob sie nicht sicher war, dass sie noch mal anfangen sollte.

Sie hatten sie natürlich gewaschen und in einen sauberen Kittel gesteckt. Ihr Gesicht war erschlafft, das machte es nicht leicht, sich vorzustellen, wie sie wach und lebendig aussah. Sie hatte die kantigen Züge ihres Vaters und seinen dunklen Teint, nicht die bleiche Haut ihrer Mutter. Ihre drahtigen schwarzen Locken waren auch wie die ihres Vaters, wenigstens auf den Fotos als junger Mann, die ich gestern im Netz gesehen hatte.

Drogen und Straßenleben hatten Sonias Poren vergröbert. Sie hatte mehrere alte Blutergüsse an den Armen, aber ich glaubte nicht, dass sie von Einstichen stammten, eher Überbleibsel von Schlägen. Jemand im St. Rafe oder jemand auf der Straße?

Ich nahm eine ihre schlaffen Hände zwischen meine und kniete mich hin, um sie anzusprechen. »Sonia, ich bin V.I. Warshawski. Sie haben mich heute Morgen angerufen und gesagt, Sie hätten Emerald Ferring gesehen. Sie haben sie auf Matt Chastains Grab gesehen, sagten Sie. Matt Chastain.«

Sie mochte leicht gezuckt haben, als ich den Namen wiederholte, aber wahrscheinlich war das Wunschdenken.

»Falls Sie aufwachen – nein, *sobald* Sie aufwachen –, rufen Sie mich an und sagen mir, wo er begraben ist. Ich will Matts Grab sehen, okay?«

Ich hielt noch ein wenig ihre Hand, massierte sie leicht. Ihre Finger waren rau, die Nägel gesplittert. Ein obskurer Impuls ließ mich ihr die Locken aus der Stirn streichen.

Die Oberschwester schenkte mir ein wohlwollendes Nicken, als ich ging. »Sie sollte man immer schicken, wenn es Patienten zu befragen gibt. Sie haben eine gute Art.«

Ich lächelte verlegen. »Ich besprech das mal mit Sergeant Everard.«

Der Himmel und das Land waren so finster, als ich aus der Stadt fuhr, dass ich jeden Richtungssinn verlor. Nadelspitzen von Licht stachen aus Farmhausfenstern, aber sobald ich den Highway verließ, war ich allein – was immer Farmer im Spätherbst machen, muss wohl im Haus stattfinden.

Abseits der Hauptstraße zuckelte ich auf Schotterpisten ohne Beleuchtung dahin. Ich fuhr langsam, Scheinwerfer voll aufgeblendet, blieb in der Mitte, um die Gräben auf beiden Seiten zu vermeiden und nicht die Füchse und anderen Tiere zu erwischen, die die Nacht für sich beanspruchten.

Irgendwann tauchte in meinem Rücken jemand auf, ein dunkler SUV, vielleicht ein Buick Enclave. Ich glaubte ihn schon gesehen zu haben, als ich auf den Highway fuhr, aber da war der Verkehr noch dicht gewesen, sodass ich nicht sicher sein konnte. Hier auf der Schotterstraße waren wir ganz unter uns. Meine Nackenhaare stellten sich auf. Peppy, die meine Unruhe spürte, erhob sich leise knurrend.

An der Landstraßenkreuzung East 1900 und North 2800 bog der SUV nach Süden ab, wo ein Schild zum Kanwaka-Raketensilo wies. Ich fuhr nach Norden, meine Schultermuskeln entspannten sich, meine Atmung wurde wieder normal.

Nachdem ich eine Viertelmeile der North 2800 gefolgt war, kam ich zu einer Abzweigung mit einem Briefkasten, auf dem McKinnon stand. Meine Straßen-App funktionierte akkurat, immer eine Erleichterung.

Etwa hundert Meter von der Straße endete die Einfahrt in einem Wendekreis. Ich stellte mich hinter einen älteren Subaru und betrachtete das Haus. Es war ein rechtwinkliger Bau mit zwei Stockwerken und einem Dachgeschoss. Kein Licht zu sehen.

Ich stieg aus und ließ Peppy von der Leine. Die Hündin preschte in die Nacht hinaus, hinter wer weiß was für einer Kreatur her: Ich hoffte, dass es kein Stinktier war. Ich leuchtete mit meiner Taschenlampe das Gelände und die Außengebäude ab – zwei Scheunen, ein paar kleine Schuppen.

Falls Emerald Ferring und August Veriden hergekommen waren, um Doris McKinnon aufzusuchen, mussten sie umgekehrt und weitergefahren sein. Das hier war eine totale Sackgasse.

Peppy kam von ihrem Jagdabenteuer zurückgerannt, dafür fing sie an, das Haus zu umrunden, und schnüffelte am Fundament. Sie verschwand wieder, diesmal hinterm Haus. Ich rief sie, aber sie begann zu bellen und zu winseln.

»Komm her!«, rief ich in meinem schärfsten Ton.

Sie kam, lief ein Stück auf mich zu, ihre Augen glitzerten im Schein meiner Taschenlampe, aber dann bellte und jaulte sie erneut und rannte wieder hinters Haus. Ich folgte ihr steifbeinig, und das Kribbeln in meinem Nacken wanderte mein Rückgrat runter.

Die Hintertür war zu, aber nicht verschlossen. Peppy kann zehntausend oder vielleicht auch zehn Millionen Mal besser riechen als ich, aber als ich die Tür aufstieß, nahm sogar meine minderwertige Nase auf, was sie schon vom Feld aus wahrgenommen hatte – den eklig süßen Gestank von verwesendem Fleisch und den metallischen Geruch von Blut.

20

Der ungeduldige Arm des Gesetzes

»Wenn das Haus dunkel war, als Sie hinkamen, warum sind Sie dann reingegangen? Haben Sie irgendeinen Hinweis darauf erhalten, dass die Eigentümerin umgebracht wurde?«

Wir saßen im Büro des Sheriffs von Douglas County. Die Befragung galt als informell, aber als wir die McKinnon-Farm verließen, rahmten vorn und hinten Streifenwagen meinen Mustang ein. Auf der Fahrt rief ich meinen Anwalt in Chicago an, um zu fragen, ob er in Lawrence oder einer der größeren Städte in der Nähe jemanden für mich wusste.

»Meine Hündin«, sagte ich jetzt. »Sie hat Tod gerochen und war so hartnäckig, dass ich rein bin, um nachzusehen, was sie so verstört.«

Im Cook County zeigt sich der Sheriff nur an einem Tatort, wenn es für wichtige Pressefotos zu posieren gilt, daher war ich überrascht, dass der Douglas County Sheriff persönlich auf der Farm erschien. Er führte dann auch im städtischen Justizcenter die Befragung durch. Dies war ein Bezirk mit eher wenig Gewaltverbrechen, vielleicht genoss er den Trubel einer Mordermittlung.

Ich hatte von Doris McKinnons hinterer Veranda aus 911 gewählt – dahin flüchtete ich mich, sobald ich die Leiche gesehen hatte. Vermutlich war es ihr Leichnam, aber Aufgetriebenheit und Leichenfraß machten es unmöglich, Hautfarbe oder Geschlecht zu erkennen. Es sah aus, als wäre ihr der Schädel eingeschlagen worden, aber auch das konnte man schwerlich mit Sicherheit sagen.

»Sind Sie Ursache oder Wirkung, Warshawski?« Das hatte Sergeant Everard gefragt, der sich von der Notrufzentrale meinen Anruf durchstellen ließ. »In nur sechzehn Stunden machen Sie vier Frauen in kritischem Zustand ausfindig, und sonst haben wir hier nicht mal einen Mord im Jahr.«

»Das hier ist ein scheußlicher Tatort, Sergeant. Diese Person ist schon länger tot, und kleine Tiere haben Lippen und Augen verspeist und wahrscheinlich auch das Hirn und so weiter. Wenn Sie die Leiche zu Ihrem Forensiker geschafft haben, können Sie so viel von Ihrem Sarkasmus über mir ausschütten, wie Sie mögen.«

»Oh … na schön. Ich geb's an den Sheriff weiter – Sie sind in seinem Zuständigkeitsbereich. Und später halten Sie und ich noch ein Schwätzchen, mit Sarkasmus und allem, zu der Frage, was Sie hier in Lawrence wirklich tun und wie es kommt, dass sich um Sie herum leblose Körper stapeln. Ken Gisborne, das ist der Sheriff, seit vielen Jahren im Amt, davor schon Deputy, der weiß, wie man mit einem Tatort umgeht.«

Selbst jemand, der alle Straßen in der Gegend kannte, konnte sie im Finstern nicht mit Lichtgeschwindigkeit befahren. Während ich auf Gisborne wartete, machte ich mich mit Peppy an der kurzen Leine auf einen Rundgang durchs Haus. Laut Tatortprotokoll hätte ich zumindest sie strikt draußen lassen müssen – Hundehaare und Pfotenabdrücke würden Spuren kontaminieren. Nur eine feige Memme von Detektivin würde seelischen Beistand von ihrer Hündin benötigen, um ein Haus mit einer Leiche drin zu erforschen. Ich konnte unmöglich eine Memme sein, also brauchte ich wohl ihre spezielle Kompetenz im Spurenlesen.

Obwohl das Opfer eindeutig schon länger tot war, mindestens eine Woche, ging ich erst zum Wagen und holte meine Waffe. Ich ließ meine Laufschuhe an der Hintertür, um möglichst wenig Dreck ins Haus zu tragen, schlich auf Zehenspitzen zur Schwelle der Küchentür und knipste mit dem Revolverlauf die Deckenbeleuchtung an. Peppy war hyperaufmerksam, die hochgestreckten Ohren auf die Geräusche kleiner Kreaturen gerichtet, die wegen des Lichts von der Leiche weghuschten – Kakerlaken und andere schlüpfrige Tiere. Ich versuchte, nicht hinzusehen, aber mir kam trotzdem die Galle hoch.

Mit den Händen auf den Knien stand ich da, atmete mühsam, schließlich riskierte ich es, noch mehr Spuren zu versauen, indem ich mein Gesicht unter den Wasserhahn der Küchenspüle hielt und Wasser aus meinen gewölbten Händen schluckte.

»Alles klar, Mädchen?«, zwitscherte ich Peppy zu.

Sie winselte, zerrte an der Leine, wollte auf die Ratten und Kakerlaken los, aber ich zwang sie, bei mir zu bleiben. Ich schaltete alle Lampen und Deckenbeleuchtungen ein, an denen ich vorbeikam, aber ich fand sonst niemanden. Keine weiteren Leichen, keine lauernden Angreifer.

Das Haus war durchsucht worden – Schubladen standen offen, Papiere und Bücher lagen umher –, aber nicht wie in Augusts Wohnung in Chicago, keine zerstörte Einrichtung. Was immer sie gesucht hatten, die Eindringlinge hatten es wohl gefunden. Schmuck zum Versetzen, um an Meth zu kommen? Eine von den Frauen in der Kirche hatte doch erwähnt, der nahe Raketensilo könnte von Methkochern besiedelt sein.

Als ich durchs Haus ging, kam es mir nicht vor wie das Heim einer Frau mit Wertsachen, aber vielleicht hatte noch Familiensilber oder so was existiert. Ein Süchtiger auf dem Affen dürfte so ziemlich alles mitnehmen, was sich zu Bargeld machen ließ.

Trotz des Durcheinanders wirkte das Farmhaus wie ein Museum oder wenigstens ein Schrein für Emerald Ferring. Vorne gab zwei kleine Salons, wie sie in solchen viktorianischen Häusern üblich sind. Dort bedeckten Fotos von Ferring alle Wände: als stepptanzendes kleines Mädchen, in schwarzer Robe beim Highschoolabschluss, Standfotos von ihr aus *Pride of Place* sowie aus dem Rest ihres Hollywood-Œuvres. Ferring hatte zwei Emmys für *Lakeview* bekommen, die von *Jeffersons* abgekupferte Serie, in der sie eine Rolle hatte. Sie war auf einer Gala im Weißen Haus mit Präsident Clinton fotografiert worden und auf einer anderen mit Michelle Obama.

Neben der Küche war ein Badezimmer etwas unelegant in einen Alkoven gequetscht. Das kleine Zimmer dahinter war offenbar Doris McKinnons Schlafzimmer – es enthielt einen kleinen Fernseher, eine Reihe Tablettenfläschchen gegen die Unpässlichkeiten des Alters und einen Stapel Lektüre aus der Leihbücherei. Sie war wohl keine Romanleserin. Mehrere dicke Bände über den Zweiten Weltkrieg, speziell die Ostfront, und über moderne Massenvernichtungswaffen. Sie mochte über neunzig gewesen sein, aber ihr Gehirn war offenbar noch gut beieinander. Gehirn. Der Gedanke brachte ungewollt die Insekten in mein Bewusstsein, die aus den Überresten ihrer Augen krochen – sofern es denn McKinnons Augen waren. Ich packte Peppys Halsband so fest, dass sie winselte.

Das interessanteste Foto von allen stand neben McKinnons Bett. Es zeigte Ferring bei dem Protest am Kanwaka-Raketensilo 1983. Es war ein schwarzweißer Schnappschuss von ihr vor dem Tor, sie blickte über die Schulter auf die Menge hinter sich, während ein junger Mann das Schloss mit einem Bolzenschneider traktierte. Soldaten in Kampfmontur rückten zu den beiden vor. Wer immer das Bild geschossen hatte, hatte genau den richtigen Moment erwischt, als alle sich in Stellung brachten, bevor die Action losging. Ferrings Ausdruck war lebhaft konzentriert: Jeanne d'Arc, die gerade Orléans zu befreien versucht, keine Schauspielerin, die bloß ihre Karriere anschieben will. Oder vielleicht war sie ja eine begnadete Schauspielerin und fähig, überzeugend Jeanne d'Arc zu geben.

Das Foto war unterschrieben mit »*Tante Doris, ich schulde Dir viel. Doch dies kommt in Liebe, nicht aus Verpflichtung. Emerald*«.

Eine merkwürdige Widmung. Ich runzelte die Stirn darüber, bis Peppy an mir zerrte und mich ans Weitermachen erinnerte. Ich warf noch einen kurzen Blick auf Bilder von, wie ich annahm, Lucinda Ferring, ein paar davon mit Emerald, eins von Lucinda auf einem Traktor, die Grimassen für die Kamera schnitt, ein weiteres mit McKinnon, beide Frauen in Blumenkleidern auf der Veranda, Martinis in der Hand. Nell Albritten hatte böses Gerede erwähnt, aber aus dem Foto ließ sich nicht schließen, ob sie Geliebte gewesen waren oder vertraute Kameradinnen.

Wir gingen die Treppe im Eingangsflur hoch zum ersten Stock, wo es sechs Zimmer gab, je drei zu beiden Seiten eines langen Flurs mit einem weiteren Bad am Ende, von wo man einen Blick nach Norden hatte. Das einzige Zeichen von Benutzung war eine Flasche Shampoo in der begehbaren Dusche.

Dies waren vermutlich die Zimmer, die McKinnon in den Fünfzigern und Sechzigern an die Ferrings und andere Afroamerikanerinnen vermietet hatte. Vier standen jetzt leer bis auf die schmalen Bettgestelle, Chenille-Tagesdecken auf den nackten Matratzen, und mit Schrankpapier ausgelegte leere Holzkommoden.

Die beiden Zimmer nach vorne raus waren die größten und in jüngster Zeit benutzt worden: Hier waren die Betten vollständig bezogen, die Radiatoren an, und Handtücher hingen auf Gestellen neben den Türen.

Ich schlüpfte aus meiner Windjacke und bedeckte meine Hand damit, um die Kommodenschubladen zu öffnen. Im Ostzimmer, mit Sonnenblumentapete und Vorhängen der am sorgsamsten gestaltete Raum im Haus, fand ich hinten in einer Schublade einen BH und zwei Slips. La Perla. Die Eigentümerin – Emerald? – musste in großer Eile aufgebrochen sein. Schon ein Hauch dieser italienischen Spitze kann ein Hundertdollarloch in die Brieftasche reißen. Ich strich mit dem Finger über das zarte Gewebe, dann steckte ich sie einem Impuls folgend in meinen Rucksack.

Im Zimmer gegenüber war nichts zurückgelassen worden, aber das hastig gemachte Bett bezeugte, dass kürzlich jemand hier gewesen war. Ich schlug die Decken zurück. Nichts außer zerknautschten Laken. Ich leuchtete unters Bett und in die Ecken, fand jedoch nichts.

Das Fenster ging in Richtung der Landstraße North 2800. Ich sah Stroboskoplichter blitzen, Vorboten der nahenden County Police. Peppy und ich trabten durch den Flur, löschten die Lichter hinter uns. Die Treppenstufen nach unten nahm ich langsam, um nicht unwillkürlich nach dem Geländer zu greifen. Peppy knurrte, als die Streifenwagen die Einfahrt erreichten. Ich hätte gern noch Zeit gehabt, Dachgeschoss und Keller zu durchsuchen, aber man kann nicht alles haben.

Die Lampe meines Handys traf etwas unten an der Treppe, ein kleiner dunkler Schatten. Ich erstarrte eine Sekunde, dachte an die Kakerlaken in der Küche, dann sah ich richtig hin und erkannte einen USB-Stick. Ich steckte ihn in meine Jeanstasche und ging nach draußen, um den Sheriff zu begrüßen.

»Ihr Hund hat Sie also überzeugt, reinzugehen«, sagte der Sheriff in der Stadt, in seinem Büro. »Sie haben auch noch Licht angemacht, auf die Gefahr hin, den Tatort zu verunreinigen.«

Ich hielt mein Temperament an ebenso kurzer Leine wie vorhin Peppy. »Eine Ratte vom Ausmaß Ihrer Schuhgröße 48 hat an der Nase des Opfers genagt. Es schien mir respektvoller, Licht zu machen, damit das Viehzeug nicht noch mehr anrichtet, als schon passiert war.«

»Sie haben also nichts gefunden, nichts mitgenommen oder irgendwo vergraben oder so?«

»Ihre Truppe hat mich bereits abgetastet, Sheriff, sie können auch mein Auto durchsuchen – vorausgesetzt natürlich, Sie haben einen richterlichen Durchsuchungsbeschluss.«

Die Leibesvisitation war im ersten Durcheinander bei der Ankunft des Gesetzes am Tatort passiert: Wenn es eine Leiche und eine lebende Person gibt, ist der erste Impuls, beides miteinander in Verbindung zu bringen. Da das oft der richtige Impuls ist, nahm ich es nicht weiter persönlich. Der Datenstick steckte tief in meiner Jeanstasche, und sie hatten ihn übersehen. Bei den La Perlas waren sie wohl davon ausgegangen, dass sie mir gehörten.

»Haben wir, ist schon passiert. Der Richter fand, wir könnten gerne mal nachsehen.«

Ich stand auf und vergaß, dass ich mich zurückhalten wollte: Er hatte einen Richter aufgesucht und sich einen Freibrief besorgt. »Dann sehe ich sofort nach meinem Hund.«

Hinter mir stand ein uniformierter Deputy, der aussah, als wollte er mir den Weg zur Tür versperren. Es war ganz gut, dass der Sheriff ihm zunickte, beiseite zu treten – meine Selbstbeherrschung war verschlissen, und hätte er mich aufzuhalten versucht, hätte ich ihm wahrscheinlich einen Kinnhaken verpasst.

Sie hatten die Schlösser nicht aufgebrochen – offenbar hatten sie eins dieser Geräte, mit denen man Autos elektronisch öffnen kann –, aber sie hatten den Wagen auch nicht wieder abgeschlossen. Peppy war gar nicht glücklich: Fremde im Auto regten sie auf. Ich legte die Arme um sie, streichelte sie, beruhigte sie und mich selber. Der Deputy tippte mir durch die offene Tür auf die Schulter. »Sheriff Gisborne hat noch ein paar Fragen.«

Ich leinte Peppy an und nahm sie mit rein. Die Fragen des Sheriffs waren bloß Duftmarken, um zu zeigen, dass er hier das Sagen hatte, aber er versuchte nicht, zu beanstanden, dass ich meinen Hund dabeihatte.

Warum war ich in Kansas? Warum war ich zur McKinnon-Farm gefahren? Warum war ich ins Haus gegangen? Nichts anderes war relevant, aber Gisborne wollte außerdem noch wissen, warum gerade ich es war, die Sonia Kiel gefunden hatte, was genau ich zu Randy Marx im St. Rafe gesagt hatte –

»Sheriff«, unterbrach ich. »Fahren Sie oder jemand in Ihrer Truppe einen Buick Enclave?«

Er presste verärgert die Lippen zusammen. »Ich will wissen, worüber Sie mit Randy Marx gesprochen haben.«

Ich lächelte – nicht, um mich entgegenkommend zu zeigen, nur, um mich daran zu erinnern, dass ich zu weit von meinem Unterstützungsnetzwerk entfernt war, um jemanden auf die Palme zu bringen, der mich in den Knast stecken konnte. »Ein Buick Enclave ist heute immer wieder in meiner Nähe aufgekreuzt. Ich hab mich gefragt, woher Sie wissen, dass ich bei Mr. Marx war, und dachte, vielleicht haben Sie mich ja beschatten lassen.«

»Das hab ich bisher nicht, aber vielleicht sollte ich es, so wie Sie hier Wellen machen«, sagte Gisborne. »Marx hat mich angerufen. Sie sind jetzt in der Kleinstadt, Warshawski, nicht in Ihrem Moloch. Wir kennen uns hier alle, wir passen aufeinander auf. Sie denken vielleicht, Sie bewegen sich ganz unauffällig, aber jeder weiß, wo Sie gerade sind und was Sie zum Frühstück essen.«

»Das ist gut. Wenn Sie mich einsperren, wissen Sie gleich, was Sie servieren müssen.« Ich hatte schon vergessen, dass ich ihn nicht auf die Palme bringen wollte. »Da Sie mir auf der Pelle sitzen wie meine Unterwäsche, wissen Sie auch, dass ich im Krankenhaus war. Wussten Sie auch, dass weder Nathan noch Shirley Kiel da waren, um mal nach ihrer fast gestorbenen Tochter zu sehen? Und Randy Marx auch nicht.«

»Genau das meine ich, Warshawski«, sagte Gisborne düster. »Sie wissen einen feuchten Scheiß über diese Leute. Sonia hat ihr Recht auf elterliche Zuwendung vor langer Zeit verspielt.«

Ich nickte langsam, als hätte er etwas Bedeutsames gesagt.

»Bevor sie ins Koma fiel, erzählte Sonia, sie hat Emerald Ferring dort gesehen, wo Matt Chastain begraben liegt. Wo ist das?«

Gisbornes Blicke schossen durch den Verhörraum, als könnte eine gute Antwort irgendwo an die Wand geklebt sein, vielleicht neben den RAUCHEN UND SPUCKEN VERBOTEN-Schildern. »Wenn diese Freunde von Ihnen auf Doris McKinnons Farm gewohnt haben, müssen Sie sie herschaffen, um Fragen zum Mord an ihr zu beantworten.«

»Sheriff«, sagte ich sehr sanft. »Erstens: Ich bin ihnen nie begegnet, es sind nicht meine Freunde, ich bin nur hier in Ihrem Bezirk, um sie zu suchen. Zweitens: Anscheinend haben Sie bereits die Leiche identifiziert und die Todesursache festgestellt, was außerordentlich beeindruckend ist. Ich muss Nick Vishnikow von der Gerichtsmedizin im Cook County sagen, er soll Ihren Pathologen anrufen und sich erklären lassen, wie Sie das in nur drei Stunden hingekriegt haben. Diesen Rekord sollte ich auf meinem Twitterfeed verbreiten.«

»Das ist nichts für die Öffentlichkeit«, knurrte er. In dem Moment klingelte sein Telefon und ersparte uns beiden die nächste Eskalationsstufe. Er nahm ab, blaffte seinen Namen hinein, hielt es aber dann an seine Brust und wies mich an, seinen Amtsbezirk ja nicht zu verlassen.

Nicht den Sheriff ärgern, nicht den Sheriff ärgern, sang ich mir stumm vor. »Aber nicht im Traum, Sheriff. Dafür hab ich hier viel zu viel Spaß.«

21

Stimmen von daheim

Es war fast neun, als das Gesetz befand, dass es für heute Abend genug Zeit mit mir verbracht hatte. Bevor ich das Justizcenter verlassen konnte, hatten mich Sergeant Everard und sein Vorgesetzter, ein Lieutenant Lowdham, abgefangen, um mir dieselben Fragen zu stellen wie Gisborne. Ich nehme an, Cops haben das Gefühl, ihr Gehalt nicht verdient zu haben, wenn sie eine simple Befragung nicht auf den Großteil einer Schicht ausdehnen.

Obwohl die Cops genau wie der Sheriff den Mord an McKinnon am liebsten Ferring und Veriden in die Schuhe schieben wollten, waren sie geneigter, meine Fragen nach der Toten und dem Tatort zu beantworten.

Der Lieutenant erklärte mir, im Douglas County gäbe es nicht genug Gewaltverbrechen, dass sie ein eigenes Labor oder einen Forensiker unterhielten, dafür gab es ein Team von Tatort-Hilfstechnikern – eigentlich Rettungssanitäter, aber per Fortbildung auch darin geschult, Beweise sicherzustellen. Die Leiche hatten sie zum staatlichen Labor in Topeka geschickt, das die Autopsie vornehmen würde. »Durch die Budgetkürzungen ist alles überlastet, folglich können die uns keinen Termin für die Autopsie sagen, und der Staat kann uns hier nicht bei der Spurensicherung aushelfen, was bedeutet, wir haben weder DNA noch Fingerabdrücke für eine Identifikation. Es ist anzunehmen, dass es sich um Doris McKinnon handelt, aber … na ja, Sie waren ja da, Sie haben es gesehen. Beträchtliche Schäden an Gesicht und Gewebe.«

Ja, ich hatte es gesehen. Jedes Mal, wenn ich die Augen schloss, flitzten Kakerlaken unter meinen Lidern davon.

»Im Moment sind Ihre Freunde in diesem Fall die verdächtigen Personen, und je schneller Sie sie auftreiben, desto schneller können wir das alles klären«, sagte der Lieutenant.

Ich sprach langsam und deutlich zum Aufnahmegerät. »Lieutenant, wenn eine Lüge erst mal als Wahrheit akzeptiert wird, ist sie im Nachhinein oft fast unmöglich zu widerlegen, also wollen wir doch vermeiden, dass das hier passiert.« Ich wiederholte, was ich schon dem Sheriff mitgeteilt hatte, dass ich weder Ferring noch Veriden persönlich kannte noch wusste, ob sie bei McKinnon gewesen waren.

Beide Männer rutschten unbehaglich auf ihren Stühlen herum, aber keiner sagte was.

»Ich gebe Ihnen jetzt Telefonnummern von Lieutenant Terry Finchley, Captain Bobby Mallory und Lieutenant Conrad Rawlings bei der Chicagoer Polizei. Die können Sie gern anrufen und sich nach meiner Reputation erkundigen.«

Ich nahm mir ein Stück Papier von einem Block auf dem Tisch – dort platziert, damit Verdächtige schön ihr Geständnis niederschreiben konnten – und notierte die Nummern aus meinem Handy.

Das schien mir ein guter Abgang, aber als ich loswollte, fragte der Lieutenant: »Sie als erfahrene Ermittlerin aus der Großstadt und so weiter, was sagen Sie denn zu dem Tatort?«

Ich spreizte die Hände: Unwissenheit. »Ich hab nicht genug Informationen für begründete Annahmen. Methsüchtige, die die Hausherrin überrascht haben?«

»Was ist mit den Leuten, die da übernachtet haben?«

»Auch da gilt: nicht genügend Informationen. Ich habe gedacht – habe gehofft, es könnte die Frau sein, nach der ich suche, aber selbst wenn das der Fall wäre, wo ist sie dann jetzt? Alle erzählen mir die ganze Zeit, was für eine kleine Stadt das hier ist und dass Sie alle alles voneinander wissen, folglich denke ich mir, wenn Mr. Veriden und Ms. Ferring hier wären, wüssten Sie es doch.«

Ich nahm Peppys Leine und ging hinaus, ohne mich umzusehen, aber ich hörte Everard und seinen Lieutenant halblaut miteinander murmeln.

»Diese Stadt gärt förmlich vor Geheimnissen«, sagte ich zu Peppy, sobald wir unter uns waren. Golden Retriever sind so ehrlich und vertrauensvoll, dass man es ihnen erklären muss, wenn man was ironisch gemeint hat. »Dieser ganze Schlamassel mit Sonia und Dr. Kiels totem oder abgetauchtem Doktoranden. Gertrude Perecs tote Tochter. Die Identität von Cadys Vater. Und keiner auf dieser Seite des Flusses hat einen Schimmer vom Leben der Leute auf der anderen Seite.«

Peppy bellte kurz auf, sie verstand.

Auch wenn ich Doris McKinnon – oder als wer auch immer die tote Person sich letztlich erwies – ohne Peppy nicht gefunden hätte, musste ich ihr morgen eine Hundepension suchen. Es war nicht korrekt, sie ständig so lange im Wagen zu lassen. Auch jetzt musste ich sie wieder in den Mustang sperren, während ich zu Abend aß. Das Oregon Trail Hotel in der Innenstadt, das sich als einstiger Treffpunkt der echten Free State-Siedler anpries, besaß ein Restaurant, das so spät noch offen hatte.

Erst als ich mich in der Sitznische zurücklehnte, den Kopf an die gepolsterte Rückwand gelegt, merkte ich, wie müde ich war. Ich war einen Gutteil der vergangenen Nacht auf den Beinen gewesen. Ich hatte den Tag mit anstrengenden Leuten verbracht, von Sonia Kiels wütenden Eltern bis zum Douglas County Sheriff. Ich hatte eine alte Frau befragt, die schleunigst ins Krankenhaus gebracht werden musste, bevor ich mitten ins Nirgendwo fuhr, um dort auf Ungeziefer zu stoßen, das an einer toten Person knabberte.

Ich zog meine schlammigen Wanderstiefel aus und setzte mich in den Schneidersitz, massierte im Schutz der Tischdecke heimlich meine schmerzenden Zehen. Ein Glas Zinfandel verschaffte mir die Illusion anheimelnder Wärme. Ich wusste nicht mehr, ob man bei Übermüdung Kohlehydrate bunkern oder lieber mageren Fisch essen sollte, also wählte ich einen Kompromiss: Pasta mit Tintenfisch und Wodka-Tomatensauce, extra Pilze, Römersalat.

Nell Albrittens Besorgnis, als ich sie verließ, rumorte in meinem Hinterkopf, seit ich die Leiche gefunden hatte. Kaum halb bei Bewusstsein, hatte sie wissen wollen, was sie über Doris McKinnon erzählt hatte. Sie war erleichtert, dass sie nur gesagt hatte, McKinnon sei eine Weiße, die sie länger nicht gesehen hatte.

Albritten war bei den Worten »Jemand hätt's mir erzählt, wenn …« mitten im Satz umgekippt. *Wenn McKinnon gestorben wäre*, so hätte ich den Satz beendet. Albritten kam mir vor wie eine Frau von rigoroser Aufrichtigkeit. Vielleicht war sie lieber in Ohnmacht gefallen, als mir eine Lüge aufzutischen.

Albrittens Erzählung von der Flut, der schlimmen Verwüstung, gefolgt von der brutalen Gleichgültigkeit der Vermieter, hatte in mir akutes Unbehagen erzeugt. Ich schloss die Augen, versuchte es mir zurückzurufen, nicht nur was genau sie gesagt hatte, auch ihre Körpersprache.

Ich hatte das kalte Glas Eistee in der Hand. Peppy winselte, spürte die Spannung im Raum. Ich empfand Scham, aber auch Ungeduld: Ich wollte wissen, was nach der Flut aus Lucinda und Emerald Ferring geworden war, und Albritten wich der Frage aus, erzählte immer noch mehr Einzelheiten von der Flut, von der Reaktion der Stadt.

Dann hatte sie einen Anruf erhalten. Das war es, was ich ausgeblendet hatte. Sie hatte irgendwen angerufen, bevor sie mich ins Haus ließ. These: Sie hatte sich Rat geholt. Sie hatte jemandem – Lisa Carmody? – erzählt, dass ich bei ihr war. Nachdem sie mit meinem Chicagoer Klienten gesprochen hatte, hatte sie sich erkundigt, was sie mir sagen durfte.

Albritten hatte McKinnon nicht erwähnt, bis sie auflegte. Die Person am Telefon hatte sie ermächtigt, mir von ihr zu erzählen, was im Klartext hieß, dass Albritten und mindestens eine weitere Person in Lawrence bereits gewusst hatte, dass McKinnon tot war. Woher wussten sie das? Von Ferring und Veriden? Wenn Albritten sie versteckte, konnten sie nicht im Keller sein, das Haus hatte keinen. Eine Kriechkammer unterm Dach? Die kleine verschlossene Kirche?

Ich glaubte nicht, dass ich St. Silas überwachen konnte, ohne dass die Polizei oder der Sheriff es mitbekamen, aber vielleicht würde sich Nell Albritten mir jetzt öffnen, nachdem ich mich um sie gekümmert, ihr vielleicht das Leben gerettet hatte. Vielleicht hatte ich ihr Leben durch meine Fragen aber auch erst in Gefahr gebracht.

Ich trank Wein und schob diesen hässlichen Gedanken beiseite.

Albrittens Sohn, Jordan, hatte mit Emerald gespielt, als sie Kleinkinder waren, sie würde tun, was sie konnte, um Emerald zu schützen, auch vor dem Sheriff und der Polizei von Lawrence. Und das sollte sie wohl: Sergeant Everard hatte gesagt, Emerald und August wären die verdächtigen Personen in dem Mordfall. Selbst wenn die Polizei von Lawrence aufgeklärter war als die in Staten Island oder Ferguson – oder auch Chicago –, wäre es doch immer noch mächtig praktisch für sie, einen jungen schwarzen Mann aus Chicago zur Hand zu haben, der den Kopf hinhalten konnte.

Ich schloss die Möglichkeit aus, dass August schuldig war. Natürlich war ich ihm nie begegnet, aber ich glaubte nicht, dass der ruhige, methodisch vorgehende junge Mann, der der kranken Frau seines Hausmeisters Blumen brachte, einer alten

Frau den Schädel einschlug. Möglicherweise war er imstande, in Notwehr jemanden zu schlagen, vielleicht auch, um Emerald zu verteidigen, aber nicht »Tante Doris«, der Emerald »viel schuldete«.

Im warmen Glühen von Essensduft und Wein kamen mir grandiose Fantasien: Morgen früh würde ich mir etwas ausdenken, womit ich Nell Albritten dazu brachte, mir alles anzuvertrauen. Und dann würde ich so ähnlich auch die Perec-Frauen, Cady und ihre kriegerische Großmutter, überzeugen, ihre Geheimnisse zu enthüllen.

Mein Essen kam, als ich E-Mails und SMS las. Ich hatte sehr satzzeichenlastige Nachrichten von Bernie: *was machst du???? ich lass mich beurlauben und komme nach kansas, denn du kommst ja kein stück voran!!!!*

An Troy verfasste ich eine ausführliche Mail, schilderte Doris McKinnons Verbindung zu Emerald und ihrer Mutter und wie ich zur Farm rausgefahren und auf eine Leiche gestoßen war, aber nur eine mutmaßliche Spur von Ferring und August entdeckt hatte. *Wenn sie und August hier waren, sind sie verschwunden. Ich frage mich, ob sie nach Chicago zurückgekehrt sind. Falls sie sich verstecken, wissen Sie vielleicht, an wen sie sich wenden würden?*

Mit Bernie war ich knapper. *Komm ja nicht her. Wenn du hier aufkreuzt, nimmt dein Vater den ersten Flug von Montreal und holt dich. Keine Diskussion.* Nicht dass irgendwas mit weniger Wucht als ein über den Schädel gezogenes Brecheisen Bernie ausbremsen könnte.

Als ich nach der Rechnung winkte, rief Lotty an und meldete, dass sie mit den Ärzten vom Lawrence Hospital gesprochen hatte. Nell Albritten ging es gut, sie konnte am Morgen entlassen werden. Bei Sonia Kiel waren sie weniger zuversichtlich. Das Krankenhaus hatte Lotty in die Ergebnisse der toxikologischen Untersuchung eingeweiht.

»Deine Annahme bezüglich Flunitrazepam – Roofies – war korrekt. Sonia hatte immer noch Valproat in der Blutbahn und einen katastrophalen Alkoholspiegel, 2,6 Promille. Sie scheint keine weiteren Downer intus gehabt zu haben, aber der Alkohol zusammen mit den Roofies und ihr ausgelaugtes Immunsystem haben sie in akute Lebensgefahr gebracht. Die einzig hoffnungsvolle Nachricht ist, dass das EEG gut aussieht.«

Es wärmte mich mehr als Wein und Essen, von Lotty zu hören und zu wissen, dass sie mir zuliebe diese Anrufe getätigt hatte. Wir plauderten länger, über alles Mögliche. Sie vermied es taktvoll, Jake zu erwähnen, hoffte aber, dass ich bald nach Hause kam.

Ich unterschrieb meinen Kreditkartenbeleg und zwang meine schmerzenden Füße wieder in die Stiefel. Als ich mein Zeug zusammensuchte, musste ich feststellen, dass ich Wodkasauce auf mein Telefon gekleckert hatte. Wenn ich als Detektivin schon nicht ausgefuchst genug war, um gleichzeitig zu essen und zu kommunizieren, wie sollte ich da vor der Polizei Emerald Ferring finden?

22

Kneipenbrüder

Die Hotelbar lag zu meiner Linken, als ich zum Ausgang strebte. Ich warf einen Blick hinein, müßig, wie man so guckt. Der Barkeeper sah Basketball im Fernsehen und polierte ziellos Gläser, wie es Barkeeper überall tun, wenn wenig los ist. Die einzigen Gäste waren ein Männerquartett, in einer Ecke ins Gespräch vertieft. Sie blickten auf, als ich hinübersah, und ihre Mienen gefroren so schnell, als hätte ich einen arktischen Wind dabei.

Ich hätte wohl gar nicht länger hingestarrt, wenn sie nicht so heimlichtuerisch gewirkt hätten, aber mit einer Sekunde Verzögerung ging mir auf, dass der älteste Mann in der Gruppe Nathan Kiel war. Am Morgen hatte er einen Trainingsanzug getragen, jetzt hingegen war er voll aufgebrezelt mit Hemd und Schlips. Es dauerte noch einen Moment länger, dann erkannte ich auch den Mann zu seiner Linken. Als ich Colonel Baggetto vor vier Tagen in Fort Riley begegnet war, hatte er Uniform getragen, alles voller Medaillen und Bandschnallen, doch heute Abend war er wie Kiel in Zivil.

Sobald ich auf den Tisch zuging, stand der Colonel auf, der arktische Schnee schmolz, und er lächelte so warm, als wäre ich seine lang vermisste Schwester. »Ms. Warshawski. Ich dachte schon, Sie kenn ich doch. Wir sind uns vor ein paar Tagen begegnet –«

»In Fort Riley.« Ich lächelte, ohne allerdings die gleiche Wärme zustande zu bringen. »Ich hab Sie erst gar nicht erkannt ohne Ihre Vogelschwingen und Orden und das ganze Zeug.«

»Sogar ein Colonel hat mal einen Abend frei, da heißt es den Federschmuck ablegen. Kommen Sie, trinken Sie was.«

Er legte mir eine Hand ins Kreuz und schob mich in Richtung des Tisches. Nur eine leichte Berührung, doch dahinter waren Muskeln. Er rückte einen Stuhl für mich zurecht, aber ich setzte mich nicht, nickte nur seinen Trinkkumpanen zu. Einer der Fremden war etwa in meinem Alter, vielleicht ein bisschen älter, mit der ledrigen Haut eines Menschen, der viel Zeit im Freien verbringt. Der andere war jung, jung genug, um Kiels Enkel zu sein. Ich hatte den flüchtigen Eindruck, ihn schon mal gesehen zu haben, aber ich konnte ihn nicht einordnen.

»Dr. Kiel. Und ...?«

Baggetto übernahm die Vorstellung. Das Ledergesicht hieß Bram Roswell. »Er macht allerlei Wichtiges bei Sea-2-Sea, so wichtig, dass ich nie dahinterkomme, was es eigentlich ist. Und das ist Marlon Pinsen, der hier studiert. Gentlemen, dies ist Ms. Warshawski – tut mir leid, Ihr Vorname ist mir entfallen. Sie hat mich vor ein paar Tagen im Fort besucht.«

Roswell nickte mir zu, nicht weiter interessiert, aber der junge Pinsen erhob sich halb mit einem respektvollen: »Sehr erfreut, Ma'am.«

»Ich war diese Woche an so vielen Orten in Lawrence, dass ich gar nicht mehr weiß, wen ich wo gesehen habe«, sagte ich zu Pinsen, »aber wir sind uns doch schon mal begegnet, oder?«

»Ich glaube nicht, Miss – Ma'am«, sagte er nach einer Pause, die um eine Winzigkeit zu lang war.

»Bloß nicht zugeben, wenn Sie sie kennen«, bemerkte Kiel. »Sonst bildet sie sich ein, sie hat das Recht, Ihnen vorzuschreiben, wie Sie zu leben haben. Wem haben Sie sich denn heute Abend aufgedrängt?«

»Einer Person, die jenseits aller Ratschläge war, ob gut oder schlecht«, sagte ich. »Ich habe Doris McKinnons Leiche auf ihrem Küchenfußboden gefunden. Mir war nicht klar, dass Sie sie kannten.«

»Ich? Sie irren sich außerordentlich. Was typisch für Sie zu sein scheint.«

Ich legte das Kinn in die Hand, überspitzte Rodins Denkerpose. »Ach, richtig. Als ich heute Morgen erwähnte, dass ich Emerald Ferring suche, haben Sie gar nicht reagiert. Es ist Ihnen wohl entgangen, dass Lucinda Ferring ihre Mutter war. Kein Allerweltsname, aber vielleicht kannten Sie ja den Nachnamen Ihrer Laborassistentin nicht.«

»Sie sind mir mit weit hergeholten Fragen zu meiner Tochter gekommen. Vergeben Sie mir, wenn das wichtiger schien als jemand, der vor Jahrzehnten mal bei mir gearbeitet hat.« Kiels Tonfall troff vor Sarkasmus.

Ich nickte gewichtig: guter Punkt. »Haben Sie auf dem Weg hierher am Krankenhaus haltgemacht, um nach Ihrer Tochter zu sehen? Ich weiß, für Sie und Ms. Kiel ist es höchst schwierig, dorthin zu gelangen, aber ich hab sie heute Nachmittag besucht.«

»Wie geht es ihr?«, fragte der junge Pinsen.

Wieder nagte leise der Verdacht, ihn schon mal gesehen zu haben, aber es kam und ging so schnell, dass ich es nicht festmachen konnte. »Nicht gut. Sie atmet selbständig. Das war das Beste, was man mir auf der Intensivstation sagen konnte.«

»Die Tote auf der Farm«, sagte Roswell. »Wie kamen Sie dazu, sie aufzusuchen?«

Ich sah ihn erstaunt an. »Was kümmert Sie das?«

Seine Lederhaut wurde dunkler. Er antwortete nicht sofort, sondern schien nach Worten zu suchen. »Ihr Land grenzt an eine unserer Versuchsfarmen. Wir machen uns Sorgen wegen Hippies. Und wenn da ein Mörder rumläuft, möchte ich, dass meine Farmarbeiter gewarnt sind. Der Sheriff sagt, der schwarze Knabe aus Chicago hat McKinnon umgebracht.«

»Ganz sicher, dass Sie keinen Drink möchten?«, unterbrach der Colonel.

»Ich bin schon über dem Limit, und mein Hund wartet«, sagte ich. »*Der* schwarze Knabe aus Chicago, sagt Sheriff Gisborne? Gibt es denn da einen speziellen jungen Mann, von dem er weiß?«

»Spielen Sie keine Spielchen, Warshawski«, sagte Kiel. »Sie haben in der ganzen Stadt und an der Universität herumposaunt, dass Sie ein flüchtiges Pärchen verfolgen.«

»Man sagt mir, Sie sind ein umsichtiger und kenntnisreicher Wissenschaftler«, sagte ich. »Dann wissen Sie doch, wie wichtig es ist, nicht sorglos mit Sprache umzugehen. Die Leute, die ich suche, werden vermisst. Sie sind auf der Flucht, aber nicht vor der Justiz. Ihre Freunde fürchten, dass ihnen Gefahr droht, sei es durch schießwütige Gesetzeshüter oder durch die Leute, die Ms. McKinnon ermordet haben.« Ich wandte mich an Roswell. »Warum informiert Sie der Sheriff persönlich über den Mord an Ms. McKinnon? Soweit ich weiß, hat es die Story noch nicht mal in die Lokalnachrichten geschafft. Sind Sie eine Art spezieller Deputy, oder Gisbornes Neffe?«

Roswell wirbelte den Rest seines Drinks im Glas und trank es aus. »Dr. Kiel hat ja schon angemerkt, dass Sie sich in anderer Leute Angelegenheiten einmischen, und ich verstehe, was er meint. Warum der Sheriff mich benachrichtigt hat, geht Sie nichts an, aber wenn Sie wissen, wo Ihre vermissten *Freunde* sind, tun Sie gut daran, sie beizubringen.«

Ich lachte auf. »Sie klingen wie in diesen alten Westernstreifen, wo der Tyrann zum Sheriff sagt: ›Knüpf sie auf. Es sind Mischlinge, nicht besser als Wilde, und sie gehören ans Ende eines Seils.‹«

Baggetto hob die Hand. »Sachte! Wir wollen doch hier nicht gleich schweres Geschütz und Drohnen auffahren. Bram, wir im Fort sind auch betroffen, die Frau, die Warshawski sucht, ist die Tochter von einem der Unseren. Er ist in der Ardennenschlacht gefallen, also möchten wir gewährleisten, dass seiner Tochter nichts zustößt. Wir sind bereit, Ms. Warshawski jede Unterstützung zu gewähren.

Ms. Warshawski, Bram hat ein berechtigtes Interesse an den Geschehnissen auf der McKinnon-Farm, da es bei den Sorten, mit denen sie experimentieren, auch um Patente geht. Sie wollen über alle kriminellen Aktivitäten in der Gegend informiert sein, also gibt das Büro des Sheriffs ihnen entsprechend Bescheid.«

»Na, dann hat er ja alles nötige Vitamin B.«

Ich wandte mich zur Tür, aber Baggetto stand auf und begleitete mich nach draußen.

»Tut mir leid, wenn Roswell eben ein bisschen grob war. Sea-2-Sea-Leute haben eine Macke, wenn es um Sicherheit geht, weil in ihrer Firmengeschichte schon zu Vietnamzeiten Hippies aufgetaucht sind, die in ihren Einsatzgebieten Amok liefen. Ganz zu schweigen von Bombendrohungen gewisser Leute, die aus Prinzip gegen gentechnisch veränderte Nahrung sind.«

»Klar. Als Nation werden wir hysterisch, wenn Menschen gegen Konzerne protestieren, aber wenn die Regierung das Trinkwasser einer Stadt vergiftet, sind die Brigaden von Recht und Ordnung merkwürdig still.«

Baggetto schüttelte den Kopf. »Ich werde nicht mit Ihnen über Politik diskutieren, Ms. Warshawski. Ich will Ihnen nur versichern: Wenn die Army irgendetwas tun kann, um Ihnen zu helfen, Emerald Ferring ausfindig zu machen, brauchen Sie mich nur anzurufen.« Er reichte mir eine Karte mit seiner Handynummer.

Ich stopfte sie in die Jeanstasche und öffnete meine Autotür. Peppy steckte den Kopf heraus. »Sind Sie dafür extra nach Lawrence gekommen? Ich habe Ihrer Kommandantursekretärin – Captain Arata?«

»Arrieta«, verbesserte er.

»Richtig. Ich habe Captain Arrieta meine Kontaktdaten dagelassen. Sie hätten mir eine SMS oder eine E-Mail schreiben können.«

Er lachte. »Ich bin hier, um dem jungen Pinsen unter die Arme zu greifen – er ist Offizieranwärter beim Training Corps der Army oben auf dem Berg. Ich halte da morgen eine Vorlesung über das Signal Corps und die moderne elektronische Aufklärung. Sie sind als Gasthörerin willkommen.«

»Das ist Ihr Spezialgebiet? Moderne elektronische Aufklärung? Das sollte ich mir wirklich anhören. Die moderne Detektivin ist der modernen Armeeoffizierin vielleicht gar nicht so unähnlich: Heutzutage verrichten wir die meiste Arbeit am Computer, nicht mehr mit Beinarbeit da draußen.«

Baggetto bückte sich, um Peppy die Ohren zu kraulen. »Sie scheinen doch aber ganz gut herumzukommen, Ms. … Wie darf ich Sie nennen? Ich heiße Dante.«

Ich dachte an all die Namen, die man mir im Leben schon verpasst hatte, vom Spottnamen meiner Kindheit ›Pfiffigenia‹ bis zu ›Pitbull‹, ›Donna Quixote‹ oder ›vorlautes Miststück‹. Ich sagte: »Einfach Vic. – Meine Mutter hat früher oft Dante zitiert. Sie war Italienerin.«

Er schüttelte wieder den Kopf, diesmal bedauernd. »Ich bin dritte Generation. Ich kann korrekt fünf Sorten Pasta bestellen, aber das war's auch schon.«

Ich stieg ins Auto. Baggetto schloss die Tür für mich. »Gute Nacht, Vic.« Er deutete ein militärisches Salutieren an.

»Nacht, Dante.«

Ich fuhr davon und dachte an Spitznamen, die meine Mutter für mich gehabt hatte. Mein Vater nannte uns seine Pfefferschoten, weil wir beide so hitzköpfig waren. Meine Mutter zitierte Dante für mich, sie sagte, ihre Liebe zu mir sei *l'amor che move il sole e l'altre stelle* – die Kraft, die die Sonne bewegt und alle anderen Sterne.

Plötzlich war ich wahnsinnig wütend auf die Kiels. Sie hatten ein hohes Alter erreicht, und sie hatten ihre Tochter noch. Wussten die denn alle beide nicht, was sie da verzockten?

23

Bilderbuchmäßig

Der Datenstick, den ich am Fuß von McKinnons Treppe gefunden hatte, fiel aus meiner Jeans, als ich sie in dem kleinen Zimmer über den Lehnstuhl warf – der lange Abend hatte ihn ganz aus meinem Gedächtnis gelöscht. Ich legte den Stick auf mein Handy, so würde ich ihn morgen als Erstes sehen, und schlüpfte unter die Decken, Peppy an meine Füße gekuschelt. Ich hatte sie mit unter die Dusche genommen, den Dreck des Tages von uns abgeschrubbt, und nun lagen wir süß duftend im Bett.

Trotz einer Ermattung, die mir tief im Knochenmark zu sitzen schien, konnte ich mich nicht entspannen und schlafen. Schließlich stand ich auf und fuhr mein Laptop hoch. Peppy öffnete ein Auge, fragte sich, ob ich irre genug war, schon wieder loszuwollen, und seufzte erleichtert, als sie mich am Ecktisch sitzen sah. Vielleicht werde ich eines Tages als Golden Retriever wiedergeboren, dann kann ich immer und überall den Schlaf der Guten und Gerechten schlafen.

Ein Segen: Der Stick war nicht passwortgeschützt. Er war auch nicht beschriftet, aber mein Herz schlug ein bisschen schneller, als ich sah, dass er eine Reihe von Foto- und Videodateien enthielt – es musste Augusts Stick sein, den er bei der Flucht aus dem Haus wohl hatte fallen lassen.

Als ich allerdings die Dateien zu öffnen begann, schwand meine Zuversicht: nichts als leere schwarze Vierecke. Anscheinend konnte sogar ein Profi wie August patzen wie der Rest von uns und zigtausendmal den Auslöser drücken, ohne es zu merken. Ich scrollte mich bis zum Ende durch, nur um ganz sicherzugehen, und erkannte irgendwann, dass ich doch tatsächlich Fotos vor mir hatte. Sie waren auf einem Feld aufgenommen, bei Nacht ohne Blitz. Nach gut der Hälfte der Serie ließ das erste Licht des Morgengrauens ganz schwache Umrisse von toten Pflanzen und umgegrabener Erde sichtbar werden.

Ich wandte mich den Videos zu. Es waren insgesamt sieben Clips. Der Ton war sehr dumpf, aber ich konnte ziemlich sicher drei Stimmen ausmachen – eine männlich, zwei weiblich.

»Wie viel brauchst du?« Die erste Frau sprach in einem volltönenden Alt, das klang nach professionellem Stimmtraining. Emerald Ferring, nahm ich an.

»Nicht viel, ich will nur einen guten Querschnitt. Halt mir mal den Beutel auf.« Die Stimme der anderen Frau war dünn vom Alter. Doris.

»Moment!« August, mit dringlichem Unterton. »Ich hab was gehört.«

Emerald flüsterte: »Wo?«

»In dem Feld da, genau hinter dir.«

Kurze Stille, dann ein leises Auflachen von Doris. »Das ist ein Dachs, du Stadtkind. Die haben hier irgendwo einen Bau. Hast du das hier im Kasten?«

Die Frage schien an August gerichtet, denn er hielt die Kamera ein paar Sekunden über etwas, was ich zunächst für schwarzes Nichts gehalten hatte, aber jetzt sah ich, dass es ein schwarzer Plastikbeutel war, von behandschuhten Händen aufgehalten, während jemand anders Erde hineinwarf.

»Woher weißt du später, von wo du die Proben genommen hast?«, fragte August.

»Genau wie die alten Seeleute«, sagte Doris. »Längen- und Breitengrad. Nimm das erste Etikett und mach damit den ersten Beutel zu. Ich hab mir vorher überlegt, wo wir graben müssen, weißt du. Wir gehen hier weiter, fünfzehn Schritte nach links. Wartet, ich guck mal auf mein kleines GPS-Dingsbums.«

Die Kamera ging aus, während jemand das Etikett um den Beutel klebte und Doris ihr GPS ablas. Die nächsten zwei Clips sahen genauso aus, keine nennenswerten Gespräche außer gemurmelten Richtungsanweisungen zwischen August und Doris. Aber auf dem vierten Clip bat Doris um Licht.

»Es ist riskant, aber ich will sehen, was ich hier gefunden habe.«

Ein schmaler Lichtstrahl schien auf krümeligen Dreck in Doris' Handfläche. Sie wischte behutsam mit dem Finger darüber, um etwas freizulegen, was aussah wie winzige Zweiglein. Ich drückte Pause und versuchte das Bild zu vergrößern, aber dafür hatte die Helligkeit der Taschenlampe nicht ausgereicht, es wurde nur körniger.

»Was ist das?«, fragte Emerald.

»Knochen«, sagte Doris. »Waschbär vielleicht, oder Dachs. Ich tu sie schnell in einen Extrabeutel, mal sehen, ob sie uns was darüber erzählen, was in dieser Erde steckt.«

Als sie den Beutel verschloss, fiel ihr die Pflanzkelle runter und schlug mit einem dumpfen Geräusch auf. Sie gab den Beutel an Emerald weiter und ächzte, als sie sich abmühte, irgendwas vom Boden aufzuheben. August legte die Kamera ab – ich nahm an, dass er ihr zur Hand ging. Ich hielt den Atem an und rätselte, bis die Kamera wieder scharfstellte. Doris beleuchtete mit ihrer Taschenlampe ein großes Objekt am Boden – ein Gefäß? –, dem stumpfen Glanz nach zu urteilen aus Metall, also etwas, das nicht korrodierte.

Vielleicht ein Samowar aus purem Gold, den ein russischer Immigrant vergraben hatte, damit er den Milizen der Sklavereiverfechter im Bürgerkrieg nicht in die Hände geriet. Dann war er in der Schlacht am Antietam gefallen, und seine Witwe hatte nicht gewusst, wo sie danach suchen sollte.

»Das erinnert mich an was«, sagte Doris. »Ich kann es grad nicht einordnen, und das Ding steckt ganz schön fest. Wir machen eine Notiz, wo es ist, und sehen zu, ob wir bei Tageslicht noch mal herkommen können. Emerald, es ist gleich neben der vierten Probe.«

Hier endete der Clip. Das nächste Segment begann etwa zehn Minuten, nachdem Doris um Licht gebeten hatte. Wir waren immer noch auf dem Feld, aber die Kamera war auf einen Punkt weiter weg gerichtet. Das frühe Morgengrauen vor der Dämmerung machte es bereits möglich, in die Ferne zu sehen. Ich konnte gerade so erfassen, dass da jemand war, man ahnte bleiche Haut.

Keine Chance, das Geschlecht der Person auszumachen, schon gar nicht Alter, Weltanschauung oder Herkunft. Die Kamera folgte der Gestalt, als sie die Arme hob und senkte und sich hin und her bewegte wie die schwerfällige Parodie einer Ballettaufführung. Es sah aus, als ob das tanzende Wesen mit Dingen warf, aber bei dem miserablen Licht war das schwer zu sagen. August hatte offenbar mit seinem Mikro gezaubert, denn die ferne Stimme erwachte heiser zum Leben.

»Da ist Rosmarin, das ist für die Treue, und Vergissmeinnicht zum Andenken, und Fenchel und Aglei. Ich bin dir treu, das bin ich, und kommt er nicht mehr zurück? Und kommt er nicht mehr zurück? Er ist tot, o weh!«

»Ophelia«, murmelte Emerald. »So halb Ophelia. Sie hat was weggelassen. ›Da ist Vergissmeinnicht, das ist zum Andenken; ich bitte Euch, liebes Herz, gedenkt meiner! – Und da ist Rosmarin, das ist für die Treue –«

Doris drängte sie, ihre Stimme zu dämpfen. Der Clip endete.

Ophelia? Ich suchte im Netz Ophelias Wehklagen über Hamlet, kurz bevor sie sich selbst ertränkt. Sie verstreut Kräuter, Rosmarin und Fenchel und Aglei – was immer das sein sollte.

Sonia Kiel, sie musste es sein, tanzend, wo sie ihre große Liebe begraben glaubte. Vielleicht war dies ja ein alter Friedhof, wo Weizen oder Mais oder einfach Gras über die Grabsteine gewachsen war, die zu verfallen waren, um auf dem körnigen Filmmaterial sichtbar zu sein.

Andere Kameraeinstellung. Sonia hockte am Boden, wiegte sich vor und zurück und sang leise: »Hey, nonny, nonny, oh hey, daddy, daddy.«

Ich bekam eine Gänsehaut. Sie wusste nicht, dass sie gefilmt wurde, armes Ding. Es tat körperlich weh, ihr zuzusehen, wie sie sich entblößte.

Plötzlich strichen Scheinwerfer über das Feld, trafen die Kameralinse wie sprühende Heiligenscheinpaare. Ein Pick-up oder SUV.

Die Scheinwerfer erfassten Sonia, die aufschrie und vor ihnen weglief, direkt auf die Kamera zu, sie schrie: »Feuer, Feuer!«, und dann, als sie den Kameramann und seine Entourage entdeckte: »Was macht *ihr* denn hier? Dieses Land ist heilig! Verschwindet, haut ab, haut ab, haut ab!« Ende.

Weiter enthielt der Stick nichts. Der Datumsanzeige auf den Videos zufolge hatte August sie zwei Tage, nachdem sie in Fort Riley gewesen waren, aufgenommen.

Ich sichtete nacheinander alle Fotos, hoffte auf Nahaufnahmen der Etiketten an den Beuteln, die Längen- und Breitengrad zeigten, aber fand keine. Es war zum Verrücktwerden: Ich konnte den Ort sehen, wo, wie Sonia glaubte, Matt Chastain begraben lag, und hatte immer noch keine Ahnung, wo das war.

Je länger ich darüber nachdachte, desto weniger glaubte ich, dass es ein Friedhof war, zumindest keiner, der noch genutzt wurde. Grabsteine hätten sich abgehoben, bleicher Stein gegen dunkle Erde, selbst bei dem schwachen Licht. Das Auftauchen des SUVs oder Trucks zusammen mit der Tatsache, dass sie im Dunkeln hantierten, machte ziemlich deutlich, dass Doris und ihre Gäste Landfriedensbruch begingen.

Ich stand auf, dehnte meinen Nacken und meine Oberschenkelmuskeln, presste die Handflächen aneinander, um meine

Finger zu strecken. Ich schlenderte zur Hoftür. Es war doch befriedigend, einen Beweis zu haben, dass August und Emerald hier gewesen waren. Einen Beweis, dass Sonia sie wirklich und wahrhaftig gesehen hatte. Ich spielte kurz mit dem Gedanken, den Clip mit ihr an ihre Eltern oder Randy Marx zu schicken, um ihnen diesen Umstand unter die Nase zu reiben. Blöde Idee, entschied ich: Sie würden nur auf ihren plumpen Tanz achten und sie noch weniger ernst nehmen.

Ich ließ die Jalousie an der Hoftür runter und die Lamellen verhakten sich. Ich hatte mich so auf Sonia konzentriert, dazu all die anderen seltsam agierenden Leute in Lawrence, dass mir aus dem Blick geraten war, was mich überhaupt nach Kansas geführt hatte: die mutwillige Verwüstung in Augusts Wohnung und im Six-Points-Studio.

War dieser Datenstick das, wonach die Einbrecher gesucht hatten? Auf der McKinnon-Farm wirkte die Durchsuchung weniger aggressiv als der Vandalismus in Chicago – ausgenommen natürlich der Mord an Doris McKinnon.

Sie hatten wohl erst Doris' Haus durchkämmt und nicht gefunden, was sie wollten. Sie glaubten, August müsste es haben. Als er und Emerald verschwanden, nahmen die Täter an, sie wären zurück nach Chicago. Zunehmend erbost machten sie Kleinholz aus Augusts Wohnung und dem Sportstudio. Warum hatten sie nicht auch Emerald Ferrings Haus verwüstet? Vielleicht hatten Ferrings wachsame Nachbarn die Eindringlinge abgehalten. Wenn sich dort Vandalen herumgedrückt hatten, mochte das auch den extremen Argwohn der Nachbarn mir gegenüber erklären.

Zu denken gab mir der auf dem Feld angerückte SUV. War das der Buick Enclave, der mir gestern gefolgt war? Der Sheriff behauptete, mich nicht zu beschatten. Ich glaubte ihm, wenn auch nur, weil ich ihn in meinen Datenbanken überprüft hatte. Sein eigener Wagen war ein Ford Explorer, und das Budget des

Countys reichte definitiv nicht für Enclaves. Vielleicht hatte ich mir die Verfolgung gestern auch nur eingebildet: Letztlich war mir niemand zur McKinnon-Farm gefolgt.

Ich zerrte an der Schnur der Jalousie, aber dabei verhakte sich alles noch mehr. Ich dachte an das Quartett, das mir in der Bar des Oregon Trail untergekommen war: ein Klüngel aus Armee, Akademie und Agrarkonzern. Colonel Baggetto sagte, er habe am Morgen auf dem Campus eine Vorlesung zu halten, doch die konnte er auch als Vorwand arrangiert haben, um nach Lawrence zu kommen, als er von Doris McKinnons Leiche erfuhr.

Wir machen uns Sorgen wegen Hippies, hatte Bram Roswell gesagt. Hippies waren aktuell überhaupt kein Thema, aber Roswell wollte eindeutig keine Unbefugten auf Sea-2-Sea-Land.

Die Erdproben waren die Krux. Doris hatte nach Hinweisen auf etwas gesucht, womit der Boden kontaminiert war. Die Beutel mit den gesammelten Proben befanden sich nicht in ihrem Haus, als Peppy und ich dort waren. Entweder hatten ihre Mörder die Proben gefunden, oder sie war sie losgeworden, bevor sie starb.

Ich durfte auch das Metallgefäß nicht vergessen, auf das McKinnon gestoßen war. Doris hatte gesagt, sie wollte am nächsten Tag noch mal hin. Ich hatte bei ihr nichts aus Metall gesehen, was groß genug war, um der Samowar zu sein oder worüber sie da gestolpert waren – vielleicht war es das, was ihr Mörder sich geschnappt hatte.

Es war so ein Mist, dass ich nicht mit Sonia reden konnte – sie könnte wissen, wer da mitten in Augusts Video aufs Feld gefahren war. Sie wusste vielleicht sogar von den Bodenproben.

Ich glaubte nicht, dass die Vandalen in Augusts Wohnung und im Six-Points-Studio nach Erde gesucht hatten. Der USB-Stick hingegen war eine plausible Möglichkeit. Ich musste ihn in Sicherheit bringen. Cheviot, das private forensische Labor, mit dem ich oft arbeite, hatte die Ausrüstung und das Fachwissen, um die Bilder besser aufzulösen. Sie konnten den Stick selbst auf Fingerabdrücke und DNA untersuchen. Vielleicht schafften sie es sogar, das Nummernschild des SUV sichtbar zu machen oder wenigstens Jahrgang und Modell festzustellen. Sie könnten auch ein Wunder vollbringen und den Samowar identifizieren.

Ich kopierte den Ordner in meine Dropbox und verstaute sie in der mythischen Cloud. Das klingt so nett nach einem flauschigen Stückchen Weiß über unseren Köpfen, dabei ist es eine gewaltige Datenfarm, ein Netz aus stromfressenden Rechenzentren, die anderer Leute Flüsse verpesten.

Morgen früh würde ich in der Bibliothek die Grenzen von Doris McKinnons Farm ermitteln sowie die der Sea-2-Sea-Versuchsfarm.

Ich stieg zurück ins Bett und schob Peppy beiseite, damit ich mich in die Mulde legen konnte, die sie vorgewärmt hatte. Die halbe Handvoll kleiner Knochen, die Doris gefunden hatte, schwebte durch die Cloud meines Bewusstseins. Diese Knochen, wir alle werden zu solch staubigem Gebein. Sogar Jakes schöne Finger, die seine Basssaiten berührten, mich berührten, würden eines Tages graue Knochen in einem Stück Erde sein.

24

Betreten V

Ich brauchte noch lange, um zur Ruhe zu kommen. Ich fühlte mich verwundbar in diesem Mietapartment mit seinen dürftigen Schlössern. Schließlich trieb ich in fiebrige Träume: Die Erde hatte mich verschluckt. Jake saß oben auf dem Acker und spielte Bass für eine zwanzigjährige Cellistin, deren goldenes Haar bis über ihre Hüften floss.

Ich schaffte es, gerade lange genug schlafen, um meiner Müdigkeit die schlimmste Schärfe zu nehmen. Als ich kurz nach sieben erwachte, machte ich mich schleunigst auf zum Fed Ex-Store, wo ich den originalen Datenstick an Cheviot schickte. Ich benutzte einen Computer im Laden, nicht meinen eigenen, um den Begleitbrief zu tippen, der erklärte, was ich wollte. Ich zahlte sogar bar für die Sendung, statt sie von meiner Kreditkarte abbuchen zu lassen.

Ich kam mir albern vor dabei, so vorsichtig zu sein, aber ich hatte keine Ahnung, aus welcher Richtung die Gewalt kam, die hier am Werk war, und ich besaß keinen sicheren Ort für meine eigene Elektronik oder für Beweisstücke, auf die ich stieß. Falls ich meinen Computer einbüßte, wollte ich nicht, dass irgendwer meine Aktivitäten nachvollziehen konnte. Colonel Baggetto kam mir in den Sinn: Ein Kerl wie er mit seinem Know-how und seinem Zugriff auf Regierungsressourcen konnte einen Computer wie meinen einhändig knacken.

Als ich alles fertig hatte, war mein T-Shirt klatschnass geschwitzt und klebte unangenehm an meiner Haut. Ich zog den Reißverschluss meiner Windjacke zu und rannte mit Peppy runter an den Fluss, wo vom Wasser her der eisige Morgenwind durch die Jacke schnitt und das nasse T-Shirt gefrieren ließ. Ich kauerte mich hinter einen struppigen Busch und zog es aus, stopfte es in eine Tasche. Immer noch kalt, aber nicht so klamm.

Wir rannten zurück in die Stadt zum Decadent Hippo: Wenn man einsam und verlassen ist, werden kleine Routinen zu Quellen des Trosts. Die Barfrau/Barista hob eine Braue in Richtung Kaffeemühle, ich nickte, und sie bereitete mir einen Cortado. Sie verkauften langärmlige Shirts mit einem rosa Flusspferd darauf, das in einer heißen Badewanne schwelgte und Cappuccino trank. Für fünfundzwanzig Dollar bekam ich guten Kaffee und was Warmes für meinen kalten Rücken.

Ich nahm meinen Kaffee mit zu einem Barhocker am Fenster, wo Peppy und ich uns durch die Scheibe sehen konnten, und machte mich an meine E-Mails. Freeman Carter, mein Chicagoer Anwalt, hatte fünfundzwanzig Meilen entfernt, in einem Randbezirk von Kansas City, eine gute Strafverteidigerin für mich aufgetrieben. Er hatte Luella Baumgart-Grams schon angeschrieben; sie würde bei Bedarf jederzeit gern helfen. Ich sandte ihr eine Anschlussnachricht mit ein paar Angaben zu dem Auftrag, der mich nach Kansas geführt hatte, und trug ihre Nummer in meine Kurzwahlliste ein, man weiß ja nie. Als ich mit den Anfragen meiner Chicagoer Klienten durch war, versuchte ich den Tag zu planen.

Punkt eins: Tagesbetreuung für Peppy. Es gab eine Reihe von Tagespensionen für Hunde in dieser Stadt; die mit den besten Beurteilungen war ›Free State Dogs: Der gut betreute Freistaat für Ihren Hund‹. Sie hatten auch einen Platz frei, sofern ich meinen Tierarzt dazu brachte, Peppys Gesundheitszeugnis zu faxen, und sofern ihr Temperament dem Reglement entsprach.

»Und sofern eure Ausstattung ihr zusagt«, ergänzte ich scharf.

Nachdem ich das mit meinem Tierarzt geklärt hatte, rief ich im Krankenhaus für Menschen an. Sonias Zustand hatte sich nicht verschlechtert, sie atmete weiterhin, aber auch nicht gebessert. Die Oberschwester sagte aufmunternd, man solle die Hoffnung nie aufgeben, als wäre ich Sonias Schwester, anscheinend war ich die einzige Person, die sich genug um sie sorgte, um im Krankenhaus anzurufen. Wie traurig, zumal mein Hauptanliegen gar nicht ihr Wohlbefinden war, sondern ihre Erinnerung daran, wem sie in der Bar begegnet war, und die Frage nach dem Feld, wo sie August beim Filmen gesehen hatte.

Das Krankenhaus informierte mich auch, dass Nell Albritten entlassen war, ihr Sohn Jordan hatte sie heimbegleitet. Am Nachmittag, wenn ich die Sea-2-Sea-Versuchsfarm inspiziert hatte, konnte ich ihr also einen gutnachbarlichen Besuch abstatten.

Jetzt hieß es Grundstücksgrenzen ermitteln, sowohl von Doris McKinnons Land als auch von Sea-2-Sea. Ich war nur zwei Häuserblocks von der öffentlichen Bibliothek entfernt, also ging ich zuerst dorthin, bevor ich Peppy absetzte.

Eine Bibliothekarin half mir Doris McKinnons Unterlagen finden und ging mit mir Jahrzehnte von Akten mit sich verändernden Grundstücksgrenzen durch. Ich hatte mir Farmen immer als etwas Statisches vorgestellt, Land, das unverändert durch die Jahrhunderte weitergegeben wird. Stattdessen wurden ständig Stücke dazugekauft und abgestoßen, nicht alle davon zusammenhängend.

Das meiste von McKinnons Besitz war ein weitläufiges Stück Land rings um das Farmhaus, wo ich gestern ihre Leiche gefunden hatte. 1967 hatte die US-Regierung gemäß ihrem Enteignungsrecht eineinviertel Hektar davon für den Kanwaka-Raketensilo beschlagnahmt. Studierte man die Karten der nächsten Jahre, sah es aus, als wären extra Straßen gebaut worden, eine von Westen her und eine aus dem Süden, um den Silo an die vorhandenen Landstraßen anzuschließen.

1967 war Emerald Ferring in Hollywood, begann gerade ihre Karriere mit Jarvis Nilsson. Ihre Mutter pipettierte vermutlich noch Proben für Dr. Kiel – unwahrscheinlich, dass Emerald da schon genug verdiente, um Lucinda zu unterstützen. Doris McKinnon selbst dürfte in den Dreißigern gewesen sein, absolut imstande, ihr Land selbständig zu bewirtschaften.

In den nächsten sechzehn Jahren kaufte und verkaufte Doris einige kleine Parzellen, die in anderen Teilen des Countys lagen. Dann, im September 1983, nahmen ihr die Vereinigten Staaten weitere sechs Hektar weg, südlich und östlich des Silos. Der südliche Rand grenzte jetzt an eine der Ost-West-Überlandstraßen.

1983 – das Jahr der erfolglosen Bemühungen, hier ein Greenham Common zu erschaffen, das Jahr des Verschwindens von Matt Chastain (seinem Tod?), das Jahr von Jenny Perecs Tod, von Cady Perecs Geburt.

Zusammentreffen bedeutet nicht unbedingt zusammenhängen, das war mir rein verstandesmäßig klar, aber mein Bauchgefühl, der berühmte Sitz der detektivischen Intuition, stellte unwillkürlich die Frage, ob nicht alle diese Dinge miteinander in Verbindung stehen konnten.

Während ich mich daranmachte, die Sea-2-Sea-Versuchsfarm zu orten, druckte mir die hilfreiche Bibliothekarin die aktuellste Karte von McKinnons Grund und Boden aus. Ich würde auf den Feldern beim Silo mit meiner Suche beginnen und hoffen, dass ich nicht durch ganz Douglas County reiten musste, um mir ihr anderes Land anzusehen.

Die Versuchsfarm von Sea-2-Sea war unter diesem Namen nicht aufgeführt, aber die Emigrant Bank and Savings fungierte als Treuhänder von 65 Hektar entlang McKinnons südlicher Grenze, direkt neben dem Kanwaka-Silo. Jede Wette, dass sie da im Auftrag von Sea-2-Sea walteten. Die Bibliothekarin druckte auch diese Karte für mich aus.

Sie schob gerade alles zusammen und wollte es für mich in eine Mappe legen, als eine dritte Frau zu uns stieß, eine Afroamerikanerin, deren Namensschild sie als *Phyllis Barrier, Chefbibliothekarin* auswies.

»Und woran arbeiten wir hier gerade, Agnes?«, fragte Barrier die Bibliothekarin. Ihr Ton klang zuvorkommend, aber der Blick, mit dem sie mich bedachte, war forschend – nicht direkt unfreundlich, mehr so die Miene, die meine Mutter aufsetzte, wenn sie fast sicher war, dass ich mit meinem Cousin etwas Gefährliches angestellt hatte.

»Mein Name ist V.I. Warshawski«, sagte ich. »Ms. Chercavi hat mir beim Durchforsten einiger Liegenschaftsdokumente geholfen, in der Gegend draußen beim Kanwaka-Silo.«

»Darf ich mal?« Barrier streckte ihre Hand aus, und die Bibliothekarin reichte ihr notgedrungen die Mappe.

Barrier blätterte die Seiten durch, dann lächelte sie mich an. »Wir lieben es, wenn Leute unsere Bibliothek benutzen, und wir betrachten die Wissbegier unserer Besucher als ihre Privatsache, aber ich gestehe, ich bin neugierig. Sie kommen aus Chicago, wenn ich recht verstehe. Warum interessieren Sie sich für diese Liegenschaftskarten?« Das Lächeln sollte signalisieren, dass wir uns nicht in einer feindlichen Auseinandersetzung befanden, aber es erreichte nicht ihre Augen.

»Wenn Sie wissen, dass ich aus Chicago komme, wissen Sie auch, dass ich die Person bin, die gestern Doris McKinnons Leiche gefunden hat. Vor ihrem Tod war sie besorgt wegen Aktivitäten auf dem Land, das an den Silo grenzt, und ich wollte sehen, wo ihr Besitz endet, ob das Stück, um das es ihr ging, eigentlich ihres ist. Der Kanwaka-Silo befindet sich auf Land, das ursprünglich McKinnon gehörte, aber der Rest davon scheint jetzt entweder Sea-2-Sea oder der Air Force zu gehören.«

Barrier musterte mich erneut, blätterte nochmals die Seiten durch, dann übergab sie sie mir und wünschte mir einen angenehmen Aufenthalt in Lawrence. Als ich wegging, fragte ich mich, ob ich sie schon mal gesehen hatte. Ihr Gesicht kam mir bekannt vor, aber ich konnte es nicht einordnen. War sie gestern im Krankenhaus gewesen, als ich mit Nell Albritten hinkam?

Lawrence füllte sich langsam mit Phantomen – erst Marlon Pinsen, jetzt die Chefbibliothekarin. Ich hatte keinerlei vertraute Gesichter um mich – vielleicht erschuf mein Unterbewusstsein Phantombekanntschaften.

Bevor ich Peppy zum Tagesheim fuhr, zog ich ein paar Runden um die Innenstadt, sah aber keine sichtbaren Anzeichen eines Schattens. Der Buick Enclave von gestern parkte auch nicht in der Nähe. Noch ein Phantom?

Free State Dogs war eine Örtlichkeit, wie man sie nur in einer Kleinstadt mit jeder Menge freiem Gelände bekommt – riesige Auslaufgehege, wo das Personal die Hunde in zueinander passende kleinere Rudel zum Spielen und Ausruhen aufteilen konnte. Die Angestellten schienen was von ihrem Job zu verstehen, trotzdem zerrte Trennungsschmerz an mir, als ich Peppy schließlich mit einer aus der Truppe losziehen ließ.

Bestimmt würde es ihr da gut gehen. Hoffentlich würde es ihr da gut gehen. Als ich zum dritten Mal überprüfte, dass sie die richtige Handynummer von mir hatten und mir simsen konnten, wenn irgendwas los war, klopfte mir die Chefin auf die Schulter.

»So geht es jedem Elternteil, der sein Baby das erste Mal allein lässt. Sie ist ein Schatz, wir werden uns gut um sie kümmern.«

Free State lag an der Ost-West-Verbindung, die aus Lawrence raus zur McKinnon-Farm und zum Kanwaka-Silo führte. Ich entfaltete meine Landkarten und glich die Straßen mit den Grundstücksgrenzen auf den ausgedruckten Dokumenten aus der Bibliothek ab. Faltete sie wieder zusammen, warf einen letzten sehnsüchtigen Blick auf Free State Dogs, legte den Gang ein und sang laut: *»Hey, said I, for the open road and the open camp beside it.«*

Auf dem Highway herrschte dichter Verkehr, aber sobald ich abfuhr, war ich allein. Ein Vorteil auf dem Lande ist wohl, dass man Beschatter leicht ausmachen kann. Wenn man die kreisenden Bussarde nicht mitzählte, war ich allein auf weiter Flur. Ich sah nicht mal Traktoren auf den Feldern, an denen ich vorbeikam, nur gelegentlich eine Herde verdrießlich dreinschauender Kühe.

An einer Kreuzung unweit der McKinnon-Farm fuhr ich an die Seite, nahm mein Tablet zur Hand und rief die Fotos auf, die August in der Dunkelheit geschossen hatte. Ich versuchte sie mit dem Land um mich herum zu vergleichen. Die Gräben an beiden Seiten der Straße waren mit wild wachsendem Gras gefüllt, jetzt braun vom nahenden Winter. Ein heftiger Wind blies durch die Gräser und erzeugte Wellen, die aussahen wie der Lake Michigan bei Sturm. Der Wind rüttelte den Mustang, verstärkte mein Gefühl der Angreifbarkeit. Ich schaltete das Radio an, einfach um eine menschliche Stimme zu hören.

»Und Gott sprach: Ihr sollt die Unreinen verstoßen. Als Jesus uns sagte, er brächte keinen Frieden, sondern das Schwert –«

Ich machte das Radio aus: Hier in der Prärie wurde man ja wahnsinnig.

Alles Land ringsum ähnelte den Fotos, der Boden gepflügt oder geeggt oder was immer sie nach der Ernte damit anstellten, zurück blieben jedenfalls viele kleine Buckel, aus denen Grasbüschel ragten. Ich suchte hier nicht nach der Nadel im Heuhaufen, sondern nach dem Heuhaufen im Land der Heuwiesen. Unmöglich.

Ich sollte mit dem einzigen Ort anfangen, den ich lokalisieren konnte, dem Raketensilo. Wenn man wie ich diffuse Bilder aus *Dr. Seltsam oder: Wie ich lernte, die Bombe zu lieben* im Kopf hatte, war die reale Anlage eine Enttäuschung: Keine riesigen Atlas-Raketen reckten die Nasen himmelwärts, keine schwerbewaffneten Soldaten patrouillierten am Zaun. Tatsächlich hätte ich fast den Abzweig verpasst, so unauffällig war er beschildert – bloß ein altes Blechschild an einem Pfahl mit dem Logo der US-Air Force und verblichenen Buchstaben: Kanwaka Interkontinentalraketensilo.

Die Landstraßen waren hier alle nicht groß befestigt, sie hatten lediglich eine Decke aus Schotter, der an meinem Unterboden rasselte, während ich dahinhüpfte, aber die Zugangsstraße zum Silo selbst war asphaltiert. Sogar frisch erneuert, wie es aussah, obwohl die Anlage selbst ziemlich verfallen wirkte – alle waren der Atomwaffen müde, sogar das Land rund um den alten Raketensilo. Ein dreieinhalb Meter hoher Maschendrahtzaun umschloss das Gelände, aber einige der Stützpfosten waren umgekippt.

Cady Perec hatte mir erzählt, wie sich die Kinder gegruselt hatten, wenn sie tagtäglich auf dem Schulweg am Silo vorbeikamen. In meiner Kindheit waren wir mit einer verschwommenen Furcht vor dem Atomkrieg aufgewachsen, aber eine voll bestückte Minuteman direkt neben dem Schulbus – das war schon Stoff für Albträume.

Ich parkte am Seitenstreifen und wanderte erst mal außen entlang. Obwohl der Zaun an mehreren Stellen umgestürzt war und das Eindringen leicht machte, war das Tor noch immer mit Vorhängeschlössern gesichert.

Das Merkwürdige an der Anordnung, jedenfalls für mein Großstadtgehirn, war die Art, wie das angrenzende Land aufgeteilt war. Der Raketensilo hatte auf einem Dreieck gestanden, dessen Spitze auf Doris McKinnons Haus zeigte. Parallel zur Grundlinie des Dreiecks verlief ein Stacheldrahtzaun mitten durch ein Feld. Wenn ich die Karten richtig interpretiert hatte, gehörte das Land hinterm Zaun zu den sechs Hektar, die die Air Force 1983 von McKinnon beschlagnahmt hatte. Die Abtretungsurkunden wiesen es nicht als von Sea-2-Sea erworben aus.

Als ich auf McKinnons Seite an dem Stacheldrahtzaun entlangstapfte, stieß ich etwa alle zehn Meter auf eine Plakette, die das Land als ›Privatbesitz, Betreten verboten‹ auswies. Auf die Plaketten war das Logo von Sea-2-Sea geprägt: gekreuzte Weizenähren über einem stilisierten Umriss der USA.

Ob McKinnon auf ihrer Seite auch Markierungen angebracht hatte? Als ich mich hinüberbeugte, um nachzusehen, kribbelte es heftig, und ich zuckte zurück: Der Zaun stand unter Strom. Das Ganze hier wurde immer merkwürdiger.

Ich ging zum Silo zurück und schlüpfte an einer Stelle durch den Zaun, wo er sich von seinen Pfosten gelöst hatte – diesmal achtete ich darauf, kein Metall zu berühren, falls der Strom von Sea-2-Sea auch den Kanwaka-Zaun speiste.

Die neue Asphaltoberfläche setzte sich auch hinter dem Tor mit den Vorhängeschlössern fort. Diese Straße, breit genug für ein Mobilheim, endete erst an den Betonflügeln einer großen Verladerampe. Eine schmalere Spur zweigte von hier zu einem riesigen betonierten Kreisel ab.

Kaputte Antennenmasten – wohl Teile einer früheren Radaranlage – standen an den Ecken des Dreiecks. Rings um die eigentliche Raketenrampe gab es eine Anzahl kleinerer Einstiegsschächte mit Deckel sowie ein paar mutmaßliche Treibstoff- oder Wassertanks. Die Tanks waren voller Erde und Unkraut, das wohl der Wind hineingeweht hatte, seit die Rakete abtransportiert worden war.

Ich sah zu, wie eine Schlange vorbeiglitt. Waren die Felder von Kansas Habitat von Giftschlangen? Vielleicht war dies eine Art, die wir schätzen sollten, weil sie Nagetiere verspeiste, aber mir kribbelten unwillkürlich die Zehen in meinen Laufschuhen. Die Schlange kroch auf einen rechteckigen Deckel in einem anderen Teil des Komplexes, dort ruhten schon zwei andere Schlangen – vielleicht war der Deckel aus einem Material, das die schwache Herbstwärme der Sonne gut speicherte.

Ich versuchte es mit Singen, um meine Stimmung zu heben, doch der Wind verschluckte meine Stimme. Er schnitt auch kalt durch meine Jacke und das dünne Hippohemdchen darunter. Ich joggte einmal um das Gelände, versuchte mich aufzuwärmen, machte Schnappschüsse von den verschiedenen leeren Tanks, von den Schlangen, von der Laderampe. Ich entdeckte keine Stelle, die aussah, als hätten Doris und ihr Team hier in der Erde gegraben.

An der hinteren Seite des eingezäunten Bereichs stieß ich auf eine Art kleines Ranchhaus, ein solider Holzbau mit Betonstufen, die zur Tür hinaufführten. Sämtliche Fenster waren schwarz zugestrichen. Spontan dachte ich, Methköche hätten das Gebäude übernommen, doch dann sah ich neben der Tür eine kleine beschriftete Tafel: *Als der Kanwaka-Silo in Betrieb war, war dies die Unterkunft der Besatzung des Startleitstands, wo Mitglieder der Mannschaft schliefen, wenn sie keinen Dienst hatten. Die Fenster wurden geschwärzt, damit die Nachtschicht am Tage schlafen konnte.*

Die Tür hatte ein nagelneues Schloss, fiel mir auf, ein teures Sicherheits-Vorhängeschloss. Vielleicht waren ja doch Methköche hier eingezogen. In dem Fall dürfte der SUV, der Sonia und Doris' Truppe über die Felder gejagt hatte, zu einem Drogenring mit dicken Ressourcen gehören. Leute, von denen sich fernzuhalten ratsam war. Ich schnupperte und glaubte einen scharfen chemischen Geruch wahrzunehmen, aber es war nicht der schweflige Gestank, der mit größeren Drogenküchen einhergeht.

Bevor ich das umzäunte Gelände wieder verließ, ging ich mir noch die hohen Türen der Rampe ansehen. Frische Ölrückstände auf dem Asphalt verrieten, dass hier erst vor kurzem ein Lastwagen oder ein anderes Fahrzeug gestanden hatte, aber die Türen selbst sahen aus, als wären sie ewig nicht geöffnet worden. Sie waren deutlich zu schwer, um ohne Winden bewegt zu werden, und ich sah keinerlei blanke Stellen an den Scharnieren oder den schweren Griffen, die zeigten, dass man sie in letzter Zeit benutzt hätte.

Durch diese Türen war seit langem niemand ein oder aus gegangen. Also hatte jemand hier geparkt, um weitab von allem … was zu tun? Schon wieder war das Einzige, was mir dazu einfiel, was mit Drogen.

Ich schlüpfte durch die Öffnung im Zaun zurück nach draußen und wanderte querfeldein, auf der Suche nach irgendwelchen Reifenabdrücken oder Spuren der Wühlerei von Doris McKinnon oder sogar, welch eitle Vorstellung, Überresten des Hippiecamps von vor fünfunddreißig Jahren.

Es war hoffnungslos. Der Regen der letzten Woche hatte die Felder in Matsch verwandelt. Vielleicht hätte ja einer dieser indianischen oder beduinischen Fährtenleser, die bei Krimiautoren so beliebt sind, erspürt, wo Doris in der Erde gewühlt hatte, aber ich konnte das nicht.

Schlamm saugte sich an meinen Laufschuhen fest und machte sie so schwer, dass es sich anfühlte, als würde ich durch dicken Sirup laufen. Meine Socken waren durchnässt und verwandelten meine Zehen in gefrorene Klumpen. Ich stapfte zurück zu meinem Wagen, blieb am Tor des Stützpunkts noch einmal stehen. Genau hier war Emerald Ferring 1983 fotografiert worden: »*Tante Doris, ich schulde Dir viel.*«

Ich stieg gerade wieder ins Auto, als ich eine Staubwolke sah, die sich rasch auf mich zuwälzte und aus der das verräterische Blinklicht des Gesetzes aufblitzte. Ich zog rasch die Tür zu, verriegelte sie, ließ den Motor an und machte mich startbereit. Ein Streifenwagen hielt dicht neben mir.

Sheriff Gisborne ließ sein Fenster herunter und bedeutete mir, auch meins zu öffnen. »Hätte mir denken können, dass Sie dahinterstecken, wenn es im Douglas County Unruhe gibt.«

25
Unruhe im Douglas County

»Was beunruhigt Sie denn heute im Douglas County, Sheriff?« Ich hielt meinen Ton erst mal neutral.

»Sie, Warshawski. Douglas County war so schön ruhig, bis Sie herkamen.«

»Sie meinen, bevor ich herkam, hätte kein Mensch Ms. McKinnons Leichnam entdeckt oder Sonia Kiel und die junge Studentin zu retten versucht, die mit Überdosis draußen bei dieser Bar lagen?«

Er sah weg. »Ich meine, nichts von alldem ist geschehen, bevor Sie hier aufgekreuzt sind.«

Ich lachte auf. »Kommen Sie schon, Sheriff. So schrecklich Ms. McKinnons Tod auch ist, er ist eingetreten, lange bevor ich in die Stadt kam.«

»Und jetzt sind Sie hier und dringen in Privatbesitz ein.«

»Die Straße hier?«, sagte ich. »Diese Straße ist Privatbesitz? Für mich sah es aus, als wäre sie als öffentliche Landstraße verzeichnet, aber natürlich haben Sie recht: Ich bin hier fremd.«

Seine Oberlippe kräuselte sich wie zu einem Knurren. »Uns wurde gemeldet, dass jemand sich unbefugt auf Sea-2-Sea-Land herumtreibt, und ich habe mich entschlossen, selbst nachzusehen – ich hatte nämlich diese Ahnung, so eine *Intuition*, wie sie Frauen oder Privatdetektive haben, dass Sie vielleicht diese Übeltäterin sind.«

»Bloß gut, dass Sie ein Kerl sind und ein Profi-Gesetzeshüter, der nicht auf seine Intuition angewiesen ist, denn die hätte Sie in die Irre geführt: Ich habe kein Sea-2-Sea-Land betreten.«

Er grinste garstig. »Jemand hat aber an diesem Standort den Alarm ausgelöst, und ich sehe hier sonst niemanden, Sie vielleicht?«

»Sheriff, nach bestem Wissen und Gewissen habe ich hier ausschließlich Doris McKinnons Land und meinen eigenen Grund und Boden betreten. Ich war nicht hinter dem Zaun da drüben, und soweit ich sehe, ist das der einzige Bereich, der hier als Sea-2-Sea-Besitz ausgewiesen ist.« Ich zeigte auf den Zaun südlich vom Silo.

»*Ihren* Grund und Boden? Was zur Hölle faseln Sie da?«

Ich lächelte verbindlich. »Ich bin US-Bürgerin und Steuerzahlerin, und das eingezäunte Gebiet dort ist beschildert als Eigentum der Air Force, die Teil der US-Regierung ist. Womit ein Dreihundertmillionstel davon mir gehört.«

»Ihnen gehört ein Scheiß. Ein Scheißdreck gehört Ihnen.« Erbost stieß er die Tür des Streifenwagens auf.

Wenn er mich einsperrte oder zusammenschlug, hätte ich gern vorher noch Zeit gehabt, die nassen Socken und schlammigen Schuhe zu wechseln. Meinen Füßen ging es gar nicht gut. Ich sah nicht viele Möglichkeiten: Wenn ich losfuhr, würde er mich stoppen. Wenn ich blieb, war ich leichte Beute. Wenn ich nach meinem Telefon griff, um Luella Baumgart-Grams anzurufen, konnte er mich genüsslich abknallen und dann getrost behaupten, er habe geglaubt, dass ich eine Waffe ziehen wollte.

Ich ließ beide Hände auf dem Lenkrad und blickte grimmig geradeaus. Dort rollte die nächste Staubwolke auf uns zu. Verstärkung. Na toll.

Der Wagen bremste hinter Gisborne, der Staub legte sich. Es war ein dunkler SUV, kein Streifenwagen. Ich spähte in den Seitenspiegel, konnte kein Emblem erkennen, wusste also nicht, ob es ein Buick war oder eine andere Marke, doch als sich die Tür öffnete, erkannte ich den Fahrer: Colonel

Baggetto, jetzt wieder in Uniform. Die Bandschnallen und Medaillen hätten eines schwächeren Mannes Brustmuskeln überbeansprucht.

Als Gisborne sich umdrehte und ihn ansah, nahm ich die Hände vom Lenkrad. Meine Finger waren steif – Furcht hatte die Muskeln verkrampft – und ich hatte Mühe, meine Wagentür zu öffnen.

»Colonel Baggetto – ich dachte, Sie sprechen heute zu den akademischen Offizieren von morgen.« Ich bin immer dankbar, wenn meine Stimme in solchen Momenten fest klingt. Das Stimmtraining mit meiner Mutter leistet mir seit jeher gute Dienste.

»Das war schon vor einer Stunde zu Ende. Ich wollte gerade zurück zum Fort, als ich hörte, dass es am Silo irgendwelchen Rabatz gibt.« Er lächelte den Sheriff und mich treuherzig an.

»Der Silo gehört doch zur Air Force. Ich dachte, Sie sind bei der Army«, sagte ich.

»Der nächste Luftwaffenstützpunkt ist hundertachtzig Meilen entfernt. Jemand hat jemanden angerufen, der jemanden kennt, der wusste, dass ich in der Gegend bin, und mich bat, mal nachzusehen.«

»Alles unter Kontrolle«, sagte der Sheriff. »Sie werden hier nicht gebraucht.«

»Was ist passiert?«, fragte Baggetto ihn. »Sagen Sie nicht, Warshawski hat diesen Silo verschandelt – er ist seit Jahrzehnten stillgelegt, und ich glaube, sie weiß mit ihrer Zeit Besseres anzufangen, als Graffiti auf alten Beton zu sprühen.«

»Stillgelegt schon, aber noch gefährlich.« Gisborne zeigte auf ein Schild am verschlossenen Tor, auf dem die bekannten Ventilatorblätter auf gelbem Grund vor radioaktiver Strahlung warnten. »Oder haben Spanner aus Chicago vielleicht ein Strahlenschild im Schlüpfer?«

Ich ignorierte die überflüssige Flegelei. Die Flegeleien. »Das

Schild hab ich gesehen, aber ich dachte, es ist aus der Zeit, als die Rakete hier stationiert war.«

»Das ist es«, sagte Gisborne ungeduldig, »aber es gab seinerzeit Leckage im Raketenschacht. Deswegen konnte die Air Force den Silo nicht veräußern, wie sie es mit vielen anderen gemacht haben.«

Ich glaubte zwar nicht, dass Gisborne hier rumstehen würde, wenn wir gefährdet waren, aber ich trat doch unwillkürlich von einem Fuß auf den anderen, als könnte durch die zig Meter zwischen Siloboden und Oberfläche radioaktives Fallout emporkriechen.

»Wenn das so ist, warum nutzt Sea-2-Sea dann das angrenzende Land für eine Versuchsfarm?«, fragte ich. »Will man testen, welche Sorghumhirsen fett und buschig werden, wenn sie reichlich Strontium 90 bekommen?«

Baggetto lachte, aber Gisborne runzelte die Stirn. »Woher wissen Sie, dass man hier Sorghumhirse zieht?«

»Stimmt das etwa? Ich kann kein Getreide vom anderen unterscheiden, hab nur auf gut Glück geraten, weil Sorghumhirse auf der Liste der ›gängigsten Kulturpflanzen in Ost-Kansas‹ steht. Das hab ich aus einem Buch vom Geschichtsverein«, fügte ich hinzu, als ich sah, wie seine Miene noch finsterer wurde.

»Das sagen Sie.«

»Ich kann Ihnen das Buch gern zeigen«, sagte ich ernst. »Sie wissen doch, wo der Geschichtsverein ist, oder? Das alte Bankgebäude zwei Blocks von Ihrem Justizcenter – roter Sandstein, oder ist es Ziegel –«

»Ich weiß, wo der verdammte Geschichtsverein ist«, sagte Gisborne. »Ich bin in dieser Stadt – diesem County aufgewachsen, Sie nicht.«

»Jemand hat das Raketensilogelände für irgendwas benutzt«, sagte ich. »Da ist frisches Motoröl vor der Rampe. Wenn es hier draußen Vandalen oder Methköche gibt, müssen die einen

Schlüssel zum Fronttor haben, und sie scheinen sich auch nicht vor Gammastrahlen oder so was zu fürchten.« Ich hätte damals im Grundkurs Physik doch besser aufpassen sollen. »Es ist leicht, den Stützpunkt zu betreten«, fügte ich hinzu, »aber um ihn zu befahren, muss man das Tor öffnen.«

Baggetto ging zum Tor und rüttelte daran, wie ich es getan hatte, und wie ich inspizierte er die Schlösser. Ich gesellte mich zu ihm, betrachtete nochmals das Strahlungswarnschild. Gelb und Schwarz waren zu Braun und Grau verblichen. Jemand hatte aufs Geratewohl einen Schuss darauf abgegeben, aber die Mitte um ein paar Zentimeter verfehlt.

»Wann hat man denn entdeckt, dass der Stützpunkt noch kontaminiert ist?«, fragte ich den Sheriff.

»Was schert Sie das?« Ich konnte fast sehen, wie sich die Härchen in seinem Nacken aufstellten. Zweifellos mochte er es nicht, infrage gestellt zu werden, aber es schien mir noch mehr dahinterzustecken.

»Das Schild ist uralt«, kaute ich es ihm vor. »Wenn das erst vor kurzem rauskam, warum wurde dann nicht ein neues, leuchtend gelbes Schild angebracht, das mehr Aufmerksamkeit erregt? Sie sehen hier überall leere Flaschen und Kondome und so weiter – Leute aus der Gegend nutzen das Gelände. Wenn es gefährlich ist, hat das County dann nicht die Pflicht, die Leute zu warnen?«

»Ich warne Sie gerade«, knurrte Gisborne. »Die Einheimischen sind klug genug, sich von hier fernzuhalten.«

»Ach, dann sind es bloß die nervigen Unruhestifter von auswärts, die hier alles vollmüllen.« Ich nickte, als hätte er etwas Wichtiges klargestellt. »Es war aber nett von Ihnen, den ganzen Weg hier raus zu fahren, um mich vor der Strahlung zu warnen.«

»Ich war sowieso in der Nähe«, sagte der Sheriff. »Als die Meldung von Sea-2-Sea reinkam, hab ich das mit übernommen, denn ich war sicher, dass Sie das sind, die wieder mal in anderer Leute Angelegenheiten rumstochert. Und erzählen Sie mir keinen Scheiß von Luftwaffengelände, das Ihnen gehört.«

Es wäre wohl zu pubertär, jetzt zu jammern: Als Steuerzahlerin darf man nie sehen oder anfassen, wofür man zahlt, also Drohnen und Sprengköpfe und so.

»Sie waren am Tatort des Mordes?«, fragte Baggetto Gisborne.

»Ja. Wir sind vielleicht schlechter finanziert als die Großstadtcops, und wir versenken auch nicht sechzehn Kugeln in einem Verdächtigen und machen die Biege wie da, wo die Lady herkommt, aber wir kommen schon langsam dahinter, wie man aufrecht geht und gleichzeitig Kaugummi kaut.«

Der Sheriff versuchte mich zu provozieren, aber mich interessierte gerade viel mehr, wieso Baggetto hier draußen so gut Bescheid wusste. Er war bei der Army, hundert Meilen entfernt stationiert, aber er hatte Kenntnis vom Mord an McKinnon und wo im Verhältnis zum Silo ihre Farm lag.

»Haben Sie das getan?«, drängte der Sheriff.

»Hab ich was?« Ich hatte die Frage nicht mitbekommen.

»Die Scheune betreten, als Sie gestern auf der Farm waren?«

Ich schüttelte den Kopf, einen Knoten im Magen: Was war mir entgangen? Emerald Ferrings Leiche?

»Jemand hatte einen Wagen da drin abgestellt. McKinnon besaß einen alten Pick-up und einen noch älteren Subaru. Der Subaru ist da, der Pick-up nicht, aber meine Techniker sagen, die Reifenspuren deuten auf einen Prius. Was wissen Sie darüber, Warshawski?`«

»Der Prius ist ein Hybrid, richtig? Das ist so ziemlich alles, was ich darüber weiß, aber ein guter Mechaniker kann Ihnen erklären, wie so was funktioniert.« Ich vergaß schon wieder, dass ich den Sheriff nicht auf die Palme bringen wollte.

Er stopfte beide Hände in die Taschen seiner Footballjacke: Er würde mich nicht schlagen, jedenfalls nicht mit Baggetto als

Zeugen, aber der Drang war stark. »Kennen Sie jemanden, der einen fährt?«

»Ich glaube nicht.« Ich wusste, dass August Veriden einen Prius besaß, aber im Grunde kannte ich ihn ja nicht, und in meinen Kreisen fiel mir sonst niemand ein.

»Wir haben in Illinois nachgefragt, und dieser Junge, den Sie angeblich suchen, auf seinen Namen ist einer angemeldet.«

»Da könnten Sie recht haben«, sagte ich höflich. »Ich bin ihm nie begegnet, offenbar weiß ich weniger über ihn als Sie. Glaubt man in Illinois, dass es seine Reifenspuren sind?«

»Ich weiß, Sie halten sich für den Gipfel der Cleverness, aber wir sind hier keine völligen Idioten. Wir haben schon viele Mörder erwischt, die dachten, sie wären zu schlau für das Gesetz.«

Gebührend zurechtgewiesen ließ ich den Kopf hängen. »Hat die Pathologie bei Ms. McKinnon schon die Todesursache festgestellt?«

»Soweit ich weiß, stehen Sie nicht auf der Liste der Leute, die das erfahren müssten. Bloß weil Sie sie das erste Mal gefunden haben, haben Sie keinen –«

»Das erste Mal?«, unterbrach ich ihn. »Gibt es denn noch ein zweites Mal?«

»Ich meine als Erste. Und jetzt kümmern Sie sich um Ihren eigenen Kram, wozu die Todesursache entschieden nicht gehört.«

»Was ist mit dem Truck?«, fragte ich. »Ms. McKinnons Pickup?«

Er wollte gerade losbrüllen, als Baggetto die Frage wiederholte. »Haben Sie ihren Truck?«

Gisborne antwortete nur sehr ungern in meiner Hörweite, aber er knurrte: »Der wird auch vermisst. Wir haben eine Suchmeldung rausgegeben. Wenn er im County ist, finden wir ihn.«

»Wonach suchen wir genau?«, fragte Baggetto.

»Ein Dodge Ram von 2002. Kam in Rot vom Hersteller, aber Nachbarn haben mir erzählt, dass die Farbe ziemlich runter war. Na klar, Warshawski hier könnte beim Spazierengehen am Fluss mit ihrem Hund darüber stolpern.«

Nichts an dieser Geschichte gefiel mir. Gisborne wusste, dass ich mit Peppy am Fluss gelaufen war. Vielleicht war das bloß gut geraten – wie er selbst sagte, war er keine Frau und kein Privatdetektiv. Aber vielleicht hatte er doch einen Deputy in dem Buick gehabt, der mir gestern gefolgt war.

Warum waren der Prius und der Pick-up beide weg? Das ergab keinen Sinn, es sei denn, Emerald und August hatten gehofft, sie könnten den Prius versenken, um in McKinnons altem Truck unerkannt aus dem County zu fliehen. Ich weigerte mich zu glauben, dass Emerald oder August Doris McKinnon attackiert hatte. Mit gefiel auch die Vorstellung nicht, dass sie tatenlos danebenstanden, während jemand anders sie umbrachte. Vielleicht waren sie weg gewesen, kamen zurück, fanden die Leiche und begriffen, dass August der Hauptverdächtige sein würde.

Sonia Kiel war dort gewesen. Konnte sie eine Art Anfall bekommen und McKinnon angegriffen haben, weil sie glaubte, die alte Frau wäre verantwortlich für den Tod ihres eingebildeten Liebsten?

Ich schüttelte den Kopf, enttäuscht von mir: Ich hatte Sergeant Everard abgekanzelt, weil er August in Schubladen steckte, dabei tat ich dasselbe mit Sonia – letzte Nacht hatte ich überlegt, ob sie Cady Perecs Mutter umgebracht hatte, und jetzt wollte ich ihr Doris McKinnons Tod anhängen. Es wäre sachdienlicher, wenn ich rauskriegen könnte, wer sie an dem Abend im Lion's Pride mit Roofies abgefüllt hatte – jemand wollte sie zum Schweigen bringen, und das konnte durchaus dieselbe Person sein, die McKinnon ermordet hatte.

26

Besorgte Patrioten

Weder Gisborne noch Baggetto versuchten mich daran zu hindern, in meinen Wagen zu steigen. Als ich die Schotterstraße zum Highway entlangrumpelte, schaute ich immer wieder in den Rückspiegel, aber keiner von beiden folgte mir. An der ersten Abfahrt machte ich kehrt, fuhr auf der Überführung auf den Randstreifen und nahm durch mein Fernglas den Silo ins Visier.

Baggetto brach gerade auf. Ich verfolgte die Staubwolke, die er aufwirbelte, bis er die befestigte Straße erreichte und auf den Highway Richtung Westen fuhr, wo ich ihn in der Masse der Autos verlor. Er mochte nach Fort Riley fahren oder nach Lawrence, oder einen langen Umweg nehmen und sich von hinten an mich heranpirschen.

Gisborne stand noch bei seinem Streifenwagen, sprach in sein Telefon, dann betrat er das Raketengelände. Falls er einen Schlüssel hatte, benutzte er ihn nicht – wie ich schlüpfte er durch die Lücke im Zaun. Als er drin war, ging er hinüber zu der Laderampe, aber deren Betonflügel versperrten mir den Blick, sodass ich nicht sagen konnte, was er da machte. Nach ein paar Minuten schlenderte er zu der Abdeckung, auf der die Schlangen gelegen hatten, und klopfte mit seinem Stiefel dagegen. Mein Fernglas war nicht stark genug, um zu sehen, ob die Schlangen sich verzogen. Er ging weiter zu dem Haus mit den schwarz gestrichenen Fenstern und versuchte es an der Tür, die nicht aufging.

Als könnte er meinen Blick spüren, schaute er sich nach allen Seiten um, bevor er sich wieder durch die Zaunlücke zwängte und zu seinem Wagen ging. Ich sah ihn die Landstraße runter und dann an der Highwayauffahrt vorbei nach Süden fahren. Ich dachte schon, er hätte mich vielleicht entdeckt, aber er fuhr weiter südwärts und bog in einen Gebäudekomplex ein, der an der Grenze meiner Sichtweite lag.

Der hiesige Verwaltungssitz von Sea-2-Sea, wie mir meine Karten-App verriet, da hockte vermutlich Bram, der Hippiehasser. Ich brauchte nicht uneingeladen dort einzufallen – ich konnte mir unschwer ausmalen, was ich vorfinden würde: Gisborne und Bram, die besprachen, was ich beim Silo gemacht hatte. Sie würden mich zerknirscht oder aggressiv oder zerknirscht-aggressiv anstarren. Nein, dort würde ich nichts erfahren, außer dass sie mich nicht im Douglas County haben wollten.

Ich stieg wieder in den Mustang und versuchte mir zu überlegen, was ich tun konnte oder wem ich was tun konnte. Mein vordringlichster Gedanke auf der Fahrt in die Stadt war, wie übel meine Schuhe stanken und wie sehr meine Füße schmerzten. Neben diesem Unbehagen fragte ich mich, woher Gisborne gewusst hatte, dass ich beim Silo war. Die plausibelste Annahme war, dass der Sea-2-Sea-Zaun mir bei der Berührung nicht nur einen Schlag verpasst, sondern auch ein Signal an den Firmencomputer geschickt hatte. Sie konnten Kameras in den Zaunpfählen haben – ich war zu erschrocken gewesen, um mir die Zeit zu nehmen, nach Überwachungsgerät Ausschau zu halten.

Wieder in der Pension, stopfte ich all meine dreckigen Sachen in die Waschmaschine, die die Vermieterin ihren Gästen zur Verfügung stellte, kratzte den Schlamm von meinen Schuhen und nahm eine lange heiße Dusche. Danach schien es eine gute Idee, die Vorhänge zuzuziehen und mich hinzulegen. Ich döste gerade weg, als mir Colonel Baggetto durch den Kopf ging: Was hatte ihn wirklich nach Lawrence geführt und dann zum Raketensilo?

Im dunklen Zimmer liegend rief ich das Militärbüro der Universität an und gab mich als freie Mitarbeiterin beim *Douglas County Herald* aus. »Wir haben gehört, dass ein Colonel aus Fort Riley den Kadetten heute eine Gastvorlesung hält. Ist er noch auf dem Campus? Sein Name ist …« Ich tat, als müsse ich in meinen Notizen suchen. »Baggetto. Dante Baggetto. Wir möchten gern ein Interview mit ihm machen und hören, was er über –«

Die Sekretärin schnitt mir das Wort ab. »Wir hatten heute keine Vorlesungen außer der Reihe. Vielleicht hat sich der Colonel privat mit dem Stab getroffen. Wenn Sie eine Minute dranbleiben, prüfe ich das kurz. Wie, sagten Sie, war Ihr Name?«

»Martha Gellhorn.« Es war der erste Journalistinnenname, der mir in den Sinn kam. Zu meinem Glück schien sich die Sekretärin mit Frauengeschichte nicht auszukennen. Ich döste, während sie sich erkundigte.

»Tut mir leid, Martha, aber keine der Kolleginnen hat heute einen auswärtigen Hirsch im Logbuch. Wer hat Ihnen denn gesagt, dass er hier war?«

»Einer der Offizieranwärter.« Ich grub in meinem Gedächtnis nach dem Burschen, der mit Baggetto gestern Abend im Hotel gewesen war. »Marlon. Marlon Pinsen.«

Ich hörte die Frau am anderen Ende etwas eintippen, dann sagte sie scharf: »Martha, Sie sollten lernen, Ihre Quellen zu überprüfen. Wir haben niemanden dieses Namens im Reserve Officers Training Corps, und ich finde ihn nicht mal in der Datenbank der Universität. Das ist schlampiger Journalismus, und das hilft keinem von uns weiter.«

»Und Sie sollten immer bei der genannten Zeitung gegenchecken, bevor Sie Wildfremden Auskünfte erteilen.« Ich trennte die Verbindung.

Ich setzte mich auf, nicht länger schläfrig, und schaltete meine Nachttischlampe an. Colonel Baggetto hatte richtig

Aufwand betrieben, um mich anzulügen. Er hätte mich auch einfach mit einem Lächeln ziehen lassen können – gestern Abend hätte es mich nicht gekümmert, mit wem er trank oder was ihn nach Lawrence führte.

Ich loggte mich in meine gebührenpflichtigen Suchmaschinen ein, aber sie konnten mir nicht viel über Baggetto sagen. Er war in Providence, Rhode Island geboren, hatte eine naturwissenschaftlich-mathematische Uni besucht und war von dort nach West Point gegangen. Er schloss als neunzehnter seines Jahrgangs ab und machte für den Nachrichtendienst der US-Army drei Einsätze im Irak und in Afghanistan.

Nach dem dritten Einsatz erhielt er eine Fortgeschrittenenschulung am Army Command and General Staff College in Fort Leavenworth – nur vierzig Meilen von Lawrence entfernt – und absolvierte ein Masterstudium in Computertechnik an der Columbia in New York. Vor drei Monaten war er nach Fort Riley geschickt worden, gleich nach seiner Beförderung zum Colonel. Das war's. Nichts Persönliches, außer dass er nie jemanden gleich welchen Geschlechts geheiratet hatte.

Ich hab keinen Schimmer vom Militär, aber seine Laufbahn sah mir sehr danach aus, als würde Baggetto für Einsätze größeren Stils aufgebaut. Was hieß, dass er nicht in Lawrence wäre oder mit mir sprechen würde, wenn es hier nur um Belangloses ginge. Oder wenn es seiner Karriere schaden könnte.

Was wiederum hieß, dass es irgendwie mit Sea-2-Sea zusammenhing, denn er war mit Bram Dingsbums in dem Hotel gewesen, und mit dem falschen Kadetten. Ich kam einfach nicht mehr auf Brams Nachnamen – ich dachte natürlich ständig an Stoker –, aber das Internet fand ihn für mich. Bram Roswell, Leiter der Abteilung Forschung und Entwicklung. Master of Business Administration in Wharton, Bachelor der Agrarwissenschaft an der Kansas State University, die zufällig unweit von Fort Riley lag. Ich fragte mich, ob das etwas zu bedeuten hatte, ob Roswell zu seiner Alma Mater fuhr, um die Mannschaft beim Spiel anzufeuern, und sich dann abends mit Offizieren vom Nachrichtendienst der Armee zum Pläneschmieden traf … aber für was?

Eine Onlinesuche nach Medienberichten zeigte mir Roswells Anwesenheit bei verschiedenen Wohltätigkeitsveranstaltungen in Lawrence, Kansas City und Dallas. Ein anderer Artikel verriet mir, dass Roswell aktives Mitglied von ›Patriots CARE-NOW‹ war – Concerned Americans for Rearmament, besorgte Patrioten für sofortige Wiederaufrüstung. Das Begleitbild zeigte ihn mit einem ehemaligen Unterstaatssekretär des Verteidigungsministeriums, Abteilung Nuklearwaffen, dem bei ihrem Jahresdinner ein Orden verliehen wurde.

Was immer Baggetto und Roswell verband, es hatte irgendwie mit Doris McKinnon und ihrer Wühlerei zu tun. Steckte McKinnons Entscheidung zu graben hinter Emerald Ferrings hastigem Aufbruch nach Kansas? Ferring verließ sich auf Troy Hempel, seit er sieben war und anfing, ihren Rasen zu mähen, aber in diesem Fall hatte sie sich August Veriden anvertraut, einem Fremden, denn sie konnte keine fünf Tage warten, bis Troy Hempel nach Hause kam.

Es stimmte wohl, dass August ihre Lebensgeschichte filmte: Sie hatten in Fort Riley halt- und Fotos gemacht, sie waren beim Haus ihrer Kindheit in North Lawrence gewesen – aber eigentlich waren sie nach Kansas gekommen, um Doris McKinnon zu helfen. Das fühlte sich wahr an, aber ich hätte doch zu gern eine Bestätigung gehabt. Am liebsten eine E-Mail oder meinetwegen auch eine Tree Mail, die ausführlich darlegte, was Doris so beunruhigt hatte, dass sie sich an die Tochter ihrer alten Freundin wandte.

Ich rief bei Free State Dogs an, um mich kurz nach Peppy zu erkundigen, die viel mehr Spaß hatte als ich, und zog mich dann wieder an – Wollhosen statt Jeans, ein Kaschmirpulli in meinem bevorzugten Rosenholzton und das eine gute Jackett, das ich mithatte. Jetzt brauchte ich nur noch ein Mittagessen und ein Wegwerfhandy, dann war ich bereit für die Action.

Als Erstes fand ich den Telefonladen. Drei Einweghandys, zwischen denen ich wechseln konnte, jedes mit sechshundert Minuten. Ich fuhr weiter in die Stadt hinein, hielt an einem der zigtausend Studentencafés und bestellte ein Sandwich. Hummus auf selbstgebackenem Brot, köstlich. Kaffee, mittelmäßig. Ich schüttete ihn weg und ging rüber zum Hippo.

Eine Handvoll Leute, die nach Stammkundschaft aussahen, plauderten mit der Barfrau. Ich nahm meinen Kaffee mit in eine Ecke und rief Troys Mutter an.

»Ms. Hempel, ich weiß nicht, wie viel Troy Ihnen von dem berichtet hat, was mir hier in Lawrence untergekommen ist, aber die Lage ist besorgniserregend«, sagte ich, nachdem wir die Einleitung – Troy war bei der Arbeit, ja, das war mir bekannt, ich wollte mit ihr sprechen – hinter uns hatten. »Hat Ms. Ferring Ihnen je was von einer Frau namens Doris McKinnon erzählt?«

»Troy sagte mir, dass Sie sie gefunden – dass Sie sie gestern tot aufgefunden haben.«

»Hat er Ihnen auch gesagt, dass die Polizei glaubt, August Veriden sei der wahrscheinlichste Täter?«

»Oh ja.« Sie versuchte nicht, die Verbitterung in ihrer Stimme zu unterdrücken. »Und Sie, was denken Sie?«

»Ich denke erst mal gar nichts. Ich habe ja keinerlei Fakten. Ich hoffe, dass ich August vor irgendwelchen schießwütigen Gesetzeshütern finde. Haben Sie von Ms. Ferring gehört? Ich glaube, Sie sind die Person, die sie zu Rate ziehen würde.«

»Das ist die Frage. Bei Gott.« Ms. Hempel seufzte tief. »Sie kennt mich seit zwanzig Jahren, und ich glaube, sie vertraut mir, deshalb macht es mir Angst, dass ich nichts von ihr gehört habe.«

»Könnte sie wieder nach Hause gefahren sein, zurück nach Chicago?«

Es entstand eine Pause, bevor sie sagte: »Wenn Ms. Emerald heimgekommen ist, dann aber klammheimlich. Im Haus sind keinerlei Lichter an.«

Ich wünschte, ich könnte sie sehen: Bei Befragungen am Telefon fehlen die kleinen Anzeichen für Wahrheit und Lüge und die schattigen Bereiche dazwischen. Ms. Hempel mochte mir nichts als die reine Wahrheit sagen – kein Licht in Emeralds Wohnung – und dabei ihre Nachbarin im eigenen Haus verstecken.

»Was ist mit dem wahren Grund, aus dem sie nach Kansas wollte?«, fragte ich.

»Um eine Dokumentation über ihr Leben zu drehen. Das haben wir Ihnen doch erzählt, als Troy fand, Sie seien die Richtige, um nach ihr zu suchen.« Ihre Stimme klang weiterhin bitter, und der Subtext fragte, was ausgerechnet ich wohl tun könnte, um Troys Zuversicht zu rechtfertigen.

»Ich bin jetzt sicher, dass Ferring und August in Lawrence waren, und zwar letzte Woche erst, aber von danach habe ich keine Spur mehr gefunden. Es sieht aus, als hätte Doris McKinnon sie mitgenommen, um mitten in der Nacht auf einem Feld zu graben. Etwas machte Ms. McKinnon Sorgen, etwas, das wichtig genug war, dass sie es von August dokumentiert haben wollte. Mitten beim Filmen kam ein SUV angefahren. Ich weiß nicht, ob sie verjagt oder gefangen genommen wurden.«

Diesmal folgte eine längere Pause, dann stieß Hempel hervor: »Ich hab mich schon gefragt, warum Emerald es so eilig hatte, da runterzufahren. Troy hätte sie doch begleitet, sobald er aus Israel zurück war, das sagte ich ihr auch. Er hätte sichergestellt, dass sie bequem reist. Sie hätte nicht mit einem Fremden losziehen müssen, der sich gar nicht richtig um sie kümmern kann. Aber sie sagte nur, dass sie unbedingt sofort loswollte und dass sie Troy auch nicht zumuten wollte, sie durchs ganze Land zu kutschieren, da er wichtige Arbeit zu tun hatte.«

Unter dieser Aussage lag noch irgendeine Geschichte begraben, verletzte Gefühle, vielleicht Kränkung, weil Emerald sie nicht eingeweiht hatte, aber ich versuchte nicht, das auseinanderzuklamüsern, sondern fragte nur, ob die Hempels einen Schlüssel zu Ferrings Haus hatten. »Können Sie reingehen und nachsehen, ob Sie irgendwas, einen Brief, eine E-Mail, von Doris McKinnon finden?«

Hempel war entgeistert: Für wen hielt ich sie denn, was für eine Art Mensch wäre sie, wenn sie ins Haus einer Nachbarin einbrach und ihre Sachen durchwühlte?

»Sie sind die Art Mensch, die vieles tun würde, wenn sie um das Leben einer Freundin fürchtet«, sagte ich ruhig. »Und ich habe Angst um Ms. Ferrings Leben.«

Das änderte ihre Haltung ein bisschen. Wenn Emeralds Leben in Gefahr war ... also warum hatte ich das nicht gleich gesagt? Sie würde ein paar Leute in der Nachbarschaft anrufen, fragen, ob die von ihr gehört hatten.

»Machen Sie das bitte lieber zu Fuß, geht das? Ich weiß nicht, mit wem oder was wir es zu tun haben, aber die sind rauf nach Chicago und haben August Veridens Arbeitsplatz und Wohnung zerlegt, weil sie denken, er hat, was sie suchen. Wer weiß, ob die nicht Ihr Telefon abhören, was ich nicht hoffe. Ich hinterlasse Ihnen auf Troys Büromailbox eine Nummer, an die Sie Textnachrichten schicken können, wenn Sie etwas in Erfahrung bringen.«

Meine Empfindungen grenzten an Panik. Nicht gut. Lieber wäre ich selbst in Chicago, um Emeralds Bekannte zu überprüfen, aber ich musste hierbleiben, bis ich zumindest eine grobe Vorstellung davon hatte, was Baggetto und Sea-2-Sea und Sheriff Gisborne da eigentlich trieben.

27
Geistlicher Beistand

Als ich die Einweghandys in meinen Tagesrucksack packte, wurde mir bewusst, dass Baggetto, falls es ihm ernst war, leicht das GPS meines Smartphones verfolgen konnte, das sollte ich also loswerden. So gesehen hatte auch mein Wagen ein GPS. Und mein Tablet ebenso. Womöglich sogar meine schicken Stiefel. Immerhin verkauft Amazon inzwischen so ziemlich alles mit eingebauten Alexa-Trackingchips.

Falls die Barfrau erstaunt war, als ich sie um Alufolie bat, ließ sie sich nichts davon anmerken. Ich nahm die Rolle mit zur Toilette und kleidete die Innenseite meines Tagesrucksacks mit vier Schichten Folie aus, eine Art selbstgebastelter Faraday'scher Käfig. Hoffentlich funktionierte das. Denn wenn ich mein Telefon oder das Laptop im Wagen einschloss, war es für Gisborne oder Baggetto ein Kinderspiel, jede beliebige Einzelheit meines Privat- und Berufslebens aus meinen Geräten zu ziehen.

Vorausgesetzt, sie waren interessiert. Vorausgesetzt, ich war nicht paranoid. Den Rucksack auszukleiden erinnerte mich unangenehm an Stan Wolinsky, der uns gegenüber wohnte, als ich ein Kind war. Er fuhr einen städtischen Müllwagen und umwickelte jeden Morgen, bevor er zur Arbeit aufbrach, seinen Kopf mit Folie, um sich gegen Signale aus dem Weltall abzuschirmen. Die Kinder in der Schule waren gnadenlos zu seinem Sohn, Stanley Junior – Blechkopf war noch der druckbarste Schimpfname, den sie ihm anhängten. Aber wie Yossarian richtig sagt, oder vielleicht ist das auch die Version von Satchel Paige: Bloß weil du paranoid bist, heißt das nicht, dass sie nicht an dir dran sind.

Es war etwa eine Meile vom Hippo zu Nell Albrittens Haus. Ein kleiner Marsch in der kalten Novemberluft kann nur guttun, versicherte ich meinen Waden- und Oberschenkelmuskeln, die noch zittrig waren vom Herumstapfen im Matsch um den Silo. Immerhin war der ganze Weg gepflastert, also kein Risiko für meine geliebten Lario-Stiefel.

Ich ließ mein Auto auf dem gebührenfreien Parkplatz neben der Bibliothek stehen und zog los zum Fluss. Auf halbem Weg über die Brücke machte ich halt, schaute aufs Wasser hinunter und unauffällig hinter mich. Ich war allein auf der Fußgängerbrücke. Am anderen Ufer angelte jemand – vielleicht derselbe Mann wie gestern. Auf der Stadtseite schien niemand herumzutrödeln.

Unter mir warf sich das Wasser braun und schmutzig über einen Damm. Möwen stießen hinein und wieder heraus. Etwas regte sich auf der Spitze eines toten Baums: ein Adler. Ich hatte noch nie einen in natura gesehen und beobachtete fasziniert, wie er sich im Sturzflug eine Kreatur schnappte, die sich hilflos in seinen Klauen wand. Ich schauderte und ging weiter, über die Brücke zur Sixth Street, vorbei an Einfahrten voller ausrangierter Möbel, bis zu Nell Albrittens Haus. Ein Nissan stand davor, alt, aber gut gepflegt. Vielleicht vom Sohn, jedenfalls kein Wagen für Dealer oder Hundekampfveranstalter.

Als ich klingelte, zuckte am Fenster ein Vorhang, ich hörte undeutlich Stimmen, dann wurde die Tür von einem Mann um die fünfzig geöffnet, der einen Kollar trug und ein magentafarbenes Kollarhemd. Er lächelte, aber seine Augen blickten wachsam.

»Ich bin V.I. Warshawski. Ich war gestern bei Ms. Albritten, als sie zusammenbrach. Ich wollte sehen, wie es ihr geht.«

»Ja, Ms. V.I. Detektivin, Sie dürfen reinkommen.« Albrittens Stimme drang aus dem Wohnzimmer, zittrig, aber entschieden.

Der Geistliche hielt mir die Tür auf, aber ich blieb noch stehen und fragte ihn leise, ob Albritten wusste, dass ich Doris McKinnons Leiche gefunden hatte.

»Oh ja«, raunte er. »Es ist sehr schwer für sie, aber genau deshalb will sie mit Ihnen reden.«

Nell Albritten saß im selben Lehnstuhl wie am Vortag. Ihr Gesicht wirkte abgespannt, eine graue Locke hing lose aus dem Haarknoten. Die gestrige Zerreißprobe hatte Spuren hinterlassen.

»Wo ist Ihre Freundin?«, fragte sie.

Ich brauchte einen Moment, um zu kapieren, dass sie Peppy meinte. »Tagesbetreuung. Es war nicht fair, sie ständig mitzuschleifen. Auch wenn sie gestern eine große Hilfe war: Sie wusste sofort, dass etwas nicht stimmte, als wir zu Doris McKinnons Farm kamen, und hat darauf bestanden, ins Haus zu gehen.«

Albritten neigte den Kopf, schloss kurz die Augen. »Doris war keine Christin. Wir haben uns darüber heftig gestritten, damals, als Lucinda bei ihr einzog. Ich war so selbstgerecht, als ich jung war! Ich war sicher, Doris mit ihrem Atheismus würde die kleine Emerald verderben. Jetzt beschämt es mich, wie viel Zeit ich vergeudet habe, um mit einer Frau zu streiten, die durch und durch rechtschaffen war. Egal, was sie geglaubt oder nicht geglaubt hat, egal, was sie und Lucinda gemacht oder nicht gemacht haben, ich weiß, dass Doris jetzt bei Jesus ist.«

»So ist es.« Der Geistliche beugte sich vor und ergriff ihre Hand. »Halt dich an diesem Gedanken fest, Schwester Albritten. Er hilft dir durch schwere Zeiten.«

Ich rutschte auf meinem Stuhl herum, die religiöse Zwiesprache war mir unbehaglich.

Der Geistliche richtete sich auf und zog sich einen Hocker neben Albritten. »Jetzt, wo Sie gesehen haben, dass sie wohlauf ist, können Sie ihr doch Ruhe gönnen.«

»Ich würde ihr gern etwas erzählen, was für mein Gefühl niemand sonst hören darf. Offenbar kennt Ms. Albritten Sie und vertraut Ihnen, aber ich weiß noch nicht mal Ihren Namen und wer Sie eigentlich sind.«

»Natürlich.« Der Geistliche ließ seine Hand auf der von Albritten liegen. »Ich bin Bayard Clements, Schwester Albrittens Pastor in der African Methodist Episcopal Church St. Silas. Ich höre, Sie waren schon dort, also brauche ich Ihnen nicht zu erklären, wo sie ist.«

Ich sah ihn scharf an. »Ich war da, weil ich mich gefragt habe, ob sich Emerald Ferring und August Veriden in der Kirche verstecken, aber sie war verschlossen und verriegelt.«

Clements lachte, als freute ihn das unbändig, aber wieder erreichte die Heiterkeit nur seine Mundpartie. »Es ist ein kleines Gebäude, wie Sie gesehen haben: Altarraum, ein winziges Büro, ein Gemeindesaal von der Größe eines Schranks. Nicht gerade viel Platz zum Verstecken. Und sosehr ich meine Gemeindemitglieder liebe und achte, die Bürde eines solchen Geheimnisses möchte ich ihnen nicht zumuten.«

»Historisch wertvoll«, sagte ich verträumt, in Gedanken ganz bei der Vergangenheit. »Eine Zuflucht für freie Afroamerikaner im Bürgerkrieg. Diese Krypten oder unterirdischen Räume sind bei einer Flut bestimmt hochgradig gefährdet.«

Clements' Augen wurden schmal. »Guter Punkt, Detective Warshawski. Es gehört zu unseren Pflichten, diese historischen Räume zu bewahren. Sie sind heutzutage wesentlich zu feucht, um sich dort zu verstecken, aber ich zeige sie Ihnen gern, wenn Sie Ihr Gespräch mit Schwester Albritten beendet haben.«

Ich neigte halb ironisch den Kopf und sagte, ich würde sehr gern eine Führung mitmachen. »Ich werde Ms. Albritten jetzt etwas anvertrauen, was unter Verdunkelungsgefahr läuft. Dafür kann man mich einsperren, also wenn Sie das nicht auf Ihr Gewissen nehmen wollen, sollten Sie lieber rausgehen.«

»Solange Sie keinen Mord gestehen oder etwas in dieser Größenordnung, werde ich nicht beim *Douglas County Herald* anrufen«, sagte Clements. »Da Sie vertraulich mit einem Gemeindemitglied sprechen, bin ich sogar bereit, meine geistliche Schweigepflicht auf Sie auszudehnen.«

Ich wandte mich an Albritten. »Ma'am, als ich gestern auf der Farm war, habe ich einen Datenstick gefunden – ein kleines Gerät für Computer –, auf dem Fotos und Videos sind, die August mitten in der Nacht aufgenommen hat. Er war mit Ms. McKinnon und Ms. Ferring draußen auf einem Feld. Offenbar wollten sie nicht, dass jemand mitbekam, was sie dort taten, also filmte er ohne Licht. Ms. McKinnon hat Bodenproben genommen. Wissen Sie, auf welchem Feld sie gewesen sein könnten?«

»Ich hab Ihnen doch gestern gesagt, dass ich Doris McKinnon ewig nicht gesehen hab«, sagte sie gereizt.

»Ja, Ma'am. Vergeben Sie mir, wenn ich Klartext rede, aber … ich war Anwältin, bevor ich Ermittlerin wurde. Das ist eine Antwort ›nach den Buchstaben des Gesetzes‹. Ich glaube Ihnen ja, dass Sie sie nicht gesehen haben, aber hat sie mit Ihnen telefoniert? Oder Sie mit ihr? Oder hat Emerald – Ms. Ferring – mit Ihnen darüber gesprochen, was sie dort taten?«

Es entstand ein längeres Schweigen, in dessen Verlauf sie ihre Hand unter der ihres Pastors wegzog und mit der anderen in ihrem Schoß verklammerte.

Als sie nichts sagte, legte ich nach, so sanft ich konnte. »Gestern sind Sie zusammengebrochen, als Sie sagen wollten, dass es Ihnen jemand erzählt hätte, wenn Ms. McKinnon gestorben wäre. Ich glaube, Sie sind eine so wahrheitsliebende Frau, dass Sie lieber ohnmächtig werden, als eine Lüge auszusprechen. Sie wussten bereits, dass sie tot war.«

»Hey! Das ist doch vollkommen übergriffig.« Clements stand auf und stellte sich zwischen mich und Albritten.

Albritten zupfte an seinem Ärmel. »Lass gut sein, Bayard, lass gut sein. Sie hat ja recht. Ich hatte es gehört, nicht von Emerald, aber von dem jungen Mann. Doris hatte sie weggeschickt. Er ist noch mal zurück, vielleicht um dieses Computergerät zu holen. Den Stick. Er hat ihre Leiche auf dem Küchenfußboden entdeckt und das Weite gesucht. Ich hab ihm gesagt, er soll abtauchen, er und Emerald gleich mit. Ich wollte nicht, dass er tot auf der Massachusetts Street liegt, erschossen vom ersten weißen Deputy, der ihn sieht. Ich wollte sie in St. Silas verstecken, aber Bayard hat leider recht: Diese alten Kellerräume sind voller Schimmel und wer weiß was noch alles.«

»Wo sind sie hin?« Ich legte alles Flehen in meine Stimme, über das ich verfügte.

Albritten schüttelte den Kopf. »Ich wünschte, ich könnte es Ihnen sagen, aber ich kann es nicht.«

»Können Sie nicht oder wollen Sie nicht?«

»Übergriffig«, wiederholte Clements, aber Albritten sagte: »Sie fragt doch nicht aus Bosheit, Bayard. Sie will helfen. Nein, ich kann es Ihnen nicht sagen. Ich weiß es nicht.«

Damit musste ich mich zufrieden geben. Ich fragte, ob August irgendetwas über die Erdproben gesagt hatte.

»Nein.« Ihr Unterkiefer arbeitete. »Wir haben nicht geplaudert. August hatte Angst, und ich hatte Angst um ihn und um mein Mädchen, wir konnten beide kaum klar denken. Aber diese eine Frau drüben von der Riverside Church, Barbara Rutledge, die hab ich beim Bauernmarkt getroffen, na, so vor einem Monat. Sie sagte, ich hätte Doris knapp verpasst. Und dass Doris aufgeregt war, weil jemand auf ihrem Land was anpflanzte. Also hab ich sie auf der Farm angerufen, und Doris hat mir erzählt, dass sie jetzt fast alles Land verpachtet, weil sie es nicht mehr selbst bestellen kann, aber sie ist mit dem

Pick-up rübergefahren, um zu kontrollieren, ob die Zäune in Schuss sind und all so was. Sie meinte, irgendwer baute auf ihrem Land was an, wo das gar nicht sein durfte.«

»Hätte sie deswegen extra Emerald aus Chicago geholt?«, fragte ich zweifelnd. »Hätte das nicht ihre Anwältin für sie regeln können?«

Albritten zeigte den Hauch eines Lächelns. »Da kennen Sie uns alte Kansasfrauen nicht, Stadtkind. Wir graben uns unsere Gräber lieber selbst, als einen Bestatter dafür zu bezahlen.«

28

Verschwindetrick

Ich brauchte keine Aufforderung von Bayard Clements, um auf die Beine zu kommen: Albritten war sichtlich am Ende ihrer Kräfte. Ich wartete auf ihn, während er sie ins Schlafzimmer brachte. Die Fotos auf dem Fernseher waren umgestellt, bemerkte ich müßig, und das Bild mit den Frauen, die freudestrahlend das 150. Jubiläum von St. Silas feiern, war weg. Merkwürdig.

Clements kam zurück, um mit mir zur St. Silas zu gehen und mir die Gruft zu zeigen, damit ich selbst sah, dass dort keine Flüchtlinge beherbergt wurden.

Wir machten den üblichen Smalltalk, während wir zur Kirche spazierten – wie lange war er schon hier, was wusste er über die Stadt. Er war in Atlanta aufgewachsen, seine Mutter hatte für Bayard Rustin gearbeitet, so war er zu seinem Namen gekommen. Lawrence war eine Umstellung, kleine Stadt, kleine afrikanisch-amerikanische Gemeinde, aber er liebte den Gemeinsinn hier und genoss es, Studierende aus der Uni in St. Silas einzugemeinden.

»Beim 150. Jubiläum von St. Silas waren Sie noch nicht dabei?«, fragte ich.

Er stutzte. »Was wissen Sie darüber?«

»Ich plaudere nur. Ich habe das Foto gestern in Ms. Albrittens Wohnzimmer gesehen«, sagte ich. »Heute war es nicht mehr da.«

»Ich kam im Jahr danach«, sagte er. »Schwester Albritten wollte das Bild gern an ihrem Bett haben. Ich habe es heute Morgen für sie umgehängt.«

»Als Sie mich den Weg hochkommen sahen?«

Er gab ein Proforma-Lachen von sich. »Chicagoer Manieren sind doch zwangloser, als ich das gewöhnt bin. Ich dachte früher, nach Kansas gehen bedeutet in den Norden zu kommen, aber die Sitten hier sind eher wie im Süden.«

Ich nickte, nahm den leisen Tadel zur Kenntnis, wunderte mich aber noch immer über das Foto. Unser Gespräch hatte uns bis zur Kirchentür gebracht, was einen Themawechsel erleichterte.

»Gottes Haus sollte allen offen stehen, die eine Zuflucht brauchen«, sagte Clements, »aber wir können uns niemanden leisten, der hier aufpasst, und es ist traurig, aber wahr, dass Menschen sich selbst bedienen, wenn sie etwas herumstehen sehen, sogar in einer Kirche.«

Der Altarraum hatte einen muffigen Geruch, nicht unangenehm, aber ich sah die Verwerfungen in den Bodendielen von den Überschwemmungen. Ich fragte ihn nach Hochwasservorfällen, und er sagte, sie hätten ihr Bestes getan, die Fundamente zu sichern. Nach der Flut von 1951 hatte das Corps of Engineers der Army am Fluss Dämme gebaut, was auch half. »In letzter Zeit ist Kansas mehr von Dürre als von Flut geplagt, da vergessen wir schnell die Gefahr, die vom Fluss ausgeht.«

Er führte mich in die Kellerräume. Ich fürchtete um meine geliebten italienischen Stiefel, aber die Böden waren überall zementiert. Trotzdem standen Pfützen in den Unebenheiten, und die Wände fühlten sich klamm an, als ich mit der Hand darüberfuhr. Clements schaltete das Licht an – nackte Glühbirnen hingen an Kabeln von niedrigen Decken – und stand mit verschränkten Armen in einer Ecke, von wo er mich mit einem ironischen Lächeln beobachtete, wie ich mich nach irgendwelchen Spuren davon umsah, dass jemand kürzlich hier gewesen war. Kein La Perla-BH-Träger, keine USB-Buchsen.

Außerdem war es kalt. Jemand wirklich Verzweifeltes – ein geflüchteter Sklave, ein schwarzer Jugendlicher voller Angst vor den Cops – mochte das kurzfristig tapfer durchstehen, doch ich bezweifelte, dass Emerald Ferring das wollen würde. Sie war zwar in Armut aufgewachsen, aber das war fünfzig Jahre her.

Clements' Wagen stand hinter der Kirche. Als er begriff, dass ich zu Fuß da war, bot er an, mich zu meinem Auto zu fahren, war aber überrascht, dass ich bei der Bibliothek geparkt hatte.

»Ich war heute früh im Archiv«, sagte ich. »Es schien das Einfachste, den Wagen stehen zu lassen.« Ich mochte nichts von meiner Sorge erzählen, dass ich beschattet wurde. Ob die Tatsache, dass der Sheriff oder der Colonel oder wer auch immer mich über mein Handy orten konnte, bedeutete, dass sie den SUV nicht mehr brauchten? Unwillkürlich legte ich eine Hand an die Kehle, die sich plötzlich eng anfühlte.

Als Clements mich bei der Bibliothek absetzte, wischte er meinen Dank mit einem brüsken Kommentar beiseite. »Ich hoffe, Sie gehen nicht zurück und regen Schwester Albritten wieder auf.«

Ich lächelte flüchtig. »Kann sie nicht ein paar Wochen bei ihrem Sohn bleiben? Ich weiß nicht, was los ist oder wer dahintersteckt, aber der Mord auf der McKinnon-Farm und das Chaos in Augusts Wohnung in Chicago – wenn diese Schläger glauben, sie wüsste etwas –«

»Ich weiß«, unterbrach er mich. »Deshalb habe ich Leute aus der Gemeinde organisiert, die bei ihr bleiben. Ich wollte auch, dass sie zu Jordan geht, aber sie ist eine sture Frau. Alt zudem, und die Alten brauchen ihre vertraute Umgebung. Jordan kommt morgen wieder her. Er muss jemanden organisieren, der sich um seinen Laden kümmert, und dann bleibt er bei ihr, er oder sein ältester Junge. Das ist nicht ideal, aber es muss reichen.«

Ich bot keine Hilfe beim Wachdienst an, ich wusste ja nicht, wo meine Ermittlung mich hinführte oder wann, aber Albrittens Sicherheit war jetzt eine weitere Sorge.

Wieder in meinem Wagen, nahm ich meine Elektronik aus ihrer Umhüllung. Ich hatte eine Unmenge Nachrichten, einige dringend, aber zuallererst wollte ich meinen Hund einsammeln.

Peppy war entzückt, mich zu sehen, obwohl die Chefin mir versicherte, dass alle in sie verliebt waren und ich sie jederzeit wieder vorbeibringen könnte. Peppy hatte mit mehr Ausdauer gespielt als je ein Hund vor ihr, sie hatte sich mit allen anderen Vierbeinern gut vertragen und so weiter und so fort. Ich kam mir vor, als bekäme ich eine Kindergartenbeurteilung: *Ihre kleine Peppy ist das ideale Kind, aufgeweckt, aber auch um andere bemüht.* Nicht, dass ich dem nicht vollumfänglich beipflichtete.

Als wir in die Stadt fuhren, war ich dankbar, dass sie genug Bewegung bekommen hatte und ich sie heute Abend nicht mehr ausführen musste. Wir fuhren zum Hippo. Es war halb sechs, die Sonne stand über der Rahnock, was immer das war, jedenfalls tief genug für einen Drink.

Die Barfrau/Barista, die ich morgens immer sah, hatte Schicht, also wagte ich es und nahm Peppy mit rein.

Ich legte zwei Zwanziger auf den Tisch und bestellte einen doppelten Oban, pur ohne Eis. Meistens trinke ich Johnnie Walker Black Label, der die Hälfte kostet, aber ich wollte mir was gönnen. »Muss ich beweisen, dass sie mein Assistenzhund fürs Gefühlige ist, oder genügt mein Wort darauf?«

»Das seh ich euch beiden doch an«, sagte die Frau, nahm einen der Zwanziger und gab mir einen Fünfer zusammen mit dem anderen Schein zurück. »Behalt mal die Kohle. Wir brauchen alle mal Assistenz fürs Gefühlige.«

Ich ließ den Fünfer auf dem Tresen liegen und ging mit meinen Geräten und meiner Hündin an einen Ecktisch. Unter den SMS der Chicagoer Klienten war eine von Troy Hempel: Er hatte mit seiner Mutter geredet, und er würde mich zurückrufen, wenn er konnte. Ich hatte sieben SMS von Bernie, die schrieb, wenn ich August bis morgen nicht fand, würde sie einfliegen, egal, was ich oder ihr Trainer oder ihre Eltern dazu sagten.

Ich antwortete den wichtigsten Klienten, schickte den Streeter-Brüdern eine Anfrage, ob sie noch mehr Beinarbeit für mich übernehmen könnten, und schrieb an Bernie ein nachdrückliches *Auf keinen Fall! Hier bringen sie einander um und überlassen die Leichen den Ratten. Bleib ja weg.*

Dann suchte ich nach Barbara Rutledge, die vor einem Monat auf dem Bauernmarkt mit Doris McKinnon gesprochen hatte. Zwar gibt es Dienste, die Handynummern recherchieren, aber die sind langsam und sauteuer, daher war ich froh, dass Rutledge altmodisch genug für einen Festnetzanschluss war. Sie nahm auch beim dritten Klingeln ab, sodass ich keine Zeit mit wechselseitigen Rückrufversuchen verlor.

Ich stellte mich vor und fragte, ob ich richtig damit lag, dass wir uns am Vortag in der Riverside Church begegnet waren.

»Ach, ja klar. Die Ermittlerin, die alle so in Aufruhr versetzt hat. Haben Sie Nell Albritten gefunden?«

»Ja. Bestimmt haben Sie schon gehört, dass sie umgekippt ist, während ich bei ihr war.«

Barbara war verblüfft. »Ich hatte keine Ahnung – war sie beim Arzt? Was haben Sie gemacht?«

»Ich habe veranlasst, dass sie in die Notaufnahme kommt«, sagte ich. »Sie ist wieder zu Hause, erschöpft, wie man es nach so einer Episode ist, besonders mit über neunzig, aber sie sagen, ihr Herz ist in Ordnung.«

»Warum dachten Sie denn, dass ich das schon weiß?«

»Jeder im Douglas County reitet darauf herum, wie gut sich hier alle kennen«, sagte ich. »Das hat man mir so oft bewiesen, dass ich langsam glaube, mein Job hier ist es, Leute anzurufen und mir sagen zu lassen, was ich gerade tue.«

»Wir alle reden ständig übereinander«, bestätigte Barbara. »Das wird in der Großstadt nicht anders sein, aber so viele von uns sind zusammen aufgewachsen oder haben so lange zusammen gearbeitet, dass wir vielleicht verstrickter ineinander sind als Sie in Chicago.« Sie zögerte. »Dass ich das von Nell Albritten nicht wusste, ist aber typisch für das, was ich gestern in der Kirche zu sagen versucht habe. Da zieht sich eine Grenze durch, zwischen schwarz und weiß und zwischen den Leuten nördlich vom Fluss, North Lawrence, und dem Rest der Stadt. Höchstens eine Handvoll Leute in Riverside kennt Nell Albritten, und sofern niemand Verwandte im Krankenhaus hat, würden wir keinen Piep von ihr hören. Wäre es um Gertrude Perec oder Joy Hemsley gegangen, wir hätten längst alle Kuchen gebacken.«

»Apropos Kuchen, oder jedenfalls Nahrung«, sagte ich, »Ms. Albritten hat mir heute erzählt, dass Doris McKinnon vor etwa einem Monat auf dem Bauernmarkt mit Ihnen gesprochen hat. Sie war aufgebracht, weil jemand unbefugt auf ihrem Land gepflanzt hat?«

»Nein – nicht ganz.« Rutledge hielt inne, versuchte sich zu erinnern. »Sie war aufgebracht, ja, aber sie sprach von dem Land, das sie an die Air Force hat abtreten müssen. Sie sagte, offenbar hätten sie es an einen anderen Farmer verkauft, statt ihr Gelegenheit zu geben, es zurückzukaufen. ›Die bauen da was an, und ich muss wissen warum‹ – so was in der Art.«

»Wenn sie mitten in der Nacht in der Erde gewühlt hat, um irgendetwas zu beweisen, wäre es also auf diesem Stück Land gewesen?« Das wäre eine willkommene Wendung. Dann konnte ich meine Suche auf die beschlagnahmten sechs Hektar begrenzen, statt ziellos das ganze Land abzugrasen.

»Sie hat dort mitten in der Nacht gegraben?« Rutledge war bestürzt. »Sie war schon immer … ich will nicht exzentrisch sagen, dieses Etikett verpassen wir viel zu schnell jeder Frau, die in ihrem eigenen Rhythmus tickt – aber sie war immer unkonventioneller als die meisten anderen hier. Sie hat die Anti-Atom-Kids auf ihrem Land campieren lassen, damals 1983. Das hat im County zu mächtigen Anfeindungen geführt, Hippies oder Kommunisten verschandeln schließlich die Landschaft.«

Nach dem Telefonat sah ich mir die Karten an, die ich heute Morgen benutzt hatte, und versuchte zu klären, wo McKinnons alte sechs Hektar sich mit der Versuchsfarm von Sea-2-Sea überschnitten, da kam Sergeant Everard hereingeschlendert.

Er und die Barista plauderten eine Minute – es sah nach Geplänkel aus –, während sie ihm ein Bier zapfte. Er brachte es mit an meinen Tisch.

»Gerade Dienstschluss.« Er winkte mit dem Maßkrug. »So, sie ist jetzt also Ihr Assistenzhund, ja?« Er beugte sich runter, um Peppy an den Ohren zu kraulen. »War sie nicht neulich Ihre Analytikerin?«

»Sie ist außergewöhnlich multitaskingfähig.«

»Man sagte mir, dass Sie hier gewöhnlich morgens auf einen Kaffee reinschauen.«

»Der beste in Lawrence, zumindest für meinen Geschmack«, bestätigte ich.

»Das da sieht nicht gerade nach Kaffee aus«, sagte er. »Aber ich hab darauf gebaut, dass Sie heute Abend herkommen. So fangen wir Gesetzeshüter nämlich Übeltäter: Menschen sind Gewohnheitstiere.«

»Ja, das sind wir Übeltäter«, stimmte ich zu, »aber vielleicht haben Sie ja auch mein GPS wieder ans Netz gehen sehen.«

Er hob erstaunt die Augenbrauen. »Ich tracke Sie nicht, Warshawski, ich hab Sie bloß gesucht.«

»Okay«, sagte ich. »Sie haben mich gefunden.«

»Eine Freundin beim staatlichen Labor hat mich vorhin angerufen, es geht um Doris McKinnon oder jedenfalls die Frau, deren Leiche wir Doris zuordnen.«

Ich wartete geduldig ab.

»Dr. Roque ist heut Morgen in der Pathologie zusammengebrochen, kurz nachdem er mit der Autopsie begonnen hatte. Er war alleine da: Der Staat kann sich Vollzeit-Laborpersonal nicht mehr leisten, deshalb haben sie erst Hilfe geholt, als ein Wachmann ihn auf einem Monitor entdeckt hat. Man hat ihn in die Zentralklinik in Kansas City geflogen, mit einer Art akuter Grippe.«

»Tut mir leid, das zu hören«, sagte ich förmlich. »Heißt das, die Autopsie ist ausgesetzt?«

Everard grinste humorlos. »Ganz so hinterwäldlerisch geht es hier doch nicht zu, Warshawski, egal was die *New York Times* schreibt. Wir haben mehr als einen Pathologen im Staat. Nein, das Problem ist, dass McKinnons Leiche weg ist.«

29

Datentausch

»Weg?«, echote ich dumm.

»Verschwunden. Verschollen. Weitere Synonyme fallen mir nicht ein.«

Ich war zu verwirrt, um etwas zu sagen. Everard nahm mein Schweigen als Kritik.

»Das ist hier nicht Chicago mit tausenden Tötungsdelikten jedes Jahr. Wir haben Sicherheitsmaßnahmen – Aufsicht, Kameras, auch modernen Kram –, aber wir müssen unsere Pathologie nicht bewachen, als hinge die nationale Sicherheit davon ab. Zumindest dachten wir das bisher.«

Ich schüttelte den Kopf. »Darum geht's nicht. Außerdem ist die Pathologie im Cook County die reinste Schande, überall stapeln sich Leichen, deren Sekrete ineinanderkleckern. Nein, ich versuch mich gerade an was zu erinnern, das der Sheriff heute Morgen gesagt hat.«

Ich starrte durch meinen Whisky, der allem ein bernsteinfarbenes Leuchten verlieh, auf den zerschrammten Tresen. Ich hatte Gisborne gefragt, ob sie schon die Todesursache hatten, und er hatte mich auflaufen lassen: Ich hätte kein Recht auf Informationen, nur weil ich die Leiche ›das erste Mal‹ entdeckt hatte. Ja, genau so, und dann hatte er sich schön aus der Schlinge gezogen, indem er behauptete, ›als Erste‹ gemeint zu haben.

Als ich das Everard wiedergab, runzelte er besorgt die Stirn. »Sie glauben doch nicht, dass Gisborne schon davon wusste, oder? Er und ich sind nicht immer einer Meinung, aber ich kenne ihn praktisch mein ganzes Leben.«

»Ich bin mit Leuten aufgewachsen, die fünf bis zehn Jahre sitzen, wegen Betrug und Brandstiftung, um nur zwei Fälle zu nennen.«

»Gisborne ist redlich. Wenn er das nicht wäre, wüsste ich es«, gab Everard scharf zurück.

»Ich trieze Sie bloß ein bisschen«, sagte ich. »Sie kennen ihn, ich nicht. Mir kam es einfach schräg vor. Wenn Sie so sicher sind, dass er redlich ist, warum suchen Sie mich dann extra, um mir von McKinnons Verschwinden zu erzählen?«

Everards Mund verzog sich ironisch. »Auf dem Revier redet man über Sie, wissen Sie. Die sagen, Vandalismus und Trunkenheit am Steuer sind so langweilig, ab und zu ein bewaffneter Überfall macht den Kohl auch nicht fett, und wenn wir hier echtes Verbrechen wollen, sollten wir Sie dabehalten. ›Warshawski, die Wünschelrute für Verbrechen – die Frage ist, steckt sie dahinter oder findet sie sie bloß?‹ Betäubte Frauen, Mordopfer, Leute kippen um, wenn Sie auftauchen. Ich hab mich schon gefragt …«

»Ob ich Dr. Roque eine fiese Krankheit verpasst hab und mit der Leiche abgezwitschert bin?«, half ich aus, als er nicht weitersprach.

Er grinste wieder, ein echtes Grinsen, erleichtert, dass ich seinen Scherz gut aufnahm. »So weit die Gerüchteküche. Ich hab Vertrauen in die Polizei von Lawrence, jedenfalls in meinen Lieutenant und die Mehrzahl der Leute unter seinem Befehl. Das KBI – die Kriminalbehörde von Kansas – macht gute Arbeit, hat schon höchst raffinierte Morde aufgeklärt. Also sag ich nicht, wir bräuchten Ihren Sachverstand. Das tun wir nicht, auch wenn sie da jetzt wegen der staatlichen Finanzkrise unterbesetzt sind. Aber … Irgendwas läuft hier, was mich … Ich finde das richtige Wort nicht. Wenn ich Ihre Freundin hier wäre, würde sich mein Nackenfell aufstellen.« Er rieb mit der Stiefelspitze Peppys Hinterkopf.

»Was genau meinen Sie?«, fragte ich.

»Das Verschwinden der Leiche natürlich. Was Sie über Gisborne gesagt haben – ich weiß nicht, was er für Ameisen im Arsch hat, aber er benimmt sich komisch. Ich meine, das County, die Stadtpolizei, wir haben jeweils unsere eigenen Verbrechen, unsere eigenen Ermittlungen, aber wir wissen, dass wir da zusammen drinstecken, und tragen gewöhnlich keine Revierkämpfe aus. Als allerdings die Meldung aus der Pathologie kam, ist der Sheriff zu Lieutenant Lowdham hin und hat erklärt, das wär Sache des Countys, und Lawrence soll sich ganz raushalten.«

»Und der Lieutenant?«, hakte ich nach, als Everard wieder schwieg.

»Der Lieutenant meint, wenn in Lawrence begangene Straftaten mit McKinnons Tod zu tun haben, müssen wir übernehmen, aber vorerst halten wir still.«

»Sonia Kiel«, sagte ich. »Mit Drogen abgefüllt und vor dem Lion's Pride dem Tod überlassen.«

»Das bringen Sie mit dem Mord an McKinnon in Verbindung? Was denn, ist eine Drohne über Ihrem Kopf geschwebt und ein kleines Alien hat gerufen: ›Warshawski, Sonia Kiel hat gesehen, wie Doris McKinnon starb‹?«

»Ich wusste gleich, dass es ein Fehler war, noch einen *Star Wars*-Film rauszubringen«, sagte ich. »Vielleicht hat Sonia den Mord wirklich gesehen. Sie hat etwas gesehen. Hören Sie sich die ganze Geschichte an – sie ist verrückt genug, auch ohne Aliens. Kennen Sie einen Colonel Baggetto?«

Als er den Kopf schüttelte, erzählte ich ihm, wie ich am Vorabend im Hotel über Baggetto gestolpert war, mit Bram von Sea-2-Sea und Dr. Kiel. »Gisborne erweist Sea-2-Sea spezielle Gefallen. Ist das normal bei ihm?«

»Was meinen Sie mit ›normal‹?« Everard schwankte zwischen abwehrend und versöhnlich, jetzt schwang die Nadel wieder in den roten Bereich.

»Ich urteile gar nicht.« Ich behielt einen gleichmütigen Ton bei, ich durfte mir nicht den einzigen Gesetzesmann hier entfremden, der mir halbwegs wohlgesonnen war. »Können Unternehmen oder Personen erwarten, dass der Sheriff kommt, wenn auf ihrem Besitz ein Alarm losgeht?«

Everard zuckte die Achseln. »Wenn Sea-2-Sea den Alarm mit dem Büro des Sheriffs verbunden hat, warum nicht?«

»Ich hab mich über den Zaun gebeugt, er steht unter Strom. Ich nehme an, das hat Gisborne auf den Plan gerufen. Sea-2-Sea betreibt mächtig Abschirmung für ein paar Getreidepflanzen.«

»Typisch Großstadtgewächs.« Die Nadel schwenkte wieder ins Blaue. »Diese paar Pflanzen können ein spezieller Hybrid sein, der Millionen Dollar wert ist. Sea-2-Sea will nicht, dass sich jemand daran vergreift – kein Verbrechen.« Everard winkte der Barfrau mit dem Krug zu. »Simone, bringst du mir noch eins, bist du so gut, bitte bitte?«

»Deke, soweit ich weiß, bist du kein Krüppel. Bemüh dich selbst her. Du siehst doch, dass ich hier schon 'ne Warteschlange habe, und ich bin allein.«

Der Laden wurde voller, aber moderat im Vergleich zum Lion's Pride. Nur ein winziger Fernseher in der hintersten Ecke, sodass eisenharte Jayhawk-Fans sich eher woanders größere Bildschirme suchen gingen.

Ich schüttelte den Kopf, als Everard mir noch einen Drink anbot. Ein doppelter Whisky nach einem langen Tag machte mich schon schläfrig. Noch einer, und ich wäre nicht mehr fähig zu fahren oder, noch wichtiger, dem zu folgen, was Everard sagte.

Als er zurückkam, erzählte ich ihm von Baggettos Auftauchen beim Raketensilo. »Er hat gesagt, er ist in Lawrence, um auf dem Berg eine Vorlesung beim Training Corps der Army zu halten, aber als ich da anrief, wussten sie gar nichts davon. Andererseits hat er den Sheriff davon abgehalten, mich zu verhaften oder vielleicht beim Fluchtversuch zu erschießen.«

Everard knallte seinen Krug auf die Tischplatte, dass das Bier überschwappte. »Sehen Sie, genau das meine ich. Gisborne ist hier seit einer Million Jahre Sheriff, er hat als Deputy in den Achtzigern angefangen. Er flippt sonst nie so schnell aus.«

»Ich hab schon an Drogen gedacht«, sagte ich. »Da steht so ein Gebäude auf dem Raketengelände mit geschwärzten Fenstern und einem neuen Schloss.«

»Ganz egal, was Gisborne vielleicht tut oder nicht tut, *niemals* würde er einen Drogenring decken«, schnauzte Everard. »Und Dr. Kiel auch nicht – er hat hier in der Gegend den Spitznamen Dr. Public Health. Nie und nimmer würde er ein Methlabor unterstützen.«

»Also ich weiß, dass sie auf dem Acker da kein Marihuana ziehen«, versuchte ich die Hitze zu dämpfen. »Das ist vermutlich die einzige Nutzpflanze, die ich erkennen würde. Aber da draußen könnten auch zwei verschiedene Nummern laufen – Meth in dem verlassenen Silo und was anderes auf Doris McKinnons altem Land.«

Everard nickte widerwillig.

»Nicht, dass Ihnen gleich wieder eine Sicherung durchbrennt, aber ich hab auch meine Zweifel bezüglich Baggetto.«

»Keine Sorge, da ich den Kerl gar nicht kenne. Was führt er denn im Schilde?«

»Ich hab keine Ahnung, aber für einen Army-Mann mit einer großen Karriere hinter und vor sich weiß Baggetto verdammt genau Bescheid, was im County vor sich geht.«

Ich gab Everard die Karten, die ich benutzt hatte, in die Hand, weg von der Bierpfütze. »Sehen Sie diesen Umriss? Das sind die sechs Hektar, die die Air Force Doris McKinnon 1983 abgeknöpft hat, nachdem die Kommune niedergebrannt war. Sie gaben an, es sei zu kontaminiert, um es zu nutzen, und eine Frau von der Emigrant Bank meint, deshalb ist der Silo nicht wie so viele andere an einen privaten Projektentwickler verkauft worden.«

»Ja?« Everards Telefon klingelte, und er sagte, er sei außer Dienst, gebt den Anruf an Officer Peabody weiter.

»Warum baut Sea-2-Sea dann da an? Wenn ich die Karte nicht falsch lese.«

Everard nahm sich die Karte des Countys und die Liegenschaftsurkunden vor und konzentrierte sich gut zehn Minuten darauf. Ich kümmerte mich indessen um meine ständig nachwachsende Schlange von Textnachrichten und sah zum x-ten Mal nach, ob Jake sich gemeldet hatte.

»Nein, Sie haben richtig gelesen. Gute Frage. Ich werd mal prüfen, was für Gerüchte so auf dem Revier umgehen.« Er schnitt eine Grimasse. »Die Stimmung zwischen Stadt und County ist gerade etwas angespannt, also muss ich leisetreten – und darf ganz bestimmt nicht mit so einem dicken Knüppel kommen.«

Ich knurrte bestätigend und fügte hinzu: »Doris McKinnon hat im Geheimen nachts gebuddelt und Bodenproben genommen. Ich vermute, es war auf dem Land, das die Air Force beschlagnahmt hat. Ich nehme an, sie wollte die Strahlungswerte im Boden überprüfen lassen – das ist die einzige Erklärung, die mir dazu einfällt. Ich glaube nicht, dass die Proben noch im Haus waren, als ich gestern Abend dort war – da wusste ich zwar noch nichts von ihrer Buddelei, also hab ich nicht danach gesucht, aber ein ganzer Haufen Beutel mit Etiketten, auf denen Längen- und Breitengrad –«

»Woher wissen Sie das, Warshawski?«, rief Everard. »Verdammt, Sie sitzen doch nicht etwa heimlich auf Beweismitteln –«

»Ein anonymer Hinweis«, sagte ich kalt. »Sie gehen ein Risiko ein, wenn Sie mit mir reden, aber ich gehe genauso eins ein, wenn ich mein Wissen mit Ihnen teile.«

Everard starrte finster in sein Bier, aber schließlich sagte er: »Okay. Ein anonymer Hinweis. Und weiter?«

»Und Sonia Kiel ist da aufgekreuzt, sie hat auf dem Feld getanzt, dann hat sie Doris gesehen und geschrien: ›Feuer, haut ab, ihr seid auf heiligem Boden!‹ Das ist alles, was ich weiß. Aber kurz darauf hat ihr jemand eine Dosis Roofies verpasst, die sie verdammt leicht hätte umbringen können. Das verbindet Sonia mit dem Mord an McKinnon, zumindest meiner Meinung nach.«

»Ich weiß nicht. Das ist doch ein ziemlich dünner Faden.«

Ich sah ihn ernst an. »Sie haben wahrscheinlich recht, aber was mich überhaupt zur McKinnon-Farm geführt hat, war der Umstand, dass Emerald Ferring dort aufgewachsen ist. Sonia Kiel war da draußen in der Nacht, als McKinnon ihre Bodenproben ausgrub, und wie ich Ihnen bereits erzählt habe, sagte sie bei unserem Fünfzehn-Sekunden-Telefonat, sie hätte Ferring und August auf dem Grab ihrer großen Liebe gesehen. Laut ihrer Mutter hält Sonia Matt Chastain für ihre große Liebe. Er ist verschwunden, nachdem das Anti-Atom-Protestcamp abgebrannt ist, und Sonia glaubt, dass Matt da gestorben ist. Also war meine Idee, auf Friedhöfen zu suchen, ganz verkehrt, es war McKinnons Land.«

»Und das hat was mit dem Tomatenpreis in Topeka zu tun?«, sagte Everard.

»Matt war Kiels Student, und Kiel sagt, Matt war an einem Experiment beteiligt, das irgendwie schiefging. Ob das vielleicht das Land dort kontaminiert hat? In der Riverside Church hat man mir erzählt, das Land kann nicht veräußert werden.«

»Mag sein, aber was ist jetzt der springende Punkt?«

»Ich weiß es nicht«, gab ich zu. »Vielleicht so: Ich weiß eigentlich nur drei Dinge über das Land – es wird von Sea-2-Sea kultiviert, dort war das Protestlager, und Sonia glaubt, dass dort Matt verschwand oder starb –, aber alle drei Dinge legen nahe, die Geschehnisse von ’83 damit in Verbindung zu setzen, was heute vor sich geht. Seltsam ist auch, wie feindselig Gertrude

Perec mir begegnet. Das hat mich auf die Idee gebracht, dass Matt Chastain vielleicht Cady Perecs Vater sein könnte – er war damals auf dem Land, und Gertrudes Tochter campierte da draußen. Wenn sie nicht will, dass Cady das weiß …« Meine Stimme wurde leiser und verstummte.

Everard sagte: »Cady will seit jeher wissen, wer ihr Vater war, was ganz verständlich ist, aber mir ist schleierhaft, warum Gertrude ihr das verheimlichen sollte, wenn sie es wüsste.«

»Sie hat doch für Dr. Kiel gearbeitet. Chastain war Kiels Student. Sonia schwärmte für Chastain und stellte ihm nach. Kiel warf Chastain aus dem Institut, weil er ein Experiment total verpatzt hat. Und jetzt geht Kiel mit dem Kerl einen heben, der genau da, wo die Kommune war, eine Versuchsfarm betreibt. Und dieser Colonel taucht hier auf und blinkt mit seinen Medaillen, hat ein Helferlein bei sich, den er mir als Offizieranwärter beim Training Corps der Army an der Universität vorstellt. Nur, als ich bei denen nachgefragt hab, gab es dort niemanden dieses Namens.«

Everards Telefon pingte. Er warf einen Blick auf den Screen und sah mit düsterer Miene wieder auf. »Dr. Roque ist vor zwanzig Minuten gestorben. Er war nicht mehr jung, aber … Ach Mist, er war ein guter, unvoreingenommener Pathologe. Einer der wenigen Leute in diesem verfluchten Staat, der seinen Job hatte, weil er verdammt noch mal wusste, was er tat, und nicht, weil er in den richtigen Arsch gekrochen ist.«

Ich murmelte unbeholfene Beileidsbekundungen, wie man sie über jemanden sagt, dem man nie begegnet ist, zu jemandem, den man nicht sehr gut kennt.

Seine Augen schimmerten. »Wir reden später, Warshawski. Ich komm auf Sie zu.«

30

Lamettabesuch

Peppy sprang auf den Beifahrersitz. Als ich mich gerade neben sie setzen wollte, stieg jemand auf der gegenüberliegenden Straßenseite aus einem Auto und kam auf mich zu. Ich richtete mich wieder auf und lehnte mich an den Wagen.

»Colonel Baggetto. Werden Sie denn gar nicht im Fort gebraucht?«

»Niemand ist unersetzbar, besonders nicht auf einem Militärstützpunkt, wo Colonels wie Unkraut wuchern und Captains alle Beinarbeit erledigen.«

»Tja, Unkraut hat eben keine Beine«, sagte ich. »Falls Sie mich gesucht haben, ich geh jetzt auf mein Zimmer und ruh mich aus. Allein. Wenn Sie zum Sheriff wollen, kann ich Ihnen nicht helfen – der Gesetzeshüter, mit dem ich eben sprach, gehört zur Stadtpolizei.«

»Ich hoffte, ich könnte Sie zum Abendessen einladen«, sagte Baggetto.

»Dafür haben Sie extra meinen Wagen getrackt? Wäre es nicht leichter gewesen, mich anzurufen?«

Unter den Straßenlaternen glänzten seine Zähne weiß auf. »Ich kenne Ihren Wagen, aber nicht Ihre Telefonnummer.«

»Und das von Ihnen, mit Ihren Abschlüssen in Computertechnik und Ihren Erfahrungen im Nachrichtendienst der Army. *Navy CIS* erweckt immer den Anschein, als ob beim militärischen Nachrichtendienst jeder X-beliebige nur einen Knopf drücken muss, um jeden Anruf zu sehen, den ich in den letzten zehn Jahren getätigt habe.«

»Das könnte ich wohl«, sagte er immer noch lächelnd, »aber das wäre doch unethisch. Kann ich Sie überreden, irgendwo drinnen, wo es warm ist, mit mir zu sprechen statt mitten auf der Eighth Street?«

Am Ende, weil ich mit ihm reden und zugleich bei Peppy sein wollte, nicht in einem Restaurant und sie im Auto, sagte ich, er könne mit in die Pension kommen. Mir war nicht danach, ihn zu füttern, aber er sagte, er würde auf dem Weg eine Pizza und eine Flasche Wein besorgen.

In der Waschküche der Pension wechselte ich meine guten Sachen gegen Jeans und Sweatshirt, fütterte Peppy und ließ mich dann im Sessel nieder, überließ Baggetto den Stuhl mit der steifen Lehne an dem kleinen Schreibtisch. Den Wein lehnte ich ab.

»Ich habe da kein Skopolamin reingetan«, sagte er indigniert.

»Trinkst du nach Whisky auch noch Wein, stellt Schnüfflerins Hirn das Denken ein«, sagte ich. »Das Liedchen haben sie uns beigebracht, als ich auf der Detektivinnenakademie war.«

»Sie waren auf keiner –«

»Detektivinnenakademie«, vervollständigte ich, als er mitten im Satz abbrach. »So ist es. Ich nehm's Ihnen nicht übel, dass Sie mich überprüft haben – ich hab dasselbe mit Ihnen versucht, aber Ihre Vorgeschichte lässt sich natürlich viel schwerer durchleuchten. Zum Beispiel was Sie in Afghanistan wirklich gemacht haben. Das ist alles tief vergraben hinter den feuerspeienden Hütedrachen des Verteidigungsministeriums.«

»Jeder jugendliche Hacker kann in die Pentagoncomputer einbrechen, von daher glaube ich nicht, dass da irgendwas allzu geheim ist.«

»Ach, wäre ich doch eine jugendliche Hackerin. Vielleicht könnte ich dann auch rauskriegen, was Sie wirklich in Lawrence machen. Sie haben heute Morgen keine Vorlesung beim Training Corps der Army gehalten, und an der Universität gibt es keinen Offizieranwärter namens Marlon Pinsen. Auf Facebook auch nicht. Ich weiß, dass er eine reale Person ist, denn ich habe seine Hand geschüttelt und er hat mich ›Ma'am‹ genannt auf diese schnucklige Art, die ihr Armytypen an euch habt, aber ich glaube nicht, dass Marlon Pinsen der Name ist, bei dem ihn seine Mama ruft.«

»Hmm.« Baggetto goss Wein in einen der Kaffeebecher auf dem Schreibtisch und schnupperte daran. »Er riecht gut. Sicher, dass Sie keinen wollen? Nein? Wie seine Mutter ihn nennt, weiß ich nicht, aber Sie haben recht, ich hatte keine Vorlesung auf dem Berg. Ich weiß selbst nicht, warum ich Sie angelogen habe.«

»Manchmal ist der Grund, dass einem die Wahrheit zu peinlich ist. Oder man will kriminelle Aktivitäten verschleiern – das begegnet mir öfter bei meiner Arbeit.«

Meine Füße, meine Hüften, meine Schienbeine – jeder Knochen vom Becken bis zu den Zehen tat mir weh. Ich zog die Knie hoch, sodass ich im Schneidersitz dasaß, und begann mir die Ballen zu massieren. Baggetto sah zu, dann gab er sich einen Ruck und schaute absichtlich weg, indem er sich mit dem Schneiden der Pizza beschäftigte. Peppy, die flach neben mir gelegen hatte, setzte sich auf und starrte ihn sehnsüchtig an. Ich rief sie zur Ordnung. »Wir betteln nicht, weißt du noch? Schon gar nicht bei Fremden, die uns mit Skopolamin füttern könnten.«

Baggetto lachte, legte ein Stück auf eine Serviette und reichte es mir über die Hündin hinweg. »Scham oder Verbrechen – sind das die einzigen Möglichkeiten? Was ist mit Jagen im Dunkeln, ohne zu wissen, worüber man stolpern könnte?«

»Jagt Alias Marlon mit Ihnen?«, fragte ich.

Baggetto ließ sich Zeit mit der Antwort, aß, wischte sich die Finger ab, schenkte sich noch einen Becher Wein ein. »Er ist am General Staff College in Fort Leavenworth, vierzig Meilen die Straße rauf, einer von ihren jungen Computercracks. Er war abkommandiert, mit mir zu arbeiten.«

»Woran?«

»Am Silo. Was haben Sie heute Morgen da gemacht?«

»Ich könnte jetzt lügen oder mauern, denn das ist ja das Spiel des Abends, aber ich war aus reiner Neugier dort. Die Ermittlung, die mich nach Lawrence geführt hat, ist genau das, was ich Ihnen schon vor einer Woche in Fort Riley erklärt habe. Emerald Ferring hat bei Doris McKinnon gewohnt, als Kind und als Studentin an der Uni. Sie und August Veriden haben Ms. McKinnon besucht, wahrscheinlich mindestens eine Nacht bei ihr verbracht – ich bin sicher, Ihr Kumpel Gisborne hat Ihnen das alles längst berichtet. Ich wollte mir ihr Land ansehen. Die Air Force hat sechs Hektar davon beschlagnahmt. Verschiedene Leute haben mir gesagt, das Land sei kontaminiert, zu radioaktiv für Landwirtschaft, also war ich neugierig, wo ihre Grundstücksgrenzen verlaufen und warum Sea-2-Sea Land kultiviert, das doch kontaminiert ist. Sie sind dran.«

»Sie essen ja gar nicht. Sind Sie Veganerin?«

Von dem dicken Pizzastück troffen Käse und rote Sauce, durchweichten die dünne Serviette. Ich entknotete meine Beine und holte einen Teller, um es draufzutun, wischte den Tisch ab. »Ich weiß, für eine Chicagoerin ist das ketzerisch, aber ich mag keine Deep Dish Pizza. Meine Mutter kam aus Umbrien. Dünner Teig, minimalistischer Belag. Es ist immer noch an Ihnen zu erklären, warum Sie da aufgetaucht sind, gleich nachdem der Sheriff kam. Und gönnen Sie mir eine unterhaltsamere Geschichte als die von dem Freund des Großcousins eines Kommandooffiziers, der wusste, dass Sie in der Gegend sind.«

»Der Teil ist wahr«, sagte Baggetto. »Bevor Sea-2-Sea das Land von der Air Force kaufte, haben sie es untersucht. Ihr Team hat keinerlei Spuren von Radioaktivität entdeckt. Damit hätte die Sache geklärt sein sollen, aber Sie wissen ja, wie das ist –

die Leute reden. Bram Roswell fing an sich Sorgen zu machen: Wenn die Leute erst mal glauben, dass Sea-2-Sea radioaktives Gemüse verkauft, könnte die Firma bald den Löffel abgeben.

Roswell rief die Air Force an, die eine gründlichere Untersuchung durchführte und jeden Quadratzentimeter des Silos absuchte. Man stieß auf einen Zylinder mit abgebrannten Brennstäben. Fragen Sie mich nicht, was der in einem stillgelegten Raketensilo zu suchen hatte. Er hatte da von vornherein nichts verloren: Atomwaffen sind keine Reaktoren – sie produzieren nicht aktiv Energie, sie brauchen keine Brennstäbe. Die Stäbe dort zu platzieren sah nach böswilligem Vandalismus aus, und zwar von jemandem, der Zugang zu einer kerntechnischen Anlage hatte, entweder zu einer Waffenproduktion oder zu einem Kernkraftwerk. Bevor wir sie analysieren konnten, um zu ermitteln, woher die Brennstäbe kamen, verschwand der Zylinder. Wir sind ehrlich gesagt fassungslos.«

»Von wo verschwand er denn?«, fragte ich. »Die Technikexperten der Air Force haben ihn doch bestimmt nicht einfach liegen lassen, wo sie ihn gefunden hatten.«

Baggetto rieb sich den Nacken, schindete Zeit, wog ab: wie viel Wahrheit offenbaren, was für Lügen erzählen.

»Sie haben ihn auf dem Gelände gefunden. Sie dachten, sie könnten ihn im Silo lassen, der im Prinzip uneinnehmbar ist ohne einen Kran und drei verschiedene Schlüssel. Wie Sie wissen. Sie haben sich ja an der Tür versucht, als Sie heute Morgen da waren.«

»Ohne Ihre spezielle Kenntnis von der Anzahl der Schlüssel würde es dauern, sie zu öffnen«, sagte ich. »Aber zurück zu den Stäben – sie sind doch abgebrannt, also warum sind sie gefährlich?«

»Ach, das.« Er machte eine ungeduldige Geste – obwohl er angeblich keine Ahnung von Kernwaffen hatte, war das wohl primitivstes Kindergartenwissen. »Verbrauchte Brennstäbe sind immer noch radioaktiv. Sie erzeugen nicht genug Energie, um damit eine große Bombe zu bauen oder eine Fabrik zu betreiben, aber man kann eine Menge Schaden damit anrichten. Denken Sie nur an Fukushima.«

»Dann sind Sie also hier, um herauszufinden, wer mit den Brennstäben durchgebrannt ist?«, fragte ich.

»Mein Ziel ist ein doppeltes: den Zylinder finden und es geheim halten, um keine Massenpanik auszulösen«, warnte er.

»Na schön, ich werd's nicht auf Facebook posten. Ich besorg mir nur einen Geigerzähler für meinen nächsten Besuch auf McKinnons Farm.«

»Das ist kein Witz.« Sein Stirnrunzeln war eindrucksvoll: mächtiger Offizier mit reichlich militärischer Autorität im Rücken.

»Dafür halte ich es auch nicht, Colonel, aber ich wüsste liebend gern, ob es wahr ist. Was hat zum Beispiel Dr. Kiel damit zu tun? Ich dachte, er ist Zellbiologe, kein Physiker.«

»Sie wüssten liebend gern, ob es wahr ist? Ich vertraue Ihnen hier immerhin Angelegenheiten der nationalen Sicherheit an.«

Ich betrachtete meine Finger. Die vielen Außeneinsätze wirkten sich verheerend auf meine Nägel aus. Ich hatte in der Innenstadt ein halbes Dutzend Schönheitssalons gesehen – vielleicht sollte ich morgen früh ein paar Stunden für eine Maniküre einplanen?

»Hören Sie mir zu?« Sein Tonfall lag zwischen wütend und verdrießlich.

»Colonel, ich bin eine Fremde in einem fremden Land. Ich bin allein, abgesehen von meiner Hündin. Sie hingegen haben einen Sheriff, einen namhaften Wissenschaftler, einen Nachrichtendienstoffizier von einer extrafeinen Militärakademie und dann noch die ganze Erste Infanterie, falls Sie sie mal brauchen. Ich höre Ihnen zu, aber das heißt nicht, dass Sie die Wahrheit sagen. Zurück zu Dr. Kiel, dem Nichtphysiker.«

Er musterte mich schmaläugig, entschied aber, nicht zurückzuschubsen. »Wir haben mit Kiel gesprochen, weil er während eines großen Protests im Jahr '83 vor Ort zu tun hatte.«

»Ja, davon weiß ich. Nicht was er da zu tun hatte, aber von dem Protest. Seine Tochter war dort.«

»Wir hofften, er könnte uns eine Liste mit Namen von Leuten geben, mit denen zu reden wäre, die vielleicht schon seit damals einen Rochus auf das Militär haben. Er ist ein scharfer Hund, erinnert mich an einen meiner Ausbilder in West Point, der hatte absolut nichts übrig für lässige Gesinnung oder Verspätungen, egal ob beim Appell, zum Unterricht, bei Papierkram, sogar zum Essenfassen.«

Ich drehte und wendete das Gehörte in meinem Kopf. Es konnte wahr sein, aber wie sollte ich mit Gewissheit dahinterkommen?

»Ich erzähle Ihnen das, weil Sie mit etlichen Leuten sprechen, und manche davon sind Leute, mit denen zu reden mir nie eingefallen wäre, zum Beispiel die afroamerikanische Lady, die Sie gestern besucht haben, die ins Krankenhaus kam.«

Ich lächelte säuerlich. »Sie haben mich ja wirklich gründlich im Visier. Wenn ich meinen Geigerzähler kriege, kann ich Ihnen auch sagen, ob die Brennstäbe bei ihr zu Hause sind.«

Er ignorierte die Witzelei – und die Säuernis. »Wir kommen nicht umhin anzunehmen, dass der Mord an McKinnon mit den Brennstäben zu tun hat. Sie war aufgebracht darüber, dass die Air Force das Land an Sea-2-Sea verkauft hat statt zurück an sie. Sie hat mit ihrer Anwältin darüber gesprochen, aber es war legal. Vielleicht moralisch nicht einwandfrei, aber legal. Und dann taucht Emerald Ferring, die am Protest '83 aktiv beteiligt war, mit diesem jungen Typ auf. McKinnon wäre allein nicht kräftig genug, um den Zylinder zu bewegen, aber dieser Junge – der junge Mann –, der könnte es.«

Ich lehnte mich im Sessel zurück, Augen geschlossen, versuchte die Geschichte in meinem Geist zu ordnen. »In Chicago hat jemand August Veridens Wohnung und Arbeitsplatz durchwühlt, aber die Suche schien etwas Kleinem zu gelten. Wie groß ist dieser Zylinder?«

Baggetto zog sein Handy und zeigte mir ein Foto. »So sieht der Zylinder aus. Falls Sie ihn sehen, versuchen Sie bitte nicht, ihn zu öffnen oder zu bewegen. Rufen Sie mich einfach an.«

Ich schüttelte den Kopf. »Das sieht ein bisschen aus wie die Kaffeekanne, die in der Riverside Church auf dem Tresen stand, als ich gestern Nachmittag da war.«

»Warum machen Sie aus allem, was ich sage, einen Witz?« Baggettos Exerzierplatzstimme war wieder da. Schützin Warshawski, hundert Liegestütze in der Sonne.

Ich holte mein Laptop raus und tippte ein paar Suchbefehle. Als ich fertig war, zeigte ich ihm die Seite. »Abgebrannte Brennstäbe brauchen weit mehr Platz als eine Kaffeekanne. Was ist das hier wirklich?« Ich tippte auf seinen Handyscreen.

Er schüttelte den Kopf, sein Mund eine dünne Linie. »Sie stellen Ihre Ahnungslosigkeit unter Beweis. Ein Satz Brennstäbe ist nur etwa acht bis zehn Zentimeter hoch. Das da ist ein Container, der ein paar verbrauchte Stäbe enthält. Es mag Vandalismus sein oder ein Anfangsstadium von Terrorismus, aber es ist kein Witz.«

»Ich schick das Bild mal kurz an meine …«

Er schnappte mir das Handy weg. »Nein. Das ist streng geheim, und ich will es nicht auf Facebook wiederfinden.«

Ich blinzelte ihn an. »Solche Bilder gibt es doch massenweise im Netz, es sei denn, da ist irgendwo eine Art Code versteckt, den ich nicht finden soll.«

Baggetto stand auf. »Der Einsatz ist extrem hoch, Warshawski. Wir möchten annehmen, dass der Zylinder noch im Douglas County ist, und wir möchten hoffen, dass Ihnen die nationale Sicherheit genug bedeutet, um zu helfen, statt uns zu behindern.«

»Natürlich, Colonel.« Ich stand auch auf. »Ich werde mein Bestes tun.«

Er marschierte hinaus und ließ Pizzakarton und halbvolle Flasche auf dem Schreibtisch stehen. Natürlich, in Fort Riley hatte er Captain Arrieta, die hinter ihm herräumte. Ich goss den Wein in die Spüle und brachte die verbliebenen drei Stück Pizza raus in den Müll.

Peppy folgte mir und starrte sehnsüchtig auf die verschwindende Pizza.

»Ist schon gut. Wir gehen rüber zum Bioladen und holen uns was Leckeres zum Abendessen, vielleicht Tofu mit Grillgeschmack.«

Peppy zog verächtlich eine Lefze hoch, sprang aber auf den Rücksitz.

31

Hintergrundgeschichten

Ich streifte trübselig durch den Laden und versuchte mich für gedämpften Broccoli mit Fischküchlein zu begeistern, als Cady Perec anrief.

»Kann ich mit Ihnen reden?«

Ich blieb vor Bio-Zuchtlachs mit pürierten Bio-Süßkartoffeln stehen. »Sicher. Ich habe für morgen noch keine festen Termine.« Außer natürlich, der Sheriff oder die Army beschließen mich festzunehmen.

»Ich weiß, es ist spät, aber ich meinte eigentlich heute Abend.«

»Ich bin wirklich erschlagen, Cady, und ich hab noch nicht mal gegessen.«

»Ach du meine Güte, das tut mir leid. Gram hat ein Hähnchen gebacken – ich bring Ihnen gern die Reste mit.«

Die Fischküchlein sahen vertrocknet aus und der Broccoli schlaff, aber war hausgemachtes Hähnchen Entschädigung genug für ein so spätes Treffen? Trotzdem gab ich Cady die Adresse der Pension und kaufte eine Flasche Valpolicella.

Cady fuhr vor, als Peppy und ich gerade aus dem Wagen stiegen. Sie bückte sich, um Hundeohren zu herzen, und entschuldigte sich erneut für die späte Stunde.

»Es geht um Gram«, sagte sie und reichte mir eine Aluminiumschale: Hähnchen, grüne Bohnen und Salat.

Ich gab ermutigende Geräusche von mir, während ich Wein eingoss und anfing zu essen. Die grünen Bohnen waren so schlaff wie der Broccoli im Laden, aber das Hähnchen war gut und der Salat knackig.

»Sie war gestern Abend eine richtige Hexe. Andauernd bissige Bemerkungen, dass ich nicht wüsste, wann ich meinen großen Mund halten muss, und heute Abend hab ich ihr endlich aus den Rippen geleiert, was sie so aufgeregt hat. Sie sagt, Sie sind noch mal vorbeigekommen und haben schreckliche, wirklich hassenswerte Dinge gesagt, und das sei meine Schuld, weil ich Sie in unser Privatleben gelassen hab.«

Sie blinzelte, um ihre Tränen zu verbergen, fischte in ihrem Jackett nach einem Taschentuch. Ich reichte ihr die Box vom Nachttisch.

»Was haben Sie bloß zu ihr gesagt?«, schniefte Cady.

»Wir haben über Sonia Kiel gesprochen.« Ich versuchte das Gespräch zu rekonstruieren: So viel war passiert, seit ich Gertrude Perec getroffen hatte, dass ich kaum noch wusste, worüber wir geredet hatten. Über Sonia, ihren Phantomliebsten und – ja. »Jedes Mal, wenn ich nach Ihrer Mutter oder Sonia frage oder nach dem Doktoranden, der laut Dr. Kiel sein Experiment ruiniert hat, pöbeln mich die Leute an. Nicht nur Ihre Großmutter.«

»Aber was haben Sie zu Gram gesagt?«, beharrte Cady.

»Ich wollte mehr über Matt Chastain wissen – er war Kiels Doktorand – der Mann, in den Sonia verliebt war, von dem sie glaubt, dass er tot ist. Ich dachte, da Ihre Großmutter für Dr. Kiel gearbeitet hat, müsste sie von Chastain wissen.«

»Sie meinte, Sie haben was Grausames gesagt. Ich muss wissen, was das war.«

Ich schüttelte hilflos den Kopf. »Cady, ich hab mich gefragt, ob Matt vielleicht Ihr Vater war. Ich weiß nicht, woher der Impuls kam, außer dass er damals dort gewesen ist, und Jenny – Ihre Mutter – war auch dort, und dann verschwand Matt. Sie könnten sich mühelos begegnet sein – Ihre Großmutter war Dr. Kiels Sekretärin, und ich stell mir vor, Ihre Mutter ist bestimmt mal zu ihr in Dr. Kiels Labor gekommen.«

Sie stürzte ihren Becher Wein in einem Zug runter. »Uff. Das ist stark.«

Ich aß mehr Hähnchen, nippte Wein, wartete.

»Sonia«, sagte Cady. »Sie musste mich früher babysitten, können Sie sich das vorstellen? Warum man sie dazu gezwungen und damit gequält hat, von mir gar nicht zu reden, ist mir schleierhaft. Sie hat sich andauernd über meine Mutter ausgelassen, wie sie sie mit Matt im Diamond Duck gesehen hatte – der Laden existiert nicht mehr, eine Bar an der Massachusetts Street. ›Er sah *elend* aus‹, so hat sie es gesagt, ›*in die Enge getrieben*. Es war klar, dass er nicht bei ihr sein wollte, aber er hatte zu feine Manieren, um sie in die Wüste zu schicken.‹ Eines Tages, da war ich so sechs oder sieben, hat Gram das mal mitangehört und gesagt, sie soll nie wiederkommen. Ich hab gefragt, von wem Sonia da gesprochen hat, und sie meinte, Sonia kann Wahrheit nicht von Fantasie unterscheiden, selbst wenn sie sie mit der Dachlatte trifft, und Gram hätte sich von Dr. Kiel nicht dazu drängen lassen dürfen, sie zu engagieren. Ich nehme an, Sonia behielt keine Stelle lange, und die Kiels wollten sie aus dem Haus haben.

Natürlich hab ich mir mein Leben lang Fragen gestellt. Aber wann immer ich Gram gefragt habe, hat sie mir den Mund verboten – fast als wollte sie *mich* mit einer Dachlatte schlagen. Na ja, Sie haben sie ja neulich Abend erlebt.« Sie schenkte sich noch einen Schluck Wein ein. »Ich zitiere: ›Warum du den untauglichsten Studenten zum Vater willst, der je Dr. Kiels Labor betreten hat, ist mir ein Rätsel.‹ Darauf fragte ich, wer es wirklich war, und sie sagte: ›Ich weiß es nicht, Rübchen‹, und das war's. Ich wünschte, Sie hätten einen echten Beweis. Oder haben Sie den etwa und sagen es mir bloß nicht, wie jede verdammte Person in Lawrence, die alt genug ist, um was zu wissen?«

»Ich weiß es wirklich nicht«, sagte ich sanft. »Sofern wir nicht seine DNA finden oder seine Familie oder mehr über ihn erfahren, werden Sie es wohl auch nie sicher wissen.«

Cadys Mund verzog sich zu einem schuldbewussten Lächeln. »Als Teenager hab ich mich mal ins Büro der Mikrobiologischen Abteilung geschlichen – da hat Gram noch für Dr. Kiel gearbeitet, und ich ging manchmal nach der Schule hin. Jedenfalls hatte sie gerade woanders irgendwas zu tun, da hab ich mir heimlich die Akten der Mikrobiologie-Studenten angeguckt. Ich wollte die Adresse von Matt Chastain finden. Ich hatte diesen Plan, dass ich mir ein Auto miete und hinfahre.« Sie wurde rot. »Ich hab mir die ganze Szene ausgemalt, wie ich mitten ins Familienessen reinplatze. ›Wo ist mein Daddy?‹, rufe ich, und dann, wenn alle total perplex sind, verkünde ich, wer ich bin. Ich hab das nie irgendwem erzählt, nicht mal meinen besten Freundinnen, weil es so irre klingt, nach etwas, das Sonia Kiel machen würde, aber nicht die nüchterne, verlässliche Cady Perec.« Sie lachte verlegen auf und wandte sich ab.

»Ich schließe daraus, dass Sie nie hingefahren sind?«, fragte ich.

»Es gab ja keine Akte von ihm. Alle anderen Doktoranden waren verzeichnet, auch Leute, von denen ich wusste, dass sie lange vor ihm studiert hatten, aber keine Silbe über Matt Chastain. Ich hab mich schon gefragt, ob er überhaupt je existiert hatte. Vielleicht hat Dr. Kiel ihn erfunden als Alibi für einen Fehler, den er selbst gemacht hat.«

Ich war so verwirrt wie Cady, aber ich schüttelte den Kopf. »Sonia mag sich alles Mögliche eingebildet haben, aber sie hat ihn mit Ihrer Mutter *gesehen*. Ihre Annahmen über Chastains Gefühle sind Fantasien, aber seine Existenz nicht. Vielleicht war er kein Student, sondern Laborassistent oder so was.«

»Das glaube ich nicht. Ob Student oder Angestellter, es hätte eine Akte geben müssen.«

Dazu fiel mir nichts Plausibles ein. Was hatte Chastain bloß getan? War es so skandalös, dass man jede Erinnerung an ihn getilgt hatte? Und das Ganze war passiert, lange bevor Emerald Ferring und August Veriden – und ich – herkamen und alle nervös machten.

»Erzählen Sie mir mehr über den Tod Ihrer Mutter«, sagte ich.

»Kann ich nicht – ich war nicht dabei.«

»Erzählen Sie mir, was man Ihnen darüber erzählt hat.«

Kansas, August 1983

Es ist immer heiß in Kansas im August, die Temperaturen klettern über vierzig Grad bei hoher Luftfeuchtigkeit. Die Weizenernte war seit zwei Monaten eingefahren, aber der Mais stand hoch wie ein Elefantenauge, die Blütenstände seidig cremefarben, alles wie es sein sollte, im Großen und Ganzen.

Doris war bei der dritten Alfalfamahd in dieser Saison. Sie fuhr den Traktor zum südlichsten Zipfel ihres Landes, wo der Raketensilo eine hässliche Delle in ihr Feld schlug.

Sie hasste Waffen aller Art und Atomwaffen am allermeisten. Ihr älterer Bruder hatte bei der Besatzungsarmee in Japan nach dem Zweiten Weltkrieg gedient. Er hatte ihr von dem Krebs geschrieben, den die Kinder bekamen, von den missgebildeten Babys, die in den Fallout-Regionen um Hiroshima und Nagasaki geboren wurden, und dann war er selbst an Leukämie gestorben. Natürlich hatte sie ja gesagt, als Jenny Perec und die anderen kamen und fragten, ob sie in der Nähe des Silos campen durften.

Jenny war schwanger. Lucinda Ferring merkte es sofort, obwohl noch kein Bauch zu sehen war. »Man sieht es im Gesicht, Dorrie«, hatte Lucinda ihr gesagt.

»Sagen Sie's nicht meiner Mom«, flehte Jenny, als Doris mit ihr darüber sprach: Sie wollte nicht, dass Jenny hier draußen in einem Zelt die Wehen bekam, Meilen entfernt von medizinischer Hilfe. »Sie hat sowieso schon Tobsuchtsanfälle, weil ich hier mit den Hippies abhänge.«

Das Baby kam kurz nach dem großen Protest zum 4. Juli. Eine der Demonstrantinnen war Hebamme, die Geburt verlief problemlos. »Ich nenne sie Cady, nach Elizabeth Cady Stanton. Sie wird zu einer starken Frau heranwachsen, seht sie euch bloß an.«

Jenny bestand darauf, auf dem Gelände zu bleiben, selbst nachdem die meisten Protestierenden nach Hause gefahren waren. »Mein Baby wird in dem Bewusstsein aufwachsen, dass sie geholfen hat, die Kinder der ganzen Welt vor dem Atomkrieg zu bewahren.«

Ach, Jenny, kostbare junge Idealistin. Lucinda fuhr sie in die Stadt, zur ärztlichen Nachsorgeuntersuchung und um die kleine Cady ihrer Großmutter vorzuführen. Gertrude versuchte das Baby dazubehalten – es war verantwortungslos, mit dem Kind da draußen neben einer Militäreinrichtung zu campen –, aber Lucinda wickelte sie frisch und half Jenny zurück ins Auto.

An jenem Morgen brachte Doris auf dem Traktor ein Hilfspaket vorbei, wie sie das ein- bis zweimal die Woche tat. Käse für Jenny, die stillte, und Obst, Dinge, die ohne Kühlschrank nicht schlecht wurden.

An jenem Morgen sah sie die Schilder auf ihrem Land, ohne dass man ihr ein Wort davon gesagt hatte, dass man sie aufstellte oder worum es ging. *Gefahr: Hochgiftig, Sondermüll, Zutritt verboten, Lebensgefahr!* Totenschädel mit gekreuzten Knochen und das bekannte dreiflügelige Warnzeichen für Radioaktivität. Sie sprang vom Trecker und rannte auf die Seite des Silos, wo die Zelte gewesen waren. Sie standen noch da, aber als Doris die Eingänge aufschlug, sah sie, dass sie verlassen waren, einschließlich Jennys.

Sie marschierte zum Haupttor des Silos und stellte den wachhabenden Soldaten zur Rede. »Wer hat diese Schilder auf meinem Land aufgestellt? Wann ist das passiert?«

Der Soldat konnte oder wollte nicht antworten, aber er rief jemanden mit mehr Autorität herbei. »Routinetests haben hier eine Gefahr verzeichnet, Ma'am. Es tut mir leid, dass Sie nicht verständigt wurden. Wir waren so damit beschäftigt, die Demonstranten aus der Gefahrenzone zu bringen, dass wir wohl vergessen haben, Sie zu informieren. Ich sorge dafür, dass Major Schreiber zu Ihnen kommt, sobald er auf den Stützpunkt zurückkehrt. Versuchen Sie nur bitte nicht, innerhalb des ausgewiesenen Geländes Feldfrucht zu ernten.«

Sie kämpfte und tobte und beschimpfte sie: »Feldfrucht ernten«, als wäre Alfalfa Äpfel, die auf Bäumen wuchsen! Sie waren herablassend, sie waren unwissend.

»Jawohl, Ma'am«, sagte der Unteroffizier. »Ich sorge dafür, dass Major Schreiber zu Ihnen kommt.«

Es war Lucinda, die Cady fand. Als sie am Nachmittag von der Arbeit nach Hause kam, nach Hause vom Bakterieninjizieren in Dr. Kiels Mäuse, und Doris ihr erzählte, was passiert war, fuhr sie selbst zum Silo raus.

»Ich hab das Baby gehört, sie war in einen Schlafsack gewickelt, dehydriert und geschwächt, armes kleines Würmchen. Das Beste ist, wir bringen sie zu einem Arzt und finden dann heraus, was mit Jenny passiert ist.«

Danach verschwamm alles in Doris' Erinnerung. Als sie zum Wagen kamen, hatte Lucinda einen Schwächeanfall, bloß ein Schauder, sagte sie, es würde ihr gleich wieder gut gehen, sie bräuchte nur etwas Wasser, nachdem sie so lange in der heißen Sonne rumgerannt war. Doris fuhr Cady ins Krankenhaus, und während sie sie auf die Kinderstation brachte, verlor Lucinda das Bewusstsein. Am nächsten Morgen war sie tot.

Doris wich nicht von ihrer Seite, lag neben ihr, als sie auf der Intensivstation schlotternd ihr Leben ausschwitzte.

»Hast du diese Behälter gesehen, Dorrie?«, murmelte sie einmal durch aufgeplatzte Lippen. »Behälter hinter den Zelten.«

Irgendwann mitten in der Nacht schaute Dr. Kiel herein. Er wirkte verstört, was überraschend war, denn er schien sonst nicht der Mann, der sich um seine Hilfskräfte sorgte.

Als die Schwestern Lucinda aus Doris' Armen nahmen, gaben sie Doris eine Injektion, sagten ihr, sie solle sofort wiederkommen, wenn sie sich irgendwie krank fühlte, und in einer Woche zur Nachuntersuchung erscheinen.

Doris scherte sich nicht darum. Was machte das noch für einen Unterschied? Sie mochte keinen Fuß vor den anderen setzen an einem Morgen, an dem Lucinda nicht neben ihr im Bett lag und auf ihren ersten Kaffee wartete. *Du stehst doch mit den Vögeln auf, Farmmädchen. Da kannst du mich morgens verwöhnen. Nachts kümmere ich mich um dich.*

Irgendwann in der ersten schweren Woche der Einsamkeit, allein bis auf Emerald, die zur Beerdigung kam, hörte Doris, dass Jenny Perec tot war. Sie war von der Straße abgekommen, von der K-10, da, wo sie den Wakarusa kreuzte, und im Fluss gelandet. Es hieß, ihr sei eingefallen, dass sie ohne ihr Baby losgefahren war, und sie habe eine Wende gemacht, um Cady zu holen, und dabei die Kontrolle über das Fahrzeug verloren. Und dann das Feuer, das die Hippiezelte niederbrannte. Wahrscheinlich von Major Schreiber gelegt, er war der Typ dafür, ein richtiger Schikanierer.

Doris glaubte nicht an Jesus oder den Himmel oder solches Zeug. Lucinda war da ambivalent, aber an den meisten Sonntagen fuhr sie zur Messe nach St. Silas – die Musik erfrischte ihre Lebensgeister, auch wenn der Pastor ein engstirniger alter Narr war.

Doris wollte eine Feuerbestattung, um die Asche im Garten zu verstreuen, wo sie an Sommerabenden im Duft des Geißblatts gesessen hatten, aber Emerald war Lucindas Tochter. Sie wollte ein richtiges Begräbnis für ihre Mutter, und die Wünsche einer Tochter kommen immer vor denen einer Freundin. Sie zogen es durch, Doris trug einen Hut, den Emerald ihr ausgesucht hatte, der Chor sang Lucindas Lieblingschoräle, »Take My Hand, Precious Lord« und »Amazing Grace«, der Pastor predigte von Jesus und wie unsere Schwester jetzt in seinen Armen lag, in seiner Herrlichkeit, heute und für immer.

Doris fand, das Leben war wie ein Hochgeschwindigkeitszug, wo du an Bahnhöfen entlang der Strecke Freundinnen und Brüder und Geliebte zurücklässt. Wenn du stirbst, wanderst du vielleicht auf den Schienen zurück, bis du alle wiedertriffst, die du verloren hast. Du sammelst sie alle ein, Bruder Logan, Mutter, Vater, Lucinda, und dann musst du einen stillen Garten finden, wo ihr sitzt und die Sonne untergehen seht, die riesige rotgoldene Kansas-Sonne, die hinter den Wogen des Weizens versinkt, während du an dem Martini nippst, den deine Geliebte für dich gemixt hat.

32
Es ausbaden

»Das ist alles, was ich weiß«, sagte Cady. »Doris war der einzige Mensch, der je mit mir über meine Mutter gesprochen hat, aber sie hat sich nie dafür interessiert, wer mein Vater war. Lucinda könnte gewusst haben, ob es einer von Dr. Kiels Studenten war, meinte Doris, aber darüber hatten sie nie gesprochen.«

»Verstehe«, sagte ich, eine bedeutungslose Phrase, denn ich verstand nichts.

Ich fragte mich, wie Doris McKinnon überhaupt ihre Ernten hatte absetzen können, wenn sie von radioaktiv verseuchtem Boden stammten. Gleichzeitig fragte ich mich unwillkürlich, ob die Air Force die Kontamination nicht frei erfunden hatte, um die verbliebenen Demonstrant/innen vollends vom Silogelände zu vertreiben. Mitte August 1983 hatte die Aufmerksamkeit der Öffentlichkeit schon stark nachgelassen, seit dem Protest am Unabhängigkeitstag hatte es keine Aktionen mehr gegeben. Die Maßnahme der Air Force hatte wohl auch keinen Protest mehr hervorgerufen, zumindest nichts, worüber der *Douglas County Herald* oder die *Journal-World* berichtet hätten.

Dass Dr. Kiel mitten in der Nacht im Krankenhaus aufgetaucht war, um nach seiner Laborassistentin zu sehen, war auch eine Überraschung. Natürlich, vor fünfunddreißig Jahren mochte er aktiver und engagierter gewesen sein als heute. Aber warum hatte er dann vorgegeben, sich an die Ferrings nicht zu erinnern? Präventiver Gedächtnisschwund? Vielleicht neigten ja alle Kiels zur Theatralik.

»Wie konnte meine Mutter mich nur vergessen?« Cady weinte jetzt hemmungslos. »Ich wäre gestorben, wenn Lucinda mich nicht gefunden hätte. Wie kann eine Frau vor Vergiftungsgefahr flüchten und ihr Baby dem Tod überlassen?«

Ich rutschte bekümmert im Sessel herum, versuchte ein tröstendes Element zu finden. Bot ihr das Du an, sprach auf sie ein. »Alles, was Doris dir erzählt hat, vermittelt den Eindruck, dass deine Mutter eine lebhafte, energische Frau war, die dich innig geliebt hat. Sie hätte dich nie zurückgelassen, wenn nicht irgendetwas Drastisches passiert wäre. Vielleicht hat die Air Force ein gefährliches Gas freigesetzt, das ihr Urteilsvermögen beeinträchtigt hat. Sie könnte Chemikalien am Körper gehabt haben, sodass sie selbst dich nicht schützen konnte und dich deshalb unter dem Schlafsack versteckt hat.«

Cadys Miene hellte sich auf. »Daran hab ich noch nie gedacht. Vielleicht hat sie mich unter den Schlafsack gelegt, um mich zu retten, und ist los, um Hilfe zu holen. Doris hat erzählt, in den sechs Wochen, die Jenny mich hatte, prahlte sie ständig vor allen damit, dass ich die Welt retten würde, wenn ich erst groß bin. Was sie wohl denken würde, wenn sie wüsste, dass ich nichts Besseres tue, als Zwölfjährige in Gemeinschaftskunde zu unterrichten?«

»Na, sie würde denken, dass du die Welt rettest. Sie wüsste, dass du Kinder dazu anleitest, klar über die ernsten Probleme nachzudenken, denen wir alle auf diesem Planeten gegenüberstehen.« Ich beugte mich vor, um ihre Hand zu drücken, dabei fiel der Hähnchenteller von meinem Schoß. Peppy schoss herbei wie der Blitz: Putzkolonne in Zone fünf? Ich bin schon da und einsatzbereit.

Das brachte uns beide zum Lachen und löste die Spannung. Cady hockte sich auf den Boden und half mir dabei, dem Hund die Hähnchenknochen aus dem Maul zu zerren.

Als wir die Sauerei beseitigt hatten und Peppy im Badezimmer schmollte, holte ich meine Landkarten raus und bat Cady, mir zu zeigen, wo ihre Mutter von der Straße abgekommen war.

»Das ist auch noch so was, was keinen Sinn ergibt«, sagte Cady. »Hier, sie war auf dem alten Highway, das ist vielleicht eine halbe Meile nördlich der K-10, auf der du wahrscheinlich heute raus zum Silo gefahren bist. Die neue K-10 war gerade erst fertig, also schätze ich, wenn sie in Panik war, hat sie nicht daran gedacht, den Schlenker zu machen.« Cady zeigte auf den Kanwaka-Silo fünf Meilen östlich der Stadt und die alte K-10, die dicht daran vorbeiführte. »Aber sie fuhr nach Osten. Wenn sie glaubte, dass sie Hilfe brauchte, hätte sie in die Gegenrichtung fahren müssen, zurück nach Lawrence, zu Gram oder zum Krankenhaus oder was weiß ich. Vielleicht hast du recht, vielleicht hatte sie eine Art Hirnschaden oder Anfall und wusste gar nicht, wo sie war oder wo sie hinfuhr.«

Ich stellte mir Jenny voller chemischer Verätzungen vor, wie sie zum Fluss raste, um sich von Kopf bis Fuß zu baden, so verrückt vor Schmerzen, dass sie nicht darauf kam, zu Doris zu fahren. Oder sie jagte ihrem Geliebten nach, der ohne sie abgehauen war. Auch das war eine Möglichkeit, aber die behielt ich für mich.

Der Wakarusa war ein kleiner Wasserlauf, ein Zufluss des großen Kansas River – des Kaw, wie Cady mir beibrachte. »Nur Fremde und Google nennen ihn Kansas River«, erklärte sie. »Als ich in der Pubertät und auf der Suche nach der Wahrheit war – oder wenigstens nach mehr Infos, als ich aus allen in Lawrence einschließlich meiner Großmutter herausquetschen konnte –, da bin ich zum Sheriff und hab gefragt, ob ich die Akten vom Tod meiner Mutter einsehen kann.«

»Gisborne?«, fragte ich.

»Nein, der war damals noch Deputy, als das noch ein Teilzeitjob war. Er verkaufte außerdem Versicherungspolicen für die Reingold Agency. Es war ein anderer Deputy, ein Typ, der meine Mutter noch von der Highschool kannte. Wahrscheinlich war er in sie verliebt. Er ist in den Keller runter, wo sie die alten Akten aufbewahren, und hat den Unfallbericht über meine Mutter rausgesucht. Sie hatten Fotos von den Schleuderspuren und ein Bild ihres Wagens, Nase im Fluss, das Wasser stand bis übers Lenkrad. Der Wakarusa sieht auf der Karte so klein aus, aber er ist tief genug, um drin zu ertrinken. Wenn du hinfährst, siehst du es.«

»Hast du eine Kopie vom Unfallbericht bekommen?«, fragte ich. »Ich würde die Fotos gern sehen.«

Cady zuckte die Achseln. »Schon, ja, klar, aber weißt du, das ist fast fünfunddreißig Jahre her, es gibt nicht mehr die geringste Spur. Dieser Deputy hat mir die ganze Akte kopiert. Später, als ich meinen eigenen Computer hatte, den ich mir nicht mit Gram teilen musste, hab ich alles eingescannt. Ich weiß nicht warum. Jedes Jahr an meinem Geburtstag seh ich mir an, wie die Haare meiner Mutter über das Lenkrad fließen. Wenn sie mich mitgenommen hätte, würde das Bild vielleicht auch mich zeigen, wie ich neben ihr treibe.«

»Mail es mir, ja? Den Unfallbericht und die Fotos und alles.«

Cady sammelte ihre Handtasche und ihr Jackett ein, fand ihren Autoschlüssel auf dem Boden unter dem Schreibtisch. »Ach Vic, ich weiß es echt zu schätzen, dass du dir heut Abend die Zeit genommen hast. Ich fühl mich jetzt besser, wegen meiner Mutter, meiner Geburt – wegen allem –, besser als jemals bisher. Du bist so … so *vernünftig*. Du springst nicht auf das erste Pferd auf, das gerade vorbeigaloppiert. Danke.«

›Vernünftig‹ war kein romantisches Wort. Die starke, vernünftige V.I.? Aber man hatte schon Schlimmeres über mich gesagt.

»Diese Behälter, die Doris erwähnt hat, die Lucinda gesehen zu haben meinte – hat sie je was darüber gesagt? Ist sie noch mal hin, um danach zu suchen?«

Cady schüttelte den Kopf. »Ich weiß nicht mal, warum mir das eingefallen ist. Außer dass es schräg ist, so was zu sagen, wenn man gerade stirbt. Warum?«

»Ach, nur so.« Ich ging mit ihr hinaus, so konnte Peppy sich noch mal erleichtern.

Der Zylinder mit abgebrannten Brennstäben, nach dem Baggetto zu suchen angab. Das Gefäß, das Doris gefunden hatte, als sie nachts auf dem Feld Proben nahm. Die Behälter, die Lucinda bei den Zelten gesehen hatte. Es fiel mir schwer, nicht anzunehmen, dass das alles ein und dasselbe war. Vielleicht gab es wirklich Strahlenvergiftung draußen bei dem Silo. Vielleicht hatte das Lucinda umgebracht, genauso wie Jenny Perec.

»Cady, ich bin auf Fotos gestoßen, die August Veriden von Doris McKinnon gemacht hat, wie sie auf einem Feld buddelt.« Ich erschrak, als ich mich das ausplaudern hörte.

Cady hielt mitten im Schritt inne und drehte sich zu mir um. »August wer? Ach, dieser schwarze Typ, den du suchst. Richtig. Was denn für ein Feld? Wann war das?«

Ich erklärte ihr so viel, wie ich wusste. »Ich muss davon ausgehen, dass es um das Feld geht, das an den Silo grenzt und das Doris nach dem Tod deiner Mutter abtreten musste, als die Air Force so hohe Strahlungswerte gemessen hat. Das ist auch der Ort, wo deine Mutter und ihre Freundinnen vor all den Jahren ihr Camp hatten. Ich würde es gern besichtigen, aber ich könnte Hilfe brauchen.«

Ihre Zähne blitzten im Dunkeln weiß auf. »Ah, die ›Hier wurde Cady Perec geboren‹-Gedenkstätte: Ich kenn die Stelle gut. Ich kann dir genau zeigen, wo du suchen musst.«

»Die haben da raffinierte Sicherheitstechnik aufgestellt«, warnte ich. »Wenn du mit mir hingehst, kann es glatt sein, dass du einen anderen Weg finden musst, die Welt zu retten, wenn du aus dem Gefängnis kommst. Ich seh mir das morgen früh erst mal an, dann weiß ich vielleicht, was wir brauchen, um den Alarm zu umgehen. Aber wenn sie Kameras in die Sorghumstoppeln implantiert haben, sind wir am Arsch.«

Cady lachte los und umarmte mich impulsiv, bevor sie in ihr Auto stieg. Ich rief Peppy, ging langsam zurück in unser gemietetes Zimmer und fühlte mich besser durch Cadys Freundschaft.

Ich stieg ins Bett und ging das Fotoalbum meines Telefons durch, um mir Bilder der Menschen anzusehen, die ich vermisste. Sal, lachend mit zurückgeworfenem Kopf, die langen Federohrringe fegen über ihre Schultern. Lotty, tief ins Gespräch mit Max vertieft. Mr. Contreras mit Mitch und Peppy am See. Auch Bernie, Schlittschuhe an den Füßen, einen Ausdruck grimmiger Konzentration im Gesicht.

Und Jake. Auf der Bühne in Ravinia, am Symphony Center im Logan Center of Arts. In meiner Wohnung, sein Gesicht leuchtend vor Musik und der Freude, durch sie mit mir verbunden zu sein.

Jake war kein Feigling oder jemand, der stillschweigend einen Groll hegte. Wenn er mit mir Schluss machen wollte, würde er mir das direkt sagen, keine grausamen Schweigespielchen spielen. Wenn er nicht erreichbar war, dann, schätzte ich, hatte er etwas getan, das zu berichten er sich schämte – mit einer anderen Frau geschlafen war das Erste, was mir in den Sinn kam. Das war schmerzhaft, aber kein Desaster.

Ich atmete tief durch und versuchte Jake – nicht aus meinem Bewusstsein zu verbannen, das konnte ich nicht, aber in eine Ecke, wo die kleine Wunde unter dem Zwerchfell mich nicht von der Arbeit abhielt.

Ich kam zu den Bildern, die ich aufgenommen hatte, seit ich in Kansas war: Peppy, die an unserem ersten Morgen hier enthemmt durch die Flint Hills stürmte. War das erst letzte Woche gewesen? Es fühlte sich an, als sei es ein ganzes Leben her. Das kleine Naturreservat in Fort Riley, wo einst die ›Negerbaracken‹ gestanden hatten. Und weiter nach Lawrence.

Ich hatte die Bilder völlig vergessen, die ich beim Lion's Pride gemacht hatte, als ich auf den Krankenwagen wartete. Ich hielt inne, um mir Sonia anzusehen, das arme kleine Lumpenbündel unter der Eisentreppe, und dann die Schnappschüsse von College-Studentin Naomi, komatös auf den Betonstufen, ihre rosa Leibchenträger von den Schultern gerutscht.

Ich hatte ein Trio junger Männer geknipst, die glotzten und plumpe Witze über Naomi rissen, auch ein paar Bilder davon, wie sie ihre kleinen Tütchen in den Gully leerten, als die Cops kamen. Jetzt fragte ich mich, ob da auch die Roofies dabei waren, die Naomi und Sonia ausgeknockt hatten, aber natürlich waren all diese Pillen lange weg.

Ich wollte gerade weiterscrollen zu den Fotos, die ich in Riverside und St. Silas gemacht hatte, da fiel mir hinter dem Macho-Trio ein Gesicht auf. Es war nicht ganz im Fokus, ein Beobachter hinter ihnen auf der Straße, der sich unsichtbar machte, als die Krankenwagen kamen.

Deshalb also glaubte ich Marlon Pinsen schon mal gesehen zu haben, als ich ihm gestern Abend im Hotel begegnete. Erst wurde er mir als Offizieranwärter beim Training Corps der Army vorgestellt, dann änderte Colonel Baggetto seine Identität in einen Computercrack vom General Staff College in Fort Leavenworth.

Ich gab seinen Namen in jede Datenbank ein, auf die ich Zugriff hatte, aber in keiner davon war er jemals aufgetaucht.

33

In Knochen stochern

Plötzlich fuhr ich aus dem Schlaf hoch, hellwach, mein Herz raste. Jemand war im Zimmer, stieß gegen die Möbel. Ich rollte mich aus dem Bett auf den Boden, tastete umher, bis ich mein Handy auf dem Nachttisch fand, robbte zur Hoftür, streckte eine Hand hoch, um die Sperrkette zu lösen, riss die Tür auf und kroch hinaus, bevor ich mich umdrehte und die Lampenfunktion meines Handys aktivierte.

Mein Licht fiel auf Peppy, deren Kopf unter den tiefhängenden Schubladen des Wandschreibtischs steckte. Sie zwängte sich heraus und schaute mich betreten an.

»Hund, was zur Hölle? Es ist halb drei morgens.«

Ich stand auf, und meine Zähne klapperten unwillkürlich, als sich meine Muskeln entspannten: Ich war fast nackt, und es war eiskalt draußen. Ich verschloss die Tür wieder und schaltete eine Lampe ein, bevor ich die Stelle untersuchte, wo Peppy herumgestöbert hatte. Ich leuchtete mit dem Handy unter die Schubladen. Einer der Hähnchenknochen war dort hingekullert.

»Du bist eine gnadenlose Jägerin, was?«, sagte ich streng.

Peppys Augen strahlten, sie leckte mir das Gesicht, entzückt, dass ich ihr half. Ich stieß sie weg und legte mich auf den Rücken, damit ich einen Arm in ganzer Länge darunterschieben konnte.

In dem Moment sah ich das winzige runde Metallding unter der Schreibtischplatte. Es hatte etwa die Größe und Form eines dieser silbernen Kleinwerkzeuge, die man in einem Nähkasten zum Einfädeln findet, aber dies hier hatte einen orangen Kreis in der Mitte und ein winziges Stück Draht, wo die Fadenöse sein musste. Ich wollte schon mit der freien Hand danach greifen, ließ mich aber wieder auf den Rücken sinken.

Colonel Baggetto hatte an diesem Schreibtisch gesessen und seine Pizza gegessen. Kein Wunder, dass er gern bereit war, mit mir in meinem Zimmer zu sprechen statt in einem Restaurant. Natürlich hätte ein Kerl mit seinen Fähigkeiten jederzeit einbrechen und haufenweise Gerät im Apartment platzieren können, aber dabei konnte ihn die Pensionswirtin überraschen und wissen wollen, was ein Fremder in ihrem Haus trieb. Es war so viel leichter, es zu erledigen, während man mich fragte, ob ich Veganerin sei.

Peppy ließ ein kurzes erbostes Bellen hören: Holte ich jetzt den Hähnchenknochen oder nicht? Ich zog ihn hervor und stand auf, frustrierte sie dann allerdings maßlos, indem ich ihn raus in den Müll brachte – diesmal mit Jacke überm Schlafshirt.

»Du verdienst eine Belohnung, meine mächtige Jägerin«, sagte ich, während wir noch draußen waren, außer Reichweite des Mikrofons – hoffte ich. »Aber nicht diesen Knochen.«

Wieder drinnen gab ich ihr etwas Erdnussbutter, dann wusch ich mir Hähnchenfett und Bodenstaub vom Arm und ging wieder ins Bett. Durch das Mikro fühlte ich mich verwundbar, schutzlos ausgeliefert, aber ich wollte es am Platz lassen. Besser, Baggetto wusste nicht, dass ich es entdeckt hatte.

Zu meiner Überraschung schlief ich trotz des Ohrs unterm Schreibtisch tief und fest. Ich sollte Baggetto fragen, ob ich schnarchte. Keiner meiner Liebhaber hatte sich je beklagt, aber vielleicht hatte ja Ritterlichkeit über Genervtheit gesiegt. Am Morgen stellte ich mein Tablet auf den Schreibtisch und streamte WFMT Radio aus Chicago, die Lautstärke aufgerissen, während ich mein volles Training absolvierte. Baggetto und sein Helferlein Alias Marlon verdienten eine Chance, Haydn zu hören.

Hatte ich etwa auch Malware auf meinem Handy, vielleicht auch in meinem Computer und meinem Tablet? Es wäre wohl weise, vom schlimmsten Fall auszugehen, was hieße, dass Baggetto und sein Army-Computergehilfe Zugang zu all meinen Fallnotizen hatten, einschließlich der Bilder, die August gemacht hatte. Daraus folgte, dass ich alles, was ich Neues erfuhr, mit der Hand notieren musste. Es heißt ja, mit der Hand schreiben stärkt wichtige Hirnregionen, also war das sogar zu etwas gut. Ich sollte dem Colonel ein Dankschreiben senden – handschriftlich natürlich.

Ich setzte mich im Schneidersitz auf den Boden, die Augen geschlossen, und versuchte das Gespräch mit Cady am Vorabend zu rekapitulieren. Wir waren drinnen gewesen, als wir erörterten, ob so etwas wie ein radioaktives Gasleck ihre Mutter veranlasst hatte, ohne sie davonzubrausen. Aber erst draußen hatten wir über den Vorsatz gesprochen, das Feld von Sea-2-Sea zu betreten. Wir waren also auf der sicheren Seite, na ja, gewissermaßen.

Ich würde laufen gehen, dann Cady an der Highschool eine Nachricht mit der Nummer eines Wegwerfhandys hinterlassen, auf dem sie mich anrufen oder mir simsen konnte. Ich schlüpfte gerade in meine Laufsachen, als mein Telefon klingelte, eine hiesige Nummer, die ich nicht erkannte.

Ich wusste nicht, wie empfindlich Baggettos Mikro war, ob es auch Stimmen von eingehenden Anrufen erfasste. Also nahm ich das Handy mit ins Bad und setzte mich bei laufendem Wasser neben die Dusche. Wenn allerdings eine Wanze im Telefon war, machte das keinen Unterschied.

»Detective Warshawski? Hier ist Sandy Heinz vom Krankenhaus. Ich bin die leitende Pflegerin auf der Intensivstation, wir haben am Dienstag miteinander gesprochen.«

»Wegen Sonia Kiel.« Ich drehte das Wasser ab.

»Sie hat das Bewusstsein wiedererlangt. Ich weiß nicht, wie viel sie sprechen oder Ihnen erzählen kann, aber Sie können fünf Minuten mit ihr reden.«

»Weiß ihre Familie schon Bescheid?«, fragte ich.

»Dr. Cordley – sie ist die behandelnde Ärztin, Sie erinnern sich – hat bei Dr. und Mrs. Kiel angerufen, aber ich glaube nicht, dass sie da waren: Ich hörte, wie sie eine Nachricht mit der Bitte um Rückruf hinterlassen hat.«

»Ms. Heinz, im Zuge meiner Ermittlung bin ich auf die Möglichkeit gestoßen, dass jemand Sonia vorsätzlich Schaden zugefügt hat mit der Absicht, sie zu töten. Ich komme zum Krankenhaus, so schnell ich kann – in einer halben Stunde bin ich da –, aber könnten Sie aufpassen, dass Sie oder eine andere Schwester dabeibleiben, falls irgendwer kommt, um sie zu sehen? Jeder außer mir und Sergeant Everard?«

»Detective, die einzige Person, die Sonia Kiel Schaden zufügt, ist Sonia Kiel selbst, aber wir kennen unsere Sorgfaltspflicht. Niemand kann ihr hier auf der Intensivstation etwas tun.«

Dein Wort im Ohr der NSA, aber das sagte ich nur zu mir selbst. Sinnlos, Zeit mit Diskussionen zu verschwenden, zumal mich das auch als Irre abstempeln konnte, die man nicht in die Nähe von Patientinnen lassen durfte. Ich zog die Laufsachen wieder aus und Jeans und mein gutes Jackett an. Meine italienischen Stiefel und Schuhe zum Wechseln, zwei Paar Socken, meine Windjacke fürs Auto. Noch ein Hemd zum Wechseln. Eine Wasserflasche. Waffe und Extramunition, die ich im Kofferraum einschloss. Ja, heute stand Spaß auf dem Programm.

Ich mochte Peppy nicht allein lassen, weder im Wagen noch in der Pension, darum nahm ich mir die Zeit, kurz zu Free State Dogs zu fahren, bevor ich mich ins Herz der Innenstadt begab.

Wenn Baggetto mein Zimmer verwanzt hatte, stand zu vermuten, dass er auch meinen Wagen trackte. Ich parkte wieder bei der Bibliothek und stopfte mein Handy und die andere Elektronik in meinen folienverkleideten Rucksack. »Blecharsch« Warshawski, ja, so hätten mich meine Klassenkameraden in South Chicago genannt.

Einer der Parks der Stadt lag hinter der Bibliothek. Ich durchstreifte ihn langsamen Schrittes, achtete auf trödelnde Autos, auf Radfahrer, auf alle, die zu Fuß gingen. Es war morgendlicher Berufsverkehr, und selbst eine Kleinstadt hat durchaus ihre Rushhour, deshalb war es schwer, hundertprozentig sicher zu sein, aber niemand folgte mir zu Fuß, und ich sah auch keinen Buick Enclave, jedenfalls nicht zweimal.

Als ich auf die Intensivstation kam, piepte eine junge Frau an der Rezeption Schwester Heinz für mich an. Sie erschien gleich darauf und geleitete mich nach hinten.

Heinz blieb vor der Tür zum Krankenzimmer stehen. »Glauben Sie wirklich, dass ihr Leben in Gefahr ist? Das klingt schon ziemlich dramatisch, wie die Geschichten, die Sonia erfindet, nicht wie etwas Reales.«

»Sie kennen sie persönlich?«, fragte ich.

»Wir waren zusammen auf der Highschool. Sie hatte keine Freunde, also erzählte sie alles Mögliche, um Aufmerksamkeit zu kriegen. Und es war immer was Erfundenes – über die russischen Spione, die ihr Vater austrickste, oder den Liebsten, der tragisch verstarb, als er sie durch ein Feuer zu erreichen versuchte.«

»Ich kenne sie gar nicht, von daher glaube ich kaum, dass sie mich mit Melodramatik infiziert hat. Vor einer Woche, vielleicht auch zehn Tagen, war Sonia auf dem Land und ist Doris McKinnon begegnet.«

»Wer ist das?«

»Eine Farmerin, um die neunzig, die ermordet wurde, kurz nachdem Sonia sie gesehen hat. Gestern ist McKinnons Leiche aus dem staatlichen Leichenschauhaus verschwunden, bevor der Pathologe eine Autopsie vornehmen konnte. Es war schon in den Lokalnachrichten.«

»Ich seh hier drin schon so viel Elend, da erspare ich mir das Nachrichtengeschrei ganz gern, wenn ich keinen Dienst hab«, sagte Heinz.

»Wer will Ihnen das verdenken?«, sagte ich. »Aber ich sag Ihnen, was mir Sorgen macht: Gestern Abend hab ich die Bilder durchgesehen, die ich vor der Bar gemacht habe, wo ich Sonia fand. Ich hatte sie mir vorher nicht angesehen, aber ich hab jemanden im Hintergrund erkannt, einen Kerl, der angeblich von einem Army-College hier in der Nähe ist – es hat so einen pompösen Namen – Sowieso Staff College.«

»Oh ja«, sagte Heinz. »Drüben in Fort Leavenworth.«

»Ich weiß nicht, ob er dort wirklich ist oder nicht. Jedes Mal, wenn ich frage, bekomme ich eine andere Geschichte zu hören, und ich bin nicht mal sicher, ob man mir seinen richtigen Namen gesagt hat. Ich habe ein Männertrio fotografiert, das sich da rumdrückte, wo ich Sonia und die Collegestudentin gefunden habe, und dieser Staff-Typ stand im Hintergrund. Hat er ihr die Roofies untergeschoben? Oder sie dem Trio gegeben, damit die sie ihr verabreichen?«

»Oder er war ein Trinker, der zufällig zur gleichen Zeit bei einer geöffneten Bar war«, sagte Heinz scharf. »Ich hätte gedacht, eine Ermittlerin wie Sie hat genug Erfahrung, um zu wissen, dass es auch Zufälle gibt.«

Ich nickte. »Sie könnten recht haben – vielleicht *bin* ich melodramatisch. Ich will nur kein Risiko eingehen. Sonia hat letzte Woche auf Doris McKinnons Farm etwas Seltsames gesehen. Wenn jemand Angst hat, dass sie das herumerzählt …«

»Niemand würde ihr glauben.« Heinz lächelte säuerlich. »Alle hier, die sie kennen, sind so an ihr Theater gewöhnt, dass ihr niemand Aufmerksamkeit schenkt.«

»Aber die Leute, die sie nicht kennen …«

Heinz dachte darüber nach. »Möglich. Allerdings sind Sie die einzige Person, die während der ganzen Zeit ihrer Bewusstlosigkeit hier war. Einer ihrer Brüder hat ein paarmal angerufen, aber ich glaube nicht, dass irgendwer sie auf dem Schirm hat, sei es im Guten oder Schlechten. Und so oder so ist es unwahrscheinlich, dass sie sich an irgendwas erinnert – sie war schon extrem betrunken, bevor sie sich die Roofies genehmigt hat.«

Sie ließ mich ins Zimmer. Obwohl Sonia selbständig atmete, hatte sie eine Sauerstoffzufuhr in der Nase, außerdem einen Herzmonitor sowie Schläuche, die Salz- und Zuckerlösung in ihre Arme leiteten.

Als ich mich neben sie setzte und sachte ihre Hand ergriff, gingen flatternd ihre Augen auf. »Doc?«

Ihre Kehle war trocken, die Sprache undeutlich. Heinz zeigte auf eine Schachtel mit Lemon-Glycerin-Stäbchen. Ich schob Sonia eins davon in den Mund.

»Ich bin Detektivin, Sonia. Ich hab Sie letzten Dienstag gefunden. Sie haben mich vom Lion's Pride aus angerufen, weil Sie die Leute gesehen haben, die ich suche. Emerald Ferring und August Veriden.«

Sie saugte an dem Stäbchen, die Augen geschlossen. »Em'ral. Angeberin.«

Ich ließ meine Hand um ihre, drückte leicht, sagte nichts.

»Demo am Silo, Mona n Mona, Em'ral komm am vier'n Juli, Bild inner Zeidung.«

Monate und Monate übersetzte ich mir schließlich. »Waren Sie auch Monate und Monate da?«

Ihr schlaffer Mund verzerrte sich zur Grimasse. »Nee, Daddy üblen Koller. Immer falsch. Ausm Bett, falsch. Falsche Kleider. Fett, dumm. Matt, lieber Liebling. Dad supersauer, dummer Junge.«

»Matt hat aber nicht beim Silo campiert, oder?«, fragte ich, gerade laut genug, um das Summen der Maschinen zu übertönen. »Er ist rausgefahren, um Jenny Perec zu besuchen. Und das Baby.«

»Jenny, Baby, will Matt halten. Bringt nix. Sie's tot. Er auch. Die ha'm ihn aufn Kartafalk gelegt.«

Die Anstrengung zu sprechen erschöpfte sie, und sie döste weg. Kartafalk? Vermutlich meinte sie Katafalk, aber es war ein ziemlich seltsames Bild.

Ich saß eine Weile da, widerstand dem Drang, mein Laptop rauszuholen und E-Mails zu beantworten oder zu recherchieren. Mit das Schwerste auf der Welt, einfach nur dasitzen. Eine der Schwestern kam mehrmals rein, um nach Sonia zu sehen, aber sie versuchte nicht, mich wegzuschicken.

Nach ungefähr fünfzehn Minuten öffnete Sonia wieder die Augen. »Doc?«

Ich gab ihr noch ein frisches Limonenstäbchen. »Detektivin. Vor zwei Wochen waren Sie draußen beim Silo, da, wo Matt begraben ist. Doris McKinnon war dort. Sie sind auf sie zugerannt, als Sie sie sahen. Was ist dann passiert? Hat sie Sie mit nach Hause genommen?«

»Doris.« Sonia runzelte die Stirn. »Ja, stimmt. Doris, schwarze Leute, buddeln in Matts Grab. Falsch, falsch, falsch. Schwarzer Mann packt Arme, zerrt mich. Wie Soldaten Jenny zerren.«

»Jenny zerren?«, fragte ich.

»Zerrt mich zum Pick-up. Pick, Fick, Strick, Glück.« Sie kicherte verstörend und schlief wieder ein. Diesmal atmete sie tiefer und wirkte nicht, als würde sie so bald wieder aufwachen.

Ich ließ ihre Hand los und stand auf, wünschte, es gäbe eine Möglichkeit, Sonias verhedderte Neuronen zu entwirren. Soldaten hatten Jenny gezerrt? Vielleicht hatten sie sie beim Protest 1983 vom Tor des Silos weggezerrt. August hatte Sonia außer Gefahr in Doris' Truck gezerrt – das nahm ich jedenfalls an. Und sie dann … zurück in die Stadt gebracht? Zum Farmhaus?

»Morgen wird sie kräftiger sein.« Heinz war neben dem Bett aufgetaucht. »Sie können dann wiederkommen und noch mal mit ihr sprechen.«

Ich nickte, dankte ihr, dass sie mich überhaupt reingelassen hatte. Jammere nicht rum, dass sie so wenig gesagt hat. Sei froh, dass sie das Bewusstsein wiedererlangt hat und sprechen kann, ermahnte ich mich, als ich der Schwester aus dem Zimmer folgte.

Als wir die schalldichten Türen der Intensivstation passierten, hörten wir aus dem Schwesternzimmer laute Stimmen. Heinz eilte sofort hin, ich blieb ihr auf den Fersen.

»Sie lassen eine Ermittlerin zu ihr rein, bevor ihr eigener Vater sie gesehen hat? Wie können Sie es wagen? Wie können Sie es *wagen*!« Die verräterische Vene pochte über Dr. Kiels rechtem Auge, und er hämmerte mit der Faust auf den Tresen.

Ein Mann um die siebzig in weißem Hemd mit Krawatte stand neben ihm. »Beruhige dich, Nate. Ich regele das.«

»Dr. Kiel«, sagte ich laut. »Ich bin V.I. Warshawski. Die Ermittlerin. Die mehrmals bei Ihrer Tochter war, während Sie und Shirley zu Hause geschmollt haben.«

»Und Sie, junge Dame, kommen Sie mir ja nicht unverschämt.«

Junge Dame? »Oder was? Sie streichen mir das Taschengeld und pumpen mich voll Lithium?«

»Sofort aufhören! Das ist ein Krankenhaus und kein Fußballstadion. Wenn einer von Ihnen wieder anfängt, rufe ich den Sicherheitsdienst und lasse Sie beide vor die Tür setzen.« Heinz' Stimme war voller Autorität, Kiel und ich verstummten.

»Dr. Kiel hat hier eine berechtigte Frage aufgeworfen«, meldete sich das weiße Hemd zu Wort. »Sonia Kiel ist seine Tochter und meine Patientin. Sie von einer Ermittlerin befragen zu lassen, ohne uns Bescheid zu geben oder die Möglichkeit, dabei zu sein, lässt an Fahrlässigkeit denken.«

»Sie müssen Dr. Chesnitz sein«, sagte ich. »Ich hab schon von

Ihnen gehört. Ms. Kiel ist fünfundvierzig, und solange Sie keine legale Vormundschaft für sie haben –«

Heinz schnitt mir das Wort ab. »Dr. Kiel. Sie haben es sich Dr. Cordley gegenüber ausdrücklich verbeten, Sie mit Fragen zu Sonias Versorgung zu behelligen, als sie am Mittwoch mit Ihnen sprach. Ich habe diese Anweisung hier schriftlich vorliegen.«

Kiel wandte sich an mich. »Was hat Sonia zu Ihnen gesagt?« Seine Hände zitterten, aber er gab sich Mühe, nicht zu schreien.

»Sie sagt, sie hat Doris McKinnon auf dem Land gesehen, wo Matt Chastain begraben ist. Und sie hat auch Emerald Ferring und August Veriden dort gesehen. Das ist eins der Felder um den Raketensilo, richtig?«

»Sonia hat Wahnvorstellungen«, warf Chesnitz ein. »Ich würde nichts ernst nehmen, was sie sagt, zumal jetzt, da sie schon eine Woche oder länger ihre Medikamente nicht genommen hat.«

»Wenn ich in meinem Leben nur eines ungeschehen machen könnte, wäre das der Tag, an dem ich zustimmte, dass dieser Versager Doktorand in meinem Labor wird«, knurrte Kiel mit noch immer pochender Ader. »Nein, ich ziehe das zurück, es wäre der Tag, an dem ich Shirley Watcher kennenlernte. Ich würde mich von ihr abwenden und weggehen. Die klingelnden Glocken der Huren von Zion! Mein Großvater hat mich gewarnt.«

Ich hatte noch nichts gegessen, und bei seinem wilden Gerede fühlte ich mich wie ein ruderloses Schiff in schwerem Sturm. Huren von Zion, Katafalke. Ein Abendessen im Hause Kiel musste sich anfühlen wie jähzorngetriebene Luftakrobatik.

»Dr. Kiel, könnten wir uns hinsetzen und ruhig miteinander sprechen? Sonia ist eben wieder eingeschlafen. Sie wird so schnell nicht aufwachen.«

»Worüber sprechen?«

»Was Matt Chastain so Furchtbares getan hat. Und warum Sie Ihrer Tochter nicht glauben, wenn sie sagt, dass sie ihn sterben sah.«

Für einen Augenblick dachte ich, er würde wieder explodieren, doch schlagartig wurde er ganz still. Ich dachte schon, dass er vielleicht einen Schlaganfall hätte. Schwester Heinz trat neben ihn und fasste nach seinem Arm. Dann sah ich, dass Alias Marlon, der Mann aus Fort Leavenworth, die Intensivstation betreten hatte.

34

Harte Worte

»Marlon Pinsen!« Ich ging ihm entgegen, die Hände ausgebreitet, ein Lächeln im Gesicht. »Colonel Baggetto hat mir von Ihrer Arbeit erzählt, und natürlich ist Ihr Geheimnis bei mir sicher.«

Unter dem hellen Deckenlicht im Vorraum der Intensivstation sah ich, dass er älter war, als ich neulich Abend im Hotel gedacht hatte. Er war jung, aber nicht mehr studentenjung.

Er wich meinen Händen aus, doch ich lächelte weiter. »General Staff College. Waren Sie deshalb am Dienstag im Lion's Pride? Ich bin noch keine Woche in Lawrence, aber ich weiß, der Herren-Basketball ist das schlagende Herz dieser Stadt. Haben die Hawks gegen das Staff College gespielt, und Sie sind so ein Fan, dass Sie zu den Nachspielfeierlichkeiten bleiben mussten?«

»Das General Staff College gehört nicht zu dieser Art von Schulen«, sagte er steif.

»Natürlich nicht«, stimmte ich jovial zu. »Dort laufen ja all diese wichtigen Lehrgänge für Leute wie Colonel Baggetto, damit sie militärisch auf der Höhe sind, mit topaktuellen Strategieunterweisungen, wie man ISIS dazu bringt, alle Geheimnisse auszuspucken. Und in Ihrer Freizeit beschützen Sie Amerikas Farmen vor invasiven Spezies.«

Er hatte die Mundwinkel verärgert nach unten gezogen, aber bei meinem letzten Satz veränderte sich sein Mienenspiel. Ich konnte den Ausdruck nicht recht deuten. Wachsam? Besorgt? »Was hat der Colonel Ihnen erzählt?«

»Ja.« Kiel und Chesnitz hatten zu uns aufgeschlossen. »Was genau hat Baggetto gesagt?«

»Ich glaub nicht, dass ich in einer öffentlichen Sphäre wie hier laut darüber reden sollte«, sagte ich in herausforderndem Ton.

Tatsächlich beachtete uns kein Mensch. In dem Vorraum warteten vielleicht ein Dutzend Angehörige, hinzu kam medizinisches Personal, das gelegentlich stehen blieb und mit ihnen sprach, mitfühlende Hände auf ängstlich verkrampften Schultern. Das Leben auf der Intensivstation war ein ständiger Kreislauf dramatischen Geschehens und wehklagendes Geschrei vor dem Schwesternzimmer wahrscheinlich so normal, dass niemand unser Schauspiel beachtenswert fand – bis auf Schwester Heinz, die mit tief gerunzelter Stirn abzuschätzen suchte, ob Kiel oder ich erneut außer Kontrolle gerieten.

»Die Brennstäbe«, flüsterte ich.

»Ach.« Pinsens Gesicht entspannte sich. »Ja. Die sind verschwunden. Ich bin sicher, Dante – der Colonel – hat Ihnen gesagt, dass Sie sie nicht anfassen dürfen, wenn Sie sie finden.«

»Die weltweit erste nukleare Kettenreaktion fand unter meiner Collegebibliothek statt«, sagte ich. »Wir sind alle schlau genug, nicht mit Uranbrennstäben zu spielen.«

»Gut. Rufen Sie den Colonel sofort an, wenn Sie auf den Behälter stoßen. Wenn Sie ihn nicht zu fassen kriegen, rufen Sie mich an.« Pinsen zog ein Kartenetui aus der Jacketttasche, entnahm eine und reichte sie mir.

Sie gab nichts preis – keinen Rang, keine Adresse, nur eine Handynummer und eine neutrale E-Mail. Vielleicht besaß er noch andere Karten, die seine Zugehörigkeit zu irgendeiner Organisation zeigten – CIA, NSA, NFL? Ich schob sie in meine Jeanstasche.

»Sie waren gerade bei Sonia Kiel«, stellte Pinsen fest. »Hatte sie irgendetwas Interessantes beizutragen?«

»Das hängt davon ab, was Sie interessant finden. Ihre Eltern fanden sie als Teenager zu fett.«

»Und sie ist immer noch zu fett«, knurrte Kiel gehässig.

»Aber seit sie hier liegt, verliert sie Gewicht«, sagte ich ermutigend. »Wie viel muss sie denn loswerden, damit Sie zuhören, was sie sagt?«

»Sie haben Sonia einmal getroffen, aber Sie bilden sich ein, sie zu verstehen«, sagte Chesnitz. »Ich behandle sie seit dreißig Jahren und –«

»Und wir sehen ja alle, wie gut ihr das geholfen hat«, gab ich bissig zurück.

»Hat sie etwas über das verschwundene Material gesagt?«, schnitt Pinsen Chesnitz' beginnende Tirade ab.

Ich schüttelte den Kopf. »Sie kommt gerade wieder zu Bewusstsein, und die Sprache gehorcht ihr noch nicht. Ich bezweifle, dass sie sich an die Nacht beim Lion's Pride erinnert. Wir waren kurz bei dem Protest von 1983.«

Kiel ballte und lockerte die rechte Faust. »Sonia ist über vierzig, aber ihr Kopf steckt noch im Alter von vierzehn fest. Ich muss sie sehen. Und Dr. Chesnitz muss sie untersuchen.«

»Ich bespreche das mit den behandelnden Ärzten«, sagte Heinz. »Unsere Priorität ist zunächst, dass sie körperlich wieder zu Kräften kommt. Es hängt von Ms. Kiels Einwilligung ab, ob sie Dr. Chesnitz sehen will. Es sei denn, wie Ms. Warshawski richtig bemerkt hat, Sie oder er sind ihr gesetzlicher Vormund.«

Eine von Heinz' Pflegerinnen eilte herbei und raunte ihr etwas ins Ohr. Heinz nickte. »Ich muss mich jetzt um einen anderen Patienten kümmern, aber im Moment kann niemand mit Ms. Kiel sprechen: Dr. Cordley hat ihr vor ein paar Minuten eine Propofolinjektion verabreicht, und sie wird den Rest des Tages wohl durchschlafen.«

Dr. Chesnitz brabbelte, Propofol auf Valproat stelle einen gefährlichen Behandlungsfehler dar.

»Dr. Kiel, falls Sie Ihre Meinung geändert haben, was die Versorgung Ihrer Tochter betrifft, könnten Sie das wohl mit Dr. Cordley besprechen? Und natürlich, wenn Sie ein Weilchen bei Ihrer Tochter sitzen möchten, könnte ihr das helfen. Menschen verstehen, was man zu ihnen sagt, wenn sie sediert sind. Aber Sie, Mr. … ähm …«

»Er sagt, sein Name sei Pinsen«, steuerte ich hilfreich bei.

»Weil ich Pinsen heiße«, sagte er.

»Mr. Pinsen«, sagte Heinz. »Sie kann jetzt keine Leute um sich haben, die ihr fremd sind.«

»Diese Ermittlerin«, begannen Pinsen und Chesnitz im Chor.

»Diese Ermittlerin hat Sonia praktisch täglich besucht, seit sie bewusstlos ist. Sie hat außerdem Sonia das Leben gerettet.«

Die Stationsschwester rauschte davon, zurück hinter die schalldichten Türen der Station. Sowohl sie als auch der Rest des Pflegeteams trug bequeme Straßenkleidung, aber man meinte fast das Rascheln einer gestärkten Uniform zu vernehmen.

Ich ging, doch die Männer blieben in der Nähe des Informationstresens stehen. Als mein Fahrstuhl kam, sah ich Pinsen dringlich auf Kiel einreden, der nach wie vor die Hände zu Fäusten ballte und wieder öffnete. Immerhin, falls er hier einen Schlaganfall bekam, war sofort Hilfe da.

Trotz meiner draufgängerischen Art gegenüber Pinsen und Chesnitz war mir ganz schwindlig von den Strudeln der Familie Kiel. Vor dem Haupteingang des Krankenhauses standen ein paar Taxis, ich nahm eins und ließ mich zum Hippo fahren.

Simone stand heute Morgen wieder hinterm Tresen. »Wo ist denn der Assistenzhund abgeblieben?«, fragte sie und begann Kaffeebohnen für mich zu mahlen.

»Ach, heute darf sie mal nehmen, statt zu geben, weh mir!«

Ich überflog den *Douglas County Herald*, während ich auf mein Getränk wartete. Das Herren-Basketballteam beherrschte die erste Seite. Frauenbasketball bekam ein paar Zeilen im hinteren Teil. Der Lokalkommentar wetterte über die Ergebnisse der letzten Wahlen, aber brachte auch eine Warnung an die Öffentliche Bibliothek von Lawrence.

> Wir haben zahlreiche Meldungen erhalten, dass in der Bibliothek mitten in der Nacht Licht gesehen wurde. Diese Stadt hat die Ausgaben für eine Erweiterung der Bibliothek genehmigt, aber die Steuerzahler haben dem Vorstand damit keinen Freibrief erteilt, die Stromrechnung in die Höhe zu treiben.

Welch glückliche Stadt, die ihre Bibliothek genug wertschätzte, um sie zu erweitern, während überall im Land die Gemeinden solche Einrichtungen schlossen und die Budgets beschnitten – auch in Chicago.

Ich trank den Cortado in einem Schluck. Simone bot mir einen zweiten an, aber ich brauchte erst richtige Nahrung. In einem schicken Diner auf der anderen Straßenseite bestellte ich Rührei, Haferbrei und Obstsalat. Während ich wartete, holte ich mein Laptop aus seinem Käfig und checkte meine E-Mails.

Eine Nachricht von Jake führte das Rudel an.

> *Tut mir leid, dass ich mich nicht gemeldet habe, ich war so wütend, dass du auf Bitten von Bernie Fouchard nach Kansas fährst, statt meiner Bitte in die Schweiz zu folgen. Vielleicht bist du ja genauso sauer, weil ich die Schweiz dir vorgezogen habe. Ich kann dich aber nicht über meine Musik stellen. Ich versuche auch zu verstehen, dass du mich nicht über deine Ermittlungsarbeit stellen kannst, aber es wird immer Verbrechen zu ermitteln geben, hingegen kommt die Chance nie wieder, mitten im Herzen der Altmusik-Bewegung zu studieren und aufzutreten. Das ist eine einmalige Gelegenheit. Diese Unterhaltung sollte eigentlich besser von Angesicht zu Angesicht geführt werden, aber ich weiß nicht, wann wir uns das nächste Mal von Angesicht zu*

Angesicht treffen. Hast du noch vor, Weihnachten zu kommen? Oder gewinnt das Verbrechen doch wieder? J.

Die Botschaft hinterließ bei mir ein Gefühl, als hätte man mir ins Zwerchfell getreten. Mein Essen kam, aber ich hatte den Appetit verloren. Ich schrieb zurück und schickte die Nachricht ab, ohne sie noch mal gegenzulesen.

Ich hab deine Mail in einem Diner in Kansas gelesen. Wäre ich in Basel, dann hätte ich allein in einem Café gehockt, während du Probe hast. Ich bin nicht Penelope. Ich hab meine eigene Mission auf diesem Planeten. Sie ist nicht so schön und edel wie Musik, aber auch ich kitte das Leben von Menschen. Ich kann über die Schweiz und Weihnachten nachdenken, wenn ich wieder in Chicago bin und mich weniger zerbrechlich fühle als hier allein. V. I.

Ich versuchte Berichte der Streeter-Brüder zu lesen, Anfragen von Klienten, aber wütende, gekränkte Tränen verschleierten den Bildschirm. *Willst du in deinem Zimmer sitzen und dir leidtun?*, sagte meine Mutter immer. *Na, dann mach das mal, denn sonst tust du niemandem leid.*

Kopf hoch, Warshawski, los, bring dich wieder ins Spiel. Ich wandte mich grimmig meiner Post zu, sortierte, was ich aus der Ferne selber regeln konnte und was ich delegieren musste, fragte mich die ganze Zeit im Hinterkopf, ob Baggetto und Pinsen meine Tastatureingaben aufzeichneten. Fragte mich, ob Jake einer Fremden Liebersons Vertonung von Neruda vorspielte.

Ich rief von einem meiner Wegwerfhandys Cheviot an, berichtete von meinen Sorgen und fragte, ob sie von Chicago aus meine Geräte durchputzen konnten. Es würde nicht billig werden, und sie brauchten meine sämtlichen Passwörter und Zugangscodes. Ich schrieb sie alle in eine Textnachricht auf dem Wegwerfhandy, schickte sie ab und ging wieder an die Arbeit.

Das größte Dokument in meinem Maileingang kam von Cady Perec, im Anhang die Akte aus dem Büro des Sheriffs über den Tod ihrer Mutter. Die erste Aktennotiz war die Unfallmeldung, kurz und knapp:

> Anruf von John und Jim Pendleton, die zum Fischen am Wakarusa waren. Die Jungs haben den zur Hälfte unter Wasser stehenden Toyota entdeckt, die Leiche darin gesehen und erfolglos versucht, die Türen zu öffnen. Streife hingeschickt.

Die Jungs waren fast eine Meile bis zur nächsten Tankstelle gelaufen, wo der Pächter sie das Telefon benutzen ließ. Die beiden Deputys im Einsatz, Kenneth Gisborne und Lucas Gerstenberg, forderten einen Abschleppwagen mit Seilwinde an. Als der Wagen aus dem Wasser war, konnten sie das Opfer aus dem Fahrersitz ziehen. Sie erkannten Jennifer, genauer gesagt Gerstenberg erkannte sie – er war mit ihr zur Schule gegangen.

Ich scrollte durch das Dokument auf der Suche nach einem Autopsiebericht, fand jedoch keinen. Ich wechselte zu den Fotos, die für gescannte Kopien überraschend scharf waren.

Der Polizeifotograf des Countys war gründlich vorgegangen. Ich sah die Bremsstreifen, wo der Toyota von der Straße abgekommen war, die Spur geknickter Äste und geplätteter Gräser, die der Wagen hinterließ, als er die Böschung hinab in den Wakarusa raste.

Es gab ein Dutzend Aufnahmen des Toyota, der mit der Nase voran im Fluss steckte. Jennifer Perecs Haar flutete über das Lenkrad und sah aus wie Schwingelschilf, bis die Deputys die Türen öffneten, sie heraushoben und auf die Uferböschung legten.

Ihr Gesicht war geschwollen, der Bereich um Ohren und Wangen sah nach Blutergüssen aus. Vom Zusammenprall mit dem Lenkrad? Oder aufgebläht von der Zeit im Wasser? Oder vielleicht traf meine tröstende Idee für Cady gestern Abend sogar zu, und ihre Mutter hatte irgendwelches chemisches oder radioaktives Gas abgekriegt.

Ich schob mein unberührtes Essen von mir und zahlte die Rechnung. Das Justizcenter war nur ein paar Blocks entfernt. Ich ging hin und stellte am Informationsschalter des Countys einen Antrag auf Akteneinsicht in einem alten Fall, ja, ich hatte das Aktenzeichen. Ich schrieb es von meinem Bildschirm ab und reichte das Formular ein.

Während ich dasaß und wartete, schlenderte Deke Everard vorbei. »Warshawski! Wie ich höre, haben Sie heut Morgen im Krankenhaus ordentlich Stunk gemacht.«

Ich zog die Hosenbeine ein Stück hoch und starrte auf meine Knöchel. »Ich seh gar keine Funkfessel.«

Everard grinste. »Ich zeig den Computerjockeys zu gern, dass die gute alte Gerüchteküche schneller und verlässlicher ist als das Aussieben einer Trillion digitaler Daten. Was machen Sie hier?«

»Das wird Ihnen jemand erzählen, bevor Sie Ihr Büro erreicht haben«, versicherte ich ihm.

Die Person am Informationsschalter rief meinen Namen auf. Everard ging mit und lehnte sich mit dem Ellbogen auf den Tresen. »Was sucht sie denn, Sharene?«

»Eine alte Akte, die leider verschwunden ist, Deke. Es tut mir leid, Miss. Wir geben eine Meldung an die Archivbelegschaft, dass sie danach suchen sollen, falls sie falsch abgelegt wurde, aber im Moment ist sie einfach weg.«

Everard griff nach meinem Antrag. »Jenny Perecs Unfallbericht? Was wollen Sie damit, Warshawski? Sie erzählen mir und allen anderen doch ständig, dass Sie nur hier sind, um Emerald Ferring zu finden.«

»Sie müssen mich nicht daran erinnern, dass ich darin bisher total versagt habe«, sagte ich. »Also greife ich nach Strohhalmen. Ms. Ferrings Leben kreuzt das der Perecs immer wieder. Wussten Sie, dass es Ferrings Mutter war, die Cady Perec fand und ihr das Leben rettete?«

»War vor meiner Zeit. Glauben Sie denn, sich Jenny Perecs Totenschein anzusehen wird Sie zu Emerald Ferring führen?«

»Es ist schon Erstaunlicheres vorgekommen. Was ich wirklich sehen wollte, war der Autopsiebericht. Und ich hätte auch nichts dagegen zu erfahren, was Sheriff Gisborne in dem Wagen gefunden hat, als er ihn rauszog.«

»Schlamm, sonst nichts.« Gisborne hatte den Raum betreten. Jemand musste ihm erzählt haben, dass ich hier war und nach einer alten Akte fragte. »Schlamm und Gestank. Niemand durchsucht gern einen Wagen, der im Wasser war, Warshawski.«

»Nicht mal nach möglichen Wertgegenständen? Oder einem Anhaltspunkt, wer Cady Perecs Vater war?«

Wir zogen allmählich ein Publikum an. Diese auswärtige Detektivin, die den Tod riecht wie eine Schmeißfliege, streitet sich mit dem Sheriff.

»Ach, suchen Sie jetzt Cadys Vater, Warshawski? Habt ihr in Chicago nicht genug zu tun?«

»Sie sagten doch, ich soll Douglas County nicht verlassen. Ich mache Heu, solange die Sonne scheint.«

Die heimelige Bauernmetapher steigerte nicht gerade seine Zuneigung. »Lassen Sie Familie Perec in Ruhe. Wenn Gertrude Perec Cadys Vater finden wollte, hätte sie die Suche veranlasst, als die Spur noch warm war.«

»Na klar, Sheriff. Wir alle wissen, dass Gertrude es nicht wissen will. Oder besser gesagt, nicht will, dass Cady es herausfindet. Wenn Cady vier wäre, könnte ihre Großmutter mit Fug und Recht für sie sprechen, aber Cady ist vierunddreißig, also darf sie das selbst entscheiden.«

Der Sheriff musterte die Deputys und Büroangestellten, die sich in Hörweite herumdrückten. »Habt ihr alle nichts zu tun? Oder hat Warshawski Douglas County vom Verbrechen gesäubert, und eure Jobs sind überflüssig?«

Die Menge verdrückte sich, doch Everard blieb an den Tresen gelehnt stehen. Er diente der Stadt – seine Beförderungen hingen nicht vom Sheriff ab.

Gisborne schickte sich auch an zu gehen, hielt aber mitten im Schritt inne und sah sich zu mir um. »Sie haben gefragt, was *ich* in dem Wagen gefunden habe. Der Unfallbericht ist weg, woher wussten Sie also, dass ich den Ruf angenommen habe?«

Ich lächelte engelhaft. »Es liegt einfach in der Luft, Sheriff. Man erzählt mir doch ständig, wie gut sich alle im County kennen, bis hin zur BH-Größe und so weiter. Ich bin jetzt eine Woche hier, ich schließe langsam auf.«

Er musterte mich maßnehmend, als stellte er sich uns im Wilden Westen vor, mit mir in der Schlinge eines selbstgezimmerten Galgens.

Ich hörte auf zu lächeln und sah ihn ernst an. »Eigentlich bin ich in der Hoffnung hergekommen, ich könnte den Autopsiebericht von Jenny Perec lesen.«

»Gertrude Perec wollte nicht, dass ihre Tochter aufgeschnitten wird. Da klar war, dass Jenny ertrunken ist, ließen wir sie ihre Tochter begraben und ihr Leben weiterleben.«

»Vierunddreißig Jahre ist das her, und Sie erinnern sich noch so genau. Kein Wunder, dass man Sie immer wiederwählt.«

35

Knietief im Schlamm

»Wissen Sie, was, Warshawski, Lieutenant Lowdham war neugierig genug auf Ihre wahre Mission, dass er ein paar Leute in Chicago angerufen hat, um sich nach Ihnen zu erkundigen.« Sergeant Everard begleitete mich durch die Seitentür nach draußen.

Sharenes Gesicht wurde lang, als wir aus ihrer Hörweite gingen: Alle hätten doch zu gern gewusst, was die Chicagoer Cops über mich zu sagen hatten.

»Die übereinstimmende Auskunft ist offenbar, Sie sind ehrlich, Sie erzielen Ergebnisse, Sie sind waghalsig. Und Sie sind eine Heimsuchung.«

»Falls ich hier unten in Kansas sterbe, sorgen Sie dafür, dass man mir genau das in meinen Grabstein meißelt«, sagte ich.

»So könnte es kommen.« Everard sah mich ernst an. »Ich weiß nicht, was genau Sie noch hier hält, da niemand eine Spur von Ferring und ihrem Kameramann bemerkt hat. Aber irgendwas mit dem Land um den Silo bringt Gisborne dazu, sich wie der Sheriff von Nottingham aufzuführen statt wie der Typ, den wir mit Freuden alle vier Jahre wiederwählen. Und nebenbei füllt sich die Stadt mit Fremden, die an Orten auftauchen, von denen man meinen könnte, dass sie da nicht hingehören.«

»Das wären dann wohl Colonel Baggetto und sein Handlanger Alias Pinsen.«

»Von Ihnen nicht zu reden«, sagte Everard. »Warum nennen Sie ihn Alias?«

»Er taucht in keiner Datenbank auf, zu der ich Zugang habe, und ich habe Zugang zu so einigen.« Ich erzählte ihm von Pinsens Erscheinen im Krankenhaus. »Er ist so prompt da aufgekreuzt, dass man fast denken könnte, er hat irgendein Telefon abgehört – meins zum Beispiel.«

Ich sah Everard direkt an, der beide Hände hob, die Geste der Kapitulation. »Nicht schuldig. Aber meinen Sie nicht, das ist ein bisschen paranoid? Warum sollte er Ihr Telefon abhören? Vielleicht hat er Dr. Kiel verwanzt. Oder vielleicht hat Kiel Pinsen angerufen. Wenn die zusammen irgendwas laufen haben, würde Kiel dafür sorgen, das Pinsen auf dem Stand bleibt.«

»Irgendwas, das es nahelegt, Sonia im Auge zu behalten? Das kann ich mir nicht vorstellen. Was ist Kiels Rolle bei alledem?«

Everard zuckte die Schultern. »Ich seh überhaupt keine Rolle für ihn, außer vielleicht, dass seine Tochter mitten auf die Bühne gestolpert ist.«

Sein Kragenfunk piepte. Ich hörte eine kratzige Frauenstimme am anderen Ende.

»Man braucht mich bei meiner richtigen Arbeit, die nicht darin besteht, Ihnen nachzuspüren.« Er grinste. »Das waren die Worte der Funkzentrale. Bevor ich jetzt Einbrecher jagen gehe, wollen Sie mir nicht verraten, woher Sie wussten, dass Gisborne den Einsatz hatte, als Jenny Perec ertrank?«

Ich betrachtete ihn nachdenklich: vertrauenswürdig oder ein gewiefter Cop, der weiß, wie man Leute einwickelt? »Cady Perec hat es mir gesagt. Woher sie das weiß, müssen Sie sie schon selbst fragen.«

»Na schön.« Er drückte meinen Arm, ein freundlicher Abschied, keine Warnung. »Warshawski, wenn Sie merken, Sie fallen in ein Kaninchenloch, rufen Sie den netten Cop an, ja? Ich hab keine Lust auf den ganzen Papierkram, den ich ausfüllen muss, wenn Sie in meinem Bezirk eine Kugel fangen.«

Ich spazierte leichteren Gemüts zum FedEx Store, als ich eine halbe Stunde zuvor für möglich gehalten hätte. Dort kopierte ich Jenny Perecs Unfallbericht auf einen Datenstick und schickte ihn per Express ans Cheviot Labor. Ich druckte mir die Fotos aus, die den Unfallort zeigten, sowohl die Totalen mit den Schleuderspuren von der alten K-10 die Böschung runter als auch die Nahaufnahmen, dann rief ich die Bilder von Jennys totem Gesicht auf und sandte sie mit einer E-Mail an Lotty. Ich erklärte, wer sie war, dass es keinen Autopsiebericht gab, und bat Lotty, die Bilder einem Pathologen zu zeigen. *»Ich hätte gern eine inoffizielle Spekulation. Wasserschäden, Strahlenvergiftung, Unkrautvernichtungsmittel?«*

Dank Jakes E-Mail hatte ich nichts gefrühstückt. Ich suchte mir einen anderen Diner, wo sie ihr Brot selbst in einem Steinofen buken, den man vom Tresen aus sehen konnte. Während ich aß, berechnete ich die ungefähre Dimension der sechs Hektar, die Doris McKinnon abzutreten gezwungen war, und zeichnete in Relation zum Raketensilo mehrere mögliche Varianten davon in meine Karte des Countys.

Nach hausgemachter Bohnensuppe und vier Scheiben Brot mit Ziegenkäse hätte ich am liebsten ein Nickerchen gemacht. »Nicht schlafen, Warshawski«, sagte ich streng. »Steh auf, Frau. Du bist jetzt bereit für alle Gefahren, die die Prärien von Kansas entfesseln können.«

Der Wind blies von Norden und spuckte ein wenig Regen mit. Er schnitt so lässig durch mein Wolljackett und mein Strickoberteil, als ginge ich nackt die Straße entlang. Vielleicht war ich doch nicht bereit für die ganze Wucht der entfesselten Prärien.

Als ich zum Parkplatz der Bibliothek kam, breitete ich ein paar Zeitungsseiten auf dem Beton aus und kroch unter mein Auto, nachdem ich das gute Jackett ausgezogen hatte und in meine Windjacke geschlüpft war. Baggetto und Pinsen verfügten vermutlich über so winzige Sender, dass sie schwer zu entdecken sein würden. Ich sah in die Reifenkästen und fuhr mit den Fingern um den Auspuff, fand aber nichts als Öl und Dreck.

Das bewies selbstredend gar nichts – sie mochten einen industriellen Sender hinter meinem Armaturenbrett eingebaut oder einen winzigen Knopf außer Reichweite platziert haben. Ich konnte natürlich einen richtigen Wolinsky hinlegen und meinen ganzen Wagen in Folie einwickeln, andererseits, was wäre das Leben ohne Risiko?

Für den Fall, dass sie mich mittels meiner Geräte trackten, verstaute ich sie alle wieder im Faraday'schen Rucksack. Das musste Schutz genug sein.

Ich fuhr erneut nach Osten, diesmal auf einer Seitenstraße, wo es leichter war, einen Schatten zu entdecken. Die Fifteenth Street führte an der Schule vorbei, in der Cady Zwölfjährigen beibrachte, mitdenkende Bürger/innen zu werden, und verlief dann zwischen zwei Friedhöfen. Zum Glück hatte ich nicht Monate damit verschwendet, Sonia Kiels toten Liebsten auf einem echten Friedhof zu suchen.

Ich überwand zwei Hügel, holperte über Bahngleise und schon war ich wieder inmitten von Farmland, und mein Wagen hüpfte eine pockennarbige Schotterstraße entlang. Ich kam an einem Gebäude mit zugenagelten Fenstern vorbei, möglicherweise eine Methküche, damit konnte sich Sheriff Gisborne ja vielleicht mal befassen, wenn er erst alle Sorgen von Sea-2-Sea behoben hatte.

Als ich Doris McKinnons Farmhaus erreichte, parkte ich neben der Scheune, in der sie Gisborne zufolge Reifenspuren vom Prius gefunden hatten. Ich zog meine Wanderschuhe an und ging hinein.

Eine Schwanenhalslampe neben der Tür war mit einer starken Glühbirne bestückt, sodass ich selbst an einem so grauen

Nachmittag einen guten Eindruck vom Inneren der Scheune bekam. Ich ging möglichst dicht an den Wänden entlang, wollte nichts verändern, falls es ein Tatort war, und möglichst wenig Spuren meiner Anwesenheit hinterlassen.

Staub jeglicher Art – Heu, Dreck, Samen – erhob sich, als ein Windstoß durch die offenen hohen Türen hereinblies. Ich musste heftig niesen, jetzt konnte die Strafverfolgungsbehörde oder jemand aus Baggettos Entourage tatsächlich meine DNA einsammeln, sofern sie sich die Mühe machten, das ganze Gebäude abzutupfen. Die dicke Staubschicht machte es leicht, die Ölschlieren und Reifenspuren zu erkennen, die der Prius und der Pick-up hinterlassen hatten. Sie waren dicht bei dem breiten Tor geparkt gewesen, das sich zum Hof öffnete.

Zwei Katzen fauchten und stahlen sich davon, als ich die Lampe weiter auf das Innere richtete. Außer dem Staub war die Scheune voll mit altem Gerät. Ein rostiger Traktor, Stapel von Dingern mit gezackten Zähnen, gigantische Rechen und Harken. Aus den Ecken kam das Rascheln von dem, was die Katzen jagten – ich hoffte Mäuse, aber wahrscheinlich Ratten.

Ich sah nichts, was wie der Behälter auf Baggettos Foto aussah, oder wie die Beutel, die Doris mit Erde bestückt und etikettiert hatte. Mehrere frischere Fußspurensätze zeigten, wo Gisborne und seine Leute bei ihrer Durchsuchung gewesen waren, falls also Doris etwas Wichtiges dagelassen hatte, hätte das Team des Sheriffs es schon mitgenommen.

Ich ging wieder ins Haus, diesmal suchte ich konzentrierter. Die Küche, die aussah wie aus der Pionierzeit, hatte Schränke, die bis unter die Decke reichten. Ich fand eine Leiter, stieg hinauf, entdeckte alte Einmachgläser, einen Vorrat Benzinrationen aus dem Zweiten Weltkrieg und etwas, das nach einem vollständigen antiken Delfter Service aussah, alles dick mit Staub bedeckt.

Tiefe Kästen in Bodenhöhe waren vielleicht ursprünglich für Mehl gedacht gewesen, als das Haus gebaut wurde. Doris hatte darin Stiefel und Windjacken aufbewahrt, zusammen mit leeren Eierkartons. Ich verbrachte eine Stunde damit, in Schubladen zu schauen, ging auch in den Keller, der einen gestampften Erdboden hatte und ein paar Schlangen beherbergte, die sich auf dem Wasserboiler wärmten. Sie rührten sich und hoben züngelnd die Köpfe, als ich das Licht einschaltete. Mein Kansasreiseführer hatte mir versichert, dass die harmlosen Schlangen hier den giftigen zahlenmäßig um das Fünffache überlegen waren; das Buch riet mir, nach elliptischen Pupillen zu sehen, aber ich mochte nicht so nah heran. Wenn Doris sie in ihrem Keller hatte leben lassen, waren sie sicher ungiftig, aber es brauchte trotzdem Überwindung, an ihnen vorbeizugehen.

Schließlich gab ich auf. Ich konnte Wochen damit verbringen, das Haus und die Umgebung abzusuchen, und mich immer noch fragen, ob ich irgendwo in den Nebengebäuden oder gar auf den Feldern ein Versteck übersehen hatte. Das Tageslicht würde nur noch eine Stunde halten, und ich musste noch das Stück von Doris' altem Land besichtigen, dass Sea-2-Sea bewirtschaftete.

Ich fuhr rüber zum Silo und suchte den Himmel nach Überwachungsdrohnen ab. Zweimal sah ich etwas kreisen, aber wenn ich durch mein Fernglas sah, waren es jedes Mal Falken, die auf den Luftströmen ritten.

Ich wünschte, ich hätte selbst eine Drohne und könnte das Feld von oben überblicken, um zu sehen, ob es irgendwo Spuren von Doris' Buddelei gab. Stattdessen parkte ich vor dem Stützpunkttor und begann auf Doris' Seite des Zauns den Acker abzuschreiten. Sie schien eine methodische Denkerin gewesen zu sein; wenn sie die Strahlungsintensität prüfen wollte, hätte sie auch Proben ihrer eigenen Erde zum Vergleichen genommen.

Draußen auf dem offenen Feld hielt nichts den Nordwind auf. Meine Ohren begannen zu pochen, meine Hände wurden taub, obwohl ich sie tief in die Jeanstaschen schob. Gelegentliche Regenschauer fegten über mich hinweg, trommelten auf meine Jacke wie Schrot, aber glücklicherweise hielten sie nie lange an. Meine Zähne klapperten vor Kälte; es war schwer, den heißen Augusttag heraufzubeschwören, an dem Lucinda Ferring Cady im Zelt ihrer Mutter unter einem Schlafsack entdeckt hatte.

Ich ging McKinnons Seite des Zauns ab, in zwei Meter Abstand, um keine Bewegungsmelder von Sea-2-Sea zu aktivieren. Nahe der östlichen Grenze meiner Zeichnung von McKinnons Land stieß ich auf ein Loch. Ich ging in die Hocke, um es zu inspizieren. Ich hatte einen Plastiklöffel und eine der Tüten dabei, die ich mitführe, um hinter Peppy aufzuräumen. Ich hievte ein paar Löffel Dreck hinein und machte einen Knoten in die Tüte. Ich zählte die Schritte zum östlichen Ende des Silokomplexes und machte mir eine Notiz, damit ich die Stelle wiederfand – ich hoffte, McKinnon hatte auf der Sea-2-Sea-Seite des Zauns beim selben Längengrad gebuddelt.

Der nächste Schritt machte es erforderlich, mein iPhone aus seinem Faraday'schen Käfig zu holen und eine App zu aktivieren, die Infrarotstrahlen aufspürte. Das bedeutete, meinen Standort preiszugeben, falls jemand mir elektronisch nachspürte. Vielleicht war die Wanze in meinem Zimmer ja die einzige Überwachung, die sie für nötig hielten. Vielleicht war sie gar nicht für mich gewesen – vielleicht hatte ein vorheriger Bewohner eine abtrünnige Geliebte überwacht oder einen unloyalen Hund.

Falls aber Baggetto oder Gisborne mich trackte, blieben mir etwa fünfzehn Minuten, bis einer auftauchen würde. Ich sprintete zum Zaun, um ihn zu scannen.

Die App fand die Sea-2-Sea-Kameras mühelos, sie waren auf den Spitzen der Zaunpfähle und im Mittelpunkt jedes

Zaunabschnitts angebracht, was das Muster eines Fadenspiels erzeugte. Mit ein bisschen sorgfältiger Planung sollte es möglich sein, sie zu umgehen. Ich machte das Handy aus und steckte es wieder in meinen Tagesrucksack, joggte zur Straße und stieg in den Mustang. Ich vollführte eine schnelle Wende und trat das Gaspedal durch, dass Schotter und Erde aufspritzten, als ich südwärts zur alten K-10 peste.

Die Straße war leer. Der grimmige Wind hatte die meisten Wolken weggeblasen; im Rückspiegel sah ich einen blässlich orangen Sonnenuntergang, der die Silhouetten der Universitätsgebäude auf dem Mount Oread hervorhob.

Ich war schon fast am Wakarusa, als ich die blinkenden Lichter eines Streifenwagens im Seitenspiegel entdeckte. Er war vermutlich gerade vom Highway abgefahren und strebte mit Vollgas nach Norden. Ich hielt den Atem an, aber der Streifenwagen – nein die, es waren drei Stück, und sie fuhren geradeaus an der alten K-10 vorbei und bogen zum Silo ab. Das bewies etwas, oder vielmehr dreierlei: Mein Handy wurde überwacht, mein Faraday'scher Käfig war ein Erfolg, und sie hatten keine Wanze an meinem Wagen.

Meine Hände waren feucht, rutschten auf dem Lenkrad. Ich bremste nahe der tiefen Brücke über den Wakarusa und bog in einen Fahrweg ein, der am Fluss entlang verlief. Ich fuhr an die Seite, vermied aber die Böschung – der Mustang war nicht für Schlamm konstruiert. Wenn ich das nächste Mal meinen Wagen zu Schrott fuhr, sollte ich mir etwas Geländegängiges zulegen, etwas Stabiles, vielleicht einen ausrangierten Panzer.

Ich stieg aus und spähte in das Flussbett hinab auf das grünbraune Wasser. Ein paar Wasservögel jagten in der Mitte, andere ruhten sich auf den kleinen Kiesinseln aus, die den Fluss sprenkelten. »Knietief im Schlamm« hieß Wakarusa in der Sprache der hiesigen Indianer, hatte Cady mir erzählt. Knietief, aber doch tief genug, um ihre Mutter zu ertränken.

Ich nahm die Fotos vom Unfallort, die ich ausgedruckt hatte, und versuchte sie mit der heutigen Landschaft in Deckung zu bringen. Natürlich hatte sich das Unterholz verändert, und es war Herbst, nicht Hochsommer, aber ich konnte den Weg des Wagens ziemlich genau aus den Bildern schließen.

Und auch aus den neueren Reifenspuren durch frisch niedergewalzte Büsche und Marschgräser an der steilen Uferböschung. Ich stieg langsam hinab ins Flussbett, folgte den Spuren, mein Mut schwand, meine Schritte wurden zögerlich: Ich fürchtete mich davor, was ich am Ende der Fährte finden würde.

Es war nicht der Prius, sondern ein Dodge Ram Pick-up. Kabine und Chassis waren ziemlich verrostet: Man sah nur noch schwache Reste von dem Rot, in dem er lackiert gewesen war, als er einst die Fabrik verließ.

Wie Jenny Perecs Toyota steckte er mit der Nase nach vorn im Wasser, aber der Pick-up war zu hoch, um darin zu versinken. Das Wasser reichte nur eine Handbreit über das Trittbrett. Ich konnte die Gestalt auf dem Fahrersitz erkennen, den Kopf auf dem Lenkrad.

Meine Beine fühlten sich an wie hölzerne Stelzen, zu steif, um mich die paar Schritte zum Truck hinüberzutragen. Ich wollte nicht, dass das Emerald Ferring war, womöglich mit August auf dem Sitz neben ihr.

Der herbstliche Sonnenuntergang lieferte nur noch ein schwaches Nachglühen von Licht, das kaum den Grund des Flussbetts erreichte. Meine Holzbeine mussten zum Leben erwachen, bevor es vollends dunkel wurde. Ich stolperte den Hang wieder hoch zu meinem Wagen, holte meine starke Taschenlampe und suchte damit den Boden um den Truck ab. Meine Fußabdrücke, im Schlamm leicht zu erkennen. Andere, die in dem weichen Grund fast verschwunden waren.

Ich hielt die Lampe im Mund und fotografierte den Boden in der Hoffnung, dass sich etwas erweisen möge, dann zog ich meine Handschuhe an und stieg auf das Trittbrett. In der zunehmenden Dunkelheit spiegelten die Fenster schwärzlich. Wasser sickerte über die Ränder meiner Stiefel. Übelriechend, alt.

Ich zerrte an der Tür, die ein Stück nachgab – sie war nicht verriegelt, aber der Druck des Flusswassers erschwerte es, sie zu öffnen. Fehlverhalten an einem Tatort: Ich verschmierte Fingerabdrücke, ich ließ Wasser in die Fahrerkabine eindringen.

Ich leuchtete mit meiner Taschenlampe das Innere ab. Die tote Person saß allein am Lenkrad. Es war weder Ferring noch August Veriden, die dünnen grauweißen Locken gehörten einer Weißen, einer alten Frau. Die kühle Luft hatte wahrscheinlich die Verwesung verlangsamt, aber ihr Gesicht war trotzdem aufgedunsen, die Haut dunkelte in ihrem Zerfall.

Ich versuchte die Leiche zu untersuchen, ohne sie zu berühren. Da war ein hässliches Loch an der rechten Seite ihres Nackens. Drum herum war nicht viel Blut, aber Blut war durch die Kleiderschichten nach unten gesickert und bildete eine Lache im Fußraum.

Ich machte weitere Fotos. Ich fragte mich, ob ich eine Hand in die Jacken- oder Hosentasche des Opfers schieben konnte, um nach einem Ausweis zu suchen, aber sie lehnte auf dem Lenkrad, und ich hätte sie bewegen müssen, womit ich effektiv alle Beweismittel zerstören würde.

Ihre rechte Hand hielt das Lenkrad, die linke war auf den Sitz gefallen. Als ich mit der Lampe draufleuchtete, sah ich einen Fetzen Papier in der Mulde ihrer Handfläche. Sie hatte ihn umklammert, als sie starb. Und als ihre Muskeln sich entspannten, kam er frei.

Böse Ermittlerin, rügte ich mich, entfernt Beweisstücke, aber ich zog meinen rechten Handschuh aus und benutzte zwei Finger wie eine Pinzette, um den Fetzen zu ergreifen. Hielt ihn behutsam fest, während ich vom Truck stieg, weg vom Wasser, steckte ihn in eine Reißverschlusstasche meiner Windjacke und kehrte nur lang genug zum Truck zurück, um die Tür zu schließen.

Ich kletterte die Böschung wieder hinauf, meine nassen Socken gluckston in meinen Stiefeln, als ich die rotierenden rot-blauen Lichter sah. Idiotin! Im Stress und der Aufregung hatte ich mein iPhone benutzt, um Aufnahmen zu machen. Verdammt und dreimal verdammt. Ich hatte den flüchtigen Impuls, die Brückenpfeiler hochzuwieseln und oben auf der Straße einen Wagen anzuhalten. Stattdessen nutzte ich die mir bleibende Zeit und schrieb eine Textnachricht an Luella Baumgart-Grams, die Strafverteidigerin, die mein Chicagoer Anwalt für mich aufgetrieben hatte.

36

Zwangloses Treffen im Gericht

Ich habe gelegentlich Zeit in Chicagoer Arrestzellen zugebracht. Im Vergleich dazu ist das Douglas County Jail das reinste Ritz. Keine Wanzen, keine lautstarken psychotischen Anfälle um zwei Uhr früh, kein Gestank nach viele Jahre altem Schweiß und anderen Körperflüssigkeiten, schwach überlagert von Bleiche.

Luella Baumgart-Grams war sofort von Overland Park nach Lawrence gefahren, doch sie kam erst nach Dienstschluss beim Gericht des Douglas County an. Sie versprach aber, die Nacht in Lawrence zu verbringen und mich am Morgen ins Justizcenter zu begleiten. Viel wichtiger, sie kümmerte sich um meine größte Sorge, Peppy. Luella veranlasste, dass Free State Dogs der Hündin Nachtquartier gewährte, was bedeutete, dass ich in meiner sauberen Zelle nicht vor Unruhe verrückt wurde.

Die Rechtsanwältin brachte mir auch frische Kleidung sowie Bürsten für Zähne und Haare, damit ich in der Öffentlichkeit einen anständigen Eindruck machen konnte. Am Samstagmorgen gab es eine wilde Mischung von Kautionsverhandlungen – Trunkenheit am Steuer, Erregung öffentlichen Ärgernisses, Kneipenschlägereien mit Schusswaffengebrauch. Und eine Festnahme wegen Mordes. Da mein Fall der komplizierteste war, sparte Richterin Thelma Katz mich für den Schluss auf. Sie und meine Anwältin kannten sich aus dem Juristinnenbund von Kansas, das beschleunigte die Sache, ebenso wie der Umstand, dass der Bezirksstaatsanwalt meinem Kautionsantrag nicht widersprach.

Sheriff Gisborne musste einräumen, dass er keine wirkliche Grundlage für meine Inhaftierung hatte. Er gab widerwillig zu, dass ich Doris McKinnons Truck nicht in den Fluss gefahren haben konnte.

»Gibt es irgendwelche Hinweise darauf, dass Ms. Warshawski die tote Frau erschossen hat?«, fragte Thelma Katz.

»So, wie Warshawski da aufgekreuzt ist …«, setzte Gisborne an.

»Forensische Beweise, Sheriff. Lässt sich das Projektil mit Warshawski in Verbindung bringen? Deutet irgendetwas darauf hin, dass sie den Truck gefahren oder das Opfer zu fahren gezwungen haben könnte, bevor sie sie erschoss?«

»Wir haben den Tatort noch nicht vollständig untersucht«, murrte Gisborne.

»Dann machen Sie sich an die Arbeit. Ms. Warshawski, was genau hat Sie veranlasst, zum Fluss hinunterzugehen? Vorausgesetzt, Sie wollten nicht nachsehen, ob Ihr Mordopfer noch da ist.«

»Ich habe Reifenspuren und abgebrochene Äste gesehen und mich gefragt, ob jemand in Schwierigkeiten ist.«

Thelma machte eine Notiz auf dem Block vor sich. »Das klingt nach dem bewundernswerten Verhalten einer guten Samariterin, aber als Sie auf den Truck mit einer toten Frau darin stießen, warum haben Sie da die Tür geöffnet, statt 911 zu wählen?«

»Ich wusste nicht, dass sie tot war, Euer Ehren. Ich hoffte, sie wäre noch am Leben und ich könnte ihr helfen.«

»Thelma!«, unterbrach Gisborne. »Das ist eine Privatdetektivin aus Chicago. Sie hat Erfahrung mit Tatorten, sie hat Leichen gesehen. Seit sie in die Stadt gekommen ist, mischt sie sich in Ermittlungen ein.«

»Ken, das hier ist ein Gerichtssaal, nicht deine Stammkneipe. Wir wollen mal so tun, als hätte dein Vater nicht mit meinem an der Highschool Football gespielt, und uns an das übliche Protokoll halten.«

Gisborne wurde rot, aber er setzte sich. Luella trat vor, um zu diskutieren, was ich hätte tun oder lassen sollen, und klarzustellen, dass ich, weit entfernt davon, Ermittlungen zu behindern, Sonia Kiel und Naomi Wissenhurst das Leben gerettet hatte. Thelma veranlasste den Bezirksstaatsanwalt, die Haft mit sofortiger Wirkung aufzuheben. Irgendwie kam ich zu einer Geldbuße von zweihundert Dollar – vermutlich für Dummheit, auch wenn sie das so nicht ins Formular eintrugen.

Als wir fertig waren, blieb Luella noch auf ein Schwätzchen mit der Richterin – offenbar war es jetzt kein Gerichtssaal mehr, wenn auch keine Stammkneipe. Gisborne versuchte nicht, sich dazuzugesellen – einer seiner Deputys kam in den Raum und murmelte etwas, worauf der Sheriff zum Ausgang schritt und mir nur noch einen feindseligen Blick zuwarf.

Ich trug meine Formulare zur Kasse und fragte mich, einen wie großen Happen Luellas Rechnung aus meinem Budget beißen würde. In der Schlange der Leute, die Strafen für Verkehrsdelikte zahlten, gerichtlich verfügte Alimente, Bußen für Umweltverschmutzung und Herumpfuschen an einem Tatort, fühlte ich mich auf einmal zu müde für alles. Man schläft nie gut im Gefängnis, egal, wie schick die Unterbringung ist, aber ich war erschöpft bis auf die Knochen. Ich war es müde, den traurigen Schutt von anderer Leute Leben wegzuräumen, müde, mich mit Regierungsbeamten zu streiten, müde, darüber nachzusinnen, warum anständige Gesetzeshüter, wie Sheriff Gisborne seinem Leumund nach einer war, plötzlich anfingen, sich als Einpeitscher für die Army oder mächtige Konzerne herzugeben. Geld war von Hand zu Hand gegangen oder Drohungen von Ohr zu Ohr – es war immer dieselbe Geschichte, und ich war es so müde, sie zu deuten. Kein Wunder, dass Jake genug von mir hatte: Ich hatte selbst genug von mir.

Als ich meine Kreditkarte überreicht und meine Unterschrift in alle vorgeschriebenen Felder gesetzt hatte, brach ich auf der nächsten Wartebank zusammen. Mein Haar fühlte sich verfilzt an und mein gutes Jackett brauchte eine Reinigung. Ich roch meinen Körper, und der Muff war nicht verführerisch.

Ein Gerichtsdiener tippte mir auf die Schulter. »Alles in Ordnung, Miss?«

Ich fuhr hoch und brachte ein verzerrtes Lächeln zustande. Ja, alles klar – womit es keinen Grund mehr gab, hier herumzulungern.

Ich zwang mich in die Aufrechte und steuerte zum Ausgang, bis ich abrupt stehen blieb. Colonel Baggetto, Alias Pinsen und der Sheriff führten mitten in der Vorhalle ein angespanntes Gespräch.

Die Frau hinter mir mit zwei Kleinkindern im Schlepptau rannte in mich hinein und schrie verärgert auf.

»Entschuldigung«, sagte ich. »Ich hab nicht damit gerechnet, meinen Ex hier zu sehen.«

»Sie müssen trotzdem aufpassen, wo Sie hintreten«, sagte sie, aber viel weniger angriffslustig: Einem Ex über den Weg zu laufen ist kein Vergnügen.

Die Deputys und Gerichtsdiener beäugten den Sheriff und seine Kohorte unverhohlen, aber das Trio hatte eine strategische Stelle gewählt, von der sie gut im Blick hatten, wer sich auf Hörweite näherte, und sie waren weit genug weg, dass nur geschicktes Lippenlesen ihr Gespräch hätte verfolgbar machen können. Eine der vielen Fähigkeiten von Fernsehdetektiven, die mir abgingen.

Ich wartete noch einen Moment, doch ich war im Entschlüsseln der Konversation nicht erfolgreicher als die Gerichtsdiener, also ging ich auf die Männer zu und lächelte sonnig oder versuchte es zumindest, trotz meines müdigkeitsvernebelten Hirns.

»Warshawski!« Der Colonel versuchte es mit Nonchalance. »Was tun Sie denn hier?«

»Ich erhole mich von einer Nacht im Douglas County Jail. Und zahle mein Bußgeld, damit ich ohne Flecken auf meinem Charakter in die Gesellschaft zurückkehren darf. Der Sheriff hier kann Ihnen alles erklären. Wie steht's mit Ihnen? Man muss Sie drüben in Fort Riley doch vermissen.«

Gisborne und Pinsen bedachten mich mit dem glasigen Blick, der mir sagte, dass ich Thema ihres Gesprächs gewesen war, Baggettos soziale Kompetenz war leichtgängiger, er lächelte mild und sagte: »Jede Beziehung braucht mal Abstand.«

»Hatten Sie denn Glück mit Ihrem Behälter?«, fragte ich.

»Sie hatten reichlich Zeit, ihn aus dem Truck zu entfernen, bevor wir Sie fanden«, sagte Gisborne.

»Man hat mir erzählt, dass Sie hier bisher ein guter Sheriff waren«, sagte ich. »Ich kann nicht glauben, dass Sie meinen Wagen nicht überprüft haben, bevor meine Anwältin ankam und auf einem Durchsuchungsbeschluss beharrte. Was mich zu einer anderen Frage bringt: Woher wussten Sie, dass ich am Flussufer war?«

Gisborne sah sich in der Vorhalle um, als fände sich dort die Antwort. »Jemand hat angerufen und verdächtige Aktivitäten gemeldet.«

»Jemand hat verdächtige Aktivitäten bei einem halb versunkenen, hinter Gestrüpp verborgenen Truck bemerkt? Er ist von der Straße aus nicht zu sehen. Kommen Sie, Sheriff, das können Sie besser.«

»Was soll das heißen?« Sein Kiefer schob sich in einem merkwürdigen Winkel nach vorn. »Ein Stück höher liegt eine bewirtschaftete Farm. Jemand hätte Sie sehen können.«

»Hätte heißt nicht hat.« Ich zog mein Handy aus der Tasche. »Sie können alle mal Ihre schlaue Elektronik zu Rate ziehen und das auf der Stelle überprüfen.«

Gisborne und Pinsen langten tatsächlich nach ihren Telefonen, aber Baggetto schüttelte den Kopf. »Sie provoziert nur, Marlon. Lasst euch nicht darauf ein.«

»Niemand hat mir je erzählt, dass Sie eine gute Ermittlerin wären«, sagte Gisborne zu mir. Seine Stimme klang belegt, als hätte ihm jemand Kartoffelbrei in den Hals gestopft. »Sie halten sich für witzig, sind es aber nicht, also mit Comedy könnten Sie Ihr Leben nicht bestreiten. Tatsächlich seh ich nichts, was Sie besonders gut können. Es sei denn, Sie hätten Doris McKinnon erschossen und einen raffinierten Weg gefunden, das zu verschleiern.«

»Ich hoffe von Ihnen zu lernen«, sagte ich ernst. »Wie ist das zum Beispiel mit Doris McKinnon. Ich dachte, ihre Leiche ist aus der Pathologie verschwunden, bevor Dr. Roques Stellvertreter die Autopsie durchführen konnte. Woher wissen Sie also, dass in ihrem Kopf eine Kugel steckt? Sie war ziemlich übel zugerichtet, als ich sie fand. Ich hätte nicht sicher sagen können, ob sie erschossen wurde.«

Die drei Männer standen da, als hätte ein Präparator sie plötzlich mit Formaldehyd vollgepumpt. Pinsen erholte sich am schnellsten. »Er meinte die Frau in McKinnons Truck«, sagte er rasch.

»Alle fragen sich schon, was ihr Jungs hier so Geheimes erörtert.« Ich deutete auf die Staatsbediensteten, zu denen sich mittlerweile ein halbes Dutzend Mitglieder der gemeinen Bevölkerung gesellt hatte. »Ich wette, Ihnen ist gerade klar geworden, dass das in ihrem Truck Doris McKinnon war, was eine ausgesprochen interessante Frage aufwirft, nämlich: Wer lag letzte Woche tot auf ihrem Küchenfußboden?«

Gisborne sprang darauf an wie ein Floh auf Peppy. Wenn ich wusste, dass das in dem Truck McKinnon war, dann waren all meine Beteuerungen, rein zufällig darauf gestoßen zu sein, genau das, was er die ganze Zeit sagte, nämlich nur eine Nebelwand, um zu verschleiern, dass ich sie ermordet hatte. »Ich gehe zu Thelma Katz und bringe sie dazu, den Fall neu aufzurollen«, drohte er.

»Meine Anwältin spricht noch mit Ms. Katz.« Ich ließ es hilfsbereit klingen, nicht herausfordernd. »Sie kann Ihnen und Ms. Katz bestimmt klären helfen, ob Sie Gründe für einen Haftbefehl haben.«

Pinsen schnatterte, die nationale Sicherheit sei nichts, worüber man an einem öffentlichen Ort reden und schon gar nicht Witze machen sollte. Falls sich erwies, dass Homeland mich befragen wollte, bräuchten sie dafür keinen Haftbefehl.

»Ach, ist das Ihr Arbeitgeber?«, fragte ich. »Ich dachte, das Staff College.«

»Hören Sie, Ms. Warshawski.« Baggetto lächelte mitfühlend. »Ich kann mir vorstellen, wie sich unser nachdrückliches Auftreten für Sie anfühlen muss. Aber Sie wissen, was auf dem Spiel steht. Sollten Sie noch irgendetwas über die Frau im Truck wissen – wenn Sie gestern etwas Ungewöhnliches entdeckt haben …«

»Ein Truck, der mit der Nase im Fluss steckt, kommt mir immer ungewöhnlich vor, das liegt wahrscheinlich daran, dass ich so wenig Ahnung vom Landleben hab. Vielleicht fahren ja jeden Werktag Besoffene oder Fixer in den Wakarusa und sonntags doppelt so viele. Aber wenn da sonst noch was seltsam war, hatten die Leute des Sheriffs reichlich Zeit, sich darüber Klarheit zu verschaffen. Sprechen Sie doch mal mit Gisborne hier, hören Sie sich an, was seine Deputys am Tatort und in meinem Wagen gefunden haben. *Hasta la próxima*, Colonel, Sheriff, Mr. Homeland Staff College.«

Ich erwartete halb, dass mich einer von ihnen aufhielt, als ich zum Ausgang strebte, aber Gisborne wandte sich nur an seine Untergebenen und blaffte sie wieder einmal an, warum ihre Arbeit gerade liegenblieb.

Ich war halb verhungert und sehnte mich nach meiner Hündin. Auch nach einer Dusche, aber ich brauchte erst neue Sachen – ich mochte nicht noch mal anziehen, was ich im Gefängnis oder vor Gericht getragen hatte. Alles, was in der Pension lag, musste gewaschen oder gereinigt werden nach den Gewaltmärschen der vergangenen Woche durch Regen und Matsch im Douglas County.

Als ich auf einen Kaffee im Hippo haltmachte, gab mir Simone einen Tipp, wo Kleidung für Frauen meines Alters zu erwerben war – die meisten Läden in der Stadt versorgten nur die Zielgruppe der Studierenden. Nach einem Umweg für ein Käsesandwich von der Bäckerei, in der ich gestern Mittag gegessen hatte, fuhr ich zu einem Geschäft namens On the Town, wo ich ein gut geschnittenes Jackett, ein neues Paar Jeans und zwei schlichte Pullis erstand.

37

Vierundzwanzig-Karat-Lächeln

Auf dem Weg in die Pension zum Duschen brachte ich meine reiseramponierten Sachen in eine Reinigung. Als ich die Taschen durchging, um keine Schlüssel oder Ohrringe drinzulassen, fand ich die abgerissene obere Ecke eines Briefumschlags.

Francis Roque, M.
Forensische Path
5026 Sunset
Kansas Cit

Ich starrte sie an. Dr. Roque war der Pathologe, der an Grippe gestorben war – war das vor zwei Tagen gewesen? Warum war ein Stück Umschlag mit seinem Absender in meiner – und dann erinnerte ich mich: Ich hatte ihn gestern Nachmittag Doris McKinnon aus der Hand genommen. Etwas durchaus Ungewöhnliches, das ich jedoch den drei Musketieren gegenüber definitiv nicht erwähnen würde.

»Wann möchten Sie die zurück, Schätzchen?« Das »Schätzchen« war mit Ungeduld versetzt, es war schon das dritte Mal, dass die Frau hinterm Tresen mir die Frage stellte. In der Hoffnung, dass der Fall sich doch schnell genug lösen ließ, um Lawrence bald zu verlassen, wählte ich den Zwei-Tage-Service.

Wieder im Wagen, aß ich mein Sandwich und betrachtete das Fragment des Briefumschlags. Dr. Roque hatte an Doris McKinnon geschrieben. Warum? Das war leicht: weil sie ihm geschrieben hatte. Möglich, dass ihre letzte Kuh gestorben war und sie eine Autopsie gewünscht hatte, aber ich wettete darauf, dass sie Bodenproben untersucht haben wollte.

Ich wollte schon meinen Computer herausholen und Dr. Roque nachschlagen, doch mir fiel noch rechtzeitig ein, dass derzeit nichts, was ich online tat, privat war, bis das Cheviot-Labor sicher sagen konnte, dass sie alle Spyware von meinen Geräten entfernt hatten. Also fuhr ich zur Bibliothek, um deren Computer zu nutzen.

Francis Roque, M. D., war Chef der Gerichtsmedizin von Kansas in Topeka gewesen, hatte aber auch an der medizinischen Fakultät der Universität Kansas City Pathologie gelehrt und dort ebenfalls ein Labor und ein Büro. Er hatte in Kansas City nahe der Uni gewohnt, nicht in Topeka, wo die Gerichtsmedizin saß. Als Witwer lebte er allein, es gab zwei erwachsene Kinder in Texas und Florida.

Er war zwanzig Jahre jünger gewesen als Doris McKinnon, also waren sie nicht zusammen zur Schule gegangen, aber sie musste irgendeine persönliche Verbindung zu ihm haben: Sie war in Sorge, was auf ihrem Land geschah, da hätte sie bestimmt nicht einfach einen Namen aus dem Telefonbuch gezogen.

Nachdem ich meine mageren Kontakte in der Gegend überdacht hatte, rief ich noch mal Barbara Rutledge an, nahm dazu eins meiner Wegwerftelefone. Bevor ich nach Roque fragen konnte, dankte Rutledge mir überschwänglich, dass ich sie über Nell Albrittens Zusammenbruch informiert hatte: Das habe Barbara und anderen Mitgliedern von Riverside sehr beim Brückenbauen geholfen, indem sie ihr Schmortopf und Kuchen brachten, wie sie es taten, wenn in der Riverside-Gemeinde jemand krank war.

Ms. Albritten hatte guten Mutes gewirkt, als Barbara sie besuchte. Albrittens Sohn und Schwiegertochter wohnten bei ihr, bis sie sich ganz erholt hatte. Ihr Pastor, Reverend Clements, kam regelmäßig vorbei, ebenso andere Mitglieder

der Gemeinde St. Silas und auch Reverend Weld, Oberpfarrer in Riverside.

Mein Gewissen meldete sich – im Strudel anderer Aktivitäten wie ins Gefängnis gehen hatte ich Albritten ganz vergessen –, aber als Rutledge fertig war, fragte ich sie, ob sie etwas von einer Verbindung zwischen Doris McKinnon und Dr. Roque wusste.

»Roque? Ach. Der Pathologe, der starb, während er Doris' Autopsie vornahm. Ich kannte Doris nicht besonders gut, aber ich könnte ein paar Anrufe machen.«

Ich wollte sie gerade bitten, meine Frage für sich zu behalten, dann wurde mir klar, dass das aussichtslos war – hier redeten alle mit allen, und ich war eine vielbeachtete Fremde. Natürlich würde sie das nicht für sich behalten. Ich gab Barbara die Nummer des Einweghandys und nahm ein anderes, um Dr. Roques Büro in Kansas City anzurufen. Er hatte McKinnon von seiner Privatadresse angeschrieben, nicht von der Gerichtsmedizin aus, daraus schloss ich, seine Mitarbeitenden in Kansas City könnten eher etwas darüber wissen, warum er ihr geschrieben hatte.

Obwohl Samstag war, war Roques Sekretärin im Büro. Ihre Stimme war heiser vom Weinen.

Dr. Roque war ein großartiger Mann gewesen, ein großartiger Arzt, wohltätig, geistreich, aber niemals grausam. Sie wusste gar nicht, wie sie ohne ihn weitermachen sollten. Sie erkannte McKinnons Namen – Dr. Roque war dabei gewesen, mit ihrer Obduktion zu beginnen, als er plötzlich erkrankte –, aber sie erinnerte sich nicht, irgendwelche Korrespondenz mit McKinnon erledigt zu haben. Als ich ihr erklärte, dass ich nichts als einen Briefumschlag hatte, mutmaßlich an McKinnon gerichtet und mit seiner Wohnadresse als Absender, konnte sie mir nicht helfen, aber sie war überrascht von dem Zufall. »Das ist aber merkwürdig, dass er ihr schreibt und dann ihre Leiche bekommt, um sie zu obduzieren. Das ist wirklich bizarr, aber er hat darüber kein Wort zu mir gesagt. Sprechen Sie mal mit seiner Laborantin – wenn es um etwas Verzwicktes ging, hat er es Aanya gegenüber vielleicht erwähnt, als sie zusammen im Labor waren.«

Wie die Sekretärin war auch Aanya Malik tief in Trauer. »Ich verdanke Dr. Roque alles. Er hat mir geholfen, meine Greencard zu kriegen, meine Ausbildung, alles. Als meine Schwester vor einer Zwangsheirat fliehen musste, half er mir, sie nach Kansas City zu holen, damit sie nicht von meinen Onkeln abgemurkst wurde. Ich weiß, wir ackern hier bestimmt irgendwie weiter, aber ich hab keine Ahnung wie.« Malik sprach schnelles umgangssprachliches Englisch, überlagert von einem südasiatischen Akzent und manchmal schwer zu verstehen.

Ich murmelte die Floskeln, die man immer anbringt, auch wenn sie angesichts eines großen Verlusts hohl erscheinen. Nach ein paar Minuten riss sich Malik zusammen.

»Sie sagen, Sie sind Ermittlerin. Ich weiß, die Polizei aus Lawrence war da und hat Dr. Roques Akten durchgesehen. Sogar von der Army ist einer da gewesen. Rufen Sie deshalb an? Wenn Sie denken, er hat was Falsches getan, lassen Sie mich persönlich klarstellen …«

»Nein, nein. Ich bin nicht bei der Polizei, ich bin Privatdetektivin.« Ich wiederholte meine Geschichte, die allmählich so lang zu werden schien wie die *Odyssee*. Ich versuchte sie knapp zu halten, erwähnte aber meine Konflikte mit dem Sheriff und meine Befürchtungen den Colonel betreffend, weil ich hoffte, dass mich das für sie vertrauenswürdig machte.

Als sie sich schließlich dazu durchrang, mit mir zu sprechen, musste es über Skype sein, damit sie mein Gesicht sehen konnte; sie musste sich vergewissern, dass ich die war, die ich sagte, nicht jemand in einer Behörde, die sie mit schmeichelnder Stimme verführte, über Dr. Roque auszupacken.

Ich richtete auf dem Bibliotheksserver einen temporären Skype-Account ein und zeigte mich Malik vor dem Hintergrund des Bibliothek-Computerraums. »Irgendwer, der Sheriff oder die Army, hat in meinen Rechner Malware eingeschleust, also muss ich öffentliche benutzen.«

Malik selbst war zu Hause, saß auf einer Couch, wohl in ihrem Wohnzimmer. Sie war jung, vielleicht dreißig, kurz geschnittene Haare um ein schmales Gesicht, dunkle Augen, rot umrandet vom Weinen. »Na klar erinner ich mich an Doris McKinnon. Das war die Tote, an der Dr. Roque arbeiten wollte, als er zusammenbrach. Er hat seine einleitenden Stichpunkte diktiert, die kommen bei mir an – kamen«, korrigierte sie sich traurig. »Durch die staatlichen Budgetkürzungen ist das KBI-Labor total unterbesetzt, deshalb hab ich seine Obduktionsberichte getippt.«

»Waren Sie da, als die Leiche verschwand?«

»Nicht bei ihm, nein. Ich darf nicht ins Labor in Topeka, weil ich nicht für den Staat arbeite: Mein Gehalt wird – wurde – von den Forschungsgeldern des Doktors bezahlt. Aber sein Diktat erreicht mich über eine Konferenz-App, ich weiß also genau, was er gesagt hat.

Er war echt verdutzt über das, was er sah. Er glaubte nicht, dass die Leiche die von Ms. McKinnon sein konnte, weil die nämlich alt war, an die neunzig. Die Frau, die er untersuchte, war auch alt, aber eher in seinem Alter, so um die siebzig. Er war auch irritiert über ihre Zähne, darum hat er mir auch die Röntgenbilder geschickt – das macht er immer, bevor er die eigentliche Obduktion vornimmt, röntgen und Abstriche von den Fingernägeln.«

Malik fuhrwerkte an ihrem Rechner herum und schickte mir eine Kopie der Röntgenbilder vom Kiefer. »Die musste er selber machen, weil an dem Tag in Topeka kein Labortechniker verfügbar war. Durch die staatlichen Budgetkürzungen können die Techniker höchstens zwanzig Wochenstunden arbeiten. Die Zähne der Toten waren sehr schlecht – die hatte wohl seit vielen Jahren keinen Zahnarzt mehr gesehen. Was anderes war auch komisch: Der Zahnersatz sah laut Dr. Roque nach Osteuropa aus, vielleicht auch Griechenland. Als er mir die Röntgenbilder geschickt hat, fragte er, ob ich das mal gründlicher recherchieren könnte.«

Ich betrachtete die Röntgenaufnahmen, aber sie sagten mir nichts, außer dass es um Zähne ging. »Was haben Sie herausbekommen?«

»Ich hab gar nicht geguckt«, sagte sie. »Ich hab gehört, wie Dr. Roque nach Luft rang, ich hörte ihn stürzen. Ich war fünfundsechzig Meilen weit weg und in Panik, ich hab den Wachdienst im Labor angerufen, und schließlich hat der Kerl auf seinen Monitor geguckt und den Doktor auf dem Boden liegen sehen. Wenn der Idiot bloß aufmerksamer gewesen wäre! Jedenfalls kam Dr. Roque dann ins Krankenhaus, und die Leiche der Toten war weg, da wusste ich nicht, ob das überhaupt noch Sinn hat. Tja, wie ich sehe, hat sie zwei alte Goldzähne und jede Menge Fäule drunter.« Malik zeigte auf zwei Zähne, einen oberen Backen- und einen unteren Schneidezahn. »Das sind keine amerikanischen Kronen, die sind gewöhnlich aus Porzellan mit Goldeinlage. Die hier sind so gold, dass sie aufblitzen, wenn die Person lächelt. Dr. Roque meinte, das wär typisch osteuropäisch.«

Mein Magen verknotete sich. Ich hatte solche Goldzähne in Chicago gesehen – manche South Side-Zahnärzte machten sie früher so. Und jemand, der eher in Dr. Roques Alter war als in McKinnons – diese Beschreibung passte auf Emerald Ferring.

»Die tote Frau«, fragte ich mit zugeschnürter Kehle. »Hat Dr. Roque sich zu ihrer Hautfarbe geäußert?«

»Nein, nein. Dr. Roque fing ja gerade erst an mit der Obduktion, und natürlich dauerte alles doppelt so lange, weil er die ganzen technischen Prozeduren selber machen musste. Ach, warum hab ich nicht auf die verfluchten Vorschriften gepfiffen und bin mit ihm gegangen? Ich hätte ihn sofort ins Krankenhaus bringen können. Alleine hätte er nie die Leichenhalle verlassen, nur weil er sich nicht wohlfühlt. Er hatte ein extrem strenges Pflichtgefühl. Als er dann ohnmächtig wurde, war es zu spät für medizinische Hilfe.« Sie fing wieder an zu schluchzen.

Ich ließ sie ein bisschen in ihren Computer weinen, schließlich fragte ich, ob sie den Deputys des Sheriffs von den Röntgenbildern erzählt hatte.

»Nö. Die waren so grob. Sie wollten sein Büro auseinandernehmen, seine E-Mails sehen. Rhoda weinte, ich hab mich bemüht, nicht zu heulen. Denen hab ich gar nichts erzählt.«

»Prima«, sagte ich. »Wir sagen es ihnen besser auch jetzt noch nicht. Die sind ziemlich übergriffig, und mir ist gar nicht danach, ihnen zu helfen. Ich weiß, Sie sind müde, aber ich hab noch eine letzte Frage. Dr. Roque hat McKinnon einen Brief geschrieben – jedenfalls glaube ich das. Alles, was ich habe, ist ein Stück von einem Umschlag mit seinem Namen drauf.«

Ich hielt den Fetzen hoch, damit sie ihn sich ansehen konnte. »Dr. Roques Sekretärin weiß nichts darüber. Sie vielleicht?«

Malik runzelte verwirrt die Stirn, dann sagte sie: »Ach, sie muss einen von den Schimmelbriefen geschrieben haben!«

»Schimmelbriefe?«, echote ich verdutzt.

Sie lachte kurz auf. »Ich weiß, es klingt verrückt. Er war so vor fünf Jahren mal in den Nachrichten, weil eine seiner Obduktionen an den Tag brachte, dass ein Mann seine Mutter mit giftigem schwarzem Schimmel umgebracht hatte. Das war in Luray, einem winzigen Nest in der Mitte des Staates … na egal, solche Kleinigkeiten spielen keine Rolle. Der Tod der Lady war als Unfall verbucht worden, aber ein Nachbar bestand darauf, der Sohn hätte seine Mutter umgebracht – der war finanziell in Schwierigkeiten und sollte die Farm erben, wenn sie starb.

Der Sheriff dort entschied sich, beim Staat eine Obduktion zu beantragen. Es war wie eine Episode von *Navy CIS* –

Dr. Roque entdeckte, dass die Lungen der Frau voll mit Satratoxinen waren, toxischem schwarzem Schimmel. Er schickte KBI-Ermittler zu dem Haus, und die stellten fest, dass der Sohn ihre Matratze damit geimpft hatte. Alle Fernsehsender brachten die Story. Dr. Roque war sogar in *60 Minutes*.

Danach haben ihm Leute aus der ganzen Welt geschrieben. Sie wollten, dass er bewies, dass diese oder jene Person vergiftet wurde. Manche schickten ihm grässliches Zeugs, Hautstückchen oder Kiefer mit Blut und Sputum. Rhoda hat das alles mit einem Formbrief zurückgeschickt, dass der Doktor ein Staatsangestellter ist und keine privaten Aufträge übernimmt. Nach einer Weile kamen dann keine Briefe und Sachen mehr.«

»Doris McKinnon hat Erdproben gesammelt, ich glaube von Land, das als radioaktiv verseucht deklariert wurde. Ich weiß nicht, was mit den Proben passiert ist, aber ich frage mich, ob sie vielleicht dachte, Dr. Roques Erfahrung mit Pilzen würde ihn qualifizieren, Erde auf Radioaktivität zu untersuchen.«

»Ja«, stimmte Malik zu, »aber dann versteh ich nicht, warum sie an seine Privatadresse geschrieben hat, aber das muss sie, weil Rhoda den Brief ja sonst gesehen hätte. Oder sie hat ihm eine E-Mail geschickt. Ich schätze, das könnte gut sein – ich kann mal in seinem E-Mail-Account nachsehen.«

»Haben Sie einen Schlüssel zu Dr. Roques Haus?«, fragte ich. »Denken Sie, wir könnten hingehen und versuchen, irgendwas von McKinnon zu finden, vielleicht sogar ihre Bodenproben?«

Malik hatte einen Schlüssel – wenn der Doktor reiste, was er oft getan hatte, sah sie nach seinen Zimmerpflanzen und versorgte seine Katze. Sie sagte, sie würde rübergehen und suchen. »Dann hab ich was zu tun, was Greifbares. Sonst sitz ich hier bloß rum und spiele, was Dr. Roque immer das Verliererspiel genannt hat: ›Hätte, hätte, hätte, hab aber nicht.‹«

38
Gehobene Wohnlage

Als wir uns verabschiedet hatten, nahm ich mir einen Moment Zeit, um die Schimmelgeschichte nachzulesen, und fand auch den *60 Minutes*-Clip. Dr. Roque machte sich gut im Fernsehen – so ein Marcus Welby-Typ, breit gebaut mit einem beruhigenden professionellen Habitus, der bei Geschworenen super ankommt. Er hätte wohl auch einen guten Internisten abgegeben – seine freundliche ruhige Art war an die Toten verschwendet. Oder vielleicht auch nicht. Verdienen die Toten freundliche Behandlung ebenso wie die Lebenden?

Mir wurde bewusst, dass jemand vor mir stand. Als ich aufblickte, erkannte ich verblüfft die Chefbibliothekarin Phyllis Barrier.

»Recherchieren Sie immer noch Grundstücksgrenzen?«, fragte Barrier.

»Verlangt die Stadt, dass Sie staatsfremde Nutzerinnen Ihres Systems überwachen?«, fragte ich zurück, irritiert von ihrer Kontrollfreude.

»Ich habe gern den Überblick über all unsere Nutzer. Was, frage ich mich, haben wir wohl zu bieten, was sie auf ihrem eigenen Computer nicht finden?«

»Mein Rechner ist außer Betrieb.« Ich lächelte und stand auf. »Ich bin der Bibliothek dankbar, dass sie einer Fremden gestattet, hier einen zu benutzen.«

Sie lächelte nicht zurück, versuchte mich aber auch nicht weiter auszufragen, sah mir nur nach, als ich zur Treppe ging. Vielleicht hatte Marlon Pinsen ihr einen National Security-

Brief geschrieben und Auskunft verlangt, welche Webseiten ich aufrief. Bibliothekarinnen ist es nicht erlaubt, über den Empfang eines National Security-Schreibens zu sprechen, nicht mal mit ihrem Rechtsbeistand, ganz zu schweigen von einer Chicagoer Privatdetektivin. Je länger ich in Lawrence blieb, desto belagerter fühlte ich mich.

Ich setzte mich auf eine Bank im Park gegenüber, um Troy Hempels Mutter anzurufen – ich hoffte, sie könnte helfen festzustellen, ob die aus der Leichenhalle verschwundene Leiche Ferrings war. »Der Pathologe, der starb, als er mit der Autopsie begann, hat seiner Laborantin Röntgenbilder ihrer Zähne geschickt. Die Tote hatte zwei Goldzähne. Wissen Sie vielleicht, ob Ms. Ferring –«

»Nein. Ms. Emerald hat wunderschöne Zähne. Perfekte weiße Zähne. Wie kommen Sie auf die Idee, zu denken, sie würde rumlaufen wie ein Zuhälter?«

»Das denke ich gar nicht«, sagte ich müde. »Ich muss nur aufpassen, dass wir nicht die Möglichkeit übersehen, die Tote falsch identifiziert zu haben.«

Ms. Hempel bemerkte bissig, mein Mangel an Erfolg bei der Suche nach Emerald lasse ihren Sohn und alle Nachbarn – von Ms. Hempel selbst gar nicht zu reden – zweifeln, ob ich wirklich die Richtige für die Aufgabe sei. »Wir treffen uns heute Abend, um zu entscheiden, ob wir Sie weiterhin beschäftigen wollen.«

»Verständlich«, sagte ich. »Sagen Sie Bescheid, wenn Sie sich geeinigt haben.«

»Was soll das heißen?«, fuhr sie mich gereizt an.

»Dass ich keine Einwände erhebe, falls Sie beschließen, mich abzuberufen. Ich bin wesentlich frustrierter als Sie, denn *ich* stecke hier unten fest und muss mich durchbeißen, ich finde dauernd Andeutungen verstörender Geheimnisse, ohne neue Spuren von August Veriden oder Ms. Ferring zu entdecken. Ich würde zu gern nach Hause fahren, aber das kann ich nicht, oder werde ich jedenfalls nicht, bis ich die Dinge hier in Lawrence geklärt habe.«

Auf der Parkbank hatte ich zwar Privatsphäre, aber es war auch kalt. Ich fuhr zurück in die Pension, um endlich zu duschen, und dann zu Free State Dogs, um Peppy einzusammeln.

Sie war ein Vorzeigegast, sie wären glücklich, sich weiter um sie kümmern zu dürfen, aber ich war sorgenvoll und fühlte mich beraubt. Peppy war erfreulich begeistert, mich zu sehen, sie wand sich um meine Beine und ließ kleine Grunzgeräusche tief aus der Kehle hören. Welche Frau braucht schon einen Bassisten, wenn sie einen Golden Retriever hat? »Da hast du es, Jake Thibaut«, knurrte ich und führte Peppy zum Mustang.

Wir verbrachten einen gemütlichen Abend miteinander, eine willkommene Abwechslung. Ich grillte ein Stück Kabeljau in dem kleinen Tischofen im Gemeinschaftsraum und machte einen Salat, dann lag ich eingekuschelt mit einem Glas Pinot Grigio im Schlafzimmer und sah Jack Lemmon und Tony Curtis in Frauenkleidern vor der Mafia aus Chicago fliehen, als eins meiner Wegwerfhandys klingelte.

»Ms. Warshawski … ich weiß, es ist spät – tut mir leid, aber –«

»Aanya.« Trotz ihrer Aufregung erkannte ich ihre Stimme und schaltete den Fernseher stumm. »Was ist los?«

Eine Sekunde zu spät fiel mir der Sender unterm Schreibtisch ein. Verdammt. Verdammt und zugenäht. Vielleicht hatte der Fernseher es übertönt, als ich ihren Namen sagte. Ich nahm das Handy mit raus in den Innenhof.

»Ich bin bei Dr. Roque, nur … es ist grauenhaft. Jemand ist eingebrochen, das Haus, seine schönen Orchideen, seine Papiere … Wer macht denn so was?«

»Wonach haben die gesucht?«, fragte ich. »Nach was Großem oder Kleinem?« Klein war das, was die Eindringlinge in Augusts Wohnung und im Sportstudio gesucht hatten. Groß könnte bedeuten, dass sie auf Doris' Bodenproben oder Colonel Baggettos Brennstäbe aus waren.

»Woher soll ich das wissen? Ich weiß nur, die Tür war abgeschlossen, als ich kam. Ich hab den Einbruchalarm abgeschaltet, hab Licht gemacht, und dann sah ich ein Desaster. Und warum spielt das eine Rolle, groß, klein? Sein Computer ist weg, das ist das Einzige, was mir auffiel.«

»Haben Sie die Polizei gerufen?«

»Ich hab zuerst Sie angerufen, aber ich werd sie rufen, ja, ich will bloß nicht hierbleiben und auf sie warten. Was, wenn sich diese Verbrecher im Haus verstecken? Was, wenn sie mich angreifen?«

Sie saß in ihrem Auto, die Türen verriegelt. Ich sagte ihr, sie solle dableiben und ich würde bei ihr sein, so schnell ich konnte. So schnell ich meinen müden Körper dazu bewegen konnte, mich durch Zeit und Raum zu tragen. Ich wollte nicht riskieren, den Sheriff, den Colonel oder sonst wen zu Roques Haus zu führen, bevor ich die Chance hatte, es mir selber anzusehen. Das bedeutete, keine Karten runterladen und nicht meine Handy-Apps benutzen. Ich ließ mir von Aanya den Weg durchgeben, eine Abzweigung nach der anderen, las sie ihr noch mal vor und sagte, sie solle mich anrufen, wenn jemand sich dem Haus näherte, und sonst geduldig abwarten.

Ich hatte zwar Heimweh, doch den Verkehr von Chicago vermisste ich kein Stück: Es waren fünfundvierzig Meilen von der Pension zu Roques Haus, aber fünfzig Minuten nachdem ich aufgelegt hatte, hielt ich hinter Aanyas Hybrid. Sie hatte an einem kleinen Bächlein oder vielleicht auch Abwassergraben geparkt, der sich durchs Wohnviertel schlängelte.

Auch in der trüben Straßenbeleuchtung war deutlich, dass Roque in einer wohlhabenden Gegend gelebt hatte – gut gepflegte Grundstücke, große Häuser, die von der Straße zurückgesetzt lagen, die meisten mit diesen kleinen Zeichen, die von Alarmanlagen künden. Als Peppy und ich aus dem Mustang stiegen, öffnete Aanya die Tür und kam uns auf wackligen Beinen entgegen.

»Gott sei Dank sind Sie da. Und Sie haben einen Hund mitgebracht.« Sie kniete sich hin, um Peppy zu umarmen, die sich entgegenkommend setzte und ihr die Nase leckte. »Tut mir leid, dass ich so ein Feigling bin, aber …«

»Sie sind kein Feigling. Sie haben getan, wozu Sie stark genug waren, und das war viel. Ich wollte mir das Haus sowieso selbst ansehen, und wir müssen so bald wie möglich die Polizei rufen.«

Ein paar Hunde auf späten Abendspaziergängen wufften Peppy an. Ihre Besitzer hoben die Hand zum Gruß, versuchten aber keinen Smalltalk.

Aanya sagte, niemand sei gekommen und habe gefragt, warum sie eine Stunde lang draußen vor dem Haus im Wagen saß. »Aber die Plaza – so ein Platz mit Läden und Lokalen, die ist gleich da drüben, darum achten die Nachbarn wohl nicht groß auf Fremde, solange sie ruhig sind.« Sie zeigte auf Lichter hinter dem kleinen Bach – Geschäfte und Restaurants, die ich beim Kommen kaum wahrgenommen hatte. Wenn Roques Einbrecher keinen Lärm gemacht hatten, dürften die Nachbarn sie ignoriert haben.

Aanya wollte nicht wieder hinein, aber ich brauchte sie, um mir zu zeigen, wo Dr. Roque seinen Computer gehabt hatte und wie umfassend die Zerstörung war.

Umfassend. Das war das richtige Wort für den Schaden. Es sah aus, als wären dieselben Kräfte am Werk gewesen, die Augusts Wohnung zerlegt hatten. Ich hatte nach groß oder klein gefragt, um einzugrenzen, wonach sie gesucht hatten, aber das war hier eine irrelevante Frage. Oder vielleicht hatten sie Großes *und* Kleines gesucht.

Ich folgte Aanya in das Zimmer, das Dr. Roque als Büro benutzt hatte. Ein behaglicher Raum, stellte ich mir vor, bevor grobe Hände ihn verwüstet hatten. Eine Etagere mit Kristallen, auf den Boden geworfen, manche zersplittert.

»Ach, auf der Suche nach denen ist er um die halbe Welt gereist. Ich kann das kaum ertragen«, klagte Aanya. »Er hatte einen Freund in der geologischen Fakultät hier, Professor Hitchcock, der hatte auch ein Faible für Geoden. Sie fuhren oft zusammen nach Utah. Sie waren auch mal in der Mongolei und in Australien.« Sie hockte am Boden und versuchte die Splitter eines Kristalls zusammenzusetzen.

»Sie sagen, sein Computer ist weg. Was noch?«

»Ich weiß es nicht, ich kann's nicht sagen. Aber Sie sehen ja, der teure Fernseher steht noch da und seine Stereoanlage auch.« Sie legte die Hände über die Augen, wollte nicht hinsehen. »Und die Geoden haben sie auf den Boden geschmissen, aber nicht mitgenommen.«

Es gibt Einbrecher, die die Todesanzeigen lesen und die Häuser kürzlich Verstorbener ausbaldowern, aber ich glaubte nicht, dass wir es mit dieser Art von Raub zu tun hatten: Der Umstand, dass sie verkäufliche Gegenstände zurückgelassen hatten, war keine Überraschung.

Ich legte ihr eine Hand auf die Schulter. »Wir können hier nichts ausrichten. Ich ruf die Cops von meinem Wagen aus an. Sie verschwinden. Sie müssen denen nicht erzählen, dass Sie hier waren – Ihre Fingerabdrücke wären hier sowieso, da Sie die Person waren, die auf das Haus aufpasste, wenn er verreist war.«

Ich warf einen letzten Rundblick durchs Zimmer und stellte fest, dass ich das Telefon übersehen hatte – ein so gewöhnliches Objekt, selbst heute noch, wo viele Leute ausschließlich Handys benutzen, dass ich es nicht wahrgenommen hatte. Mit einem Papiertaschentuch über den Fingern drückte ich auf der Menütaste herum, bis ich das Register der letzten Anrufe fand, die er getätigt oder erhalten hatte. Zwei kamen von derselben Nummer in Lawrence.

Aanya spähte mir über die Schulter. »Das ist die Universität.« Sie öffnete ihr Handy. »Ja, das ist Dr. Hitchcock. Er hat mich vor zwei Tagen angerufen, als er das von Dr. Roque gehört hat.«

Peppy erschreckte uns beide mit einem plötzlichen hellen Bellen. Aanya krallte sich in meinen Arm, atmete scharf ein. Im nächsten Moment flitzte ein schwarzweißer Fellball durch den Raum und sprang auf die umgekippte Etagere.

Aanya lachte schwächlich auf. »Dinah! Wie konnte ich sie vergessen? Wenn Sie Ihren Hund aus dem Zimmer bringen, kann ich sie zu mir locken und mit nach Hause nehmen.«

39

Überraschung!

Ich war rüber zu der Plaza-Ladenmeile gefahren, um die Polizei von Kansas City anzurufen – am späten Samstagabend waren die Bars und Straßen voll, da würden sie sich kaum die Mühe machen, mich aufzuspüren. Das Wegwerfhandy wurde allerdings langsam zu heiß – Aanya und Cady hatten mich darauf angerufen, und ich hatte es mit zu vielen meiner Chicagoer Klienten benutzt. Ich legte es unter meinen Vorderreifen, fuhr drüber und aus der Stadt raus. Zwei hatte ich noch, aber Montag würde ich mir noch ein paar mehr besorgen.

Es war nach Mitternacht, als ich zur Pension zurückkam, aber alle Hoffnung, schnell ins Bett zu fallen, wurde zunichtegemacht, als ich den Fußweg hinterm Haus betrat, an dem mein Apartment lag. Peppy gab ein scharfes erfreutes Bellen von sich und rannte voraus. Eine kleine Gestalt löste sich aus den Schatten und nahm sie in die Arme.

»Vic! Wo warst du denn? Ich hab angerufen und angerufen und immer nur deine Voicemail gekriegt.«

»Bernadine Fouchard, was zur Hölle machst du hier?«

»Na, ich bin natürlich hier, um zu helfen. Ich hab den Bus genommen, zwölf Stunden – *horrible, ma foi*, brüllende Babys, Männer, die sich einbilden, ich wollte als Hure Karriere machen – aber hier bin ich. Du tust gar nichts, um August zu finden. Du suchst nur nach alten Frauen, die in Flüssen sterben.«

»Morgen steigst du in den Bus und fährst zurück nach Chicago, *horrible* oder nicht. Es ist schon schwer genug, eine Ermittlung in einer fremden Stadt mit einem feindseligen Sheriff und einer

Unmenge anderer Hindernisse durchzuziehen, aber du kleiner Tornado wirst alles noch tausendmal schlimmer machen.«

Bernies Mund kniff sich zu einer bockigen Linie. »Du bist nicht meine Mutter. Du kannst mich zu gar nichts zwingen.«

»Recht hast du. Aber ich bin sicher, Arlette stimmt mir zu.«

Ich öffnete die Tür zu meinem Zimmer und holte mein Handy aus seinem Käfig. Sieben Nachrichten von Bernie leuchteten auf dem Screen: Sie war seit einer halben Stunde hier, oder jedenfalls rief sie seit einer halben Stunde an.

Es war fast zwei Uhr morgens in Quebec, und Arlette brauchte einen Augenblick oder zwei, um zu verstehen, was ich sagte, aber sobald sie es tat, wurde sie fuchsteufelswild. Ich reichte Bernie das Telefon.

Das Gespräch mit ihrer Mutter fand auf Französisch statt, das ich nicht verstehe; ich merkte, das Bernie verärgert war, sie schwenkte wütend ihren freien Arm, konnte aber nur Satzfetzen anbringen, weil ihre Mutter ihr immer wieder das Wort abschnitt. Schließlich gab mir Bernie das Telefon zurück.

Arlette sagte: »Ich werde ihr ein Flugticket kaufen. Der nächste Flughafen ist Kansas City? *Bien.* Ich simse dir morgen früh die Einzelheiten. Dieses Kind macht mehr Ärger als ein Bus voller Eishockeyspieler. Was wird Pierre sagen … Er ist diese Woche in Kalifornien – die Kanadier spielen gegen die Sharks. Vielleicht macht er auf dem Heimweg halt in Kansas City und steckt sie in eine … ich kenne das englische Wort nicht. *Une camisole de force.*«

»Was immer das ist, ich hoffe, er schafft es«, sagte ich. »Sie kann heut Nacht auf dem Ausziehsessel in meinem Zimmer schlafen, und wir klären alles weitere morgen.«

Bernie war völlig ungerührt. »Da Mama so strikt ist, muss ich natürlich nach Chicago zurück, aber bis dahin sorge ich dafür, dass du alles Machbare unternimmst, um August zu finden. Übrigens, ich habe all diese Videos angesehen, die du Angela und mir gegeben hast, die aus Augusts Wohnung. Eins ist dabei, wo er Emerald zu ihrer Karriere interviewt hat. Nichts darüber, warum sie herkommen wollte, bloß alter Kram über Hollywood und das Leben als afroamerikanischer Star in den Siebzigern und Achtzigern. Ich habe dir eine Kopie mitgebracht.« Sie fischte einen Datenstick aus ihrem Rucksack.

»Das ist keine Rechtfertigung für deinen Trip«, sagte ich. »Du hättest es mir mailen können.«

»Es ist sowieso nicht so interessant. Niemand sagt: ›Wir fahren nach Lawrence und verstecken uns unter dem Footballstadion.‹«

Ich schnappte ihr den Stick weg, sauer, aber ich wollte es doch selbst sehen. Tatsächlich verriet es nichts von Nutzen. Ferring hatte eine klassisch geschulte Schauspielerinnenstimme, die ich von dem Video auf dem Feld wiedererkannte, aber auf diesem Clip klang sie noch satter. Sie spielte für August, erzählte eine wilde Geschichte aus ihrer Kindheit in Kansas. Am Schluss breitete sie flehend die Arme aus und sagte: »Ich weiß, es ist eine Zumutung, aber wenn du mich chauffieren könntest, würde ich gern *sehr bald* fahren.«

Kein Wunder, dass August seine Koffer gepackt hatte und mit ihr losgezogen war. Dieser Ton, dieser Nachdruck, sie klang wie eine an Schwindsucht sterbende Violetta oder Mimi – nur noch ein letzter Tanz vor dem Ende.

»Wo ist Angela?«, fragte ich Bernie, als Ferrings Interview zu Ende war.

»Sie hatte Angst vor einem Tadel wegen verpasstem Training.«

»Und du nicht?«

»Wir trainieren nicht am Sonntag. Mit meiner Hilfe können wir August finden, bevor sie mich vermissen. Du weißt, Onkel Sal würde auch sagen, dass ich hier sein sollte.« Damit meinte sie Mr. Contreras. Wenigstens der war sicher in St. Croix, ein kleiner Segen.

Ich lächelte grimmig. »Stattdessen fliegst du morgen zurück nach Chicago. Ich fahr dich zum Flughafen, und wenn ich dich mit Handschellen fesseln muss. Aber jetzt hab ich einen langen, stressigen Tag hinter mir. Schlafenszeit für mich. Du nimmst den Sessel.«

Bernie hatte Zahnbürste und Nachthemd in ihrem Rucksack. Der Sessel ließ sich zu einem schmalen Bett ausziehen. Ich fand Bettzeug auf einem Bord im Schrank und warf es darauf.

Trotz meines Zorns und meiner Sorgen fiel ich in tiefen Schlaf. Meine Träume waren allerdings turbulent: Bernies Ankunft vermehrte meine Sorgen.

Meine Hoffnung, sie wäre Sonntagabend wieder in Chicago, zerschlug sich, als am Sonntagmorgen ihr Vater anrief. Er sprach über Konferenzschaltung mit uns beiden – er wollte, dass ich genau mitbekam, was er zu seiner Tochter sagte. Er war genauso wütend wie Arlette, dass Bernie Chicago ohne Genehmigung von ihrem Trainer oder vom College verlassen hatte. Er wollte sie abholen und selbst nach Hause verfrachten.

»Sonst tut sie nämlich das, was sie immer tut, seit sie drei Jahre alt ist: Sie versucht sich mit ihrem Charme rauszuwieseln. Aber ich kann nicht vor Dienstag in Kansas sein, Vic, also muss ich dich bitten, diese Bürde noch achtundvierzig Stunden zu tragen. Und du, Bernadine, du bist abgrundtief in Ungnade. Du weißt, seit du das erste Mal Schlittschuhe an den Füßen hattest, dass du tust, was dein Trainer dir sagt, *hein*? Wenn das noch ein Mal vorkommt, wirst du von der Universität genommen und kommst zurück nach Quebec. *Compris*?«

Bernadine murmelte kleinlaut: »*Oui, papa*«, aber sobald Papa aufgelegt hatte, sagte sie: »Na ja, immerhin hab ich zwei Tage, bevor ich wegmuss. Was können wir tun?«

»In die Kirche gehen.«

Ihr blieb albern der Mund offen stehen. »Das ist ein Witz, ja?

Wann bist du je zur Kirche gegangen? Und wenn du glaubst, ich brauche Andacht –«

»Ich muss in die Kirche.« Eingedenk des Mikrofons unterm Schreibtisch führte ich das nicht weiter aus. »Hast du was Anständiges zum Anziehen?«

»Ich dachte, wir ermitteln. Ich hab nur Jeans und Sweatshirts.«

»Dann trägst du das eben zum Gottesdienst.«

Ich zog mein neues Jackett an, einen neuen hauchfeinen Wollpulli in meinem Lieblingsrosenrot, meine neuen Jeans und meine Lario-Stiefel. Da Bernie Jeans und Sweatshirt trug, schickte ich sie auf dem Weg in die Stadt mit Peppy auf den Campus der Universität, die Hügel rauf und runter rennen.

Als sie wieder im Auto saß, erzählte ich ihr von dem Mikro und warum ich zum Gottesdienst wollte: um zu prüfen, ob die Möglichkeit bestand, dass St. Silas oder Riverside August und Ms. Ferring versteckt hielten.

Prompt war Bernie natürlich voll motiviert, sogar aufgeregt, und dann verärgert, als ich noch beim Hippo hielt. Wir kamen immer noch sehr zeitig nach North Lawrence für den Morgengottesdienst in St. Silas, doch die Kirchentüren waren verschlossen: Ein Zettel in einer Plastikhülle erinnerte die Gemeindemitglieder daran, dass die sonntägliche Andacht heute in der Riverside United Church stattfand. Prima. Da konnte ich alle auf einmal sehen. Ich fuhr wieder zurück über den Fluss, Peppy lehnte aus dem Fenster, glücklich einen Schwimmausflug erwartend, während Bernie sich lang und breit über die Möglichkeit ausließ, dass wir August im Keller der Riverside Church aufspüren könnten.

Der Parkplatz war voll, zwei große Busse mit der Aufschrift AME ST. SILAS waren nahe dem Eingang geparkt, daneben Kleinbusse von diversen Einrichtungen betreuten Wohnens. Sogar einer von St. Raphael's. Es gelang mir, den Mustang noch zwischen einen SUV und die Mülltonnen der Kirche zu zwängen.

Der Gottesdienst begann um zehn. Wir waren fünfzehn Minuten zu spät, aber nicht die einzigen Nachzügler: Eine Familie, deren Mutter im Flüsterton ihre zankenden Töchter anschrie, blockierte den Eingang, bis ein Kirchendiener herbeieilte, um sie unterzubringen. Ein anderer Kirchendiener händigte uns ein Programm aus und geleitete uns zu Stufen, die hoch auf einen Balkon führten. Während wir hinaufstiegen, sangen die vereinigten Chöre beider Kirchen das Eingangslied, so laut, dass mein Zwerchfell vibrierte.

Wir quetschten uns in eine Lücke in der Mitte auf der rechten Seite, was mir einen guten Überblick über einen Großteil des Hauptschiffs gewährte. Nell Albritten saß in der vordersten Bankreihe, flankiert von ihrem Sohn und einem großen Teenager, von dem ich annahm, er sei ihr Enkel. Bayard Clements, ihr Pastor, stand mit einer beachtlichen Anzahl anderer Leute um den Altar.

Gertrude Perec, auch ziemlich weit vorn, saß neben der Bankangestellten, die am Donnerstag beim Kleidersortieren gewesen war. Cady saß nicht bei ihr. Erst dachte ich, sie wäre nicht gekommen, doch dann erspähte ich sie im Meer der Chormitglieder. Die rote Robe biss sich mit ihrem Kupferhaar und den Sommersprossen, aber sie unterhielt sich vergnügt mit ihren Sitznachbarinnen, als das Eingangslied zu Ende gesungen war.

Die einzige weitere Person, die ich erkannte, war Lisa Carmody, Riversides Hilfspastorin. Als ein kurzer stämmiger Mann mit ergrauendem Haar sich erhob, um den Gottesdienst zu beginnen, verriet mir das Programm, dass es sich um Oberpfarrer Theo Weld handelte.

Es wurde ein langer Gottesdienst, da beide Chöre mehrere Hymnen vortrugen. Bernie war rastlos und fand, wir müssten losziehen und jagen, nicht bei irgend so einer evangelischen Andacht herumsitzen. Ich stauchte sie so streng zusammen, dass sie tatsächlich stillsaß.

Bayard Clements predigte mit Blick auf das bevorstehende Thanksgiving: Wir standen zwischen Allerheiligen, dem Tag der Toten, und dem Tag des Danksagens, und was gedachten wir in diesem Sinne zu tun? Er war ein guter Prediger, aber meine Aufmerksamkeit schweifte ab, besonders bei dem Umweg über das Gleichnis von den klugen und törichten Jungfrauen. So bekam ich Gelegenheit, die Kirchenfenster zu studieren. Das fleckige Glas zeigte eine Mischung aus biblischen Geschichten und der Erzählung der Riverside Church – Pioniere in der Prärie, eine Hand reicht einem Sklaven in Ketten eine Schale Wasser, dieselbe Hand reicht Jesus am Kreuz eine Schale Wasser. Es war fast Mittag, als der Gottesdienst endete.

»Und jetzt befragen wir Leute«, forderte Bernie.

»Jetzt reden wir mit Leuten. Niemand hier gibt Fremden gegenüber irgendetwas preis, schon gar nicht einer Fremden, die einen Bodycheck für ein taktvolles Manöver hält.«

Bernie zuckte die Schultern. »Das klappt doch oft.«

»Willst du bei Peppy im Auto warten? Wenn nicht, zeig die Manieren, die Arlette dir beigebracht hat. Das hier sind ältere Leute, die gehören mit Respekt behandelt.«

Die Flut der Kirchgänger/innen spülte uns in den Gemeindesaal, wo Kaffee und Snacks bereitstanden. Ich war dankbar, zwischen den üblichen Kuchen und Brownies auch Käse und Hummus zu entdecken – ich hatte nicht gefrühstückt, und langsam wurde Hunger mein dominantes Gefühl.

Nell Albritten saß an einem der runden Tische, die über den Raum verstreut waren, ihr Enkel neben ihr. Als ich hinging, um ihr meine Wertschätzung zu bekunden, blieb Bernie am Tisch und bediente sich mit einer erstaunlichen Anzahl Muffins. Mitglieder der St. Silas-Gemeinde rückten schützend näher an Albritten heran. Unter ihnen sah ich Chefbibliothekarin Phyllis Barrier. Ich hätte sie in ihrer Kirchenkleidung fast nicht erkannt – in der Bibliothek trug sie legere Hosen und

Wollweste oder Strickjacke. Jetzt ging mir auf, dass sie eine der Frauen auf Albrittens Foto von der 150-Jahr-Feier war.

Barrier merkte, dass ich sie beäugte, wandte sich schnell ab und ging hinaus. Mir wurde bewusst, dass Albritten mit mir sprach, ich ging in die Hocke und bat sie, es zu wiederholen. Sofort legte ihr Enkel einen Arm um ihre Taille.

»Wie ich höre, haben Sie Doris McKinnon gefunden«, sagte Albritten.

»Ja, Ma'am. Es war ein erneuter Schock, sie ein zweites Mal zu finden.«

»Und die wissen nicht, wer die Frau war, die auf Doris' Küchenfußboden lag, hmm? Wen finden Sie als Nächstes? Ich hoffe nicht mich.«

»Mutter!« Jordan erschien hinter ihr mit einem Teller Essen und einem Glas Eistee. »Bitte hör auf. Und Sie, Sie sind diese Detektivin, richtig? Lassen Sie meine Mutter in Ruhe. Sie haben sie letzte Woche fast das Leben gekostet. Sie kann Ihre Art Aufregung nicht gebrauchen.«

Hinter ihm gab es zustimmendes Gemurmel aus der St. Silas-Fraktion, aber Albritten legte eine Hand auf mein Knie. Sie hatte so wenig Fleisch um die Knochen, dass ihre Sehnen zwischen Fingern und Ellbogen herausstanden wie Seile. »Ms. Chicago-Detektivin tut ihr Bestes für Emerald, Jordan. Laste ihr das nicht an.«

Jordan kniff missbilligend die Lippen ein, offenbar hatten sie diesen Wortwechsel in den letzten Tagen schon hundert Mal gehabt. Ich erhob mich mit einem Ruck und küsste sie leicht auf die Wange.

»Nicht verzagen, Ms. Detektivin«, sagte Albritten. »Das ist doch nicht Ihre Tochter, die Sie da besucht, oder?«

»Nein, Ma'am. Sie trainiert mit August in Chicago. Sie ist diejenige, die mit Augusts Cousine zu mir kam und mich bat, ihn zu suchen.«

Das verursachte neuerliches Gemurmel, diesmal neugierig, aber niemand sagte etwas oder rückte freiwillig mit Informationen heraus, wo August und Emerald sich versteckten.

Cady Perec hatte sich in der Nähe herumgedrückt. Als ich mich von Albritten entfernte, trat sie mit der Frage auf mich zu, wann wir auf der Sea-2-Sea-Versuchsfarm einbrechen würden. Dieses Vorhaben war mir ganz entfallen: die Stellen aufstöbern, wo McKinnon Erde entnommen hatte. Ich mahnte Cady, ihre verbrecherischen Umtriebe nicht so in die Welt hinauszubrüllen, aber sie lachte nur.

»Wenn wir hier flüstern, würden sich alle vorbeugen, um zu lauschen. Solange ich schreie, ist das nur ein Klingeln mehr zwischen all dem eifrigen Palaver.«

Bernie war leider in unsere Nähe aufgerückt. »Ihr wollt auf einer Farm einbrechen?« Ihre Augen funkelten. »Warum? Kann ich mit?«

»Nein!«, rief ich. »Und ich bin noch nicht sicher, ob die Idee sinnvoll ist.«

»Aber wir brauchen doch Hinweise, was für einen Verdacht Doris gegen Sea-2-Sea gehegt hat, und ich kann dir helfen, die Stelle zu finden«, protestierte Cady.

Wir wechselten das Thema, als Barbara Rutledge dazukam. Ich wollte eigentlich nicht, dass zwischen Bernie und Cady eine Bekanntschaft erblühte – Cadys Feuereifer und ihr Verlangen, dort zu forschen, wo sie geboren war, würde bei Bernie unweigerlich einen Buschbrand entfachen.

Rutledge wollte lediglich melden, dass sie auf keinerlei Verbindung zwischen Doris McKinnon und Francis Roque gestoßen war. »Ich dachte, sie sind vielleicht verwandt oder verschwägert, aber er ist nach dem Medizinstudium von South Dakota hergezogen. Er hat keine Familie hier.«

»Seine Laborantin meint, es liegt wohl daran, dass er sich vor ein paar Jahren bei einem Mordfall profiliert hat, wo es um schwarzen Schimmel ging«, sagte ich. »Ms. McKinnon wollte Erdproben analysiert haben. Vielleicht hat sie gedacht, ihre Erde enthält schwarzen Schimmel.« Als ich es aussprach, überlegte ich, ob das der Fall sein konnte: keine Radioaktivität auf ihrer Farm, aber etwas fast ebenso Giftiges.

Danach hatte ich das Gefühl, dass alle im Raum mit mir sprechen wollten, oder wenigstens über mich. Ich vernahm etliche Kommentare, da die meisten sich nicht die Mühe machten zu flüstern: *Die da jagt Emerald Ferring? Sie hat Doris unten am Kaw entdeckt? Nein, am Wakarusa. Hat Gisborne sie nicht eingesperrt? Hat sie Doris ermordet? Wer ist das Mädchen bei ihr, ihre Tochter? Nein, die bildet sie zur Detektivin aus.*

Ich gab vor, aufs Klo zu müssen. Barbara erbot sich, mich hinzubringen, aber unter dem Deckmantel, mein schmutziges Geschirr in die Küche zu tragen, entschlüpfte ich durch den Hinterausgang. Bernie war mit Cady im Gespräch, aber das ließ sich jetzt nicht ändern.

Eine Tür dort führte direkt in die Kirche. Sie war jetzt leer, die weiß gestrichenen Bänke und einfachen Buntglasfenster eine Erholung. Ich stieg die zwei flachen Stufen zum Altar hinauf. Beim Gottesdienst waren der Pastor und die Lektoren durch einen Vorhang hinter dem Chorgestühl gekommen. Ich ging hindurch und fand, wonach ich suchte: eine Tür, die mich zu einer Treppe brachte, die in den Kirchenkeller führte.

Riverside war dreißig Jahre nach der Sklavenbefreiung wiederaufgebaut worden, aber sie waren stolz auf ihr abolitionistisches Erbe. Im Keller hatten sie die Räume wiederhergestellt, wo einst flüchtige Sklaven aufgenommen wurden. Eine Tür war verschlossen. Ich holte meine Picks raus und öffnete sie, wobei ich den Atem anhielt, doch dahinter fand ich eine Schatzkammer, nicht Emerald Ferring und August Veriden. Es gab Borde mit silbernen und goldenen Kelchen und Tellern, mache davon wahrscheinlich sehr wertvoll. Schilder vor den Gegenständen bezeichneten die Familien, die sie gespendet hatten – ein Who-is-Who transplantierter Neuengland-Aristokratie – Cottons, Pearsons, Cabots und so weiter.

»Ich nehme an, Sie haben einen Grund dafür, hier zu sein?«

Meine Nackenhaare stellten sich auf, und mein Herz machte einen Satz. Pastor Theo Weld war mir gefolgt, und ich war dumm genug gewesen, nicht auf der Hut zu sein.

»Ich hatte gehofft, Sie verstecken hier Emerald Ferring und August Veriden. Ich wüsste so gern, dass sie in Sicherheit sind.«

»Sie hocken nicht in Emerson Prence' Abendmahlskelch«, sagte er trocken. »Sie können jetzt gehen.«

Er stand mit der Hand am Türknauf da, aber als ich an ihm vorbeikam, blieb ich stehen. »Ms. Ferring und Mr. Veriden könnten etwas oder jemanden auf Doris McKinnons Land gesehen haben, wodurch ihr Leben in Gefahr ist. Ich hoffe, dass sie noch am Leben sind. Falls Sie wissen, wo sie sind, bitte schicken Sie ihnen eine Nachricht. Bitte bringen Sie sie dazu, Ihnen zu erzählen, was sie gesehen haben. Wenn ich das weiß, kann ich die Lage vielleicht so weit klären, dass sie sich aus ihrem Versteck wagen können.«

Weld war nicht größer als ich. Aus der Nähe sah ich, dass er die blassblauen Augen eines skandinavischen Seemanns hatte. Sie starrten mich mit der Kälte des Nordatlantiks an. »Ich weiß nicht, wo sie sind, Ms. Warshawski. Ich bin nicht sicher, dass ich es Ihnen sagen würde, wenn ich es wüsste, aber ich weiß es nicht.«

40

Eisbär

Peinlich berührt verließ ich die Kirche und strolchte mit Peppy und Bernie auf einem nahe gelegenen Feld herum, als das Handy an meiner Hüfte vibrierte. Ich warf einen Blick auf das Display und erstarrte: das Schwesternzimmer der Intensivstation.

Eine Frau war dran, außer Fassung und nicht leicht zu verstehen. »Können Sie schnell kommen? Ich wusste nicht, wen ich anrufen soll, aber Sandy, Sandy Heinz, sie hat gesagt, Sie sind verlässlich und ich soll Sie …«

»Sagen Sie bitte erst mal, wer Sie sind und was passiert ist?«, fragte ich scharf, eine verbale Ohrfeige, um sie zu stabilisieren.

»Tricia. Tricia Polanco, ich bin heute Schwester vom Dienst auf der Intensivstation. Sandy sagte, Sie seien anzurufen, wenn Sonia Kiel etwas zustößt, und das ist passiert. Ihr Bruder … ich weiß nicht, welcher –«

»Rufen Sie Sergeant Everard bei der Polizei an. Ich bin in fünf Minuten da.«

Ich schnappte mir Peppys Leine und sagte Bernie, wir müssten los. Als wir zum Parkplatz rannten, erklärte ich, dass ich so schnell wie möglich ins Krankenhaus musste, sie sollte mit Peppy im Auto bleiben oder auf dem Krankenhausgelände spazieren gehen.

Cady und Gertrude gingen gerade, als wir meinen Wagen erreichten. Sie hörten Bernies schrille Fragen, warum wir so plötzlich zum Krankenhaus mussten.

»Sonia?«, fragte Cady.

Ich nickte. »Ich weiß nicht was, aber es klingt alarmierend.«

Cady bot an, Bernie zum Mittagessen mit zu sich zu nehmen, woraufhin sich Gertrudes Miene ärgerlich verzerrte. »Nicht den Hund«, sagte sie.

»Gut«, stimmte ich zu. »Hund bleibt bei mir. Bernie, ich ruf dich an, wenn ich weiß, wann ich wo sein werde.«

Ich verfrachtete Peppy in den Mustang und startete mit kreischendem Gummi. Ich versuchte Everard anzurufen, bekam aber nur seine Mailbox dran. War wohl in der Kirche oder auf dem Golfplatz. Oder blieb sonntags im Bett mit einer Frau oder einem Mann, der oder die mir unbekannt war.

Im Krankenhaus sprintete ich quer durch die Lobby zu den Aufzügen zur Intensivstation und kam auf meinen Stiefeln ins Schliddern. Langsam, schön sachte: nicht so gut, wenn ich selber in der Notaufnahme landete.

Tricia Polanco wartete beim Fahrstuhl, als ich herauskam. Eine Frau Ende fünfzig mit nussbraunen Augen, normalerweise wahrscheinlich ebenso ruhig und souverän wie Heinz, aber jetzt war sie verängstigt. Ihre Miene erhellte sich, als sie mich sah, was mir das Gefühl gab, als ob ein Joch mit Stahlkübeln auf meinen Nacken plumpste.

»Was ist passiert?«

»Sonias Bruder – jedenfalls ein Mann, der sagte, er sei ihr Bruder – er hat jeden Tag angerufen. Ich hab seine Stimme vom Telefon wiedererkannt. Ich habe ihn zu ihr gebracht. Sie ist jetzt öfter wach, schon das ganze Wochenende, aber sie ist auch oft aggressiv, und als sie sagte ›Nicht mein Bruder‹, dachte ich, sie wäre bloß … Sie wissen schon, wie sie halt sein kann.«

»Und dann?«, drängte ich.

»Ich hab sie allein gelassen. Nach ungefähr einer Minute ging der Herzstillstandalarm los. Wir sind sofort reingerannt – das Notfallteam ist jetzt da, und unser Sicherheitsdienst auch, aber der Bruder ist weg. Krankenhäuser – so viele Ausgänge und Treppenhäuser – Leute können im Nu verschwinden.«

»Was, glauben Sie, hat er gemacht – wenn er was gemacht hat?«

Sie schüttelte den Kopf. »Ihre intravenösen Zugänge sind intakt. Wir haben alle Beutel ersetzt, die Salzlösung und so, nur für den Fall, Sie wissen schon, falls er …«

Ich nickte. »Gut gedacht.«

»Die haben wir gleich ins pathologische Labor geschickt. Aber ganz ehrlich, ich glaube, er hat ihr ein Kissen aufs Gesicht gedrückt und … festgehalten. Das Bettzeug ist zerwühlt, als ob sie um sich getreten hat, zu kämpfen versucht hat – ihre Arme sind ja festgeschnallt, damit sie sich nicht die Kanülen rauszieht. Das Notfallteam setzt jetzt Defibrillatoren ein, dafür brauchen sie mich nicht, aber ich muss ihren Zustand überwachen.«

Ich trabte mit ihr nach hinten durch die breiten Türen, die sich zischend vor uns öffneten und hinter uns schlossen. Als wir zu Sonias Zimmer kamen, war es überfüllt mit dem Notfallteam. Es wäre unstatthaft, mich dazwischenzudrängeln, aber was sollte ich dort auch, außer den Experten ängstlich über die Schultern zu spähen?

Ich stand im Flur und lauschte den Klängen kontrollierter Aufregung. Nicht das hektische Geschrei aus den Fernsehserien, wo jemand »Bereit!« ruft und andere Figuren zurückbrüllen, sondern dringliche Stimmen, die zu leise sprachen, um sie zu verstehen.

Während ich wartete, begann mein Verstand zu arbeiten. Ein Bruder war zu Besuch gekommen. Ich war nie dazu gekommen, einen von Sonias Brüdern anzurufen.

Handys waren auf der Intensivstation streng verboten. Ich wusste nicht, ob sie wirklich Herzdefibrillatoren stören, aber ich wollte auch nicht die sein, die das ausprobierte. Ich hinterließ eine Nachricht für Schwester Polanco bei der Frau am Informationsschalter der Intensivstation und ging runter zu meinem Wagen, wo ich meine Fallnotizen auf meinem iPad aufrufen konnte. Da hatte ich die Telefonnummern beider Brüder eingetragen.

Stuart, der Mathebruder, wollte eben mit seinem Mann zu einem nachmittäglichen Segeltörn aufbrechen – in Maine war es vierzehn Uhr, und ich erwischte ihn gerade noch vor dem Ablegen. Niemand hatte ihm gesagt, dass Sonia im Krankenhaus war, aber als ich erklärte, wer ich war, und ihm eine Kurzfassung von den Ereignissen der Woche gab, wirkte er eher traurig als besorgt.

»Sie war so ein lebhaftes kleines Mädchen, blitzgescheit, aber unsere Mutter – sie war zu oft betrunken, um ihr Aufmerksamkeit zu widmen, und Sonia fing an, sich irre aufzuführen. Jetzt, wo ich Lehrer bin, ist mir klar, dass sie alles tat, um von ihrer Mutter beachtet zu werden, aber damals war ich bloß sechs Jahre älter, und sie war für mich nur ein nerviges Gör. Sie kam dann für ein paar Jahre nach Boston – sie hatte echtes künstlerisches Talent, Skulptur, Malerei, auch ein bisschen Schauspielunterricht –, aber sie konnte an nichts dranbleiben. Kevin – mein Mann – Kevin und ich haben versucht ihr zu helfen, aber sie konnte oder wollte keine ärztliche Hilfe annehmen, und am Schluss, als sie pleite war und wegen Ruhestörung verhaftet wurde, ging sie zurück nach Kansas.«

»Es gibt da die Frage nach einem Experiment Ihres Vaters, das anscheinend hinter dem ersten Zusammenbruch Ihrer Schwester in den Achtzigern steckt – wissen Sie etwas darüber? Matt Chastain, ein Student, in den sie wohl vernarrt war, verschwand, nachdem er einen schwerwiegenden Fehler gemacht haben soll.«

»Da war ich schon hier in Maine, in Bowdoin. Mein Bruder Larry, der ist zwei Jahre älter als ich, er war in Reed in Oregon. Keiner von uns mochte die Ferien zu Hause verbringen, und wir waren jung – wir scherten uns um nichts außer unseren eigenen Interessen, und wir hatten keine Ahnung, was Sonia durchmachte. Ich bekam von meiner Mutter eine wirre Geschichte zu hören: Sie war sicher, dass Sonia sich Quatsch ausdachte, um Aufmerksamkeit zu erregen, und sie war wütend wegen irgendeiner Frau, die mein Vater aus Europa in sein Labor geholt hatte – vielleicht aus Barcelona –, aber sie hat nichts über einen von Vaters Studenten gesagt.«

Als ich ihm von dem Angriff vorhin berichtete, war er schockiert. »Wird sie überleben? Sollen wir kommen?«

Ich sagte, ich wüsste es nicht, und versprach, dass ich mich wieder melden würde, wenn ich Neuigkeiten hätte.

»Armer kleiner Bär«, sagte er. »Sagen Sie ihr, dass ich sie lieb habe.«

Larry, der mit seinen zwei Kindern außerhalb von Portland Wandern war, wusste noch weniger über die Vorgeschichte seiner Schwester als Stuart, aber seine Beschreibung der Mutter war recht ähnlich.

»Sie war immer nur wütend nach Sonias Geburt. Bis dahin war sie hin und wieder halbwegs normal. Ich will damit sagen, sie hatte mit mir und Stu manchmal die Art Austausch, den ich bei meiner Frau mit unseren Kindern erlebe. Hast du dir wehgetan, als du hingefallen bist? Was war heute in der Schule los? Nach Sonias Geburt ist Mom komplett ausgestiegen. Sie wollte wohl, dass wir uns alle um sie kümmern, und sie achtete überhaupt nicht auf das Baby. Ich weiß noch, wie sie die ganze Schwangerschaft über Dad anschrie: Was aus ihrem Leben werden sollte? Sie würde nicht noch mehr Kinder stemmen. Er könnte ja wenigstens ein paar Abende die Woche zu Hause bleiben und helfen. Ich war acht, Stuart war sechs – Sie können sich vorstellen, wie das war.«

Ich knurrte Zustimmung. Ich war Shirley und Nate begegnet. Ich sah es vor mir.

»Ich hatte danach höllisch Angst davor, selbst Kinder zu

haben. Hab es aufgeschoben, bis ich fast fünfzig war. Aber trotzdem, armer kleiner Eisbär. Sagen Sie ihr, ich liebe sie.«

»Eisbär?«, echote ich. »Ihr Bruder nannte sie ›kleiner Bär‹.«

»Das war unser Spitzname für sie«, sagte Larry. »Sie hatte so einen weißen Eisbär-Schneeanzug, als sie drei oder vier war, den liebte sie sehr. Wenn wir aus der Schule kamen, wartete sie an der Tür auf uns, brummte und bettelte um rohes Robbenfleisch. Wir haben einen Apfel in Scheiben geschnitten und so getan, als wäre es Robbe, und ließen sie danach jagen. Das war vielleicht die einzige Zeit, in der wir zusammen fröhlich waren.«

Wie sein Bruder bat mich Larry, ihn zu unterrichten, sobald ich mehr über Sonias Zustand wusste. Wie sein Bruder wusste Larry nichts über Matt Chastain oder das Experiment, aber er erinnerte sich, dass Shirley Kiel wegen der europäischen Frau anschrie.

»Bratislava, nicht Barcelona«, sagte er. »Dad fuhr in die Tschechoslowakei zu so einer Tagung über seinen Bazillus, weiß nicht mehr wann. Er jettete ständig durch die Welt – Sommerseminare in Aspen, Treffen mit der Army in Fort Detrick, Tagungen in Europa. Er war eine große Nummer auf seinem Gebiet, und er liebte es, im Mittelpunkt zu stehen. Wie auch immer, ein paar Jahre nach dieser speziellen Sause, da kreuzte diese Frau auf. Damals zählte ich die Stunden, bis ich mich aufs College verdrücken konnte, und verbrachte so wenig Zeit wie möglich zu Hause, also erinnere ich mich an nicht allzu viel, nur an das Theater meiner Mutter – saufen, schluchzen, brüllen, mit Sachen werfen – und Dad, der zurückbrüllte.«

Er schwieg einen Moment, zurückversetzt in ein Szenario, das er nie gemocht hatte.

»Rückblickend denke ich, Dad und diese Frau hatten auf der Tagung miteinander geschlafen, und sie hielt es für Liebe, aber er ist ein verspannter Typ und wusste nicht, was er mit ihr sollte, als sie auftauchte. Was für ein verfahrener Scheiß das alles war.

Ich war praktisch schon am Flennen vor Sehnsucht, da endlich wegzukommen. Ich bin seitdem nie wieder in Kansas gewesen, aber der arme kleine Eisbär tut mir leid: Stu und ich hätten sie damit nicht so allein lassen dürfen, das konnte sie als Einzelne gar nicht durchstehen.«

Er erinnerte sich nicht an den Namen der Frau oder ob sie Goldzähne gehabt hatte. Als er auflegte, rollte ich mich neben Peppy in den Sitz und zog Trost aus ihrer Wärme. Schließlich rappelte ich mich auf und kehrte auf die Intensivstation zurück.

Tricia Polanco war noch drinnen auf der Station, aber die Rezeptionistin piepte sie für mich an. Polanco kam raus, um mir zu erzählen, dass sie Sonias Herz wieder zum Schlagen gebracht hatten, sie aber erneut in künstliches Koma versetzen mussten, bis ihr System sich stabilisierte.

»Es war keiner ihrer Brüder«, sagte ich. »Ich habe mit beiden gesprochen, während Sie da drin waren.«

Ich hatte von Alias Pinsen, Baggetto, Kiel und Bram einen Schnappschuss gemacht, als ich sie letzte Woche in der Hotelbar gesehen hatte. Das Licht war schlecht, aber man konnte die Gesichter einigermaßen erkennen.

»War der Kerl einer von denen?«

Sie blinzelte auf mein Handy, schüttelte aber den Kopf. »Sonias Brüder sind doch beide um die fünfzig, so viel weiß ich, und der Mann, der herkam, war auch in diesem Alter. Obwohl er ein bisschen aussah wie der da.« Sie tippte mit einem Fingernagel auf Pinsens Gesicht. »Unauffällig, ich meine, nichts Besonderes, aber es war nicht dieser Mann. Ich musste an Militärs denken – die Muskeln, die Art, wie er ging.« Sie befingerte die Kanten meines Handys, dann sagte sie schließlich: »Wir haben einen Faden Gewebe in ihrer Nase gefunden, also hat definitiv jemand versucht, sie umzubringen.«

Armer kleiner Eisbär, fürwahr.

41

Ihr habt keine Ahnung

Als ich mit Tricia Polanco fertig war, sehnte ich mich nach Einsamkeit – so sehr, dass ich, als ich beim Rausgehen Sergeant Everard aus seinem Wagen steigen sah, mich wieder hineinduckte und das Krankenhaus durch einen anderen Ausgang verließ. Genau wie Sonias Angreifer.

Bernies Anwesenheit in der Stadt ließ meine Nervenenden vibrieren wie die Kirchenorgel von Riverside. Ich glaubte nicht, dass ich es ertrug, den Nachmittag mit ihr zu verbringen, aber ich konnte sie auch schlecht allein lassen. Doch als ich sie anrief, sagte sie, dass Cady ihr die Gegend zeigte und wir uns erst zum Abendessen wiedersehen würden.

Ich fragte nicht nach, ob sie vorhatten, rauszufahren und sich die Sea-2-Sea-Versuchsfarm anzusehen – ich wollte es nicht wissen, wollte nur endlich mal allein sein. Ich schlüpfte in meine Laufschuhe, besorgte mir ein Picknick und überquerte den Fluss zu Fuß, sodass meine schwer geprüfte Hündin einen energetischen Nachmittag am Flussbett verbringen konnte. Die Sonne war hervorgekommen, eine blasse Herbstsonne, aber sie wärmte die Luft und half meine Stimmung bessern.

Während Peppy alles erkundete, fand ich einen breiten Felsen, auf dem ich meine Fallnotizen durchgehen und meine nächsten Schritte planen konnte. Und essen. Linsensuppe, noch warm in ihrem Isolierkarton, Brot und Ziegenkäse. Ich war, wenn schon nicht glücklich, so doch immerhin zufrieden.

Bevor ich die Intensivstation verlassen hatte, fragte ich Polanco noch, ob irgendjemand die Kiels über den Anschlag auf ihre Tochter informiert hatte. Sie sagte, die Schwestern seien übereingekommen, dass das die Aufgabe von Stationsärztin Dr. Cordley war, die früher bei Kiel studiert hatte. *Nicht, dass wir auf eine Reaktion von ihnen zählen*, hatte sie hinzugefügt.

Das tat ich auch nicht, aber ich wollte mit ihnen über die Frau aus Bratislava oder Barcelona oder sonst wo sprechen. Es könnte ihre Leiche gewesen sein, die aus dem Leichenschauhaus verschwunden war, als Dr. Roque im Autopsieraum zusammenbrach – auch wenn es schräg war, dass kein Mensch sie bis jetzt erwähnt hatte. Vielleicht aber auch nicht – ich hatte ja noch mit niemandem aus Kiels Labor gesprochen. Die Trennung zwischen Universität und Stadt konnte leicht dazu führen, dass die jeweiligen Einwohnerschaften sich nicht kannten.

Was würde entweder Shirley oder Nate Kiel dazu bringen, mir den Namen von Ms. Bratislava zu verraten und wo sie sie zuletzt gesehen hatten?

Stuart und Larry Kiel hatten erzählt, wie wütend ihre Mutter vor dreißig Jahren über Bratislavas Auftauchen gewesen war. Konnte Shirley unerwartet auf die Frau getroffen sein und sie in einem Anfall von Raserei getötet haben? Es war schwer denkbar, Zorn über so viele Jahre konstant auf Weißglut zu halten, aber eine plötzliche Begegnung mochte Shirley aus der Fassung gebracht und zu einer Kurzschlusshandlung getrieben haben. Andererseits, was hätten diese beiden Frauen gleichzeitig auf der McKinnon-Farm zu suchen gehabt?

Ich beschloss, Edward Hitchcock anzurufen, den Geologen, der mit Dr. Roque auf Kristalljagd gegangen war – er hatte kurz vor seinem Tod mehrfach versucht, den Pathologen anzurufen. Vielleicht nur, um die nächste Geoden-Expedition abzusprechen, aber möglicherweise hatte Roque seinen alten Freund auch zu McKinnons Bodenproben konsultiert.

Das Telefon klingelte unbeantwortet, keine Voicemail, kein Anrufbeantworter. Ich hatte nur Hitchcocks Büroanschluss, keine Handynummer, und ich mochte es nicht riskieren, seine Identität an die Leute preiszugeben, die vielleicht meine gebührenpflichtigen Datenbanken infiltriert hatten.

Ich streckte mich auf dem Felsen aus, den Rucksack als Kissen, und sah den Schwalben zu, die zwischen Möwen auf und nieder schossen. Hier war es elf Grad wärmer als in Chicago, verriet mir meine Wetter-App: kein Grund, gleich nach Kansas zu ziehen, aber immerhin genug, um den Felsen zu wärmen und ein paar Insekten hervorzulocken.

Dr. Roques Tod war außerordentlich praktisch für jemanden, der an Bratislavas Leiche wollte. Ein plötzlicher schwerer Anfall von Virusgrippe – ließ sich so etwas einfädeln? Könnte zum Beispiel Colonel Baggetto sich ins Labor geschlichen und Roque mit einer Nadel voller mysteriöser Drogen oder Bazillen gestochen haben?

Ich stellte mir vor, wie sie kämpften, die Nadel fiel zu Boden, Dr. Roque starb einen grässlichen Tod, während der Colonel seine Orden zurechtrückte und ein lautes finsteres Lachen von sich gab. Lächerlich: Ich konnte es mir nur als Comic vorstellen, Wonder Woman versus Cheetah, Superman gegen Lex Luther. Außerdem hörte Aanya Malik Dr. Roques Diktat mit. Also war das Mikrofon an, und sie hätte den Kampf vernommen.

Andererseits – war Roque vielleicht schon krank, als er am Donnerstagmorgen nach Topeka fuhr? Ich nahm eins meiner verbliebenen Wegwerfhandys und rief Malik an.

Sie erneuerte ihren Dank dafür, dass ich mitten in der Nacht nach Kansas City gefahren war, und versicherte mir, dass es ihr gut ging, ebenso Dinah, der Katze – »Ich fasse es nicht, dass ich sie vergessen und tagelang hab hungern lassen!« –, und dass sich die Cops von Kansas City nicht wegen des Einbruchs gemeldet hatten. Sie hatten sein Haus vermutlich gar nicht auf

Fingerabdrücke untersucht – überarbeitete, unterbesetzte Polizeireviere nahmen nicht unbedingt jeden Tatort unter die Lupe, solange kein Verdacht auf ein Kapitalverbrechen vorlag.

Ein bisschen seltsam war, dass der Einbruch es nicht in die Nachrichten geschafft hatte. Ich hätte angenommen, irgendwer würde die Polizeifrequenzen mithören und es aufschnappen: Roque besaß landesweit einen Namen, auch wenn sein großer Auftritt fünf Jahre zurücklag, und er war tot – zweierlei, was dem Einbruch das Prädikat ›von nationalem Interesse‹ verlieh. Entweder hatte niemand die Verbindung hergestellt, oder aber die Cops hielten das mehr unter ihrem kollektiven Deckel, als ich gedacht hatte. Ich sagte Aanya nichts davon – ich wollte nicht, dass sie jedes Mal hyperventilierte, wenn das Telefon klingelte.

»Dr. Roques Kollaps gleich zu Beginn der Autopsie hat was Inszeniertes«, sagte ich. »Könnte jemand seine Krankheit herbeigeführt haben? Man wollte diese Leiche loswerden, bevor er sie genauer untersuchte.«

»Während der berühmten Grippeepidemie von 1919 gingen Leute morgens aus dem Haus, fühlten sich ganz normal und waren mittags tot, also könnte ein hochgradig vermehrungsfreudiges und aggressives Virus ihn durchaus so schnell getötet haben, ganz allein. Aber was die Leichendiebe angeht, war Dr. Roques Kollaps doch wohl eher ein glücklicher Zufall, der ihnen in die Hände gespielt hat, und nichts, was sie herbeigeführt haben«, wandte Aanya skeptisch ein.

»Glück mag damit zu tun haben – wer auch immer dieses Chaos orchestriert, hat es auf seiner Seite«, räumte ich ein. »Wo ist denn Dr. Roques Leichnam? Könnten Sie einen seiner Kollegen dazu bringen, eine Autopsie durchzuführen?«

»Ich weiß nicht«, sagte sie zweifelnd. »Die Budgetkrise lässt weniger Obduktionen zu, und der Staat, na ja, die sagen ja, er starb an Grippe. Die Kinder, die kommen heut Abend an, um die Beerdigung zu arrangieren. Ich kann sie fragen, ob sie eine Obduktion durch einen privaten Pathologen genehmigen, aber Menschen sind – mir fällt das englische Wort nicht ein. Es plagt die Leute, wenn ihre Familienmitglieder aufgeschnitten werden. Mich würde es auch plagen, das weiß ich.«

»Ja, das kann ich verstehen.« Ich versuchte die Ungeduld aus meiner Stimme zu verbannen. »Aber es ist so ein gewaltiger Zufall, sein Kollaps genau in dem Augenblick, wo jemand die Leiche der Toten stehlen will.«

»Ich werd's versuchen«, sagte Aanya unglücklich. »Ich versteh, was Sie meinen, aber … tja, ich versuch's.«

Als sie auflegte, rief ich Peppy zu mir. Die Sonne begann unterzugehen, die Luft wurde kalt, sie hatte zwei Stunden Spaß gehabt, war mit Schlamm bedeckt und hatte unzählige Kletten in den langen Fellpartien an Schwanz und Hüften.

»Du siehst aus wie der Traum jedes Golden Retrievers, der nach einem Leben in der Wildnis schmachtet«, sagte ich zu ihr beim Versuch, das Gröbste an Kletten herauszuzupfen. Da sie sich ständig drehte und wand, um sie selbst herauszubeißen, war das ein frustrierendes Geschäft. Free State Dogs warb doch mit einem Pflegeservice. Ich rief an und bekam zu hören, dass sie sich gern darum kümmern würden, sofern ich es in den nächsten zwanzig Minuten schaffte.

»Okay, *bellissima*, wir fliegen wie der Wind und fahren wie Danica Patrick!«

Ich schaffte es eine Minute nach dem Limit zu Free State, aber die Frau am Tresen kannte Peppy schon und sagte, sie würde sie noch reinquetschen. »Sonntags machen wir um sechs zu, also wenn Sie bis dahin nicht zurück sind, bringen wir sie für die Nacht unter und berechnen Ihnen vierundzwanzig Stunden.«

Ich sah auf die Uhr. Eine Stunde. Nicht genug Zeit, um zu den Kiels zu fahren und sie zum Reden zu bringen, aber St. Rafe war nicht weit von hier.

Während ich fuhr, simste ich Bernie von einem meiner Wegwerfhandys an und bekam sofort Antwort. Cady hatte sie in der Pension abgesetzt, es würde mich doch bestimmt freuen zu hören, dass sie an einem Essay für ihren Kurs in französischer Literatur arbeitete.

Und *wie* mich das freute. Ich war sogar bereit, es zu glauben, egal, ob es stimmte.

Am Sonntagabend saß an der Rezeption des St. Rafe ein gelangweilter junger Mann, der ein Spiel auf seinem Handy spielte. Als ich nach Randy Marx fragte, drückte er einen Knopf am Haustelefon, ohne vom Bildschirm aufzublicken.

»Randy? Hier ist so eine Frau, die dich sehen will … ich hab nicht gefragt.« Er seufzte und sagte, ohne mich anzusehen: »Ihr Name?«

»V. I. Warshawski.«

»Als ob ich das aussprechen könnte«, grummelte er. »Eine Ausländerin«, sagte er ins Haustelefon. »Viyai Sowieso.«

»Warshawski!«, donnerte ich. »Detektivin aus Chicago. Wegen Sonia Kiel.«

Das verblüffte ihn so, dass er mich tatsächlich anblickte. »Scheiße, jetzt hab ich mein Ranking verloren!« Ich nahm an, das bezog sich auf sein Spiel und nicht auf einen Wettbewerb ›Wie lange schaffe ich es, mich auf Besuch nicht einzulassen‹.

Marx erschien ein paar Minuten später. Ich hatte kaum damit gerechnet, ihn am Sonntagabend hier anzutreffen, und mir schon überlegt, wie ich seinen Stellvertreter überreden konnte, mich in Sonias Zimmer zu lassen.

»Ich verreise morgen«, erklärte er und schob mich in Raum Pfeilgras. »Ich wollte noch mal sichergehen, dass alle verschobenen Therapietermine und so weiter bei meinem Verwaltungsassistenten unter Dach und Fach sind.«

Ich lehnte das Angebot eines dünnen überkochten Kaffees ab. »Wussten Sie, dass heute ein Anschlag auf Sonias Leben verübt wurde? Jemand, der sich als ihr Bruder ausgab, hat versucht, sie zu ersticken.«

Auf seinem bleichen Gesicht ließen sich nicht leicht Emotionen ablesen, aber seine Reaktion wirkte eher ermüdet als alarmiert oder verblüfft. »Sind Sie da ganz sicher? Man hat mir gesagt, dass sie einen Herzstillstand hatte, aber das überrascht mich nicht. Ihr Herz hat einfach zu viel Schaden abgekriegt.«

»Ihr Drogenkonsum bringt sie nicht dazu, sich selber ein Kissen aufs Gesicht zu drücken, bis sie aufhört zu atmen.«

Diesmal zuckte er zusammen. »Sind Sie sicher?« Er holte sein Handy raus und begann zu tippen, aber ich nahm es ihm weg.

»Ich *bin* sicher. Wer was anderes sagt, schützt entweder Sonias Attentäter oder hält die Neuigkeit geheim, damit der Täter denkt, er kommt damit durch. In dem Fall war es falsch von mir, es Ihnen zu erzählen, aber nun ist das Wasser schon den Kaw runtergeflossen. Ich bin hier, weil ich Sonias Aufzeichnungen sehen will.« Ich schaltete das Handy aus und gab es ihm zurück.

»Das kann ich nicht machen. Die Akten sind vertraulich. Selbst wenn Sie einen richterlichen Beschluss hätten, wir sind von der HIPAA geschützt. Alle unsere Therapeuten haben …«

»Ich will nicht sehen, was *ihr* über *sie* schreibt«, unterbrach ich scharf. »Ich will das, was sie selbst über sich geschrieben hat.«

Als er verwirrt dreinblickte, verwirrt und auch bockig, fügte ich hinzu: »Sie haben mir am Donnerstag erzählt, dass Sonia Tagebuch geführt hat über Matt Chastain und den Protest am alten Raketensilo. Ich will ihre Tagebücher oder Computerdateien oder womit sie auch immer geschrieben hat. Sie kann mir ihr Einverständnis nicht erteilen. Man musste sie wieder in künstliches Koma versetzen.«

»Ich …« Marx fummelte an seinem Handy herum, schaltete es wieder an, merkte, wie ich ihn ansah, und steckte es weg.

»Ich muss unsere Rechtsberater konsultieren. Ich bin die ganze Woche weg. Am Dienstag in einer Woche können wir reden.«

Ich widerstand dem Drang, ihn an seinem T-Shirt hochzuheben und zu schütteln. »Mr. Marx, bis Dienstag in einer Woche ist Sonia womöglich tot. Selbst wenn sie sich von diesem Anschlag erholt, ist es schwierig, in einem Krankenhaus jemanden zu bewachen – es gibt zu viele Wege raus und rein, und niemand ist besonders scharf darauf, sie zu schützen.

Ich weiß, Sie haben versucht, mit ihr zu arbeiten. Ich weiß, sie ist eine Plage, aber momentan ist sie eine lebende, atmende Plage. Wenn Sie mich nicht heute noch Sonias Aufzeichnungen sehen lassen, beantragt meine Anwältin morgen bei Gericht eine vorübergehende Vormundschaft für mich. Und wenn ihr vorher etwas zustößt, verklage ich Sie und St. Rafe, weil Sie mit Ihrer Weigerung, sofort zu handeln, Beihilfe geleistet haben.«

Ich weiß schon, Fliegen fängt man mit Honig, aber ich wollte nicht noch mehr verdammte Fliegen um mich herum, ich wollte Sonias Aufzeichnungen.

Marx sah mich mit so viel Abscheu an, wie sein farbloses Gesicht ausdrücken konnte, und tippte eine Kurzwahl in sein Handy.

»Hank – hier Marx.« Er skizzierte das Szenario, das ich dargelegt hatte, bekam die Auskunft, dass das juristisch umsetzbar war, wandte sich mir zu und sagte murrend, Chet würde mich zu Sonias Zimmer bringen und überprüfen, was ich mitnahm. »Ich hätte nie gedacht, Sonia hierzuhaben könnte noch schlimmer werden, aber Sie haben das glatt widerlegt.«

Ich bleckte die Zähne. »Sonia hatte bloß noch nie eine Fürsprecherin. Haben Sie mal eine gute Reise und trösten Sie sich mit der Hoffnung, dass ich noch vor Ihrer Rückkehr die Lage bis zu dem Punkt geklärt habe, an dem ich selbst nach Hause kann.«

Chet war der junge Mann mit dem Handyspiel. Er führte mich zu Sonias Zimmer im zweiten Stock und brachte seinen Unwillen, zur Arbeit genötigt zu werden, zum Ausdruck, indem er so langsam wie möglich ging.

»Es tut mir leid, Sie aus Ihrem Spiel zu reißen«, sagte ich. »Geben Sie mir einfach den Schlüssel, dann können Sie zurück auf Ihre Kampfstation.«

»Ist gegen die Vorschrift«, knurrte er, beschleunigte aber seinen Schritt. Als er die Tür zu Sonias Zimmer aufgeschlossen hatte, ließ er mich allein.

Ich behielt die Uhr im Auge: Mir blieben hier nur fünfzehn Minuten, wenn ich um sechs wieder bei Peppy sein wollte. Glücklicherweise war es ein kleiner Raum: ein Bett, ein offener Schrank mit Borden und Schubladen und ein Tischchen, gerade groß genug, um daran zu schreiben. Es gab ein Gemeinschaftsbad für alle, aber das Zimmer hatte ein Waschbecken. Keine Kaffeemaschine oder Kochplatte, die Küchen waren ebenfalls gemeinschaftlich.

Sonia hatte drei Jahre hier gewohnt, aber nicht viel angesammelt. Ihre Kleidung war drunter und drüber in den Schrank geworfen, überwiegend formlose Klamotten, Baumwolle und Polyester, wahrscheinlich aus einem Spendencontainer. Ein paar gute Stücke hatte sie, einen roten Sweater mit Marinepaspeln und einem bekannten Label im Nacken. Die Schubladen und Borde enthielten Unterwäsche, Toilettenartikel und ein Dutzend Bücher. Sie hatte auch Ausdrucke von Artikeln über mit Waffen zusammenhängende Katastrophen aller Art – biologisch, chemisch, nuklear.

Ich stapelte sie zusammen mit den Büchern, die ganze Skala der Verschwörungstheorien von ›Wer hat JFK ermordet‹ bis zu Berichten über UFO-Sichtungen bei Roswell. *Wolken ohne Zeugen: Geheimwaffentests an Zivilbevölkerungen* war ein dicker Wälzer und mächtig schwer, sogar für solch ein Buch.

Ich schlug es auf und stellte fest, dass Sonia einen Hohlraum herausgeschnitten hatte. Eine Literflasche Wodka steckte darin, ziemlich leer. Sonia hatte auf die hintere Vorsatzseite mit einem breiten roten Filzstift *»Ihr habt keine Ahnung«* geschrieben, daneben war eine Robert-Crumb-artige Karikatur: ein Mann in der Uniform der US-Army.

Ich blätterte rasch durch die übrigen Bücher, aber sie waren allesamt nur das, Bücher. Ich legte mich flach auf den Boden, um unters Bett zu spähen, und zog ihre beiden Koffer hervor. Einer war leer, doch der andere enthielt ein Durcheinander von linierten Blöcken und Notizbüchern, mit ausladender Handschrift vollgeschrieben.

Ich warf die Bücher und Artikel dazu und sprintete den Flur und die Treppe runter. Ich war wieder bei Free State, als die Frau vom Empfang gerade das äußere Tor abschließen wollte.

42

Sonia, April 1983

»Stärkt mich mit Rosinenkuchen, erfrischt mich mit Äpfeln, denn ich bin krank vor Liebe.«

Versteckt unter ihrer Bettdecke murmelte sie die Worte in das T-Shirt. Alle kleinen Härchen auf ihrem Arm stellten sich auf, fast als ob dort seine Hände wären und sie streichelten. Das Shirt roch nach Asche und Schweiß, nicht nach Weihrauch und Lilien, aber sie kannte den Schweiß ihres Liebsten, und er war süßer als Wein.

Eins der Mädchen auf der Schule war eine wiedergeborene Christin, die es für ihre Pflicht hielt, Sonia zu bekehren. Anscheinend brachte es im Himmel eimerweise Kuchengutscheine, wenn man eine Jüdin zu Jesus führte. Gerri fand, Sonias Familie sei doppelt verflucht, denn sie waren nicht nur Juden, sondern Sonias Vater war auch noch ein Wissenschaftler, der an die Evolution glaubte.

Gerri hatte Sonia eine Bibel auf ihre Schulbank gelegt, mit einem Brief, der ihre Mission erklärte: *»Lies die Genesis, und du erkennst die Wahrheit über die Schöpfung der Welt.«*

Sonia fand die Schöpfungsgeschichte lächerlich. Auf sie folgte Seite um Seite darüber, wer wessen Vater war. Der Rest wirkte ganz genauso trübsinnig – lange Vorträge darüber, wie verderbt alle waren, oder seitenlange Stammbäume. Trotzdem hatte sie mit dem Gedanken gespielt, sich als frisch bekehrt auszugeben – das würde Daddy und Mutter rasend machen, sie würden wieder rumschreien und Türen knallen und sich gegenseitig anbrüllen, wer die Schuld daran trug, dass ihre einzige Tochter eine solche Niete war.

Doch dann war Sonia über das Hohelied Salomos gestolpert, mitten zwischen unbeschreiblich langweiligen Sinnsprüchen vergraben. *»Nachts lag ich auf meinem Bett und sehnte mich nach ihm, nach ihm, den meine Seele liebt. Ich suchte ihn und fand ihn nicht. Ich sehe mich aufstehen: Ich durchstreife die Stadt, ihre Straßen und Plätze.«*

Es war wie die Geschichte ihres Lebens, oder die Geschichte ihrer Liebe, sie durchstreifte die Stadt, suchte ihren Liebsten, spähte durch die Fenster der Bars in der Innenstadt, bis sie ihn im Diamond Duck sah. Es war elf Uhr abends, und ihre Eltern wussten weder noch scherte es sie, dass sie nicht zu Hause war. Matt trank ein Bier mit Jennifer Perec, ausgerechnet. Blöde Jennifer.

Sonia stellte sich vor, lässig hineinzuschlendern, dann überrascht zu tun. »Ich kam grad hier vorbei, ich setz mich 'ne Minute zu euch, wenn ich darf. Ich nehm ein Bier.« Der Barmann würde versuchen sie rauszuwerfen, weil sie zu jung zum Trinken war, und Matt würde aufstehen, ein paar Scheine auf den Tisch werfen und knapp sagen: »Für Sie sieht sie zu jung aus, weil Sie bloß die Oberfläche sehen, nicht den Wert ihrer Seele.«

Sie konnte sich nicht überwinden, es wirklich zu tun. Hätte sie eine Freundin gehabt, die sie antrieb, ihr den Rücken stärkte, dann vielleicht, aber sie hatte keine Freundinnen.

Lucinda, die Laborassistentin, sagte, sie sollte den armen Jungen in Ruhe lassen, sich jemanden in ihrem Alter auf der Highschool suchen, aber die Highschool-Jungs bestanden nur aus Akne und schweinischen Witzen, und überhaupt, was sollte das bringen, wo Sonia doch tief drinnen die Wahrheit wusste, nämlich dass sie fett war, trampelig, nicht liebenswert? Ihr Leben bestand daraus, in Nates Labor zu arbeiten, dann heim, um Hausarbeiten zu machen – das war schon ein Witz, alles zu Hause war Arbeit. Sie spülte abends das Geschirr, während Mutter vor der Glotze wegsackte und Daddy auf irgendeinem Seminar war oder sein Experiment länger dauerte. Oder er die Sperberin speerte, das war Mutters Annahme.

Sie hatte Matts T-Shirt aus dem Müll geholt. Sie war im Labor gewesen, hatte sich gefragt, ob sie eine von den Petrischalen stibitzen könnte, die Matt in die Wanne getan hatte, als sie Qualm roch und ihn fluchen hörte. Er hatte sich zu nah an den Bunsenbrenner gebeugt, und sein T-Shirt qualmte. Er riss es sich runter, bevor es tatsächlich in Flammen aufging, und hielt es unter den Kaltwasserhahn, aber als er es wieder rauszog, war die Vorderseite voller rußiger Löcher.

»Erzähl es nicht deinem Vater«, hatte er zu Sonia gesagt, die mit großen Augen auf seine nackte Brust starrte. »Er denkt sowieso schon, ich bin der ungeschickteste Penner, der je einen Fuß in sein Labor gesetzt hat.«

Sie schüttelte nur blöde den Kopf. Sie hätte sich auf ihn stürzen und sein Leben retten sollen, stattdessen stand sie stocksteif da, die Hände im Seifenwasser. Er warf das Shirt in den Müll und knöpfte seinen Laborkittel bis zum Hals zu, aber dann, als er rausging, um irgendwas aus dem Kühlraum zu holen, schnappte Sonia sich das Shirt und steckte es in ihre Büchertasche.

Später nahm sie eine der Rasierklingen ihres Bruders Stuart und schnitt den Gesang der Gesänge aus der Bibel, um ihn zu behalten, dann legte sie das Buch auf Gerris Schulbank mit einer Nachricht dazu: *»Ich muss mein Schicksal ewiger Verdammnis annehmen. Du aber kriegst in deinem Leben nach dem Tod tausend Jahre Arrest, weil du bei der Errettung meiner verlorenen Seele versagt hast.«*

Sonia, 2007

Von mir bekannten Hirnwichsern und Saufnasen

1. Dan Bors, Ekel, wahrscheinlich kein Säufer. Ich geh mir meine Pillen abholen, und er sagt: *Na, bist du wieder zu Hause, Sonia?*

Nein, du Hirnwichser, ich bin meine Doppelgängerin. Die schick ich bloß in die Öffentlichkeit, um mit Arschlöchern wie dir zu reden.

Und natürlich dreht sich da alles im Laden um und gafft. Oh, Sonia Kiel ist wieder in der Stadt. Das vulgäre Mundwerk erkennt man ja, ohne hinzusehen. Hat's wohl in Boston nicht geschafft, was? Arme Shirley, armer Nathan, jetzt haben sie ihre große Tochter wieder am Hals.

Sonia konnte die Denkblasen über ihren Köpfen lesen. Das war eine der Nebenwirkungen ihrer Krankheit, oder vielleicht auch ihrer Pillen. Leute lächelten und sagten das eine, aber die Denkblase sagte das Gegenteil.

Therapeuten, die Sonias Denkblasen zu lesen versuchten, sahen immer bloß eine Wolke, so dicht, dass sie die Worte nicht erkannten. Sie stellten sich dann Zorn vor, dabei war es gewöhnlich Trauer oder Zerbrechlichkeit.

2. Meine Agentin. Molly Pierrot. *Ich habe es bei jeder Galerie im Nordosten versucht, Sonia, aber ich habe dich gewarnt, dass die Zeiten abstrakter Großinstallationen vorbei sind. Und diesen Stücken fehlt es an Kohärenz. Es sind Abklatsche von Louise Nevelson. Bla, bla, bla.*

Sonia konnte sich nicht mit besonderer Klarheit erinnern, was als Nächstes passiert war, aber sie war von einer Überwachungskamera eingefangen worden, wie sie die Frontscheibe der Zivany-Skulpturengalerie an der Newbury Street mit einem

Feuerlöscher einschlug und dann im Schaufenster posierte, nackt bis auf ein Plakat mit der Aufschrift *Abstrakte Expressionistin: Geschäftsaufgabe – alles muss raus. 50 Cent oder bestes Angebot.* Ihre Arme und Füße bluteten, wo sie sich an den Scherben des Galerieschaufensters geschnitten hatte.

Sonia fand ihre Ausstellung recht geistreich, aber die Polizei fand, es sei kriminell. *Wieso ist es Kunst, wenn Marina Abramović nackt auf der Bühne steht und sich schneidet, aber kriminell und unsittliches Entblößen, wenn ich das mache?*, hatte Sonia gefragt, erst den Polizisten, der sie festnahm, dann den Assistenten des Bezirksstaatsanwalts, der an dem Abend die Haftbefehle bearbeitete. Niemand antwortete, nur jede Menge Augenrollen.

Sie hatte kein Geld für die Kaution und landete in einer Verwahrzelle mit fünf anderen Frauen, eine von ihnen kotzte die ganze Nacht, zwei hatten Wahnzustände. Sie war dort … einen Tag? Eine Woche? Sie war nicht sicher.

Und dann erschien plötzlich Nathan und erklärte dem Richter, dass sie nur eingeschränkt zurechnungsfähig sei. Schwenkte diese Papiere, die Checknix, Gewinner des ersten Preises beim Hirnwichserwettbewerb, unterschrieben hatte, als sie vierzehn war. *Das war vor zwanzig Jahren, antike Geschichte,* sagte sie, aber der Bezirksstaatsanwalt tuschelte mitfühlend mit Nathan. Blase überm Kopf: *Brauch gar keine Urkunde, um zu sehen, dass die plemplem ist.*

Die Zivany-Galerie ließ ausrichten, sie wollten von einer Anzeige absehen, wenn Sonia, sprich Nathan, das Schaufenster ersetzte. Das Büro des Bezirksstaatsanwalts sagte, sie würden die Sache fallenlassen, wenn Nathan sie wieder mit nach Kansas nahm. Zurück zu Checknix, DHW. Doktor Hirnwichser.

Molly hat gestern angerufen, um zu sagen, dass sie drei Stücke verkauft hat, eins an einen privaten Sammler. Und zwei an die Zivany-Galerie, oh Ironie der Ironien. Es hängt ein Hauch von

Aufregung am Werk einer zertifizierten Irren. Molly führt sich auf, als hätte sie das Drama extra inszeniert, um meine Karriere voranzubringen. Vielleicht kann eine Frau kein Hirnwichser sein, aber sie kann noch schleimiger auftreten als die meisten männlichen Varianten. Drecksau, Wurmloch, du kassierst 35 Prozent und ich soll dankbar sein, dass du sie nimmst. Verpiss dich.

Sonia erzählte ihren Eltern nichts von dem Verkauf. Sie hätten bloß das Geld eingestrichen und sich darauf berufen, sie vor ihrer Sprunghaftigkeit zu schützen. Oder davon die Rechnungen beglichen, die Nathan in Boston übernommen hatte.

3. Shirley Kiel. *Größte Saufnase, die ich je kannte.*

Sonia unterstrich den Namen ihrer Mutter in ihrem Tagebuch so heftig, dass der Stift das Papier zerriss. Mit Nathan zu leben war schwer. Okay, mit Nathan zu leben war unmöglich, aber als Shirley jünger war, hatte sie ihn nicht verlassen wollen. Sie hockte lieber mit einer Tasse Wodka – halbherzig als Kaffee getarnt – vor sich hin murmelnd da und probte all die Beschimpfungen, die sie ihm um die Ohren hauen würde, wenn sie sich zu einem angebrannten Abendessen niederließen.

Jetzt, wo Shirley fast achtzig war, würde sie erst recht nicht mehr gehen. Wo sollte sie auch hin?

Sonia dachte daran, Fluoxetin in die Wodkaflaschen ihrer Mutter zu füllen. Angeblich reduzierte es das Verlangen nach Alkohol, auch wenn man nicht zugeben konnte, dass man ein Alkoholproblem hatte.

Fluoxetin, Olanzapin, ihr eigener Cocktail. Verschrieben von Checknix, bewacht von Dan Bors. Dan war in der ersten Klasse ein Ekel gewesen, und er war immer noch ein Ekel, als sie zwölf Jahre später mit der Highschool fertig waren. Er scharwenzelte sich ins Pharmaziestudium, und jetzt rieb er seine schwitzigen Handflächen an Sonias Pillen, ging heim, erzählte seiner grinsenden flaschenblonden Frau – wie hieß sie noch? Es klang wie Gelbsucht. Gelbsucht machte irgendwas an der Uni.

Natürlich hatte Nathan allen in seinem Labor von seinem jüngsten Martyrium durch die Hand seiner haltlosen Tochter erzählt. Er hatte vor acht Jahren zu lehren aufgehört, aber er führte weiter sein Labor, stümperte weiter mit Experimenten herum, hatte immer noch ein paar Doktoranden, treu bis in den Tod, wie Shirley gern sagte. *Sie arbeiten mit den Labormäusen, aber sie kapieren nicht, dass sie selbst Laborratten sind, die sich an deinen Vater klammern wie an verrottendes Treibholz auf hoher See.*

Shirley hatte Englisch und Schauspiel studiert, als sie noch eine gewissenhafte Studentin war, und auch nach Dekaden von Wodka konnte sie noch Unmengen Gedichte rezitieren. Am häufigsten eins von Amy Lowell, das mit »Gott! Wozu sind Muster gut?« endete – so oft, dass Sonia und ihre älteren Brüder die Zeile bei jeder Beschwerde im Chor brachten. Wie an dem Abend, als Larry ohne Erlaubnis das Auto nahm und mit seinen Kumpels nach Kansas City fuhr, um die Smashing Pumpkins im Starlight Theatre zu sehen. Auf dem Heimweg kam Larry von der Straße ab. Der Sheriff nahm ihn wegen Alkohol am Steuer fest, und der Wagen musste aus dem Abwassergraben gezogen werden. Irgendwie hatte ein Ast den Kühler durchbohrt.

Nathan schnaubte vor Wut, wie vorherzusehen, also suchte Shirley Zuflucht in beißendem Gelächter. Als Nathan seine Tirade beendete, riefen Larry und Sonia und Stu: »Gott! Wozu sind Muster gut?«, was Nathan und Shirley natürlich noch wütender machte. Kurios, dass Nathan es geschafft hatte, achtzig zu werden, ohne dass ihm ein Blutgefäß geplatzt war.

Und dann war da der Abend, an dem Sonia … diese Geschichte endete nicht mit Amy Lowell, sondern mit Checknix. Dessen

Name auf den Fläschchen stand, die sie vom schwitzenden Dan Bors mitnahm. Zwanzig Jahre später, und sie war wieder da, wo sie angefangen hatte.

Sonia, Oktober 2016

I don't know what is real, I can't touch what I feel,
And I hide behind the shield of my illusion

Sie hatte auf dem Computer des Wohnheims in alten Ausgaben des *Douglas County Herald* gelesen, als sie auf den Landverkauf der Air Force östlich des Silos stieß. Es war kein richtiger Bericht, kein Artikel: *Die Air Force verkauft heiligen Grund an gierigen Schmutzkonzern.* Nein, es war bloß eine trockene Angabe in den amtlichen Bekanntmachungen: Verkauf von 6 Hektar Land, Lat.: 38.946021, Long.: –95.120369, 1/16 Meile nördlich der North 1420 Road und so weiter blabla.

Sonia kannte diese Zahlen, kannte jeden Zentimeter dieses Landes, jede Art, es zu beschreiben. Wenn Randy seinen einfühlsamen Tag hatte, versuchte er sie dazu zu bringen, zuzugeben, wie erschöpfend all dies Wissen sein musste: *Es lastet schwer auf dir, Sonia, es hindert dich am Weiterkommen.*

Sie wollte nicht weiterkommen. Sie hatte Nathan gesehen, sie wusste genau, dass sie ihn gesehen hatte, hörte, wie er Matt anschrie: *Du untermenschliches Stück Dreck, wie konntest du mir das antun? Hasst du mich so sehr?*

Matt war hingefallen und nicht wieder aufgestanden. Hatte Nathan ihn geschlagen? Sie glaubte, es war der schwere Schlag der Worte, nicht ihres Vaters Fäuste, was ihn zu Boden geschickt hatte.

Sie hatte das von hinter einem Zelt aus beobachtet, dem Zelt, in dem Jennifer und ihr Baby lagen und sich schlafend stellten, damit sie Nathan nicht gegenübertreten mussten. Jennifer hielt die Augen sogar noch geschlossen, als die Soldaten sie zu dem Wagen trugen.

Als Matt hinfiel, stand Sonia da wie der einfältige Klotz, den ihr Vater sie oft schimpfte. Es war alles wieder genau wie an dem Tag im Labor. Die Erinnerung machte sie ganz heiß und kalt vor Scham und gab ihr endlich die Kraft, hinüberzugehen. *Ich werde ihn heilen, und er wird mir für immer dankbar sein. Jennifer rührt sich nicht, es kümmert sie nicht wirklich. Schön bist du, mein Liebster.*

Ihre schweren Beine, sie ging wie ein Eisbär, vielleicht war sie ja halb verwandelt worden, als Stu und Larry mit ihr Eisbär spielten. Ihr war nie Fell gewachsen oder große schützende Klauen und Zähne, sie hatte nur den schwerfälligen, unsicheren Gang eines Bären auf seinen Hinterbeinen bekommen.

Sie hatte sich auf Matt geworfen, oder hatte sie das nicht? Sonia schob sich so auf den Kartafalk, dass sie Jennys Sicht blockierte. Die Sperberin kam aus dem Nichts, und dann kam Nathan zurück, wahnsinnig vor Wut. Wut auf sie oder die Sperberin oder beide? Ein Baby schrie. Magda sagte Nathan, er müsse wegen des Babys etwas tun.

Sonia riss sich von Matt los. Sie fand ihre Eisbärenstimme und brummte: *Nathan hat keine Titten, du ahnungsloses Miststück! Er kann kein Baby stillen, und er hat ganz sicher noch nie im Leben eine Windel gewechselt, also erwarte nicht, dass er sich für dich um ein Baby kümmert!*

Sie beugte sich über Matt, um ihm Mund-zu-Mund-Beatmung zu geben, aber die Sperberin zerrte sie weg, schrie in Vogelsprache, und Nathan kam ihr zu Hilfe, sie rissen beide an Sonias Armen, wollten sie wegziehen von ihrem Liebsten. Sie machte sich schlaff, wie die Demonstrantinnen es am Silo taten, und

Nathan ließ sie los. Rieb seine Handflächen im Staub: *Ich wasche meine Hände in Unschuld.*

Nathan schritt davon, zurück zu seinem Wagen, aber die Sperberin hüpfte weiter herum, suchte nach Schätzen. Sonia sah den Film, aber die Soldaten stritten sich mit der Sperberin herum, deshalb bekam es sonst niemand mit.

Die Soldaten verschwanden, die Sperberin verschwand, niemand beachtete Sonia auf dem Kartafalk, die Arme um Matt geschlungen, während sein Blut auf ihre Brüste floss – jetzt sind wir in alle Ewigkeit vereinigt, wir sind Blutsgeschwister. Sie hörte ein Baby schreien, aber es schien so weit weg, und sie war zu schwer, um sich zu bewegen.

Das Feuer kam. Irgendein Mann schrie – *Sie lebt noch!* –, und sie hoben sie auf. Komm lieber mit, wenn du nicht lebendig verbrennen willst. *Ich will lebendig verbrennen. Ich will, dass ihr mich mit Matt verbrennt.*

Erst dachte sie, das hätten sie getan: Sie brannte, sie fror, die Lungen schmerzten, keine Luft, ein Klang wie Meeresrauschen. Nur langsam wurde ihr bewusst, dass das Meeresrauschen von einer Maschine kam, die sie beatmete, ein, aus, bis jemand sagte: *Sie wird es schaffen, sie atmet aus eigener Kraft*, aber dann, als sie sich aufzusetzen versuchte, war ihr Kopf mit Baumwolle vollgestopft.

Gertrude Perec, Nathans Sekretärin, erzählte gern von früher, als ihre Mutter Bananenschalen mit Baumwolle füllte und so sorgfältig zusammenklebte, dass sie unberührt aussahen. Dann schenkte sie sie Leuten als Scherz. *Mein Kopf ist eine zugenähte Bananenschale voll Baumwolle.*

Das war Checknix' Werk, aber natürlich wurde ihr das erst sehr viel später klar. Checknix hatte ihren Kopf mit Lithium gefüllt. Er gab Nathan recht darin, dass sie sich die ganze Szene am Silo nur einbildete. Eine lebhafte Phantasie, die Wahnbilder produzierte. Sie alle seufzten traurig, sogar Shirley, die sie mit einem boshaften Blick ansah, der sagte: *Du hast verloren. Du wusstest gar nicht, dass du in einem Rennen läufst, und jetzt liegst du so weit hinten, dass du genauso gut aufgeben kannst.*

Warum sollte ich dir oder Nathan oder Checknix die Genugtuung verschaffen, meine Obsession aufzugeben?, sagte sie zu Randy. *Niemand sagt dir, wie ermüdend es sein muss, sich alle Grassorten des Mittleren Westens zu merken. Niemand sagt Checknix, dass er wie ein Schwachsinniger klingt, wenn er anfängt über Terroir zu schwafeln und dass 1883 das beste Jahr für Pferdepisse war, 1992 aber besser für Kuhscheiße.*

Als sie die amtliche Bekanntmachung las – die damals drei Jahre alt war –, überkam sie dieses alte wilde Verlangen. Sie musste raus zu dem Stück Land, sich vergewissern, dass sein Grab unbehelligt war. Sie war einen Teil des Wegs getrampt, den Rest zu Fuß gegangen. Halb so wild. Wenn du keine Arbeit hast, für die du früh aufstehen musst, kannst du ruhig mal eine Nacht auf diesen Landstraßen umherwandern.

Die Sonne ging auf, als sie schließlich hinkam, und Sonia sah, dass es schlimmer war, als sie gedacht hatte. Ein Zaun durchschnitt den Friedhof, Pflanzen – Mais oder Alfalfa oder irgendein anderes blödes Farmzeugs. Und dann, wie in einem Albtraum, war da die Sperberin, hüpfte umher, stahl die Samen. Sie war älter, und ihr Haar war gebleicht, sodass es aussah wie Bindfäden.

Du solltest dein Haar nicht bleichen. Die Chemikalien machen es ganz strähnig, sagte Sonia, und die Sperberin sagte: *Wer zum Teufel sind Sie?*

Ein paar Männer waren bei der Sperberin, natürlich – es waren immer Männer bei ihr –, und die lachten und fragten: *Wer ist das?*

Eine ihrer Fans. Ich hab dich in dem Film gesehen, wie du zwischen den Zelten rumgehüpft bist. Als dein Haar noch rot war und deine Titten voll nutzloser Milch. Warum plünderst du Matts Grab?

Die Sperberin sprang sie an, aber Sonia wich zurück. Die Männer sagten, Sonia sei eine Irre, lasst sie besser in Ruhe, und sie trampte zurück in die Stadt. Aber danach konnte sie nicht mehr wegbleiben. Sie kam immer wieder zurück und beobachtete sie, wie sie das Grab schändeten. Bis zu der Nacht, in der sie sah, wie Trolle es aufbuddelten! Sie hatte versucht, sie daran zu hindern, aber der Sheriff kam, genau wie vor dreißig Jahren, warf sie in seinen Wagen, böses Mädchen, Sonia, verschwinde von diesem Stück Land.

43

Gefahrenzone

Das Glockenspiel hatte Mitternacht geläutet und dann ein Uhr, ehe ich damit fertig war, die Aufzeichnungen aus dem Koffer durchzusieben. Bernie schlief tief und fest trotz der Lampen, die ich angeschaltet hatte, und dem Klicken meiner Finger auf meiner Tastatur. Sie war bester Laune gewesen, als ich kam, weshalb ich annahm, sie hatte mit Cady etwas ausgeheckt, aber ich hatte nicht die Energie, danach zu bohren. Ich verzichtete auch weise auf Fragen nach ihrem Französisch-Essay.

Sonias Wut und Erbitterung über ihre Eltern machten diesen Teil ihrer Tagebücher etwas unzusammenhängend, aber über die Belegschaft und die anderen Bewohner/innen von St. Rafe schrieb sie mit einer Zuneigung, die sie offensichtlich nicht laut aussprechen konnte. Sie schien zu zwei Kindern aus St. Rafes Dauerwohnungen eine Beziehung aufgebaut zu haben und konspirierte beim heimlichen Arzneimittelmissbrauch von deren Mutter. *(Mindy hat mir heute Nachmittag Lima und Autumn überlassen. Himmel und Hölle, Schaukeln, Eiscreme … Mindy war weggetreten, ich bin mit L & A in den Garten, und wir haben gemalt, bis Mindy aufwachte.)*

Der Koffer enthielt auch verschiedene Zeichnungen, die meisten eher schnelle Skizzen, aber bei den Porträts der kleinen Mädchen hatte Sonia sich große Mühe gegeben. Sie fing sie in der Bewegung ein, beim Himmel-und-Hölle-Spielen, und bekam die Intensität zu fassen, mit der Kinder sich auf etwas konzentrieren können. Randy Marx hatte sie als Grashüpfer gezeichnet, seine breiten Lippen übertrieben vergrößert, während er Grassamen in Häufchen sortierte.

Ich fand eine farbige Zeichnung der erwachsenen Cady Perec, die sich im Spiegel betrachtet, Sommersprossen leuchtend, das Kupferhaar in Rattenschwänzen, mit denen sie aussah wie ein Kind. *Wer bist du?*, fragte sie der Spiegel. Ein wildes Selbstporträt von Sonia tauchte in einer Ecke des Spiegels auf und grinste höhnisch auf Cadys Reflexion herunter. Noch ein Selbstporträt: Sonias Gesicht mit dem Körper eines Eisbären, der in einer riesigen Teetasse schwamm, die Flüssigkeit darin mit *Lithium* beschriftet. Darunter stand in Druckbuchstaben bi-polar-bärin.

Am interessantesten für mich war eine Reihe von Skizzen mit dem Gesicht eines Mannes. Er hatte dunkles Haar, das fast bis zum Kragen reichte und in ungekämmten Ponyfransen über seine Stirn fiel. Insgesamt gab es mindestens dreißig Versionen von dem Gesicht, einige offenbar noch aus Sonias Jugend, die Skizzen noch unausgereifter.

Ich legte sie auf dem Boden aus. Peppy kam rüber, um sie zu inspizieren, und ich fragte sie nach ihrer Meinung. »Das ist zweifellos Matt Chastain, der ungeschickteste Penner, der je einen Fuß in Nathan Kiels Labor gesetzt hat. Was denkst du, welches sind die beiden besten? Sollen wir die in den Äther schicken?«

Peppy wedelte mit dem Schwanz und schubste eine der neueren Skizzen aus der Reihe. Die nahm ich, und eine von Sonias jugendlichen Bemühungen, die Chastains Augen und Mund am deutlichsten erfasste. Ich fotografierte sie. Auch wenn Baggetto oder Gisborne auf meinen Computer zugreifen konnten, wollte ich diese Bilder in Umlauf bringen. Ich postete sie auf Imgur, eröffnete einen Reddit-Thread zu Matt Chastain, stellte sie auf Facebook ein. *»Matt Chastain, Doktorand an der Universität Kansas in den 1980ern, vermisst seit 1983.*

Wer kennt ihn? Wer kennt seine Familie? Bitte melden bei V.I. Warshawski.« Ich gab meine E-Mail-Adresse und meinen Facebook- und Twitteraccount an. So. Für heute Nacht blieb nichts mehr zu tun, als ins Bett zu gehen.

Ich schlief den Schlaf der Gerechten und wachte erst um neun auf, als Peppy mein Gesicht leckte und verlangte, hinausgelassen zu werden. Auch Bernie schlief noch, rührte sich aber, als ich die Tür für Peppy öffnete.

»Auf geht's. Wir sind ausgeruht, wir sind wach, gewärtig, lebendig, heute knacken wir diesen Fall.«

Diverse Leute hatten auf meiner Facebookseite gepostet und Hinweise auf ihnen bekannte Matt Chastains in verschiedenen Teilen des Landes hinterlassen. Als ich deren Eckdaten ausgrub, erwiesen sich zwei davon als im richtigen Alter. Ich schickte ihnen E-Mails, und dann absolvierte ich mein volles Trainingsprogramm, wofür ich in den letzten Tagen kaum Zeit gefunden hatte. Nachdem ich geduscht hatte, war auch Bernie aufgestanden und geneigt, Detektivin zu spielen.

Ich trug ihr eine Rennrunde mit Peppy auf, während ich zum Supermarkt fuhr und Kefir und Früchte besorgte. Ich machte auch ein paar Anrufe, unter anderem im Krankenhaus, wo Sonia in ihrem künstlichen Koma weiterhin selbständig atmete.

Als Bernie zurückkam, sagte sie, sie wolle mit in die Innenstadt, aber mir dort nicht beim E-Mails-Beantworten im Hippo zusehen, sondern auf eigene Faust die Stadt erkunden. Ich musterte sie argwöhnisch, konnte mir aber nicht recht vorstellen, dass sie im hellen Tageslicht ohne Auto großes Unheil anrichten würde. Ich ließ mich breitschlagen und schärfte ihr nur ein, in Kontakt zu bleiben.

Bernie hatte Peppy ordentlich Auslauf verschafft, daher lag sie zufrieden zu meinen Füßen, während ich Kaffee trank und Nachrichten beantwortete. Inzwischen erkannte ich im Hippo erste Stammkunden: eine Frau, die in der Massachusetts Street eine Kunstgalerie besaß, ein Doktorand der englischen Literatur, der immer mit einem Stapel Bücher kam, aber Videospiele spielte, bis sein Kaffee kalt war. Nur wenige grüßten mich, aber die meisten machten kurz halt, um Peppy an den Ohren zu kraulen.

Meine erste Mail des Tages kam vom Cheviot-Labor in Chicago mit der frohen Kunde, dass von meinem Computer, Handy und Tablet alle Mal- und Spyware entfernt war, im Anhang die kompliziertesten Entschlüsselungsprotokolle, die ich mir vorstellen konnte, sowie eine Rechnung, nur unwesentlich niedriger als die Staatsverschuldung.

Wenn ich an all die Kosten dachte, die Tag um Tag aufliefen, seit ich von zu Hause weg war, wurde mir eiskalt. Ich tat das Weiseste und hörte auf, an sie zu denken.

Wie viel von Sonias Tagebuch war wohl verlässlich? Einen Brand hatte es wirklich gegeben – zumindest hatte der *Douglas County Herald* darüber berichtet –, aber aus Sonias Aufzeichnungen war nicht zu entnehmen, was für eine zeitliche Korrelation zu dem Vorfall mit Matt Chastain und dem gescheiterten Experiment bestand. Die Darstellung ihrer Symptome klang nach ernster Erkrankung: Sie hatte hohes Fieber gehabt, war künstlich beatmet worden. Konnte sie sich irgendwie mit Polio angesteckt haben? War es das, was Matt Chastain oder die Frau aus Bratislava oder Kiel selbst versehentlich verbreitet hatten?

Ich schauderte. Die Salk-Impfung war in meiner Kindheit schon Pflicht gewesen, aber gegenüber wohnte damals eine Jugendliche, ein Mädchen, das fürs Tanzen lebte. Polio sorgte dafür, dass sie nur noch mit einem komplizierten Konstrukt aus Beinschienen gehen konnte.

Ich hatte eine Nachricht von Cady, die ihre Einladung an Bernie bekräftigte, ihre Klasse zu besuchen, und mich nach meiner Entscheidung fragte, wann wir nachts auf das Feld von

Sea-2-Sea wollten. *Morgen dürfte gut passen. Ich weiß, wo man unterm Zaun durchkann, ohne den Alarm auszulösen. Gegen zehn Uhr?*

Wenn ich ernsthaft geglaubt hätte, auf diesen Feldern eine Spur von Emerald Ferring oder August zu finden, hätte ich wohl alle Weisheit in den Wind geschlagen. Aber Baggetto und Pinsen hatten reichlich Zeit gehabt, dort aufzuräumen. Und die Erde, die ich auf McKinnons Seite des Zauns gesammelt hatte, dürfte dieselben Toxine aufweisen wie der Boden zwei Meter weiter.

Ich schrieb Cady zurück, dass ich es mir anders überlegt hatte; es wäre zu gewagt, sogar gefährlich. Sie antwortete nicht. Hoffentlich hieß das, dass sie schmollte, aber nicht ohne mich gehen würde.

Ich seufzte entmutigt und machte mich wieder an meine To-do-Liste, begann mit einem Anruf im Büro des Geologieprofessors. Eine Sekretärin meldete sich. Ich stellte mich als Ermittlerin vor, die die Umstände von Dr. Roques Tod untersuchte. »Da seine letzten Anrufe von Professor Hitchcock kamen, hoffe ich, der Professor ist bereit, mir zu sagen, worüber sie gesprochen haben.«

»Wer sind Sie wirklich?«, fragte die Sekretärin.

»Wirklich, ich bin V.I. Warshawski, Privatdetektivin.« Ich wiederholte mein Anliegen.

»Ich … Ich kann nicht mit Ihnen sprechen.«

»Was, hat jemand von der Army es Ihnen untersagt? Stellen Sie mich einfach zu Professor Hitchcock durch, dann können Sie sagen, dass wir nie miteinander geredet haben.«

»Es … das ist nicht möglich, tut mir leid.« Es klang, als finge sie an zu weinen.

»Ma'am, bitte sagen Sie mir doch, wo das Problem liegt.«

Sie legte auf. Ich starrte verdutzt mein Handy an.

»Wie sind Sie an diesen Namen gekommen, Warshawski?«

Ich blickte überrascht auf. Sergeant Everard war unbemerkt an meinen Tisch getreten. »Ich sag's Ihnen, wenn Sie mir erklären, warum alle, mit denen ich reden will, einen Knebel im Mund haben.«

Everard musterte mich abwägend, blickte sich dann um, wer in Hörweite saß. »Draußen.«

Mir schien, dass niemand auf uns achtete, aber so kam das lokale Netzwerk vermutlich an seinen Betriebsstoff: Leute tippten in ihre Handys oder lösten Kreuzworträtsel und richteten dabei gespitzte Ohren aufs interessanteste Gespräch im Raum.

Peppy folgte uns. Wir gingen ein Stück weg von den Rauchertischen vor der Tür und lehnten uns beim Nachbargebäude an ein schmiedeeisernes Geländer.

»Dr. Hitchcock wurde am Wochenende mit akuter Lungenentzündung ins Krankenhaus gebracht«, sagte Everard. »Sie haben ihn per Hubschrauber gestern Abend ausgeflogen, in eine Klinik in Cleveland, wo sie anscheinend mehr davon verstehen als irgendwer bei uns in Kansas.«

»Lungenentzündung? Keine Grippe?«

»Was spielt das für eine Rolle?«

»Dr. Roque ist an Grippe gestorben. Er und Hitchcock waren enge Freunde, und ... ich weiß auch nicht. Es ist verrückt, es kann doch kein Zufall sein, dass beide Männer so krank werden. Verursacht Grippe Lungenentzündung?«

»Davon weiß ich nichts.« Everard klang ungeduldig. »Ich weiß nur, die Army hat gestern Abend Hitchcocks Labor dichtgemacht, wegen einer Kontamination, die von Profis beseitigt werden muss. Seine Studenten, sein Personal, jeder, der ihm nahe gekommen ist – die sind alle in Quarantäne.«

»Seine Sekretärin ist doch eben ans Telefon gegangen«, wandte ich ein.

»Davon weiß ich nichts«, wiederholte er. »Ich liefere Ihnen nur die Gerüchteküche, und das weiß ich nur, weil ich eine

Cousine in der Notrufzentrale der Uni habe. Jetzt sind Sie dran. Woher kennen Sie Hitchcock, oder wie kommen Sie darauf, ihn anzurufen?«

»Doris McKinnon hat an Dr. Roque Erdproben geschickt, die sie untersucht haben wollte.«

»Und das wissen Sie woher?«

»Daher, dass ich mit Dr. Roques Laborantin gesprochen habe, die Sie aber weder belästigen noch schikanieren sollen. Sie hat mir von Dr. Roque und dem schwarzen Schimmel erzählt – Sie erinnern sich?«

»Oh ja. Das machte ihn zum Lokalhelden. Ich glaube, Kiel war damals schwer vor den Kopf gestoßen, weil Roque dafür so viel Publicity bekam. Kiel ist hier normalerweise der gefragte Mann bei merkwürdigen Todesfällen.« Everard ließ ein kurzes Grinsen aufblitzen. »Schwarzer Schimmel also. Und noch?«

»Die Laborantin meint, wegen der Schimmelgeschichte hat Doris Dr. Roque vielleicht Bodenproben zur Untersuchung geschickt.«

Als ich abbrach, sagte Everard kühl: »Und weiter?«

»Und jetzt brauche ich Ihr Ehrenwort als was auch immer Ihnen am meisten bedeutet, dass Sie die Laborantin nicht den Kansas City Cops, Colonel Baggetto, Marlon Pinsen, Gisborne oder Ihrem geschätzten Lieutenant zum Fraß vorwerfen.«

»Nicht, wenn Sie Hinweise auf ein Verbrechen verheimlichen«, knurrte der Sergeant.

»*Ich* verheimliche hier keine Verbrechen. Die sind für alle, die sie sehen wollen, deutlich sichtbar.«

Everard schaukelte auf seinen Zehen vor und zurück. Man braucht viel Kraft im Schollenmuskel, um das in so dick besohlten Schuhen hinzukriegen. Nach einer Weile sagte er langsam: »Wie schafft es eine völlig Außenstehende, in weniger als einer Woche mit einer namenlosen Laborantin ein konspiratives Team zu bilden? Ich sag Ihnen was: Ich lass die

Laborantin laufen, aber wenn Sie eine Straftat verschleiern, werf ich Sie dem Sheriff, dem Colonel und all den anderen zum Fraß vor. Ich bestreue Sie sogar noch mit Salz, damit Sie besser schmecken.«

Meine Hände waren eiskalt. Ich stopfte sie in die Jeanstaschen. »Jemand ist in Roques Haus eingebrochen, irgendwann zwischen seinem Aufbruch nach Topeka am Donnerstagmorgen und Samstagnacht, als die Laborantin es entdeckte. Sie ist hin, um seine Katze zu bergen – sie füttert sie immer, wenn er nicht in der Stadt ist. Sie hat einen Schlüssel. Sie hatte die Katze vor lauter Kummer ganz vergessen. Sie rief mich an.«

»Und?« Everard musterte mich wachsam, überprüfte meine Geschichte im Geiste. Alles wahr, nicht unbedingt genau in dieser Reihenfolge, aber dicht genug dran, dass ich mich felsenfest aufrichtig fühlte und auch so klang.

»Der angerichtete Schaden war wohl so beeindruckend, dass sie nicht sagen konnte, ob irgendwas fehlte, abgesehen von seinem PC. Aber die letzten drei Anrufe auf seinem Telefon waren von Hitchcock. Als ich das erfuhr, schloss ich daraus, dass Roque Hitchcock konsultiert hat – sie teilten eine Leidenschaft für Mineralien, Geoden, sagt die Laborantin. Ich hab gehofft, dass Hitchcock mir erzählt, was Roque ihm gesagt hat, dass er vielleicht sogar Doris McKinnons Bodenproben hat. Wenn das Labor zur Gefahrenzone erklärt wurde, ist ja wohl klar, dass Roque die Erde an Hitchcock geschickt hat. Da ist irgendwas drin, wovon Colonel Baggetto und Alias Pinsen wissen, dass es toxisch ist. Ich betone, dass *ich* keine Ahnung habe, ob es das ist oder nicht.«

Everard sprach leise in sein Kragenmikro. Eine Stimme quakte etwas zurück, und er zückte sein Handy. Nach einer Minute sah ich Nachrichten über sein Display laufen.

»Kansas City bestätigt den Einbruch, sie haben eine anonyme Meldung erhalten. Wissen Sie was darüber, Warshawski?«

»Nein, Sergeant.« Lügner sind redselig, ich verkniff mir daher alle geistreichen Anmerkungen.

»Kansas City braucht so sicher wie die Sünde keine Hilfe von der Polizei in Lawrence, die sowieso überarbeitet ist, also lass ich diesen Hund mal schlafen.«

Sein grimmiger Blick streifte Peppy, die sich unwillkürlich an mich duckte. »Nicht du, Mädchen. Du machst schön weiter den Assistenzhund.« Er bückte sich und kraulte ihr die Ohren. »Wo Sie so viel wissen, Warshawski, sagen Sie mir, wo McKinnons Erde herkommt.«

»Ich weiß es nicht, aber ich nehme an, von ihrem Land oder was mal ihr Land war. Die Kirchenfrauen von St. Silas und Riverside haben mir erzählt, dass sie McKinnon im September oder Oktober auf dem Bauernmarkt getroffen haben. Sie war aufgebracht, weil jemand auf ihrem alten Land etwas anbaute. Die Frauen sagen, sie hatte selbst nicht mehr genug Kraft für den Landbau, sie verpachtete das meiste an andere Farmer, und sie war schon eine Weile nicht mehr draußen in dieser Ecke gewesen. Die Air Force hat 1983 nochmals sechs Hektar von ihr beschlagnahmt. Die haben sie wohl vor zwei oder drei Jahren an Sea-2-Sea verkauft, anscheinend ohne dass sie davon wusste. Also baut Sea-2-Sea auf dem Land an, das früher ihr gehört hat und von dem die Air Force sagt, es wäre zu kontaminiert, um es zu bewirtschaften. An ihrer Stelle wäre ich stinksauer geworden und hätte nach Beweisen gesucht.«

Everhard schlug die linke Faust in die rechte Handfläche. »Ich hab es verflucht noch mal satt, von jedem scheiß Zipfel dieser verdammten Ermittlung abgeschottet zu werden.«

Ich starrte ihn an. »Sergeant – ich schotte Sie doch nicht ab. Wie könnte ich das? Ich hab gar keinen offiziellen Status. Ich rede mit Leuten, und wenn ich Glück habe, reden die auch mit mir.«

»Kirchenfrauen, Army Colonels, Laborantinnen – verdammt,

die Schwestern im Krankenhaus haben Sie noch vor mir angerufen, als gestern jemand versucht hat, Sonia Kiel zu ersticken!«

»Ich mach das eben in Vollzeit«, sagte ich lahm. »Ich muss nicht zwischendurch zu Einbrüchen oder bewaffneten Überfällen auf der Iowa Street.«

Everard trat ein paar Schritte von mir weg, lief in einem kleinen Kreis, ging mit sich zu Rate, kam zurück und hockte sich hin, um den Hund zu tätscheln. »Francis Roque war einer von den Guten. Jetzt, angesichts dessen, was mit Dr. Hitchcock passiert ist, sieht es fast so aus, als wäre Roques Tod arran– aber das ergibt doch keinen Sinn! Man verpasst niemandem Lungenentzündung und hofft, dass er genau im richtigen Moment abkratzt. Ich kriege raus, ob es eine Autopsie gibt. Und wenn nicht – dann sehe ich zu, ob ich eine auf den Weg bringen kann.«

»Und die Ergebnisse teilen Sie mit mir, weil …?«

»Weil Sie sonst nur wieder Ihren magischen Tanz aufführen oder was immer Sie tun, damit Kirchenfrauen und namenlose Laborantinnen Ihnen ihre intimsten Geheimnisse anvertrauen.«

Ich drückte seinen Unterarm. »Falls es Sie tröstet, Sergeant, Sie sind auch einer von den Guten.«

44

Ein paar Abstriche

Als Everard weg war, ging ich zurück ins Hippo, aber ich konnte mich auf die Mails und Textnachrichten, die meine Aufmerksamkeit verlangten, nicht konzentrieren. Hitchcock und Roque, beide drastisch erkrankt, beide mit Erde von der Sea-2-Sea-Versuchsfarm in Berührung gekommen. Und ich war auf dieser Erde herumgelaufen. Breitete sich in mir gerade irgendein Erreger aus, würde ich demnächst plötzlich keuchen und nach Luft ringen? Ich atmete tief durch und hörte es pfeifen.

Ich rief Lotty an, die aber im OP war. Ich rief in ihrer Klinik an und sprach mit ihrer Arzthelferin Jewel Kim.

»Tja, die Fotos, die Sie Lotty geschickt haben«, sagte Jewel. »Sie hat sie erst Samstag spätabends erhalten, wissen Sie. Sie hat sie mir weitergeleitet, aber ich habe sie heute erst gesehen. In ihrer Begleitmail steht, sie kann aus den Fotos nichts ableiten. Sie hat Zweifel, ob sich über Ertrinken hinaus eine Diagnose stellen lässt, aber ich soll sie ans Pathologieteam von Beth Israel weiterleiten. Das habe ich getan, aber, Vic, da dürfen Sie jetzt nicht ungeduldig sein – die haben da selber genug Arbeit und werden sich kaum vor Mittwoch bei mir melden, frühestens.«

Ich bedankte mich und erklärte ihr, dass ich wegen etwas anderem anrief, dann berichtete ich von Hitchcocks Erkrankung. »Ich frage mich, ob das derselbe Grippe-Erregerstamm sein kann, der seinen guten Freund Dr. Roque getötet hat.«

»Ich kann unmöglich am Telefon für zwei Leute, die ich nie zu sehen bekommen habe, wilde Diagnose-Mutmaßungen anstellen«, sagte Jewel entrüstet. »Lotty wird garantiert dasselbe sagen.«

»Wenn Sie es *so* ausdrücken –«

»Es *ist* so.«

»Mein Problem ist Folgendes: Eine hiesige Farmerin – inzwischen auch tot – schickt Bodenproben an Dr. Roque und will wissen, ob sie kontaminiert sind. Ich bin ziemlich sicher, dass Dr. Roque sie an Dr. Hitchcock geschickt hat. Also ... was war im Boden, was beide Männer krank gemacht hat? Könnte der Boden dadurch verseucht sein, dass jemand mit der Spanischen Grippe von 1919 herumgespielt hat? Ich höre hier dauernd von einem Experiment, das 1983 irgendwie schiefging, und frage mich, ob das was mit den Morden und Erkrankungen und so weiter zu tun hat.«

»Ich verstehe«, sagte Jewel langsam. »Wenn Sie es *so* ausdrücken ...« Sie legte mich in die Warteschleife, war aber nach ein paar Minuten wieder dran und sagte, sie habe der Sekretärin in der Chirurgie von Beth Israel eine SMS geschickt. »Wenn Lotty nachher Pause macht, bitte ich sie, in der Klinik in Cleveland anzurufen und sich zu erkundigen, was mit Dr. Hitchcock los ist.«

»Ich hab da, wo die fraglichen Proben meiner Meinung nach herstammen, auch Erde entnommen. Könnte ich durch das, woran er leidet, ebenfalls in Gefahr sein?«

»Vic, bitte, machen Sie nichts Dummes!«, rief Jewel. »Lotty sorgt sich Tag und Nacht um Sie. Tun Sie nichts, was ihr das Herz brechen würde, ich bitte Sie.«

»Aber ... kann man sich denn am Ackerboden mit der Grippe anstecken?«

»Keine Ahnung, aber könnten Sie ausnahmsweise mal die Finger davon lassen? Wenigstens bis Lotty mit der Klinik in Cleveland geredet hat.«

»Jewel, Sie haben doch einen bösen Verdacht, oder?«, forschte ich.

»Na, Anthrax!«, platzte sie schließlich heraus. »Es kann in die Lungen gelangen, ohne dass man es mitkriegt, wenn man nicht damit rechnet. Also buddeln Sie nicht in verseuchter Erde!« Sie legte auf.

Anthrax. Eine bei Terroristen beliebte Biowaffe. Abtreibungskliniken bekamen so ziemlich allwöchentlich Anthraxdrohungen, und natürlich war nach den Milzbrandanschlägen, die dicht auf 9/11 folgten, der gesamte Postannahmeapparat der Regierung umgestellt worden. Ich sah auf der Website der Mayo-Klinik nach, aber aus der Beschreibung der Symptome war nicht ersichtlich, dass es mit Lungenentzündung zu verwechseln war. Ich betastete meine Lymphknoten, suchte nach Schwellungen.

»Warshawski, du bist gesund wie eine Wildsau im Wald«, sagte ich streng.

Aber ich durfte Bernie nicht so einem Risiko aussetzen, und auch Cady begab sich in akute Gefahr, wenn sie auf McKinnons Land kundschaften ging.

Ich fragte Aanya Malik per SMS, ob die Möglichkeit bestand, dass Dr. Roque durch Anthrax gestorben war. Sie rief sofort zurück.

»Vic, wegen des Anthrax. Schon möglich, dass Sporen in der Erde sind, mit der Dr. Roque und Dr. Hitchcock hantiert haben, aber warum hat die Frau, die Dr. Roque die Proben geschickt hat, dann keinen Milzbrand bekommen?«

»Ich weiß ja nicht, ob sie keinen hatte«, sagte ich.

»Sie haben doch ihre Leiche gefunden. Sie ist erschossen worden – das hat sie umgebracht. Wenn sie so krank gewesen wär wie Dr. Roque, hätte sie diesen Truck gar nicht fahren können, glauben Sie mir.« Sie machte eine Pause, suchte nach Worten. »Ich weiß, es ist nie schön, sich Tote anzugucken, aber hatte sie schwarze Verfärbungen im Gesicht oder an den Händen, so was wie dicke Teer-Schmierer?«

Ich zog mein Handy raus und überprüfte die Fotos, die ich gemacht hatte. Es hatte schon gedämmert, das Licht war schlecht, McKinnons Gesicht kaum zu erkennen. Fleckig war es schon: Sie war alt, und der Tod hob die Pigmentflecken auf ihren Wangen noch hervor, aber ich sah keine teerigen Schlieren. Ich schickte die Bilder an Aanya.

»Ich sag dem Pathologen, der die Autopsie macht, er soll nach Rückständen suchen«, versprach sie. »Dr. Roques Kinder haben einer unabhängigen Obduktion zugestimmt, und Dr. Madej, der das übernimmt, kann arrangieren, dass er auch Doris McKinnon untersucht. Obwohl der Anthraxbazillus schnell abstirbt, wenn der Wirt tot ist, müssten sich ja Spuren finden. Und ich zeig ihm die Bilder, die Sie von Ms. McKinnon gemacht haben.«

Ich fragte, wann die Autopsie stattfinden sollte, sie glaubte, Dr. Madej würde sich am späteren Nachmittag dranbegeben. »Wir vertrauen Dr. Madej, Ruby und ich. Dr. Roque hat Dr. Madej selber ausgebildet. Er schludert nicht oder vertuscht irgendwas.«

»Vertuscht?«

Aanya lachte verlegen auf. »Die ganze Geschichte mit Dr. Roques Tod und Dr. Hitchcocks Erkrankung ist so unwirklich – ich komm mir schon vor wie in so einem Spionagefilm. Alles Mögliche kann passieren, und ich will sichergehen, dass es nicht passiert. Aber ich hab nicht deswegen angerufen. Es geht um was anderes Seltsames. Ruby und ich, wir haben angefangen, Dr. Roques Labor durchzugehen, ob er noch offene Aufträge hatte, die wir an andere Pathologen delegieren müssen. Und da hab ich die Hand von einem Baby gefunden.«

Ich stellte mir unwillkürlich eine Kinderhand in einem Glas mit Flüssigkeit vor und fragte erschrocken nach.

»Nein, nein, so makaber nicht – Sie haben eine ganz falsche Vorstellung von Dr. Roque! Es ist nur ein winziger Satz Knochen in einem Probenkästchen, datiert und beschriftet. Offenbar kamen sie zusammen mit der Erde von Doris McKinnon.«

Die Knochen, die Doris in der Nacht auf dem Feld ausgegraben hatte. Kein Dachs oder Waschbär, sondern ein Baby.

»Was … hat er … Gibt es einen Bericht?«, stotterte ich.

»Er hat das Alter der Knochen auf fünfundzwanzig bis vierzig Jahre geschätzt. Und er hat es geschafft, die DNA zu sequenzieren, aber sie erhält keinen Treffer in irgendeiner Datenbank.«

Noch ein Baby beim Raketensilo, und der Zeitrahmen umfasste den Sommer, in dem Cady geboren wurde. Noch ein Baby, nur dass dieses getötet und dort liegen gelassen wurde? Hatte Jennifer Perec einen totgeborenen Zwilling von Cady zur Welt gebracht? Oder Sonia, mit ihren wilden Träumen von Matt und dem Tagebucheintrag, in dem sie beschrieb, wie sie ein Baby schreien hörte – war es denkbar, dass Sonia ein Kind bekommen, aber jede Erinnerung an Schwangerschaft und Niederkunft in ihrem Gedächtnis gelöscht hatte?

»Vic, hören Sie mir noch zu?«

»Ich bin hier«, sagte ich, »aber so verwirrt, dass ich gar nichts zu sagen habe. Konnte er das Geschlecht des Kindes bestimmen?«

»Ein Mädchen, vielleicht zwei oder drei Monate alt.«

»Wenn ich Sie bitten würde, die DNA einer lebenden Person damit zu vergleichen, was würden Sie dafür brauchen? Wären Haare genug?«

»Nur wenn es ein lebendiges Haar mit Wurzel ist. Speichel oder Blut sind besser. Woran denken Sie?«

»Im Moment sind meine Gedanken wie weiße Sauce, die nicht eindicken will, ein Matsch aus klumpigem Mehl und Milch. Bewahren Sie dieses Knochenkästchen sicher auf, ja?«

Ich legte auf und hockte mich neben Peppy. »Ich frage mich, ob das das kleine Objekt ist, das die Vandalen gesucht haben, als sie Augusts Wohnung und das Six-Points-Studio auf den Kopf stellten. Colonel Baggetto sagt, sie vermissen einen Behälter, aber was, wenn es Babyknochen sind?«

Peppy wedelte einmal mit dem Schwanz. Zustimmung. Das hieß, ich sollte meinem Impuls folgen und versuchen, DNA-Proben sowohl von Sonia als auch von Cady zu kriegen, um herauszufinden, ob das tote Baby mit einer von beiden verwandt war.

Ich simste Cady, fragte, ob ich ihren Arbeitstag für fünf Minuten unterbrechen durfte. »Da ist im Zusammenhang mit Doris McKinnons Land was Merkwürdiges aufgetaucht. Würdest du dich einem DNA-Test unterziehen?«

Cady war so aufgeregt, dass ihr Text förmlich aus dem Handydisplay sprang, voll mit absurden Autokorrekturen. Sie hatte um Viertel vor zwölf Mittagspause, wir konnten uns im Prairie Shores Cafe treffen, Eleventh Ecke New Hampshire. Ich konnte vorher noch zu einem der großen Drogeriemärkte am Highway 10 fahren und ein paar sterile Probenpäckchen sowie Latexhandschuhe kaufen. Als ich in die Stadtmitte zurückkam, hüpfte Cady vor dem Café auf dem Bürgersteig herum.

»Was hast du entdeckt? Ich kann da nicht reingehen – jeder da drin kennt mich. Wenn die mich mit dir über Beweise vom Silo reden hören, erzählt es mit Sicherheit irgendwer Gram. Hast du Knochen gefunden? Von meinem Vater? Den Perlenring, den meine Mutter trug? Er war nicht bei ihr, als sie sie fanden, außer einer der Deputys hat ihn geklaut.«

Ich war etwas betroffen. »Cady, ich hab nichts derartig Definitives entdeckt. Es sind nur ein paar Knochen aufgetaucht, die alt genug sind, um in die Zeit der Raketenproteste zu gehören, aber die Person selbst war nicht alt genug, um deine Mutter oder dein Vater zu sein. Ich hab keinen greifbaren Grund, dich um deine DNA zu bitten, aber es könnte helfen, zu erfahren, ob du mit dem toten Kind verwandt bist.«

In meinen Ohren klang das ziemlich lahm, und Cadys Aufregung legte sich. Trotzdem ließ sie mich die Innenseite ihrer Wange abtupfen und sah zu, wie ich die Probe versiegelte und beschriftete. Wir gingen rein, um zu Mittag zu essen, aber sie war nervös und aß nicht viel. Wie sie gesagt hatte, kannten sie alle im Café – Lehrerinnen, Leute vom Gericht auf der anderen Seite des Parks, Freundinnen ihrer Großmutter. Sie konnte sich nicht recht darauf konzentrieren, was irgendwer zu ihr sagte. Nachdem sie ein paar Minuten in einer Schüssel Chili gerührt hatte, so energisch, dass ihr etwas davon auf den Schoß schwappte, erklärte sie, dass sie zurück zum Unterricht musste.

Ich folgte ihr nach draußen, aber sie würgte meine unbeholfene Entschuldigung ab.

»Eines noch«, sagte ich. »Zwei Männer, die mit Doris McKinnons Erdproben hantiert haben, sind schwer erkrankt – einer ist tot, der andere kämpft um sein Leben. Sea-2-Sea beackert dieses Land. Es gibt keine Meldung über weitere Erkrankungen in der Gegend, aber wer weiß, ob die Firma solche Informationen nicht deckeln kann. Wir müssen wissen, ob Dr. Roque und Dr. Hitchcock mit demselben Erreger infiziert waren und ob er von McKinnons Erde kommt.«

»Das ist nicht sehr wahrscheinlich, oder? Keiner der Landarbeiter von Sea-2-Sea ist krank geworden.«

»Nichtsdestotrotz –«

»Nichtsdestotrotz versuchst du meine Entscheidungen zu kontrollieren, und ehrlich, Vic, egal, wie gut du es meinst, das ist nicht dein Job.«

In diesem Moment stieß Bernie zu uns. »Da seid ihr ja. Du bist schon wieder nicht ans Telefon gegangen. Ich war schon im Hippo, aber die konnten mir nichts sagen. Ich habe versucht, deine Arbeit zu machen. Ich bin ganz sicher, diese Protestanten verheimlichen etwas.«

Es stellte sich heraus, dass sie zur Riverside Church gegangen war. Pastor Weld und Pastorin Carmody hatten ihr kräftig die Leviten gelesen, als sie sie beim Herumstöbern im Keller erwischten. Ihr zufolge hätte ich dort sein müssen, um die beiden abzulenken, während sie nach August suchte – »schließlich interessiere nur ich mich wirklich dafür, was mit ihm ist. Planst du heute irgendwelche Ermittlungen oder liest du wieder nur Tagebücher von *femmes folles*?«

»Ich gehe jetzt eine dieser Frauen besuchen. Sie ist halb tot, da tut deine hyperalarmistische Präsenz ihr vielleicht gut.«

»Vielleicht kann ich mit in Cadys Schule gehen«, sagte Bernie. »Es ist möglich, dass ich selber Lehrerin werde.«

»Die armen Kinder«, sagte ich, war aber erleichtert, als Cady die Idee unterstützte: Sie könne eine Hilfslehrerin gut gebrauchen, Budgetkürzungen überall ließen die Klassenräume überquellen und das Aushilfspersonal schrumpfen. »Solange Bernie nicht denkt, sie könnte mein Urteil in Frage stellen«, fügte Cady mit einem Seitenblick auf mich hinzu.

Ich fuhr zum Krankenhaus, meine Stimmung hing durch. Zum Glück hatte Sandy Heinz Dienst und gab dem Sicherheitsmann auf dem Flur Bescheid, dass ich zu Sonia durfte.

Im Zimmer standen zwei große Blumenbouquets, eins von jedem Bruder. *»Wir halten zu dir, kleiner Eisbär, werd bald gesund«*, hatte Stuart geschrieben. *»Mach die Dämonenrobben fertig, kleiner Bär«*, stand auf Larrys Karte.

Ich saß eine kleine Weile bei ihr. Sie atmete, war aber noch immer nicht bei Bewusstsein und schien seit meinem Besuch am Samstag geschrumpft zu sein. Ich erzählte ihr, dass ich ihre Tagebücher gelesen und ihre Zeichnungen von Matt gefunden hatte. »Ich hab zwei auf Instagram und Facebook gestellt. Ich lasse es Sie wissen, wenn ich was höre.«

Schließlich, nach einem nervösen Rundblick, holte ich ein Probenfläschchen raus und strich ihre Wange ab.

Ich schickte Aanya eine Textnachricht, dass ich mit den Proben nach Kansas City kam, um sie ihr persönlich zu bringen. Sie simste mir die Wegbeschreibung zum Labor.

Auf dem Weg aus der Stadt setzte ich Peppy bei Free State Dogs ab und fuhr nach Osten, am Kanwaka-Raketensilo vorbei. Einem spontanen Impuls folgend bog ich nach Süden ab, um mir die Büros von Sea-2-Sea anzusehen. Da sie von zwei Sicherheitszäunen umgeben waren, außen drei Meter hoher Maschendraht, dahinter eine optisch nettere Umzäunung aus Schmiedeeisen, waren die Einzelheiten schwer auszumachen, aber der Komplex umfasste offenbar eine Reihe Quonsetbaracken, vor denen ein düsteres graubraunes Zentralbüro aus Backstein stand. Was immer sie hier taten, musste mächtig geheim sein.

Seit Samstagmorgen im Gericht hatte ich weder den Sheriff noch den Colonel gesehen, aber gegenüber dem fest verrammelten Fronttor parkte ein Streifenwagen des Douglas County Sheriffs. Als ich hielt, um mir das Gelände anzusehen, stieg ein Deputy aus und kam auf mich zu. Er fotografierte meine Nummernschilder, was mich immer ärgert.

»Kann ich Ihnen helfen, Miss?« Sein Ton klang nicht einladend.

»Ich glaube nicht.« Ich lächelte flüchtig. »Ich frage mich eher, ob ich Ihnen helfen kann, da Sie sich für mein Nummernschild interessieren.«

»Routinemäßige Vorsichtsmaßnahme«, sagte er, wirkte jedoch unbehaglich, wie ertappt. »Ich will Ihre –«

»Klar«, sagte ich mitfühlend, bevor er Führerschein und Versicherungskarte verlangen konnte, »ich weiß ja, dass Mr. Roswell sich Sorgen wegen Hippies macht. Nur frage ich mich, ob diese mythischen Hippies sich nicht Sorgen wegen Anthrax machen sollten.«

»Anthrax?« Er vergaß meinen Führerschein.

»Mir wurde gesagt, dass Sea-2-Sea es hier produziert. Da es sich um eine Biowaffe der Kategorie A handelt, hätte ich umfassendere Sicherheitsmaßnahmen erwartet als nur einen Streifenwagen. Aber ich nehme an, Sie bekommen Antibiotika und prophylaktische Impfungen, nur für den Fall.«

Ich vollführte eine 180-Grad-Wende, sprühte Schotter auf seinen Wagen und ließ ihn auf der Straße stehen, wo er mir nachstarrte.

45

Solange es dauert

Ich fuhr Richtung Kansas City, über den Wakarusa, vorbei an der Stelle, wo ich am Freitag Doris McKinnon in ihrem Truck gefunden hatte, und folgte Aanyas Wegbeschreibung zum medizinischen Zentrum. Sie erwartete mich am Eingang, damit ich nicht durch die Sicherheitskontrollen musste, und sagte, wenn meine Abstriche gut waren, müsste sie in ein, zwei Tagen Ergebnisse haben. Ich hätte gern die Knochen gesehen, die sie und Dr. Roques Sekretärin entdeckt hatten, aber sie sagte mir, dass sie an einem sicheren Ort verwahrt waren, wohin wir eine gute halbe bis Dreiviertelstunde brauchen würden.

»Vielleicht ganz gut, dass sie nicht hier sind«, gab ich zu. »Keine Ahnung, ob es das war, was die Einbrecher gesucht haben, aber möglich wär's.«

Als ich zurück nach Lawrence brauste, wälzten sich meine Gedanken sinnlos im Kreis. Was wollte die Army oder Sea-2-Sea oder Dr. Kiel, wer immer hinter den Übergriffen im Douglas County steckte, so unbedingt finden? Ich glaubte nicht mehr so recht, dass es mit Drogen zu tun hatte. Die US-Army würde wegen einer Methküche keinen ranghohen Colonel schicken, und sosehr mir Nathan Kiel auch gegen den Strich ging, ich sah ihn nicht als Drogenbaron.

Irgendwie kam ich immer wieder auf Biowaffen zurück. Roswell, leitende Führungskraft von Sea-2-Sea, gehörte zu einer Gruppe, die für Wiederaufrüstung eintrat. Als ich das entdeckt hatte, dachte ich noch an Atomwaffen, aber die Gruppe konnte genauso gut an Biowaffen interessiert sein. Dr. Kiel dürfte einiges über Anthrax wissen. Egal, ob er auch wusste, wie man es waffenfähig machte, mochte er jemand sein, den die Army oder ein Privatunternehmen konsultieren würde, wenn sie in Lawrence Biowaffen züchten wollten.

Falls Roswell auf dem Sea-2-Sea-Gelände Waffen produzierte, warum zogen sie dann gleich daneben Nutzpflanzen? Als Tarnung für ihr Waffenprogramm? Andererseits wurde ja überall bedenkenlos landwirtschaftlicher Abfall hingekotzt, Sea-2-Sea mochte sich gar nichts dabei denken, Sorghumhirse zu verkaufen, die auf kontaminiertem Boden gedieh.

Was war mit den abgebrannten Brennstäben, die Baggetto angeblich suchte? War das auch Tarnung? Baggetto hatte mein Zimmer verwanzt. Vielleicht um zu erfahren, ob ich mit irgendwem über Brennstäbe sprach, aber diese Story konnte auch ein Ablenkungsmanöver sein. Um von Biowaffen abzulenken?

Bernie war noch mit Cady in der Schule. Ich fuhr in die Pension, wo ich alle meine Datenbanken nach Dr. Kiels Forschungsgeschichte flöhte. Ich fand keinen Hinweis, der ihn mit Anthraxforschung in Verbindung brachte. Er hatte sein Arbeitsleben 1958 mit etwas begonnen, das *C. burnetii* hieß, und war in den 1970ern zu *Y. enterocolitica* übergegangen. Diese Keime hatten mit Anthrax nichts zu tun: Die erste Sorte wurde Rickettsien genannt und übertrug diverse Zeckenbissfieber. Die zweite rief eine nicht lebensgefährliche Darmkrankheit hervor.

Inzwischen war es drei Uhr nachmittags. Wie betrunken war Shirley Kiel jetzt wohl? Wie cholerisch ihr Mann?

Der VW stand nicht in der Auffahrt, als ich bei den Kiels vorfuhr, und niemand kam an die Tür. Kaum anzunehmen, dass beide Eltern im Krankenhaus waren und sich um ihre Tochter bemühten, aber natürlich konnten sie im Supermarkt sein oder sich eine Nachmittagsvorstellung im Kino ansehen. Meine

Lippen zuckten unwillkürlich, als ich mir die Kiels bei einer banalen harmonischen Tätigkeit vorzustellen versuchte.

Ich kämpfte mich durch die dichten Büsche bis hinters Haus durch, wo die Sonnenterrasse zum ungepflegten Garten hinausging. Licht brannte, und als ich auf einen rostigen Gartenstuhl stieg, sah ich Shirley, Kreuzworträtselbuch in der Hand, Kopf nach hinten gesackt, Augen geschlossen. Bewegung in der Brust: Sie war nicht tot. Eingenickt oder betäubt.

Der Stuhl schwankte unter mir. Ich sprang ab, als er umfiel.

»Wer sind Sie?« Eine Nachbarin war am Zaun aufgetaucht, eine Frau um die siebzig mit einem Korb voller Pflanzenzwiebeln.

»Ich muss unbedingt mit Shirley und Nathan über ihre Tochter reden. Shirley ist zu Hause, aber sie kommt nicht an die Tür.«

»Ach. Die arme Sonia. Sind Sie Sozialarbeiterin?«

»Privatdetektivin.«

Sie unterdrückte ein Lächeln. »Ah, die berühmte Frau aus Chicago, die alle Sünden und Verbrechen im Douglas County aufdeckt. Shirley hat sich über Sie beklagt, als ich sie Samstag auf dem Bauernmarkt traf. Gertrude Perec stimmte gleich mit ein, aber Barbara Rutledge war ganz anderer Ansicht. Sie liefern uns ja jede Menge Unterhaltung. Nathan ist bestimmt im Labor, aber wenn Sie Shirley wecken wollen, die Hintertür ist nicht verschlossen.«

Die Närrin, die Spaßmacherin der Stadt, das war ich, raste zwischen Silo und Fluss hin und her, während die Einheimischen Spalier standen, um meine Darbietung zu bewerten. »Sie kennen doch all diese Leute, ich nicht. Wissen Sie, warum Ms. Perec so zornig wird, wenn Cady nach ihrem Vater fragt? Ich habe spekuliert, ob es ein alter Doktorand von Dr. Kiel war, aber da ist Ms. Perec erst recht durch die Decke gegangen.«

Die Frau schüttelte den Kopf. »Das ist mir auch schon all die Jahre ein Rätsel. Es muss irgendwie mit ihrer enormen Loyalität zu Dr. Kiel zu tun haben. Aber ich kenne Gertrude nicht so gut – früher waren wir beide ehrenamtlich in der League of Women Voters –, aber Cadys Geburt war immer ein wunder Punkt. Vielleicht können Sie das ja auch noch aufklären, wo Sie schon mal hier sind.«

Ich verzog das Gesicht, dankte ihr aber für den Tipp mit der Hintertür, deren verzogenes Holz sich mit nur leichtem Knarren öffnete. Die Tür führte durch einen kleinen Vorraum in die Küche. Der Standmixer befand sich noch auf dem Boden, nur hatte sich ein großer Topf dazugesellt.

»Ms. Kiel!«, rief ich und passte auf, dass ich nicht die Arbeitsplatten berührte. »Shirley!« Ich zählte bis zehn, dann umrundete ich die Gerätschaften und trat an die Tür zur Sonnenterrasse. Shirley glättete ihr Kleid und klopfte ihre Frisur in Form.

»Wer – ach, Sie sind's.« Sie war nicht erfreut, aber ihr Groll hatte nur halbe Kraft.

»Jawohl. Ich bleibe noch hier. Solange es dauert.«

»Was denn?«

»Die Bedrohung von Sonias Leben. Die Geschichte von Nathan und Matt Chastain. Matt, wie war das noch mit seinem fehlgeschlagenen Experiment –« Ich hielt inne. »Anthrax? War es das, was Matt so schrecklich verbockt hat?«

»Anthrax?« Einen Augenblick war Shirley verwirrt, dann bellte sie ein verächtliches Lachen. »Wenn Sie denken, Nathan hätte irgendwas mit Anthrax am Hut, dürfte Ihr Verbleib hier noch sehr lange dauern. Damit hatte er nie was zu tun. Und Matt Chastain auch nicht.«

Der Korbstuhl, den ich am Donnerstag umgestellt hatte, stand noch da, nur lag jetzt ein Stapel Bücher und Rätselhefte drauf. Ich türmte sie auf einen schwankenden Haufen auf dem Beistelltisch und setzte mich. »Welche Missetat hat er denn dann begangen, die ihn in den Augen Ihres Mannes zu einem ›untermenschlichen Stück Dreck‹ machte?«

»Die Sprache meiner lieblichen Tochter. Sie haben mit ihr geredet? Ich dachte, sie liegt im Koma.«

»So ist es. Das hat sie davor mal erwähnt.« Ich verkniff mir die Frage, ob Shirley schon im Krankenhaus gewesen war: Ich wollte Informationen, keinen Streit. »Mal abgesehen von der Sprache, was hat Matt angestellt?«

»Was weiß ich. Falsche Kulturen angelegt oder mitten im Versuch die Präparate vertauscht. Nate war außer sich. Die Army hing mit drin, weil sie die Forschung finanzierte. Nate musste nach Washington, Rechenschaft ablegen. Das hat er schön hingekriegt – sie haben die Fördergelder aufgestockt, und Nate durfte seinen Job behalten.«

»Sonia hat damals 1983 beim Raketensilo was gesehen, was –«

»Sie *glaubt*, sie hat etwas gesehen. Wenn Sie den Quatsch ernst nehmen, den sie brabbelt –«

»Jemand hat Ihre Tochter gestern zu ermorden versucht. Sie fing gerade an, sich von der Überdosis zu erholen, und war klar im Kopf. Irgendwer hat Angst, sie könnte die Vorgänge auf der McKinnon-Farm aufdecken, die vor drei Wochen oder die vor drei Jahrzehnten. Es wäre unbeschreiblich hilfreich, wenn Sie aufhören würden, sich hinter Check– hinter Chesnitz' Diagnose zu verstecken, und mal anfingen, Ihrer Tochter zuzuhören.«

»Kümmern Sie sich um Ihren eigenen Scheiß«, blaffte Shirley. »Wir sind hier mit unserer Hinterwäldler-Kleinstadtmanier prima zurechtgekommen, bis Sie aus Ihrer Großstadt angetanzt sind, um uns Vorschriften zu machen.«

Ich funkelte sie an. »Das nennen Sie prima zurechtkommen? Wie Ihr Mann und Sie sich Tag und Nacht ankeifen? Ihren Söhnen entfremdet, weshalb die nicht mal wissen, dass ihre Schwester im Krankenhaus ist? Sie sind doch eine intelligente Frau. Glauben Sie nicht, Sie würden besser leben – besser *zurechtkommen* –, wenn Sie mal ein bisschen Wahrheit an sich ranlassen?«

Sie kämpfte sich auf die Füße. »Halten Sie mir keine Predigten. Sie wissen gar nichts über meine Wahrheit oder die meiner Familie. Sie haben keine Tochter, die sich auf einem Kahn im Fluss opfern, die *Sati* begehen wollte, Witwenverbrennung, weil ihr erfundener Liebster angeblich im Feuer starb.«

»Stimmt, davon verstehe ich nichts«, sagte ich ruhiger, »aber ich glaube nicht, dass Sonia Matt Chastains Tod erfunden hat. Vielleicht hat sie die Einzelheiten durcheinandergebracht – sie war vierzehn, sie war einsam, und genau wie Sie war sie sensibel und phantasiebegabt –, aber sie hat was gesehen, was sie extrem geschockt hat.«

Shirley war von dem eingeflochtenen Kompliment hinreichend geschmeichelt, um sich wieder hinzusetzen, doch von ihrer Haltung dazu, was Sonia vor dreißig Jahren gesehen hatte, wich sie kein Stück ab. Am Ende gab ich es auf.

»Nur noch eine letzte Frage, dann haben Sie mich auch vom Hals. Wer ist Magda? Ihre Söhne haben mir –«

»Magda?« Schlagartig prangten rote Flecken auf ihrem Gesicht, heiße Wut pumpte ihr das Blut in den Kopf. »Ist die Schlampe etwa wieder aufgetaucht? Ich dachte, wir wären sie für immer losgeworden, diese verfluchte kleine Drecksau von einer speichelleckenden Pseudowissenschaftlerin.«

Ich wich unwillkürlich zurück, als könnte ihre Säure sich durch meine Haut fressen. Der Bücherhaufen geriet ins Wanken und kippte vornüber.

»Raus hier«, zischte Shirley mit scheckigem Gesicht. »Raus aus meinem Haus, und wagen Sie es *ja nicht*, noch mal wiederzukommen.«

Ich stand mit weichen Knien auf. »Wann denn für immer losgeworden? Letzte Woche oder im letzten Jahrhundert?«

Sie schleuderte ihren Stift nach mir. Sie warf gut. Ich hatte die Hände schnell genug oben, um mein Gesicht zu schützen, aber ein Handgelenk bekam einen stechenden Treffer ab.

Ich trat den Rückzug an, blieb aber in der Küche noch mal kurz stehen. »Ich hab heute früh im Krankenhaus angerufen. Sonia ist noch im künstlichen Koma. Gestern hatte ich ihre Brüder an der Strippe. Beide waren entgeistert und wünschten, sie hätten früher davon erfahren.«

»Wenn Sie meine Kinder noch mal belästigen, schalte ich die Polizei ein«, fauchte sie.

»Meinen Sie damit auch Sonia?«, fragte ich. »Waren Sie denn schon im Krankenhaus?«

Diesmal warf sie ein Buch, aber ich war außer Reichweite. Ich ging durch den staubigen Flur und zur Vordertür hinaus.

Ich wünschte, ich hätte Peppy nicht bei Free State deponiert. Jetzt hätte ich eine kleine Assistenzhundtherapie vertragen können. Als armseligen Ersatz fuhr ich bis zum Ende der Straße und ließ meinen Sitz runter, bis ich mich zurücklegen und die Augen schließen konnte.

Shirleys Zorn war heiß genug, alles zu versengen. Wer richtete in dieser Familie mehr Schaden an, Shirley oder Nate? Er war flatterhaft, fies und abfällig, sie betrunken und bösartig. Was für ein Meer für einen armen kleinen Eisbär, um darin zu schwimmen. Unverhofft musste ich Tränen um Sonia wegblinzeln.

Ich massierte mir die Schläfen. Atme in Shirleys Zorn hinein, lass ihn von dir abfließen. Ich dachte an meine Eltern, an all die Nächte, in denen meine Mutter und ich aufblieben, elend vor Sorge, wenn mein Vater im Kriegsgebiet der West Side Dienst schob. Meine Mutter starb, als ich sechzehn war, an einem kalten Märzmorgen. Mein Vater und ich hatten die Nacht im Krankenhauszimmer verbracht, er fädelte sich zwischen die Schläuche und Drähte in ihrem Bett, damit er sie auf seinem Schoß wiegen konnte. Ich saß daneben und hielt ihre Hand. Sechzehn Jahre waren wir ein kleiner Triangel aus Liebe gewesen. Ich hatte viel zu viel Zeit mit Selbstmitleid vergeudet, den Verlust meiner Mutter beklagt, noch beschwert durch den Tod meines Vaters ein Jahrzehnt später. Nie hatte ich mir vor Augen geführt, welch außerordentliches Glück ich gehabt hatte.

46

Die Kampfkeime

Ich setzte mich wieder aufrecht und suchte Kiels Universitätsadresse heraus: achter Stock im Forschungszentrum für Biowissenschaften. Das lag auf dem sogenannten Westcampus, einer ausgedehnten Erweiterung der Universität, wo riesige wissenschaftliche Gebäudekomplexe standen. Ich fuhr Hügel hinauf und hinab, stieß auf ein Institut für Politikwissenschaft, dann Ingenieurswissenschaften, dann Chemie und Physik und endlich das Forschungszentrum, an einen Hang des entferntesten Hügels geschmiegt. Im Gegensatz zu dem Teil des Campus, den ich letzte Woche besucht hatte, gab es hier keine Schranken und kein Wachhäuschen. Stattdessen einen Bonus für die müde Ermittlerin: Das Forschungszentrum besaß einen eigenen Parkplatz.

Es saß jedoch ein Wachmann in der Lobby des Gebäudes, der wissen wollte, weswegen ich Dr. Kiel aufzusuchen gedachte. Mir fiel auf die Schnelle keine clevere Ausrede ein: Ich sagte, ich wäre hier, um über Biowaffen zu sprechen, speziell über Anthrax.

Anders als der Deputy des Sheriffs blieb der Wachmann davon ungerührt. Anthrax war wohl nichts Besonderes am Forschungszentrum. Er rief im achten Stock an. Zeit verging. Leute kamen und gingen durch die automatischen Türen, für die man eine Schlüsselkarte brauchte; ich würde also nicht reinkommen, sofern ich nicht auf dem Parkplatz jemanden überfiel und seine Karte raubte.

Ich checkte meine Nachrichten. Siebzehn aus Chicago, darunter eine von Troy Hempel. Nichts von Lotty – ihr Chirurginnentag zog sich wohl in die Länge. Nichts von Jake. Die einzig heitere Botschaft kam von Mr. Contreras, der sich darauf freute, in zwei Tagen nach Hause zu fliegen. *Es ist wunderschön hier, Spatz, aber ich will wieder daheim sein. Ich vermisse dich und die Hunde und den kleinen Vulkan auf Schlittschuhen.*

Ich rutschte unruhig auf dem Stuhl herum und fragte mich, was der Vulkan wohl trieb. Als ich ihr simste, beteuerte sie, alles sei gut, Cady hatte sie erneut zum Essen mit heimgenommen. Cadys Gram war supernett. Bernie verstand überhaupt nicht, was ich für ein Problem mit ihr hatte.

Ich schlenderte durch die Lobby und betrachtete Porträts einstiger Zellbiologen an der Uni Kansas. Der hochwohlgeborene P. Sherwood hatte einen famosen Schnurrbart und sah aus wie Teddy Roosevelt. Cora Downs hatte eindrucksvolle Forschungsarbeit zur Hasenpest geleistet, als Frauen in den Naturwissenschaften noch so selten wie Einhörner waren. David Paretsky hatte mit Peptiden etwas Ungewöhnliches gegen Biester namens Rickettsien zuwege gebracht.

In einer Ecke der Lobby stieß ich im Schatten eines Schaukastens auf ein gerahmtes Foto von »Dr. K's Kampfkeimen«, dem Laborteam, das beim Wohltätigkeits-Softballturnier gesiegt hatte – genau das Bild, das ich online im *Douglas County Herald* gesehen hatte. Ich war ziemlich sicher, dass einer der im Hintergrund grinsenden jungen Männer die Vorlage zu dem Gesicht war, das Sonia immer wieder zeichnete.

Ich wollte gerade wieder zum Wachmann und ihn bitten, noch mal bei Dr. Kiel nachzufassen, als eine junge Frau in einem Laborkittel herauskam und mich zweifelnd ansah.

»Sind Sie aus Dr. Kiels Labor?«, fragte ich. »Ich bin V.I. Warshawski.«

Sie ignorierte meine ausgestreckte Hand. »Ich soll Ihnen ausrichten, er weiß gar nichts über Anthrax.«

Sie wirkte nervös. Ich fragte mich, ob Kiel sie angebrüllt hatte.

»Er weiß mit Sicherheit mehr als ich.« Ich lächelte. »Alles, was ich weiß, steht auf der Webseite der Mayo-Klinik, aber er kann mir bestimmt mehr sagen, zum Beispiel ob eine Person, die östlich der Stadt auf einer Farm in der Erde gräbt, sich über das Erdreich anstecken kann.«

Sie zögerte. Ich sagte, sie könnte Dr. Kiel fragen, ob es vielleicht günstiger wäre, wenn ich die Situation mit Colonel Baggetto besprach. An diesem Punkt entschied sie, mich mit hineinzunehmen – egal, wie nervös Kiel sie machte, sie wollte nicht der Tischtennisball sein, der zwischen ihm und mir hin- und hergeschossen wurde.

Wir fuhren mit dem Fahrstuhl in den achten Stock. Sie gab sich als Sue-Anne Tommason aus Garden City zu erkennen. Und ja, sie hatten es dort gründlich satt, nur aus *Kaltblütig* bekannt zu sein, es gab in Garden City so viel mehr, als dass da vor sechzig Jahren mal jemand ermordet worden war. »Es war furchtbar, als der Film *Capote* anlief. Der hat all die alten Wunden neu aufgerissen und ließ uns wieder dastehen wie die absolute nationale Freakshow. Sie sind aus Chicago, oder? Da gibt es doch viel mehr Morde als in Garden City.«

»Das sehen Sie ganz richtig, Ms. Tommason.« Ich folgte ihr aus dem Fahrstuhl und einen Flur entlang. »Und dafür sind wir heutzutage auch berühmt – das und Al Capone.«

Tommason blieb vor einer Tür stehen, auf der Kiels Name stand, atmete tief durch und führte mich hinein. Sie ließ mich mit dem geflüsterten Befehl, einen Moment zu warten, am Eingang stehen und verschwand durch eine Tür auf der anderen Seite des Raums.

Das Labor war groß und gut beleuchtet, aber die Reihen von hohen schwarzen Arbeitstresen ließen es kleiner wirken. Im Gegensatz zu Kiels Haus war es sauber und penibel aufgeräumt, mit allerlei Ausrüstung, die an das Doppelleben des Herrn Mitty und seine tuckernden Geräusche erinnerte –

große Trommeln mit Gelenkarmen, die sich in stetigem Rhythmus auf und ab bewegten, Ständer voller Reagenzgläser, Borde voller Bechergläser in allen Formen und Größen. Es roch nach Chemikalien, ein beißender Geruch mit muffigem Unterton. Das kam mir sofort bekannt vor, aber ich konnte es nicht einordnen.

Ich strolchte umher und kam zu einem fest verschlossenen Glaskasten, ein bisschen wie ein Miniaturgewächshaus, mit Belüftungsschläuchen, die von zwei Metallbehältern ausgingen. Ich beugte mich vor, um genauer hinzusehen. Sie glichen dem Behälter, dessen Foto Colonel Baggetto mir gezeigt hatte, der Brennstäbe enthalten sollte.

»Sie haben sich also von einer Expertin für die Geisteskrankheit meiner Tochter zur Erforscherin der Hadernkrankheit gewandelt. Oder vielleicht glauben Sie ja, das sei die Ursache ihrer Probleme. Eine interessante Hypothese.«

Dr. Kiel war hinter mir aufgetaucht, das Geräusch der Ventilatoren hatte seine Kreppsohlen übertönt. Sue-Anne stand unschlüssig hinter ihm mit zwei jungen Männern in ihrem Alter, auch in weißen Laborkitteln.

Kiel wippte leicht auf den Zehen wie ein Boxer, der schon die ersten Schläge austeilt. Hadernkrankheit? Vermutlich ein Spitzname von Anthrax, aber das Gespräch mit einer Nachfrage zu eröffnen, wäre ein taktischer Fehler.

»Diese Behälter da – Colonel Baggetto hat mir neulich gesagt, dass er einen davon sucht. Ist der hier weggekommen?«

»Was sind Sie denn jetzt? Ermittlerin für die NIH? Ich bin weder Ihnen noch sonst wem Rechenschaft über meine Ausrüstung schuldig.« Sein Ton war herrisch, aber er hatte aufgehört zu wippen. Ein Indiz, dass er von dem Behälter wusste.

»Sie kannten doch Dr. Roque«, sagte ich.

»Oh, ja, HJ Roque.«

»HJ?«

»Headline-Jäger«, schnarrte er. »Oh, ich weiß schon, *de mortuis nil nisi bene* und das alles. Kommen Sie mir jetzt nicht mit Pietäten.«

»Das würde ich nie wagen«, sagte ich. »Sie wissen, dass er an einem aggressiven Grippevirus starb. Und ich vermute, Sie wissen auch, dass Dr. Edward Hitchcock von der geologischen Fakultät mit einer ähnlichen Infektion in einer Klinik in Cleveland liegt?«

Ich wartete, aber er schwieg. Die Vene über seinem rechten Auge begann zu pulsieren: Gefahr. Sue-Anne und die beiden jungen Männer sahen sich an. Einer der Jungs schüttelte ganz leicht den Kopf, jetzt nichts sagen.

»Beide haben mit Bodenproben von Doris McKinnons Farm hantiert. Deshalb kam ich auf Anthrax.«

»Ach ja? Sieh an. Also mal sehen: Anfangs hielten Sie sich für eine Expertin für Geisteskrankheit, dann waren Sie bei den NIH und inspizierten meine Ausrüstung. Jetzt denken Sie, Sie sind beim CDC und Expertin für Infektiologie?«

CDC. Center for Disease Control, die Seuchenkontrollbehörde. Ich wusste nicht, wofür NIH stand, das war auch egal. Kiel glaubte, ein Sperrfeuer aus Beleidigungen würde mich dazu treiben, die Beherrschung zu verlieren, also musste ich entspannt sein und lächeln. »Ich hab heute früh mit einer Medizinerin gesprochen, die Anthrax in Betracht zog.« Okay, Jewel Kim war eigentlich Arzthelferin, aber Kiel schien mir genau der Typ, der Arzthelferinnen schamlos verunglimpft.

»Ihre Chicagoer Mediziner sind ja erstaunlich ahnungslos«, höhnte er. »Oder war es eine der Nulpen vom hiesigen Krankenhaus? Anthrax hat keine Ähnlichkeit mit Grippe. Wenn das alles ist, was Sie wissen wollten, hätten Sie auch anrufen können.«

»Ich wüsste gern, wer Ihre Tochter tot sehen will«, sagte ich. »Sie wissen bestimmt, dass gestern jemand versucht hat, sie zu ersticken.«

»Finden Sie, ihr Leben hat großen Wert für die Gesellschaft?«

Ich zog einen Hocker unter dem Arbeitstresen hervor und setzte mich hin. »Ich komme Ihnen nicht mit Pietäten, wie dass für mich jeder Tod ein Verlust ist. Allerdings frage ich mich schon, ob Sie so viele Jahre in Wut verbracht haben, dass Sie gar nichts anderes mehr spüren, aber ich ermittle ja bloß menschliche Betrügereien und Verbrechen, nicht die Geheimnisse des Herzens. – Na jedenfalls, gestern hat jemand versucht, Ms. Kiel umzubringen. Selbst wenn Sie ihr Leben für wertlos halten, sind Sie nicht ein bisschen neugierig, wer den Tod Ihrer Tochter will?«

Seine Lippen zuckten. »Ich dachte, meine Frau und ich hätten deutlich gemacht, dass wir Sonias Krawalle schon seit Jahren nicht mehr kurzweilig finden. Ich nehme an, sie schuldet einem Dealer Geld, und er hat es satt, auf seine Bezahlung zu warten.«

»Sie haben zu viel *Breaking Bad* gesehen. Dealer mögen sich gegenseitig auf der Straße abknallen, aber sie haben weder die Geduld noch die Raffinesse, so in eine Intensivstation einzudringen, wie es der Angreifer Ihrer Tochter getan hat.«

Kiel zeigte eine ganze Reihe nervöser Symptome, von zuckenden Lippen bis Füßewippen, aber er war so chronisch wütend und aufgeregt, dass mir die Deutung schwerfiel: Angst? Schuldgefühl? Mitwisserschaft? Oder einfach ein unsicherer launischer Mann, der keine Gegenrede vertrug?

»Ich hab hier ein paar Bilder.« Ich öffnete mein Tablet. Ich hatte das Foto der Kampfkeime aufgerufen, als ich in der Lobby war, und eine von Sonias Zeichnungen danebengestellt. »Das ist Matt Chastain, gezeichnet von Ihrer Tochter. Aber welche dieser Frauen ist Magda?«

Dr. Kiel wurde plötzlich reglos. Sogar die Vene auf seiner Stirn hörte auf zu pochen. »Magda. Wer hat diesen Namen genannt? Haben Sie etwa mit meiner Frau geredet?« Der Gestus vehement wie immer, aber der Stimme fehlte Kraft.

»Ihre Söhne«, sagte ich. »Sie waren erschüttert, das von ihrer Schwester zu erfahren. Sie erwähnten Magda, als ich nach dem Experiment fragte, das vor dreißig Jahren so danebenging. Was war das für ein Experiment?«

»Nichts, was Sie verstehen könnten.«

»Sie haben insofern recht, als ich ein Monomer nicht von einem Monomanen unterscheiden kann, aber ich wette, wenn Sie mir ein paar Grundlagen liefern, zum Beispiel warum Sie nach Washington zum Verteidigungsministerium fahren und Ihr Budget verteidigen mussten, könnte ich Ihnen schon folgen.«

»Sie *haben* mit Shirley geredet.« Seine Stimme erholte sich wieder. »Sie macht zu gern Theater um Banales. Sonia zog mit ihren Wahnvorstellungen über Chastain alle Aufmerksamkeit auf sich, da fing Shirley an, herumzuerzählen, dass ich im Geheimen für das Pentagon arbeite und man mich deshalb hinzitiert hat. Falsch, falsch, falsch! Es gab eine routinemäßige Revision der Projektförderung, aber Lawrence stand im Fokus enormen Medieninteresses, weil dieser lächerliche Film *The Day After* hier gedreht worden war. Dieses ganze Spektakel, dazu noch die Krawalle am Raketensilo. Der Präsident wollte auf den Stand gebracht werden. Ich fuhr ins Weiße Haus, ich sprach mit dem Präsidenten und dem Verteidigungsminister. Shirley hat mich halb bezichtigt, ein Faschist zu sein, weil ich mich mit Reagan traf – sie war völlig neben der Spur. Sue-Anne!«, bellte er über die Schulter. »Los, bring mir das Foto.«

Sue-Anne Tommason trabte gehorsam in sein Büro.

»Wie heißt Magda mit Nachnamen?«, fragte ich.

»Warum wollen Sie das wissen?«

Ich lächelte begütigend. »Damit ich ihre zahnärztlichen Unterlagen finden kann. Damit ein unabhängiger Pathologe sie mit Röntgenaufnahmen von den Zähnen der Frau vergleichen kann, deren Leiche vorige Woche aus Dr. Roques Labor verschwand.«

47

Spiel mit Keimen

Ich war auf dem Weg zum Fahrstuhl, erschöpft und frustriert, als Sue-Anne Tommason mir auf die Schulter tippte. Sie schob ein paar flach gefaltete Seiten Papier in meine Jackentasche und huschte zurück in Kiels Labor.

Ich wartete mit dem Sichten der Papiere, bis ich im Wagen saß. Ich rechnete mit einem spektakulären Geheimnis – ein hastig gekritzelter Bericht über Dr. Kiels Verwicklung in die Anthraxforschung oder ein erlauschtes Geständnis zum Mord an Matt Chastain.

Stattdessen starrte ich auf den Ausdruck eines Artikels von 1982 im *Journal of Cell Morphology*. »Phospholipasehemmung im Nukleolus bei einer Infektion (*Y. enterocolitica*)«. Ich seufzte. Das war einer der Artikel, bei denen mich schon der Titel überfordert hatte, als ich letzte Woche in Dr. Kiels Geschichte stöberte. Die einzigen Worte, die ich verstand, waren »Hemmung« und »bei einer Infektion«.

Die Forschungsarbeit war finanziert durch die National Institutes of Health und das Army Research Council. Sieben Co-Autoren waren aufgezählt, angefangen mit Kiel, N., darunter auch Spereva, M. Das einzige M in der Liste.

Ich begann auf meinem Tablet eine Suche nach Sperevas, aber während ich mit Dr. Kiel gesprochen hatte, war die Sonne untergegangen. Flutlicht erhellte den Parkplatz und die Gebäude, doch abseits des Forschungszentrums hüllte die Nacht den Westcampus ein. Nebel stieg über dem Gras empor. Ich fühlte mich winzig und weithin sichtbar auf diesem Hügel, um den sich schwarze Prärie erstreckte. Eine riesiger Spukhund oder schlimmer: ein bösartiger Mensch konnte mich aus dem Nebel anspringen, während ich in meine Datenbanken versunken war.

Ich fuhr in die Stadt, zu einer Ladenzeile in der Nähe von Free State Dogs. Studierende lachten, hielten Händchen, simsten, während sie die Takeaway-Imbisse frequentierten. Das Geschnatter war beruhigend. Ich parkte unter einer Straßenlaterne und tauchte wieder in meine Suchmaschinen ab.

LifeStory lieferte eine Handvoll Sperevs und Sperevas, aber keine Magda und niemanden, der je an der Uni Kansas gewesen war. Ich wandte mich den Zeitungsarchiven zu, wo ich sie sofort im *Douglas County Herald* fand: als Referentin bei einem Rotariertreffen im November 1981.

Spereva hatte über die Unerbittlichkeit des Lebens unter kommunistischer Herrschaft gesprochen und betont, wie dankbar sie Dr. und Mrs. Kiel war, die sie in ihrem Heim aufgenommen hatten. Besonders dankbar war sie für die Chance, in Dr. Kiels Labor forschen zu dürfen. Seit sie ihn 1979 auf einem Symposium zu Infektionskrankheiten und Biowaffen in Bratislava hatte sprechen hören, war sie überwältigt von den Dimensionen seines Wissens.

> Dr. Spereva, obwohl erst zweiunddreißig, ist selbst so etwas wie eine Expertin auf dem Gebiet der Infektionskrankheiten. Sie war für das sowjetische Biowaffenlabor in Těchonin tätig, in der östlichen Tschechoslowakei, bevor ihr während einer Konferenz in Belgrad 1981 die Flucht gelang. Es war eine Reise, die eines John le Carré würdig war: Sie floh nur mit dem, was sie am Leibe trug, nach Wien, flog dann nach Montreal und überquerte zu Fuß die Grenze zu den Vereinigten Staaten.

»Es ist wahr, ich kam in dies Land nicht ganz legal«, sagte Dr. Spereva in ihrem guten Englisch mit dem charmanten Akzent. »Ich benötige politisches Asyl. Wenn ich in mein Heimat zurückkehre, in Tschechoslowakei, gehe ich als Verräter in Gefängnis. Dr. Kiel hat für mich vorläufige Aufenthaltsgenehmigung erwirkt. Ich kann Teil von seiner Forscherfamilie sein und von seinem schönen amerikanischen Heim.«

Spereva musste dort dasselbe miterlebt haben wie Larry und Stuart Kiel – Shirleys besoffene Ausfälle, unablässigen Zank zwischen Shirley und Nathan. Doch sie war ein Flüchtling und Kiel war ihre Rettungsleine, also machte sie aus Shirley und Nate ein amerikanisches Familienidyll.

Der *Herald* hatte ein Foto von ihr gebracht, eine kleine schmale Frau mit hellem Haar, am Hinterkopf zu einem lockeren Knoten gebunden, sodass Locken herausfielen und ein Elfengesicht umrahmten. Auf dem Bild von Dr. K's Kampfkeimen war Spereva in der vorderen Reihe, den Arm um Kiel gelegt. Kameradschaft im Augenblick des Triumphs.

Ich fand keine weiteren Referenzen zu Spereva. Ich stieß noch auf ein Interview mit Dr. Kiel vom September 1984, Teil einer Serie namens »Berg und Tal«, die abwechselnd Persönlichkeiten der Universität und der Stadt vorstellte. Kiel sprach leidenschaftlich über seine Arbeit, seine Freizeit und Menschenrechte. Er und seine Frau Shirley förderten Projekte für betreutes Wohnen in Lawrence, er hatte außerdem einen Flüchtling vor dem Kommunismus gerettet und in sein Labor aufgenommen – weder Flüchtling noch Herkunftsland waren namentlich erwähnt. Seine Kinder wurden ähnlich kurz abgefertigt: zwei Söhne auf dem College, kein Wort über die Bi-Polar-Bärin Sonia.

Ich ging in wissenschaftlichen Datenbanken auf die Jagd nach Sperevas Namen. Sie hatte als Co-Autorin von Kiel an vier weiteren Artikeln mitgewirkt, der jüngste vom April 1983. Und das war die letzte Erwähnung, die ich finden konnte: keine Zeitungsartikel, keine Publikationen zu Phosphorylierung, keine Mitgliedschaft in Fachgesellschaften.

Shirley sagte, sie habe geglaubt, Magda für immer losgeworden zu sein. Vielleicht hatte Shirley sie dem FBI oder der Einwanderungsbehörde gemeldet und dafür gesorgt, dass man sie nach Hause schickte, wo sie eingesperrt worden wäre. Dann hatte das Rad sich weitergedreht. 1989 fiel der Eiserne Vorhang, in der Tschechoslowakei wurden politische Gefangene entlassen. Aber wenn Magda unversehens wieder in Lawrence aufgetaucht war, warum dann erst ein Vierteljahrhundert nach der Samtenen Revolution?

Bei internationalen Abfragen kratzen meine Datenbanken nur an der Oberfläche. Sie fanden keine M. Spereva in irgendeiner tschechischen oder slowakischen Forschungseinrichtung. Magda konnte in den Untergrund gegangen sein oder ihren Namen geändert oder geheiratet und den Namen ihres Mannes angenommen haben – das war alles fruchtlos. Ich schloss die Apps.

Ich ging rüber zu Free State Dogs, um Peppy einzusammeln. Sie war erfreut, mich zu sehen, aber sie kehrte immer wieder um und schmuste der Angestellten um die Beine, die gestern ihre Fellpflege gemacht hatte.

Ich führte sie mit strenger Hand an der Leine zum Wagen. »Du bist alles, was zwischen mir und einer Kernschmelze steht, Mädchen, also verlass mich jetzt nicht wegen einer jungen Frau mit schwingendem Pferdeschwanz. Es ist schon schlimm genug, dass Jake ausländischen Cellistinnen zu Füßen liegt, ich will dich nicht auch noch verlieren.«

Wieder in der Pension, mit Pasta, Käse und Salat vom Markt, sprach ich mit Peppy alles noch mal durch. Dr. Kiel hatte nicht mit Anthrax gearbeitet, aber was immer er erforscht hatte, finanziert wurde es von der Army und den National Institutes of Health – den NIH, mit deren Initialen er mich beworfen hatte.

Shirley sagte, er wäre nach dem Matt Chastain-Desaster hinzitiert worden. Kiel bestritt das. Er hatte mir ein Foto von sich mit Reagan und Caspar Weinberger gezeigt. Das sollte beweisen, dass er nichts falsch gemacht hatte, und das tat es wohl auch – kein Präsident posiert mit jemandem, der eine Belastung darstellt.

Aber warum sollte sich der Verteidigungsminister mit einem Zellbiologen treffen? Es sei denn, dieser Biologe trug zur nationalen Sicherheit bei. Ich nahm mein Laptop mit ins Bett, ließ mich in Unterwäsche im Schneidersitz nieder und versuchte zu ergründen, was Kiel vor dreißig Jahren für die Regierung getan hatte. Nicht mal meine teuren Suchdienste kamen an Pentagon-Informationen heran.

Ich starrte finster auf den Bildschirm, als Lotty anrief, ihre Stimme scharf: »Victoria! Gott sei Dank erreiche ich dich. Ich habe eben mit dem Ärzteteam gesprochen, das Dr. Hitchcock behandelt. Er hat die Lungenpest.«

»Ist das so was wie Beulenpest?«, fragte ich unsicher.

»Die tödlichste Form davon«, sagte sie grimmig. »Kennst du den Mann? Hast du eine Ahnung, wo er sich das zugezogen haben kann?«

Ich erklärte die Kette der Verbindungen, die mich zu seinem Namen geführt hatten, und fügte hinzu, dass ich ihm nie begegnet war. »Hat das auch Dr. Roque umgebracht? Sie hatten beide mit Erdproben von einer Farm zu tun.«

»Ich weiß nichts von einem Dr. Roque, aber mit der Pest infiziert man sich nicht, indem man Erde anfasst. Bei Beulenpest wirst du von einem Floh gebissen, der von einer infizierten Ratte oder einem Präriehund gespeist hat. Für Lungenpest muss eine infizierte Person dich anhusten oder anniesen. Wenn es Milzbrand wäre, dann schon, diese Sporen bleiben in der Erde latent, aber nicht bei *Yersinia pestis.*«

»Klingt nach einer intriganten Römerin«, sagte ich.

»Es ist wesentlich kleiner«, sagte Lotty trocken. »*Yersinia pestis* ist der Name des Pestbakteriums, abgekürzt *Y. pestis.*«

Ich zog den Ausdruck hervor, den Kiels Studentin mir gegeben hatte. »Ist das das Gleiche wie *Y. enterocolitica*?«

»Das ist ein verwandtes Bakterium«, sagte Lotty. »Allerdings vergleichsweise harmlos – es kann ein paar Wochen Magenkrämpfe und Fieber verursachen, braucht aber gewöhnlich keine Antibiotika. Wie hast du davon gehört? Du spielst doch jetzt nicht mit Bazillen herum, oder?«

»Ich spiele mit Leuten, die mit Keimen spielen«, sagte ich. »Ich weiß nur nicht, was für ein Spiel sie spielen.«

»Niemand an der Klinik in Cleveland hat die leiseste Ahnung, wie Dr. Hitchcock sich mit Lungenpest anstecken konnte«, sagte Lotty, »aber wenn er Menschen nahestand, mit denen du zu tun hast, will ich, dass du dich auf der Stelle einer Antibiotikakur unterziehst. Gib mir die Nummer von einer Vierundzwanzig-Stunden-Apotheke in deiner Nähe. Ich schicke ein Rezept. Du fährst los und holst dir das Mittel, sowie du aufgelegt hast. Ich verordne dir für den Anfang heute Abend eine doppelte Dosis. Ich informiere auch noch die zuständige Abteilung der Gesundheitsbehörden in Atlanta, obwohl ich sicher bin, dass die Klinik in Cleveland das schon getan hat.

Wenn du in die Nähe von Leuten oder Orten kommst, die verseucht sein könnten, trag eine Gesichtsmaske der höchsten Schutzkategorie. Trink keinen Alkohol, solange du das Medikament nimmst, er schwächt die Wirkung. Wenn du Fieber bekommst oder Atemnot hast oder Schmerzen beim Atmen, fährst du sofort in die nächste Notaufnahme. Das ist kein Witz: Unbehandelt hat Lungenpest eine Todesrate von hundert Prozent. Hast du das verstanden?«

48

Spätschicht in der Bibliothek

Ich holte das verschriebene Doxycyclin und nahm zwei Tabletten, wie Lotty angeordnet hatte. Auf dem Rückweg zur Pension fuhr ich noch in der Innenstadt vorbei, um einen Blick auf die Bibliothek zu werfen: Ich war neugierig wegen des Kommentars im gestrigen *Herald*, der die Bibliotheksverwaltung rügte, weil dort nachts Licht brannte.

Ich parkte gegenüber am Straßenrand, Scheinwerfer aus. Es stand ein Wagen auf dem Parkplatz, ein Acura, auf einem der Belegschaftsstellplätze. Im Hauptleseraum brannte Licht, aber während ich hinsah, erlosch es. Gleich darauf kam die Chefbibliothekarin aus dem Gebäude. Ohne sich umzusehen, ging sie schnell zu dem Acura und fuhr davon.

Ich sah einen schwachen Widerschein, als ob im Keller noch eine Lampe brannte. In vielen Gebäuden bleibt ja nachts Licht an, für den Sicherheitsdienst oder die Putzkolonne. Vielleicht überwachte Ms. Barrier auch die Bibliothek, um ihnen auf die Finger zu sehen? Oder vielleicht veranlasste sie ihr Argwohn mir gegenüber, zu überprüfen, ob die fremde Detektivin sich nach Feierabend in ihre Bibliothek schlich, um die Rechner zu benutzen.

Ich ging rüber und vor einem Kellerfenster in die Hocke. Eine Tür schloss sich gerade. Sieh an. Ich versuchte mir den Grundriss der Bibliothek zu vergegenwärtigen. Es gab ein Musikstudio da unten, ohne Fenster, das professionelles Aufnahmegerät enthielt. Zweifellos erlaubte Ms. Barrier nur ein paar Musikenthusiasten eine nächtliche Aufnahmesession. Gut, gut.

Zurück in der Pension, war Bernie wieder da. Ich hatte Lotty gefragt, ob auch sie das Antibiotikum nehmen sollte. Lotty, die sonst nachdrücklich dagegen ist, Antibiotika auszuteilen wie Süßigkeiten an Halloween, fand es in diesem Fall besser, auf Nummer sicher zu gehen. Ich übergab Bernie ihr Tablettenfläschchen und erklärte ihr die Gefahr.

Ihre Augen wurden groß. »Glaubt Dr. Lotty wirklich, dass von der Erde auf der Farm jemand krank werden kann?«

»Dr. Lotty sorgt sich, weil wir uns in der Nähe so tödlicher Organismen aufhalten. Du fliegst natürlich morgen nach Hause, aber falls ich mit der Quelle von *Y. pestis* in Berührung gekommen bin, findet sie, du solltest auch eine Kur mit dem Antibiotikum durchziehen.«

Bernie nickte nachdenklich und nahm zwei Tabletten. Ich goss den Rest vom Wein weg, damit wir nicht in Versuchung kamen, ihn zu trinken. Bernie kuschelte sich mit mir ins Bett, um *Über den Dächern von Nizza* zu sehen, ein idealer Film, um danach unbeschwert einzuschlafen. Stattdessen fühlte ich, lange nachdem ich das Licht ausgemacht hatte, wie Ratten über das Bettzeug huschten, meine Arme und mein Kopf juckten von Phantomflohbissen.

Zwischen den Antibiotika und Cary Grant hatte ich im Internet noch zu Lungenpest recherchiert und bestätigt gefunden, dass sie sich durch Tröpfcheninfektion von einer infizierten Person oder einem Tier übertrug, wie Lotty gesagt hatte – aber mein Unterbewusstsein glaubte das nicht recht. Um halb sechs, als ich japsend hochschreckte, überzeugt, dass meine Lungen gerade aufgaben, gab ich meinerseits die Aussicht auf Ruhe auf.

Neidisch betrachtete ich Peppy und Bernie. Peppy öffnete ein Auge, als ich die Nachttischlampe anknipste, schlief aber sofort weiter, als sie sah, dass ich mich nur mit meinem Handy hinsetzte und nicht irgendwohin aufbrach. Bernie zuckte nicht mal.

Ich hatte Aanya Malik eine SMS geschrieben, sobald Lotty und ich unser Gespräch beendet hatten, um sie vor der möglichen Todesursache von Dr. Roque zu warnen: *Sie und Ruby und alle, die in Kontakt mit seiner Leiche gekommen sind, sollten prophylaktisch Antibiotika nehmen.* Sie hatte bisher nicht geantwortet. Ich hoffte, dass bedeutete nicht, dass sie schon krank war, zu krank, um ihre Textnachrichten abzurufen. Die Inkubationszeit betrug laut Website der Seuchenkontrollbehörde ein bis drei Tage, und Aanya hatte Roque zum letzten Mal am Donnerstag gesehen. Ich sah wieder auf die Uhr – 05:37, zu früh, um sie anzurufen.

Wenn Dr. Roque mit Pest infiziert war und dann in die Probengläser geniest hatte, die er an Dr. Hitchcock schickte, war es doch denkbar, dass Hitchcock sich angesteckt hatte, einfach indem er die Gläser öffnete? Aber wo hatte Roque sich angesteckt? Nicht an den Babyknochen: Danach hatte ich Lotty gefragt. Offenbar war *Y. pestis* längst nicht so zäh wie der Anthraxbazillus. Es würde im Boden oder in einer Leiche nicht lange überleben, also konnte es nicht in den Erdproben gewesen sein.

Ich begann eine ernsthaftere Recherche über biologische Kriegführung. Das meiste der Terminologie in den gelehrten Artikeln war mir zu hoch, aber ich kapierte, dass der Pesterreger getrocknet und über einer ausgewählten Bevölkerung versprüht werden konnte, was *Y. pestis* waffentauglich machte. Auch wenn es weniger stabil als Anthrax war, tötete es so effizient, dass es ein ewiger Favorit unter Bazillenkriegern war.

Meine Augen waren trocken und sandig. Ich schaltete das Licht aus und legte mich wieder hin, aber ich konnte das fiebernde Schwirren in meinem Kopf nicht abschalten.

Wie hatte Shirley Kiel Chastains kolossalen Patzer beschrieben? Er hatte falsche Kulturen angelegt oder mitten im Versuch die Präparate vertauscht. Hatte er etwa Dr. Kiels Lieblingskeim *Yersinia enterocolitica* mit *Y. pestis* vertauscht?

Wenn das wirklich passiert war, wäre das kriminelle Sabotage und kein Patzer. Ich wusste gar nichts über Chastain, nur dass Sonia in ihn verliebt gewesen war. Ich hatte getippt, dass er Cady Perecs Vater war, weil in Sonias jugendlichem Tagebuch stand, sie habe ihn mit Jennifer Perec gesehen, aber ich gab zu, dass das weit hergeholt war. Gertrude und Kiel fanden beide, er wäre ein Versager, aber es war kaum glaubhaft, dass ihn Kiels endlose Erniedrigungen so verbittert hatten, dass er mutwillig anfing, mit der Pest anstelle der Magenbazille zu arbeiten.

»Vielleicht war er ein ungeschickter Penner«, sagte ich zu der schlafenden Peppy, »aber bestimmt hätte er nicht wissentlich Jenny Perec oder Baby Cady in Gefahr gebracht.«

Und Sonia? Sie war Geschirrspülerin im Labor ihres Vaters gewesen. Sie war liebeskrank, sie war eifersüchtig auf Jenny. Aber selbst wenn sie instabil genug war, um Jenny etwas antun zu wollen, glaubte ich nicht, dass sie gewusst hätte, wie so ein Austausch durchzuführen war. Man würde *Y. pestis* ja nicht in einer Sprühflasche herumstehen lassen.

Magda Spereva allerdings … Kiels Söhne nahmen an, sie habe mit ihrem Vater geschlafen, als sie sich in Bratislava kennenlernten. Angenommen, sie kam nach Kansas, erwartete, dass die Affäre weiterging, und fand sich stattdessen in einem Hexenkessel aus Shirleys Wut und Kiels Furcht vor Bloßstellung. Sie hätte die Keime vertauschen und Kiels Prügelknaben beschuldigen können. Immerhin hatte sie in der Tschechoslowakei in einem Biowaffenlabor gearbeitet.

Ich setzte mich wieder hin und rief noch mal die Magda Spereva-Story im *Douglas County Herald* auf. Těchonin. Laut Internet bloß ein winziger Punkt auf der Landkarte, keine tausend Einwohner. Die Russen machten es berühmt, oder vielmehr berüchtigt: Nachdem sie die Kontrolle über Osteuropa konsolidiert hatten, errichteten sie dort ein großes Forschungslaboratorium für Biowaffen. Unter anderem bauten sie riesige

Fermentieranlagen, um in rauen Mengen cooles Zeug wie Anthrax und Typhus zu produzieren. Dann trockneten sie die Erreger und fanden heraus, wie man sie über Zivilbevölkerungen versprühen konnte. Magda hatte diese Kenntnisse mit nach Kansas gebracht.

Sonia beschrieb in ihrem Tagebuch, wie Chastain zitternd am Boden lag und nach Luft rang. Vielleicht starb er da an Lungenpest. Sonia warf sich über ihn, als Feuer übers Feld fegte, und Kiel zerrte sie weg, in einem seltenen Moment elterlicher Aufmerksamkeit. Ihre Beschreibung, was als Nächstes passiert war – ich konnte mich nicht mehr genau erinnern. Ich stand auf und ging zu der Schublade, in die ich ihre Tagebücher gelegt hatte. Sie waren nicht da.

Ich stellte das Zimmer auf den Kopf. Der Koffer, den ich aus St. Rafe mitgenommen hatte, war weg, Sonias Tagebücher waren weg, die Zeichnungen von Chastain – alles weg. Der einzig verbliebene Beweis, dass ich diese Papiere jemals gesehen hatte, war die Zeichnung von Sonia als Eisbär, der in einer Tasse Lithium schwimmt. Sie lag mit der Rückseite nach oben unterm Bett.

Ich schüttelte Bernie wach, um sie zu fragen, ob sie irgendwas, Papiere, Zeichnungen, aus dem Raum entfernt hatte.

»Nein, Vic, ich weiß, du hältst mich für einen Grobian, aber echt jetzt – das geht zu weit! Nimm diese Todesstrahlaugen von mir, bitte!«

»Entschuldige, Bernie. Aber das heißt, hier ist jemand eingebrochen, als wir gestern weg waren.«

Bernie sah zu, wie ich das Schloss der Außentür untersuchte, doch der Eindringling war sachkundig vorgegangen: keine Kratzer, keine Spuren. Ich hätte eine Falle legen sollen. Hätte, hätte – hatte ich aber nicht.

Ich war es leid, so zu tun, als stünde ich nicht unter Überwachung. Ich ging raus in den kleinen Gemeinschaftsbereich und suchte die Vermieterin, die gerade kleine Schachteln mit Frühstücksflocken bereitstellte. Ich fragte sie, ob gestern irgendwer auf der Suche nach mir vorbeigekommen war, aber sie hatte den ganzen Tag in Topeka zu tun gehabt, sie wusste nur, dass niemand eine Nachricht für mich hinterlassen hatte.

»Ihre Reservierung läuft übermorgen aus«, erinnerte sie mich. »Ich habe ab Freitag eine Familie da, die brauchen mein anderes Zimmer und Ihres. Und ist das eine Verwandte, die da bei Ihnen wohnt? Das kostet 25 Dollar extra pro Nacht.«

Ich stimmte abwesend zu. Damit blieben mir zwei Tage, um herauszufinden, was ich konnte, und dann – tja, dann musste ich mir wohl ein anderes Zimmer suchen oder heimfahren. Ich fragte die Frau nach Erdnussbutter, und sie zeigte mir eine Schublade, die abgepackte Folienschälchen mit Gelee und Erdnussbutter enthielt. Ich nahm ein paar mit in mein Zimmer und schmierte Erdnussbutter über das Mikrofon unterm Schreibtisch. Das erregte Peppys Aufmerksamkeit: Sie sprang vom Bett und leckte das Mikro gründlich ab. Ich hätte zu gern gewusst, wie meine Lauschangreifer sich das erklärten.

Bernie sah kichernd zu und schlief dann weiter.

Ich setzte mich hin und betastete Peppys Ohren. Ich untersuchte sonst nie ihre Lymphknoten, wie sollte ich erkennen, ob sie geschwollen waren?

»Wir stehen das gemeinsam durch, Mädchen, und nix mit ›oder sterben beim Versuch‹. Wir sterben nicht, und unseren Feinden wird es noch leidtun, dass sie dachten, sie könnten uns zum Weglaufen bringen oder dazu, als Erste zu blinzeln oder was auch immer. Wir sind härter, schlauer und stärker.« Ich zitterte nur wegen der frühmorgendlichen Kühle, nicht weil ich mich fürchtete.

Ich konnte mir nicht erklären, aus welchem Grund meine räuberischen Widersacher Sonias Papiere gestohlen hatten. Sie enthielten keine Geheimnisse. Oder vielleicht doch? Vielleicht

Hinweise auf irgendwas, das jemand – Kiel? – dreißig Jahre gedeckelt hatte? Ich rieb mir die Stirn. Denk nach, Warshawski. Denken, denken, denken. Leute machen das ständig. Du kannst es auch.

Matt hatte nicht im Camp beim Silo gewohnt. Shirley sagte, dass Kiel totale Loyalität von seinen Studenten verlangte, nix mit Zeit für Familie. Angenommen, Matt war Cadys Vater, dann hätte er doch bestimmt – einen Großteil? möglichst viel? – etwas von seiner Zeit mit Jenny und Cady verbracht. Der Pestbazillus könnte auch beim Silo gewesen sein, nicht nur in Kiels Labor. Trug Matt ihn vielleicht unabsichtlich dorthin?

Oder – Sonia hatte doch das Innere aus einem Buch geschnitten, das sich mit geheimen Tests an Zivilbevölkerungen befasste. Ich wusste den genauen Titel nicht mehr. Ich googelte Wolken und Tests und Bevölkerung. Ja, da war es: Titheridge, Edelwart und Zehner: *Wolken ohne Zeugen: Geheimwaffenversuche an Zivilbevölkerungen.*

Eine Rezension in der Zeitschrift *Science* fasste zusammen:

> Wer gern in einem Labor von der Größe der Central Plains die Verbreitung von Krankheitserregern testen wollte, dem griff das Verteidigungsministerium bereitwilligst unter die Arme. Von 1940 bis 1969, als Richard Nixon die Produktion und Lagerung von chemischen und biologischen Kampfstoffen gesetzlich untersagte, experimentierten die US-Army und die US-Navy zu der Frage, wie sich Anthrax am besten verbreiten ließ. Sie versprühten Wolken von angeblich harmlosen Anthrax-Analoga vom Flugzeug aus über South Dakota sowie mittels Ventilatoren auf Fahrzeugdächern in St. Louis, Minneapolis und Winnipeg. Von Schiffen in der San Francisco Bay aus bestäubten sie

> die kalifornische Küste und deponierten mit Mikroben gefüllte Glühbirnen im New Yorker U-Bahn-Netz. Laut einem Beobachter des Verteidigungsministeriums »breitete es sich ordentlich aus«.

Der Rezensent fügte noch hinzu:

> Seit Präsident Bush 1989 die Nixon-Direktive zugunsten von Biowaffenforschung zu Verteidigungszwecken umgedeutet hat, investieren die USA ins Herumspielen mit den Genomen etlicher Krankheitserreger. Einen Teil dieser Forschung hat man in private Labore ausgelagert.

Der alte Song von Buffy Sainte-Marie ging mir durch den Kopf: *My Country 'Tis of thy People You're Dying.* Ich hatte nichts davon gewusst, dass die USA solche Feldversuche durchführten. Als ich das Buch in Sonias Zimmer sah, war ich davon ausgegangen, dass es sich auf russische Experimente bezog.

Ich klickte mich zurück zu den Artikeln, die erklärten, wie man aus einer Mikrobe eine Waffe machte. Man brauchte Bioreaktoren, Gärtanks, um große Mengen Keime zu brauen, dann trocknete man sie, dann füllte man sie in Glühbirnen oder Pestizidtanks von Flugzeugen. Einer der Artikel enthielt eine Illustration eines Gärtanks. Es war ein gigantisches Fass von der Art, wie man sie in Bierbrauereien sieht. Wenn Kiel in den Achtzigern etwas dieser Größe benutzt hatte, wo hatte er es wohl untergebracht? Draußen beim Kanwaka-Silo?

Zu viele Einzelteile, die zusammengesetzt gehörten. Kurzer Schlaf und wachsende Angst führten auch nicht gerade dazu, dass mein Hirn schneller arbeitete.

»Zeit, in die Gänge zu kommen«, sagte ich zu Peppy. »Wir gehen am Fluss laufen und besorgen uns große Papierbögen, darauf können wir festhalten, was wir schon wissen – und wovon wir wissen, dass wir es nicht wissen: unsere bekannten Unbekannten.«

Ich checkte meine Nachrichten. Eine Ermahnung von Lotty, meine Pillen zu nehmen. Und zwar mit Nahrung. Erneut weckte ich Bernie.

»Ich zieh los. Dein Vater kommt mit dem Fünf-Uhr-fünfzehn-Flieger aus San Jose in Kansas City an. Er dürfte gegen sieben hier sein. Wenn du mich in der Zwischenzeit brauchst, schreib mir 'ne SMS. Wenn du irgendwo hinwillst, kannst du dir Lyft oder Uber rufen.«

Ich war nicht sicher, ob sie alles mitgekriegt hatte, aber ich schob das Doxycyclinfläschchen in meine Jeanstasche, verstaute Computer, Tablet und Ladegeräte in meinem Faraday'schen Käfig und packte Reservekleidung ein, damit ich nicht extra hierher zurückmusste, falls ich nass und schmutzig wurde.

Peppy und ich rannten eine Fünf-Meilen-Schleife unten am Fluss. Gegen Ende ließ meine Beklemmung ein Stück weit nach und ich fühlte mich etwas denkfähiger.

Der FedEx-Laden gegenüber vom Hippo verkaufte mir großformatiges Papier. Auf der Toilette in der Kaffeebar machte ich eine schnelle Katzenwäsche und wechselte in meine Jeans, dann setzte ich mich zum Arbeiten an den Tresen.

Ich teilte meinen Papierbogen in zwei Hälften: 1983 und Gegenwart.

1983: Die Air Force ist genervt von den Protesten am Kanwaka-Raketensilo. Sie wollen die Demonstrant/innen vertreiben. Die Army finanziert doch Kiels Forschung über *Y. enterocolitica*, also warum nicht die Protestierenden ein bisschen damit besprühen, sie alle kotzend in die nächste Notaufnahme schicken und dann das Camp niederbrennen, wenn sie weg sind?

1983: Als Doris eines schönen Augustmorgens mit Essen für Jenny und das Baby rüber zum Silo fuhr, stieß sie auf Schilder, die vor hochgiftiger Verunreinigung warnen. Die Schilder suggerierten *radioaktive Strahlung*, aber das kann auch ein billiges Täuschungsmanöver gewesen sein.

1983: Wenn Sonias Erinnerungen nicht mit der Zeit immer melodramatischer geworden sind, dann starb Matt Chastain bei dem Brand, der das Protestcamp auslöschte. Cady Perec hat im Archiv der Mikrobiologischen Abteilung nach Chastain gesucht und nichts gefunden. Sollte je eine Mutter oder Schwester an Kiel geschrieben und nach Chastain gefragt haben, so wurden die Briefe entsorgt.

Gegenwart: Doris McKinnon ist auf Knochen gestoßen, die sie an Dr. Roque weitergereicht hat. Babyknochen, aber vielleicht dachten meine Einbrecher, es wären Matt Chastains Überreste. Haben sie danach gesucht – bei mir, bei August und im Studio? Wollen sie seinen Tod geheim halten?

Gegenwart: Dr. Roque stirbt an Lungenpest. Hat er sich bei der Frau, deren Leiche ich in Doris McKinnons Küche fand, angesteckt, als er die Autopsie vornehmen wollte? Das ergibt keinen Sinn. Er erkrankte und starb unmittelbar nach Beginn der Autopsie, das wäre selbst für *Y. pestis* ein Geschwindigkeitsrekord.

Angenommen, es wäre Magda Spereva, über deren Leiche ich gestolpert bin, wo war sie nach der geheimnisvollen Katastrophe von 1983? Warum ist sie jetzt zurückgekommen?

Ich legte den Stift hin und bestellte mir noch einen Kaffee.

1983: Irgendwer, am ehesten Magda Spereva, vertauscht Pestbazillen mit ihren weniger toxischen Schwestern. Kiel testet das Zeug an der Kanwaka-Kommune. Die Army zitiert Dr. Kiel nach Washington, damit er erklärt, was schiefgegangen ist, und er erklärt es so zufriedenstellend, dass der Präsident und sein Verteidigungsminister sich mit Kiel knipsen lassen.

Wenn die Lungenpest 1983 Menschen getötet hatte und heute immer noch Menschen tötete, wie hatte der Organismus all die

Jahre überlebt? Lotty hatte gesagt, dass er anders als Anthrax im Freien nicht lange überdauerte, folglich musste es eine Möglichkeit geben, Proben im Labor aufzubewahren. Ich sah Spereva vor mir, wie sie einen Käfig voller infizierter Ratten überallhin mitnahm, eine mittelalterliche Hexe und ihre Nagetier-Hausgenossen. Ein scheußliches Bild, die Wissenschaftlerin als Hexe. Wahrlich nicht mein Lieblingsklischee. Und überhaupt, wenn Magda damit zu tun hatte, hätte sie doch was Moderneres gemacht, irgendwas technisch Ausgefuchstes. Vielleicht hatte sie ein Reagenzglas voll *Y. pestis* in ein Gefriergerät gesteckt und erst aufgetaut, als sie wieder nach Lawrence kam.

Wie es auch vor sich gegangen war, dies war das Geheimnis, von dem niemand wollte, dass ich es aufdeckte. Sie hatten die Pest gegen Menschen eingesetzt, sie hatten es für mehr als eine Generation erfolgreich vertuscht, sie wollten nicht, dass es jetzt rauskam. Und wer waren »sie«? Es musste das Quartett sein, dem ich Donnerstagabend in der Hotelbar über den Weg gelaufen war.

49

Baby Blues

Ich schrieb erneut eine SMS an Aanya, ob sie was über Lagerung und Haltbarmachung von Pest wusste. Noch ehe ich mit Tippen fertig war, kam eine Nachricht von ihr mit der Bitte, sie anzurufen: *Ich habe viel zu berichten, falls dieses Telefon undicht ist, skype ich vom gleichen Ort wie Sie letzte Woche: Können Sie jetzt dahin?*

Ich schloss daraus, dass sie eine Bibliothek in Kansas City aufsuchte und ich wieder in die Bibliothek von Lawrence gehen sollte. Ich trank meinen Kaffee aus, sperrte Peppy ins Auto und ging die vier Blocks zu Fuß.

Als das Bild stand, war gleich klar, dass Aanya nicht geschlafen hatte. Ihre dunklen Augen lagen tief in den Höhlen, ihr schmales Gesicht wirkte noch hagerer, verkniffener.

»Essen Sie genug?«, fragte ich.

Der Hauch eines Lächelns. »Sie und Ruby. Ruby hat mir hausgemachte Hühnergraupensuppe gebracht, ein Familienrezept. Sie war schwer gekränkt, als ich ablehnte, aber ich bin Vegetarierin.«

»Linsen«, sagte ich. »Kommen Sie nach Chicago, wenn wir das hinter uns haben. Ich mach Ihnen die Linsensuppe meiner Mutter. Was haben Sie für mich?«

Die Obduktion von Dr. Roque war gestern Abend durchgeführt worden. »Er hatte sich mit Pest infiziert, und das hätte ihn vielleicht getötet, aber im Labor umgefallen ist er, weil ihn jemand erstochen hat. Die Kameras im Pathologielabor waren alle abgeschaltet, und bis auf einen Wachmann, der wohl gar nicht am Monitor saß, hatte niemand Dienst. Es ist unmöglich zu klären, wer ins Labor gegangen ist und ihn angegriffen hat.«

»Sie meinten doch, so was hätten Sie bestimmt gehört, weil er diktierte«, erinnerte ich sie.

»Diese Person hat sich geräuschlos bewegt. Dr. Roque hat nicht aufgeschrien oder irgendwas gesagt. Vielleicht war es jemand, den er dort öfter sah.«

Wenn das der Fall war, sollte die Polizei leichter Verdächtige ausmachen können. »Die wollten die Tote beseitigen, bevor Dr. Roque sie sich vornahm, damit sie nicht identifiziert wird«, dachte ich laut.

»Ist das Grund genug?«, fuhr Aanya auf. »Der einzige Trost, den Dr. Madej für mich hatte, war, dass Dr. Roque der qualvolle Tod an der Pest erspart geblieben ist. Und Dr. Madej meint, beide, auch Dr. Hitchcock, könnten sich über die Bodenproben angesteckt haben.«

»Dann hat also jemand die von Doris McKinnon geborgene Erde vorsätzlich kontaminiert?«, fragte ich.

»Nicht unbedingt vorsätzlich. Sie kam von einer Farm, möglicherweise waren dort infizierte Ratten oder Hühner unterwegs oder sogar Präriehunde, die könnten die Pest im Boden hinterlassen haben. In der Wildnis gibt es natürliche Vorkommen dieser Mikroben. Sie sind nicht zwangsläufig Bestandteil eines teuflischen Plans, Seuchen zu verbreiten. Und manchmal überleben sie im Erdreich bis zu drei Monate, nachdem ein infiziertes Tier gestorben ist.«

Ich erzählte Aanya von meinen morgendlichen Überlegungen zu Kiels damaligem Experiment und der Möglichkeit, dass jemand – Spereva – die Bakterien ausgetauscht hatte.

»Schon möglich, ja, dass vor fünfunddreißig Jahren so etwas passiert ist, aber glauben Sie mir, Vic, diese alten Mikroben wären auf der Farm dieser Frau längst nicht mehr am Leben. Drei Monate oder weniger sind schon das Maximum an Lebenszeit außerhalb eines lebendigen Wirts, und auch das nur unter idealsten Bedingungen für die Bazillen.« Sie hielt kurz inne, um ihre Notizen zu sichten. »Trotzdem merkwürdig, dass sich gerade jetzt im Douglas County so viele Leute mit Pest anstecken. Merkwürdig und besorgniserregend. Ich habe Dr. Madej die Fotos gezeigt, die Dr. Roque von der Toten gemacht hat, die dann wegkam. Ihr Körper – ihre Haut – war so beschädigt, dass er nichts darüber in seinen offiziellen Bericht aufnehmen mochte, aber er glaubt nicht, dass es Anzeichen von Pest gab. In jedem Fall muss er die Sache mit Dr. Roque und Dr. Hitchcock der CDC und den lokalen Gesundheitsbehörden melden.«

»Ja, natürlich. Dr. Herschel in Chicago macht das auch und nimmt an, die Cleveland-Klinik hat ebenfalls Alarm geschlagen«, stimmte ich zu. »Angenommen, Spereva kam krank auf McKinnons Farm, kann sie August Veriden und Emerald Ferring angesteckt haben? Sind sie in ihrem Schlupfwinkel gestorben?«

»Falls sie sie direkt angehustet hat, wäre das denkbar.« Aanya versuchte mich zu beruhigen. »Wenn sie geflüchtet sind, ohne sich direktem Kontakt mit ihr auszusetzen oder von Flöhen gebissen zu werden, dürften sie nicht gefährdet sein. Immerhin ist die Tote in dem Laster – das war doch *ihr* Haus, richtig? – auch nicht an der Pest gestorben.«

»Nein, sondern an einer Kugel im Hinterkopf«, bestätigte ich grimmig. »Eine sichere Sache, nicht so riskant wie zu hoffen, dass ein Floh die Zielperson beißt.«

Wir schwiegen beide, bedrückt von der Geschichte, die wir da am Wickel hatten. Ich wollte mich schon verabschieden, da sagte Aanya: »Das hätte ich fast vergessen, ich hab Ihre DNA-Ergebnisse.«

»Und?«

»Keine dieser beiden Frauen hat Blutsbande zu dem Kind. Aber beide sind eng miteinander verwandt.«

»Mutter und Tochter?«

»Nein. Geschwister.«

Ich hielt den Atem an. »Schwestern? Aber – und wer ist dann das tote Baby?«

»Das weiß ich doch nicht. Solange Sie mir nicht mehr DNA von weiteren Leuten schicken, kann ich dazu nichts Erhellendes beitragen.«

»Und heißt das, dass sie denselben Vater haben oder dieselbe Mutter?«

Aanya schüttelte den Kopf, wieder glühte kurz ihr Lächeln auf. »Das kann ich Ihnen nicht sagen. Ich bin nur eine Laborantin, nicht der Erzengel Gabriel, der die Empfängnis beaufsichtigt.«

»Was für eine unangenehme Vorstellung! In so einem Moment Engel im Zimmer – als wäre die NSA nicht schon schlimm genug.«

Aanya lachte auf, hielt inne, sah bestürzt aus. »Hab nicht gedacht, dass ich je wieder lächeln würde, und hier sitze ich und gackere.«

»Das ist menschlich, so ist das Leben«, sinnierte ich. »Wir können uns in Trauer nicht für immer einnisten, so wenig wie in Freude.«

»Ich weiß.« Das Skype-Bild zeigte Tränen in den Winkeln ihrer schwarzen Augen. »Ich weiß auch, dass das Leben weitergeht, dass wir uns nicht ewig in Trauer einnisten können, aber ich will Dr. Roque nicht loslassen, jetzt noch nicht.«

Als wir zu skypen aufhörten, lehnte ich mich erschöpft zurück. Ich war so sicher gewesen, dass das Baby sich als Sonias erweisen würde oder als Zwilling von Cady. Aber diese Neuigkeit – dann war Cady Shirleys oder Nathans Kind? Oder konnten Sonia und Cady in Wahrheit Gertrude Perecs Töchter sein? Hatte das überhaupt irgendwas mit der Pestgeschichte zu tun, war es eine Art Kollateralschaden?

Ich öffnete die Augen: Chefbibliothekarin Phyllis Barrier blickte auf mich herab. »Wir sind ja froh, dass die Bibliothek auch Fremden nützt, Ms. Warshawski, aber ich frage mich immer noch, was für Dienste wir anbieten, die Sie nicht überall bekommen könnten?«

Ich lächelte und stand auf. »Bibliotheken sind Zufluchtsstätten, Ms. Barrier. Und gerade Ihre ist besonders gastfreundlich, sogar mitten in der Nacht.«

Sie biss sich auf die Lippe, sah unschlüssig aus. Ich wühlte in meinem Rucksack und förderte ein flaches, in ein Papiertaschentuch gewickeltes Päckchen zutage.

»Eine Ihrer Stammkundinnen hat das hier auf Doris McKinnons Farm vergessen. Bitte richten Sie ihr aus, dass der Lichtschein aus dem Keller nachts auf dem Parkplatz zu sehen ist. Ihr Vorstand sorgt sich wahrscheinlich schon um die Stromrechnung.«

»Ich … Sie …« Barrier drehte das Päckchen in ihren Händen.

»Ms. Albritten hat Ihr Foto weggestellt, nachdem ich sie das erste Mal aufgesucht hatte. Sie wollte nicht, dass ich Sie mit ihr in Verbindung bringe. Vielleicht hatten Sie recht damit, mir nicht zu trauen – ich hätte die beiden nicht schützen können. Und um Ihre Frage zu beantworten, ich komme zum Skypen her, um das Risiko zu mindern, dass fremde Ohren hören, was ich zu sagen habe.«

Ich ging weg, ohne eine Antwort abzuwarten, und joggte zurück ins Hippo, mit den Gedanken bei Cady und Sonia, nicht bei Emerald und August.

Konnte Cady Gertrudes Kind sein? Ich überschlug es im Kopf. Gertrude war 1939 oder ’40 geboren, sie wäre vierundvierzig gewesen, als Cady zur Welt kam. Also keineswegs unmöglich. Vielleicht hatte sie eine Affäre mit Kiel gehabt, hatte nicht verhütet, weil sie in der Menopause zu sein glaubte, und gab dann vor, das Kind wäre von ihrer Tochter. Jennifer war gestorben, also würde niemand Cadys Herkunft bezweifeln. Wo war dann aber Jennifers Kind? Bei Matt Chastain, im Tode vereint oder gut versteckt?

Es war eine mögliche Version, nicht mehr und nicht weniger. Ich fuhr zu Gertrude Perec, die ich beim Jäten in ihrem Vorgarten antraf. Sie sah zu mir hoch, aber ihre Miene war nicht liebevoll.

»Was denn nun schon wieder?«

Ich hockte mich neben ihr auf den Boden. »Eine komplizierte Geschichte. Eine schwierige Frage.«

Sie musterte mich wortlos, dann seufzte sie und legte ihre Schippe weg. »Kommen Sie mit rein. Der Hund bleibt im Auto.«

Peppy lehnte sich aus dem Wagenfenster und japste ihren Wunsch, bei mir zu sein. Ich gab ihr das »Bleib da«-Zeichen und folgte Gertrude ins Haus oder vielmehr auf die Veranda, wo ich sie letzten Dienstag kennengelernt hatte.

»Fahren Sie je wieder nach Chicago?«

»Ich hoffe doch. Ich möchte so gern hier weg, wie Sie mich los sein wollen. Der Sheriff hat mich angewiesen zu bleiben, bis der Mord an Doris McKinnon aufgeklärt ist. Und natürlich bis die Leute auftauchen, die ich suche. Womöglich haben sie sich mit Pest angesteckt und sind tot. Das passiert ja neuerdings öfter.«

Sie nickte, mehr zu sich selbst. »Man hört so einiges.«

»Das Gesundheitsamt des Countys sollte eigentlich Verhaltensrichtlinien bekannt geben. Ich weiß nicht, ob sie das schon getan haben, aber der Pathologe, der Magda Spereva obduzieren wollte, hat sich mit Lungenpest infiziert, die auch Spereva getötet hat.«

Sie holte scharf Luft. »Magda! Ich dachte –«

»Sie dachten was, Ms. Perec?«, fragte ich schneidend, als sie mitten im Satz abbrach. »Dass Dr. Kiels Freunde ihre Leiche entsorgt hätten, bevor Dr. Roque sie untersuchen konnte? Oder dachten Sie wie Shirley Kiel, dass Sie sie für immer losgeworden wären, als sie 1983 verschwand?«

»Ich brauche Ihre Fragen nicht zu beantworten.«

»Das ist wahr.« Ich lehnte mich im Korbstuhl zurück und legte die Fingerspitzen zusammen. »Vielleicht möchten Sie lieber die von Cady beantworten.«

»Was fällt Ihnen ein! Ich habe noch nie solche Arroganz erlebt. Kommt in eine fremde Stadt und glaubt, sie kann uns Vorschriften machen. Als Sie das letzte Mal herkamen, haben Sie mit wilden Geschichten über Matt Chastain das Andenken meiner Tochter besudelt. Jetzt haben Sie wohl eine neue Theorie? Denken Sie sich die nachts aus, wenn Sie einsam sind, nur um das Leben von Leuten zu vergiften, die Familie haben?«

Ich zuckte zusammen. Ihre wütende Unterstellung traf ein Körnchen Wahrheit.

»Es gibt deutliche Hinweise, dass Matt Chastain bei den Siloprotesten 1983 durch einen Brand ums Leben kam.«

»Sie haben auf Sonia gehört«, sagte Perec verächtlich. »Ich dachte, sie liegt im Koma und kann nicht sprechen.«

»Alle in dieser Stadt reden miteinander«, beschwerte ich mich, »aber nicht mit mir, und wenn ich dann selbst was rausfinde, sind alle sauer.«

»Was haben Sie herausgefunden?« Perecs Kehle zog sich zusammen, strangulierte die Worte.

»Sonia Kiel und Cady sind Schwestern.«

»Nein! Nein, nein, nein!« Ihr lauter werdender Aufschrei drang bis zu Peppy im Auto, die sofort zu bellen anfing. Ich stand auf und gab ihr Zeichen, still zu sein, aber es dauerte ein paar Minuten, bis sie und Gertrude sich so weit beruhigt hatten, dass ich weitersprechen konnte.

»Doris McKinnon hat Bodenproben auf dem Stück Land genommen, das die Air Force von ihr beschlagnahmt und an Sea-2-Sea verkauft hat. Ihr wurde gesagt, die Erde sei zu kontaminiert für Ackerbau, und dann sah sie, wie Sea-2-Sea trotzdem darauf anbaute. Sie schickte Dr. Roque Proben zur Untersuchung – er war der Spezialist für schwarzen Schimmel, daher nahm sie an, er könnte auch radioaktive Verseuchung nachweisen.«

Perec umklammerte die Armlehnen ihres Stuhls so fest, dass ich an den Handgelenken ihren Puls klopfen sah, aber sie sagte nichts.

»Beim Sammeln der Bodenproben ist Ms. McKinnon auf Teile eines Babyskeletts gestoßen, wahrscheinlich um die gleiche Zeit geboren wie Cady. Sie hat sie zusammen mit der Erde an Dr. Roque geschickt. Ich wollte wissen, ob Cady einen verstorbenen Zwilling hatte oder ob Sonias emotionale Verstörung vielleicht von einer Schwangerschaft ausgelöst wurde. Sie war in dem Sommer vierzehn. Ich habe von beiden Frauen DNA-Proben genommen. Keine ist mit dem toten Baby verwandt, aber die beiden sind Schwestern.«

»Womit haben Sie Cady hereingelegt, um an ihre Genprobe zu kommen?«

»Ich habe sie darum gebeten.«

»Nein«, sagte sie wieder, aber es war ein Flüstern. Im nächsten Augenblick fing sie an zu weinen, schreckliche krampfhafte Schluchzer, die ihren ganzen Körper durchschüttelten.

Sie würde von mir keinen Trost wollen. Ich ging ins Haus und fand die Küche, fand Gläser, fand Wasser im Kühlschrank. Ich füllte zwei Gläser und brachte sie mit einer Schachtel Zupftücher auf die Veranda.

Perec nahm ein Glas von mir entgegen. Sie deutete auf einen kleinen runden Tisch. Ich zog ihn neben ihren Stuhl und setzte mich wieder. Ihr Schluchzen hatte nachgelassen, sie nippte an ihrem Wasser und tupfte ihr Gesicht mit einem Tuch ab, wobei dunkle Streifen auf ihren Wangen zurückblieben.

Ich trank mein Wasser schnell, meine Kehle war rau und trocken von der Aufregung. Oder von Lungenentzündung im Anfangsstadium? Unwillkürlich betastete ich meine Lymphknoten.

»Ich hab mich gefragt, ob Sie Cadys Mutter sind«, wagte ich mich vor.

»Was?« Die Unterstellung erboste sie genug, um ihre Stimme wieder zu stärken. »Mein Mann starb, als Jenny ein Kleinkind war. Ich dachte, Sie wüssten das – Sie wissen doch so viel, weil Sie überall herumschnüffeln.«

Ich empfand perverse Erleichterung, weil sie mich wieder beleidigte – das hieß, sie berappelte sich. »Sonia und Cady haben ein Elternteil gemeinsam, vielleicht beide. Ich nehme nicht an, die Kiels hatten ein Baby, das Sie adoptiert haben.«

Kurz blickte sie giftig, dann fielen ihre Gesichtszüge in sich zusammen. Sie fing nicht wieder an zu weinen, aber sie sackte in ihrem Stuhl zurück. »Ich liebe Cady als mein Kind«, flüsterte sie. »Das tue ich wirklich, aber …«

Ich wartete ab, saß ganz still, wurde ein Teil der Verandamöbel.

»Ich war so zornig, als Jenny schwanger wurde, und das auch noch ausgerechnet von Dr. Kiels erbärmlichstem Studenten. Sie war klug, mitteilsam, die Leute hörten auf sie: Sie hätte alles aus ihrem Leben machen können.

Wissenschaft – sie war so begabt, selbst Nathan – Dr. Kiel –, der sehr streng urteilt, erkannte, wie begabt sie war. Er brachte die Universität dazu, ihr ein Stipendium anzubieten, sie fing an, Physik und Internationale Politik zu studieren, und dann wurde sie von dieser Anti-Atom-Bewegung geködert. Natürlich hat sie Matt Chastain über mich kennengelernt – durch meine Arbeit bei Dr. Kiel, meine ich –, und was sie in ihm sah, werde ich nie verstehen!«

Ihr Gesicht arbeitete, aber sie trank noch etwas Wasser und schaffte es, weiterzusprechen. »Jenny half den Protest beim

Silo organisieren. Sie hatte den Ehrgeiz, ihn so bedeutend zu machen wie den in England, und wir stritten uns deswegen, wie wir uns im letzten Jahr ihres Lebens über alles gestritten haben. Ach, in so vielen Nächten liege ich wach und plage mich mit Reue. Mein Schätzchen, mein Liebling, ich habe nur mit dir herumgestritten. Warum konnte ich dich nicht ein bisschen unterstützen? Ich wusste doch, mit den Waffen hattest du recht, auch wenn du mit Matt falsch lagst.«

Sie umarmte sich selbst, der Wind frischte auf, und sie fühlte sich dünnhäutig. Ich nahm eine Decke von einer Bank und legte sie ihr um die Schultern. Ansonsten hätte ich nur Plattitüden anzubieten gehabt, die ich lieber für mich behielt.

»Sie hat ihr Kind da draußen auf dem Acker entbunden, und die zwei Weiber, Lucinda Ferring und Doris McKinnon, die haben sich aufgeführt, als hätten sie sie selbst zur Welt gebracht, so stolz, so eifrig besorgt. Ich hätte die beiden umbringen können, als sie Jenny herbrachten, um mit der kleinen Cady anzugeben, als wären *sie* die Großmütter und ich bloß eine ignorante alte Jungfer. Sie hatte einen Storchenbiss, ein Muttermal auf der linken Schulter, genau wie Jenny.«

»Cady hat das nicht?«, fragte ich, als sie wieder in Schweigen verfiel.

Sie lächelte, so wie man lächelt, wenn man nicht weinen will. »Dr. Clayhorn, sie war die Kinderärztin, sie meinte, Muttermale können spontan verschwinden, aber gewöhnlich nicht binnen einer Woche. Nathan, Dr. Kiel, war immer so besorgt um Cadys Wohlergehen. Ich wollte darüber nicht nachdenken. Ich wollte, dass Cady Jennys Baby war. Im ersten Jahr hatte ich dauernd Angst, Matt könnte auftauchen und Anspruch auf das Kind erheben, auch wenn Nathan mir versicherte, dass er Kansas für immer verlassen hätte.«

50

Where oh where can my baby be?

»Wenn Jenny gar nicht Cadys Mutter war, wer – oh!« Mich durchfuhr ein Ruck, als hätte eine der Schicksalsmächte beiläufig den Arm ausgestreckt und mir einen Schlag zwischen die Schulterblätter versetzt. »Spereva bekam gleichzeitig mit Jenny ein Kind.«

»Sie und Dr. Kiel stritten sich deswegen, er wollte, dass sie abtreibt, sie wollte, dass er Shirley verlässt und sie heiratet. Sie hat geglaubt, ein Baby würde ihn zwingen, sich für sie zu entscheiden.« Perec sprach mit gesenktem Kopf und so leise, dass ich mich vorbeugen musste, um die Worte zu verstehen.

»Ich nehme an, wenn Sie davon wussten, wusste es das ganze Labor«, sagte ich. »Auch Matt Chastain.«

»Das glaube ich nicht. Ich war Dr. Kiels Sekretärin. Ich sah und hörte Dinge, die sonst niemand mitbekam, und ich habe nie zu den Leuten gehört, die ihr Wissen an jeden streunenden Hund weitergeben, der Dr. Kiels Bürotür ankläfft.« Sie verpasste mir einen sauren Blick – ich gehörte zu den streunenden Hündinnen, nur war ich so dreist, einfach unaufgefordert hereinzuplatzen.

»Alle vermuteten, dass sie eine Affäre gehabt hatten, als Nathan in Bratislava war. Hätte Magda mich gefragt, bevor sie diese dramatische Flucht aus Belgrad antrat und all das – falls sie überhaupt wirklich geflüchtet ist und uns nicht von den Russen in den Pelz gesetzt wurde –, jedenfalls hätte ich ihr sagen können, dass er nicht der Mann ist, der einen Skandal in Kauf nimmt. Was er sich auf seinen Reisen gönnte, kam niemals mit nach Hause, jedenfalls bis sie hier anrückte.« Sie stand auf und sagte brüsk: »Mir ist kalt. Wir gehen ins Haus.«

Mir war auch kalt. Ich war dankbar, ihr in die Küche zu folgen, wo sie einen Kessel Teewasser aufsetzte und dann die Treppe hoch verschwand. Das Wasser kochte irgendwann. Ich stellte es ab. Ich mag keinen Tee – sollte sie ihn sich selbst machen, wenn sie wiederkam.

Von der Küche aus ging der Blick auf den rückwärtigen Garten, wo Vögel um Platz an den zwei Futterhäuschen kämpften, die Perec aufgestellt hatte. Vögel bedeckten auch die Küche, gemalte auf den Streifen der Tapete in der Frühstücksecke, aus Holz geschnitzte an der Uhr über der Spüle, als Spender für Papierserviettenringe und als Löffelständer.

Perec war lange genug weg, dass ich mich schon fragte, ob sie telefonisch mit Kiel konferierte. Doch schließlich kam sie zurück, die Haare feucht vom Duschen, frisches Make-up verdeckte die Spuren ihrer Weinkrämpfe.

Ich setzte mich in die Frühstücksnische. »Kam Magda nun wegen Kiel her oder auf der Flucht vor dem Kommunismus – oder beides?«

Perec goss sich einen Becher Tee auf und setzte sich mir gegenüber. »Bei ihr konnte man nie wissen. Sie hat behauptet, es ginge um ihre Freiheit, aber ich glaube, sie wollte einfach gern im Westen leben, sie wollte ein Leben, wie man es hier haben kann, wenn man Geld und Status besitzt. Die Army war jedenfalls hocherfreut, dass sie hier war, so viel kann ich Ihnen sagen.«

»Weil sie ihr Fachwissen über biologische Kriegführung mitbrachte?«

Perec blickte finster. Es erboste sie, wenn ich etwas wusste, wovon sie glaubte, es sei nur ihr als Insiderin bekannt. Ich wollte, dass sie erbost war – das mochte sie dazu verleiten, mir mehr zu erzählen.

»Die Army hat Dr. Kiels Forschung finanziert«, setzte ich nach. »Als das große Malheur passiert ist – als *Y. enterocolitica* mit dem Pestbazillus vertauscht wurde –, musste er nach Washington, um zu erklären, was schiefgegangen war. Weil nämlich am Raketensilo Menschen gestorben sind. Darunter Lucinda Ferring.«

Ich hatte während der Autofahrt *enterocolitica* aussprechen geübt und war zufrieden damit, wie flüssig es mir über die Lippen kam.

»Sie hatte Grippe«, sagte Perec heiser. »Man rief Dr. Kiel hin – diese Stümper im Krankenhaus können ihre linke Hand nicht von der rechten unterscheiden. Ständig verlangten sie nach seiner Hilfe. Und er war nun mal Leiter der Gesundheitsbehörde des Countys, eine Zeitlang sogar des Staates. Sie holten ihn, und er analysierte ihr Blut und sagte ihnen, dass es die Grippe war. Die kann eine Person, besonders eine ältere, auch umbringen, ganz schnell.«

»Grippe. Egal, was er unter dem Mikroskop gesehen hat.«

Sie wollte hochfahren, aber ich kam ihr zuvor.

»Lucinda Ferring war seine Assistentin. Sie war in dem Labor. Sie war eine schwarze Frau, die niedere Arbeiten verrichtete, also war sie unsichtbar. Ich wette, sie wusste alles, was Sie wussten, und übrigens sogar mehr, denn Sie waren ja nicht dort vor Ort mit den Studenten und Sonia, die als Laborspülerin arbeitete. Wenn jemand – war es Magda? – *Y. pestis* ins Labor gebracht hat, war sie dem ausgesetzt, ob Ms. Ferring selbst davon wusste oder nicht.«

»Sie wollen nur seinen Namen in den Schmutz –«

»Hat er Ihnen damals eine Tetracyclin-Kur verabreicht?«, schnitt ich ihr erneut das Wort ab.

Ihr Mund öffnete sich zum Widerspruch. Dann folgte ein entsetzter Blick, und sie verstummte: Es war ihr wieder eingefallen.

»Bei dem armen Matt oder Ms. Ferring hat er sich die Mühe nicht gemacht. Nicht mal bei seiner Tochter, nicht, bis sie da draußen über dem sterbenden Matt zusammenbrach.«

Es stand in Sonias Tagebuch – sie brannte, glaubte im Feuer zu sein. Brennen, dann Frieren, dann ein Beatmungsgerät. Sie gehörte zu dem einen Prozent, das die Lungenpest überlebt, doch ihre Eltern waren nicht beglückt von diesem Wunder.

»Kiel fuhr nach Washington, um sich vor der Army zu rechtfertigen. Auch wenn er die Schuld auf seinen toten Doktoranden schob, stand er nicht gut da – warum hatte er sein Labor nicht besser im Griff? Aber die tschechische Biowaffenexpertin – wenn sie dafür verantwortlich war, löste das so viele Probleme auf einmal. Was hat er ihnen wohl erzählt? Dass er sie als KGB-Agentin überführt hätte, eingeschleust, um US-Geheiminformationen über Mikroben zu stehlen? Dass sie im Auftrag des KGB vorsätzlich einen Feldversuch durchgeführt hatte, bei dem eine Anzahl Unschuldiger starb?«

»Es *war* ihre Schuld«, sagte Perec scharf. »Er hatte Beweise, er zeigte sie der Army, und sie kamen und holten sie nach Washington. Die haben ihr irgendeinen Handel angeboten, wenn sie in Fort Detrick für sie an einer Geheimsache arbeitete. Sie gaben ihr eine neue Identität, sagte mir Nathan, um sie vor dem KGB zu beschützen. Er sagte, sie würde uns nicht mehr belästigen.«

»Und dann ist sie hier aufgetaucht – wann? vor ein paar Wochen? –, um Dr. Kiel zu erpressen, also musste sie weg, und wie könnte man das kunstvoller zuwege bringen als mit der verflixten *pestis,* die er all die Jahre in einem Laborgefrierschrank gehortet hat?«

»Das ist eine Lüge!« Perec sprang auf und kippte ihren Tee über den Tisch.

Ich griff eine Handvoll Papierservietten aus dem vogelförmigen Spender und blockte den Tee ab, bevor er auf mich kleckerte. »Schön, wie lautet dann die Wahrheit?«

»Niemand von uns wusste, dass sie wieder hier war, nicht, bis Sie ihre Leiche fanden. Das war ein ganz böser Schreck.«

»Aber alle sagten, es sei Doris McKinnon«, wandte ich ein.

»Die Army hat Colonel Baggetto hergeschickt – Magda war verschwunden, und man nahm wohl an, sie könnte nach Lawrence zurückgekehrt sein. Als er von der Leiche erfuhr, hatte er einen Verdacht.«

»Und der hat ihn veranlasst, Dr. Roque zu erstechen?« Mein Mund fühlte sich an, als wäre er voll Asche.

»Niemand hat Dr. Roque erstochen. Er ist an der Grippe gestorben.«

»Genau wie Lucinda Ferring.« Meine Selbstbeherrschung hing an einem seidenen Faden.

Tee tropfte an ihrer Seite des Tisches zu Boden. Sie starrte darauf, als könnte er sich in einen Zauberbrunnen verwandeln und sie hineinspringen.

»Cady«, sagte ich. »Lucinda Ferring fand sie da draußen. Sie und McKinnon brachten sie ins Krankenhaus. Sie war dehydriert. Und dann hat jemand Sie benachrichtigt.«

»Nathan«, sagte Perec mit stumpfer Stimme. »Er sagte, Jennys Baby sei gerettet worden. Sie hatten Jenny an diesem Tag gefunden, ertrunken im Wakarusa. Der Sheriff fand sie – Deputy Gisborne war er damals. Als Nathan mir erzählte, dass Jennys Baby noch lebte, mochte ich keine Fragen stellen. Ich wollte etwas von meinem Mädchen behalten.«

Ich wollte sie gar nicht bedauern, aber ich konnte nicht anders. Sie war in einen unerträglichen Schraubstock eingeklemmt worden – Loyalität zu Kiel, rasende Eifersucht auf Spereva, und beides wurde bedeutungslos unter dem erdrückenden Verlust ihres einzigen Kindes. Natürlich hatte sie unbedingt glauben wollen, dass Cady Jennys Baby war.

»Magda hat irgendwann in jenem Sommer auch entbunden«, sagte ich. »Wo?«

Perec zuckte die Achsel, starrte weiter auf den Tee. »Sie fuhr nach Aspen, oder sie sagte, sie wolle nach Aspen. Da ist jeden Sommer eine große Konferenz, und sie fuhr hin, um eine Forschungsarbeit vorzustellen. Sie brach auf, bevor man es ihr groß ansah. Ich dachte damals, sie hätte ihr Kind heimlich entbunden und bei einer Freundin untergebracht. Sie hoffte ja immer noch, dass Nathan seine Meinung ändert und Shirley verlässt. Aber sie hatte ihr Baby wohl irgendwo hier in Lawrence. Vielleicht hat sie, als ihr klar wurde, dass Nathan sie nicht heiraten würde, das Baby ins Camp geschafft und gehofft, dass es bei dem Pestversuch stirbt. Sie war verrückt genug, so etwas Grausames zu tun.

Was soll ich denn nur Cady sagen? Ich kann ihr ja nicht mal ihren richtigen Namen nennen. Was wird aus ihr, wenn sie erfährt, dass Sonia ihre Schwester ist?« Wieder liefen Tränen, nicht die Schluchzer, die sie vorhin geschüttelt hatten, sondern die stillen, unwillkürlichen Tränen, von denen wir gar nicht merken, dass wir sie vergießen.

»Ihr Name ist Cady«, sagte ich ruhig. »Sie ist die Person, die Sie großgezogen haben, nicht die Person, die Magda geboren hat. Sie hatte Glück, dass sie zu Ihnen kam. Sie halten große Stücke auf Nathan Kiel, aber Sie müssen doch wissen, wie er und Shirley die drei Kinder behandelt haben, die bei ihnen aufgewachsen sind.«

Sie sagte nichts, aber ein paar der tiefen Verspannungsfalten verschwanden von ihren Wangen. Ich sah zu, wie der Sekundenzeiger ein paar Runden um die Vögel auf der Uhr drehte, dann sprach ich weiter.

»Wie kam Colonel Baggetto darauf, dass Spereva zurück war? Hat sie sich bei Dr. Kiel gemeldet?«

Da blickte sie auf, sah mich an, der Grimm war wieder da. »Er hat es mir erzählt. Wem kann er denn sonst vertrauen? Er hat sie gesehen. Er fuhr zu diesem Forschungsgelände bei

Eudora, und er hat sie auf Anhieb erkannt, auch nach fünfunddreißig Jahren.«

»Was hat sie dort gemacht?«

»Ich weiß es nicht. Aber Bram Roswell ist genauso verrückt wie Magda, also was immer sie gemacht hat, war sicher nicht dazu bestimmt, der Welt Licht und Frieden zu bringen, darauf können Sie sich verlassen.«

Das Treffen in der Hotelbar, bei dem Kiel unbehaglich mit dem Colonel, Roswell und dem jungen Mann aus Leavenworth zusammenhockte, das musste sich um Magda gedreht haben. Wie war sie gestorben? Wie war sie in Doris McKinnons Küche gelandet?

Und was hatten August Veriden und Emerald Ferring davon mitbekommen? Ich wollte ihre Sicherheit nicht aufs Spiel setzen, indem ich sie in der Bibliothek aufsuchte. Wenn sie sich in den Archiven versteckten, unter *F* wie Flüchtlinge oder *Z* wie Zeugen, war es ein Kinderspiel für Baggetto und Gisborne, mir zu ihnen zu folgen.

Ich stand auf, meine Knie waren ganz steif. Genau genommen waren alle meine Gelenke steif. »Sie sind es Cady schuldig, ihr die Wahrheit zu sagen.«

»Sie erzählen mir nicht, was ich wem schuldig bin.«

»Sie haben recht. Ich bin ja bloß die außenstehende Unruhestifterin, die Lawrence aufmischt. Aber irgendwo halbbewusst haben Sie die Wahrheit immer gekannt – deshalb waren Sie so gegen Cadys Bemühungen, ihren Vater zu finden. Wussten Sie, dass sie sämtliche Personaldaten in der Fakultät durchsucht hat, um Matt Chastains Akte zu finden? Was haben Sie gemacht, als seine Familie wissen wollte, wo er ist?«

»Dr. Kiel hat ihnen mitgeteilt, dass er wichtige Arbeit für die Regierung verrichtet, wir aber seinen Aufenthaltsort nicht preisgeben können. Später schrieb er dann, wir hätten über ein

Jahr nichts von ihm gehört, und die CIA befürchte, er sei verstorben.«

»Ein großer Trost für seine Mutter, ohne Frage. So wie es für Sie ein Trost war, zu wissen, wie Jenny starb.«

Ihr Gesicht zeigte rote Flecken. »Spielen Sie sich nicht als Richterin über mich auf. Dazu haben Sie kein Recht. Sie halten sich vielleicht für schlau und glauben eine Menge zu wissen, aber Sie wissen gar nichts. Sie hatten nie ein Kind, Sie haben nie einen Geliebten verloren, Sie sind wie der kühle Wind, der übers Land weht und den Boden nicht berührt.«

51

Bekannte Unbekannte

Ich hatte gerade noch die Energie, einen Park aufzusuchen und mich mit meiner Hündin auf den kalten Boden zu hocken. »Kühler Wind« Warshawski. Vielleicht sollte ich das auf meine Visitenkarten drucken. Es könnte mir eine gewisse lässige Coolness verleihen wie bei *Cool Hand Luke*, dem unbeugsamen Newman.

»Was für ein Schlamassel«, sagte ich zu Peppy. »Arme Cady. Das wird sie treffen wie ein Klavier, das vom Himmel fällt. Das Ganze ist ein einziges Gehedder, angefangen mit dem Tod von Matt und Lucinda und Baby Cady Nummer eins, und es zieht sich bis jetzt, zu den Morden an Doris McKinnon und Dr. Roque und dem Angriff auf Sonia. Was glaubst du, warum ist Magda Spereva nach Lawrence zurückgekommen?«

Wenn ich erst mal was aß und alles aufschrieb, ergab es vielleicht so weit Sinn, dass ich darauf kam, was als Nächstes zu tun war. Ich ging mit Peppy zu der Bäckerei, um Brot und Suppe zu essen. Sie ließen keine Assistenzhunde fürs Gefühlige rein, also trabten wir zum Hippo. Der Kaffee war da sowieso besser, und ich konnte nebenbei einen kleinen Whisky nehmen, falls Peppys Assistenzwirkung schwächelte.

Als ich an unserem Stammplatz saß, klingelte mein Handy. Unbekannte hiesige Nummer, die sich als Bayard Clements' erwies: der Pastor von St. Silas.

»Ms. Albritten! Geht es ihr gut?«, fragte ich erschrocken.

»Schwester Albritten ist so unverwüstlich wie das Michelinmännchen mit dem Duracellhasen als Antrieb«, behauptete Clements. »Und so soll es bitte auch bleiben.«

Meine Bauchmuskeln verspannten sich in Erwartung des nächsten Satzes: *Halten Sie sich von ihr fern.* Stattdessen wollte er meine Hilfe.

»Jordan, ihr Sohn, Sie wissen schon, und sein Junge, sie mussten heimfahren. Die Schule geht wieder los, Jordans Frau ist schwer krank. Niemand von St. Silas kann rund um die Uhr bei Schwester Albritten sein, und ich mache mir Sorgen um sie, besonders heute Abend, wo sie zum ersten Mal wieder allein ist. Ich muss zu einer Beerdigung nach Atlanta, sonst würde ich selbst bei ihr bleiben, aber ich bin nicht vor Freitag wieder hier.«

»Ich muss sehen, was ich hinkriege«, sagte ich langsam, versuchte abzuschätzen, wie mein Tag verlaufen würde. »Was, wenn ich eine der Frauen von Riverside mobilisieren könnte?«

»Nur als letzten Ausweg«, sagte er scharf. »Die tratschen alle für ihr Leben gern, und auf die Art verbreitet sich überall die Kunde, dass Schwester Albritten allein und ohne Schutz zu Hause hockt.«

»Verstanden, Pastor. Ich lass mir was einfallen.«

Was, wusste ich nicht, aber momentan hatte ich keine Lösung für *irgendeins* der Probleme, denen ich gegenüberstand. Mich irgendwie um Ms. Albritten zu kümmern war doch ein Klacks im Vergleich dazu, die Vergangenheit von Cady und Sonia auseinanderzuklamüsern, August Veriden und Emerald Ferring heimzubringen und aufzudröseln, was genau Dr. Kiel mit dem Colonel ausheckte. Vielleicht sollte ich Albritten mit Peppy in den Mustang laden und die Schrotflinte halten lassen, während ich wie irre durchs Douglas County raste und überall nach toten Frauen suchte.

Ein Problem nach dem anderen. Ich faltete das Papier auseinander, auf dem ich Ereignisse zwischen »Gegenwart« und

»1983« aufgeteilt hatte. Unter »Gegenwart« trug ich ein: *Colonel Baggetto ist im Auftrag der Army in Lawrence, aber nicht wegen ominöser Brennstäbe, sondern weil ihnen die Anwesenheit von Spereva Sorgen macht.*

1983 hatte Spereva mit Kiel ein Hühnchen zu rupfen gehabt. Ihrer Auffassung nach hatte er sie nach Kansas gelockt und dann sitzenlassen. Hatte sie diese Kulturen auf Geheiß des KGB vertauscht oder aus Wut auf Kiel? In jedem Fall hatte sie das Ganze überstanden und zu nutzen gewusst, als sie in den Gewahrsam der US-Army überführt wurde. Die Army hatte sie wahrscheinlich zunächst an der kurzen Leine gehalten, aber als der Kalte Krieg endete, hatten sie sie ziehen lassen und sich nicht weiter bemüht, sie im Auge zu behalten.

Selbst wenn nach dreißig Jahren noch Rachedurst in ihr geglüht hatte, warum hätte Spereva ihre Rückkehr so lange aufschieben sollen? Sie konnte ja nicht mal wissen, ob Kiel lange genug lebte, bis sie sich Zeit nahm, ihn zu bestrafen.

Nein, Spereva musste aus Gründen nach Kansas zurückgekehrt sein, die mit Kiel gar nichts zu tun hatten, wohl aber mit Biowaffen.

Gertrude Perec hatte erwähnt, dass Magda draußen bei Sea-2-Sea mit Bram Roswell arbeitete. Was tat sie da? Brachte sie ihre Biowaffenkompetenz in die Frage ein, wie man Feldfrüchte schädigt? Vielleicht war es das, was sie auf ihrer hermetisch abgeschotteten Versuchsfarm machten – Nutzpflanzen ziehen, um ihnen tödliche Krankheiten einzubauen.

Ich zeichnete eine Maispflanze, in die sich ein hässlicher Wurm bohrt. Wenn Sea-2-Sea wirklich mit so was befasst war, dann wusste die Army wahrscheinlich alles darüber. In welchem Fall Baggetto, statt Sperevas Fährte nach Kansas zu verfolgen, sie vielleicht überhaupt erst hierhergebracht hatte – als Beraterin für Bram Roswell.

Ich machte mich an Recherchen über Sea-2-Sea, folgte nicht

der Rhetorik auf ihrer Webseite – »Wir sichern Amerikas Versorgung, *from sea to shining sea*« –, sondern suchte nach Hintergrundinfos. Ich überflog Berichte an Kongressausschüsse, sah mir Arbeiten investigativer Journalisten an, die Amerikas gewaltige Nahrungskette unter die Lupe nahmen, und stippte in universitäre Datenbanken.

Sea-2-Sea schien sich von anderen Lebensmittelgiganten nicht zu unterscheiden: gruselige Arbeitsbedingungen, um funkelnden Sekt auf unsere Tische zu bringen. Labore, in denen das Erbgut von Pflanzen und Tieren manipuliert wurde. Riesiger Flächenbesitz, der kleine Bauern aus dem Geschäft drängte. Sea-2-Sea waren kein Stück besser als ihre Konkurrenten, aber sie sahen auch nicht wesentlich schlimmer aus.

Als ich Roswell erstmals überprüft hatte, war mir doch aufgefallen, dass er in eine Wutbürgergruppe involviert war. Ich ging meine Fallnotizen durch. ›Patriots CARE-NOW‹, besorgte Patrioten für sofortige Wiederaufrüstung. Ihre Website huldigte der Art von Polemik, die mir die Nackenhaare aufstellte: Obama war ein Moslemterrorist, der Amerika an unsere Feinde verscherbelte. Amerika musste wieder stark werden, man muss uns fürchten, wir müssen wachsam gegen unsere Feinde sein, wir müssen allzeit bereit sein, und zwar mit Erstschlag-Kapazität.

Sergeant Everard kam herein und zapfte sich aus der Thermoskanne auf dem Tresen einen Kaffee. Als er mich sah, rief er: »Na, noch mehr Tote aufgestöbert, Warshawski?«

»Kann sein, wie hoch war noch die Opferzahl, als wir uns zuletzt gesehen haben?«

Er ging vor Peppy in die Hocke, um sie zu kraulen. »Sonia ist noch am Leben.«

»Gut zu wissen. Ich hab am Sonntag aus ihrem Zimmer im St. Rafe ein paar Tagebücher mitgenommen. Jemand ist gestern, während ich weg war, bei mir in der Pension eingebrochen und hat sie gestohlen.«

»Im Ernst? Haben Sie Anzeige erstattet?«

»Glauben Sie, das hat Sinn?«

»Das hat immer Sinn, Warshawski. Es zeigt den Übeltätern, dass jemand wachsam ist. Und selbst wenn sie davonkommen, gibt's schon mal eine Polizeiakte, falls es wieder passiert.«

»Wenn das nächste Mal eine Ermittlerin aus Chicago kommt und in ollen Kamellen herumstochert?«

Er grinste. »Kann doch sein. Man weiß nie. Was stand in den Tagebüchern?«

»Olle Kamellen«, sagte ich. »Was beim Kanwaka-Silo los war, wie Matt Chastain an der Pest starb – solche Sachen.«

Er stutzte. »An der Pest?«

»Alle Anzeichen deuten darauf hin. Ich hab vorhin mit Gertrude Perec gesprochen, und sie hat es in gewisser Weise bestätigt. Zumindest war ihr bekannt, dass jemand aus Kiels Labor 1983 draußen beim Silo mit Pesterregern herumgespielt hat.«

»Pest? Hier im Douglas County?«

»Ja. Hier im Douglas County.«

Er kam langsam hoch und ließ sich auf dem Stuhl neben mir nieder. »Und die haben es gedeckelt, und jetzt stochern Sie im Wespennest herum und machen irgendwem richtig Kummer.«

»Ja. Tatsächlich hab ich heute Morgen erfahren, dass der Pathologe, der Dr. Roque obduziert hat, an seinem Leichnam eine Infektion mit Lungenpest nachweisen kann. Auch Dr. Roques enger Freund Dr. Hitchcock in der Klinik in Cleveland leidet daran. Übrigens hatte der Pathologe vor, den Seuchenschutz zu informieren, so wie auch Dr. Herschel in Chicago. Die müssten eigentlich eine Warnmeldung an die hiesigen Behörden ausgegeben haben. Zwei erwiesene Fälle und ein dritter mit Verdacht, das ist doch alarmierend.«

»Hab nichts dergleichen gesehen.« Everard tippte auf eine

App auf seinem Handy. »Bis jetzt ist nichts reingekommen. Sind sie sich ganz sicher?«

»Womit?«, fragte ich ungeduldig. »Ich bin sicher, dass es hier letzte Woche zwei erwiesene Pestfälle gab, aber über amtliche Warnungen weiß ich nichts.«

Everard berührte eine Kurzwahltaste. »Sharene? Hier Deke. Weißt du was von einer amtlichen Seuchenwarnung fürs Douglas County?«

Ich hörte das dünne Scheppern ihrer Stimme, dann Musik, als er in einer Warteschleife hing, dann mehr dünnes Scheppern, diesmal voller Ausrufezeichen.

Er blickte mich düster an. »Anscheinend haben der Sheriff und der Direktor unseres Gesundheitsamts entschieden, dass es verfrüht ist, die Einwohner von Douglas County in Panik zu versetzen. Nach dem Motto, jemand sagt ›Beulenpest‹, und alles stürmt kreischend die Ausgänge.«

Ich spürte einen kalten Schauder, als striche ein stilettförmiger Eiszapfen über meinen Rücken. »Gisborne war es, der Jenny Perec aus dem Wakarusa gezogen hat. Er taucht jedes Mal auf wie das Kaninchen aus dem Zylinder, wenn ich auf der McKinnon-Farm oder beim Raketensilo bin. Was ist seine Rolle bei dem Ganzen?«

Everard schüttelte den Kopf. »Sie und Ken kommen nicht klar, das sieht jeder, aber deshalb müssen Sie ihn doch nicht gleich bezichtigen …«

»Ja, wenn mich jemand einbuchtet, enden bei mir meist die warmen und flauschigen Gefühle. Er hat in dieser Situation die Macht, so wie Sie und Ihr Lieutenant und so weiter. Und das hier ist euer Territorium. Ich hab nichts in der Hand außer einer Kette von Begebenheiten, wo er meine Ermittlungen abzuwürgen versucht hat, und viel von dem, was ich aufdecke, ist irgendwie mit ihm verknüpft. Er will die Pestwarnung nicht veröffentlichen? Wen schützt er damit?«

»Vielleicht hat er mehr Informationen als Sie, Warshawski. Sie haben klug ermittelt und auch ein paar Glückstreffer gelandet, das heißt aber nicht, dass Sie alles wissen.«

»Nein, da haben Sie recht«, sagte ich leise. »Eins weiß ich allerdings: Ich bin hier die Außenseiterin. Mal finden Sie, Sie können mir trauen, und mal halten Sie lieber zu Ihren Homies.«

»Zu meinen Homies? Betrachten Sie das Lawrence Police Department als eine Art Ghettogangsterbande?« Sein Blick wurde hell und hart.

»Ich bin in einem engen Großstadtviertel aufgewachsen, das ist im Grunde genau wie eine Kleinstadt, weil alle übereinander Bescheid wissen. Wir hatten jede Menge Fehden mit denen von der anderen Straßenseite oder dem anderen Schulhof, aber eins können Sie mir glauben – wenn jemand aus South Shore unsere Grenze überquerte, hielten wir zusammen wie Pech und Schwefel. Ich sage nicht, das Lawrence Police Department ist korrupt oder gesetzlos, ich versuch nur zu verstehen, warum Sie sich vor Gisborne stellen, wo Sie seine Manöver im Mordfall McKinnon doch selber in Frage stellen.«

Everard schlug sich so heftig mit der Faust in die Handfläche, dass Peppy hochschnellte und mich besorgt zu lecken begann.

Der Sergeant bellte ein raues Auflachen. »Ich klüngele also mit meinen Homies und ängstige harmlose Hündchen. Tut mir leid, Kleines.« Er tätschelte kurz ihren Kopf, dann drehte er sich um und marschierte hinaus, ohne Abschiedsgruß an Simone, ganz zu schweigen von mir. Simone starrte mich fragend an.

»Politische Differenzen«, sagte ich lässiger, als ich mich fühlte.

Mein Handy pingte, Nachricht von Cady: *Was hat die DNA-Probe ergeben? Gehst du zum Silo?*

Ich starrte aufs Display. Ich wollte nicht Gertrude Perecs Befindlichkeiten zuliebe lügen. Ich wollte nicht die sein, die Cady eine so persönliche Nachricht überbrachte. Schließlich schrieb ich: *Du bist nicht mit dem Kind verwandt, dessen*

Knochen Doris McKinnon ausgegraben hat. Da draußen ist ernste Pestgefahr, bleib da weg.

Ich begann meine Notizblätter zusammenzurollen, da klingelte mein Telefon. Wieder eine unbekannte Nummer mit hiesiger Vorwahl. Als ich mich meldete, vernahm ich eine leise Frauenstimme mit Kansas-typischem Näseln.

»Sind Sie die Lady, die nach Matt Chastain sucht?«

Ich ließ meine Blätter fallen. »Ja. Ich bin V.I. Warshawski. Wer ist da?«

»Charmaine Long. Ich bin Matts Schwester.«

52

Brave Leute vom Land

Charmaine war extra aus Belleville hergefahren, dem Nest in Kansas, wo sie und Matt aufgewachsen waren. Eine Nachbarin hatte sie auf meinen Facebook-Post hingewiesen. »Wir haben so lange nichts gehört, ich hab ihn ja schon fast vergessen. Wo ist er? Woher kennen Sie ihn?«

»Ich kenne ihn gar nicht«, sagte ich so sanft wie möglich. »Ich versuche ihn zu finden, weil ich glaube, er war ein wichtiger Zeuge bei etwas, was vor fünfunddreißig Jahren in Lawrence passiert ist.«

Charmaine und ihre Freundin waren in einem Hotel im Westen der Stadt abgestiegen. Ich bot an, sie dort zu treffen, aber sie wollte lieber »in die City« kommen, wie sie die Innenstadt von Lawrence nannte.

Ich beschrieb ihr, wie sie zum Hippo fand. Während ich wartete, beantwortete ich E-Mails aus Chicago, das sich allmählich wie ein Ort anfühlte, den ich nur vage gekannt hatte, wie eine Stadt, wo du als Kind mal einen Sommer verbracht hast, aber ohne deutliche Erinnerungen.

Ich erkannte Charmaine, sobald sie das Decadent Hippo betrat, nicht weil sie Sonias Zeichnungen von ihrem Bruder glich, sondern weil sie sich so erwartungsvoll umsah, als könnte Matt selbst an einem der Tische sitzen.

Sie war eine hagere Frau Mitte fünfzig, ihr grauweiß durchsetztes Haar gerade abgeschnitten, sodass es nicht ganz bis zu den Schultern reichte. Ihr Gesicht war sommersprossig von vielen Sonnenstunden.

Als ich aufstand, um sie zu begrüßen, erlosch ein Licht in ihren Augen: Sie hatte gegen jede Wahrscheinlichkeit gehofft, ihr Bruder würde bei mir sein. Ich bot ihr etwas zu trinken an. Staunend beäugte sie die Batterie von Flaschen hinter der Bar.

»Ich bin nicht so für Alkohol am Morgen. Eigentlich überhaupt nicht, nur Weihnachten und an Geburtstagen.« Ihre gebräunte Haut wurde vor Verlegenheit noch dunkler. »Macht mich das jetzt zur Provinzmaus?«

Ich lächelte. »Ich bin auch nicht für Alkohol am Morgen, aber sie machen hier guten Kaffee. Es gibt auch Tee. Und Saft.«

Als sie Kaffee bestellte, trug Simone, die entweder ein Drama nahen spürte oder Charmaines Bedürftigkeit, ihn zu einem kleinen Tisch in der hinteren Ecke.

Da saßen wir eine Stunde. Ihre Geschichte kam erst zögerlich, aber dann, als sie sich auf ihre Erinnerungen einließ, zunehmend flüssiger heraus.

Die Familie hatte nicht gewollt, dass Matt an der Uni Kansas studierte, aber er bekam ein Stipendium, und die Wissenschaft hatte es ihm angetan. Schon als kleiner Junge sparte er alles, was er mit Heurechen und Botengängen verdiente, um sich in dem alten Gemischtwarenladen, den es damals in ihrem Nest noch gab, ein Mikroskop zu kaufen. Ihre Eltern hatten sich aufgeregt, aber er war nicht davon abzubringen.

Und dann, nach einiger Zeit in Lawrence, begann er die biblische Schöpfungsgeschichte zu bezweifeln. Als er mit seiner Doktorarbeit anfing, erfuhren seine Eltern, dass er bereit war, die Evolutionstheorie zu akzeptieren.

Charmaine lächelte verkrampft. »Ihnen kommt das vielleicht nicht dramatisch vor, aber wir wurden als streng bibelgläubige Christen erzogen. Meine Eltern konnten es ihm trotzdem nicht ausreden. Dad schleppte Pastor Mulveney an, um Matt umzustimmen, als er das letzte Mal Weihnachten zu Hause war. Matt blieb sehr respektvoll und sagte, er würde Jesus niemals den Rücken kehren, aber Gott hätte uns den Verstand gegeben, damit wir ihn benutzen und lernen, und er hätte gelernt, dass Geologie und Sterne überzeugende Hinweise auf das wahre Alter der Welt gaben.

Matt versuchte Mutter und Vater zu überreden, nach Lawrence zu kommen und die Leute kennenzulernen, mit denen er dort arbeitete, aber sie sagten, er hätte sich von Jesus abgewandt und wäre für immer verdammt. Wenn sie ihn besuchen kämen, wäre das ja, als ob sie ihm beipflichteten.«

Sie langte unter den Tisch, um Peppy zu streicheln und einmal tief durchzuatmen.

»Ich kann Ihnen gar nicht sagen, was für eine schwere Zeit das war«, fuhr sie schließlich fort. »Ich war vier Jahre jünger als er und ihm mein Leben lang gefolgt wie ein Entenküken. Ich hab ihn entsetzlich vermisst. Meine Eltern versuchten mir den Briefkontakt zu verbieten, aber ich war neunzehn, ich hatte einen Job im Eisenwarenladen, und der Inhaber erlaubte mir, meine Post dorthin zu leiten. Ich hab seine Briefe aufgehoben.«

Sie hatte einen der Briefe dabei, die er ihr nach dem schmerzlichen Weihnachtsfest geschrieben hatte.

Liebes Schwesterchen,
ich will weder Dir noch Jesus den Rücken kehren. Je tiefer mein Einblick in die Natur, desto wundervoller sieht Gottes Werk aus. Aber Er hat uns Gehirn und Verstand mit einer Absicht gegeben, und ich kann mich nicht von dem abwenden, was die Vernunft lehrt. Wenn ich könnte, würde ich es tun. Ich bin dermaßen einsam, Schwesterchen. Der Professor, der mir mein Doktorandenstipendium verschafft hat, ist nach Seattle gegangen, um dort zu lehren, und ich arbeite jetzt im Labor des Fachbereichsleiters, aber der hält mich für minderwertiger als den Dreck auf dem Fußboden …

Armer Matt: von seinen Eltern verstoßen, von seinem Doktorvater als unfähige Lusche verunglimpft. Kein Wunder, dass er sich fest an Jenny klammerte, als er in ihren Armen die Liebe entdeckte.

»Obwohl ich ihm immer wieder schrieb, dass ich ihn noch liebe, habe ich nach diesem Sommer nichts mehr von ihm gehört. Das hat mich tief verletzt – ich dachte, er merkt gar nicht, wie viel er mir bedeutet. Ich fing an, naturwissenschaftliche Bücher zu lesen, um zu verstehen, wie er dachte, und ich änderte meine Einstellung zur Schöpfungsgeschichte. Ich bin zur Methodistenkirche konvertiert, was unsere Eltern fuchsteufelswild machte, und das alles hab ich Matt geschrieben, aber ich bekam nie Antwort.«

Sie schluckte etwas kalten Kaffee. Simone spähte herüber und brachte ihr wortlos eine frische Tasse.

»Im folgenden Jahr hab ich geheiratet, und mein Mann Gardiner fuhr mich her, damit ich mit den Leuten reden konnte, mit denen Matt studiert hatte. Man sagte mir, er wäre weggezogen, um geheime Arbeit für die Regierung zu leisten, und niemand wüsste, wie man ihn erreichen könnte.« Ihr Mund verkrampfte sich zu diesem Halblächeln, das zeigt, dass eine Person sich bemüht, nicht loszuheulen. »Ich bin jetzt fünf Jahre älter, als meine Mutter 1983 war. Das Altern verändert uns, es macht uns klar, was alles viel wichtiger ist als Religion oder Ideologie. Zumindest ist das bei mir so – ich glaub nicht, dass meiner Mutter und meinem Vater das je klar geworden ist. Mein Mann und ich haben 2007 die Farm verloren, und dann hab ich 2011 meinen Mann an den Krebs verloren. Für mich wär es undenkbar, meine Kinder zu verstoßen, nur weil sie was anderes glauben als ich, aber meine Mutter hat sogar die Bilder verbrannt, die wir von ihm hatten. Ich hab es geschafft, ein paar zu retten. Das Bild, das Sie auf Facebook gestellt haben, wer immer das gemalt hat, kannte ihn gut – es sieht genau aus wie er, so, wie er bei diesem letzten Weihnachtsfest aussah.«

»Wussten Sie, dass er sich verliebt hatte? Ich glaube, er und seine Freundin hatten eine kleine Tochter, obwohl ich noch nicht hundertprozentig sicher bin.«

Charmaines Augen wurden groß in ihrem kummervollen Gesicht. »Ein Baby? Was ist aus ihr geworden? Wo sind sie?«

»Ich weiß es nicht. Die Freundin starb bei einem Autounfall etwa zwei Monate nach der Geburt. Und ich fürchte, Ihr Bruder und das Baby sind auch gestorben.«

Tränen bildeten sich in ihren Augenwinkeln. Erst Gertrude Perec, dann Charmaine Chastain Long. Ich hatte ja heute eine wunderbare Wirkung auf die Frauen um mich herum.

Sie weinte stumm, aber schließlich sagte sie: »Wenn er tot ist, wo ist er dann begraben? Und das Baby?«

Ich verzog das Gesicht. »Ich weiß nicht mit Sicherheit, dass er gestorben ist, aber Jenny – Matts Freundin – hat damals in dem Anti-Atom-Protestcamp östlich von Lawrence gelebt. Ein Feuer hat das Camp völlig zerstört, und Überreste wurden nicht gefunden. Ich habe ein Gerücht gehört, dass Matt dort den Tod fand, aber ich kann es nicht beweisen. Es wäre auch möglich, dass er überlebt hat, obwohl ich das bezweifle, da weder Sie noch sonst wer je wieder von ihm gehört hat. Aber vor etwa einem Monat hat jemand da draußen, wo Jenny mit dem Baby im Zelt hauste, eine Hand von einem Babyskelett gefunden. Wären Sie bereit, mir eine DNA-Probe zu überlassen? Das könnte ans Licht bringen, ob das tote Baby Matts und Jennys Kind war.«

Charmaine wollte unbedingt getestet werden, wenn das hieß, etwas Konkretes über ihren Bruder zu erfahren, selbst wenn die Neuigkeit sich schwer verdaute, weil von ihm nicht mehr blieb als ein Stückchen Skelett seines toten Kindes. Ich zahlte bei Simone und fuhr mit Charmaine zu einem Drugstore, um noch ein steriles Testset zu besorgen.

Eifrig ließ sie mich einen Mundabstrich machen und buchstabierte ihren Namen und ihre Adresse für das Etikett. »Wenn sich rausstellt, dass die Kinderhand zu Matts Baby gehört, will ich sie haben«, sagte sie. »Ich bin die Tante des kleinen Mädchens, sie soll zu mir nach Belleville und bei ihren Leuten beerdigt werden.«

Das schien mir ein berechtigtes Anliegen, auch wenn ich nicht recht wusste, wie Gertrude Perec das finden würde. Ich versprach jedoch mein Bestes zu tun, um ihr die kleine Hand zukommen zu lassen.

Als ich sie bei ihrem Wagen absetzte, fragte sie nach dem Weg zum Raketensilo. »Wenn dort sein Leben endete, muss ich mir das ansehen. Ich will da rumlaufen.«

»Da draußen sind erst vor kurzem ein paar Menschen an einer bösartigen Krankheit gestorben«, sagte ich. »Ich kann Ihnen sagen, wie Sie hinkommen, aber es wäre besser, wenn Sie Ihren Wagen nicht verlassen. Es ist unklar, was genau da vor sich geht, aber es gibt dort einen alten Minuteman-Raketensilo, und möglicherweise besteht Kontaminationsgefahr.«

Sobald Charmaine losgefahren war, simste ich Aanya, dass ich eine neue DNA-Probe hatte, die mit dem Baby abgeglichen werden sollte. Sie bot an, nach Lawrence zu kommen, um sie abzuholen. »Bisher haben Sie die gesamte Beinarbeit übernommen, jetzt ist es mal an mir. Bis ich erfahre, ob Dr. Madej in seinem Team einen Platz für mich hat, kann ich mit meiner Zeit nicht viel mehr anfangen als rumsitzen und Trübsal blasen.«

Ich mochte mich noch nicht auf Zeit und Ort für ein Treffen festlegen. Ich ging zurück ins Hippo und fragte Simone, ob ich an der Bar ein Päckchen hinterlegen konnte, das eine Freundin abholen käme. Sie stimmte zu, unter der Bedingung, dass ich ihr erzählte, was Deke Everard bewogen hatte, die Bar grußlos zu verlassen.

»Und dann landet es in der Gerüchteküche des Countys?«, fragte ich säuerlich. »Dr. Hitchcock und Dr. Roque haben sich beide mit Lungenpest angesteckt, möglicherweise durch Erdproben aus der Nähe des alten Raketensilos. Der Pathologe, der die Autopsie durchgeführt hat, hält eine behördliche Seuchenwarnung für angezeigt, aber der Sheriff findet das verfrüht, solange die Quelle der Infektion nicht mit Sicherheit feststeht. Der Sergeant hält es mit dem Sheriff, ich halte es mit dem Pathologen.«

Simone trat einen Schritt zurück. »Dieses Päckchen, enthält das Pestbazillen?«

»Das Päckchen hat absolut nichts mit der Pest zu tun. Dabei geht es darum, die Eltern eines Babys zu finden, das vor rund fünfunddreißig Jahren gestorben ist.«

»In Verbindung mit Cady«, bemerkte Simone.

»Definitiv nicht verwandt mit Cady, so viel weiß ich. Anderes Baby, anderer Vater.«

Ich schrieb mit einem schwarzen Filzstift Aanyas Namen auf eine Papiertüte, steckte die DNA-Probe hinein und lieh mir Klebeband von hinter dem Tresen, um die Tüte fest zu verschließen.

Simone legte sie in eine Schublade mit Allerlei – vergessene Brillen und Handys, ihre eigene Umhängetasche, eine Schachtel Kerzen. »Werden Sie mir je verraten, worum es bei alledem eigentlich geht?«

»Wenn ich das jemals mit Sicherheit weiß, erzähle ich es Ihnen auf jeden Fall.«

53

Rendezvous mit Kino

Seit das Cheviot-Labor meinen Computer von Spyware gesäubert hatte, sah ich den Buick Enclave wieder. Er klebte mir nicht eindeutig an den Fersen, aber er tauchte zu oft dort auf, wo ich mich gerade befand. Ich brauchte ein anonymes Fahrzeug, und ich hatte auch eine Idee, wo eins aufzutreiben war. Außerdem machte ich mir Gedanken um Peppy: Wenn jemand mich ernstlich am Ermitteln hindern wollte, lag es nahe, sie bei Free State Dogs zu entführen und als Geisel zu nehmen. Aber wenn ich sie nach North Lawrence brachte, in den unsichtbaren, armutgebeutelten Teil der Stadt, konnte ich sie bei Nell Albritten lassen und mir auf einem der Schrottplätze einen alten Wagen suchen.

Den Mustang stellte ich wieder einmal auf dem Parkplatz der Bibliothek ab. Ich packte Stiefel und Wechselklamotten in den Rucksack, holte meinen Faraday'schen Käfig aus dem Kofferraum und barg meine Geräte darin, dann schritt ich mit Peppy über die Brücke, wobei ich mehrmals stehen blieb und prüfte, ob mir jemand zu Fuß folgte. Auf der Nordseite ließ ich sie am Flussufer laufen. Keine SUVs weit und breit, und niemand folgte uns, als wir zu Nell Albrittens Haus weitergingen.

Albritten begrüßte uns mit unverhohlener Freude und bückte sich, um Peppy zu streicheln.

Ich lehnte den angebotenen Eistee ab. »Ma'am, könnte ich vielleicht Peppy bei Ihnen lassen?« Ich erklärte meine Mission. Einer der Schrottplätze hier würde bestimmt eine Klapperkiste dahaben, die ich billig erstehen konnte. Falls mein Vorhaben ernsthaft gefährlich wurde, wollte ich nicht das Leben meiner Hündin aufs Spiel setzen. »Sie kann Ihnen doch Gesellschaft leisten, jetzt, wo Ihr Sohn und Ihr Enkel weg sind.«

Albritten verzog ironisch das Gesicht. »Bayard hat Sie angerufen und gebeten, ein Auge auf mich zu haben, stimmt's? Die Kleine kann gern ein Weilchen bleiben. Sie ist eine ganz Liebe. Willkommener Besuch.«

»Falls mir irgendwas zustößt, könnten Sie dann diese Nummer in Chicago anrufen?« Ich reichte ihr einen Zettel. »Dr. Lotty Herschel wird dafür sorgen, dass jemand herkommt und Peppy abholt, und sie kümmert sich dann auch … na ja, um alles, was nötig ist.«

»Sie rechnen wirklich mit ganz bösem Unheil?«, fragte sie.

»Es lauert überall um mich herum. Ich weiß nicht, wieso es mir nicht längst um die Ohren geflogen ist. Ich kann nur vermuten, dass die Unheilstifter noch nicht gefunden haben, wonach sie suchten, als sie Augusts Wohnung und Arbeitsplatz auf den Kopf stellten. Sie hoffen wohl immer noch, dass ich August finde und sie zu ihm führe.«

»Dann ist es nur gut, dass Sie ihn nicht gefunden haben. Falls diese Schufte Sie erwischen, rufe ich oder der junge Bayard Clements Ihre Frau Doktor an, und wir kümmern uns um Ihren Hund.«

Ich umarmte sie kurz, spürte durch die Strickjacke ihre Schulterknochen. »Ich breche dann mal auf zu den Schrotthöfen, bevor sie Feierabend machen.«

Albritten brummte vor sich hin. »Man wird mir die Hölle heißmachen, wenn es sich rumspricht, aber ich teile die hiesigen Ansichten über Sie nicht. Ich hab ein Auto, das Sie nehmen können.«

Ich fragte nicht nach, wie die hiesigen Ansichten über mich aussahen, ich konnte es mir ziemlich gut vorstellen.

Albritten griff nach einem Gehstock, der am Fernseher lehnte. »Sie können mir aus dem Schrank da drüben einen Mantel holen. Den dunkelblauen.« Sie nickte in Richtung ihres kleinen Flurs. Ich fand einen marineblauen Trenchcoat, in dessen Kragen ein blauer Seidenschal steckte, und half ihr hinein.

Sie ging langsam voraus in die Küche, wo eine Tür direkt in die Garage führte. Alles in ihrem Häuschen blinkte auf Hochglanz poliert, und das schloss auch die Garage ein. Diverse ordentlich verschlossene Behälter in hell lackierten Regalen. In der Mitte stand ein Auto. Ein stumpf grauer Prius. Er hatte keine Nummernschilder.

Albritten lächelte grimmig, als sie mich nach Luft schnappen hörte. »Jordan ist im Dreieck gesprungen, als er den hier entdeckt hat. Ich nehme an, Sie wissen, wo er her ist.«

»August Veridens Prius war doch grün«, sagte ich.

»Eds Daddy war ein guter Freund von meinem Mann. Sie tun mir gern einen Gefallen. Haben ihn umlackiert, alle FIN-Nummern ausgetauscht, auch das Spionageding aus dem Armaturenbrett geholt.«

Wer immer Ed war, er hatte die Fahrzeug-Identifizierungsnummer geändert und das eingebaute GPS außer Betrieb gesetzt. Ich kniete mich hin, um Peppy ins Gesicht zu schauen. »Du bleibst hier, Mädchen. Bleib schön hier und pass auf Ms. Albritten auf.«

Peppy blickte mit traurigen Augen von mir zu Albritten und rückte ein Stück an die ältere Frau heran. Ich begrub mein Gesicht in ihrer Mähne. Als ich aufstand, war mir, als hätte ich meine letzte Freundin auf dieser Welt verabschiedet.

»Wir kommen schon klar, und Sie kommen auch klar«, sagte Albritten. »So weit ist auf Jesus Verlass, junge Frau. Die Wagenschlüssel sind unter der Fußmatte. Ich weiß nicht, warum ich das gemacht hab – alte Gewohnheit, die Stelle, wo jeder als Erstes sucht. Meinen Sie, Sie können diese ganze leidige Geschichte aufklären? Bald?«

»Besser wär's. Ich gebe hier langsam ein Vermögen aus, das ich gar nicht habe, und ich muss endlich nach Hause.«

»Wartet da der Mann?«

»Freundinnen und Freunde«, sagte ich leichthin, schob Jake in meinem Kopf beiseite. »Und Klienten.«

Ich ließ den Wagen an, rollte hinaus und vergewisserte mich, dass die Garage hinter mir ordentlich verschlossen war, dann fuhr ich zu Lou & Ed, dem Schrottplatz-Duo mit dem Slogan *Wir hauchen altem Metall neues Leben ein.* Albritten hatte sie schon angerufen, und sie hielten einen Satz Kansas-Nummernschilder für mich bereit. Zwei große Männer, wortkarg und einander so ähnlich, dass ich sie nicht auseinanderhalten konnte. Sie musterten mich gründlich, um zu prüfen, ob sie Albrittens Einschätzung teilten, dass man mir trauen konnte.

»Rechnen Sie damit, dass die Bullen Sie anhalten?«, fragte Lou oder vielleicht auch Ed und schlug sich mit den Nummernschildern in die offene Handfläche.

»Der Sheriff schon, wenn ich's nicht schaffe, ihm aus dem Weg zu gehen.«

»Was sagen Sie wegen der abgelaufenen Nummernschilder?«

Gute Frage. »Ich hab mir den Wagen von der Schwester des Mannes meiner Cousine drüben in Fort Riley geborgt. Ich hatte keine Ahnung, dass die Zulassung abgelaufen ist, ehrlich.«

»Gute Frau.« Ed schlug mir auf die Schulter. »Schön mit den Wimpern klimpern, dann bleibt's bei einer Verwarnung.«

»Aber nicht, wenn sie den Führerschein aus Illinois sehen. Und nicht, wenn Sheriff Gisborne meinen Namen hört, also seh ich am besten zu, dass sie mich gar nicht erst rauswinken.«

Als Ed sich bückte, um das Nummernschild an die hintere Stoßstange zu schrauben, fiel aus dem Hohlraum dahinter ein plastikumwickeltes Päckchen zu Boden. Ich ging rasch in die

Hocke und sah es mir an: eine kleine Schachtel, etwa zehn mal zehn Zentimeter, dick in Plastikfolie gewickelt und fest mit Klebeband verschlossen. Unter dem Schmutzfilm wirkte die Plastikfolie neu, das Klebeband frisch.

»Ich brauch eine scharfe Klinge.« Meine Stimme klang heiser.

Lou tastete seine Overalltaschen ab und förderte ein Teppichmesser zutage. Ich durchtrennte vorsichtig das Klebeband, darauf bedacht, die Schachtel nicht zu ritzen. Lou und Ed beugten sich vor, sahen schwer atmend zu. Die Pappschachtel selbst war alt, die Oberfläche rau von Feuchtigkeit und Alter. Ich zog sie vorsichtig auf und fand eine weitere Plastiktüte, wieder nagelneues Plastik, mit einer kleinen Filmrolle darin.

Meine Hände schwitzten. Ich wischte mir die Finger an den Hosenbeinen ab, aber ich hatte Angst, die Rolle rauszuholen. Das war es, was August gefunden hatte, wonach meine Unheilstifter jagten. Nicht der USB-Stick, auch nicht die Babyhand. Ein Film.

Lou, oder Ed, ging zu einem Schrank und kam mit Latexhandschuhen zurück. »Da am Werktisch ist 'ne starke Lampe.« Er ruckte mit seinem Kopf in Richtung eines hohen Holztresens, auf dem in sorgsam getrennten Haufen Motorenteile und Werkzeug lagen. Er schob einen Ventilator beiseite und schaltete eine helle Arbeitsleuchte ein.

Mit den Handschuhen an entrollte ich vorsichtig die Spule, hielt sie gegen das Licht, sodass wir die winzigen Bilder sahen, geisterhafte Gestalten in den umgekehrten Farben des Schwarzweiß-Negativs. Vor der Zeit digitaler Medien, vor VHS und Betacam hatte jemand einen Film aufgenommen. Dies mochte das einzig existierende Exemplar sein, was immer sich darauf befand.

Ich glaubte Aufnahmen von einem Flugzeug zu erkennen, von einer Frau mit Baby im Arm – Jenny mit Cady Nummer eins? – und vielleicht eine Luftaufnahme des Zeltlagers, aber es war unmöglich, aus den winzigen Bildern eine Geschichte zusammenzusetzen. Ich brauchte einen Projektor, ich brauchte einen Vervielfältiger, ich musste das auf Video haben und eine Million Kopien machen.

»Ha'm doch mal diesen ollen Projektor gefunden, weißte?«, fragte Lou Ed. »Ha'm wir den aufgehoben oder was?«

»Hab ihn rüber ins Haus gebracht«, sagte Ed. »Dachte mir schon, dass der eines Tages noch mal gebraucht wird. Erwartest du heute noch wen? Wird langsam dunkel, ist vielleicht Zeit, den Hof dichtzumachen.« Er wandte sich an mich. »Ms. Albritten hat uns keinen Namen gesagt, nur dass Sie 'ne Detektivin aus Chicago sind. Aber wir müssen Sie irgendwie nennen.«

»Ich bin Vic. Jetzt ihr – wie unterscheide ich Ed von Lou?«

Die Männer lachten rumpelnd. »Ed hat 'n Muttermal an der linken Schläfe, ich hab den Goldzahn vorn. Vic, mach die Schachtel gut zu und leg sie in meinen Werkzeugkasten. Du fährst mit uns nach Haus, schön langsam und gemütlich, sodass der Sheriff dich gar nicht beachtet.«

Es ging gegen fünf Uhr, Dämmerung im November, als ich ihrem alten Chevy-Truck nordwärts folgte. Der Verkehr war dicht, Pendler auf dem Heimweg, bis wir die Abfahrt zur I-70 nahmen. Der Truck bog links ein und fuhr eine Steigung hoch. Schlagartig waren wir auf dem Land, auf einem schmalen Fahrweg, der uns über ein paar Meilen bis zu einer kleinen Farm führte. Dort winkte Ed mich um den Truck herum und zeigte auf eine Scheune, in der Platz für den Prius war.

Als ich herauskam, schalteten Bewegungsmelder die Lampen im Hof und hinter den Fenstern des genau in der Mitte stehenden Blockhauses an. Diese Hütte war modern, kein historisches Relikt, akkurat verzapft und verputzt, mit mehreren Oberlichtern und Solarpaneelen auf dem Dach.

Ein Collie kam um die Hausecke. Er stand in steifbeiniger Habachtstellung da, bis Lou »Freund« sagte, woraufhin er mich höflich, aber ohne Begeisterung beschnüffelte.

Ed zog mich schnell nach drinnen, während Lou in die Scheune ging, um den Projektor zu suchen. Ed sagte, er wolle nicht die Rollläden schließen, das würde nur Aufmerksamkeit erregen, falls ein Nachbar vorbeifuhr. Wir müssten runter in den Keller, um den Film anzusehen.

Er nahm ein Laken von einem ordentlich gefalteten Stapel im Wäscheschrank unter der Treppe. Ich folgte ihm in den Keller, ihren Sturmschutzbunker, wie er mir erklärte, und half ihm das Laken an die holzgetäfelte Wand pinnen. Die Möblierung war minimal – ein alter Lehnsessel, ein Bett an einer Wand, ein Schrank voller Notnahrung und Wasser, ein kleines Bad in einer Ecke.

»Wir hocken nicht oft hier unten – sind lieber oben, wo wir den Himmel sehen. Nach 'nem Tag auf dem Schrottplatz oder beim Wühlen in anderer Leute Ramsch brauchen wir Sterne und frische Luft.«

Wir tigerten unruhig hin und her, sprachen kaum, bis Lou mit dem Projektor kam. »Brauchte bloß 'n neues Kabel. War schnell gemacht. So, Vic, du hast schlanke Finger ohne Schwielen und Narben, du fädelst den Film ein.«

Meine schlanken Finger waren plump vor Nervosität, aber ich folgte Lous Anweisungen, und nach ein paar Minuten hatten wir den Projektor am Laufen. Der Film begann mit dem scharfen Klicken von Zellulose auf Spindeln und den weißen Funken auf schwarzem Hintergrund, die ich von alten Streifen in meiner frühen Kindheit erinnerte, dann sahen wir uns einer Warnung gegenüber:

> Eigentum der United States Air Force. Vertraulich.
> Streng geheim. Wer diesen Film ohne ordnungsgemäße Überprüfung und Autorisierung ansieht, wird mit einer Geldstrafe von 25 000 Dollar sowie bis zu fünf Jahren Gefängnis belangt.

»Bist du ordnungsgemäß überprüft, Vic? Ed und ich bestimmt nicht.«

Wir brachen alle drei in nervöses Gelächter aus.

Der Film war knapp dreißig Minuten lang. Er begann mit der Nahaufnahme einer Rakete mitsamt Gefechtskopf im Kanwaka-Silo und schwenkte dann zu den Gesichtern der tapferen Männer, die hier Schichtdienst schoben, bereit, dem Ruf ihres Landes zu folgen, wenn es geboten war, einen Knopf zu drücken und die Menschheit auszulöschen. Dieser Teil schien aus einem Propagandafilm herausgeschnitten zu sein, er sah professioneller gefilmt aus als das, was dann kam, und er war das einzige Stück Film ohne Datumsanzeige.

Montag, 15. August 1983, 0800 h

Das improvisierte Protestcamp. Die Beteiligtenzahl, nie allzu groß, ist stark geschrumpft, die Zelte sind schäbig, und man sieht, dass der Boden von der Präriesonne hartgebacken ist. Jenny Perec ist da mit ihrem Baby, dazu rund ein Dutzend andere Leute, die meisten jung, viele in gebatikten Hemden oder Kleidern mit aufgemaltem Peace-Zeichen.

Die Kamera hatte zwar ein Mikrofon gehabt, aber der Fokus lag auf dem Bild, nicht dem Ton, wir hörten nur dumpf gemurmelte Gesprächsfetzen. Ed, Lou und ich schraken heftig zusammen, als plötzlich ein Lautsprecher losplärrte.

»Achtung! Achtung! Morgen früh um null-sechshundert wird in diesem Gebiet ein Versuch mit hochgiftigen Substanzen durchgeführt. Verlassen Sie bis heute Abend zwanzig Uhr das Gelände. Nach heute Abend kann die Air Force Ihre Sicherheit nicht mehr gewährleisten.«

Der Film zeigte Tumult unter den Protestierenden. Einige schienen sich mit den Wachen am Tor des Silos anzulegen, andere bildeten bei einem der Zelte eine Gruppe und steckten die Köpfe zusammen. Dann zeigte der Film, wie die meisten von ihnen ihre Sachen zusammenpackten, ihre Autos oder VW-Busse beluden und davonfuhren. Jenny sah ich nicht unter ihnen.

Dienstag, 16. August 1983, 0600 h

Die nächste Aufnahme begann mit dem Flugzeug, das ich schon unter der Arbeitslampe bemerkt hatte. Es war nicht zu erkennen, ob sich die Maschine in der Nähe des Silos befand, aber vier Mann in Schutzanzügen befestigten Tanks unter den Tragflächen und befüllten sie dann aus Edelstahlzylindern, die aussahen wie Colonel Baggettos vermisster Brennstabbehälter. Einige Männer in Uniform mit Gasmasken beaufsichtigten diese Maßnahme. Bei ihnen stand ein Trio in Zivil.

Ich bat Lou, den Film anzuhalten, damit wir uns die Zivilisten genauer ansehen konnten. Matt Chastain, Magda Spereva, Nathan Kiel. 1983 war Kiel ein kraftstrotzender Mann von 48 oder 49 mit dichten schwarzen Locken wie Sonias und athletischen Armen und Beinen. Spereva und Chastain wirkten unglaublich jung.

»Die Lady guckt so tückisch«, sagte Ed. »Die führt was im Schilde.«

Ich sah mir Sperevas Gesicht genauer an. Ed hatte recht, man ahnte ein hämisches Grinsen. Kiel war mit Gerätschaften zugange, aber auf dem stillstehenden Bild schaute er gerade in Richtung Kamera und sagte etwas zu einem der Militärs. Ich erläuterte Lou und Ed kurz die drei Figuren, die ich kannte, und Lou ließ den Projektor weiterlaufen.

Jetzt waren wir über dem Protestcamp, flogen tief, das Flugzeug versprühte Wolken von irgendetwas – *Y. pestis?* – über den Zelten.

Donnerstag, 18. August 1983, 1600 h

Ein Jeep mit Männern in Schutzanzügen fuhr in das Camp hinein. Aus der stark ruckelnden Aufnahme schloss ich, dass jemand von einem hinterherfahrenden Jeep oder Lastwagen aus filmte. Mir wurde leicht schwindlig, als die Kamera seitwärts wegkippte und dann herumschwang. Die Mannschaft in Schutzanzügen ging von Zelt zu Zelt und spähte hinein, gab dem nachrückenden Kamerateam das Daumen-hoch-Signal, bis sie an das Zelt kamen, das dem Silo am nächsten stand. Fast volle zwei Minuten lang zeigte die Kamera nur die offene Zeltklappe.

Schließlich kam ein Mann heraus, der eine Frau auf den Armen trug. Sie war entweder bewusstlos oder tot, und ich tippte auf tot.

Ein anderer sprach in sein Walkie-Talkie, aber wir konnten nicht verstehen, was er sagte. Für ungefähr eine weitere Minute schwang die Kamera zwischen dem Walkie-Talkie-Mann und dem auf dem Boden abgelegten Frauenkörper hin und her, dann hörte der Kameramann zu filmen auf.

Die nächste Sequenz war so makaber, dass ich Lou drei Mal um Wiederholung bitten musste, bis ich schließlich glaubte, was ich da sah. Drei Wagen näherten sich, den Staubwolken nach fuhren sie sehr schnell. Als Erster kam Kiel, der scharf bremste und dabei ins Schlingern geriet. Hinter ihm hielt ein zweiter Wagen, dem Spereva entstieg. Zuletzt kam ein verbeulter Toyota quietschend vor Kiel zum Stehen. Matt Chastain sprang heraus, rannte auf Jenny zu, deren Leiche am Boden lag, und warf sich über sie. Es brauchte drei Air Force-Männer, um ihn von ihr wegzuzerren und festzuhalten, während er wild um sich schlug. Kiel kniete sich hin und sah sich Jenny an, dann blickte er auf. Sein jüngeres Ich enthüllte ein breiteres Spektrum an Gefühlen als nur Wut und Geringschätzung. Er war sichtlich alarmiert, aber auch verwirrt. Sperevas Grinsen zeigte sich erneut, aber nur Lou, Ed und ich achteten auf sie.

Die Air Force-Leute luden Jenny in den Toyota und fuhren damit weg. Matt riss sich los und wollte hinterher, doch er stolperte und fiel vornüber. Wir sahen, wie sich unter seiner linken Schulter Blut ausbreitete: Er war in den Rücken geschossen worden. Zwei Soldaten hoben Matt auf und legten ihn auf einen Anhänger an einem der Jeeps, schoben Kamerazubehör und anderes Gerät zur Seite, um Platz für seinen Körper zu machen.

Der Film endete damit, aber als wir ihn ein drittes Mal ansahen, entdeckte ich ganz am Rand das Gesicht der vierzehnjährigen Sonia, das hinter einem Zelt hervorspähte. Sie haben ihn auf den Katafalk gelegt, hatte Sonia vorige Woche im Krankenhaus gesagt. Der Anhänger, Matts Katafalk.

54

Die Hur ist tot

»Um was geht's nun bei alldem?«, fragte Ed, als das Schwanzende des Films *klack-klack-klack* gegen die leere Spindel geschlagen hatte.

»Bei alledem geht es um den Grund, wieso Doris McKinnon und Magda Spereva tot sind und weshalb August Veriden und Emerald Ferring sich versteckt halten.« Meine Stimme war ein dünnes Krächzen. Lou ging zum Schrank mit der Notnahrung und goss mir aus einem Kanister etwas Wasser in einen Becher.

Ich trank ihn halb aus und lehnte mich mit geschlossenen Augen im Sessel zurück. Magda Spereva war nach Kansas zurückgekommen. In ihren Tagebüchern hatte Sonia geschrieben, dass sie »die Sperberin« gehänselt hatte, ihr sagte, sie habe sie im Film gesehen. Sonia meinte diesen geheimen Film der Air Force von der Zerstörung des Protestcamps – irgendwie war Sonia an den Film gekommen. Damals, 1983, oder erst kürzlich? Sie hatte ihn gesehen, so viel war sicher – und das erklärte auch, warum das Team Baggetto so scharf darauf war, sie zum Schweigen zu bringen. Vielleicht hatte man deshalb auch ihre Tagebücher aus meinem Zimmer entwendet.

»Wie kam der Film hinter die Stoßstange von dem Jungen?«, fragte Ed.

»Doris hatte ihn.« Ich ließ meine Augen geschlossen, versuchte mir auszumalen, was geschehen war. »Doris McKinnon. Gut möglich, dass Sonia ihn gefunden oder geklaut hat, damals 1983, in dem Durcheinander um das Ende des Protestcamps.

Sie hat ihn wohl in McKinnons Haus gebracht. Vielleicht lag er da all die Jahre unbemerkt. Ich weiß es nicht.

Lucinda Ferring starb ziemlich genau zur Zeit des Feuers im Camp. Wenn Sonia oder Magda Spereva oder vielleicht sogar Lucinda selbst den Film bei McKinnon versteckt hat, könnte er lange verschwunden geblieben sein – es ist ein altes Farmhaus mit Unmengen von Schränken und Kommoden.«

Ich konnte mir vorstellen, wie Doris darauf gestoßen war, wie so was eben passiert – du suchst nach dem alten Bankschrieb von 1983, der beweist, dass die Air Force dich gezwungen hat, dein Land für nichts zu verkaufen. Du wühlst in allen Schubladen und guckst in Ordner, und in irgendeiner alten Kiste fällt dir ein Film in die Hände.

»Sie hat ihn sich irgendwie angesehen und war empört und rief Emerald zu Hilfe. Oder sie fand ihn und dachte: ›Emerald ist vom Film, sie wird wissen, wie ich mir das ansehen kann.‹ Ich glaube, das ist wahrscheinlicher. Emerald brach überstürzt aus Chicago auf. Sie war in Kontakt mit dem jungen August, sie wusste, dass er sich mit Film auskannte, und bezahlte ihn dafür, sie nach Kansas zu fahren – ihre Origin Story war ein Nebenprojekt, nicht der Hauptgrund. August konnte sich bestimmt einen Projektor leihen, vielleicht an seiner alten Filmhochschule.«

Ich hielt inne, um mir eine Notiz zu machen – ich sollte die Streeter-Brüder darauf ansetzen, ob August sich einen Projektor geliehen hatte.

»Doris und August und Emerald sehen sich also den Film an und merken sofort, dass sie es mit Dynamit zu tun haben. Doris hat eine Mordswut auf die Air Force, die ihr Land beschlagnahmt und Sea-2-Sea zuschanzt. Sie nimmt Bodenproben, sie will wissen, was die damals auf ihrem Boden versprüht haben. Denn was immer das war, es hat Emeralds Mutter Lucinda umgebracht, Doris' enge Freundin.«

»Sie waren ein Paar. Kein Grund, so rumzueiern, Chicago«, knurrte Lou. »Die haben die junge Frau in das Auto verfrachtet, was sollte das?«

»Pannenmanagement. Sie konnten es sich nicht leisten, dass eine Autopsie die Todesursache an den Tag bringt. Also wollten sie sie zum Fluss schaffen und es so hindrehen, als hätte sie den Kopf verloren und sich totgefahren. Wenn sie erst drei, vier Tage im Wasser gelegen hatte, würde niemand mehr fragen, ob sie wirklich dort und woran genau sie gestorben war.«

»Und womit haben die Jungs da beim Silo die Leute besprüht?«, fragte Ed. »Das war 'n Pestizidflieger. Haben die 'ne chemische Keule eingesetzt?«

»Die Pest«, sagte ich. »Lungenpestbazillen, in der Luft zerstäubt, Todesrate neunundneunzig Prozent.«

»Das ist kriminell!«, bellte Lou. »Damit haben sie harmlose Kids besprüht? Und dieser Dr. Kiel? Steht daneben und guckt zu?«

»Er dachte wohl, die Air Force würde mit einem seiner Erreger experimentieren, der zwar massiven Durchfall verursacht, aber nicht so grauenhaft krank macht. Ich glaube, für ihn war es ein Schock. Darum hat er seinen armen Doktoranden zusammengestaucht, den sie da erschossen haben.«

Ed und Lou verarbeiteten das einen Moment schweigend. »Was ist mit heute? Wenn Ms. Emerald und der junge August da gebuddelt haben, kriegen sie jetzt diese Lungenpest?«

»Ich glaub nicht.« Ich berichtete, was Lotty über die Lebensspanne von *Y. pestis* gesagt hatte. Es konnte im Boden nicht all die Jahre am Leben bleiben –

Ich unterbrach mich mitten im Satz. Roque und Hitchcock hatten sich mit Pest angesteckt, und sie hatten mit McKinnons Erde hantiert. Aber Doris hatte keine Symptome gehabt, also was war Sache?

Ein Wust aus Bildern rauschte durch meinen Kopf. Colonel

Baggetto und sein verschwundener Zylinder. Die Schlangen, die sich auf der gläsernen Abdeckung des Raketensilos wärmten. Patriots CARE-NOW.

Ich setzte mich kerzengerade auf, und das Doxycyclinfläschchen drückte sich in meinen Oberschenkel, mahnte, erinnerte mich daran, eine weitere Tablette zu nehmen. Ich schluckte eine mit dem letzten Wasser aus meinem Becher und stand auf.

»Dieser Film ist jetzt der mit Abstand heißeste Gegenstand im Douglas County. Er muss irgendwo in Sicherheit, aber ich brauch auch Kopien, damit diese Rolle nicht das Einzige bleibt, was die Geschehnisse beim Silo bezeugt. Gewisse Leute gehen über Leichen, um den Film in die Finger zu kriegen, also je früher sie wissen, dass er jederzeit online gehen kann, desto besser. Ihr kennt nicht zufällig jemanden, der ihn kopieren und das für sich behalten kann?«

Ed und Lou sahen sich an, der wortlose Austausch zweier Männer, die praktisch ihr ganzes Leben zusammen verbracht hatten.

Lou sagte: »Wir nehmen den Streifen. Drüben in Tonganoxie haben wir wen, der kann ihn digitalisieren. Bis dahin kommt er in den Tresor. Was ist mit dir? Was ist dein nächster Zug?«

»Ich fühl mich wie der Mann aus Leacocks *Nonsense Novels*, der sich aufs Pferd schwingt und wie irre in alle Richtungen gleichzeitig losprescht. Ich muss mit dem Colonel über seine Brennstäbe reden, ich muss rauskriegen, was Sea-2-Sea auf dem Stück Land da anstellt. Aber zuerst knöpfe ich mir Dr. Kiel vor – er hat jetzt am wenigsten Gründe, noch länger dichtzuhalten.«

»Okay, Chicago. Pass gut auf dich auf.«

»Apropos aufpassen – ich hab meine Hündin bei Ms. Albritten gelassen – Pastor Clements bat mich, auf sie achtzugeben, und was Besseres habe ich nicht hingekriegt.« Ich fragte mich, wieso Bayard Clements die beiden Männer nicht angesprochen hatte.

Als läse er meine Gedanken, gab Lou ein schnaubendes Lachen von sich. »Diese Kirche hat uns vor *ewigen* Zeiten abgeschrieben. Das war noch unterm alten Pastor, aber über die Jahre zeigt sich, wie gut wir ohne Fegefeuer und Jüngstes Gericht auskommen. Die meisten Kirchen lesen die Bibel am liebsten als ›Richte schnell, bevor wer anders richtet‹. Aber klar, wir schauen mal nach Ms. Nell und gucken, ob sie gut auf deinen Hund aufpasst, oder andersrum.« Die beiden geleiteten mich nach oben, überprüften gewissenhaft, dass kein Besuch auf dem Hof war, und brachten mich in die Scheune zum Prius. »Am besten machst du das Licht erst an, wenn du auf der Hauptstraße bist.«

Ed sagte: »In der Dunkelheit landet sie doch im Graben. Wir fahren im Truck den Hügel runter. Du kannst dich an unser Rücklicht hängen.«

So führten sie mich bis zum Güterbahnhof, wo sie abbogen, um zu Albritten zu fahren. Diese beiden unerwarteten Verbündeten, ausgebuffte Kerle mit starken Armen, machten mein Gemüt leichter als seit Tagen. Ich fuhr über die Brücke und bergan, am Campus vorbei zur Quivira Road, nicht gerade mit Musik im Herzen und Lächeln im Gesicht, aber doch bereit für den Untergang des Hauses Kiel.

Es war sieben Uhr, als ich dort eintraf. Ich hatte bei einem Lebensmittelladen halten müssen – man soll Doxycyclin unbedingt mit Essen einnehmen, und ich bekam den Grund zu spüren: Die Kapsel nur mit einem Schluck Wasser bescherte mir ein fieses Brennen in Speiseröhre und Magen.

Kiel kam selbst an die Tür, Serviette in der einen Hand, Gabel in der anderen. »Es ist Abendessenzeit, oder isst man dort, wo Sie herkommen, um Mitternacht?«

»Ich kann ja im Flur warten, bis Sie fertig sind«, bot ich höflich an. »Ich wollte Ihnen berichten, dass ich jetzt weiß, warum jemand Ihre Tochter umbringen wollte, erst mit Roofies im Drink, dann durch Ersticken auf der Intensivstation.«

»Es war einfach eine Überdosis Drogen und Alkohol«, sagte er. »Sie ist seit Jahrzehnten süchtig. Genau wie ihre Mutter.«

»Klar«, sagte ich. »Nämlich seit sie sah, wie ein Soldat Ihren Doktoranden in den Rücken schoss. Matt wollte zu Jenny Perec, bevor ihre Leiche in ihren Wagen gestopft wurde. So was vergisst ein Mädchen nicht so schnell, zumal wenn sie erst vierzehn ist und ihr Umfeld sie für verrückt erklärt, damit niemand auf sie hört, wenn sie öffentlich die Wahrheit sagt.«

Kiel stand mit glasigem Blick wortlos da. Shirley rief aus dem hinteren Teil des Hauses und wollte wissen, wer an der Tür war. Als Kiel nicht antwortete, rief ich: »V.I. Warshawski, Ms. Kiel. Ich habe Neuigkeiten über Ihre Tochter.«

Ich wandte mich wieder an Kiel. »Was für Märchen haben Sie Gertrude Perec erzählt? Wie haben Sie erreicht, dass sie all die Jahre so loyal zu Ihnen hielt? Das *Y. pestis*, das mit Ihrer Hilfe beim Protestcamp versprüht wurde, hat ihre Tochter umgebracht. Und ihre Enkelin auch. Sie haben ihr dafür Ihre eigene Tochter untergeschoben –«

»Was reden Sie da?«, unterbrach er mich, und die verräterische Ader über seinem rechten Auge meldete sich. »Ich habe Sonia niemandem ›untergeschoben‹, Gott sei's geklagt.«

»Ach, kommen Sie. Ich meine Cady. Sie haben Gertrude weisgemacht, Cady sei Jennys Kind, aber Jennys Baby starb an der Pest. Cady war Magdas Kind, aber Sie haben sie gezeugt. Ich kann Ihnen erklären, wie so was abläuft, falls Sie es vergessen haben.«

»Also hat sie nicht gelogen«, flüsterte er. »Doris McKinnon hat Gertrude aus dem Krankenhaus angerufen und gesagt, Lucinda hätte Jennys Baby gefunden, verlassen im Zelt. Ich dachte … Ich … Das ist doch ganz egal. Lucinda starb. Ich konnte erkennen, dass sie *pestis* abgekriegt hatte, nicht *enterocolitica*. In so einer Lage konnte ich nicht über ein Kind nachdenken, egal was Magda erzählte.«

»Ist diese gottverfluchte ehebrechende Drecksau etwa immer noch in der Gegend?« Shirley Kiel tauchte hinter ihrem Mann im Flur auf, ihr Kopf ruckte, ihre Augen glommen vor Trunkenheit und Wut.

»Sprich nicht so!«, brüllte Kiel. »Das ist hässlich und vulgär, es macht dich –«

»Magda ist tot«, sagte ich.

Shirley lachte scharf und böse auf. »Ha! Unzucht. Magda war anderswo. Und siehe da, die Hur ist tot.«

»Das mag Ihnen wie eine hübsche Pointe vorkommen, wenn Sie wirklich so pervers sind, Mord lustig zu finden. Ich weiß nicht, sind Sie eine geborene Soziopathin, oder bekriegen Sie sich schon so lange mit Ihrem Mann, dass Sie gar nicht mehr wissen, was Sie fühlen und was Sie reden? Vielleicht läuft beides auf dasselbe hinaus.«

Shirley griff sich ins Gesicht, als hätte ich sie geohrfeigt. »Das ist nicht wahr! Das ist nicht fair.«

»Über fair bin ich weit hinaus. Fair wäre gewesen, wenn Sie sich mal ernsthaft mit Ihrer Tochter befasst hätten, als sie vierzehn war und sich nach Matt Chastain krank schmachtete. Den Mord konnten Sie nicht verhindern, auch nicht den an Jenny Perec, aber Sie hätten Ihr Kind davor bewahren können, das mitanzusehen.«

Ich fühlte in meiner eigenen Schläfe eine Ader pochen, auch am Hals, und versuchte mich zu beruhigen. »Was hat Magda denn diesmal nach Kansas geführt, Dr. Kiel? Es hatte wohl wieder mit *pestis* zu tun, nehme ich an, da Dr. Roque damit infiziert war und Dr. Hitchcock noch um sein Leben kämpft.«

Er starrte mich nur an.

»Magda muss Sie doch angerufen haben«, sagte ich. »War sie noch verbittert nach all den Jahren? Immerhin haben Sie sie geopfert, um Ihren Ruf als Forscher zu retten.«

»Ja, sie hat angerufen.« Er flüsterte heiser. »Es war so lang her, dass ich schon dachte, ich könnte mein Leben in Frieden verbringen, ohne je wieder von ihr zu hören.«

»Was wollte sie von Ihnen?«

»Mich schikanieren, was sonst. Mir bewusst machen, dass sie jederzeit mit einem Anruf meine Karriere zunichtemachen konnte.«

»Wie denn? Durch Enthüllung Ihrer Rolle bei der Verbreitung von *pestis* um den Raketensilo?«

Er nickte minimal.

»Nur aus Neugier, nicht dass es noch wichtig wäre, aber was ist da wirklich vorgefallen? Warum haben Sie das Camp besprüht?«

»Es ging darum, die Diffusion zu testen.« Sobald er anfing, sich zu erklären, wurde seine Stimme fester. Er hatte mit Forschungsgeldern der Army an *Y. enterocolitica* gearbeitet. »Nur um die Entwicklung von Impfungen und Antidoten voranzubringen«, betonte er scharf. »Ich hatte gehofft, wir könnten *enterocolitica* in ähnlicher Weise nutzen wie Jenner die Kuhpocken für den ersten Pockenimpfstoff.«

Das Verteidigungsministerium hatte schon andernorts mit durch die Luft übertragenen Mikroben experimentiert und fand, das ländliche Douglas County würde ein gutes Versuchsgelände abgeben. Und ja, gestand Kiel, der Versuch kam politisch durchaus gelegen, um die letzten Demonstrierenden zu vertreiben. »Ich habe mit dem Team der Air Force kooperiert, wir ermittelten die vorherrschenden Windrichtungen für den Tag, an dem wir das Gelände bestäubten. Wir hatten alles kartiert, wir wussten genau, welche Gemeinden betroffen sein könnten. Im Anschluss überwachte ich durch die Gesundheitsbehörde alle Krankenhauseinweisungen. Ich rechnete mit einer lokalen Zunahme von Magen-Darm-Symptomen. Dann starben zwei Leute an Lungenentzündung, die Familien beschrieben die Umstände und Symptome, und ich wusste, was ich vor mir hatte. Ich fragte Magda. Sie bezichtigte Matt, und ich nahm es ihr ab, er machte ja im Labor ständig Fehler. Ich alarmierte die Air Force, wir fuhren zum Camp, da fanden sie Jenny und erschossen Matt. Man sagte mir, wenn ich je darüber spräche, sei meine Karriere hinüber.«

»Schlimm, diese Karrieren, immer brauchen sie Pflege und Futter.« Meine Kehle war eng, ich bekam die Worte kaum heraus. »Wann wurde Ihnen klar, dass Sonia dort war?«

»Woher wissen *Sie* denn, dass sie da war?«

»Aus dem Film, den die Air Force von Ihrem Test gedreht hat, ich habe ihn gesehen. Sonia war live dabei.«

Er sprang auf den Film gar nicht an, war mit den Ereignissen selbst beschäftigt. »Sonia … mit ihrer Schwärmerei für Matt brachte sie mich monatelang in Verlegenheit. Wie Gertrude erzählte, ist sie den ganzen Sommer um Jennys Zelt geschlichen und hat Jenny und Matt bespitzelt. Als wir das Feld zum Abbrennen vorbereiten wollten, da hat sie – es war grotesk.« Er machte eine angewiderte Geste.

»Sie lag neben Matt?«, fragte ich. »Er war tot, und sie hatte sein T-Shirt an?«

»Es war widerwärtig. Die Soldaten, die haben sie dann gerettet. Seitdem ist kaum ein Tag vergangen, ohne dass ich mir nicht gewünscht –« Er brach ab, als er merkte, was er da aussprach.

»Trösten Sie sich. Sonia wünscht sich auch, sie wäre damals gestorben. Was dachten Sie denn, warum sie sich betäubt? Sie will all die Bilder ungesehen machen, die sie nur Ihretwegen gesehen hat.«

»Das war doch nicht meine Schuld«, sagte er empört. »Es war

Matt, der in seiner bodenlosen Dummheit zuließ, dass Magda die Kulturen vertauschte.«

»Nate ist nie verantwortlich, wenn etwas schiefgeht.« Shirley hatte stumm im Schatten hinter ihrem Mann gestanden. Ihre Stichelei überraschte mich, aber ich schritt ein, bevor Kiel dazu kam, seine Retourkutsche anzubringen.

»Wie kam Magdas Baby in das Zelt? Warum hat es nicht die Pest gekriegt? Oder wurde eingeäschert?«

Er rieb sich die Stirn. »Magda *wusste*, ich wollte kein weiteres Kind. Sie wusste, ich würde meine Frau nicht verlassen und sie heiraten. Eine Xanthippe gegen die nächste tauschen? Wohl kaum. Kann sein, dass sie das Baby in Jennifers Zelt gelegt hat, um es loszuwerden. Als das Krankenhaus bei Gertrude anrief, nahm ich an, es sei Jennys Kind, wundersam gerettet.«

Die monströse Kälte seines Verhaltens, wie auch Magdas, verursachte mir weiche Knie. Ich musste mich am Türpfosten festhalten, um nicht vor seinen Füßen zu landen. Zähl bis zehn, atme aus, stähle dich, es gibt noch mehr zu fragen.

»Was hat Magda nach so langer Zeit wieder nach Kansas geführt?«

»Mein böser Dämon. Man entgeht seinem Schicksal nicht. Die alten Griechen wussten das, aber ich habe es nie ernst genommen, bis dieser Colonel auftauchte und mich nach ihr fragte.«

»Baggetto«, sagte ich. »Matt Chastains Schwester war heute bei mir. Wissen Sie, dass seine Familie ihn verstieß, weil er Biologie studierte und dem Buchstabenglauben die Evolutionstheorie vorzog? Er war im Labor eines Ihrer Kollegen eingeplant, musste aber dann für Sie arbeiten, weil sein Mentor nach Seattle ging. Sie fanden ihn stümperhaft, aber der Junge liebte die Wissenschaft von klein auf. Sie, Sie nehmen so viel Raum ein, dass um Sie herum niemand Luft kriegt. Sie haben Matt vernichtet, Sie haben zugeguckt, wie Ihre ältere Tochter zusammenbrach, sie haben Magda Spereva Ihre kleine Tochter opfern lassen. Sie haben sich einen handzahmen Psychiater zugelegt, der Sonia wahnhafte Störungen attestiert und sie endlos unter Drogen setzt, damit Sie das Horrorszenario im Camp nicht überdenken müssen.

Es gibt nur noch eins, was Sie jetzt Sinnvolles tun können: Rufen Sie Ihre Komplizen an, Baggetto, Roswell und den Kerl, der sich Pinsen nennt. Sagen Sie ihnen, morgen um diese Zeit bekommt die ganze Welt Gelegenheit, den Air Force-Film zu sehen. Also können sie aufhören, August Veriden und Emerald Ferring zu jagen. Und sie können Sonia in Ruhe lassen.«

55

Men in Black

Meine Beine trugen mich kaum noch, als ich zu Augusts Wagen ging. Ich wollte Baggetto sprechen, ihm sagen, dass sein Brennstäbe-Märchen erstunken und erlogen war, ich wollte herausfinden, was Spereva bei Sea-2-Sea getrieben hatte, aber ich hatte einfach keine Kraft mehr.

Ich rollte langsam zur Pension. Pierre musste inzwischen da sein. Ich konnte Bernie in sein Auto verfrachten und dann umkippen und schlafen.

Aber als ich auf den Parkplatz fuhr, brannte in meinem Zimmer kein Licht. Ich spürte ein Kribbeln im Nacken. Hinterhalt? Vorsichtig schlich ich mich hinein, machte eine Lampe an. Niemand da, nur Bernies Rucksack stand auf dem Klappbett.

Ich holte mein Smartphone aus seinem Faraday'schen Käfig, die Finger klamm vor Angst.

Papas Flieger musste in Denver notlanden. Er kommt frühestens gegen zehn an, hatte Bernie mir gesimst. *Cady will zu einer Farm beim Raketensilo, ich glaube, August und Emerald sind dort, also gehe ich mit.*

Ich rief Bernie an. »Bist du bei Cady? Seid ihr schon beim Silo? Geht nicht rein – es ist gefährlich.«

»Das sagst du doch bloß, weil du zu sehr mit toten Frauen beschäftigt warst, um an dem einzig logischen Ort zu suchen, wo August sein kann.«

»Bernie! Das ist nicht der einzig logische Ort. Viel wahrscheinlicher ist –«

»Vic, ich kenne dich doch. Du versuchst immer nur deinen Willen durchzusetzen. Cady und ich können gut aufeinander aufpassen, ohne dass uns die große Schwester ständig überwacht.«

Sie killte die Verbindung. Ich rief wieder an: Voicemail. Ich versuchte es bei Cady, aber auch sie ging nicht ran.

Wut und Angst schüttelten mich. Mein Körper war so groggy, dass ich mich kaum rühren und schon gar nicht nachdenken konnte, aber ich musste beides. Sofort.

Ich stand auf und torkelte ins Bad, steckte den Kopf unter die Dusche, um zu so etwas wie Bewusstsein zu kommen, streifte einen trockenen sauberen Pulli über, zog Stiefel an. Mein Nachtsichtfernglas lag im Mustang auf dem Parkplatz der Bibliothek. Ebenso meine Waffe. Sie mussten dort bleiben.

Ich sah mich suchend nach Peppy um. Es dauerte eine Minute, bis mir einfiel, dass ich sie bei Nell Albritten gelassen hatte. Mein Abstecher nach North Lawrence, die Filmvorführung bei Lou und Ed – das alles schien sich in der Kreidezeit abgespielt zu haben. Mein saurer Gefährte Jake, Lotty, Mr. Contreras, Sal – all meine Lieben in Chicago kamen mir noch viel weiter entfernt vor.

Ich probierte es nochmals bei Cady und Bernie, bevor ich ins Auto stieg, bekam aber wieder nur die Voicemail dran. Ich musste sie erreichen, bevor Bram Roswell oder der Sheriff antanzten. Ich stopfte mein Telefon zurück in seinen Käfig und fuhr los. Zog ein paar Kreise durch Seitenstraßen, bis ich sicher war, keinen Schatten zu haben, und lenkte dann ostwärts, fuhr langsam an die Ampeln heran und gab Gas, wenn sie rot wurden.

Sobald die Stadt hinter mir lag, trat ich das Gaspedal durch, auch wenn die Spurrillen den kleinen Wagen schleudern ließen und Kies und Schotter ans Blech prasselten. Die Fifteenth Street nach Osten, dann südwärts zu Doris McKinnons Farm, wo ich den Prius in ihrer Scheune verbarg.

Der kürzeste Weg zum Silo führte querfeldein, aber nachts traute ich mir das nicht zu, nicht mal bei Vollmond.

Meine Stiefel knirschten auf dem Schotterweg. Rings um mich wieselte, zirpte, raschelte es durchs tote Laub. Ratten, Dachse, Eulen? Wie gern wäre ich sicher, dass das alles war, was ich hörte. Jeder schwankende Strauch oder Maisstängel wurde zum Soldaten, der ein Nachtsichtgerät auf mich richtete, oder zu Sperevas Kumpels mit Aerosolbehältern voller Pest.

Wenn ich so viel Angst habe, singe ich meistens, aber ich wollte mich ungern ankündigen.

Atme, Victoria. Die Stimme meiner Mutter in meinem Kopf. *Entspann dich, carissima, und atme. Naturalmente sembri un topo strozzato – natürlich klingst du wie eine strangulierte Maus, du gönnst deinem Körper keinen Sauerstoff!* Ja, Gabriella. Tiefe Atemzüge in den Bauch hinein, langsam aus. So atmen zu können, das ist eins deiner vielen Geschenke an mich.

Ich erreichte die Stichstraße zum Silo. Blieb stehen, spähte über die Felder. Ein einsamer Scheinwerfer über dem Tor des Silogeländes beleuchtete einen kleinen Wagen, der dort parkte. Ich lief hin und riskierte es, meine Taschenlampe einzuschalten. Niemand drin, aber auf der Rückbank lag eine Lehrerzeitung: *Reporters Cover American History.*

Auf McKinnons Seite des Zauns ging ich in die Hocke, versuchte auf dem Feld vor mir Bewegung zu erkennen oder dunklere Silhouetten vor dunkler Erde.

»Cady!«, rief ich leise. »Bernie!«

Ich wartete, rief noch mal, keine Antwort. Ich stapfte zurück zum Silo und leuchtete mit der Taschenlampe durch das verschlossene Tor. Kein Fahrzeug stand an dem mächtigen Silozugang. Ich schlüpfte durch dieselbe Lücke im Zaun, die ich letzte Woche benutzt hatte. Überquerte das Gelände im zögerlichen Laufschritt. Kam zu der Stelle, wo es in Sea-2-Sea-Land überging.

»Cady! Bernie!«, rief ich wieder. »Ich kann euch nicht sehen. Wenn ihr auf dem Feld seid, zeigt mir, wie ich dem Alarm ausweichen kann!«

Keine Antwort. Ich drehte mich um, angespannt, lauschte auf … keine Ahnung worauf. Waren die beiden zu Fuß zum Sea-2-Sea-Hauptquartier aufgebrochen, ohne Cadys Wagen? Wenn sie erwischt wurden … dann musste ich selbst zu Sea-2-Sea.

Ich umrundete die Rückseite der Silogebäude, ging ein Stück auf die Landstraße im Westen zu und hielt plötzlich inne: Licht sickerte schwach durch die schwarze Farbe an den Fenstern der alten Unterkunft für die Besatzung des Startleitstands.

Als ich das letzte Mal hier war, hatte ich nicht versucht, ins Innere dieses Gebäudes vorzudringen. Ich hatte bemerkt, dass die Schlösser neu waren, und einfach unterstellt, dass entweder Methköche den Sheriff oder der Sheriff und die Army die Methköche fernhalten wollten. Ich fluchte lautlos: Das hätte ich gewissenhafter erkunden müssen.

So leise, wie meine Stiefel es zuließen, schlich ich an ein Fenster heran und fand eine Schramme in der schwarzen Farbe. Ich erkannte eine Armlehne, die Ecke eines Tischs, eine Männerhand, die sich auf und nieder bewegte, wie um etwas zu betonen, sah aber nicht das ganze Bild.

Jetzt half nur noch Wagemut. Ich ging zum Eingang. Das Sicherheits-Vorhängeschloss war abgenommen, die Tür ging leicht auf, geräuschlos, Scharniere geölt und Türfalz gehobelt.

Sobald ich drin war, hörte ich vom Ende des Flurs ihre Stimmen. Sie diskutierten. Jetzt sprach Baggetto, aber ich konnte die Worte nicht verstehen.

Ich ging den Flur entlang, trat durch die offene Tür und gesellte mich zu der Besprechung.

»Was Kiel will, ist mir egal –« Bram Roswell hielt mitten im

Satz inne. Baggetto und Alias Pinsen waren bei ihm, und alle drei starrten mich an, als wäre ein Oktopus auf einem Riesenrad gelandet.

»Wir haben uns schon gefragt, wo Sie stecken, Ms. Warshawski«, sagte der Colonel. »Sie kommen und gehen, manchmal sehr öffentlich, dann wieder nicht.«

»Es ist immer schmeichelhaft, vermisst zu werden«, sagte ich. »Ich wusste nicht genau, wie hightech Ihre Überwachung ist. Wie ist Ihrem Mikrofon denn die Erdnussbutter bekommen?«

»Das war Erdnussbutter?«, sagte der Colonel. »Und das Geräusch, das nach Holzsägen klang?«

Ich grinste wild, ein starres Zähneblecken. »Das war meine Hündin, die sie abgeleckt hat. Ich hoffe, sie hat einen Kurzschluss verursacht. Dies hier scheint mir ein recht abwegiger Treffpunkt, wo Sie doch das Oregon Trail Hotel zur Verfügung haben. Oder haben Sie vor, das Minuteman-Programm wieder an den Start zu bringen? Dafür wäre ein fertiger Raketensilo natürlich ideal.«

»Was wir vorhaben, geht Sie gar nichts an«, knurrte Roswell.

»Das hängt ganz davon ab, was es ist«, erwiderte ich. »Wenn das hier eine wöchentliche Pokerrunde ist und Sie Ihren Ehepartnern oder dem Fiskus Ihre Gewinne verheimlichen, haben Sie recht – das geht mich wohl nichts an. Wenn Sie allerdings in Luft und Erde *Y. pestis* freisetzen, geht das durchaus alle hier etwas an. Und zwar im ganzen Land.«

»Woher wissen Sie von *Y. pestis*?«, blaffte Pinsen.

»Oh, bitte. Das ist doch kein Geheimnis. Dr. Hitchcock in Cleveland ringt mit dem Tod. Dr. Roque ist nicht daran gestorben, aber er war infiziert – einer von euch Kriegshelden hat ihn erstochen, bevor die Lungenpest durchschlug.«

Das Trio war kurz still, dann sagte Roswell zu Pinsen: »Sie hatten recht – sie ist viel zu neugierig. Wir lassen sie besser hier.«

»Das wollte ich schon die ganze Zeit«, sagte Pinsen, »aber Sie beide dachten, sie würde uns zu der Schauspielerin und ihrem Gehilfen führen.«

»Haben Sie die beiden gefunden?«, fragte mich Colonel Baggetto.

Ich lachte auf. »Ist das die beste Frage, die dem Nachrichtendienst der Army einfällt? Vielleicht sollte Sie noch mal auf Ihre schicke Akademie und den Kurs zur Befragungstechnik wiederholen. Falls ich Ferring und Veriden gefunden habe, warum sollte ich es Ihnen erzählen? Aber eins sage ich Ihnen umsonst und freiwillig: Ich habe das gefunden, weswegen Sie und Ihre Schergen hier die halbe Gegend auf den Kopf gestellt haben.«

»Was soll das sein?«, fragte Baggetto.

»Ich bin immer wieder über Dinge gestolpert, die Leute geheim halten wollten.« Ich lehnte mich an die Wand, blieb dicht bei der Tür. »Wie zum Beispiel die Hand eines Babys oder die Tatsache, dass Doris McKinnon Bodenproben zur Untersuchung an Dr. Roque geschickt hat. Die Verwüstung in August Veridens Wohnung und in den Umkleideräumen des Sportstudios sagte mir, dass Sie nach etwas Kleinem suchen. Ich stieß auf einen Datenträger mit Bildern von der Nacht, als McKinnon auf Sea-2-Sea-Land Proben nahm, und fragte mich, ob Sie danach suchen. Die Bilder zeigten auch Sonia Kiel, und ich wusste, die Nacht, als sie halbtot vor der Bar lag, war ein vorsätzlicher Anschlag auf ihr Leben.«

»Woher wollen Sie das denn wissen?«, fragte Pinsen. »Sie ist seit dreißig Jahren Alkoholikerin und drogensüchtig. Keine Jury würde je bezweifeln, dass sie sich eine Überdosis verpasst hat.«

»Ich bin keine Jury, aber ich habe zweifelsfreie Indizienbeweise. *Sie* waren in der Nacht ihres Zusammenbruchs vor dem Lion's Pride. Nebenbei, heißen Sie eigentlich wirklich

Pinsen? Waren Sie je auf diesem College in Fort Leavenworth?«

»Was geht Sie das an?«, maulte er säuerlich.

»Ich bin doch Ihre Chefin«, sagte ich. »Sie arbeiten für mich.«

Die Männer glotzten mich ungläubig an, bis Pinsen aufbrauste: »Sie sind nicht undercover hier. Ich habe Ihren gesamten Lebenslauf überprüft – jeden Protestmarsch, jedes Falschparken, jeden zweitklassigen Fall, den Sie am Wickel hatten. Sie haben nie auf der Gehaltsliste des FBI gestanden.«

»Also, Sie hätten sich schon auch meine erstklassigen Fälle ansehen können«, beschwerte ich mich. »Ich bin Steuerzahlerin. Sie und der Colonel sind Diener dieser Republik, nicht ihre Herren. Wir Staatsangehörigen bezahlen Ihr Gehalt. Sie arbeiten also für mich. Haben Sie Cady Perec hier? Die kann Ihnen das erklären – sie hat Erfahrung damit, Zwölfjährigen nahezubringen, wie eine Republik funktioniert.«

Pinsen machte eine wegwerfende Geste und ging zum Fenster und zurück.

Baggetto sagte gewichtig: »Er heißt tatsächlich Marlon Pinsen. Er arbeitet für Homeland. Homeland Security. Zuständig für alle Aktivitäten rund um Massenvernichtungswaffen im Landesinneren.«

»Ach, natürlich«, sagte ich sarkastisch. »Die bösen Brennstäbe. Macht den Leuten Angst vor Atombomben, und alles geht euch weiträumig aus dem Weg.«

Baggetto fuhr auf, sagte aber: »Wie kommen Sie auf die Idee, Pinsen hätte Sonia Kiel vergiftet? Vielleicht war er in der fraglichen Nacht im Lion's Pride, aber das gilt für halb Lawrence, soweit ich weiß.«

»Als ihr Jungs am nächsten Abend in der Oregon Trail Bar euer Plauderstündchen hattet, kam mir Pinsen bekannt vor – und dann fand ich ihn im Hintergrund eines Fotos, das ich beim Warten auf die Cops geschossen habe. Aber Sie und er wollten mir weismachen, er sei ein Kadett, der Ihren Vortrag hören will. Den Sinn dieser Scharade verstehe ich immer noch nicht.« Ich sah Pinsen an. »Wie haben Sie es angestellt – haben Sie die Collegeknaben bestochen, Sonias Drink aufzupeppen? Den Ausschlag gab natürlich der Versuch, sie zu ersticken. Wen haben Sie dafür angeheuert?«

Pinsen runzelte die Stirn, aber Roswell sagte: »Das können Sie nicht beweisen.«

»Das Krankenhauspersonal hat in ihrer Nase Textilfasern entdeckt. Sie fanden, das rechtfertigt verstärkte Sicherheitsmaßnahmen für Sonia.«

»Was haben Sie denn nun gefunden, wovon Sie glauben, dass ich es haben will?«, forschte Baggetto.

»Richtig. Es geht um den Film der Air Force von 1983, der den kriminellen Einsatz von *Y. pestis* gegen Protestierende am Raketensilo zeigt.«

»Den haben Sie?« Baggetto sprang vom Stuhl auf. »Übergeben Sie ihn mir, Warshawski. Das ist Militärsache, streng vertraulich, nichts für den zivilen Gebrauch. Und kommen Sie mir nicht mit diesem Scheiß, Sie wären meine Chefin.«

»Ich habe ihn gesehen«, sagte ich. »Und ich verstehe schon, warum das Militär ihn gern geheim halten möchte, aber es ist zu spät. Die Reproduktion läuft, und morgen um diese Zeit steht er überall im weltweiten Netz.«

Baggetto lehnte sich halb über mich, beide Hände neben meinem Kopf an der Wand. »Wollen Sie den Rest Ihres Lebens in Fort Leavenworth verbringen, Warshawski? Sie haben eine sehr ernste Straftat begangen.«

Mein Herz begann unangenehm schnell zu schlagen. Er war locker einen Kopf größer und vierzig Pfund schwerer als ich, ganz zu schweigen von all dem militärischem Kampftraining.

»Wer hat ihn?« Pinsen stand hinter ihm. »Das Labor in Deerfield, mit dem Sie arbeiten?«

Ich duckte mich unter Baggettos linkem Arm durch, um Pinsen anzufunkeln. »Sie verwanzen mein Auto, hören mein Telefon ab und überwachen auch noch meine Mails? Das nehme ich in meine Werbeanzeigen auf. *Warshawski Ermittlungen: So erfolgreich, dass Homeland Security sie überwacht.* Offenbar löse ich Probleme, die Ihnen eine Nummer zu groß sind.«

»Sie schalten gar keine Anzeigen«, sagte Pinsen.

»Ach Marlon, sie provoziert doch bloß«, sagte Baggetto sanft. Er stieß sich von der Wand ab, drehte sich um und sah seine Kollegen an.

»Können Sie nachverfolgen, wo sie heute gewesen ist?«, fragte Roswell. »Das zeigt uns, wo sie den Film gelassen hat. Außer sie hat ihn verschickt.«

»Hätte ich sie heute tracken können, dann hätte ich sie mir längst geschnappt«, sagte Pinsen. »Aber ich wusste, dass sie das County nicht verlassen hat. Ihr Wagen steht vor der Bibliothek, also muss sie in der Nähe ein anderes Fahrzeug aufgetrieben haben.«

»Ich bin getrampt«, sagte ich. »In Lawrence komme ich zu Fuß überallhin, aber für den Weg hierher hab ich auf der K-10 den Daumen rausgehalten.«

»Wir durchsuchen alles«, sagte Pinsen. »In der Zwischenzeit bleibt sie hier.«

»Sie wissen, dass ich dagegen bin«, sagte Baggetto. »Ich bin auch dagegen, dass Sie diese Perec hierbehalten. Folter führt nicht zu verlässlichen Ergebnissen. Das hat sich zur Genüge erwiesen. Alles, was wir wollen, ist der Film, und wenn wir den erst haben …«

»Ich riskiere doch nicht noch mehr undichte Stellen, verdammt!«, sagte Roswell. »Dieses Kiel-Früchtchen, das Fleming erkannt hat, hätte uns beinahe erledigt.«

»Fleming?«, fragte ich. »Magda Sperevas Zeugenschutzname

war Fleming? Was denn, sah sie sich als Geheimagentin Marke Ian Fleming?«

»Alexander Fleming«, verbesserte der Colonel steif. »Sie wollte etwas ähnlich Denkwürdiges schaffen wie die Entdeckung von Penicillin.«

»Waffenfähige Pest ist ein Universum entfernt von Penicillin«, stellte ich fest.

»Sie hat nur zu Biowaffen geforscht, weil sie hoffte, Heilmittel dafür zu finden«, protestierte Baggetto.

»Das war ihr Propagandasprüchlein«, blaffte Pinsen. »Sie sind ihr auf den Leim gegangen, was Sie übrigens zu einem fragwürdigen Mitstreiter macht.«

»Wenn Sie für Ihren Bazillus keinen Impfstoff haben, um die eigenen Leute zu schützen, dann erschaffen Sie eine Waffe, die ein Albtraum ist«, sagte Baggetto. »Ich hab Ihnen das von Anfang an gesagt, aber Sie hängen ja so an Ihren Patriotenspielchen, dass …«

»Das sind keine Spielchen. Es ist uns ernst damit, dieses Land wieder auf die richtige Bahn zu bringen!«

»Ich bin in dieser Runde der Einzige mit Gefechtserfahrung«, sagte Baggetto. »Wenn Sie das, was ich zu sagen habe, nicht beachten –«

»Ich lasse nicht länger zu, dass meine Arbeit torpediert wird«, sagte Roswell, »und dabei bleibt es.«

»Roswell. Es reicht jetzt«, sagte Baggetto, aber Roswell blies kurz in eine Pfeife, und urplötzlich füllte sich der Raum mit Männern in Schwarz.

Ich wirbelte herum und spurtete durch den Flur. Ich war schon fast am Ausgang, da schien mein Körper Feuer zu fangen. Ich versuchte auf den Füßen zu bleiben, aber meine Beine krampften, ich stürzte zu Boden und wand mich. Schwarz bewehrte Arme hoben mich auf, so leicht, als wäre ich ein Sträußchen Präriegras.

Ich glaubte Baggetto protestieren zu hören, aber meine Ohren klingelten, die Männer brüllten alle durcheinander, ich bekam die Geräusche nicht mehr sortiert.

Die Männer in Schwarz schleppten mich eine Leiter hinab. Fünfzehn Sprossen zählte ich, dann wurde ich auf den Boden geworfen.

56

Einserpasch

Ich lag auf Beton. Er war kalt, tat aber meiner brennenden Haut wohl. Meine Arme und Beine zuckten, als wäre ich ein Frosch, durch den jemand elektrischen Strom schickt. Taser, dachte mein benommenes Hirn. Die Männer in Schwarz hatten mich getasert. Ich fühlte es pochen, wo die Elektrodenpfeile getroffen hatten. Meine Armmuskeln waren noch schwer zu kontrollieren, aber meine Finger fanden die Drähte, die an den Elektroden hingen. Fünf Stück. Mindestens drei Leute hatten auf mich gefeuert.

Etwas roch vertraut, beißend, muffig – keine Ahnung, woher ich es kannte. Schwaches Licht glomm hinter mir und zeigte, dass die Leiter, die man mich hinabbefördert hatte, in einem betonierten Vorraum endete. Vor mir eine geschlossene Tür. Mit Mühe drehte ich den Kopf. Das Licht kam aus einer halb offenen Tür etwa drei Meter weiter.

Ich schloss die Augen und verspürte sofort heftigen Brechreiz. Ich musste mich aufsetzen. Ich versuchte es mit tiefen Atemzügen, um meine zitternden Arme und Beine zu durchbluten, aber tiefes Einatmen drückte die Elektrodenpfeile in meine Haut.

Wenn ich ausatmete, zogen sich die Pfeile zurück. Ich trug die Windjacke über meinem Pulli, die Kleidung hatte mich vor der vollen Gewalt der Taser bewahrt. Ich zerrte einen Arm aus dem Pullover. Nackter Arm und Brust auf kaltem Beton: ein Eisbad. Das versetzte mich in wilde Action – soll heißen, ich zwang mich in den aufrechten Sitz. Kämpfte mich aus der Jacke. Zog den Pulli aus.

Gut gemacht, Vic. Olympiareif. Ich hatte noch die Taschenlampe und mein Telefon. Leuchtete die Jacke an. Fünf Pfeile. Ich zog sie raus, warf sie auf den Boden und wurstelte die Arme wieder in den Pulli. Dann probierte ich mein Handy aus, aber die Betonwände blockierten jede Hoffnung auf Empfang.

Ich packte die unterste Leitersprosse und zog mich daran hoch, bis ich stand. Stakste auf unsicheren Beinen auf die leuchtende Tür zu, stützte mich an der rauen Betonwand ab.

Der muffige strenge Geruch wurde stärker. Als ich die Tür ganz aufdrückte, sah ich warum: Ich hatte ein Labor gefunden, das aussah und roch wie das von Dr. Kiel. Ich hatte das schon gerochen, als ich das erste Mal beim Silo war, den Geruch aber nicht mit Kiel in Verbindung gebracht. Noch ein Punktabzug bei der Bewertung der Detektivin.

Auf einer langen Arbeitsplatte stand ein Dutzend Behälter – Bioreaktoren, wie bei Kiel – mit Schläuchen, die sich zu einem Abzug schlängelten, wo ein Abluftventilator lief. Vor der gegenüberliegenden Wand rotierte langsam eine zylindrische Maschine, an der sich ein Satz Stäbe klackernd auf und ab bewegte.

Drei Computermonitore standen auf dem Arbeitstisch nahe der Tür. Zwei schienen die Aktivitäten der Bioreaktoren und der Klackermaschine zu protokollieren. Auf dem dritten Bildschirm war zu beobachten, was sich in der oberirdischen Welt tat. In einem Quadranten sah ich den Raum, wo ich mit Baggetto und Roswell gesprochen hatte, jetzt leer bis auf einen Mann in Schwarz, der mit seinem Telefon spielte. Die anderen Quadranten zeigten die Einfahrt zum Silogelände, das Unterkunftsgebäude des Startleitstands und einen Blick über die Felder von Sea-2-Sea. Ich hatte nie eine Chance gehabt, das Areal unversehrt zu verlassen.

Da ich hier den Raum oben sehen konnte, hatte der Mann in Schwarz möglicherweise auch mich auf dem Schirm, wenn er von seinem Handy aufsah. Ich reckte den Hals und sichtete zwei Kameras in den Ecken, die einen Großteil des Labors erfassten.

Ein Piepsen und Quieken kam aus dem hinteren Bereich. Als ich meine Taschenlampe dorthin richtete, leuchteten unzählige rote Augen auf. Käfige voller Ratten. Diesmal kam ich nicht gegen den Brechreiz an, ich kotzte den Joghurt aus, den ich vorhin gegessen hatte.

Und da, vornübergebeugt und keuchend, entdeckte ich Cady Perec, zusammengekrümmt auf dem Boden vor den Behältern. Ich schlurfte auf sie zu, schnell wie eine Schnecke. Kniete mich hin. Sie war am Leben, ihr Atem kam in flachen Schnaufern.

Ich leuchtete sie mit der Taschenlampe ab und sah die Drähte, die zu den Elektroden in ihrem Rumpf führten. Eine im Rücken, eine in der Schulter, zwei an den Hüften. Ich zog sie raus, und sie wimmerte, schlug flatternd die Augen auf. Starrte mich entsetzt an und versuchte rückwärts wegzukriechen.

»Cady, ich bin's, V.I. Warshawski. Wir sind in dem Raketensilo. Wir müssen irgendwie hier raus.«

»V.I.? Vic?« Sie packte mit wildem, krampfhaftem Griff meine Arme und brach in Tränen aus. »Du hast mich gefunden. Gott sei Dank!«

»Ich wurde getasert. Genau wie du. Wo ist Bernie?«

»Ich weiß nicht.« Ihre Zähne klapperten. »Wir haben versucht, uns unbemerkt auf den Acker zu schleichen, aber ich hatte unrecht. Der Weg, den ich sonst benutzt habe – es war genau, wie du gesagt hast, alles voll mit Alarmvorrichtungen. Soldaten sind aufgetaucht, als hätten sie schon auf uns gewartet. Ich hab geschrien, da lag Bernie flach in einer Furche. Ich weiß nicht, wo sie jetzt ist.«

Ich konnte nur hoffen, dass Bernie sich in Sicherheit gebracht hatte. Sie war klein, vielleicht war sie unbemerkt entwischt, während die Männer in Schwarz Cady mit Tasern quälten. Ich hoffte. Ich flehte.

Selbst wenn Bernie Hilfe holte, konnten wir nicht darauf bauen, dass sie kam – Baggetto würde jede militärische Aktion blockieren, Sheriff Gisborne die Cops im Zaum halten. Cady und ich mussten uns selbst helfen.

Bram Roswell und seine Patriotenbande dachten wohl, wir würden hier drin verrecken, in diesem Labor, wo sie die Lungenpest züchteten. Sie gingen davon aus, dass wir uns ansteckten. Stellten sich vor, wie wir uns zu Tode röchelten. Dann konnten sie uns draußen auf ihrem Versuchsfeld verscharren.

»Wir müssen einen Weg hier raus finden.« Ich zog Cady hoch und lehnte sie gegen eine Schranktür. »Wir können hier nicht rumsitzen, uns leidtun und auf den Tod warten.«

»Ich hätte auf dich hören sollen«, wisperte Cady. »Als sie mich hier runterbrachten, haben sie mir dauernd ungereimte Fragen über einen Film gestellt, den der Colonel sehen will. Das klang völlig durchgeknallt. Die Chemikalien hier unten haben sie wohl verrückt gemacht.

Sie wollten wissen, wo du bist, und wo dein Hund ist – als ich sagte, dass ich das nicht weiß, haben sie mich noch mal mit diesen Dingern beschossen. Wo August Veriden ist, wo Emerald Ferring ist. Wenn ich es wüsste, hätte ich es ihnen erzählt. Ich habe ihnen gesagt, wenn du nicht in der Pension bist, kommst du hierher – bitte hass mich nicht, sie haben mir zu übel wehgetan.« Sie fing an zu weinen, krampfhafte Schluchzer, wie sie früher am Tag ihre Großmutter geschüttelt hatten.

Ich gab ihr eine kräftige Ohrfeige. »Hör zu, Cady, das ist hier kein Actionfilm. Im richtigen Leben hält niemand unter Folter dicht. Du hast nichts getan, was mich dazu bringen könnte, dich zu hassen. Du hast nichts getan, wofür du dich schämen musst. Du bist findig, du bist eine Problemlöserin. Und wir haben ein großes Problem zu lösen. Wir brauchen alles, was wir an Grips und Fähigkeiten haben, um aus diesem Höllenloch rauszukommen.«

Sie hörte auf zu weinen, aber sie blickte mich teilnahmslos an. Es brauchte deutlich mehr als meine Mutmachparolen, um ihren Selbsterhaltungstrieb wiederzubeleben. Ich merkte, wie in mir Panik hochstieg, und schluckte sie runter, was eine bittere brennende Stelle in meiner Kehle hinterließ.

Denk für zwei, denk für zwei, wie schmeckt der Brei, ganz einerlei, denn jetzt muss ich denken für zwei. Ich brauchte selbst eine Ohrfeige.

»Ich steig jetzt die Leiter rauf«, sagte ich laut. »Du musst mir die Lampe halten, damit ich sehe, was ich tue.«

Sie antwortete nicht. Meine Arme und Beine zitterten noch, aber sie mussten jetzt an die Arbeit. Ich zerrte Cady auf die Füße. Legte mir ihren rechten Arm um den Hals, schlang meinen um ihre Mitte und schob sie durch den Raum. Neben der Tür gab es einen Spülstein, ich riskierte es mit dem Wasser, wusch mir das Gesicht und spülte mir den Mund aus, machte ein Papierhandtuch nass und wischte Cady das Gesicht damit ab.

Als ich den Arm wieder um sie legte, wirkte sie etwas gefestigter. Sie stieß noch ein letztes würgendes Schluchzen aus, hielt dann aber tapfer mit bis zur Leiter, im Grunde bloß eine senkrechte Reihe in der Wand verankerter U-förmiger Stahlstreben. Ich drückte Cady meine Taschenlampe in die Hand und befahl ihr, sie auf die Leiter gerichtet zu halten. Dann zog ich mir die Jackenärmel über meine klammen, zuckenden Hände und packte die Strebe über meinem Kopf, zog mich hoch, Füße auf der untersten Sprosse.

Cadys Arme schlotterten, das Licht hüpfte herum, aber sie ließ die Lampe nicht fallen, und ich konnte die Sprossen sehen, während ich langsam hochkletterte. Fast genau über meinem Kopf war eine Luke.

»Leuchte mal direkt hier oben hin. Ich muss mir das Ding ansehen.«

Cady gab sich Mühe, schaffte es aber nicht. Als sie frustriert zu weinen anfing, lehnte ich mich an die Wand, holte mein Telefon raus und benutzte sein Licht, um den Lukendeckel zu begutachten.

Panzerstahl aus der Zeit, als nebenan noch ein atomarer Sprengkopf lagerte. Eine dicke Gummidichtung versiegelte den Deckel. Ich drehte den Verschlusshebel und drückte nach oben. Er war von außen verriegelt.

Ich kletterte wieder runter. An sich kein schwerer Abstieg, nur dass ich gerade mit Stromschlägen traktiert worden war und mir obendrein die Angst in den Knochen saß. Folglich war ich so fertig, als hätte ich den Iron Woman-Triathlon hinter mir. Ich ging keuchend in die Hocke, und das Pillenfläschchen drückte sich in meinen Oberschenkel.

»Wir sitzen in der Falle, oder? Wir sterben hier.«

Cadys dumpfer, hilfloser Ton war ein so trostloses Echo meiner eigenen Gemütslage, das ich sauer wurde. »Nein. Diese Männer bestimmen nicht unser Schicksal wie bei Doris McKinnon oder bei Dr. Roque. Wir überleben das und lernen daraus.«

Ich zog das Pillenfläschchen hervor und starrte es an. Ich hatte gestern Abend zwei Tabletten genommen und heute drei. Blieben noch fünfundzwanzig, fünfzehn für Cady, zehn für mich. Drei Tage Schutz, vielleicht länger, wenn die Wirksamkeit einsetzte, bevor die Ansteckung durchschlug, aber ich würde den Teufel tun und mich jetzt alle halbe Stunde damit aufhalten, meine Atmung und Temperatur zu überprüfen.

Ich erklärte Cady die Lage. »Du musst jetzt zwei davon nehmen, um dem entgegenzuwirken, was du hier eingeatmet hast. Auf leeren Magen wird dir davon mau, aber das ist besser als das, was ohne sie passieren kann.«

»Wir könnten uns was zu trinken holen.« Sie zeigte auf die Wand gegenüber, da stand neben der geschlossenen Tür ein

Automat, den ich nicht gesehen hatte, als ich auf dem Boden lag. »Falls du Geld hast. Ich hab meine Brieftasche im Kofferraum gelassen.«

In einer Schublade im Labor fand ich einen Hammer, den ich Cady mit der Anweisung gab, so hart wie möglich auf das Schloss einzuschlagen. Sie versetzte ihm ein paar zögerliche Hiebe, dann holte sie weit aus und prügelte wild auf den Automaten ein. Das Schloss zerbrach, die Glasfront ging in Scherben, Dosen rollten uns um die Füße, aber sie hieb weiter darauf ein, bis ich ihren Arm ergriff.

»Das hat sich gut angefühlt!« Sie nahm sich eine Dose Sprite, reichte mir eine Cola und vollführte vor dem Automaten einen kleinen Siegestanz. Ich klatschte mit ihr ab und gab ihr zwei von den Antibiotikapillen zu schlucken.

Ich musste hysterisch auflachen, als ich an Peter Sellers in *Dr. Seltsam* dachte, der auf den Colaautomaten schießt, um an Münzen für einen Anruf zu kommen: Jetzt waren wir dem Coca-Cola-Konzern was schuldig.

Verblichene schwarze Buchstaben wiesen die geschlossene Tür als Zutritt zum Raketenleitstand aus. Ich knipste das Licht an und sah, dass Roswell hier eine Art Gemeinschaftsraum für sein Forschungsteam eingerichtet hatte. Es gab Sofas, ein paar kleinere Tische, wo Leute essen oder schwatzen oder sich Bazillen injizieren konnten. In einer Ecke führte eine Tür in ein Bad mit Dekontaminationsdusche.

In einer Kochecke im hinteren Bereich stand ein Kühlschrank, leer bis auf ein Stück Käse und ein Glas Senf. Wir fanden Cracker auf einem Bord und taten uns an Crackern mit Käse gütlich, fragten uns nervös, ob wir gerade Pestkeime verschlangen. Eine Fabrikuhr hing über dem Kühlschrank. Halb zwei in der Früh. Wie viel Zeit blieb uns noch?

Roswell hatte an einer Wand die alte Steuerkonsole stehen lassen, die Schlüssel gedreht und die Tasten auf Abschuss gestellt, darunter Knöpfe mit der Beschriftung *Ziel 1, Ziel 2, Ziel 3.* Obendrüber hing ein gerahmtes Poster: »Amerika in Geiselhaft«, es zeigte ein belagertes Nordamerika, auf das sich Horden von Muslimen, Chinesen, Koreanern und Mexikanern stürzten. Über einer Pilzwolke prangten, nein brüllten rote Großbuchstaben: ES IST KURZ VOR ZWÖLF, AMERIKA! FAST ZU SPÄT FÜR GEGENWEHR. JETZT PATRIOTS CARE-NOW BEITRETEN UND DEN FEIND VOR DEN TOREN VERTREIBEN.

Im Boden hinter einem Sofa war eine weitere große Luke eingelassen, der Deckel fest gesichert mit zwei stählernen Bügeln. Nach dem Versuch-und-Irrtum-Prinzip kamen wir dahinter, dass beide in entgegengesetzte Richtungen gedreht werden mussten, um die Verriegelung zu lösen. Als wir den Deckel gehoben hatten, legte ich mich flach hin und leuchtete mit der Taschenlampe hinein. Ein gewaltiger leerer Schacht gähnte mir entgegen. Ich schauderte. Hier hatte der Marschflugkörper gestanden, eine fette schimmernde Schlange, die niemals schlief, jede Sekunde des Tages startbereit.

Ich stand wieder auf. »Im äußersten Notfall steigen wir da runter«, sagte ich zu Cady. »Sehen wir mal nach, was wir im Labor auftreiben können.«

Als Erstes suchten wir uns Schutzausrüstung. Wir beide legten Mundschutz und Haube an wie Chirurginnen, auch Latexhandschuhe fanden sich.

Ich ging zu der Abzugshaube über den Bioreaktoren. Wenn hier lebende *pestis*-Kulturen gezüchtet wurden, konnte die Abluft nicht direkt in die Atmosphäre geblasen werden, sonst würden die Leute im County umfallen wie die mittelalterlichen Pestopfer. Wahrscheinlich wurde der Dampf oder Qualm, den die Bioreaktoren in die Luft entließen, vorher sterilisiert. Zumindest hoffte ich das.

Wir waren grob geschätzt fünfzehn Meter unter der Erde, etwa die Höhe eines drei- bis vierstöckigen Gebäudes. Ich versuchte mir die Oberfläche vor Augen zu rufen, aber was mir in den Sinn kam, waren die auf einem sechseckigen Deckel zusammengerollten Schlangen. Die unterirdische Riesenschlange rief ihre Jungen herbei. Quatsch, Warshawski. Schlangen mögen Wärme. Sie hatten sich eine warme Stelle gesucht. Nämlich über der Abzugshaube.

»Unser Weg hier raus«, sagte ich zu Cady. »Wir zerlegen dieses kleine wissenschaftliche Experiment.«

57

Tang Soo

Cady hatte ihre Panik überwunden und zu einer zeitweiligen Stumpfheit gefunden, in der sie einen Fuß vor den anderen setzen konnte, solange ich zuversichtlich genug blieb, damit Sauerstoff in ihr Herz pumpte. Unser erster Schritt: die Kameralinsen abdecken. Die Schublade, in der ich den Hammer gefunden hatte, enthielt ein ganzes Sortiment Werkzeug einschließlich einer Rolle Klebeband.

Die hintere Kamera zu verkleben machte es erforderlich, dicht bei den Ratten hochzuklettern. Als ich näher kam, stürmten die Tiere allesamt in die mir zugewandte Ecke ihrer Käfige, quiekten und krallten wie besessen. Sie hatten Hunger, und ich sah nach Essen aus. Waren sie voller Flöhe, die auf uns überspringen würden, sobald die Ratten starben, oder würden die Ratten – Schluss jetzt! Meine Hände, meine ganze Haut bebte vor irrationaler Angst.

Ich fand leere Käfige unter dem Tisch, auf dem die Ratten untergebracht waren. Mit tauben Fingern stapelte ich sie aufeinander. Meine Haare unter der Haube waren feucht, als ich meine improvisierte Leiter bestieg.

Cady stand so weit weg von mir, wie es ging, während sie einen Streifen Klebeband abschnitt und ihn mir hinhielt. Meine Finger in den Latexhandschuhen hatten kein Tastgefühl. Ich ließ zwei Stück Klebeband fallen, bevor ich das dritte lange genug zu fassen bekam, um es über die Kameralinse zu kleben. Danach war es im Vergleich ein Kinderspiel, die Kamera an der Tür zu versorgen.

Wir schauten auf den Monitor. Der Mann in Schwarz döste jetzt. Die Uhr auf dem Bildschirm zeigte 02:20. Es hatte vierzig Minuten gedauert, die Kameras abzudecken. Wie viel Zeit blieb uns, bis der Mann in Schwarz merkte, dass er das Labor nicht mehr auf dem Schirm hatte?

Wir fanden keinen Ausschalter für die Bioreaktoren, also zogen wir den Stecker des Kabels, das sie mit einer massiven Notstromversorgung verband. Wir stöpselten noch ein Kabel aus, das zu der Maschine mit den Klacker-Armen führte. In der darauf folgenden Stille erfüllten die Geräusche aus den Käfigen den Raum, Scharren, Quieken.

Ich presste mir die Hände auf die Ohren, kämpfte Hysterie nieder, zwang sie zurück auf den Grund meines Bewusstseins. Weitermachen, los, beweg dich, denk nur an den nächsten Schritt zur Lösung dieses Problems.

Ich untersuchte die Bioreaktoren. Wir mussten sie von dem Ventilator trennen. Ich wusste nicht, was passieren konnte, wenn wir einfach die Tüllen von ihren Öffnungen abzogen, ob sie dann *pestis*-Bazillen in den Raum spuckten. Ich war nicht überzeugt, dass die Dosis Doxycyclin, die wir nahmen, uns vor einer regelrechten Pestdusche zu schützen vermochte. Cady und ich durchwühlten sämtliche Schubladen, aber am Ende holten wir uns aus der Kochnische eine Rolle Frischhaltefolie.

Ich stieg auf den Arbeitstisch und zog vorsichtig den Schlauch von einem der Bioreaktoren ab. Dunst stieg aus der Öffnung. Ich bedeckte sie rasch mit Klarsichtfolie und schlang Klebeband darum, bis sie dicht war.

Ich atmete schwer, der Mundschutz vernebelte meine Augen. Einer geschafft, blieben noch elf. Immer eins nach dem anderen: Schlauch abziehen, Folie über die Öffnung, fest zukleben. Abziehen, zudecken, kleben. Mein Haar triefte, klatschte unter der Haube an meiner Kopfhaut fest. Als ich Cady einen Seitenblick zuwarf, war sie kreideweiß, ihre Sommersprossen leuchteten wie orangefarbene Sterne.

Nachdem wir den letzten Bioreaktor verpackt hatten, schleppten wir sie alle von der Arbeitsfläche zur anderen Seite des Raums und parkten sie neben der Maschine mit den Armen.

Ich nahm diverse Maulschlüssel und Schraubendreher aus der Werkzeugschublade. Warf einen Blick auf den Monitor. Vier Uhr früh. Der Mann in Schwarz schlief noch, aber jemand würde ihn ablösen kommen. Schichtwechsel sind meistens um sieben. Noch drei Stunden.

»Du wirst mit mir hier hoch müssen«, sagte ich zu Cady. »Diese Abzugshaube ist schwer. Wenn ich die Schrauben rausdrehe, fällt sie auf mich drauf, außer du hilfst mir, sie festzuhalten.«

Wir stapelten leere Tierkäfige auf dem Arbeitstisch, um den Fall der Haube abzufangen, falls sie zu schnell runterkam.

Die Schrauben saßen fest, fast wie zugeschweißt. Wir sprühten WD-40, schlugen mit dem Hammer auf sie ein, benutzten die Maulschlüssel. Es kostete uns eine wertvolle Stunde, aber am Ende setzten wir die schwere Abzugshaube auf dem Podest aus Käfigen ab.

»Tang Soo«, sagte Cady leise.

Ich sah sie fragend an, halluzinierte sie schon?, aber sie lächelte müde.

»In der Karateschule, wo ich als Kind war, haben wir das immer geschrien, wenn wir eine Kata ausgeführt hatten. Ich muss mich ausruhen.«

Wir gingen zurück in den Gemeinschaftsraum. Tranken Limonade, nahmen noch eine Runde Antibiotika, wuschen uns in der Dusche, einigten uns, dass wir uns fünfzehn Minuten Schlaf gönnen durften. Ich nahm die Karte von Amerika als Geisel ab und legte sie hinter der Konsole auf den Boden –

diese Botschaft voller Hass und Panik belastete meine überspannten Nerven nur zusätzlich.

Sobald ich lag, fiel ich in Tiefschlaf. Als mein Handywecker mich zurück ins Leben riss, fühlten sich Arme und Beine zu schwer an, um sie zu bewegen. Ich sah zu Cady rüber, die auf der anderen Couch schlief wie ein Murmeltier. Lass sie noch ausruhen, sagte ich mir. Eine von uns brauchte genug Stehvermögen, um zu stemmen, was immer Schweres vor uns lag.

Ich zwang mich auf die Füße, aß noch ein Stück Käse, ging zurück ins Labor. Halb sechs. Ich beschloss, das Klebeband von der Kamera, die auf die Käfige zeigte, zu entfernen. Ihr Bildwinkel erfasste den Bereich des Abzugs nicht, das konnte uns vielleicht ein bisschen Zeit verschaffen: Wenn die Wachen den Raum sehen konnten, würden sie sich weniger Sorgen darüber machen, dass die andere Kamera nichts aufnahm.

Ich kletterte dazu wieder auf die leeren Käfige, und die Ratten in den anderen quiekten. Allmählich bekam ich Mitleid mit ihnen. Wir waren alle hier unten eingesperrt, unterversorgt und entschieden ungeliebt. Auf einem Tisch hinter den Käfigen stand ein Sack mit Nagetierpellets. Wenn der Weg nach oben frei war, würde ich sie füttern, bevor ich Cady weckte.

»Schon gut, Jungs und Mädels, wir kriegen das hin. Eins nach dem anderen, eins nach dem anderen.«

Vielleicht ist es ein Zeichen für einsetzendes Delirium, wenn man säuselnd mit Ratten spricht. Ich hievte meinen müden Körper auf den Tisch. Stapelte Käfige direkt unter dem Abluftschacht. Blickte hoch und sah Sternenlicht durch die zerkratzte Glasabdeckung schimmern. Versuchte aufrecht zu stehen. Und stellte fest, dass zwar mein Kopf in die Öffnung passte, aber nicht meine Schultern.

Ich machte die Lampen-App meines Handys an und streckte den Arm in den Schacht, hoffte gegen alle Hoffnung, dass ich nur auf ein kleines, überwindbares Hindernis gestoßen war.

Nichts da. Dieser Schacht war so gebaut, dass kein Mensch durch ihn in den Silo gelangen konnte. Eine Ratte mochte da rauf- und runterkommen, vielleicht sogar ein Dachs, aber nichts, was so groß war wie ich.

Ich wollte mich auf dem Tisch ausstrecken und in den Schlaf weinen. In den Tod weinen. Willst du wirklich so in diese Nacht gehen, Warshawski? Wimmernd wie ein verlorenes Kätzchen, während Roswell sich an deiner pestverseuchten Leiche ergötzt? Mein Cousin Boom-Boom hatte gern Shakespeares Cäsar zitiert, bevor er aufs Eis ging: *Der Feige stirbt schon vielmal, eh er stirbt / Die Tapfern kosten einmal nur den Tod.*

Ich rutschte von der Arbeitsplatte. Los, auf die Kufen, Cous, letztes Drittel, noch 'ne Minute auf der Uhr, zwei Tore hinten, da heißt es richtig kämpfen. Meine Mutmachparolen brachten nichts. Ich war demoralisiert, unfähig zu denken.

Ich blieb am Monitor stehen, um nach der Zeit zu sehen. Viertel nach sechs. Bald würde die Schicht wechseln – oh, die Schicht hatte gewechselt. Der Mann in Schwarz saß aufrecht da, ein anderer Mann in Schwarz brüllte ihn an. Es war ein Stummfilm, aber der zweite Mann zeigte zum Computer auf dem Tisch: Sie konnten das Labor sehen, sie wussten, dass etwas faul war. Roswell kam ins Bild, in T-Shirt und Trainingshose. Auch er begann herumzufuchteln. Der Raum füllte sich allmählich, Männer mit Panzerwesten, Männer mit wuchtigen Waffen.

Mein Herz hämmerte so heftig, dass es meine Brust und meine Arme erschütterte. Ich sah mich hektisch um. Die Ratten.

»Wir sind doch jetzt Kumpel, oder? Ihr habt Hunger, vielleicht seid ihr krank, jetzt kriegt ihr was zu futtern.«

Ich griff mir die Tüte mit den Pellets und schüttete sie auf den Boden, zog damit eine Spur zum Fuß der Leiter, die man mich runtergeschleppt hatte. Ich konnte hören, wie die Männer über mir anfingen, den Lukendeckel aufzudrehen. Ich zwang meine

Beine zu gehorchen, zwang mich, in wackligem Watschellauf wieder nach hinten zu rennen, machte die Käfigtüren auf, watschelte hastig durch den Vorraum zurück in den Leitstand.

Ich schloss die Tür, schob den schweren Riegel vor, rüttelte Cady wach. »Sie kommen, ein ganzes Platoon ist im Anmarsch! Los, hoch mit dir, wir müssen die Leiter da runter!« Ich schrie vor Angst. Cady schrak vor mir zurück.

Schüsse vor der Tür brachten sie endlich in Bewegung.

Die Tür war massiv, aber wir hörten die Männer dahinter brüllen, hörten das Kreischen der Ratten, die genauso verängstigt waren wie Cady und ich. Ich hoffte, dass sie die Männer in Schwarz in Schrecken versetzten.

Wir kletterten die Leiter unter der Luke hinterm Sofa hinab, als die Männer in Schwarz anfingen, auf die Tür des Leitstands zu schießen. Fünfzehn Sprossen abwärts, genau wie die erste Leiter. Der Akku in meinem Handy gab den Geist auf, aber ich hatte noch meine Taschenlampe. Ich leuchtete umher: Wir waren in einem Tunnel, der etwa hundert Meter weiter an einer Tür endete.

Wir hörten Lärm hinter uns – die Truppe hatte es durch die Tür in den Leitstand geschafft und machte sich an den Abstieg. Angst, Adrenalin – irgendwas pulverte mich auf. Die letzten paar Schritte rannte ich.

Die Tür war mit einem Hebel verriegelt, der um eine Vierteldrehung nach unten bewegt werden musste. Alt, rostig. Cady und ich mussten uns zu zweit draufstemmen, um ihn runterzuwuchten. Wir zerrten die Tür halb auf und schlüpften hindurch, als eine Kugelsalve in sie einschlug. Wir rissen sie zu, drückten mit vereinten Kräften den inneren Hebel nach oben und drehten uns um.

Wir standen im senkrechten Raketenabschussschacht. Rostige Stahlwände mit martialischen T-Trägern, schmale Leitersprossen nach unten und oben. LEVEL 3 prangte in fetten schwarzen Buchstaben auf der Tür. Es gab alte Warnschilder mit allerlei Vorsichtsmaßnahmen im Falle eines Raketenstarts, aber nichts über Vorsichtsmaßnahmen im Falle einer Invasion von durchgeknallten US-Patrioten. In einer seitlichen Nische war sogar ein Aufzug, aber er funktionierte nicht mehr. Wir sahen einander an, sahen die Leitersprossen an.

»Tang Soo!« Cady hielt mir die Faust hin.

»Tang Soo.« Ich stieß meine dagegen.

Keine von uns fragte, was wir oben tun würden, wenn wir nicht rauskamen. Sterben? Mein Wagemut von gestern Abend holte mich ein, voller Hohn. Lotty würde harte Worte für mich finden, wenn ich in diesem Raketensilo abkratzte.

Level 2. Wir krabbelten auf die Plattform und hörten, wie sie unten auf die Tür zum Raketenschacht schossen, aber sie würden Zeit brauchen, um durch so dicken Panzerstahl durchzukommen. Auf dieser Ebene gab es keine Tür, nur die Plattform. Wir blieben stehen, um kurz Luft zu holen. Cady zog eine Dose Sprite aus der Tasche und teilte sie mit mir.

»Sag mir jetzt, wer mein Vater ist. Wenn … wenn das meine letzte Nacht auf Erden wird, will ich es wissen.«

Ich kniff die Augen zu. »Zuerst versprichst du mir, dass du dir jede Reaktion darauf verkneifst, bis wir in Sicherheit sind. Wir haben weder die Zeit noch die Kraft für Theater. Einverstanden?«

Sie nickte mit aufgerissenen Augen.

»Los, weiterklettern.« Ich wartete, bis sie zwei Sprossen hochgestiegen war, und folgte ihr dichtauf.

»Jennifer Perec und ihr Baby starben 1983 bei einem Fiasko im Protestcamp. Magda Spereva – sagt dir der Name was? Eine tschechische Biowaffenspezialistin, die aus dem Ostblock geflüchtet ist und für Dr. Kiel gearbeitet hat? Sie hat ein Kind von ihm bekommen. Als der Biowaffenversuch zur Katastrophe ausartete, wurden Kiel und Spereva hingerufen. Spereva steckte ihr Baby in Jennys Zelt. Als Lucinda Ferring dich fand, glaubte sie, du wärst Jennys Baby. Doris brachte dich zu deiner Großmutter, nachdem Lucinda gestorben war.«

»Ich …« Sie schwankte über mir auf der Leiter.

»Kein Theater!« Ich packte ihren Knöchel. »Weiterklettern!«

Sie erschauerte, taumelte seitwärts, aber ich hatte mich schon hinter sie geschoben, drückte sie an die Wand. »Los jetzt!«, sagte ich in meinem grimmigsten Ton.

Sie fing sich und stieg weiter aufwärts. Ich folgte und klopfte ihr nach jeder erklommenen Sprosse ans Bein: Du bist nicht allein, mach weiter.

Level 1. Gerade als wir auf die Plattform krochen, gab es unten eine heftige Detonation, und die Tür zu Level 3 zerbarst. Männer in Schwarz schwärmten heraus und die Leiter hoch. Wir zerrten an der Verriegelung für die Zutrittsluke auf Level 1, aber sie war verrostet und rührte sich kein Stück.

»Wir setzen uns an den Rand der Plattform und treten jedem, der raufkommt, gegen den Kopf«, sagte ich. »Außer du hast eine bessere Idee.«

Die Männer in Schwarz feuerten von unten hoch. Die Geschosse sprengten Betonsplitter ab, wir mussten aufspringen und uns aus der Schusslinie drücken.

»Wir stellen uns seitlich hin und treten zu.« Cadys Miene war zu Granit erstarrt.

Der Kugelhagel hallte und widerhallte in dem gewaltigen Schacht. Der Krach übertönte alle Geräusche, und Cady und ich schrien los, als hinter uns plötzlich die Luke zu Level 1 aufsprang.

Peppy platzte herein, warf sich auf mich und leckte mir wild das Gesicht.

58

Ci Sono

Ich packte Peppys langes Fell, aber sie konnte nicht wirklich hier sein: Sie passte doch auf Nell Albritten auf. Offenbar starb ich. Inmitten von Pulverdampf und Höllenlärm wurde mir die Vision meiner Hündin zuteil. Ich streckte die Arme aus, denn wenn Peppy schon hier war, würde sicher gleich meine Mutter kommen. »Gabriella! Gabriella, *ci sono, ci sono.*«

»Nix Gabriella«, knurrte ein Mann. »Lou und ich. Ihr zwei müsst hier raus – dalli.«

Dicke Arme hoben mich hoch. Ein schwarzer Mann, Muttermal an der Schläfe, den kannte ich doch. »Ed?«, fragte ich. »Peppy?«

»Ed, genau. Der Hund ist hier. Nimm die Kleine, Lou, nix wie weg.«

Ich wurde getragen. Wir drückten uns an Massen von Uniformen entlang. Peppy jaulte und bellte, hielt sich so dicht bei Ed, dass er über sie stolperte. Irgendwer blaffte Befehle an Lou und Ed, stehen zu bleiben – Cady und ich müssten Fragen beantworten –, aber die beiden Männer hasteten weiter. Meine Füße stießen gegen Gesichter und Schultern von Leuten in Uniform, die in Gegenrichtung an uns vorbeidrängten.

Wir gelangten hinaus an die Luft. Hilflose Tränen liefen mir übers Gesicht. Luft. Ich hatte gefürchtet, nie wieder Tageslicht zu sehen, frische Luft zu atmen. Lou und Ed marschierten schnurstracks Richtung Straße, zu einem Konvoi von Streifenwagen. Mittendrin sah ich ihren Truck mit dem Slogan auf der Seite: *Wir hauchen altem Metall neues Leben ein.*

»Da haucht ihr glatt einer alten Detektivin neues Leben ein.« Ich hörte das hysterische Kieksen in meiner Stimme und fing an, irre zu kichern.

»Ganz ruhig, Warshawski. Dein Hund ist schon völlig verrückt vor Sorge, auch ohne dass du vor ihrer Nase durchdrehst, hörst du?«

»Bernie?«, sagte ich. »Bernadine Fouchard?«

»Der kleine Hitzkopf? Ist in Sicherheit. Deke Everard hat sie auf der K-10 aufgegriffen. Sie hat versucht, ihm die Nase zu brechen, bevor er sie überzeugen konnte, dass er auf Seiten der Engel steht.«

Ich lachte, schwächlich, ein Lachen, das meinen Rippen wehtat. Ed legte mich auf die schmale Rückbank des Trucks, Cady saß schon vorn und war in Ohnmacht gefallen, sobald Ed sie angeschnallt hatte.

Peppy sprang zu mir rein und leckte mir weiter Gesicht und Hände ab. Ed kletterte hinten auf die Ladefläche, während Lou schon den Motor anließ. Jemand befahl Ed und Lou anzuhalten – ein Polizist oder das FBI oder vielleicht jemand von der Army, denn plötzlich schienen uns von allen Seiten Soldaten zu umzingeln.

Lou blaffte sie an: »Da müsst ihr uns schon abknallen, denn diese Frauen gehen jetzt nirgendwohin außer direkt zum Arzt. Ihr wollt mit ihnen reden, das geht klar, sobald Frau Doktor sagt, dass es passt. Hey, du da, hör auf, mit deiner Marke zu wedeln, die ist mir nämlich scheißegal.«

Und dann holperten wir quer über die Maisstoppeln, weg von dem Konvoi. Ich schlief ein, noch ehe wir die Straße erreicht hatten.

59

Besuch empfangen

Schlafen, aufwachen, schlafen, ein Piepston neben dem linken Ohr. Ich schlug die Augen auf und sah einen Monitor, grüne Linien auf kohlschwarzem Bildschirm. Sieben Uhr morgens.

»O nein, zu spät, die Schicht wechselt«, stieß ich hervor, versuchte mich aufzusetzen. Meine Beine waren so schwer, dass es mich restlos erschöpfte, sie über die Bettkante zu schieben. Da war ich schon umringt von Frauen mit Mundschutz, die mich zurück ins Bett zwangen. In Panik schlug ich um mich, trat nach allen Seiten aus.

»Victoria! Victoria, beruhige dich. Du bist in Sicherheit. Bleib liegen, ich bin ja da.«

»Lotty? Lotty! Wie haben die dich geschnappt? Wir müssen hier weg!«

»*Liebchen*, ich bin deine Ärztin, ich pass auf dich auf. Du bist im Krankenhaus. Du liegst auf der Isolierstation, bis wir sicher sind, das du keine Pestkeime überträgst. Diese Schwestern kümmern sich gut um dich. Lieg still, du hast dir die Infusionskanülen rausgerissen.«

Meine Atmung beruhigte sich, und ich sah Krankenschwestern mit Mundschutz, nicht Roswells kriminelle Privatarmee.

»Cady, was ist mit ihr? Ich hab ihr ’ne harte Eröffnung gemacht. Leibliche Mutter. Nicht Jenny Perec.«

Lotty holte scharf Luft. »Ich verstehe. Sie weint immerzu und will wissen, ob ihre Großmutter noch ihre Großmutter ist. Wie war der Name? Gertrude Perec? Ich werde sie herkommen lassen.«

Ich versank erneut in dem Kokon aus Schlaf, noch ehe die Kanülen wieder in meinen Armen steckten, aber Lottys Gegenwart wirkte wie Medizin. Ich wurde richtig wach, konnte bald aufrecht sitzen, Flüssigkeiten zu mir nehmen, und am Samstag, als meine Blutanalysen sich als frei von *Y. pestis* erwiesen, bekam ich die Erlaubnis, mich aus der Isolation in die Besucherzone zu begeben. Lotty hielt die Gesetzeshüter noch für einen Tag auf Abstand, aber sie fand, ich könnte ruhig mit Nell Albritten reden.

Die alte Frau saß in einem Lehnstuhl, neben sich Reverend Bayard Clements, Lou und Ed standen dabei.

»Wie du mir, so ich dir, junge Frau«, sagte Albritten, als ich ihr für ihr Kommen dankte. »Sie haben sich um mich gekümmert, jetzt bin ich an der Reihe.«

»Du verdankst Ms. Nell dein Leben«, sagte Lou.

Albritten ließ ein rostiges Kichern hören. »Nee, das verdankt sie ihrer Hündin. Die liebe Peppy fing auf einmal an, jaulend im Kreis zu laufen. Sie wusste genau, dass Sie in Schwierigkeiten stecken, aber ich hab das natürlich nicht kapiert. Ich dachte, sie hat was draußen vor meinem Haus bemerkt. Da hab ich die Jungs angerufen, und die haben von ihrer Farm zu mir alle Rekorde gebrochen, das können Sie wohl glauben.« Sie nickte nachdrücklich. »Ich versteh immer noch nicht, wie ein Hund merkt, dass jemand in Gefahr ist, aber sie hat's gewusst, sie hat's gewusst.«

»Wir ha'm sie draußen auf der Farm«, bemerkte Lou. »Da geht's ihr gut mit unserm Racker – sie weiß scheint's, dass du in Sicherheit bist. Wir sorgen für sie, bis du auf die Beine kommst.«

Nell Albritten war es auch, die Lotty anrief – ich hatte schon vergessen, dass ich ihr den Namen und die Nummer dagelassen hatte, falls mir etwas zustieß. Als Lou und Ed uns zum Krankenhaus fuhren, war Lotty bereits in Lawrence: Sie hatte bei einem reichen Mann, dessen Frau sie mal gerettet hatte, einen

Gefallen eingefordert, und er hatte ihr seinen Privatjet überlassen.

»Woher wusstet ihr denn, dass ich im Silo war?«, fragte ich.

»Wir haben gleich auf den Silo getippt«, sagte Ed, »wollten aber nicht auf Verdacht da rausfahren, ohne was in der Hand, falls du nachher doch ganz woanders bist. Konnt ja auch sein, dass dich dieser Colonel nach Fort Leavenworth verschleppt hat.«

»Es ging uns zwar gegen den Strich«, sagte Lou, »aber wir sind in die Stadt, zu den Bullen, und ha'm da mit dem einzigen Mann geredet, von dem wir wissen, dass er rechtschaffen ist.«

»Sergeant Everard«, sagte ich.

»Yep«, bestätigte Ed.

Everard hatte Sheriff Gisborne vor mir verteidigt, aber insgeheim machte ihm das Verhalten des Sheriffs Sorgen. Er wusste, dass der Sheriff mich über das GPS meines Telefons überwachen ließ. Alle im Justizcenter mochten Everard, darum war es nicht schwer, die Dispatcher vom County zu überreden, dass sie ihn informierten, was sie mit ihrer Trackingsoftware sahen.

Im Silo, wo ich mein Handy als Taschenlampe benutzte, war ich fünfzehn Meter tief unter der Erde. Doch am frühen Mittwochmorgen kam für einen kurzen Augenblick ein Signal durch: Als ich mit ausgestrecktem Arm in den Abluftkanal leuchtete und vor Verzweiflung losheulte, weil er zu eng für mich war, da fand mein Handy ein Netz.

»Der Sarge hat seinen Lieutenant weichgeklopft, er hat alle Einheiten von Lawrence mobilisiert, und der Lolly hat einem County Deputy Druck gemacht, Sheriff Gisborne zu übergehen und auch die County-Truppe da rauszuschicken. Wir wissen nicht, wer das FBI gerufen hat, aber die waren auch da.«

»Ich dachte, ich hätte Soldaten gesehen?«, sagte ich.

»Keine Ahnung, wer die Army zur Party eingeladen hat«, knurrte Lou. »Vielleicht wollten sie diesen Colonel beschützen, oder ihn abknallen, wer weiß? In der Stadt geht das Gerücht, dass die Air Force Ärger wegen einem Video hat, das im Netz aufgetaucht ist. Angeblich hätte der Colonel das finden und vernichten sollen.«

»Ach ja?«, sagte ich. »Was für ein Video mag das wohl sein?«

Ed zückte sein Smartphone und zeigte mir einen YouTube-Clip. Er hieß »Assassins in the Heartland«, stand seit zwei Tagen online und hatte 1 217 836 Aufrufe. Das Standbild am Anfang zeigte Matt in dem Moment, als er erschossen wurde, noch bevor sich das Blut auf dem Rücken seines T-Shirts ausbreitete, gerade als er zu fallen begann.

»Die Leute sagen, das FBI schnüffelt rum, die wollen wissen, wer den Film hat und wer ihn gepostet hat«, sagte Ed.

»Und, kriegen sie was raus?«, fragte ich.

»Was ich so *höre*, kam der Upload aus einem Internetcafé drüben in Kansas City, keine Chance, die Quelle aufzuspüren. Da hat sich wohl jemand 'ne gefakte Facebookseite zugelegt und die ganze Welt zum Gucken eingeladen, und inzwischen hat's auch so ungefähr die ganze Welt gesehen. Kann noch ein internationaler Zwischenfall draus werden. Die Russen sind angepisst, weil diese Wissenschaftlerin, Magda, an ihrem alten Waffenprogramm beteiligt war. Und laut Presse sind 'ne Menge Leute stocksauer. Natürlich darf man nicht alles glauben, was man liest.«

Sandy Heinz von der Intensivstation tauchte auf und verkündete, dass die Besuchszeit schon weit überzogen war. »Wir haben Ihnen fünfzehn Minuten zugesagt, dann haben wir das auf zwanzig gestreckt, jetzt sind es dreißig, also raus mit Ihnen.«

Heinz selbst schob meinen Rollstuhl zurück auf mein Zimmer. »Sonia Kiel?«, fragte ich sie.

»Es wird langsam, sie ist schon mehr bei Bewusstsein als ohne. Ihre Eltern waren immer noch nicht bei ihr, aber einer ihrer Brüder – ein richtiger Bruder, Sie können mir glauben, dass wir seine Identität nach Strich und Faden überprüft haben – jedenfalls ist er aus Boston hergeflogen. Er hat vor, sie mit zu sich zu nehmen, wenn sie gesund genug zum Reisen ist. Glauben Sie, sie ist jetzt außer Gefahr?«

»Ich hoffe schon«, sagte ich nüchtern. »Sofern die Leute, die hinter ihr her waren, sie nicht aus Rachsucht angreifen. Das Video, das die beiden mir eben gezeigt haben, deckt alles auf, was Sonia nicht verraten sollte.«

Heinz lächelte schief, während sie mir aus dem Rollstuhl ins Bett half. »Das Krankenhaus würde sie nämlich gern in ein Pflegeheim verlegen. Kosten sparen, Sie verstehen – sie ist Medicaid-Patientin und hat längst das Limit überschritten, für das die Sozialfürsorge aufkommt. Aber Ihre Dr. Herschel hat unsere Verwaltung unter Druck gesetzt, sie mit Personenschutz auf ihrem Zimmer zu lassen, bis sie außer Gefahr ist.«

»Das Krankenhaus muss erst mit Sergeant Everard reden«, sagte ich bestürzt. »Ich hab nur informell meine unprofessionelle Meinung geäußert. Ich kann nicht für Sonias Leben geradestehen, weil ich gar nicht weiß, was los ist.«

Eine Stunde später wurde ich von Bernie geweckt, die mit Pierre vorbeischaute, bevor sie nach Chicago zurückflogen.

Ich hatte Bernie noch nie so demütig erlebt. Sie entschuldigte sich wieder und wieder bei mir, dafür, dass sie gegen meinen Willen nach Kansas gekommen war, dafür, dass sie alle meine Warnungen in den Wind geschlagen hatte.

»Sie wird sich auch bei ihrem Trainer und ihren Mannschaftskameradinnen entschuldigen. Sie weiß, noch ein Vorfall dieser Art wäre das Ende ihres Collegestudiums, nicht wahr, Bernadine?«

»Ja, Papa.«

Ich glaubte zwar nicht, dass diese Fügsamkeit von Dauer war, aber es war mal eine willkommene Abwechslung.

Am nächsten Tag kam Albritten wieder, diesmal mit Chefbibliothekarin Phyllis Barrier. »Phyllis hat den letzten Monat über eine schwere Bürde getragen«, sagte Albritten. »Sie war an dem Abend bei mir, als dieser August und Emerald hereinplatzten, außer sich vor Angst wegen dem Vorfall auf der Farm. Ich wollte Pastor Clements anrufen, aber Phyllis erbot sich, die beiden zu verstecken. Danach war sie die Einzige, die wusste, wo sie waren. Sie hat es mir nicht gesagt, und ich wollte es auch nicht wissen, aber als Sie dann auftauchten, Fragen stellten, das fehlende Foto bemerkten – da hatten wir ein paar schlimme Tage, weil wir nicht wussten, wie vertrauenswürdig Sie wirklich sind.«

Barrier schmunzelte trocken. »Als Bibliothekarin darf man niemanden konsultieren, nicht mal einen Rechtsbeistand, wenn man ein National Security-Schreiben bekommt. Dafür werden wir ausgebildet. Also hab ich mir gesagt, ich bin wohl am besten geeignet, um einer Befragung standzuhalten. Als Sie dann in den Kirchenkellern herumgeschnüffelt haben, war ich erst recht froh, dass wir die Kirchen außen vor gelassen hatten. Es tut mir leid, dass ich nichts gesagt habe, als Sie mir Ms. Ferrings BH brachten, aber sie wollte Ihnen gern persönlich danken.«

Sie wandte den Kopf und nickte. Hinter einer Topfpflanze in der Vorhalle trat Emerald Ferring hervor und legte einen großen Auftritt hin. Ein langer Kaftan aus weicher grüner Wolle umwogte sie. August Veriden im typischen Schwarz des Filmemachers blieb hinter ihr fast unsichtbar.

Ferring dankte mir überschwänglich für meine »lebensgefährlichen Bemühungen im Dienste der Wahrheit.« Nach ein paar Minuten ähnlich gestelzter Konversation erklärte sie sich jedoch bereit, die Lücken zu füllen, die ich mir in der ganzen Geschichte noch nicht hatte zusammenreimen können.

Als Doris McKinnon meiner Mutter und mir Zimmer vermietet hat, damals im Jahr 1951, hat sie uns Türen zu neuen Welten eröffnet. Für meine Mutter war es zugleich der Weg zu ihrer großen Liebe, einer Liebe, die zu akzeptieren ich sehr lange gebraucht habe. Und mir ebnete Doris McKinnon den Weg zu höherer Bildung und zu meiner Berufung, der Bühne.

Als meine Mutter starb, tat ich mich erst schwer damit, Doris die Rolle der Hauptleidtragenden zu überlassen. Auch die Kirche meiner Mutter musste sich dafür ein wenig verbiegen. Aber sie schafften es, genau wie ich: Wir haben gelernt, unsere Herzen und unser Denken zu öffnen und die Liebe zu respektieren, in all ihren wundersamen Ausprägungen.

Als Doris mich anrief und sagte, rund um ihre Farm gingen Dinge vor, die sie sehr beunruhigten, da wollte ich zurückkommen, um ihr beizustehen und mit der Vergangenheit meinen Frieden zu machen. Ich bin 1983 hier gewesen, um die Proteste am Silo zu unterstützen, ich bin einen Monat später zu Lucindas Beerdigung nochmals hergekommen, aber seitdem war ich nicht mehr in der Stadt gewesen.

Der junge August erklärte sich zum Mitkommen bereit, um einige Schauplätze meiner Kindheit für mich zu filmen. Als wir hier ankamen, fanden wir Doris sehr aufgebracht vor, es ging um ihr Land, wie Sie ja wissen, aber ihre Aufregung nahm noch zu, während wir hier waren: Sie holte eine Kiste mit Lucindas Habseligkeiten hervor, die durchzusehen sie in den Wochen nach dem Tod meiner Mutter nicht die Kraft gehabt hatte. Sie hatte dieses Andenken tief in einem Schrank verstaut und erinnerte sich erst wieder daran, als meine Ankunft bevorstand.

Wir schauten die Sachen gemeinsam durch, sie und ich, gemütlich vor dem Kamin, und dann stießen wir auf den Korb, den Lucinda immer benutzt hatte, um Proviant in Jenny Perecs Zelt zu bringen. Und ganz unten am Boden, unter einer handgestrickten Babymütze, die Lucinda ursprünglich mal für mich gemacht hatte, da fanden wir den Film.

Meine alte Highschool in Eudora besaß noch einen Projektor, den auszuleihen sie mir netterweise gestatteten. Wir sahen uns den Film in Doris' Wohnzimmer an. Wir wussten nicht, dass die arme gequälte Seele Sonia ihn mit uns zusammen durch die Fensterscheibe sah.

Meine Mutter hatte mir viel von den Menschen in Dr. Kiels Labor erzählt. Sein unglückseliger Doktorand Matt Chastain, und Magda aus der Tschechoslowakei mit ihrer irren Eifersucht auf Dr. Kiels Frau. Sonia mit ihrer traurigen dummen Schwärmerei für den jungen Chastain, und wie Dr. Kiel ununterbrochen seine eigene Tochter schlechtmachte und schmähte. Das war eine wirklich tragische Geschichte, aber in meiner Welt wimmelte es von tragischen Geschichten. Ich habe der von Sonia wenig Beachtung geschenkt.

Sonia aber erzählte anscheinend hartnäckig in Lawrence herum, dass sie all diese Menschen – Magda und Matt, Jenny Perec und das Baby – in einem Film gesehen hatte. Die meisten Leute nahmen sie nicht ernst, hielten es für die Fantastereien einer verwirrten Drogensüchtigen – aber die falschen Ohren hörten es doch, wie Sie ja am besten wissen.

August, Doris und ich waren unterwegs gewesen. Wir kamen zurück und fanden Magda tot auf dem Küchenfußboden. Wir waren entsetzlich erschrocken, wie Sie sich unschwer vorstellen können. Doris behielt als Einzige einen halbwegs klaren Kopf. Sie schickte uns voraus zu Tante Nell – Ms. Albritten. Aber sie selbst blieb noch dort, um ihre Erdproben zusammenzupacken. Von denen war sie geradezu besessen. Das war das letzte Mal, dass ich sie lebend sah.

Als Emerald geendet hatte, saßen wir eine Zeitlang still da. Schließlich fragte ich, ob sie sich mit Troy Hempel in Chicago in Verbindung gesetzt hatte – ich hatte gar nichts mehr von ihm gehört.

»Oh, ja. Ich habe allen dort versichert, dass Ihre Arbeit entscheidend dafür war, dass August und ich aus unserem Versteck kommen konnten. Ich weiß nicht, wie lange wir noch im Keller der Bibliothek hätten bleiben können, bevor uns jemand entdeckte – dankenswerterweise waren Sie es ja, die Phyllis auf die Gefahr hinwies, dass unser Licht von außen zu sehen war. Ich habe Troy instruiert, Sie angemessen zu vergüten. Sie haben sich Ihr Honorar wirklich verdient.«

Emerald war Doris McKinnons Erbin. Sie hatte beschlossen, vorerst in Lawrence zu bleiben, zumindest bis der Verkauf der McKinnon-Farm über die Bühne war. August würde bei ihr bleiben, um seinen Film über ihr Leben fertigzustellen.

60

Märchenstunde

Meine Genesung verzögerte sich dank einer Mail von Jake, einem Langstrecken-Trennungsbrief.

> *Ich liebe dich, V. I., aber du selbst liebst dich nicht genug, um der Gefahr aus dem Weg zu gehen. Ich kann so nicht weitermachen, nie weiß ich, ob du noch lebst oder schon tot bist. Ich wollte dich überreden, mit mir in die Schweiz zu kommen, um ein neues Leben anzufangen, aber du willst dich offenbar lieber weiter ohne Sicherheitsnetz von Klippen stürzen. Ich habe nicht mehr genug Nervenstärke, um dir noch länger dabei zuzusehen.*

Während ich in meinem Krankenhausbett vor mich hin weinte, rauschte Colonel Baggetto herein. Er kam in Uniform, alle Orden und Bänder am Platz, einen Unteroffizier im Windschatten.

Sandy Heinz folgte ihm, warf einen Blick auf mich und zog die Vorhänge um das Bett zu, sodass sie mir erst mal die Tränenspuren vom Gesicht waschen konnte. Sie kämmte mein schmutziges Haar und brachte mir einen Pulli, den ich über mein Krankenhausnachthemd ziehen konnte, bevor sie Baggetto mit mir reden ließ.

Jakes E-Mail hatte mich äußerst angriffslustig gestimmt. »Wie lautet noch gleich das Motto von West Point, das sie in allen schwülstigen Kriegsfilmen zeigen – ›Pflicht, Ehre, Land‹?

Welche Pflicht haben Sie denn erfüllt, als Sie Ihr Land betrogen? Und bilden Sie sich ein, das war ehrenvoll?«

Baggetto zog sich einen Stuhl heran.

»Sie haben keine Erlaubnis, sich zu setzen«, fauchte ich. »Sie haben mich beinahe ermordet, Sie haben um Haaresbreite Sonia Kiel und Cady Perec ermordet, und die Morde an Doris McKinnon, Magda Spereva und Dr. Francis Roque lassen sich bestimmt auch zu Ihnen zurückverfolgen. Sie gehören vors Kriegsgericht und sollten einer Strafprozess-Jury Rede und Antwort stehen, statt hier vor meiner Nase mit Ihren Medaillen zu klimpern.«

»Ich weiß, wonach es aussieht, Ms. Warshawski«, sagte Baggetto. »Gewähren Sie mir fünf Minuten, um alles zu erklären.«

»Es war einmal.« Ich starrte ihn böse an. »So geht doch jedes Märchen los.«

»Es war einmal«, bestätigte er zahm, »eine Frau namens Magda Spereva, die aus einem Biowaffenlabor in Těchonin in der Tschechoslowakei nach Kansas kam. War sie eine Überläuferin, wie sie behauptete? Eine Spionin, wie die Nachrichtendienste befürchteten? Oder eine Frau, die sich in einen amerikanischen Wissenschaftler verliebt hatte? Ich bezweifle, dass wir die Antwort je mit Sicherheit wissen werden, aber nach ein oder zwei Jahren in Kansas sah sie sich als verschmähte Frau: Nathan Kiel hatte bei einer Konferenz in Bratislava mit ihr geschlafen. Als sie hierherkam, wurde diese Affäre halbherzig und verstohlen fortgesetzt, aber je mehr sie Kiel unter Druck setzte, desto deutlicher zeigte sich, dass er seine Frau nie verlassen würde.

Es gab drei Leute in Kiels Labor, die von der Affäre wussten – seine Laborassistentin Lucinda Ferring, sein zutiefst verachteter Doktorand Matt Chastain und seine ergebene Sekretärin Gertrude Perec.

Kiel forschte für die Army zu Biowaffen. Natürlich hatten wir – die Vereinigten Staaten – in den Achtzigern längst Verträge unterzeichnet, die den Einsatz von Biowaffen ächteten. Aber – und in Rüstungsfragen gibt es immer ein gewaltiges ›Aber‹ – wir betrieben nach wie vor Forschung zu Behandlungsmöglichkeiten und Impfstoffen gegen die Biowaffen anderer Länder. Das hieß, dass wir auch eigene Kulturen züchten mussten, denn wie soll man einen Impfstoff gegen Milzbrand oder Pest oder sonst etwas testen, wenn man gar keine Anthrax-Erreger dahat?« Er lächelte bitter. »Kiel hat für das Verteidigungsministerium zu niederschwelligen Kampfstoffen gearbeitet, mit einem *Y. pestis* verwandten Erreger.«

»Ja, ich weiß, *Y. enterocolitica.*«

»Woher haben Sie das?« Baggetto war augenblicklich misstrauisch.

»Ich kann die Publikationsliste des Professors durchaus lesen, Colonel, auch wenn ich die komplizierten Wörter nicht verstehe. Die Air Force beauftragte Kiel damit, eine Aerosol-Variante seines Lieblingsbazillus herzustellen – die Ausbringung sollte alle, die das Camp nicht freiwillig räumten, magenkrank machen, die verbliebenen Demonstrierenden ein für alle Mal vertreiben und dem Verteidigungsministerium vorführen, in welchem Radius sich die Aerosolpartikel ausbreiten. Nur hat jemand die *Y. enterocolitica* mit *Y. pestis* vertauscht. Ich wette dabei auf Magda Spereva.« Ich konnte inzwischen dreimal hintereinander Enterocolitica sagen, ohne ins Stolpern zu geraten. Also hatte ich bei diesem scheußlichen Fall wohl doch was gelernt.

»Damals hat Kiel seinen Doktoranden bezichtigt«, sagte Baggetto, »aber Sie liegen wahrscheinlich richtig. Nein, ich versuche ehrlich zu sein: Sie haben recht. Ich habe die Geheimunterlagen eingesehen.«

»Welch ein Glück für Sie, Zugang zu Unterlagen zu haben,

die von den Steuermitteln angefertigt wurden, für die wir alle aufkommen. Der Rest von uns hat dieses Glück nicht.«

Er wurde rot. »Darüber diskutiere ich nicht mit Ihnen, jedenfalls nicht jetzt. Das Verteidigungsministerium war ziemlich sicher, dass Spereva dahintersteckte. Man wollte den ganzen hässlichen Vorfall gern begraben. Man stellte Spereva vor die Wahl, für sie zu arbeiten oder deportiert zu werden, und da kam sie wohl zu dem Schluss, dass daheim eher ein Gulag als eine Heldenparade auf sie wartete. Sie änderte ihren Namen in Fleming, wie schon erwähnt, und arbeitete rund ein Jahrzehnt in Fort Detrick. In den Neunzigern fingen wir an, mit den Russen zu turteln, und machten etliche Waffenprogramme dicht. Das Verteidigungsministerium hat Spereva gehen lassen und keinen Gedanken mehr an sie verschwendet. Jedenfalls bis vor sechs Monaten, als wir von einem geheimen Pestlabor in Ostkansas Wind bekamen.

Erst hat es niemand glauben wollen – in der Army wimmelt es von Verschwörungsgerüchten, vielleicht noch mehr als in Zivilistenkreisen. Wir alle wissen, dass wir praktisch sekündlich in irgendeinen Kampfeinsatz geschickt werden können, deshalb sind wir ständig in Alarmbereitschaft. Manchmal wissen wir nicht, ob wir gegen Schatten kämpfen oder gegen wirkliche Feinde.«

Ich rubbelte mir die Stirn. Ich war immer noch unsäglich schwach, und Baggetto beim langatmigen Ausschmücken seiner Geschichte zuhören zu müssen, erschöpfte mich. Demonstrativ schwenkte ich meinen Nachttisch heran, goss mir Wasser ein, befeuchtete ein Tuch und badete meine Augen.

Baggetto machte erneut Anstalten, sich zu setzen, aber ich schüttelte barsch den Kopf: Er hatte es sich noch nicht verdient.

»Dann starb im Douglas County ein Farmer. Die Symptome passten zu Lungenentzündung, was auch als Todesursache vermerkt wurde, aber Nate Kiel – er ist immer noch sporadisch für die Gesundheitsbehörde tätig – machte das Sorgen. Er informierte einen alten Kameraden in Fort Detrick. Etwa zur gleichen Zeit starb der Mann, der damals bei der Air Force den Film gedreht hat, den Sie kennen. Er hinterließ eine schriftliche Aussage, dass er das alles gefilmt, aber die Filmrolle verloren hatte. Als die Air Force erfuhr, was auf dem Film war, riefen sie übergangslos DEFCON Zwei aus. Ich wurde nach Fort Riley abkommandiert, um die Situation vor Ort zu überwachen.«

Seine Stimme wurde allmählich heiser. Er bediente sich mit einem Pappbecher von meinem Wasser, und ich versuchte nicht, ihn daran zu hindern.

»Als Emerald Ferring mit einem Filmemacher aufkreuzte, traf ich mich mit ihnen, denn für mich passten Filmemacher und verlorener Film irgendwie zusammen. Nach einem Vormittag mit den beiden wusste ich oder glaubte zu wissen, dass sie mit dem verlorenen Film der Air Force nichts zu tun hatten. Aber dann tauchten Sie auf. Privatdetektivin kommt nach Kansas, sucht nach einem Filmemacher. Die Army fand auch, dass es lohnte, ein Auge auf Sie zu haben.«

»Und ein Ohr«, bemerkte ich bissig.

»Ja, ein Ohr. Ich werde mich nicht dafür entschuldigen, dass ich Ihr Zimmer abgehört habe. Ich musste erfahren, was Sie wissen.«

Ich lächelte böse. »Ich hätte es Ihnen gesagt, wenn Sie auch nur im Entferntesten vertrauenswürdig gewirkt hätten.«

Der junge Unteroffizier im Türrahmen bekam einen Hustenanfall. Baggetto drehte sich um und runzelte die Stirn: Es sah schlecht aus für Juniors nächste Beförderung.

»Wie dem auch sei, als Sie über Sperevas Leiche stolperten, war mir klar: Was immer Sie wussten, egal, nach wem Sie eigentlich suchten, Sie waren dicht an derselben Gralssuche dran wie ich. Ich musste Sie dringend observieren, aber das galt noch mehr für Bram Roswell von Sea-2-Sea. An dem Morgen, als Sheriff Gisborne und ich beim Silo auf Sie trafen, habe ich Gisborne überzeugt, dass ich mit den CARE-NOW-Schwachköpfen sympathisiere. Er stellte mich Roswell vor. Wir holten noch Kiel dazu. Jetzt konnte ich zwar sehen, was Roswell trieb, aber es war verdammt schwer, Ihnen auf der Spur zu bleiben.«

Ich musterte meine Fingernägel. Sie waren beim Kampf mit den Schrauben des Abzugs eingerissen und abgebrochen, unter ihnen schwarze Flecken von getrocknetem Blut. Auch eine Maniküre konnte da nichts mehr verschönern. »Ihre Version lautet also, dass Sie CARE-NOW unterwandern mussten? Und Alias Pinsen – was hat der da gemacht?«

»Er hat tatsächlich mit denen zusammengearbeitet«, sagte Baggetto schmallippig. »Er *kommt* vor ein Militärgericht, falls Ihnen das ein Trost ist.«

Die zeitliche Abfolge ließ mir keine Ruhe. »Seien Sie mal kurz still«, sagte ich. »Ich muss nachdenken, und das kann ich nicht, wenn Sie reden.«

Er stand stumm da, die Arme hinterm Rücken, eine Exerzierplatzpose. Ich schloss die Augen, damit ich ihn nicht anschauen musste.

»Sie sagen, Ihr Manöver fing erst an, als ich nach Lawrence gekommen bin«, jetzt sah ich ihm wieder ins Gesicht. »Aber ich bin nach Lawrence gekommen, weil jemand August Veridens Arbeitsplatz und Wohnung in Chicago gefilzt hat. Ich nehme an, die haben Ihren kostbaren Film gesucht. Das war eine Woche nach der Ankunft von August und Ms. Ferring.«

Baggetto rieb sich die Wangen, dunkel vom Bartschatten. »Ja, das war Roswells Privatarmee. Die sind vollkommen aus dem Ruder gelaufen: Einer von ihnen hat Dr. Roque ermordet, ein anderer tat, als wäre er Sonia Kiels Bruder, um in ihr Krankenhauszimmer zu kommen, und versuchte sie zu ersticken. Es trieb mich wirklich zur Weißglut, mitansehen zu müssen, wie sie auf Bürgerwehr machten, aber ich konnte sie nicht aufhalten, ohne mein Blatt auf den Tisch zu legen, und ich musste undercover bleiben, bis ich den Film gefunden hatte.«

»Sie klingen nicht gerade nach Weißglut«, sagte ich bitter.

»Sie wollen, dass ich mir die Haare büschelweise ausreiße? Lassen Sie mich ausreden, bevor Sie predigen und verurteilen.« Er zog einen aufgebrachten Flunsch. »Wie Sie wissen, hat Sonia alle Mitwirkenden erkannt. Sie erzählte jedem, der es hören wollte, dass sie Spereva draußen am Silo gesehen hatte – sie nannte es beharrlich das Grab ihres Liebsten –, aber was alle die Wände hochtrieb, war ihr Geschrei, dass sie den Film gesehen hätte – ›Ich hab sie im Film gesehen!‹, behauptete sie ständig über Spereva. Den Pflegern im St. Rafe sagte das nichts, aber mir schon. Und als Pinsen Wind davon bekam, wollte er sie zum Schweigen bringen. Aus dem, was sie sagte, schlossen wir, dass sie den Film auf der Farm gesehen haben musste, aber wir konnten ihn nicht finden, als wir dort suchten.«

Ich nickte. »Die wüsten Durchsuchungen hat Roswells Truppe veranstaltet, die ordentlichen gehen auf Ihr Konto. Warum haben die im Sportstudio den Arzneischrank geplündert? Dealen sie nebenbei noch?«

Baggetto machte eine ungeduldige Geste. »Spielt das eine Rolle? Ich glaube, sie wollten es nur nach gewöhnlichem Vandalismus aussehen lassen.«

Angewidert kräuselte ich die Oberlippe. »Sie haben in Chicago gesucht, Sie haben in Lawrence gesucht. Sie konnten den Film nicht finden, also mussten Sie Sonia umbringen?«

»Das war Pinsen: Er hat die Collegeknaben überredet, ihr Roofies in den Wodka zu tun. Die hielten das für einen großen Witz.«

»Völlig klar. Wir lesen ja ständig, welch coolen Sinn für Humor Kerle in Kneipen haben.«

Es war so bequem, alle üblen Taten Marlon Pinsen in die Schuhe zu schieben. Genauso hatten Kiel und die Army es 1983 mit Spereva gemacht. Pinsen kam vors Militärgericht, Baggetto wurde befördert, und wir würden nie erfahren, wer wem was wirklich angetan hatte.

Er räusperte sich. »Natürlich wusste Spereva von dem Film. Eines Nachts draußen auf den Feldern von Sea-2-Sea –«

»Ja, darüber weiß ich Bescheid. McKinnon war außer sich, dass die Air Force ihr Land an Roswell verkauft hatte, ohne ihr das Vorkaufsrecht einzuräumen. Die hatten ihr erzählt, dass es radioaktiv verstrahlt sei, jetzt wollte sie es genau wissen.«

»Ja. Also beschloss Spereva, McKinnon mit *Y. pestis* zu infizieren und dann das Haus nach dem Film zu durchsuchen. Sie hatte den Erreger in Aerosolform bei sich und kontaminierte die Bodenproben damit, aber Roswell wollte nicht, dass im County kontaminierte Erde in Umlauf war – das würde nur eine groß angelegte Ermittlung in Gang setzen, bei der sein schönes Patriotenlabor auffliegen konnte. Also setzte er einen Mann aus seiner Privatarmee auf Spereva an. Sie wurde in der Küche erschossen, wo Sie sie dann gefunden haben. Der Handlanger nahm die Aerosole mit, aber er hat nicht gemerkt, dass Spereva schon etwas davon in die Bodenproben getan hatte. Ich nehme an, dass Veriden, McKinnon und Ferring Sperevas Leiche entdeckten und flüchteten, aber das ist nur eine Vermutung.«

»Meine Vermutung ist, Doris McKinnon kam mit August und Ferring zum Haus zurück. Sie sahen Sperevas Leiche und bekamen Panik. Doris schaffte es, die Erdproben einzupacken und per Post an Dr. Roque abzuschicken, bevor Ihre Kumpane es mitkriegten. Und dann ist jemand McKinnon gefolgt und hat sie erschossen«, sagte ich und lehnte mich in den Kissen zurück. »Man hat den Mord an Jenny Perec nachgestellt: sie abgeknallt und ihren Wagen an derselben Stelle in den Wakarusa gesetzt. Wessen Idee war das? Gisbornes? Zufällig der Deputy, der damals Perec aus dem Wasser zog?«

»Ganz so schlimm war's nicht.«

Baggetto und ich drehten überrascht die Köpfe: Sergeant Everard war an Baggettos Adjutanten vorbei hereingeschlüpft, ohne dass wir es bemerkt hatten.

»Hey, Warshawski.« Everard kam ans Bett und beäugte mich. »Wollen Sie, dass ich diese Veilchen auf Facebook poste? Um der Welt zu beweisen, dass Sie eine Ermittlerin sind, die für ihre Klienten durch die Hölle geht?«

»Ich will doch die Cowboys und Soldaten nicht verschrecken«, sagte ich. »Was genau war nicht ganz so schlimm an Gisborne?«

Everard setzte sich auf die Bettkante. »Er hat Jenny Perec aus dem Wakarusa gezogen. Er hat sie aber nicht hineinmanövriert. Das war die Air Force.« Er nickte in Baggettos Richtung.

»Ich bin bei der Army«, protestierte Baggetto steif.

»Die in Kansas für die Air Force die Beinarbeit macht«, sagte Everard. »Wussten Sie Bescheid, dass Jenny Perec von der Pest getötet und ihre Leiche in den Wakarusa gefahren wurde, damit es aussah, als wäre sie in heller Aufregung von der Straße abgekommen?«

Baggetto setzte sich auf den Besucherstuhl und warf mir einen aufmüpfigen Blick zu, aber ich ließ es ihm durchgehen. »Ich habe erst neulich bei Gericht davon erfahren, als Gisborne so überreagierte, weil Warshawski nach der Perec-Akte fahndete«, sagte der Colonel. »Die Akte war verschwunden, aber ich glaube nicht, dass Gisborne sie sich unter den Nagel gerissen hat. Er geriet völlig aus der Fassung, weil er glaubte, dass es in seiner County-Truppe einen Verräter gab.«

»Yeah«, sagte Everard. »Einer von seinen Deputys hat sich nebenberuflich bei Roswells CARE-NOW-Armee verdingt. Das war ein Schlag ins Kontor. Ich hab Warshawski hier immer wieder gesagt, Gisborne ist keiner von den Bösen. War er auch nicht, aber er hatte sich trotzdem ganz schön verheddert. Er hat Roswell und Sea-2-Sea Security-Unterstützung gewährt. Im

Prinzip nichts Schlimmes, aber Roswell weiß, wie man Leuten den Ausstieg schwermacht, sobald sie Teil seiner Operationen sind.«

»Es war Pinsen, der die alte Geschichte ausgrub«, sagte Baggetto. »Er ist bei Homeland, dadurch hat er Zugriff auf jeden geheimen Vorgang, den irgendwelche Beutelratten im Schutz der Nacht verzapft haben. Er wusste, dass die junge Jenny Perec an der Pest gestorben war. Er hat es Roswell erzählt, und Roswell jagte seine Bürgerwehr los, um McKinnon zu erschießen und in den Fluss zu fahren. Das hat Gisborne wirklich fertiggemacht.«

»Er tritt zurück«, sagte Everard. »Auch das ist keine Schande. Der Kerl ist achtundsechzig, er hat dem County einen Haufen gute Dienste geleistet.«

»Das ist ja alles sehr edel«, schaltete ich mich ein, »aber ich möchte noch mal auf den Colonel zurückkommen. Er sagt, er hat CARE-NOW unterwandert, aber selbst wenn wir davon absehen, dass er Dr. Roques Tod zuließ, und dass Dr. Hitchcock dank kontaminierter Bodenproben mit dem Tod ringt, stand er tatenlos dabei, als Roswells Terroristen Cady und mich zum Sterben in dem Silo versenkt haben. Ich weiß schon, Sie durften Ihre Tarnung nicht riskieren, aber wie viele Leichen wollten Sie denn noch stapeln, bevor Sie sich zum Ausscheren aufrafften?«

»Ich habe mein Bestes getan«, sagte Baggetto und kniff die Lippen zusammen. »Ich habe die First Infantry Division benachrichtigt, und die hat ein Bataillon aufgestellt. Das war die Einheit, die den Level-eins-Zutritt zum Raketenschacht aufgebrochen hat.«

»Und jetzt fahren Sie nach Washington und kriegen eine Beförderung und einen schönen neuen Posten. Ich schreib an meinen Senator und bitte ihn, dafür zu sorgen, dass Sie ja nicht wieder in den Mittleren Westen kommen«, sagte ich.

»Pinsen und Roswell sitzen im Bundesgefängnis«, berichtete Everard. »Das ist doch immerhin etwas. Dr. Kiel hat das scheußliche Labor im Raketensilo abbauen geholfen. Sea-2-Sea spendet die sechs Hektar rings um den Silo für ein Naturschutzgebiet. Aber ich bin Ihrer Meinung. Nicht dass meine Senatoren mir Beachtung schenken würden, aber vielleicht gehe ich auf Change.org und richte eine Petition ein, dass Baggetto auf einen Posten in Übersee geschickt wird, wo er möglichst wenig Schaden anrichten kann. Vielleicht nach Nepal, oder in eins dieser Länder bei Russland, die auf -stan enden.«

Der Colonel fand das bei weitem nicht so witzig wie Everard und ich. Er sammelte seinen Adjutanten ein und ging, ohne auch nur andeutungsweise zu salutieren.

61

Die Schwestern werden erwachsen

Ich erholte mich. Lotty flog zurück nach Chicago. Ich duschte, löste bei der Reinigung meine Straßenkleidung aus, holte mein Gepäck aus der Pension, wo die Besitzerin es in ihrer Garage verstaut hatte. Ich ging in eins der vielen Spas an der Massachusetts Street, wo sie auch Haare schnitten und Nägel feilten. Schon sah ich wieder etwas mehr wie eine gewöhnliche Person aus und weniger wie ein Kriegsopfer.

Lou und Ed ließen mich die letzten paar Tage in Lawrence auf ihrer Farm verbringen, wo der Wind in den Hügeln mir die Drangsal der letzten Wochen aus dem Hirn pusten half.

An einem Abend besuchte ich Cady, die wieder bei Gertrude Perec war.

»Vic, meine ganze Welt ist auf den Kopf gestellt, aber Gram ist die Frau, die mich großgezogen und mir Gutenachtgeschichten vorgelesen hat. Ich hab das Gefühl, mit einer geklauten Geburtsurkunde zu leben, aber ich will nicht Magdas und Dr. Kiels Tochter sein. Meinem Bauchgefühl nach gehöre ich zu Jenny.«

Ich lächelte sie an. »Du hast ein Recht auf den Namen, den sie ihrer Tochter gab, Cady. Ein Name, der Wunder wirkt, ein Name, um Wagnisse einzugehen. Ich bin froh, dass du ihn nicht aufgeben willst.«

»Ich bin dir einiges schuldig«, sagte Cady. »Mein Leben, da im Silo – das kann ich nie begleichen. Nach all der Zeit die Wahrheit über meine Geburt zu erfahren. Das alles wächst sich zu einer gewaltigen Verpflichtung aus.«

Ich nickte ihr zu. »Gutes weitergeben ist in diesen Zeiten oft nur eine Floskel, aber genau das sollst du machen, wenn du Dankbarkeit verspürst. Ich will nichts von dir, ich will nur wissen, dass du dein Bestes gibst in einer Welt, in der es Dichterinnen und kleine Wesen schwerhaben.«

Gertrude konnte mir nicht recht verzeihen, dass ich das von ihr über Cadys Leben verhängte Märchen entzaubert hatte, aber immerhin bot sie mir ein Glas Wein und ein Schälchen Nüsse an, immerhin ließ sie mich im Wohnzimmer mit ihrer Enkelin reden statt auf der kalten Veranda. Und ich durfte Peppy mit nach drinnen nehmen.

Am nächsten Tag ging ich zu Sonia. Sie war in einem Pflegeheim und kam dort erst mal so weit zu Kräften, bis sie zu ihrem Bruder Stuart nach Maine ziehen konnte. Drei Wochen ohne Alkohol und die irreführend benannten Freizeitdrogen hatten ihre raue Haut schon ein bisschen geglättet. Sie hatte keinerlei Erinnerung an den Vorfall beim Lion's Pride, aber sie wusste noch, wie sie durch Doris McKinnons Wohnzimmerfenster den Air Force-Film gesehen hatte.

»Ich war dabei, wissen Sie, damals, 1983. Ich hab alles gesehen. Ich hab gesehen, wie sie Matt erschossen haben, ich hab gesehen, wie Magda den Film aus dem Truck der Air Force stahl, während alle herumstritten. Sie tat ihn in den Korb, den Doris und Lucinda in Jennys Zelt gelassen hatten. Ich denk mir, sie wollte ihn noch holen kommen, aber Lucinda hat ihn mit nach Hause genommen.

Später, als ich mich von der Pest erholt hatte, konnte Nate nicht ertragen, dass ich wusste, was passiert war, da war es ihm lieber, wenn ich verrückt war. Ich wurde das, was alle wollten, die Verrückte. Ich hab Stuart versprochen, nicht zu saufen und keine Drogen zu nehmen, solange ich bei ihm und Pietr oben in Bangor wohne, mehr kann ich im Moment nicht zusagen. Nüchtern bleiben, mich von Shirley und Nate fernhalten.

Tag für Tag, Minute für Minute, genau wie all die Slogans im St. Rafe das predigen.«

»Ich hab mir Ihre Tagebücher geliehen«, sagte ich, »und sie wurden aus meinem Zimmer gestohlen. Es tut mir leid. Jetzt hat sie die Army – Bram Roswells private Söldner hatten sie sich unter den Nagel gerissen, und Colonel Baggetto hat sie einkassiert. Anscheinend sind sie jetzt Beweismittel im Prozess gegen Marlon Pinsen und Bram Roswell. Womöglich bekommen Sie sie nie wieder. Die schönen Zeichnungen von Lima und Autumn sind auch weg. Das Einzige, was sie nicht haben mitgehen lassen, ist das hier.« Ich gab ihr die Zeichnung mit der Bi-Polar-Bärin.

Sonia betrachtete sie eine Weile, dann gab sie sie mir zurück. »Wenn es Ihnen gefällt, nur zu, behalten Sie's. Wer weiß, vielleicht ist es eines Tages mal was wert.«

»Danke. Es tut mir trotzdem leid, dass ich in Ihre Privatsphäre eingedrungen bin.«

Sie lächelte schief. »Da sind Sie bloß eine von vielen. Ich besorg mir ein Stück blaues Band und mach mir einen Cordon Sanitaire, den trag ich dann immer, wenn ich zum Arzt muss … oder zu anderen Privatsphäreschändern. Aber ich krieg meine Privatsphäre schon noch, ich werde Checknix los. Die Tagebücher können Sie auch haben, falls sie je wieder auftauchen.«

62

There's no place like home

Ich verließ Lawrence am Tag vor Thanksgiving. Nell Albritten und Emerald Ferring wollten mich überreden, noch zu der großen Feier in St. Silas zu bleiben, aber ich wollte nach Hause. Sergeant Everard lud mich am Abend vor meiner Abreise zum Abschiedsessen ein. Eins führte zum anderen, wie es manchmal so kommt.

»Du könntest hier eine Detektei eröffnen, weißt du«, sagte Everard am frühen Mittwochmorgen, als ich mich anzog. »Offenbar gibt's in Lawrence ein Übermaß an Verbrechen, von denen hier niemand was ahnt.«

»Dann würdest du dir einbilden, dass ich Leute ermorde, um mir Arbeit zu verschaffen«, sagte ich. »Du würdest mich jedes Mal verhaften, wenn im County eine Leiche auftaucht.«

Er lachte und half mir Peppy ins Auto verfrachten, zusammen mit meinem Gepäck und einem monströsen Picknickkorb, den die Frauen von St. Silas mir hergerichtet hatten. »Da könntest du recht haben, Warshawski. Kann glatt sein. Trotzdem, besorg dir gelegentlich High Heels in Rot, nur für den Fall.« Er summte den Song von Kellie Pickler.

Ich wühlte rasch in meinem Koffer und hielt meine Magli-Pumps hoch. »Die hab ich schon, aber sie tragen mich heim nach Chicago.«

Sosehr es mich auch nach Hause zog, erst fuhr ich noch in eine andere Richtung, in die kleine Ortschaft Belleville nordwestlich von Fort Riley. Ich hatte Aanya Malik überredet, mir die winzige Hand zu überlassen, die Doris McKinnon mit den Erdproben an Dr. Roque geschickt hatte.

Charmaine Long hielt sich das Kästchen, in dem sie lag, zärtlich an die Wange. »Matts Baby«, murmelte sie. »Meine kleine Nichte. Danke, dass Sie sie mir gebracht haben.«

Wir unterhielten uns den Nachmittag über, ich erzählte noch einmal die lange dunkle Geschichte, die ich nun zusammengefügt hatte. Auch Charmaine wollte, dass ich über Thanksgiving blieb, bis Freitag, da wollte sie eine kleine private Zeremonie für Matt und Jenny und Cady abhalten.

»Da habe ich nichts verloren«, sagte ich sanft und verabschiedete mich. »Ich muss nach Hause, wo ich hingehöre.«

Peppy und ich fuhren durch die Nacht, hielten an einem Motel bei Des Moines, damit ich ein paar Stunden schlafen konnte. Wir überquerten den Little Calumet River, als der Donnerstagmorgen dämmerte. Auf dem Chicago Skyway lagen die engen Straßen meiner Kindheit unter mir. Im Norden ragte am Lake Michigan die Silhouette des einst als Sears Tower bekannten Wolkenkratzers auf. Sobald wir die Strände der South Side erreichten, fuhr ich von der Straße ab und ließ Peppy schwimmen gehen. Das Wasser war kalt, viel kälter als der Kaw, aber ich zog mich flugs aus und sprang mit ihr rein. Ich brauchte die klaren kalten Wasser des Lake Michigan, um mich zu reinigen.

Im Schutz eines großen Felsens trocknete ich mich ab, zog frische Hosen an, den rosenholzfarbenen Kaschmirpulli, meine guten Stiefel.

Als wir an unserem Haus in der Racine hielten, wartete Mr. Contreras vor der Tür, braungebrannt von seinen Wochen in der Karibik, und lächelte so breit, dass ihm gleich die Ohren abfallen würden.

»Gut, dass du heil wieder da bist. Gut, dass du da bist. Frau Doktor hat mich auf dem Laufenden gehalten, sonst wäre ich selber da runtergefahren, um dich zusammenzuflicken. Na los, komm rein. Alle haben zusammen gekocht, alle wollen dich *unbedingt* sehen.«

Lotty tauchte aus dem Hausflur auf, Max an ihrer Seite. Sal Barthele spähte über sie hinweg, neben ihr Augusts Cousine Angela mit Troy Hempel und seiner Mutter. Hinter Mr. Contreras kam Bernie hervor und wollte mir entgegenlaufen, als Mitch ein wildes Bellen ausstieß und mit einem Satz durch die Reihen brach. Er sprang mich an und warf mich um. Da lag ich, lachte und schlug in der Luft die Hacken zusammen.

Anmerkungen und Dank der Autorin

Dieser Roman, der V.I. aus ihrer Chicagoer Komfortzone nach Kansas verpflanzt, ist ein Stück weit meine eigene Origin Story. Der Plot verdankt sich einem Vorfall im Berufsleben meines Vaters, der von 1951 bis zu seinem Tod im Jahr 2000 Zellbiologe an der University of Kansas war; sein Erlebnis bei einer Konferenz zum Thema Rickettsien durchzieht diese Geschichte.

Das Buch spielt in der und rund um die Stadt Lawrence in Kansas, wo ich aufgewachsen bin. Ich habe mir mit der Stadt ein paar Freiheiten erlaubt, von der Topografie bis zu den Institutionen. So habe ich das Lawrence Memorial Hospital an V.I.s Bedarfe angepasst, ich habe an der Südseite des Kaw River ein Stückchen Schlucht aufgefüllt, um Platz für die Riverside Church zu schaffen. Auch mit dem Justizcenter sowie der Arbeit von County Sheriff und Stadtpolizei habe ich herumgepfuscht und zudem mitten in die Landschaft von Douglas County einen Raketensilo gesetzt, irgendwo zwischen der Farm der Pendletons und dem Zuhause meiner Kindheit. Ich bitte, mir die Zweckentfremdung allen Landes zu verzeihen.

Zur Geschichte von Race in Lawrence habe ich teils auf meine Erinnerungen zurückgegriffen und teils auf *This Is America?, The Sixties in Lawrence, Kansas* von Rusty L. Monhollon sowie *Separate But Not Equal* von William Tuttle. Langston Hughes wuchs in der alten Eastside von Lawrence auf, doch für diesen Roman habe ich afrikanisch-amerikanisches Leben auf der Nordseite des Flusses konzentriert.

Wie stets haben viele Menschen dieses Buch ermöglichen geholfen. Allen voran die Professores Bill and Wendy Picking, die ihre mit hochrelevanten beruflichen Pflichten ausgefüllte Zeit opferten, um mich in biologischen Fragen zu beraten. Dr. Raymond Zilinskas, eine Kapazität in Sachen Biowaffen, war immens hilfreich im frühen Anfangsstadium der Arbeit an diesem Roman. Angela Wilson, einstige Bezirksstaatsanwältin von Douglas County, erläuterte das juristische Prozedere für alle Szenen, in denen V.I. Warshawski unweigerlich mit dem Gesetz in Konflikt gerät. Jonathan Paretsky stellte nicht nur den Kontakt her, er fuhr mich auch durch Stadt und County, um Schauplätze zu erkunden. Der pensionierte Lawrence Police Officer John Lewis war ein enorm großzügiger Ratgeber. Wie immer bin ich von den Ratschlägen, die ich bekam, abgewichen, teils bewusst, teils unabsichtlich. Marzena Madej hielt in Chicago alles zusammen, während ich an diesem Buch schrieb, ihr gebührt großer Dank.

Ich danke auch meinem Lektor Dan Mallory, der mir durch Rückhalt und Einfühlung half, das Vertrauen in meine Erzählstimme und in V.I. wiederzufinden.

Die Kapitelüberschriften sind meinem Mann gewidmet und dem Andenken an Don Sandstrom, der sie liebte.

Ich hoffe, alle verzeihen mir mögliche Fehler – dies ist bloß ein Roman und sollte nicht als Quelle für politische, personelle, gesellschaftliche oder wirtschaftliche Daten herhalten. Sämtliche Mängel sind meiner Fehlinterpretation dessen geschuldet, was ich gehört oder gelesen habe, die Boten trifft keine Schuld. Alle Figuren sind erfunden bis auf die drei Professores, deren Fotos in der Lobby des zellbiologischen Forschungszentrums hängen, das V.I. aufsucht.

Notiz: Ich habe diesen Roman Ende August 2016 fertiggestellt, darum findet nichts von den verheerenden Entwicklungen Eingang, die sich später in diesem Jahr ergaben.*

* [A.d.Ü.] Wer mehr wissen will, sichte den Blogeintrag von Sara Paretsky im November 2016: https://saraparetsky.com/weve-seen-this-before/ oder die Facebookseite https://www.facebook.com/ParetskyForJustice/.

Reale Personen

Sara Paretskys lebenslanges Engagement gegen die Unsichtbarmachung von Frauen und anderen Nichtweißen und Nichtmännern findet auch Eingang in ihre Romane. Hier nur ein kurzer Blick auf in *Altlasten* erwähnte reale Personen mit weiterführenden Links.

Marina Abramović (*1946): serbische Performancekünstlerin und Kunstprofessorin: »Art can only be done in destructive societies that have to be rebuilt«, siehe auch www.deutschlandfunkkultur.de/die-sieben-leben-der-marina-abramovic-oder-der-koerper-als.3691.de.html?dram:article_id=343998

James Baldwin (1924–1987): einer der bedeutendsten US-Schriftsteller des 20. Jahrhunderts, engagiert in der Bürgerrechtsbewegung, lebte mehrere Dekaden im französischen Exil, schrieb 6 weltberühmte Romane sowie Essays, Erzählungen und Lyrik. Die Doku *I Am Not Your Negro* von Raoul Peck (2017) beruht auf einem unvollendeten Manuskript. Seit 2018 erfolgt die schrittweise Neuübersetzung von Baldwins Gesamtwerk durch Miriam Mandelkow.

Wilt Chamberlain (1936–1999): US-Basketball-Legende, siehe auch de.wikipedia.org/wiki/Wilt_Chamberlain

Ta-Nehisi Coates (*1975): Blogger, Journalist und Schriftsteller aus Baltimore, wurde international berühmt durch seine in viele Sprachen übersetzten Essays *Zwischen mir und der Welt* und *We Were Eight Years In Power. Eine amerikanische Tragödie.*

Angela Davis (*1944): Philosophin, Schriftstellerin, Bürgerrechtlerin, Kommunistin und Feministin, wurde in den 1970ern zur Symbolfigur und ›Black-Power-Legende‹. Die offen lesbische emeritierte Professorin ist bis heute politisch aktiv, eckt häufig an und engagiert sich gegen Rassismus, Frauenunterdrückung und Kapitalismus.

Martha Gellhorn (1908–1998): Kriegsreporterin, war im Spanischen Bürgerkrieg, im Zweiten Weltkrieg, berichtete über die antikommunistische Hetzjagd McCarthys, den Eichmann-Prozess, war im Vietnamkrieg und im Bürgerkrieg in El Salvador 1984, siehe auch www.zeit.de/2014/05/martha-gellhorn-reporterin

Lorraine Hansberry (1930–1965): Aktivistin, Dramatikerin und Redakteurin der afroamerikanischen Zeitschrift *Freedom*. Eins ihrer Stücke, *A Raisin in The Sun* (1959), wurde am Broadway gespielt, in 35 Sprachen übersetzt und 1961 mit Sidney Poitier verfilmt (*Ein Fleck in der Sonne*).

Stephen Leacock (1869–1944): kanadischer Satiriker und Politikwissenschaftler, das im anglophonen Sprachraum geflügelte Wort »Madly Off in All Directions« (so hieß u. a. eine kanadische Radio-Comedysendung) geht auf seine Kurzgeschichte »Gertrude the Governess« (1911) zurück, die in den *Nonsense Novels* erschien: »Lord Ronald flung himself upon his horse and rode madly off in all directions«.

Amy Lowell (1874–1925): Bostoner Dichterin, Imagistin und Keats-Biografin, offen lesbische Salonnière und feministische Aktivistin, schrieb ›polyphonic prose‹ und erhielt posthum den Pulitzer für Lyrik, siehe auch www.fembio.org/biographie.php/frau/biographie/amy-lowell/

Satchel Paige (1906–1982): Baseball-Pitcher, durfte wg. Segregation nur in ›Negro Leagues‹ und erst mit 42 in der Major League spielen, lebte lebenslang prekär, siehe auch en.wikipedia.org/wiki/Satchel_Paige

Danica Patrick (*1982): Rennfahrerin, siehe auch de.wikipedia.org/wiki/Danica_Patrick

Kellie Pickler (*1986): US-Countrysängerin, wurde 2006 berühmt mit dem Song »Red High Heels«, einer schnellen Country-Nummer mit E-Gitarre, geschrieben von ihr, Chris Lindsey, Aimee

Mayo und Karyn Rochelle. Der Song handelt von der Ermächtigung einer jungen Frau, die Stress mit ihrem Ex hat.

Bayard Rustin (1912–1987): Aktivist und treibende Kraft der US-Bürgerrechtsbewegung, Berater von Martin Luther King, offen schwul, Anhänger des gewaltlosen Widerstands, ab den 1970ern LGBT-Aktivist, siehe auch de.wikipedia.org/wiki/Bayard_Rustin

Buffy Sainte-Marie (*1941): kanadische Musikerin, Künstlerin, Lehrerin und Sozialaktivistin, geborene Cree, aufgewachsen bei den Mi'kmaq. In *My Country 'Tis of Thy People You're Dying* und anderen Songs prangert sie das Unrecht gegen Native Americans an, wofür sie im US-Rundfunk zeitweilig boykottiert wurde. Sie schrieb die Titelmelodie zu *Das Wiegenlied vom Totschlag* (1970), viele ihrer Songs wurden gecovert, u. a. von Cher, Neil Diamond, Barbra Streisand, Donovan, Erasure, Janis Joplin, Kanye West, Phil Ochs, Elvis Presley, Taj Mahal und Nancy Sinatra.

Elizabeth Cady Stanton (1815–1902): New Yorker Aktivistin gegen Sklaverei, für Frauenwahlrecht, Sorgerecht, Geburtenkontrolle, Eigentums- und Beschäftigungsrecht u. v. m., siehe auch www.fembio.org/biographie.php/frau/biographie/elizabeth-cady-stanton

Malcolm X (1925–1965): Anführer der US-Bürgerrechtsbewegung, inspirierte die ›Nation of Islam‹, mit der er später brach, und die Black Panthers sowie die OAAU (Organisation für die afroamerikanische Einheit, »Es gibt keinen Kapitalismus ohne Rassismus«). Malcolm X wurde 1965 ermordet.

Oscar Micheaux (1884–1951): US-Schriftsteller und Regisseur. Er begegnete den Restriktionen gegen Schwarze, indem er einen eigenen Verlag gründete. Als Independent-Filmemacher ging er ab 1919 genauso vor und gilt als wichtigster Begründer des afroamerikanischen Kinos.

Ousmane Sembène (1923–2007): senegalesischer Gewerkschafter, einer der wichtigsten Schriftsteller Subsahara-Afrikas. 1961 fuhr

Sembène nach Moskau, um Film zu studieren, weil in seiner Heimat die meisten einfachen Menschen nicht lesen konnten. Er gilt als Vater des afrikanischen Kinos.

Yossarian ist keine reale Person, sondern der Held des Romans *Catch-22*. Joseph Hellers Antikriegs-Satire wurde durch Mundpropaganda zum Welterfolg. Yossarians Ausspruch »Just because you're paranoid doesn't mean they're not after you« (Bloß weil du paranoid bist, heißt das nicht, dass sie nicht hinter dir her sind) ist geflügelt und wird oft zitiert.

Auch Alan Banks und John Rebus sind keine reale Personen, sondern berühmte Serienermittler der Kriminalliteratur: Inspector Alan Banks vom kanadisch-britischen Autor Tom Robinson, Detective Inspector John Rebus vom schottischen Autor Ian Rankin.

Begriffe und weiterführende Links

DEFCON: Defense readiness conditions, Verteidigungsbereitschaftszustand. DEFCON Zwei ist die zweithöchste Alarmstufe der Streitkräfte der USA: »Armed forces ready to deploy and engage in less than 6 hours«.

Ferguson: Kleinstadt unweit von St. Louis (Missouri), wo am 9. August 2014 ein weißer Polizist den 18-jährigen afroamerikanischen Schüler Michael Brown erschoss. In der Folge gab es Demonstrationen gegen Polizeigewalt und Ausschreitungen, dann wurde der Ausnahmezustand verhängt und die Nationalgarde eingesetzt.

Greenham Common: englisches Frauenwiderstandscamp ab 1981 gegen dort stationierte Cruise Missiles der USA, begann als Anti-Atomwaffen-Protest mit 36 an den Zaun geketteten Frauen, wuchs zu Menschenketten um den Stützpunkt mit zigtausend bis hunderttausenden Beteiligten an. Greenham Common war Vorbild für viele weitere Camps und gewaltlose Aktionen ab 1983, u. a. das Seneca

Peace Camp und die Frauenwiderstandscamps im Hunsrück. Ein früher Krimi von Val McDermid (*Das Nest*) handelt von Greenham Common. Siehe auch www.pit-wuhrer.de/gb/gb_94_06_23_12-jahre-frauen-von-greenham-common.html und www.umbruch-bildarchiv.de/bildarchiv/ereignis/greenham_common_1984.html

Howard University: traditionell Schwarze private Uni in Washington D.C., nach dem Bürgerkrieg als Bildungsstätte für befreite Sklav*innen gegründet. Umfasst etliche Fachbereiche (Künste, Wissenschaften, Business, Kommunikation, Zahnmedizin, Theologie, Pädagogik, Sozialarbeit, Technik, Architektur, Informatik, Jura, Medizin, Pharmazie, Krankenpflege und Gesundheitswissenschaften). Das angeschlossene Moorland-Spingarn Research Center ist eins der größten Doku-Zentren afroamerikanischer Geschichte.

Mayo-Klinik: Im 19. Jh. gründete der britische Immigrant Mayo in Rochester (Minnesota) mit seinen Söhnen die erste Mayo-Klinik, die durch innovative interdisziplinäre Behandlungsmethoden berühmt wurde. 1915 entwickelten die Mayo-Brüder mit der Universität zusammen ein Studien- und Forschungsprogramm, um möglichst viel medizinisches Wissen zu lehren und weiterzuentwickeln. Heute ist die Mayo-Klinik eine NGO, betreibt mittlerweile drei große Kliniken und etliche kleinere Praxen und Krankenhäuser.

Spanische Grippe: Diese Influenza-Pandemie begann vermutlich im Januar 1918 im Haskell County (Kansas) mit einem rasend schnellen und nicht selten tödlichen Krankheitsverlauf, breitete sich bis April in US-Großstädten aus (1. Welle), kam mit Truppentransporten nach Frankreich und verbreitete sich ab August weltweit (2. Welle). Sie tötete fast 50 Millionen.

Raketensilos als Eigenheim – kein Scherz, sondern verbreitete Praxis. Siehe auch www.t-online.de/finanzen/immobilien/id_55560104/raketensilo-wird-zum-luxusbunker.html und www.stern.de/digital/technik/atomraketen-silo-zum-preis-einer-2-5-zimmer-wohnung-9007442.html

**Paretskys englische Weggefährtin:
Packend bringt Cody britische Gegenwart auf den Punkt**

Liza Cody

»Sie ist die Beste. Wie sonst niemand schafft Liza Cody es, hochgradig unterhaltsame Genreliteratur zu schreiben, in der beiläufig die großen und kleinen Übel der Gesellschaft verhandelt werden.« *taz*

Lady Bag

Deutsch von Laudan & Szelinski · Ariadne 1228

»Haarsträubender, herzzerreißender Höllentrip durch Londons Unterwelt. Einer der aufregendsten Kriminalromane des Jahres, erzählt aus der Perspektive einer Obdachlosen.« M. Müntefering, *Krimi-welt.de*

Krokodile und edle Ziele

Deutsch von Else Laudan · Ariadne 1227

Lady Bag kommt aus dem Knast, nüchtern, freut sich auf Hund und Flasche, gerät jedoch prompt mit Gott und der Welt aneinander …

»Sie hat kein Geld, keine Zähne, keine Peilung, aber sie hat große Klasse.« Thekla Dannenberg, *Perlentaucher*

»Der Roman ist so anspielungsreich und assoziativ wie die Welt seiner Protagonistin. Ein an den anarchischen Witz Till Eulenspiegels erinnernder, wahnwitzig komischer kontrollierter Wut- und Verzweiflungsausbruch.« Tobias Gohlis, *Krimibestenliste*

Miss Terry

Deutsch von Grundmann & Laudan
Deutscher Krimi Preis 2017 · Ariadne 1273

Nita hat gute Arbeit und eine hübsche Wohnung, aber sie sieht anders aus als die Nachbarn. Als Böses geschieht, zeigen alle Finger auf sie …

»Codys Romane machen die Gegenwart zum Thema, haben einen doppelten Boden. Das beflügelt – herrlich, besonders wenn der Müllcontainer wieder ferkelt.« *Süddeutsche Zeitung*

Krimis als Fenster zur Welt: Die besten Autorinnen des dunkel-realistischen Genres

Denise Mina
Blut Salz Wasser

Deutsch von Zoë Beck · Ariadne 1230

Helensburgh, Schottland: Während Kriminalermittlerin Alex Morrow nach einer verschollenen Geldwäscherin sucht, irrt ein desorientierter Killer durch die beschaulichen Gässchen. Denise Mina seziert Gesellschaft mit präzisen Schnitten ins Soziale und Wirtschaftliche, bewegenden Figuren und gewiefter Plotkunst. Packend, erschütternd, klug, noir.

»Es geht um Emotionen, vor allem aber um Geld: Jeder Kriminalroman, den die 1966 in Glasgow geborene Denise Mina schreibt, hätte eine eigene Kolumne verdient, so lebensnah und realitätsgesättigt spinnt sie ihr Garn.« Tobias Gohlis, *Die Zeit*

»Ein großer Polizeiroman aus jenem Subgenre, das Ian Rankin ›Tartan Noir‹ getauft hat.« Günther Grosser, *Berliner Zeitung*

»Brillant, wie Denise Mina die Erzählfäden immer enger miteinander verzwirbelt und spannt, bis sie am Ende mit einem Übrraschungscoup reißen. Deshalb: Unbedingt lesen!« Jochen Vogt, *WAZ*

Anita Nair
Gewaltkette

Deutsch von Karen Witthuhn · Ariadne 1226

»Finsterer indischer Sozialrealismus, sehr geschickt verpackt in eine dicke Schicht gut geschriebener Genreprosa und humorvoller Milieuzeichnung. Ein vielfarbiges kleines Gesellschaftsporträt: weit mehr als einfach nur ein Krimi.« Katharina Granzin, *taz*

»Die Luft scheint zu vibrieren vor Aufbruchstimmung. Wie Gowda seinen Fall zusammenpuzzelt, montiert Anita Nair aus einer Vielzahl von Schlaglichtern ein düsteres Bild des indischen Silicon Valley, wie das Gebiet um Bangalore heißt.« Sofia Glasl, *Süddeutsche Zeitung*

Krimis als Fenster zur Welt:
Die besten Autorinnen des dunkel-realistischen Genres

Tawni O'Dell
Wenn Engel brennen

Deutsch von Daisy Dunkel · Ariadne 1239

Es schwelt in den Kohleflözen, in den Redneck-Familien. Tödlich. Aber Polizeichefin Carnahan kennt sich aus mit Täuschung und Geheimnissen. Ausgefuchster Country Noir.

»Fast schon klassischer Whodunit, der zeigt, wie viel Potenzial in der ›Wer hat's getan‹-Frage steckt, und sich durch ein exzellentes Gespür für die Region auszeichnet. Hoffentlich der Auftakt einer Serie mit Chief Carnahan.« Sonja Hartl, *Deutschlandfunk Kultur*

»Eine Polizistin, in die man sich sofort verliebt. Sie besitzt etwas im Krimigenre Seltenes – Humor und Selbstironie.«
Hannes Hintermeier, *FAZ*

Sarah Schulman
Trüb

Deutsch von Else Laudan · Ariadne 1241

Ex-Cop Maggie Terry muss neu anfangen, doch mit sich ins Reine zu kommen scheitert an der Schwere eigener Fehler und Versäumnisse. So hangelt sie sich von AA- zu NA-Meetings, sucht nach Bodenhaftung. Ein neuer Fall könnte helfen – oder die endgültige Katastrophe herbeiführen …

»*Trüb* erzählt davon, wie eine Stadt ihre Seele verliert. Eine stellenweise wütende, dann wieder überraschend komische Anklage gegen die Auswüchse der Gentrifizierung, streift aktuelle Themen wie Polizeigewalt und strukturellen Rassismus.« Marcus Müntefering, *Spiegel online*

»Der schönste, bitterste, süßeste und überhaupt allerbeste Detektivroman, den ich seit Jahren gelesen habe. Ein wildes Buch voller Tiefe und Weitblick, akkurat, erkenntnisreich, herzzerreißend und ein Pageturner – lest alle dieses Buch, sofort!« Sara Gran

Ariadne
Herausgegeben von Else Laudan

Sara Paretsky bei Ariadne:

Kritische Masse (Ariadne 1236, TB Ariadne 1267)
Altlasten (Ariadne 1244, TB Ariadne 1272)
Landnahme (Ariadne 1249)
Schiebung (Ariadne 1264)

Weitere V.I. Warshawski-Romane sind in Vorbereitung.

Titel der amerikanischen Originalausgabe: Fallout

Published by Arrangement with SARA AND TWO C-DOGS INC.
Dieses Werk wurde vermittelt durch die Literarische Agentur
Thomas Schlück GmbH, 30161 Hannover.

Deutsche Taschenbucherstausgabe

Glashüttenstraße 28, 20357 Hamburg
Telefon 040/4018000 – Fax 040/40180020
www.argument.de
Umschlag: Martin Grundmann
Umschlagmotiv: © Missile Silo Home, fotolia.com
Lektorat & Satz: Iris Konopik
Druck und Bindung: CPI books, Leck
Gedruckt auf säure- und chlorfreiem Papier
ISBN 978-3-86754-272-2
Erste Auflage 2023